OLIVIER DESCOSSE

In der Höhle des Kraken

Buch

Am Strand der zauberhaften Ferieninsel Porquerolles vor der südfranzösischen Küste wird die Leiche einer jungen Frau angeschwemmt. Ihr Körper ist von Krebsen und Seevögeln regelrecht zerfressen. Obwohl Porquerolles nicht zum Polizeirevier von Marseille gehört, bittet Kommissar Tomasini einen seiner besten Männer, Leutnant Paul Cabrera, sich des Falles anzunehmen. In voller Ledermontur, das lange schwarze Haar zu einem Pferdeschwanz gebunden, begibt sich Cabrera auf seiner Honda Fireblade zum Tatort. Auf den ersten Blick deutet alles auf Selbstmord hin, denn die Tote war eine ausgezeichnete Schwimmerin. Doch je genauer sich Cabrera mit dem Fall befasst, umso rätselhafter wird die Geschichte. Was bewegt etwa Pauls Vorgesetzten und väterlichen Freund, Kommissar Tomasini, sich in die Angelegenheiten der Kollegen aus Toulon einzumischen, die für Porquerolles zuständig sind? Spätestens, als die Leiche nach einer Autopsie unter strengster Geheimhaltung spurlos verschwindet und kurz darauf Kommissar Tomasini getötet wird, erkennt Cabrera, dass hier etwas Brisantes vertuscht werden soll. Zusammen mit der Halbschwester der Toten, der amerikanischen Psychoanalytikerin Meredith O'Brien, macht er sich allen Widerständen zum Trotz an die Aufklärung des Falles. Von Marseille über Paris führt die Fährte sie schließlich nach Tahiti, wo sie abseits der von Palmen gesäumten Traumstrände eine grausame Wahrheit erwartet …

Autor

Olivier Descosse wurde 1962 in Marseille geboren, wo er heute wieder lebt. Er arbeitete als Anwalt in Paris und in den USA. »In der Höhle des Kraken« ist der Auftakt einer Serie mit Kriminalromanen um den ungewöhnlichen und faszinierenden Leutnant Paul Cabrera. Der Roman wurde von der größten französischen Buchhandelskette FNAC zum Lieblingsbuch der Buchhändler gekürt und für den Literaturpreis »La Plume d'Adély« nominiert. 2005 erhielt Descosse den renommierten französischen »Prix Polar« von Cognac.

Olivier Descosse

In der Höhle des Kraken

Marseille-Krimi

Aus dem Französischen
von Michaela Meßner

blanvalet

Die französische Originalausgabe erschien 2004 unter dem Titel
»Le couloir de la pieuvre« bei Editions Stock, Paris.

Umwelthinweis:
Alle bedruckten Materialien dieses Taschenbuches
sind chlorfrei und umweltschonend.

1. Auflage
Deutsche Erstausgabe April 2006 bei Blanvalet,
einem Unternehmen der
Verlagsgruppe Random House GmbH, München.

Umschlaggestaltung: Design Team München
Umschlagcollage: corbis
Redaktion: text in form, Gerhard Seidl
LW · Herstellung: Heidrun Nawrot
Satz: Uhl + Massopust, Aalen
Printed in Germany
ISBN-10: 3-442-36343-8
ISBN-13: 978-3-442-36343-8

www.blanvalet-verlag.de

Für Marie

Einleitung

Insel Porquerolles, Departement Var.
Mittwoch, 4. Oktober, Spätnachmittag.

Clara ließ ihren glasigen Blick über die kleine Bucht wandern. Von der Pointe Prime bis zum Bon Renaud räkelte sich die Plage d'Argent in aller Unbekümmertheit unter einem Sprühregen aus Gischt. Um diese Tageszeit entfaltete die Natur ihren Glühzauber, überzog den Horizont mit schwefelgelbem Prunk. Wie bei einem gewaltigen Vulkanausbruch ließ der Himmel das Meer in einem Sturm aus Rot und Gold erglühen.

Sie schloss die Augen, hielt den Atem an, als wolle die Leere sie einsaugen. Die Luft war salzhaltig, wie erfüllt von einer klebrigen Schlacke. Eine Sekunde lang hatte sie den Eindruck, die Zeit gerate ins Wanken.

Mit einer eiskalten Ohrfeige, einem Peitschenhieb, rief der Mistral sie wieder zur Ordnung. Widerstrebend folgte sie dem Wanderweg, einer steinigen Schlange, die sich an der anderen Seite des Strandes wieder zu den Pinien hinaufwand.

Sie legte zwei- oder dreihundert Meter zurück, kurzatmig, mit klopfendem Herzen. Ihre grauen Strähnen kringelten sich auf der Stirn unter dem Ansturm des Windes. Fünfundfünfzig Jahre war sie im Juni geworden, am 16., um genau zu sein.

Ihr Körper erinnerte sie wieder einmal daran.

Eine Möwe flog vorüber. Ein riesiger, silberweißer Vogel mit einer Flügelspannweite von über einem Meter. Eine Sekunde darauf streifte sie ein zweiter, viel näher, gefolgt von einem weiteren. Schließlich flog ein Dutzend kreischend über sie hinweg. Für Clara hörte es sich an wie Kindergeschrei. Oder Hyänengelächter.

Sie fühlte sich irgendwie bedrückt. Ein absurdes, völlig grundloses Gefühl. Sie zog sich ihren Pulli über und versuchte zu schätzen, welche Entfernung sie noch von der Straße trennte. Fünfzig Meter. Anschließend würde sie ihr Fahrrad nehmen, ein Mountainbike, das unter den Felsen an einen Baum gekettet war. Würde sie erst einmal darauf sitzen, bräuchte sie sich nur noch rollen zu lassen. Im Gehen wühlte sie mit der Hand in der Tasche, um sich zu vergewissern, dass ihre Schlüssel noch da waren. Als sie das kalte Metall spürte, beruhigte sie sich ein wenig.

Bald blieb sie atemlos stehen. Ein paar Meter weiter saß eine Schar von Vögeln, die mit dem Schnabel nacheinander hackten, schrien und kreischten, eine regelrechte Rauferei. Das bedrückende Gefühl wurde noch stärker. Clara war es, als werde sie von einer unsichtbaren Gefahr bedroht, als krieche da etwas Feindseliges unter dem Sandstrand auf sie zu.

Sie suchte nach einem Stück Holz, nach irgendetwas, egal was, um sich zu verteidigen. Das Zwerchfell tat ihr weh, der Schmerz pochte in ihrer Brust, überall, nirgends.

Schon bald lachte ihr das Glück. Halb im Sand vergraben, reckte ein bizarr geformter Rebstock ihr seinen knotigen Arm entgegen. Krampfhaft schwang sie die behelfsmäßige Waffe und stieß schüchterne Protestlaute aus. Vergebens. Die Möwen ignorierten sie, waren wie besessen.

Clara biss die Zähne aufeinander. Sie beschloss weiterzugehen, mit unsicheren Schritten. Hinter ihren Brillengläsern löste sich die Welt in verschwommene Formen auf.

Plötzlich stieß sie mit dem Fuß an etwas. Sie schreckte zusammen, blickte reflexartig auf das Hindernis. Ein Teppich weißer Federn bedeckte den Boden. Der Rebstock schlug blind zu, in vollem Schwung. Schwanzfedern rieselten wie in Zeitlupe wieder herab. Dann versank die Welt um sie herum. Angetan mit einer Haut aus Tang lag dort, halb im Wasser, eine Leiche auf dem Bauch. Sie war vollkommen nackt und wurde von den Wellen zärtlich hin und her gewiegt.

Der Anblick zweier Details ließ Clara starr die Augen aufreißen. Die zerfetzte Schädelbasis, die dem Seewind rote Knötchen darbot. Die linke Hand, schlank, elegant, mit einem schwarzen Ring geschmückt. Obgleich sie schon halb abgefressen war, erkannte sie, dass es eine Frauenhand war.

Sie unterdrückte einen Schrei, machte kehrt und rannte in die entgegengesetzte Richtung davon.

Unbeeindruckt von ihrer Flucht, stürzten sich die Vögel auf die Leiche und setzten ihren Festschmaus fort. Ein Stück weiter kroch eine Kolonie von Krebsen aus dem Sand, um ihnen zu Hilfe zu eilen, und trippelte unter einem Kastagnettenkonzert zu dem Festmahl.

ERSTER TEIL

1

Marseille. Quartiers Nord.

Die vier Wagen warteten. Kommissar Tomasinis Leute versuchten sich ihren Frust nicht anmerken zu lassen. Sie beobachteten die Nacht, einen Rußbottich, alle hundert Meter von der kreideweißen Krone einer Straßenlampe zerhackt.

Einen Zigarillo zwischen den Lippen, spielte Paul Cabrera mit seinem neuen Handy herum, um dessen Geheimnisse zu ergründen. Die aufgebrochenen Gebäude, die menschenleeren Gänge, die feuchten Keller, das würde er sich alles später anschauen, wenn der Befehl dazu käme. Unterdessen brachte er Ordnung in sein Adressbuch. Auch eine Art, die Anspannung in den Griff zu bekommen.

Heute Nacht war die BAC, die Brigade zur Kriminalitätsbekämpfung, in der Cité de la Castellane im Einsatz, eine bröckelige Hochhaussiedlung, die man wie eine Bosheit mitten in die Garrigue de l'Estaque gepflanzt hatte. Wie gewöhnlich hatte ein anonymer Anruf den Tanz eröffnet. Eine wütende, aggressive Stimme, die berichtete, eine Bande junger Leute treibe auf den Parkplätzen ihr Unwesen. Eingeschlagene Scheiben, Autoradiodiebstahl, Sachbeschädigung – immer die gleiche Liste. Die Cowboys von Kommissar Tomasini bewegten sich gewissermaßen auf bekanntem Terrain.

Im Radio des Renault knisterte es.

»Also los, Jungs. Wir gehen.«

Die Bullen stiegen leise aus den Wagen und teilten sich in zwei Gruppen auf. Ein wohldurchdachter Plan, immer derselbe, der auf Überraschung und einer guten Portion Glück basierte.

Paul prüfte seine Flash-Ball. Eine Zwölfkaliber, Gummigeschosse zum Unschädlichmachen, eine Waffe, die von der amerikanischen Polizei dazu benutzt wurde, Unruhen niederzuschlagen. Harmlos, laut Angaben der Entwickler. Für die jungen Leute aus den Vorstädten ein Albtraum. Richtig eingestellt, streckte sie auf zehn Meter ein Pferd nieder.

Die Polizisten liefen los, die Stirn in Falten, die Muskeln angespannt. Sie hatten alle denselben Gedanken: Bei der Gruppe bleiben! Ohne Unterstützung gab ein Polizeibeamter eine leichte Beute ab, eine erstklassige Trophäe.

Die erste Gruppe nahm den Gang rechter Hand, die Vergissmeinnichtallee, ein Blumentraum für ein Betongewächshaus. Sie kletterte über eine Rampe auf den Vorplatz, eines der wenigen Zugeständnisse, das die Bauträger den Integrationsgesetzen gemacht hatten. Wollte man hier ernst genommen werden, war es besser, man war behindert.

Ein wenig weiter hinten, in Deckung, kam Paul mit der zweiten Gruppe. Der junge Leutnant liebte diese Übung in den baufälligen Ghettos, die direkte Konfrontation, ohne Umschweife, ohne Schutz. Eine seiner persönlichen Methoden, die Ängste in den Griff zu bekommen, sie zu überwinden.

Er trat seine Kippe aus und ging Richtung Untergeschoss. Wenn die Gangs oben ihre Dinger gedreht hatten, teilten sie vor fremden Blicken geschützt ihre Beute. Die Bullen von der Brigade wussten, wie der Hase läuft. Eine Mannschaft oben, eine unten, die Umzingelung zahlte sich immer aus.

Sofern man sie überraschte.

Paul zückte sein Funkgerät und sprach leise.

»512 Charly, wir sind vor den Garagen. Bitte kommen.«

Das Funkgerät knisterte.

»Verstanden, Charly. Wir umzingeln Block C. Wir nehmen die Nottreppe und gehen zur Turnhalle runter.«

»Wie immer, altes Haus. Wir treffen uns dann im Untergeschoss.«

Der Leutnant zog einen Gummi aus der Tasche und band sich einen Pferdeschwanz. Mit seinen hohen Wangenknochen und der nervösen Anspannung im Gesicht sah er im Halbdunkel aus wie ein Apache. Dann lud er die Flash-Ball. Seine Krieger, die dicht hinter ihm standen, die Taschenlampe in der einen, die Maschinenpistole in der anderen Hand, kannten das Ritual und hielten den Atem an.

Der Angriff stand unmittelbar bevor.

Plötzlich machte sich eine dürre Gestalt im Dunkeln aus dem Staub. Grauer Trainingsanzug, Helm mit Visier, sonst sahen die Bullen nichts.

Paul flüsterte: »Ein Späher. Sie haben uns entdeckt. Los, vorwärts.«

Sie traten eine Tür ein, einen Haufen Blech, den man schon oft aufgebrochen hatte, und stürmten die Tiefgaragen. Der Gestank nach Müll und Urin schnürte ihnen die Kehle zu.

Paul bewegte sich Richtung Rampe, eine zur Hälfte bemalte Steinzunge, auf der kein Auto mehr fuhr. Er rückte ohne Deckung vor, die Kanone auf die Dunkelheit gerichtet, vor Aufregung einen Knoten in den Eingeweiden. Aufgebrochene Garagen tauchten im Kegel seiner Lampe auf, voll gestopft mit Plastiktüten, leeren Dosen, Spritzen.

Der Leutnant legte einen Finger auf den Mund. Mit der rechten Hand machte er eine ausholende Bewegung. Seine Mannschaft schwärmte aus, schlich sich wie eine Front dicht an den Mauern entlang, den Schatten auf der Spur. Einen kurzen Moment lang hallte der Raum unter ihren Schritten wie eine hohle Muschel.

Er ließ seine Waffe sinken, biss die Zähne aufeinander. Die kleinen Drecksäcke waren ihnen zuvorgekommen, sie hatten sich schon in den Schutz der Keller zurückgezogen, ein verworrenes Knäuel von Fäden, uneinnehmbar.

Lichtpfeile kündigten die zweite Gruppe an, die aus einer weiteren Zufahrt herauskam. Ein korpulenter Mann ging voran, den Teleskopknüppel fest in der rechten Hand. Brigadechef Atavian machte einen auf Milieu – rasierter Schädel, Lederweste, Siegelring. Drei andere Bullen folgten ihm auf dem Fuße, über die Ohren gerollte Seemannsmützen auf dem Kopf.

»Die sind uns durch die Lappen gegangen, diese Blödärsche.«

»Scheiße«, fluchte Cabrera.

»Lass es gut sein, der kann uns mal. Das war bestimmt nicht das erste Mal.«

Sie tauschten Blicke. Der Armenier Atavian lächelte, Paul tobte. Die Spannung kippte um in kalte Wut, in unverhohlene Gewaltbereitschaft. Cabrera nickte: »Okay. Wir kämmen hier trotzdem alles durch.«

Die beiden Mannschaften durchsuchten die Boxen halbherzig, und dann drangen sie ohne größere Überzeugung in die unterirdischen Gefilde vor. Dasselbe Gewirr von aufgebrochenen Garagen, und überall dieser Geruch, eine Mischung aus stinkenden Exkrementen und einer grauen Staubschicht.

Die Brigade durchkämmte die Nacht. Nichts. Wortlos ging die Gruppe zu den Autos zurück. Der Adrenalinspiegel sank, ihre Muskeln entspannten sich.

Plötzlich ein Schaben. Die Herzen machten einen Sprung,

die Lichtkegel huschten wild hin und her, Atavian schrie als Erster.

»Da!«

Die Polizisten machten kehrt. Von den Taschenlampen eingekreist, schlich jemand in einem dunklen Trainingsanzug hinter einer Blechplatte entlang. Paul hängte sich ihm an die Fersen, ohne weiter nachzudenken. Die Männer von der Brigade, mit Atavian an der Spitze, folgten ihm kurz darauf.

Die Hetzjagd begann.

Paul lief mitten durch einen mit Müll voll gestopften Gang, in dem Kabel und Schläuche hingen und wo es nach Moder stank. Hin und wieder spießte die Lampe grausame Graffitis auf, Erkennungszeichen, die die Grenzen gesetzloser Territorien markierten. Vor ihm, nur wenige Meter weiter, wies ihm das Geräusch geschmeidiger Laufschritte den Weg.

Plötzlich teilte sich der Gang. Instinktiv nahm er den linken und lief schneller. Regel Nummer eins: sich nicht isolieren, Kontakt zur Gruppe halten. Er drückte auf den Schalter des Funkgeräts und gab seine Position durch, ein klein wenig außer Atem: »Ich gehe nach links, erste Gabelung.«

Das Gerät gab ein Knistern von sich, Atavian folgte ihm.

»Verstanden, wir sind hinter dir.«

Paul lief weiter. In dieser allumfassenden Dunkelheit hatte er das Gefühl, ein Phantom zu jagen. Oder eine Katze. Wie machten das diese Typen? Sie konnten sich blindlings in Mauselöchern verkriechen und dabei Hindernisse überfliegen, sie umgehen, ohne sich je zu irren.

Eine neue Kreuzung. Hier fächerte sich der Tunnel auf zu einem Stern der Ungewissheit. Er tastete die dunklen Gänge ab. Immer die gleichen Rumpelkammern, der gleiche Schutt, der gleiche Dreck. Der Ausreißer war verschwunden, verschluckt von den gekalkten Eingeweiden des Gebäudes.

Plötzlich, am Ende eines Gangs, fing die Taschenlampe ein zweifaches Blitzen ein. Er beobachtete seine Beute ein paar Sekunden lang, eine reglose Form, wie ein im Schein der Lampe erstarrtes Insekt. Seltsamerweise schien sie ihn zu erwarten.

Ohne auf einen Befehl zu warten, richtete er die Flash-Ball darauf und drückte ab. Die Explosion hallte durch alle unterirdischen Gänge. Daneben. Der junge Mann starrte ihn immer noch an, spöttisch. Sofort knisterte es im Funkgerät.

»Cabrera, was machst du da, zum Teufel?«

»Meinen Job, Alter, meinen verdammten Job. An der nächsten Kreuzung nimmst du den linken Gang. Versuch ihn nicht zu verfehlen, es ist der zweite.«

Er stürzte sich in den schmalen Stollen mit dem klammheimlichen Gefühl, eine Dummheit zu begehen und dass er wieder einmal zu weit ging, zu schnell war. Seine Schläfen pochten, und seine Wangen brannten wie in einem Flammenmeer aus reiner Energie.

Dreißig Meter. Keller tauchten zu seiner Linken auf, eine Ali-Baba-Höhle, gefüllt mit Hi-Fi-Kram, Fernsehern, Stereoanlagen, Druckern, alles noch original verpackt. Ein raues Hecheln bestätigte ihm, dass sein Wild immer noch rannte, dort, vor ihm, keine paar Meter entfernt. Er gab Gas. Der Stollen bog noch zweimal nach rechts ab, dann öffnete er sich auf eine Metallleiter.

Ein kurzer Moment des Zögerns, ein Blick nach hinten, der Leutnant ließ sich hinunter und klammerte sich dabei fest an die rostzerfressenen Eisenstangen. Der Boden kam ihm glitschig vor, er rutschte beim Aufkommen aus und rollte zur Seite.

Mit einem Ruck stand er wieder auf, suchte die Nacht mit den Augen ab. Ein Gang aus Mauersteinen. In der Mitte, hinter einem geborstenen Stück Mauer, brachte ein zittriger Schein die Schatten zum Tanzen. Mit drei großen Sprüngen gelangte er in einen großen Saal. Aufgeschlitzte Matratzen, abgewetzte Sessel, ein zusammengeschusterter Tisch, auf dem leere Dosen standen. In der Mitte, anstelle einer Lampe, ein brennender Bretterhaufen. Niemand.

Der Ausreißer hatte sich in Luft aufgelöst.

Im Bruchteil einer Sekunde explodierte der Schmerz in seinem Rücken. Er fiel zu Boden, ließ die Flash-Ball fallen, während drei wendige Gestalten eine Art Indianertanz um ihn aufführten. Ein Fußtritt bearbeitete seine Rippen. Er bekam keine Luft mehr. Dann setzte es eine gehörige Tracht Prügel. Cabrera schützte reflexartig sein Gesicht und suchte seine Waffe, eine Manurhin 357 Magnum, geladen mit einer 38er Spezialmunition. Das Chrom der Kanone blitzte im Schein der Flammen auf.

Ein Schlag auf den Hinterkopf, und der Revolver entglitt ihm. »Du Scheißpolyp, dich machen wir alle.«

Instinktiv robbte Paul an die Wand und richtete sich, den Rücken dicht am Beton, vor seinen Gegnern auf. Drei Beurs, Franzosen nordafrikanischer Abstammung, achtzehn, zwanzig Jahre, sportlich, bewaffnet mit amerikanischen Schlagringen und Rasiermessern. Bedrohlich näherten sie sich im goldenen Schein des Feuers.

Der größte, Narbengesicht und Gold im Mund, ließ die erste Salve los. Der Bulle wich dem direkten Schlag aus und setzte ihm einen Uppercut aufs Kinn. Knochen barsten. Der Beur wälzte sich wimmernd auf dem Boden, mit zertrümmertem Kiefer. Verblüfft über die Kampftechnik, sahen sich die beiden anderen an. Kleiner, jünger, aber genauso gemein.

Dann stürzten sie sich auf ihn. Eine Masse aus Eisen schoss rechter Hand vorbei. Paul hatte dem gerade noch ausweichen können. Mit an die Brust gezogenen Ellbogen umkreiste er sie tänzelnd, wie beim Training. Ratlosigkeit bei den Angreifern, eine Sekunde des Zögerns. Der Polizist ergriff seine Chance und ging zum Angriff über. Eine rechte Gerade – ein Nasenflügel zerplatzte in Perlen purpurfarbenen Taus. Neue Finte, Ausweichen mit der Schulter, er landete einen wohlgesetzten Haken. Der Bursche, der auf die Flammen stürzte, brüllte vor Schmerz.

»Los, ihr Bande von Arschgeigen. Wollt ihr noch mehr? Los doch! Jetzt wird's erst lustig!«

Der Bulle hatte geschrien. Um seine Angst rauszulassen, die blinde Wut auszutreiben, die seine Fasern verzehrte. Er fuhr fort, vor den Angreifern herumzutänzeln, ein matter Eisenblock, der im Dunkeln glänzte.

Die drei jungen Leute lagen auf dem Boden, benommen, desorientiert.

Dann kippte das Ganze um.

Goldmund richtete eine Pumpgun auf den Polizisten, eine 12-Kaliber wie die Flash-Ball, und schoss einen bläulichen Blitz in die Nacht. Paul wurde von der Wucht des Aufpralls vom Boden gehoben und taumelte gegen die Wand.

Von Panik ergriffen, flüchteten die Jungs in die Gänge, ohne sich um ihn zu kümmern. Im selben Augenblick tauchte die von Atavian angeführte Horde auf.

Der Armenier beugte sich über Cabrera und legte ihm die Finger auf den Hals. Der Puls schlug noch. Er öffnete die Jacke. Sein Gesicht hellte sich auf. Wenigstens einmal trug dieser Verrückte seine Kevlarweste.

Atavian knöpfte den Panzer auf. Die Bleikugeln bildeten eine kreisrunde Eisensonne. Er spürte eine ferne Vibration, wie ein vergessener Wecker. Er klopfte Paul kurz ab, dann zog er dessen Handy heraus.

»Atavian, ich höre.«

Paul schlug die Augen auf.

Der Brigadier blinzelte ihm zu und sprach weiter: »Muss noch nicht zum Verschrotten, Kommissar. Er ist nur ein wenig benommen. In zwanzig Minuten sind wir da.«

Er legte auf und lächelte den Leutnant an.

»Das war Tomasini. Er will dich sehen. Schnell.«

2

Paul legte seinen Helm auf den Sattel. Die Maschine roch nach heißem Plastik, nach angebranntem Karamel. Eine Dreiviertelstunde von Marseille bis hierher. Ein neuer Rekord. Er betrachtete sein Stahlross – eine Honda CBR Fireblade, neunhundert Kubik, frisiert, mit abgespeckter Verkleidung – und lächelte breit. Die Maschine schaffte zweihundertachtzig Stundenkilometer bei weniger als zweihundert Kilo, da musste man beim Gasgeben ganz schön den Po zusammenkneifen.

Die Sonne brannte allmählich heißer, er zog seine Lederjacke aus. Das Maul offen, den Schild aufgebläht, ringelte sich eine Kobra in einer Spirale um seinen Bizeps. Er ging zum Pier, Hände in den Taschen, mit federndem Gang. In der Ferne ein lang gestrecktes Panorama aus Granitfelsenbuchten. Nachdem der Mistral vier Tage wie ein Verrückter gewütet hatte, verlor er allmählich an Kraft. Er hinterließ in seinem Kielwasser einen ausgewaschenen Himmel, ein müdes und erschöpftes Meer, das von einer kaum wahrnehmbaren unterseeischen Woge bewegt wurde.

Der Leutnant trat vor den Schalter. Ein junger Typ mit Akne im Gesich riss den Blick von seinem Comic los und sah ihn verdrossen an. Paul fragte: »Wann geht das nächste?«

»In zwanzig Minuten... Die Abfahrtszeiten hängen da rechts.«

Der Polizist drehte den Kopf. Auf Pupillenhöhe reihten sich Fliegenbeine auf einem weißen Plastikschild. Alle Stunde ein Fährschiff, es war zwanzig vor zehn. Zurück noch mal dieselbe Leier, bis achtzehn Uhr dreißig.

»Geben Sie mir einmal hin und zurück.«

Er schob einen Zwanzig-Euro-Schein unter der Sprechanlage durch. Der Picklige nahm den Schein argwöhnisch unter die Lupe. Schließlich riss er zwei Fahrkarten ab.

Zwanzig Minuten.

Gerade noch Zeit, um schnell einen Kaffee zu trinken und dabei aufs Meer zu schauen.

Paul ließ sich in einen Plastikstuhl fallen, der verloren am Rande der Felsen stand. Mit Kennerblick musterte er den Ort. Etwa zwanzig Meter vor ihm klammerte sich das Fort de la Tour-Fondue an eine Felsspitze. Nicht besonders interessant, außer vielleicht für die Touristen, die im Sommer in dichten Pulks dort einfielen. Gegenüber dem Parkplatz war die Bar mit einer Terrasse, die weder ein Gesicht noch eine Geschichte hatte. Hinten auf der Terrasse – niemand, außer einem Pärchen in Shorts und zu langen Pullundern. Aus ihrer Gesichtsfarbe schloss der Bulle auf Schweden oder Deutsche.

Der Ober eilte herbei. In einem Hemd von zweifelhafter Sauberkeit, ein Birnenschädel, das Geschirrtuch in der einen Hand, in der anderen ein gelbes Plastiktablett. Ein Typ, der nach Langeweile roch, nach Ende der Saison. Paul schenkte ihm ein Lächeln und bestellte einen Kaffee.

Der Ausflug begann ihm zu gefallen. Ein Tag auf Porquerolles im Frühherbst, das hatte was von Ferien. Vollkommen anders als seine nächtlichen Spritztouren in den Quartiers Nord, die improvisierten Schlägereien, das Gewirr der Straßen.

Eine Sache jedoch beschäftigte ihn: Wenn Tomasini ihn sich mitten in der Nacht gegriffen hatte, dann war ganz offensichtlich irgendetwas faul an der Sache.

Faul, aber unmöglich abzulehnen.

Der Birnenschädel kehrte zurück, ein Schatten, der über den Kies huschte. Er stellte den Kaffee auf den Tisch und klemmte den Kassenzettel unter die Tasse. Ohne ihn eines Blickes zu würdigen, zündete Paul sich einen Zigarillo an. Er wandte sich dem Meer zu. Port-Cros, le Levant, Porquerolles, die Inseln zeichneten sich am Horizont ab, Felsenschiffe, die im Blau wurzelten.

Es würde nicht leicht sein, sich da einzunisten, um an Infos ranzukommen. Umso weniger, wenn er es unauffällig tun wollte. Die Trottel von der Kripo aus Toulon waren bestimmt schon eine gute Weile an Ort und Stelle. Ganz zu schweigen von den Gendarmen. Die Insel war nicht sein Bezirk, was er dort vorhatte, war ein gewagtes Unterfangen.

Ein Prickeln lief ihm über den Rücken. Allein auf sich gestellt zu ermitteln, fern aller Routine, außerhalb jeder Norm, das war dem Polizisten in gewisser Weise lieber. Tomasini hatte ihm einen Dienstauftrag besorgt, getürkt natürlich. Wie? Dem war er nicht auf den Grund gegangen. Auf dem Papier stand nur, dass die Leiche, die man auf der Insel aus dem Wasser gezogen hatte, mit einer Erpressungsgeschichte in Zusammenhang stehen könnte, in der die Marseiller Brigade zur Kriminalitätsbekämpfung ermittelte.

Paul lächelte unwillkürlich. Die BAC. Drei harmlose

Buchstaben, wie ein Kinderalphabet. In Wahrheit eine der gefährlichsten Einheiten der Großstadtpolizei, eine der brutalsten. In unmittelbarer Tuchfühlung mit der stinknormalen Gewalt, mit dem unauffälligen, alltäglichen, gewöhnlichen Wahnsinn.

Fünf Jahre mit dieser Bande von Spinnern, nachts zur Tarnung im Privatwagen Streife fahren – das hatte den Bullen immer wieder über seine eigenen Grenzen hinauswachsen lassen. Jeder Einsatz zwang ihn, einer neuen Herausforderung zu begegnen, die Wut zu kanalisieren, die ihm die Gedärme zerfraß. Doch trotz dieser Dauertherapie krochen immer noch Eisenschlangen unter seiner Schädeldecke herum.

Ein Hornsignal verscheuchte seine Gedanken.

Er packte seine Jacke und ging zum Landungsplatz. Dicht am Quai ließ das Fährschiff seinen Motor aufheulen, zwei viel zu starke Dieselmotoren, die im Wasser gewaltige Strudel aufwirbelten.

Er ging aufs Oberdeck, wo vier Personen ungeduldig auf die Abfahrt warteten, und setzte sich, mit Blick auf das weite Meer. Etwas weiter weg ließ sich ein Mann um die sechzig nieder, in den Armen lauter alte Kartons. Paul beobachtete ihn. Die schwieligen Hände, das von tiefen Falten zerfurchte Gesicht – gewiss ein Fischer. Solche Gesichter waren ihm vertraut, damit kannte er sich aus. Sein Vater lebte im Vallon des Auffes und ernährte sich immer noch vom Meer. Seine Passion. Sein Wahnsinn. Im Zeitalter der Treibnetze wurden Selbstständige für Mohikaner aus einer anderen Zeit gehalten.

Wieder ein Hornsignal, es vibrierte stärker, das Schiff fuhr los. Das schwedische Pärchen tauchte auf und lehnte sich an die Reling. Sie wollten nichts verpassen. Oktober in Frankreich war wie Sommer für sie.

Das Fährschiff legte ab, passierte die Fahrrinne der Hafenausfahrt und fuhr ins offene Meer hinaus. Ein leichtes Schlingern entlockte ihm ein dumpfes Knarren. Paul streckte die Beine aus. Die Überfahrt dauerte fünfzehn Minuten.

Er zog innerlich Bilanz.

Wie würden die Bullen von Toulon reagieren, wenn er ohne Vorwarnung auf ihrer Bühne antanzen würde? Laut dem jüngsten Stand der Ermittlungen war Spiaggi, dieses Wrack, immer noch im Amt. Vielleicht würde ja sogar der Chef des Regionaldienstes der Kripo Toulon dort sein und so tun, als bringe er die Situation unter Kontrolle. Spiaggi und er, das war nicht gerade die große Liebe. Er würde ihm Knüppel zwischen die Beine werfen. Falls er seine Geschichte überhaupt schlucken würde.

Der Bulle von der BAC bückte sich, um seinen Zigarillo wieder anzuzünden. Seit er damit angefangen hatte, diesen Mist zu rauchen, hatte er immer einen im Mundwinkel kleben. Er sog den Tabak tief in die Lungen ein.

Warum interessierte sich Tomasini für diese Leiche?

Eine Frau unbestimmter Rasse, um die dreißig, die über hundert Kilometer außerhalb seines Territoriums den Löffel abgegeben hatte? Leichen fand man auch im eigenen Garten genug.

Also? Warum sollte man sich noch mit denen der andern rumschlagen?

»*Excuse me. Please. You* … Foto von uns.«

Paul nahm die Brille ab. Er blinzelte unter den dicken Brauen. Er sah den Schweden – aber vielleicht war es auch ein Engländer –, der ihn anlächelte und ihm eine Wegwerfkamera hinhielt. Im Gegenlicht kam ihm der Tourist noch blasser vor als an der Bar. Eine milchige, ungesunde Blässe. Seine Frau stand neben ihm, reglos wie eine Krippenfigur, eine Marbella-Mütze auf dem Kopf.

»*You*… uns aufnehmen, *please?*«

Paul ergriff die Wegwerfkamera, die der Tourist ihm hinhielt, und verewigte die Turteltäubchen. Zur gleichen Zeit verschwand die Bake der Insel Tourterolles aus seinem Blickfeld.

»Danke… danke«, sagte der Schwede immer wieder mit messerscharfem Akzent.

Sie nahmen ihre Rucksäcke und verschwanden im Gang.

Das Schiff fuhr langsamer, folgte der Fahrrinne Richtung Hafenamt. Paul warf sich die Jacke über und verließ das Deck. Unten vor den Luken standen die paar Seelen, die die Überfahrt machten, und warteten auf ihre Befreiung. Der Fischer warf ihm einen misstrauischen Blick zu.

Der Leutnant sah auf seine Uhr. Es war halb elf.

Das Spiel ging los.

3

Der Polizist begab sich gleich auf die Wache der Gendarmerie.

Wenn man überhaupt irgendwo anfangen konnte, dann nur dort. Eine winzige, an die Feuerwehrkaserne angeklatschte Baracke, ein lächerlicher Betonblock, der als Außenstelle diente. Ab dem 1. September rannten die Verbrecher ihnen hier nicht gerade die Türen ein.

Er betrat das Büro, in dem sich ein Soldat niederen Dienstrangs hinter einem Notebook zu schaffen machte. Die Fahndungsbrigaden wurden offensichtlich immer besser ausgestattet. Die von Toulon ganz gewiss. Vielleicht auch die von Hyères. Beide Städte waren für Porquerolles zuständig.

Er pflanzte sich vor dem Gendarmen auf. Eine Flut von Sonnenstrahlen ließ den Schädel des Soldaten leuchten, der rund war, glatt, weiß wie ein Schlangenei.

»Ja?«

Paul zeigte seinen Ausweis vor.

»Leutnant Cabrera. BAC Marseille.«

Der Gendarm sah ihn mit versteinerter Miene an und fragte sich wahrscheinlich, ob dieser Rowdy ihn auf den Arm nehmen wollte. Er ergriff das in Plastik eingeschweißte Rechteck und musterte es misstrauisch.

»Marseille? Was wollen Sie?«

»Wie es scheint, haben Sie eine Leiche am Strand gefunden…«

»Ja… Tod durch Ertrinken. Die Leiche wurde heute Morgen ins Leichenschauhaus von Toulon überführt.«

Gut, dachte Paul. Spiaggi und seine Bande hatten wohl das Feld geräumt. Falls sie sich überhaupt auf die Socken gemacht hatten. Das machte die Dinge leichter. Er setzte sich und stellte seine erste Frage: »Haben Sie sie identifiziert?«

Der Soldat antwortete barsch, ohne den Blick zu heben: »Larqué, Céline.«

Der Mann war nicht geneigt, sich kooperativ zu zeigen, er würde ihm die Würmer aus der Nase ziehen müssen. Paul zündete seinen Zigarillo wieder an. Eine barsche Stimme wies ihn unverzüglich zurecht: »Leutnant…«

Der Gendarm zeigte auf ein weißes Schild mit einer rot durchgestrichenen Zigarette. Auf der Insel verstand man keinen Spaß, wenn's um Feuer ging.

Paul sah sich nach einem Aschenbecher um. Der Soldat wies ihm die Tür.

»Draußen, auf dem Asphalt. Treten Sie sie gut aus, wir haben noch Wind.«

Der Bulle riss sich zusammen, um der Aufforderung zu folgen, ohne aus der Haut zu fahren. Als er wieder an seinem Platz war, beobachtete er seinen Gesprächspartner – ein junger Typ, genauso jung wie er, den der Haarausfall vorzeitig hatte altern lassen. Es war nicht weiter schwer herauszufinden, warum sie nie ein Bier zusammen trinken würden. Der Eierkopf roch nach Härte, Strafverfahren, Knüppelschweiß.

Er tastete sich vorsichtig vor.

»Wir ermitteln in der Sache einer organisierten Bande, deren Fäden bis Menton reichen. Organisierte Erpressung, Erpressung von Geldern. Na ja… diese Art von Spielchen halt. Vielleicht könnten Sie mir weiterhelfen…«

Der Gendarm sah ihn erstaunt an.

Paul fuhr fort: »Wir denken, dass die Leiche vielleicht mit unseren Ermittlungen in Zusammenhang steht…«

Diesmal zog der Eierkopf die Augenbrauen hoch.

»Die Leiche war nackt, als wir sie fanden. Kein Hinweis auf eine Misshandlung, keine Verletzungen, keine Anzeichen von Gewalteinwirkung. Mit Ausnahme der Verletzungen durch die Möwen natürlich. Wahrscheinlich war ihr plötzlich nicht mehr gut, und dann ist sie ertrunken. Gegen Ende der Saison passiert das oft. Wir schließen die Akte.«

Er senkte den Kopf und machte sich wieder an seine Fleißarbeit. Paul biss die Zähne zusammen.

»Haben Sie alle Verhöre durchgeführt?«

»Jawohl.«

»Kann ich sie mir kurz ansehen?«

Der Gendarm unterbrach seine Arbeit und kramte in einem Stapel Papiere zu seiner Rechten. Er zog vier oder fünf mit Druckbuchstaben bedeckte Blätter heraus.

»Da.«

Der Polizist überflog die Seiten. Von dieser Art Prosa hatte er selbst schon Tonnen verfasst. Verwaltungsstil, fehlerhaftes Französisch, stockender Anschlag – die Ermittler von der Gendarmerie taten sich auch nicht leichter als die Jungs von der Kripo.

Die Zeugenaussage von Clara Libourne war nicht sehr aufschlussreich. Eine Altachtundsechzigerin, die jetzt einen auf Töpfern machte und diese Art von Ökoquatsch. Sie gab an, sie habe die Leiche auf der Plage d'Argent gefunden, so gegen neunzehn Uhr, als sie von einem Inselspaziergang zurückkam. Sie kannte das Opfer nicht, hatte es nicht angefasst und sofort das Hafenamt verständigt.

Nichts Aufregendes.

Der Rest waren ein paar unverbürgte Zeugenaussagen von Händlern und Anwohnern. Niemand schien das Opfer je gesehen zu haben, geschweige denn, es zu kennen. Paul legte das Protokoll enttäuscht auf den Tisch.

»Ist das alles?«

»Ja…«

»Kein Totenschein?«

»Der Gerichtsarzt hat ihn bei der Brigade hinterlegt. Zusammen mit der Bescheinigung über die Abholung der Toten.«

»Wie haben Sie sie identifiziert? Ihr Opfer ist ja geradezu ein Phantom…«

Der Gendarm seufzte. Er hämmerte auf der Tastatur herum. Der Schnelldrucker spuckte ein Protokoll von einer Seite aus, unvollständig.

»Ihre Putzfrau. Sie hat heute Morgen ihre Aussage gemacht.«

»Na, da haben wir's doch«, sagte Paul lächelnd.

Er überflog das Dokument.

Germaine Lefort. Hausangestellte… Arbeitete seit zweiundneunzig für das Opfer... Das Opfer... Er suchte nach der Bestätigung der Identifizierung durch die Angestellte. Da... Céline Larqué. Dreißig Jahre, Kanadierin... Lebte den größten Teil des Jahres auf der Insel, Chemin des Vignes, und die restliche Zeit in Montréal... Ledig. Ohne Beruf...

Bruchstücke eines Lebens zerrissen den Schleier. Name, Vorname, Alter, Staatsangehörigkeit, Wohnsitz, Beruf, der unpersönliche Einstieg der Rechtsmaschinerie.

Paul hob den Kopf und fragte den Gendarmen: »Sind Sie zu ihr gegangen?«

»Nichts Auffälliges. Kanadischer Pass, American Express Platinum Card, ein bisschen Bargeld, Euros und US-Dollars, und ein Flugticket nach Los Angeles, erster Klasse, für einen Flug nächste Woche.«

»Sie wollte Frankreich verlassen?«

»Sieht so aus.«

Der Polizist ließ die Fingergelenke knacken.

»Keine Geldprobleme, wie mir scheint. Lebte sie schon lange auf der Insel?«

Der Soldat spannte die Muskeln an. »Steht das nicht da?«

Paul überflog noch einmal das Dokument. Ohne Ergebnis. Er antwortete völlig neutral: »Nein...«

Der Gendarm kramte in seinen Papieren. Mit seinen ungeschickten Händen zerknitterte er die Blätter. Nach einer Minute fruchtloser Bemühungen schaute er ganz betreten aus der Wäsche.

»Tatsache... Das muss ich wohl jemand anders gefragt haben.«

Der Bulle lächelte innerlich. Dieser Schütze Arsch im letzten Glied, den man da losgeschickt hatte, um Zeugenaussagen aufzunehmen, hielt, was er versprach. War genauso bescheuert, wie er aussah.

»Ist nicht weiter schlimm. Lassen Sie's gut sein. Hatte sie Familie?«

Der Gendarm fühlte sich immer weniger wohl. Auf seiner Stirn glänzte ein Schweißfilm, rosa Flecken erblühten auf seinen Wangen.

»Familie? Nein… ich glaube nicht. Sie lebte allein, mit der Haushälterin.«

»Gut…«

»Das ist eine Routineangelegenheit, Leutnant. Keine polizeiliche Ermittlung. Die Staatsanwaltschaft wird wahrscheinlich bei der Botschaft einen Nachforschungsantrag stellen.«

Der Eierkopf maß Paul mit dem Blick, zufrieden, sich mit dieser Pirouette aus der Affäre gezogen zu haben. Der Mann aus Marseille lächelte ihn an, hörte ihm aber nicht mehr zu. Er betrachtete die Wand hinter ihm. Eine japanische Grafik.

Ein natürlicher Tod… Möglich. Leicht möglich jedenfalls. Wen außer Tomasini kümmerte letztlich das Schicksal einer Exilkanadierin, die ganz offensichtlich keine Familie hatte. Für die Gendarmerie war die Sache abgeschlossen. Und Spiaggi hatte nicht einmal die Nase reingesteckt.

Paul erhob sich zufrieden. Er würde alleine weitermachen, und der Gendarm hatte ihn, ohne es zu wissen, auf eine Fährte gebracht. Germaine Lefort, die Hausangestellte des Opfers. Pech für diese Vollidioten, wenn sie bei ihrer Arbeit so rumpfuschten. Er würde die richtigen Fragen stellen. Er packte seine Jacke.

Der Gendarm begleitete ihn bis zur Tür, entzückt darüber, dass er ging.

»Danke für die Auskünfte«, rief ihm Paul beim Hinausgehen zu.

Er sah auf die Uhr.
Punkt elf. Er hatte noch Zeit.

Er ließ den Hafen hinter sich, ging die einzige Straße wieder zurück und gelangte auf den Paradeplatz. Porquerolles war ein winziges Stück Konfetti, das Dorf bestand aus dieser einen Esplanade, und das war's. Eine Schneise trockengelegtes Land, eingerahmt von Eukalyptusbäumen, gesäumt von Restaurants.

Er ging zur Kirche hinauf, ein der heiligen Anne geweihtes Steingebäude im streng klassizistischen Stil. Der Tabakladen war nur ein paar Schritte entfernt. Ein voll gestopfter Gang, in dem auch Souvenirs angeboten wurden, T-Shirts, Postkarten und alle Art von Krempel, der typisch für die Insel sein sollte. Neben den Einnahmen durch den Tourismus produzierte die Insel ein wenig Wein, der durch die Kooperativen verkauft wurde. Und das zu einem exorbitanten Preis.

»Havanitos. Eine Zwanziger-Schachtel.«

Ein Mann unbestimmten Alters kam hinter der Kasse zum Vorschein, angeklatschte Haare, Hakennase. Er musterte Paul verstohlen, als er ihm eine Blechbüchse reichte, um die ein gelber Gummi gespannt war. Auf der Insel begegnete man Rucksacktouristen mit Misstrauen, vor allem außerhalb der Saison. Sein Hals wurde länger, als Cabrera ihm seinen Bullenausweis hinhielt.

»Können Sie mir sagen, wie ich zum Chemin des Vignes komme?«

»Sind Sie von der Polizei?«

Paul mochte weder die Art von Fragen noch die Art von Trotteln. Die Antwort kam wie eine Ohrfeige.

»Können Sie nicht lesen?«

Der Tabakladenhändler zuckte verblüfft zurück.

»Entschuldigen Sie… Sie müssen aus dem Dorf raus, Richtung Le Langoustier. Dann werden Sie sich schnell zurechtfinden, es ist einfach, es sind überall Schilder angebracht. Wenn Sie zur Plage d'Argent kommen, lassen Sie die Siedlung liegen und nehmen die erste Straße links. Eine kleine Sackgasse.«

»Ist es weit?«

»Dreißig Minuten zu Fuß. Passen Sie auf, es gibt keine Hausnummern.« Der Mann sah Paul über seine Brille hinweg an, neugierig wie Schneiders Weib. »Suchen Sie jemanden? Kann ich Ihnen behilflich sein?«

Der Leutnant warf ihm einen vernichtenden Blick zu. »Geht schon klar.«

Er sammelte das Kleingeld ein, steckte die Zigarillos in seine Jacke und trat auf den Platz hinaus. Die Brise wehte einen köstlichen Duft heran, der ihn in der Nase kitzelte. Um diese Stunde kam Bewegung in die Küchen, und der frische Fangfisch wurde angerichtet, gebettet auf Petersilie, Knoblauch und Rosmarin. Einfache, schnelle Gerichte. Nach Hausfrauenart.

Sein Magen knurrte, er hatte Hunger. Eine schöne Bouillabaisse auf der Terrasse des L'Escale. Jetzt oder nie. Oder ein gegrillter Loup de mer. Der Wein von La Courtade würde vorzüglich zu dem weißen Fleisch passen. Er seufzte und zündete sich einen Zigarillo an. Nach einer Flasche Rosé wäre er nicht mehr in der Lage, Fragen zu stellen. Jedenfalls nicht die richtigen. Besser, er wartete noch.

Er überquerte ohne Eile den Platz, die Lederjacke über die Schulter geworfen. Sein angewinkelter Arm ließ das Schild der Kobra anschwellen. Heute war er nicht im Dienst. Er hatte vielmehr eine Mission. Wie ein Privatermittler, ohne amtlichen Auftrag.

Ein alter Mann sah zu, wie er vorüberging, eine seltsame

Figur in dieser staubigen Kulisse. Er zog an einer mit gelblichem Papier gedrehten Zigarette. Gauloise, Maispapier. Die Kippe der Armen. Pauls Vater rauchte sie auch.

Der Polizist nickte ihm freundlich zu. Der Alte erwiderte seinen Gruß. Wie ein Erkennungszeichen bliesen sie gleichzeitig den Rauch aus.

4

Paul fand die Adresse mühelos. Dass der Chemin des Vignes keine Hausnummern hatte, war nicht weiter schlimm. Es war ein Privatweg.

Er folgte einer von Pinien gesäumten Allee. Dürres Holz, lange Äste, die Kronen geöffnet wie Seerosenblüten. Die Sonne knallte allmählich, bohrte ihm Feuerpfeile in den Rücken. Er lief etwa hundert Meter und suchte Schutz im Schatten der schütteren Nadeln. Die Jeans, die Rangers, selbst sein T-Shirt waren ihm zu heiß.

Plötzlich tauchte zwischen zwei Gruppen von Ginsterbüschen das Anwesen auf. Kein Tor, keine Umfassungsmauer, nur Weinberge, ein Flechtwerk dunkler Reben, die in dichten Reihen bis zu den Hügeln standen. Im Hintergrund, überragt von zwei gewaltigen Platanen, kam unter dem schattigen Blätterdach ein mächtiger Landsitz zum Vorschein.

Er überquerte einen mit rosa Kies bedeckten Vorplatz und blieb vor einer Tür stehen, einem Rechteck aus massiver Eiche, eingerahmt von dicken Kupfernieten. Ein Bronzekreis öffnete mitten im Holz einen dunklen Schlund. Er klopfte dreimal und wartete. Nach etwa zehn Sekunden vernahm er von rechts eine Stimme.

»Ich komme … Ich komme …«

Der Polizist drehte sich verwundert um. Eine Frau in weißen Shorts überquerte den großen Vorplatz. Sie kam schnellen Schritts auf ihn zu.

»Ja?«, fragte sie außer Atem.

Paul nahm in ihrer Stimme eine verhaltene Unruhe wahr. Er streckte ihr gleich seinen Ausweis hin.

»Polizeileutnant Cabrera.«

Die Frau warf einen kurzen Blick auf das blauweißrote Dokument. Sie starrte es ungläubig an, dann zog sie einen ihrer Gummihandschuhe aus und reichte Paul die Hand.

»Meredith O'Brien.«

Ein seltsames Kribbeln brachte Cabrera aus der Fassung, als die kleine Hand in die seine glitt. Zarte Haut, schlanke Finger, aber ein fester Händedruck. Eine unerwartete Berührung.

»Sie sind wegen Céline da«, sagte die Frau.

»Genau.«

Sie verschränkte die Arme. »Mir ist nicht recht klar, was da wohl vorgefallen ist … Céline war eine ausgezeichnete Schwimmerin.«

Paul legte die Information in einer Ecke seines Kopfes ab. Er beobachtete die Frau. Keine erstklassige Garderobe, aber sie hatte Stil. Sie war blond, hatte kurze Haare, die ein intelligentes Gesicht umrahmten, eine gerade Nase, große graue Augen und einen aufmüpfigen Busen, der sich unter ihrem Pulli abzeichnete. Sicher Silikon. Das Ganze von gebräunter Haut vorteilhaft zur Geltung gebracht.

»Ich bin gerade auf der Insel angekommen«, fuhr sie fort. »Ich habe ein Taxiboot genommen.«

Der Leutnant konnte seine Überraschung kaum verhehlen. »Sie sind gerade erst angekommen?«

»Ja, vor einer Stunde. Ach, entschuldigen Sie, ich habe

mich noch gar nicht vorgestellt. Ich bin Célines Schwester.«

Paul dachte an die Ermittlungen der Gendarme. Das Opfer hatte eine Schwester, hier in Frankreich. Und keiner schien davon auch nur einen blassen Schimmer zu haben. In der Kategorie der Nulpen schlug der Schütze Arsch wirklich sämtliche Rekorde.

»Ich möchte Madame Lefort sehen, ist sie hier?«

»Germaine ist heute Morgen zu ihrem Sohn gefahren … Nach allem, was passiert ist …«

Paul nickte beiläufig. Seine Zeugin hatte sich verdrückt, das fing ja gut an. Andererseits hatte die Blonde, die da vor ihm stand, vielleicht interessante Dinge zu erzählen. Und er käme als Erster in den Genuss ihrer Enthüllungen.

»Machen Sie sich keine Gedanken, es wird nicht lange dauern.«

»Gut … Warten Sie eine Sekunde.«

Sie machte kehrt und ging zu einer Art Glaspavillon, der am Rande der Weinberge stand. Dort legte sie ihre Handschuhe ab, überquerte wieder den Vorplatz und verschwand hinterm Haus. Nach etwa zwanzig Sekunden hörte Paul, dass sich jemand auf der anderen Seite der Tür am Eisen zu schaffen machte. Ein Klicken, und der eichene Türflügel schwang auf. In der Öffnung bot sich ein sonnendurchflutetes Zimmer dar.

»Kommen Sie bitte herein.«

Paul betrat das Anwesen. Die Eingangshalle mit hoher Balkendecke wurde von einem Bogengang aus behauenem Stein in zwei Hälften geteilt. Die Wände strahlten die gelassene Ruhe jahrhundertealter Gemäuer aus. Weiß getünchte Wände, wie man sie in der Provence oft antrifft.

Das Mobiliar hingegen schien direkt aus einem New Yorker Loft zu stammen. Zwei niedrige Metalltische, die sich gegenüberstanden, fadendünne, spitzwinklige Lampen, Halogendeckenleuchten, die an Aluminiumgestängen hingen. An den Wänden zeitgenössische Gemälde mit Kreisen und Vierecken. Gelb und blau. Rot und schwarz.

»Wollen Sie etwas trinken?«

Meredith O'Brien hatte die Frage lächelnd gestellt. Sie wirkte auf ihn wie eine aufmerksame Hausherrin, besorgt um das Wohl ihrer Gäste.

»Fruchtsaft, Soda, Bier, es sei denn, sie hätten lieber ein Glas Weißwein ...«

»Einen Weißwein«, antwortete Paul, »das wäre perfekt.«

»Setzen Sie sich in den Salon, ich komme gleich.«

Sie wies auf ein weiteres Zimmer, das an die Halle anschloss. Die gleiche Dekoration, die gleichen weißen Wände, die gleiche Frische. Er setzte sich in einen mit grauem Stoff bezogenen tiefen Sessel und legte seine Lederjacke neben sich ab.

Sie tauchte kurz darauf wieder auf, mit zwei halb gefüllten Burgundergläsern, in denen Eiswürfel sangen.

»Ich habe Ihnen zwei Eiswürfel hineingetan. Es gab keine gekühlten Flaschen mehr.«

Paul nahm das Glas, während sie sich auf die Chaiselongue setzte. Ihm fiel auf, wie schlank ihre Beine waren, wie überaus feingliedrig ihre Fesseln. An der rechten zwinkerte ihm ein funkelndes Kettchen zu.

»Womit kann ich Ihnen dienen?«

Der Polizist führte sein Glas zum Mund und starrte sie perplex an. Diese Frau war vor kurzem vom Tod ihrer Schwester unterrichtet worden. Einem gewaltsamen Tod noch dazu. Und doch benahm sie sich, als ginge es um ein Geschäft. Höflich, bestimmt, scheinbar ungerührt.

»Sie haben mir gesagt, Sie seien die Schwester des Opfers ...«

Sie unterbrach ihn sofort. »Ihre Halbschwester, um genau zu sein. Meine Mutter hatte ein bewegtes Leben … Heute ist sie mit einem Kanadier verheiratet. Larqué. Sagt Ihnen das nichts? Der König des Industriehuhns.«

»Nein.«

»Ist auch unwichtig. Wie dem auch sei, ich habe Céline nur sehr selten gesehen. Ich lebe in Los Angeles, und sie konnte Kalifornien nicht ausstehen. Sicher wegen meiner Mutter.«

»Amerikanerin?«

»Polynesierin. Mein Vater war Amerikaner. Ich habe seine Staatsangehörigkeit angenommen.«

Paul fiel auf, dass ihr Französisch perfekt war, fast ohne jeden Akzent.

»War?«

»Er ist gestorben, vor zehn Jahren. Lungenkrebs.«

»Das tut mir Leid …«

»Das ist Vergangenheit«, sagte sie mit einem Lächeln.

Der Bulle sagte nichts mehr. Die Distanz, die diese Frau schuf, verwirrte ihn, brachte ihn aus dem Konzept. Sie besaß eine gewisse Gelassenheit, die einen zugleich beruhigte und rasend machte. Sie öffnete eine Edelstahlkassette, die unter der Chaiselongue verborgen war, und holte einen Glaskubus heraus.

»Aschenbecher? Tun Sie sich keinen Zwang an. Ich habe gelernt, den Rauch der anderen zu ertragen.«

Paul versuchte nicht, das zu verstehen, und zündete sich einen Zigarillo an. Jetzt war es an ihr, ihn mit leicht spöttischer Miene zu mustern.

»Ihnen fehlt nur noch der Ohrring. Wundert mich übrigens, dass Sie keinen tragen. Ein kleiner Diamant … oder eine Kreole. Sie geben doch zu, dass Sie den Bogen ein bisschen überspannen. Oder?«

Cabrera wäre fast erstickt, als er den dunklen Rauch in dicken Schwaden aushustete. Er nahm einen großen Schluck Weißwein, um seinen Hals zu beruhigen. Und auch um wieder Haltung zu gewinnen. Im Allgemeinen war es seine Aufgabe, die Leute aus der Fassung zu bringen, nicht die der Zeugen. Er wagte einen neuen Vorstoß.

»Die Gendarmerie scheint von einem Unfall auszugehen. Ihre Schwester war aber eine gute Schwimmerin …«

»Mehr als das. Sie liebte das Meer. Sie muss wohl in dem kalten Wasser einen Herzschlag bekommen haben. Na ja, das stelle ich mir so vor …«

Der Polizist dachte an die Wassertemperatur um diese Jahreszeit. Kalt, aber noch ganz erträglich. Schwer zu glauben, sie könne einen Herzschlag bekommen haben. Er stellte etwas gezieltere Fragen.

»Wissen Sie, ob Ihre Schwester irgendwelche Probleme hatte? Warum hat sie die Hälfte des Jahres in diesem Haus zugebracht?«

»Das ist ein wenig kompliziert … Wir haben dieses Landhaus vor zehn Jahren gekauft. Ich für mein Teil habe keinen Wert darauf gelegt … Aber Céline hatte darauf bestanden. Vielleicht dachte sie, wir könnten auf diese Art näher zusammmenrücken. Es gehört uns beiden. Was mich angeht, ich habe kaum Gelegenheit, herzukommen. Bei Céline war das anders …«

»Anders?«

»Sie hat nie gearbeitet … Larqué sorgte großzügig für ihr Auskommen. Ich denke, er wollte sie lieber nicht sehen. Jedenfalls lebte sie die meiste Zeit allein.«

»Denken Sie, sie hätte …«

»Sich umbringen können? Nein. Das glaube ich nicht. Sie war nicht mutig genug, eine solche Tat zu vollbringen …«

Paul speicherte diese Angabe und fuhr fort: »Keine Feindschaften, gefährlichen Umgang, Drogengeschichten?«

Sie brach in Gelächter aus.

»Was denken Sie denn? Dass hier offene Rechnungen beglichen wurden?«

Der Leutnant hatte den Eindruck, sie halte ihn zum Narren. Dennoch verbarg er seinen Ärger hinter einem höflichen Lächeln.

»Momentan schließe ich noch nichts aus, Madame O'Brien.«

»Meine Schwester hatte keine Feinde. Ein nettes, reiches Mädchen.« Meredith stockte einen Moment, dann fuhr sie fort: »Da fällt mir ein, Sie haben sie noch nie gesehen?«

»Nein.«

Sie stand auf, ging Richtung Eingangshalle und verschwand hinter einer Tür. Nach einem kurzen Augenblick kam sie mit einem Plastikalbum in den Händen wieder zurück.

»Schauen Sie. Das letzte Foto von uns. Aufgenommen in Saint-Jean-Cap-Ferrat, vor zwei Jahren. Wie Sie sehen können, habe ich vom ozeanischen Typus nichts geerbt, im Gegensatz zu meiner Schwester.«

Der Polizist hörte aus diesen Worten eine gewisse Verachtung heraus.

Die Frau sprach weiter: »Das ist das Hôtel du Cap, Céline stieg oft hier ab, wenn sie in der Gegend war. Kennen Sie es?«

»Nein …«

Sie setzte eine verschmitzte Miene auf.

»Da hätte ich drauf gewettet… Sie verpassen nichts. Sehr snobistisch, sehr überspannt. Céline verlor sich gern in dieser Oberflächlichkeit. Wenn sie sich nicht in Porquerolles verkroch, hatte man gute Chancen, sie auf dem internationalen Parkett anzutreffen.«

Der Bulle aus Marseille ahnte schon, dass diese Welt im diametralen Gegensatz zu der seinen stand. Sein Parkett, das war eher Le Castelet, wo er seine Rennrunden drehte, um den Stress loszuwerden, um dem Geruch der Straße und ihren Müllgestank abzutöten. Er betrachtete das Foto eingehend, nachdenklich.

»Hübsches Mädchen. Schade …«

»Ein polynesischer Mischling. Dort nennt man das eine ›Halbe‹. Die schönsten Mädchen der Welt, sagen manche …«

In der Tat.

Die junge Frau, die da neben Meredith O'Brien lächelte, war von dämonischer Schönheit. Ein ebenmäßiges Gesicht, dunkle Haut, blendend weiße Zähne, lange schwarze Haare, die in Kaskaden über ihre Schultern fielen. Sie trug ein Collier aus grauen Perlen, dick wie Bleikugeln. Es war ein Ganzkörperfoto. Paul konnte einen geschmeidigen und muskulösen Körper erahnen, der von einem Etuikleid vorteilhaft zur Geltung gebracht wurde. Und sie war außergewöhnlich groß, zumindest für eine Frau. Gute zehn Zentimeter größer als ihre Schwester.

Die Amerikanerin hatte Recht. Das Opfer war ein ganz anderer Typ als sie. Zum einen von gekünstelter Eleganz und zum anderen … ursprünglich.

Paul legte das Foto auf den Tisch, ohne Céline aus den Augen zu lassen. Im Geiste versuchte er, die einzelnen Stücke zusammenzubringen. Jetzt hatte diese Leiche für ihn einen Namen, konnte er ihr Bruchstücke einer Lebensgeschichte zuordnen. Eine entwurzelte, depressive Frau aus gutbürgerlichem Hause, die nicht wusste, wohin mit ihren Mäusen. Ansonsten ein hübsches Ding.

Was die Todesursache anbelangte, wollte er, ganz gleich, was ihre Schwester dazu meinte, vorsichtig bleiben. Tomasini hatte ihn hergeschickt, um die Sache aufzuklären, er witterte sicher irgendein krummes Ding.

Er ballte die Faust, im Bauch das Gefühl, die Sache sei noch nicht abgeschlossen. Letztlich würden all diese Informationen für seinen Boss kein Licht in die Angelegenheit bringen. Wenn er mehr wissen wollte, müsste er anderswo herumschnüffeln.

Eine Frage lag ihm selbst noch auf der Seele: »Und Sie? Wie haben Sie das mit Céline erfahren?«

Die Frau zuckte nicht mit der Wimper. Sie antwortete ganz ungezwungen: »Ich war in Paris. Germaine hat mich gestern Abend angerufen. Ich habe gleich das erstbeste Flugzeug genommen.«

»Haben Sie vor, lange zu bleiben?«

»Ich denke nicht. Es ist ein Zufall, dass ich gerade in Frankreich war…« Sie machte eine Pause und fuhr dann fort: »Ich muss mich um die Formalitäten kümmern, dann fliege ich wieder nach Paris. Mein Flug in die Staaten geht am Sonntagabend. In weniger als drei Tagen… Ich habe noch viel zu erledigen.«

Sie schenkte sich noch Weißwein ein, warf den Kopf nach hinten und leerte das Glas in einem Zug. Ein Sonnenstrahl schien auf ihren Hals, unter dessen zarter Haut man ihren Pulsschlag sehen konnte. Langsam, regelmäßig, zart.

Paul war wieder ganz verwirrt. Er schälte sich aus seinem tiefen Sessel heraus.

»Gut. Ich will Sie nicht länger aufhalten. Jedenfalls danke, dass Sie mich empfangen haben.«

Die Frau stand ebenfalls auf. Sie durchquerten wortlos die Eingangshalle. Als er vor der Eichentür angelangt war, reichte der Polizist ihr eine Visitenkarte.

»Hier, meine Telefonnummer, falls Ihnen noch etwas einfällt. Gibt es eine Nummer, unter der ich Sie erreichen kann? Ich meine, solange Sie noch in der Gegend sind. Man weiß nie, vielleicht brauche ich ja Ihren Rat…«

»Gewiss.«

Sie nahm ein Papier aus einer Holzschachtel, die an der Wand hing, und schrieb ein paar Ziffern darauf. Paul warf einen kurzen Blick auf die Nummer und trat auf den Vorplatz.

Die Sonne stand im Zenit und brannte auf die Steine herab, dass sie schier dahinschmolzen. Ein merkwürdiges Gefühl durchzuckte ihn, ein vergessenes Gefühl, erregend und schmerzhaft zugleich.

Er wandte sich um: »Sagen Sie…«

»Ja?«

»Ich habe Sie noch gar nicht danach gefragt. Was machen Sie denn so den ganzen Tag, wenn Sie nicht hier sind?«

»Beruflich, nehme ich an?«

Der Bulle nickte.

Sie neigte den Kopf zur Seite, eine ernste, würdevolle Haltung, ein Ausdruck, den sie während ihres Gesprächs nicht angenommen hatte. Sie antwortete mit ruhiger Stimme: »Ich bin Psychiaterin. Psychoanalytikerin, um genau zu sein.«

5

Die abgewetzten Schiffsrümpfe der Bolcano-Werft sahen aus wie Gespenster aus Polystyrol, Galeonen, die zur Trauminsel in See stachen. Eine untersetzte Gestalt huschte unter den Kiel eines Jeannot, ebenso lautlos wie ein Kater auf der Pirsch.

So verharrte sie ein paar Sekunden, drehte den Kopf von links nach rechts. Heizölgestank stieg ihr in die Nase, der Geruch der Häfen, stets derselbe.

Es schien keiner da zu sein.

Beruhigt wagte sie sich weiter vor. Sie lief an den Läden vorbei, die sich entlang der Hafenmole reihten, dicht an der Wand lang, damit man sie im Dunkeln nicht sah. Der Mistral hatte die Wolken vertrieben, ein Halbmond ließ die Umrisse plastisch hervortreten.

Beim Hafenamt angekommen, presste sie sich mit dem Rücken an die Wand. Dann zog sie sich zu einem Oberlicht hoch und warf einen Blick hinein. Der schwach erleuchtete Raum schien leer zu sein. Ein Stuhl, ein Kleiderhaken, ein mit grünen und roten Lämpchen übersätes Pult. Auf dem Kontrollbildschirm flog zuckend ein grünlicher Funke durch die Nacht. Kein Laut. Der Angestellte schlief wahrscheinlich woanders.

Die Gestalt ließ sich auf den Asphalt hinab. Lotete mit zwei Drehungen des Halses ihre Möglichkeiten aus. Sie waren einfach, nahe liegend. Die Boote, die in Richtung Deich Anker geworfen hatten, hatten einen Vorteil: Sie waren in einen dunklen Mantel gehüllt, dort könnte sie in aller Ruhe ihr Vorhaben durchführen.

Doch anschließend müsste man allzu lange in der Fahrrinne wieder hinausfahren, bis man das Meer erreichte. Besser man nahm den kürzeren Weg, versuchte die ersten Anlegestellen zu erreichen. Die einzige Schwierigkeit bestand darin, eine ganze Weile in achtzehn Grad kaltem Wasser zu schwimmen.

Der Schatten stürmte zur Anlegestelle der Fährschiffe. Einen kurzen Augenblick beleuchtete der Mond die Gestalt eines Mannes mittlerer Größe, der eine helle Stoffhose trug, ein ebenfalls helles Polohemd und einen Rucksack.

Schwarze, zu einem langen Zopf geflochtene Haare schlugen im Rhythmus seines Laufes gegen den Rucksack.

Ein merkwürdiges Detail: Er trug keine Schuhe.

In drei Sprüngen war er an der Anlegestelle. Eines der kleinen Boote schien im Stehen zu schlafen, ein Haufen altes Blech, das über dem Plastik knirschte. Der Mann setzte sich an den Rand, die Beine baumelten ins Leere. So blieb er ein paar Sekunden sitzen, die Füße direkt überm Wasser, als zögere er. Schließlich durchbrachen seine Füße die Wasseroberfläche, dann sein Bauch, seine Brust und seine Arme.

Er stieß sich vom Rand ab und durchquerte die Fahrrinne, Spritzer im Gesicht vom Nachschwappen einer Welle. Langsame, kraftvolle Bewegungen, ein gut geölter Mechanismus, der mit Leichtigkeit vorankam. In seinem Kielwasser schlängelte sich sein Zopf wie eine Seeschlange.

Nach zehn Minuten erreichte er sein Ziel. Kein Segelboot an dieser Anlegestelle. Motorboote der Kategorie zwanzig auf dreißig Fuß, die meisten mit einer Plane abgedeckt. Er schwamm zwischen den Booten hindurch, entdeckte einen Boston und hievte sich an Bord.

Die marineblaue Abdeckplane bog sich unter dem Brackwasser, von dem ein süßlicher, fauliger Gestank ausging. Er kippte das Wasser über Bord, rollte die Plane nach vorn zusammen. Ab und zu hielt er inne, versuchte zu deuten, woher ein bestimmtes Knacken kam.

Nichts. Er war allein.

Jetzt begann der schwierige Teil der Übung. Undenkbar, hier den Motor anzulassen. Er würde die Taue losmachen müssen und sich Richtung Fahrrinne treiben lassen.

Niemand durfte ihn sehen. Niemand. Bei seinem Aussehen und den Bullen, die in Massen auf der Insel einfielen, war es Hilda lieber, wenn man das Risiko so gering wie möglich hielt. Sie hatte nachdrücklich auf diesem Punkt bestanden.

Er machte sich ans Werk. Der Rumpf glitt voran und verschwand in der Nacht. Die Strömung zog das Boot mit sich fort, eine Strömung, die vom offenen Meer kam und ihn ins Hafeninnere drängte. In weniger als einer Minute war er um die fünfzig Meter von den Anlegestellen entfernt.

Jetzt oder nie.

Er steckte die Stromkabel ein, ließ die Motoren herunter. Die Schiffsschrauben tauchten ins schwarze Wasser ein. Er ließ den Anlasser an. Die Maschinen husteten einoder zweimal, dann wurden sie abgewürgt. Er drückte den Gashebel halb durch, versuchte es erneut. Unerschütterlich führte er jeden Handgriff aus, eiskalt und mit Präzision. Plötzlich lief die Maschine auf vollen Touren. Er drosselte das Gas. Im Hafenamt lauschte der Beamte vom Bereitschaftsdienst. Das Konzert der Wanten beruhigte ihn sofort. Es hämmerte in der Nacht wie ein gewaltiges Xylophon.

Der Boston fuhr langsam gegen die Strömung, mit gedrosseltem Motor, glitt an der Bake vorbei, und schon befand er sich auf offener See. Jenseits des Cap du Mèdes gab es Seegang, Wellentäler von über einem Meter, die wie eine Landarmee von Osten heranrollten.

Der Mann zog seine Kleider aus. Statt Unterwäsche trug er eine rote Badehose. Der Mond beleuchtete seine stumpfe Haut, die mit seltsamen Tätowierungen bedeckt war. Zeichen, Striche, Kreise. Rätselhafte Motive, die jedoch außerordentlich genau angeordnet waren. Sein Körper erinnerte an eine gigantische Freskenmalerei, eine Landkarte aus Haut.

Er atmete tief ein, seine Lungen füllten sich mit Seeluft.

Mit einem heftigen Ruck ließ er den Boston volle Kraft voraus zur Küste brausen. Schon bald begann der Rumpf auf den Schaumkronen zu surfen.

6

Paul stieß die Tür zu seinem Büro auf und zog die Jacke aus. Eine schwarze Fliegerjacke. Die trug er immer bei der Arbeit. Weniger cool als die Perfecto, seine Lederjacke, dafür praktischer.

Er setzte sich und streckte die Beine aus. Plastik, Metall, ein erbärmlicher Schreibtisch, ein Eisenstuhl. Das Ganze wirkte nicht sehr fröhlich. Die Höhle eines Bullen, eines Straßenbullen, das absolute Minimum, um Berichte zu tippen und die Ärsche weich zu kochen, die hier ein und aus gingen. Der Ort deprimierte ihn.

Doch heute wurde dieses düstere Gefühl durch eine Annehmlichkeit gemildert. Ein Duft nach heißem Kaffee lag in der Luft, überdeckte teilweise den kalten Tabakgeruch, den seine Zigarillos zurückgelassen hatten. Sophie war hier gewesen. Jeden Morgen machte eine kleine Rothaarige die Runde in den Büros, ein Lächeln quer übers ganze Gesicht, eine große Kaffeekanne aus Plexiglas in der Hand. Man könnte meinen, sie werde dafür bezahlt. Auf dem Schreibtisch stand die Tasse und wartete auf ihn, randvoll, der Kaffee noch warm.

Er öffnete die Schublade zu seiner Rechten und kramte nach einem Stück Zucker. Ein Dominostein, eingewickelt in billiges Papier. Der Kriegsschatz aus der Bar des Platanes löste sich langsam auf. Paul nahm einen Schluck und griff zum Hörer.

Sophies warme Stimme war gleich am Apparat.

»Guten Tag, Leutnant. Geht es Ihnen wieder besser?«

»Ja ... Ja, es geht.«

Er hatte sich gerade noch rechtzeitig erinnert, dass er sich hatte krank melden müssen, um nach Porquerolles fahren zu können. Nur Tomasini wusste von seinem Ausflug. Schließlich hatte er als Freischaffender für den Korsen gearbeitet. Er fragte: »Haben Sie den Kommissar gesehen?«

»Ja. Er ist im Bunker. Bringt gerade ein Verhör zu Ende.«

Paul dachte an den kleinen lichtlosen Raum, in dem Tomasini so manchem Verdächtigen dabei half, sein Gewissen zu erleichtern. Der Korse konnte achtzehn Stunden durchhalten, ohne schlapp zu machen, ein Wechselbad aus Mitgefühl und Drohungen, aus Angsteinjagen und Trostspenden. Bei diesem Psychoroulette gewann Tomasini immer.

»Sagen Sie ihm, dass ich da bin.«

»Ich werd's ausrichten.«

Er legte auf. Eine Perle, diese Sophie. Sicherheitsbeauftragte stand in ihrem Arbeitsvertrag. Seit sie in ihrem rauen Leben aufgetaucht war, wussten die Männer des Korsen die Anwesenheit eines weiblichen Wesens zu schätzen. Ein Hauch von Frische in dieser abgeschlossenen Machowelt. Paul genoss den Unterschied mehr als jeder andere.

Seine Bürotür wurde lärmend aufgerissen.

»Hallo, Paul. Also, wie weit sind Sie gekommen?«

Tomasini stand vor ihm, die Lesebrille auf der Nase, eine Ausgabe von *La Provence* in einer Hand, eine Tasse Kaffee in der anderen. Er sah besorgt aus. Paul blieb in seinem Sessel hocken.

»Guten Tag, Kommissar. Falls Sie sich um mich sorgen ...«

»Hören Sie auf mit dem Quatsch. Los, erzählen Sie schon.«

Der Kommissar setzte sich vor seinen Untergebenen. Die Nacht dürfte lang gewesen sein. Zwei schwarze Augenringe ließen seine Augen größer und sein langes Gesicht noch ausgehöhlter wirken.

Paul verschränkte die Arme im Nacken.

»Das Opfer ist eine gewisse Céline Larqué. Eine leicht durchgeknallte Kanadierin. Ein Mischling. Offizielle Version: Tod durch Ertrinken.«

»Was für eine Art von Ertrinken? Ein natürlicher Tod, oder wurde nachgeholfen?«

»Alle Welt scheint an einen Unfall zu glauben.«

»Und Sie?«

»Fällt mir schwer, sie schwamm wie ein Fisch.«

»Was glauben Sie?«

»Schwer zu sagen... Angesichts der fehlenden Zeichen von Gewalteinwirkung würde ich eher auf Selbstmord tippen. Aber dazu ist es noch zu früh...«

Tomasini kratzte sich am Kopf, einem grauen, kurz geschorenen Schädel. Er wirkte verlegen.

»Haben Sie Spiaggi gesehen?«

»Nein. Die hatten sich alle aus dem Staub gemacht, als ich ankam. Ich weiß nicht mal, ob sie sich überhaupt hinbemüht hatten. Es gab nur einen Gendarmen, der die Zeugenaussagen aufnahm.«

»Haben Sie viele Leute verhört?«

»Nicht wirklich. Nachbarn, Händler, die Hausangestellte. Die Ärmste, die die Leiche gefunden hat. Nichts Interessantes. Die Einzige, die sie hätten befragen sollen, befand sich zum Zeitpunkt der Tat nicht auf der Insel.«

»Ach ja?«

Der Leutnant lehnte sich zurück.

»Ihre Schwester … das heißt, Halbschwester.«

Tomasini nahm die Brille ab und stützte sich auf die Lehne. Dann fragte er in einem Tonfall, den Paul nicht von ihm kannte: »Meredith?«

Cabrera konnte sich ein Lächeln nicht verkneifen. Der alte Bock hatte ihn nicht auf Kosten der Steuerzahler auf geheime Mission geschickt, um frische Luft zu schnappen.

Der Kommissar machte die Tür zu. Seine nervös zuckenden Schultern traten unter dem schwarzen Rolli hervor.

»Hören Sie zu, Cabrera. Ich weiß, was in Ihrem verzwieselten Hirnkasten vor sich geht. Aber da liegen Sie daneben. Völlig daneben. Ich hätte nicht gedacht, dass ich einmal gezwungen sein würde, Ihnen … Tun Sie mir einen Gefallen, ja? Machen Sie es nicht noch schlimmer.«

Paul runzelte die Stirn. Hinter den durchsichtigen Gläsern funkelten die Augen des Korsen hitzig.

»Ich kannte Céline schon lange, viel länger als Sie mit mir arbeiten. Und jetzt hören Sie gut zu. Sie fragen sich sicher, was ein Mädchen ihres Schlages in meinem Leben zu suchen hat? Und warum ich, wenn das der Fall ist, nicht selbst hingegangen bin, um mich um die Angelegenheit zu kümmern?«

»Ich gebe zu, dass …«

»Das ist nicht lustig, das versichere ich Ihnen«, stieß Tomasini zwischen zusammengepressten Lippen hervor.

Paul senkte den Blick. Wenn er ihm im Wald begegnete, würde die Visage des Korsen ihm jetzt Angst einjagen.

»Céline hatte polynesische Wurzeln … Das wissen Sie wohl schon.«

»Die Amerikanerin hat es mir gesagt, genau.«

»Gut … Dann werden Sie's verstehen.«

Tomasini ging zum Fenster. Gegenüber den Hafendocks ragte die Kathedrale auf und funkelte in der Sonne. Unten auf der Straße wuselten die Autos wie Metallameisen aus dem Tunnel.

Er drehte sich langsam um und sah Cabrera an. Dann murmelte er, die Stimme wie mit einem Nylonfaden abgeschnürt: »Céline … Céline war meine Tochter.«

Paul musste schlucken. Das Geständnis bedurfte keinerlei Kommentars. Der Kommissar ließ seinen Geist wieder zur Straße hinunterwandern. Er sprach mit entrückter Stimme.

»Es war zur Zeit meines Militärdienstes, 1971. Ich hatte eine Abkommandierung nach Tahiti erhalten … Bei der Marine. Wir sind fünfunddreißig Tage auf See gewesen, bis die Fregatte im Hafen von Papeete anlegte. Ihre Mutter schleppte mich am Abend meiner Ankunft in einem Animierschuppen ab. Ich war voll wie eine Haubitze, habe nichts kommen sehen. Als sie mir sagte, sie sei schwanger …«

Er rieb die Handflächen aneinander.

Paul nickte leise. Meredith O'Briens Worte kamen ihm wieder in den Sinn und bekamen jetzt eine andere Bedeutung. Ein bewegtes Leben, eine zersplitterte Familie, eine unverhoffte Heirat. In puncto Schicksal hatte die Karriere ihrer Mutter beim Hafenstrich ihren Anfang genommen.

»Céline wurde geboren«, fuhr Tomasini fort. »Ich habe die Vaterschaft nicht anerkannt. Zwölf Monate später verließ ich Polynesien … Allein. Vor zehn Jahren hat sie mich wieder gefunden. Ich hatte nicht den Mut, Christine und den Kindern davon zu erzählen …«

Er hielt inne. Die Erinnerungen stürmten zu schnell auf ihn ein. Eine schlammige Eisenkette, die aus einem Wrack aus Vorwürfen gezogen wurde. Er setzte sich Paul gegenüber, plötzlich älter, zerbrechlicher. Kurz darauf erzählte er weiter: »Wir haben uns zwei- oder dreimal getroffen, wenn sie nach Porquerolles kam. Sie hatte den Landsitz im Chemin des Vignes gekauft, zusammen mit ihrer Schwester. Vielleicht wegen mir ... Ich habe es nie erfahren. Sie hat mir viel erzählt. Von ihrer Mutter, von Kanada, dass man sie um ihr Leben betrogen hat. Ich habe zugehört. Sie hatte gehofft, es würde etwas passieren. Zum Kuckuck, ich schwöre Ihnen, ich hab's versucht. Wirklich ...«

Er hörte wieder auf, war nicht in der Lage weiterzuerzählen. Paul hatte ihn noch nie in diesem Zustand gesehen. Der Chef der Brigade, der Korse, ein Bulle auf der Höhe seiner Kunst, der zuschauen konnte, wie eine Nutte verprügelt wurde, ohne mit der Wimper zu zucken, nur um einen Luden dingfest zu machen.

Tomasini ließ den Kopf sinken, am Boden zerstört.

Es wurde still, bedrückend still. Die Welt wurde leer. Bilder eines anderen Zeitalters tanzten um den Korsen herum, greifbar nah. Als er den Blick hob, ließ ein Schleier seine Pupillen glänzen.

»Cabrera ... Ich werde Sie noch brauchen.«

7

Paul hatte nicht ablehnen können. Eine alte Schuld, ein Ehrenkodex. In seiner Familie zahlte man zurück, was man schuldig war, wann auch immer.

Als Tomasini ihn in der Polizeischule aufgegabelt hatte, musste der Schüler Cabrera ganz schön ackern, um sein zweites Schuljahr hinter sich zu bringen. Strafrecht, Strafverfahren, Soziologie, Psychologie, Ballistik und andere Techniken der Spurensicherung – Paul hatte die Dinge nie unter diesem Blickwinkel betrachtet. Erst musste man einen Papierwald durchackern, bevor man wieder in die Sporthalle, den Ring, die Schießanlage gehen konnte. Erst wie ein Feigling die Schulbank drücken, bevor es aufs Ziel losging. Jenes Ziel, das ihn dahin gebracht hatte, die Aufnahmeprüfung der Sicherheitspolizei zu bestehen.

Was ihn antrieb, ließ sich in einem Gedanken zusammenfassen: Die Angst kleinkriegen, die seine Seele vergiftete. Lange schon, weit vor den Wirren der Adoleszenz, hatte Paul seinen Gegner klar erkannt: sich selbst.

Bei ihm zu Hause sprach man wenig. Er hatte seine Antworten anderswo gesucht. In der Aktion, in der Grenzüberschreitung. Nur dort, in Extremsituationen, bei unmöglichen Herausforderungen, fand er manchmal Frieden.

Schnelligkeit, Risiko, Gewalt, seine ersten Erfahrungen grenzten ans Absurde. Er setzte Tag für Tag sein Leben aufs Spiel, eine Form des Leichtsinns, die zur barocken Kunstform erhoben wurde.

Ein Surfunfall bei einem Freeride auf dem Ecrins-Massiv, drei Monate im Eisenkorsett und die Tage zählen, hatten Paul eines gelehrt: Sein Körper war die erste Barriere. Gegen eine Betonmauer oder eine Felswand konnten seine Knochen nichts ausrichten. Er würde immer verlieren.

Er beschloss, sich anderen Herausforderungen zu stellen, sich ebenbürtige Gegner zu suchen. Das Boxen brachte ihm eine Lösung. Das amerikanische Boxen, *full contact*. Der totale Einsatz, körperlich wie geistig.

Er machte eine Religion daraus. Jeder Kampf reaktivierte die Angst, dieses quälende Rätsel, diese eiserne Faust, der er sich verschrieb, um seinem Leben einen Sinn abzugewinnen. Er wurde Boxmeister der Jugendliga der Provence, Sieger der Amateurmeisterschaft Frankreichs – es hatte sich die Frage gestellt, ob er Profi werden sollte. Seine Mutter hatte ihn angefleht, er hatte am Ende kapituliert.

Ratlos wandte er sich der Polizeikarriere zu, eine alte Idee, ein Notanker. Mit dem Kopf voll von amerikanischen Filmen, monolithischen, heldenhaften Gestalten, würde er auf der Straße schon Gelegenheiten finden, seine Suche fortzusetzen.

Ein Blick von Tomasini hatte genügt, um all das zu verstehen. Er hatte ihm die Chance seines Lebens gegeben und ihn in seine Einheit aufgenommen, obwohl die handfesten Tatsachen wie Noten, Bewertungen und Empfehlungen dagegen sprachen.

Seither war Leutnant Cabrera ein ganzes Stück weitergekommen. Unter der Zuchtrute des Korsen hatte er sein Handwerk gelernt. Seelenquetschungen, berstende Kiefer, von Alkohol und Drogen geschundenes Fleisch – die Brigade tauchte tief in den Schlamassel ein, gab sich die volle Dröhnung an Unfassbarem, an Ungeheuerlichem.

Paul hatte seinen Weg gefunden. Jeder Tag brachte ihm sein Quäntchen Adrenalin, jede neue Herausforderung hielt ihn am Leben.

Und das verdankte er dem Korsen.

Dieses Mal hatte der Korse beschlossen, im Hintergrund zu bleiben. So seltsam das auch scheinen mochte, diese Tochter, die da aus dem Dunkel aufgetaucht war, stellte ihn vor eine Reihe unlösbarer Probleme. Eine Gleichung, die unmöglich aufzulösen war. Doch sein Geist, in Widersprüche verstrickt, schrie nach Erlösung. Was auch immer die Todesursache sein mochte, er wollte mehr darüber erfahren.

Das Ende der Geschichte war, dass Paul sich in die Flammen begab. Ohne Indizien, ohne Zeugen, ja sogar ohne kommissarische Vernehmung hatte er sich bereit erklärt, die Leiche anschauen zu gehen, das einzige fassbare Material in dieser vernebelten Ermittlung.

Es klingelte, er nahm den Hörer ab.

»Das Leichenschauhaus von Toulon, Leutnant.«

»Danke.«

Paul hörte, wie Sophie den Hörer einhängte. Er wartete ein paar Sekunden. Dann vernahm er eine Männerstimme, jung, dem Tonfall nach zu schließen.

»Doktor Lefèvre.«

»Guten Tag, Polizeileutnant Cabrera. BAC Marseille. Sie dürften gestern Morgen eine Klientin bekommen haben. Céline Larqué. Tod durch Ertrinken. Ich wollte wissen, ob sie sich noch bei Ihnen befindet.«

Der Polizist konnte durch den Hörer die Panik spüren. Dr. Lefèvre, jung, wenig selbstsicher, war genau wie alle anderen. Wenn die Bullen aufkreuzten, kamen sie alle ins Schleudern.

»Larqué? Ähm... Warten Sie bitte einen Moment.«

Dr. Lefèvre sprach mit jemandem.

»Pierre, ich habe einen Polizeibeamten in der Leitung... Kannst du mal einen Blick aufs Register werfen? Larqué, Céline...«

Dann sprach er wieder mit Paul, entschuldigte sich fast.

»Ich habe gerade meinen Dienst angetreten, ich war gestern nicht da. Es dauert nicht lange...«

Paul hörte Schritte im Hörer hallen, hartes Knallen auf Marmorfliesen. Dann ein Gespräch, fern, wie erstickt.

»Findest du's?«

»Einen Moment, du kennst doch die Kiste.«

»Beeil dich, es ist die Polizei.«

»Das ändert nichts an dem Problem...«

Stille, und gleich darauf ein Ausruf.

»Da! Ich hab's.«

Das Geräusch eiliger Schritte. Paul hörte, wie der Hörer über eine harte Oberfläche kratzte. Dr. Lefèvres Stimme hallte ihm in den Ohren wider, klar, plötzlich sehr nah.

»Leutnant?«

»Ja.«

»Entschuldigen Sie, dass es so lange gedauert hat. Die Leiche wurde ins gerichtsmedizinische Institut von Toulon gebracht…«

Der Polizist beglückwünschte sich im Stillen. Er hatte von Anfang an nicht an einen Unfall geglaubt. Ein Autopsieantrag bedeutete, dass der Tod ungeklärt war, und das war Wasser auf seine Mühlen. Er fragte: »Wann?«

»Gestern Abend.«

Der junge Mediziner war beunruhigt.

»Gibt es… gibt es ein Problem?«

»Nein. Wissen Sie, um wie viel Uhr die Leiche überführt wurde?«

»Ähm… Wie ich Ihnen schon gesagt habe, ich war nicht da, deshalb…«

»Fragen Sie Ihren Kollegen.«

Reiben von Kittelstoff, wieder Stille. Dann die ängstliche Stimme: »Neunzehn Uhr sechzehn.«

»Gut. Danke für Ihre Mithilfe, Doktor.«

Paul legte auf. Die These vom gewaltsamen Tod wurde greifbarer, die Dinge würden schwieriger werden. Wurden bereits schwieriger. Angesichts der Schlussfolgerungen der Gendarmen hätte die Staatsanwaltschaft eine solche Maßnahme nicht auf eigene Initiative angeordnet. Spiaggi? Möglich. Die Bullen aus Toulon hatten wohl der Versuchung nicht widerstehen können, die Sache groß rauszubringen, um ein bisschen ihre Visagen im *Var Martin* bewundern zu können. Andererseits bedeutete so eine Ermittlung harte Arbeit, Papierkram und Komplikationen. Spiaggi hatte vor allen drei Dingen einen Horror.

Paul dachte an die Amerikanerin. Was auch immer sie sagen mochte, Céline war ihre Schwester. Eine Halbschwester, sicher, aber immerhin eine Schwester. Das hinterlistige Ding – sie hatte ihren Coup ganz im Stillen ausgeheckt, ohne ihm einen Wink zu geben, hatte ihm eingeflüstert, sie glaube an die Unfallversion, sei wegen der Formalitäten da. Eine kleine Durchtriebene, die geschickt mit verdeckten Karten spielte.

Warum hatte sie ihn angelogen?

Er schlug mit der Faust auf den Tisch und griff zum Telefon.

8

Seit zehn Minuten drehte Paul sich im Kreis. Er hatte geglaubt, etwas in der Hand zu haben, aber die Spur verlor sich unter seinen Füßen, löste sich im Nebel auf.

Nach dem Leichenschauhaus hatte er versucht, Meredith O'Brien zu erreichen. Eine plötzliche Eingebung. Der Klingelton hatte ins Leere geschrien, bevor er auf einen anonymen Anrufbeantworter umgeleitet wurde. Er hatte keine Nachricht hinterlassen. Dann hatte er beim gerichtsmedizinischen Institut von Toulon angerufen. Eine neue Überraschung. Nach Aussage des Gerichtsmediziners war die Leiche von Céline Larqué noch einmal überführt worden. Ein Krankenwagen war gekommen, um die sterblichen Überreste nach Marseille zu bringen. Der Mediziner hatte nicht weiter nachgefragt.

Marseille. In der Stadt gab es mindestens zehn Kliniken, in denen eine Autopsie vorgenommen werden konnte. Die Privatkliniken nicht mitgerechnet. Genauso gut könnte man eine Nadel im Heuhaufen suchen.

Paul fühlte eine Woge der Wut in sich aufsteigen. Beim

Katz-und-Maus-Spiel neigte er dazu, die Wand einzurennen, um seine Beute zu fangen. Er legte die Hände flach auf den Schreibtisch, atmete. Nach und nach kam Ordnung in seine Gedanken.

Ganz offensichtlich würde ihm die Verwaltungsbehörde keine große Hilfe sein. Außerdem war er als Einzelkämpfer unterwegs. Falls es ein Problem gab, so hatte Tomasini ihn gewarnt, würde man ihn nicht decken. Eine geheime, persönliche Ermittlung, bei der er Abkürzungen würde nehmen müssen.

In diesem Sinne war es gewissermaßen von Vorteil, im Stadtteil Vallon des Auffes aufgewachsen zu sein. Der Polizist führte drei Telefonate, bevor er die Nummer von Ange Lucciani bekam, einem ehemaligen Autoradiodieb, den man zum Krankenpfleger umgeschult hatte. Er hatte den Posten des Schatzmeisters in der Gewerkschaftsgruppe der Force Ouvrière des Krankenhauses Saint-Joseph inne. Paul wählte seine Handynummer.

»Hallo, alte Tomate, hier spricht Paul.«

»Paul! Wie geht's dir?«

»Hab jetzt keine Zeit, lang zu quatschen. Ich brauch eine Info. Dringend.«

»Wenn ich dir helfen kann …«

»Ich suche eine junge Frau. Groß, Mischling, dreißig Jahre alt. Sieht nach Tod durch Ertrinken aus. Wurde vor einer Stunde von Toulon zur Autopsie überführt.«

»Wohin überführt?«

»Das ist das Problem … Ich hab keinen Schimmer.«

Schweigen. Lucciani fragte: »Weißt du, welche Gesellschaft die Leiche transportiert hat?«

»Nein.«

Ein Seufzer. Dann: »Das wird haarig. Ihr Name … wie war der noch mal?«

»Céline Larqué.«

»Ich ruf dich in einer Stunde zurück.«

»Nein. Ich ruf dich an. In einer Viertelstunde.«

Er legte auf, ohne Lucciani Zeit zum Protestieren zu lassen. Der Krankenpfleger kannte alle, die mit seinem Beruf zu tun hatten. Ein pfiffiger Knabe, der vieles über Beziehungen erreichte.

Zehn Minuten später versuchte Paul es noch einmal.

»Und?«

»Ich habe deine Info.«

»Du bist unschlagbar, mein Schatz.«

»Deine Klientin heißt auch ganz sicher Céline Larqué?«

»Ja. Céline Larqué.«

»Ein Kollege hat sie vor zwei Stunden übernommen, in der Universitätsklinik La Timone.«

»Scheiße...«

»Reg dich nicht auf. Sie haben sie noch nicht aufgemacht. Die Autopsie findet erst um vierzehn Uhr statt.«

Der Schraubstock lockerte sich. Er hatte noch Zeit.

»Wo?«

»In der Anatomie.«

»In der Anatomie? Genauer!«

»Das ist ein Hörsaal. Da können die Assistenzärzte sich darin üben, unter realen Bedingungen herumzuschnippeln.«

»Verflucht, was soll das jetzt?«

»Das fragst du mich?«, scherzte Ange.

Der Leutnant hörte die Frage nicht. Ein Hörsaal. Seit wann benutzte die Kripo Hörsäle, um Autopsien vorzunehmen?

»Danke, Ange. Ich werde mich revanchieren.«

»Darauf zähle ich.«

Er sah auf seine Uhr. Dreizehn Uhr fünfundvierzig. In einer Viertelstunde.

Mit dem Integralhelm am Arm schwang er sich auf die Fireblade. Der Nachtvogel schoss mit dem Zischen einer Rakete in einen Tunnel hinein.

Der Prado-Carénage-Tunnel durchquerte Marseille von einer Seite zur anderen wie eine hart aufgepumpte Aorta. Der Geruch von Auspuffgasen sättigte die Atmosphäre. Sie zeichneten verschwommene Motive auf die in schrillen Farben bemalten Wände. Unscharfe, neblige Linien aus erstarrtem Rauch.

Die Fireblade fuhr auf der linken Seite, mit aufgeblendeten Scheinwerfern, den Tacho auf hundertfünfzig. Vor ihm schwenkten die Autos in Panik zur Seite, hüpften weg wie auf einer Spielkonsole.

Zehn Minuten später betrat Paul die Klinik, den Helm in der Hand, die Jacke offen, den Kragen hochgeschlagen. Die Haare fielen ihm auf die Schultern herab, er trug immer noch seine Brille.

In der Eingangshalle der Universitätsklinik wimmelte es von Menschen. Eine echte Fabrik. Eine ehrwürdige Versammlung weißer und grüner Kittel lief geschäftig um ihn herum. Fast überall schlenderten Patienten im Schlafanzug herum, den Blick ins Leere gerichtet, die Haare zerzaust. Er marschierte unmittelbar Richtung Empfang.

Eine blendend schöne, übertrieben geschminkte Brünette empfing ihn mit einem Lächeln. Sie trug ein Ensemble aus Bluse und Hose in Himmelblau mit dem Logo der Uniklinik, hatte eine Kombi aus Kopfhörer und Freisprechgerät auf dem Kopf und kaute Kaugummi. Ein auf ihren prallen Busen aufgenähter Igel verriet ihren Namen: Rosie.

Sie verschlang Paul mit Blicken und ließ ihn keinen Moment aus den Augen, während sie weiterhin Anrufe entgegennahm.

»Universitätsklinik Timone, guten Tag?«

»...«

»Bleiben Sie dran.«

Sie lächelte Paul erneut zu. Ihre falschen Wimpern berührten fast ihre Wangen.

»Universitätsklinik Timone, guten Tag?«

»...«

»Bleiben Sie dran.«

Nach vier oder fünf absolut gleichen Antworten drückte sie auf einen Knopf, stieß einen tiefen Seufzer aus und wandte sich Paul zu. Ein breites Lächeln entblößte ihre perfekten Zähne.

Der Bulle zeigte seinen Ausweis vor. Bei dieser Art von Püppchen wirkte das hundertprozentig.

»Leutnant Cabrera. Ich bin gekommen, um an einer Autopsie teilzunehmen.«

»An einer was?«

»Einer Autopsie«, wiederholte er leise. »Dem Sezieren einer Leiche, wenn Sie so wollen.«

Rosie zog angewidert die Augenbrauen hoch.

»Mir wurde was von einem Anatomiesaal erzählt. Können Sie mir sagen, was das ist?«

»Das schon«, antwortete die Telefonistin und setzte wieder ihre Barbiepuppenmiene auf. »Zweites Untergeschoss. Nehmen Sie einen der Aufzüge, gleich rechts, hinter Ihnen.«

Paul warf ihr ein Lächeln zu. Eine höllische Schlampe, diese Rosie. Ganz nach seinem Geschmack. Ein bisschen vulgär, äußerst sexy, nicht allzu schlau. Er würde bald mal wieder vorbeischauen und sich ein bisschen länger mit ihr unterhalten, in trauter Zweisamkeit.

»Danke, Miss.«

Er ging leichtfüßig zum Aufzug, während Rosie ihn nachdenklich musterte.

9

In der Anatomie sah es aus wie in einem Operationssaal, mit einem Unterschied: Das Ganze war von einem Hörsaal mit etwa hundert Plätzen umgeben, von denen aus man auf den Seziertisch schauen konnte.

Alle leer.

Wie ein über den eisig kalten Saal gespanntes Netz kapselte eine Kugel aus durchsichtigem Glas die Zuschauer ab. Paul konnte sich vorstellen, warum. Ein paar von den Zartbesaiteten dürften die Augen verdrehen, sobald die Ausdünstungen von Kot und Urin den Leichen entströmten.

Er dagegen war Scheiße gewöhnt. Er wühlte jeden Tag darin herum und roch sie nicht mehr. Der Seziersaal machte ihm keine Angst. Trotzdem wäre ihm etwas mehr Abstand lieber gewesen. Tomasini hatte gesagt »diskret«. Paul verstand, warum. Nach über zwanzig Jahren wünschte er nicht, dass seine Frau von dieser leiblichen Tochter erfuhr und Rechenschaft von ihm forderte.

Der Hörsaal war unbewacht. Eine Flügeltür führte zu ihm, aber sie war abgesperrt. Er sah sich auf dem Gang um. Völlig verlassen. Er steckte einen Haken ins Schloss, eines der Dinge, die er auf der Polizeischule von Toulouse, in den Pausen zwischen den Unterrichtsstunden, gelernt hatte. Das Schloss bot nur wenig Widerstand. Ein einfaches Schloss, der Observationssaal barg keine Schätze.

Er ließ sich auf einem Stuhl in der ersten Reihe nieder, schaltete das Mikro an, das auf der Armlehne angebracht war, und setzte die Kopfhörer auf. Der Raum lag im Dunkeln, er machte kein Licht. Wie im Kino.

Unten machte sich ein Gerichtsmediziner bereits an der Leiche zu schaffen. Eine lange Bohnenstange, ganz in Grün gekleidet, die eine Trifokalbrille trug. Etwas hinter ihm stand eine Assistentin und reichte ihm die Instrumente.

Ihm fiel auch auf, dass man einen Gendarmen vor den Eingang gepflanzt hatte. Auf eine unbestimmte Weise beruhigte ihn dessen Gegenwart.

Der Brustkorb war Rippe für Rippe mit der Handschere geöffnet worden und gab den Blick auf die inneren Organe frei. Sie bildeten ein rotschwarzes Magma, das wie ein dicker Wurm im Innern von Céline Larqué glänzte. In eine große Edelstahlschüssel, neben rot gefärbten Skalpellen, hatte man die blutige Fleischmasse geworfen, die bereits entnommen worden war.

»Ein anteroposteriorer Schnitt durch die Leber wies keine inneren Verletzungen auf. Das Organ ist nicht beschädigt. Wir werden es jetzt wiegen …«

Der Gerichtsmediziner sprach in ein Mikro, das am Revers seines Kittels befestigt war. Die Töne im Lautsprecher knackten wie Holzscheite auf dem Feuer. Paul streckte die Beine aus.

»Eintausendsechshundertfünfzig Gramm …«

Armes Häschen, dachte der Polizist. Sie sah sich immer weniger ähnlich. Die Haut hatte eine bläuliche Färbung angenommen, ihre Brüste hingen auf beiden Seiten des geöffneten Torsos herunter, an einer unmöglichen Stelle. Ihre Beine schienen eine ganze Menge Bisse abbekommen zu haben. Um genauer zu sein, es war etwas herausgerissen worden. Kleine, unregelmäßige Löcher im Fleisch, manchmal sogar richtige Krater. Die Vögel, oder die Krebse.

Er schaute sich ihre Scham an. Ein wenig gespreizt, vollständig enthaart, schien die intime Spalte unter den Räubern nicht allzu sehr gelitten zu haben. Er wandte den Blick ab, ihm war übel. Die Stimme des Gerichtsmediziners erschien ihm wie eine Litanei, fern und kalt.

»Die Lungen sind mit Salzwasser gefüllt... wahrscheinlich Tod durch Ertrinken...«

Tod durch Ertrinken, dachte Paul wütend. Alle gleich, diese Gerichtsmediziner. Sie hat Wasser geschluckt, das wussten wir bereits. Aber vielleicht hat man ihr ja dabei geholfen, den Löffel abzugeben, du Hornochse.

Der Gerichtsarzt stand jetzt hinter dem Kopf der Leiche. Er hatte sich über die Masse aus dunklen Haaren gebeugt, in der Hand einen merkwürdigen Gegenstand aus Stahl. Eine Art Rad mit Sägezahnschliff, das am Ende eines fünfzehn Zentimeter langen Stiels aus Edelstahl befestigt war. Ein kreischendes Geräusch dröhnte durch die Kopfhörer. Der Bulle wusste, wie es weiterging.

»Die vordere Schädelpartie weist starke Verletzungen auf. Auf sieben Zentimetern ist die Kopfhaut abgerissen. Das Hinterhauptbein ist... herausgerissen. Die Dura mater ist perforiert, was zu einem beträchtlichen Ausfluss von Liquor geführt hat. Das Gehirn scheint beschädigt. Wir werden jetzt dazu übergehen, das Scheitelbein herauszuschneiden...«

Der Lärm in den Kopfhörern nahm zu. Paul beobachtete den Mann durch das Glas. Er mühte sich wie ein Wilder mit der Leiche ab und schleuderte schier überall kleine Knochenstücke rum. Das roch da unten sicher nicht nach Rosen. Der Leutnant fuhr sich mit einer Hand in die Haare. Letztlich war sein Platz eher bequem. Sollte etwas passieren, würde er jedenfalls in der ersten Reihe sitzen.

»Durch das kreisförmige Herausschneiden des Scheitelbeins bekamen wir Zugang zur Schädelhöhle«, fuhr die Stimme in den Kopfhörern fort. »Wir fahren jetzt fort mit der Entnahme des Gehirns...«

Paul beugte sich vor. Diesen Abschnitt mochte er sehr. Auf rein professioneller Ebene konnte er interessante Dinge enthüllen.

Der Kittel des Gerichtsmediziners sah jetzt aus wie von einem Abdecker. Eingesaut mit roten Flecken, übersät mit gelben Punkten. Er fuhr mit einer Hand ins Kopfinnere und zog eine gallertartige Masse heraus. Paul glaubte ein schmatzendes Geräusch zu hören. Der Gerichtsmediziner legte das Gehirn von Céline Larqué in eine Teflonschüssel und machte sich an die Untersuchung.

»Das Gehirn ist stark beschädigt. Vor allem die rechte Hemisphäre. Es ist nur noch zu einem Drittel vorhanden, auf der Vorderseite, ab der Rolando-Furche. Das Kleinhirn ist vollständig verschwunden, und an der rechten Hemisphäre sind zahlreiche Fissuren zu verzeichnen. Die Verletzungen scheinen von dem Aufenthalt am Strand zu stammen. Raubvögel. Es gibt keine Spuren von Schlägen und keine subduralen Hämatome …«

Dem Bullen kribbelten langsam Ameisen in den Beinen. Mit Autopsien war es nämlich so: Hatte man eine gesehen, hatte man alle gesehen. Céline Larqué war ertrunken. Sie wies keine Spuren von Misshandlungen oder Gewaltanwendung auf, mit Ausnahme derer, die ihr durch die Möwen und die Krebse beigebracht wurden. Wollte man mehr wissen, musste man das Ergebnis der Analysen abwarten. Falls sie irgendeinen Mist geschluckt hatte, bevor sie baden ging, würde man das erst dann erfahren.

Er stand auf und wollte schon gehen, als etwas geschah. Der Gerichtsmediziner hatte ein Skalpell in der rechten Hand. Die Klinge warf grünliche Blitze. Er war verstummt und schien zu zögern. Dann ertönte wieder seine Stimme: »Wir haben gerade einen Auswuchs auf dem Stirnlappen entdeckt. Eine Art … Kugel, eine verhärtete Kugel. Es ist möglich, dass es sich um einen Krebstumor handelt. Ich werde ihn jetzt herausschneiden …«

Paul presste sein Gesicht an die Scheibe. Das Skalpell

stach in die Schwiele hinein und schnitt mit Leichtigkeit durch das Gehirn. Ein Faden schwarzen Blutes floss heraus und sickerte in die Gehirnwindungen. Der Gerichtsmediziner nahm eine Kompresse und säuberte sie. Nach einer endlosen Weile drehte er sich zu seiner Assistentin um.

»Sylvie, gehen Sie Castel holen … Schnell. Sagen Sie ihm, er soll mich sofort in meinem Büro aufsuchen …«

Die Krankenschwester verließ eilig den Saal, während der Gerichtsarzt die Leiche mit einem grünen Tuch wieder abdeckte. Nachdem er ein paar Sekunden mit dem Gendarmen verhandelt hatte, verließ auch er den Raum. Der Soldat verschwand als Letzter. Die Scheinwerfer gingen aus.

Paul blieb mehr als eine Minute sitzen, um die von einer Sicherheitsglühbirne beleuchtete weiche Form zu beobachten. Hervortretende Rippen verformten hier und da das Leichentuch. Auf ihren Spitzen breiteten dunklere Flecken ihre Blütenkronen aus, wurden allmählich größer, als wäre es Löschpapier.

Er wandte den Blick ab. In seinem Kopf nahm das Szenario klarere Formen an. Die Entdeckung des Tumors hatte Céline Larqué in den Selbstmord getrieben. Eine Verzweiflungstat, nachdem sie nun einer unheilbaren Krankheit ins Auge blickte. Letztlich passte alles zusammen. Die Tatbestandsaufnahme der Gendarmen, die fehlenden Spuren von Gewaltanwendung an der Leiche, die Zweifel des Kommissars.

Die erste Eingebung eines Bullen war oft die richtige. Die Schwester des Opfers hatte ihn für einen Idioten gehalten. Sie wusste bereits von der Existenz des Tumors und hatte die Autopsie angeordnet, um sich zu vergewissern, dass es ein Selbstmord war.

Paul nickte. Gründe gab es mehr als genug. Eine persönliche Angelegenheit? Ein schmutziger Streit um Kohle?

Eine Erbschaft vielleicht? Der Korse war immerhin ihr Vater, er könnte Anrechte anmelden.

Die Antworten verschob er auf später.

Obwohl es dafür wahrscheinlich Gründe gab, stieß er sich an einer Tatsache, einem Splitter in der Polizeilogik. Die Autopsie hatte an einem ungewöhnlichen Ort stattgefunden, als wolle man sie geheim halten. Außerdem hatte der Gerichtsmediziner sie ein bisschen schnell abgebrochen. Seine Entdeckung schien ihn verwirrt zu haben.

Ein Geräusch hinter ihm bereitete seinen Spekulationen ein schnelles Ende. Der Bulle ging zwischen den Sitzen in die Hocke. Die Metallstangen, die das Öffnen der Hörsaaltüren ermöglichten, klapperten im Leeren. Er verstand sofort. Jemand wollte sich Zugang verschaffen. Aus einem Reflex heraus hatte er hinter sich wieder zugeschlossen.

Er wartete ein paar Minuten, bevor er seinen Beobachtungsposten verließ. Er hatte einen seltsamen Geschmack im Mund, als habe man ihm die Zunge mit Stahlwolle abgerieben.

Auf dem Gang liefen eilig Studenten in weißen Kitteln vorbei. Er rempelte einen an, entschuldigte sich und ging zu den Aufzügen. Die Tür öffnete sich mit großem Geschepper.

Er verschwand in der Kabine und zog sein Handy aus der Tasche.

10

Meredith war gerade in der Wanne, als es klingelte. Sie griff nach dem Telefon, das auf einem dicken Handtuch lag.

»Madame O'Brien?«

Die zitternde Stimme am anderen Ende der Leitung kam ihr bekannt vor. Ein stimmloser, fast schon rauer Klang.

»Guten Tag, hier ist Leutnant Cabrera.«

Vor ihrem inneren Auge stand das Bild eines merkwürdigen Motorradpolizisten voller Staub und Schweiß.

»Wir müssten uns treffen, ich habe Ihnen etwas mitzuteilen.«

»Ach ja? Ich dachte, wir hätten die Sache schon erledigt, Leutnant.«

»Nicht ganz.«

Sie streckte einen Fuß aus dem Wasser und betrachtete ihre Zehen. Der Kleinste hatte sich über seinem Nachbarn zusammengekrümmt. Sie seufzte. Was wollte dieser Bulle? Sie hatte die dummen Fragen beantwortet, die man ihr gestellt hatte, hatte die Dokumente für die Abholung der Toten ausgefüllt. Was also?

»Können wir uns sehen?«, fragte Paul beharrlich.

Sie zögerte.

»Hören Sie… Ich muss noch meine Koffer packen und bin noch nicht weit gekommen.«

Sie log. Etwas hielt sie auf, und das waren nicht ihre Koffer. Eine Intuition, eine Vorahnung. Was sie fühlte, war nicht in Worte zu fassen.

Paul ließ nicht locker. »Ich bitte Sie. Es ist ungeheuer wichtig, Madame O'Brien.«

Meredith zierte sich noch ein wenig, dann gab sie schließlich nach.

»Gut…«

»Es ist drei Uhr. Ich kann in zwei Stunden bei Ihnen sein.«

»Einverstanden.«

Etwas verwirrt legte sie auf. Was war nur los? Célines

Tod? Ihr blutete nicht das Herz. Dieser Polizist in dem seltsamen Aufzug mit seinen bohrenden Fragen? Was ging sie das letztlich an?

Ihr Blick blieb am Fenster hängen, einer breiten Fensterfront in der Verlängerung der Badewanne, die auf die Weinberge hinausging. Die Fensterscheiben waren ganz beschlagen. Funkelnde Strahlen zeichneten regenbogenfarbige Lichtkreise auf die Mattglasscheiben.

Leutnant Cabreras Worte hatten gerade ein ganz persönliches Warnsignal ausgelöst. Aber welches? Unmöglich, dahinterzukommen, und es nutzte auch nichts, es zu versuchen. Die Psychiaterin kannte sich da aus. Je mehr man Widerstand leistete, desto stärker wurde die Angst. Sie schloss die Augen und tauchte unter, horchte in sich hinein.

Schon bald lag ihr Körper nur noch an wenigen Stellen auf dem Email auf. Am Kopf, den Schultern, dem Po, den Waden. Sie fühlte sich schwerelos. Wie in einem Tank oder… in einer Gebärmutter. Hermetisch abgeschlossen. Dieses Bild gefiel ihr, beruhigte sie.

Allmählich machte sich in ihrem Körper eine gewisse lustvolle Entspannung breit. Die Beine, die Arme, der Nacken, ihre Muskeln entspannten sich. So verharrte sie eine ganze Weile, versuchte, ganz leer zu werden, die Anspannung loszuwerden. Winzige Luftbläschen perlten aus ihren Nasenlöchern und stiegen nach oben.

Schließlich kam sie wieder nach oben, langsam, stützte sich mit den Händen auf, um sich aus dem Wasser zu hieven. Sie atmete ein, ohne Hast. Die Luft roch nach Seife, ein berauschender Schaumbadduft. Es ging ihr besser.

Sie drehte den Heißwasserhahn auf. Die Temperatur stieg schnell an. Dann wurde sie von einer Dampfwolke eingehüllt. Funkelnde Dampfspiralen schwebten wie in Zeitlupe auf, erfüllten den Raum mit einem Tüllschleier.

Ein vertrautes Gefühl machte sich in ihrem Unterleib breit. Ihre Brustwarzen wurden hart. Ohne sie anfassen zu müssen, wusste sie das. Sie spreizte leicht die Beine, hörte nur noch auf ihren Körper. Ihre Hände glitten ins Wasser. Sie lehnte den Kopf ans Email, schloss wieder die Augen.

Gab sich hin.

Zwanzig Minuten später stieg sie heraus und griff nach einem Handtuch. Der Spiegel, der über den Waschbecken angebracht war, aus einem Stück und umrahmt von einer Batterie nackter Glühbirnen, warf ihr Bild durch den Dampf zurück. Ihre Haare waren ein wenig verstrubbelt, sie hatte rote Wangen. Ihr Körper war übersät mit Wassertropfen. Oder Schweißtropfen.

Sie wickelte sich das Handtuch um die Brüste, nahm ein anderes und bedeckte den Kopf. Dann öffnete sie das Fenster. Frische Luft drang ins Badezimmer. Noch mild für die Jahreszeit, aber deutlich kühler als im Schwitzbad. Sie fuhr sich mit einer Hand über die Wangen.

Leutnant Cabrera würde in einer Stunde da sein.

11

Paul kam um halb sechs beim Landhaus an. Die Idioten von der Tour-Fondue hatten das Vier-Uhr-Pendelboot einfach ausfallen lassen. Nicht genug Kunden. Niemand außer ihm, um genau zu sein. Und in Anbetracht der Situation konnte er es schwer beschlagnahmen. Er musste unauffällig bleiben und auf das Fünf-Uhr-Boot warten. Das letzte in diese Richtung.

Meredith öffnete ihm. Ihre Haare waren getrocknet, sie

trug eine verwaschene Jeans, über der ein großer marineblauer Pullover hing, ein bretonisches, aus der Form gegangenes Teil, Stil Wollsack, der die Formen verwischte.

»Kommen Sie herein.«

Paul lächelte ihr zu und betrat die Eingangshalle. Zwei fahlbraune Lederkoffer warteten am Eingang, beide identisch. Sie gingen sofort in den Salon, ohne ein Wort zu wechseln. Die Amerikanerin setzte sich aufs Sofa, Paul nahm ihr gegenüber Platz. Ein betörender Weihrauchduft lag in der Luft.

Er sparte sich die Einleitungsfloskeln. Sinnlos, Zeit zu verlieren. Tomasini wollte Antworten. Besser, man fand sie so schnell wie möglich.

»Man hat bei Ihrer Schwester eine Autopsie vorgenommen.«

»Was?«

Er wiederholte es, schön ein Wort nach dem anderen.

»Eine Autopsie, Madame O'Brien. In der Uniklinik von Marseille. Heute Nachmittag.«

»Aber ...«

»Sie wussten nichts davon?«

»Wie hätte ich das wissen sollen? Ich bin heute Morgen zur Gendarmerie gegangen, man hat mir gesagt, man hätte die Akte geschlossen. Meine Schwester ist ertrunken, Punkt. Ich habe die Unterlagen für die Überführung ausgefüllt. Célines sterbliche Überreste sollten morgen im Lauf des Tages nach Montréal überführt werden.«

Heute Morgen, der Polizist stutzte. Sie behauptete, heute Morgen die Unterlagen ausgefüllt zu haben. Schlechte Antwort. Die Leiche hatte das Leichenhaus schon am Vortag verlassen.

»Warum eine Autopsie, Leutnant?«, fragte Meredith.

Paul blieb neutral. Diese Frau war intelligent, schnell,

er hoffte, sie werde sich in Widersprüche verstricken, bevor er die Deckung verließ.

»Jemand scheint die Todesursache überprüfen zu wollen.«

»Aber warum?«, wiederholte sie etwas aufgeregter. »Die Gendarmen hatten mir versichert, es sei ein Unfall gewesen.«

Paul kratzte sich nachdenklich am Hals. Am Ende eines Tages zerkratzte ihm ein gläserner Strohbart die gebräunte Haut. Sizilianer, Kanake, seit der Grundschule hatte man ihm alle Arten von Spitznamen verpasst. Ihm war's egal. Seine Familie kam aus Palermo. Kanake, da war er stolz drauf.

»Keine Ahnung«, sagte er schließlich. »Jedenfalls stellt sich da jemand Fragen, und bei diesem Jemand handelt es sich gewiss nicht um die Staatsanwaltschaft. Es gibt viel zu viel zu tun, um sich diese Art von Spielchen zu leisten. Die Tatbestandsaufnahmen der Gendarmen genügen. Eigentlich sehe ich nur eine Möglichkeit…«

»Ja?«

»Eine Strafanzeige. Eine Strafanzeige von einem Nebenkläger. Wenn das der Fall ist, kann ein Staatsanwalt diese Maßnahme anordnen.«

Meredith schluckte diese Information nur schwer. Ein Bajonett kratzte ihr im Hals.

»Eine Strafanzeige? Wie bei einem… Mord?«

»Nicht unbedingt. Sagen wir eher… ein gewaltsamer Tod.«

»Aber wer?«

»Ist Ihre Mutter über Célines Tod unterrichtet?«

»Ja, sicher. Ich habe sie aus Paris angerufen, bevor ich herkam.«

»Glauben Sie, dass…«

Sie unterbrach ihn. »Nein. Das ist nicht ihre Art.«

»Larqué?«

»Noch weniger. Er ist ein Weichei. Er fürchtet sich vor Wellen.«

Paul musterte sie etwas eindringlicher. Ihre Stirn lag in Falten, sie sah plötzlich viel älter, viel härter aus.

»Seltsam, dass man Ihnen nichts gesagt hat.«

Die Reaktion kam sofort.

»Was wollen Sie damit andeuten? Soll ich etwa diese abscheuliche Maßnahme angeordnet haben?«

Der Polizist wägte seine Worte gut ab. Er musste da durch, die Verwirrung vergessen, die ihn jedes Mal aus dem Gleichgewicht brachte, wenn ihn weniger als ein Meter von ihr trennten.

»Das ist nicht ausgeschlossen ...«

Meredith stand auf und warf ihm vernichtende Blicke zu.

»Jetzt hören Sie mir mal gut zu, verehrter Herr Polizist. Ich sag's nicht noch mal. Meine Schwester und ich haben auf zwei verschiedenen Planeten gelebt. Verstehen Sie? In zwei durch einen Ozean getrennten Welten. Ich habe mich nie dafür interessiert, was sie so treibt. Für sie gilt dasselbe. Ihr Tod betrifft mich sehr wenig. Oder nur sehr entfernt, wenn Sie so wollen. Wenn ich gekommen bin, dann nur, um die Formalitäten zu regeln, nicht um eine Untersuchung durchzuführen.«

Sie ging zum Fenster, außer sich. Die nachmittäglichen Sonnenstrahlen zeichneten einen Lichtbrunnen auf ihre Füße, in dem der Staub tanzte. Sie drehte sich um. Ihre leicht geröteten Wangen ließen sie wie ein kleines Mädchen wirken, das aus der Puste gekommen ist.

»Was wollen Sie eigentlich?«

»Ihnen helfen ...«

Die Worte drangen nicht zu ihr durch. Ein Kreidekiesel in einer Teerpfütze.

»Hören Sie auf mit dem Mist!« Sie starrte ihn wutentbrannt an.

Er machte einen Rückzieher. »Hören Sie… Es tut mir Leid…«

»Leid? Sagen Sie mir nicht, es tut Ihnen Leid. Sie sind nicht der Typ, dem etwas Leid tut.«

Sie hatte Recht. Cabrera war aus anderem Holz geschnitzt. Reue, Entschuldigungen, der ganze Quatsch war nicht seine Art.

»Nein, das stimmt. Bin ich nicht.«

»Also was? Was wollen Sie von mir?«

Sie wirkte ehrlich. Paul musterte sie eindringlich. Ein verrückter Gedanke trommelte unter seiner Schädeldecke. Wenn sie die Wahrheit sagte… Wenn sie gar nichts wusste…

Einen Augenblick beschloss er, ihr zu glauben. Der Gedanke verpuffte, er nahm sein Verhör wieder auf.

»Kennen Sie Kommissar Tomasini?«

Die Amerikanerin kreuzte die Arme unter der Brust, ratlos. Ihre Augen wirkten wie Ascheschlitze.

»Nicht persönlich. Céline hat mir mal von ihm erzählt, daher.«

»Er schickt mich. Ich führe hier keine offiziellen Ermittlungen durch, ich versuche nur, ihm dabei zu helfen, das zu verstehen. Das ist alles.«

»Sie machen die ganze Zeit nichts anderes, als den Leuten zu helfen, scheint mir. Sind Sie wenigstens wirklich ein Bulle?«

Paul ließ es sich ungewollt anmerken, dass ihn das getroffen hatte. Das Adrenalin verursachte ein Kribbeln in den Achseln. Diese Frau brachte ihn durcheinander.

»Ich arbeite mit Tomasini zusammen. In Marseille. Im

Prinzip befasse ich mich nicht mit parallelen Ermittlungen. Ist nicht mein Ding. Ich greife ihm in dem Fall unter die Arme, mehr ist das nicht.«

»Er hätte selbst kommen können... Das wäre doch die Gelegenheit gewesen.«

Der Leutnant nahm in ihrer Stimme eine leichte Schärfe wahr. Eine alte unbeglichene Rechnung. Die ach so glatte Fassade wurde schon etwas rauer.

»Er kann nicht. Der Kommissar gibt sich zwar als alter Haudegen, ist aber ein feinfühliger Mensch. Aber da ist noch was anderes...«

Er brachte den Satz nicht zu Ende, lauerte auf eine Reaktion. Sie starrte ihn verunsichert an.

»Ich habe der Autopsie beigewohnt«, fuhr der Polizist fort. »Keine Spur von Gewaltanwendung, der Gerichtsarzt scheint davon auszugehen, dass sie ertrunken ist.«

Die Einzelheiten behielt er für sich. Das geschundene Fleisch, die zerfetzte Hirnschale, er wollte ihr die schockierenden Beschreibungen lieber ersparen.

»Aha! Da sehen Sie's!«, entfuhr es ihr.

»Das ist noch nicht alles...«

Sie blickte ihn an. Ihre Augen leuchteten wie glühendes Eisen. Paul fuhr fort. In einem Ton, so neutral wie möglich.

»Das Hirn wies eine Anomalie auf. Eine Art Kugel vorne, auf Höhe der Stirn.«

»Ein Tumor?«, fragte sie sofort.

»Möglich... Keine Ahnung... Ich befand mich hinter einer Glaswand, habe dem Arztbericht zugehört. Der Gerichtsmediziner hat sehr wohl von einem Tumor gesprochen, aber plötzlich... hat er alles abgebrochen.«

Meredith runzelte die Brauen. Im Salon wurde es schnell dunkel. Ihr Umriss zeichnete sich wie ein Scherenschnitt gegen das letzte Tageslicht ab. Sie knipste eine bemalte

Metalllampe an, eine dünne Spinne, die an den Leitungen hing. Ihr von unten beleuchtetes Gesicht erschien in allen Helligkeitsabstufungen.

Verändert.

Sie wiederholte Pauls Worte: »Alles abgebrochen?«

Der Leutnant nickte. »Nachdem er hineingeschnitten hatte, schien er verwirrt. Etwas störte ihn. Er ist Hilfe holen gegangen.«

»Das ergibt keinen Sinn.«

Erneut dachte Paul an die seltsamen Begleitumstände der medizinischen Prozedur.

»Hatte Ihre Schwester ein Krebsleiden?«

»Nein... Nicht dass ich wüsste.«

»Aber Sie sind sich nicht sicher?«

»Nein. Ich habe es Ihnen ja gesagt, ich habe Céline kaum gesehen.«

»Hätte Sie es Ihnen verschweigen können?«

»Ja... vielleicht... warum nicht?«

Der Polizist erhob sich. Der Raum zitterte. Unter seinen Lidern pochte es dumpf.

»Was Sie mir über Ihre Schwester erzählt haben, wenn man das mit dem vergleicht, was ich herausgefunden habe... Wenn sie wusste, dass ihre Tage gezählt waren, dann liegt ein Selbstmord sehr nahe.«

Meredith fuhr aus der Haut.

»Ein Selbstmord? Selbst mit einer Krankheit hätte Céline nie den Mut dazu aufgebracht. Und dann... Wie hätte sie das anstellen sollen? Man kann nicht freiwillig ertrinken.«

»Man braucht nur eine Schachtel Schlaftabletten zu schlucken, bevor man sich ins Wasser wirft. Auf jeden Fall könnte die Autopsie diese Version bestätigen. Bleibt nur herauszufinden, wer sie angeordnet hat. Und vor allem, warum?«

Er zündete sich einen Zigarillo an. Ohne um Erlaubnis zu fragen.

Meredith hatte sich wieder gesetzt, schlug elegant die Beine übereinander. Zum ersten Mal fielen Paul ihre Hände auf. Sie waren langgliedrig und schmal und ruhten auf ihren Schenkeln wie zwei zarte Turteltäubchen.

Er nahm einen tiefen Zug und fuhr sich mit den Händen durchs Haar. Seine braunen Locken fielen herab wie Kaskaden aus Seide. Er fuhr mit langsamer Stimme fort: »Wie denken Sie darüber, Madame O'Brien?«

Sie schüttelte den Kopf und murmelte: »Tut mir Leid, Leutnant… Ich wusste nichts von meiner Schwester… Nicht mal, dass sie einen Tumor hatte.«

Der Bulle prüfte den grauen Blick. Er suchte einen Beweis darin, einen Hinweis, der es ihm gestattete, ihr zu glauben. Sie wandte den Blick ab.

»Gut… Ich sehe schon…«, sagte er seufzend.

Sie fügte dem nichts hinzu. Eine kalte Mauer umgab sie wie ein Iglu. Paul beschloss, es dabei bewenden zu lassen. Er würde nichts weiter erreichen, und seine Ermittlung ließ ihm nicht genug freie Hand, um Druck auszuüben. Außerdem wollte er diese Methoden bei ihr nicht anwenden. Er ballte eine Hand zur Faust. Die Kobra ließ ihren Schild anschwellen, als mache sie sich zum Angriff bereit.

Meredith' Stimme unterbrach seine Gedanken.

»Was werden Sie tun?«

Paul stand auf und packte seine Jacke.

»Meinen Bericht.«

Der Polizist verließ das Landhaus mit übler Laune. Die Version, die ihm die Psychiaterin aufgetischt hatte, wies grobe Widersprüche auf. Und doch, trotz alledem schien sie aufrichtig zu sein.

Die Theorien des Korsen klopften an seine Schläfen. Alles war bloß eine Frage der Beleuchtung. Immer.

Er sah sich zunächst die Option Nummer eins an, die offensichtlichste. Die Amerikanerin log auf der ganzen Linie. Eine Verschleierungsvirtuosin. Ihr Beruf stellte dafür ein ideales Betätigungsfeld dar. Aber diese Erklärung befriedigte ihn nicht. Sie stimmte nicht mit seinem Eindruck überein, und darüber hinaus stimmten manche Details nicht.

Er sah sich die zweite Möglichkeit an. Die heiklere. Sie hatte mit dieser Sache rein gar nichts zu tun. Hier stürzten seine Theorien in sich zusammen. Die Vorstellung hatte nichts Erheiterndes, doch andererseits bekamen so die Widersprüche eine ganz andere Bedeutung.

Wurden dunkler, gefährlicher, wie ein Schatten, der sich über Céline ausstreckte, um ihr ihren Körper zu stehlen.

ZWEITER TEIL

1

In Orly wimmelte es von Menschen. Ein unbeschreibliches Gedränge. Höchst ungewöhnlich, selbst für einen Freitagabend. Die Inlandsflugschalter ächzten unter der Flut von Passagieren, eine bunt gemischte Schar zwitscherte ausgelassen inmitten von Kaskaden blau schimmernden Metalls.

Paris leerte sich wie durch einen Siphon, der in die Freiheit führt. Frauen, Kinder, Jugendliche, Rentner, ein paar Geschäftsleute – die durchgefrorene Menge mummte ihre Ungeduld in dicke Mäntel ein.

Arbeitsschuhe, Jeans, Pulli mit Zopfmuster – der Mann, der die Menschenflut teilte, hatte keinerlei Ähnlichkeit mit ihnen. Geschmeidiger Gang, das Aussehen eines Wilden, eine knotige Muskulatur, die den Wollpanzer ausbeulte. Er trug eine Tätowierung im Gesicht, ein aggressives Motiv, das seine Gesichtszüge verunstaltete wie ein mit Stacheldraht bewehrtes Feld.

Er nahm die Rolltreppe, die zum Ankunftsbereich der internationalen Flüge führte. An ihrem Ende stand ein kaum fünfzehn Jahre altes Mädchen und versperrte ihm den Weg, in die Lektüre einer Zeitschrift vertieft. Er nötigte es, ihm Platz zu machen, mit völlig versteinerter Miene.

Sobald er in der Halle war, bog er nach rechts ab. Alle zehn Meter waren Kontrollbildschirme angebracht, die den Herkunftsort der letzten Flüge anzeigten. Rom, Hongkong, Tunis, Chicago, Djakarta, bedeutungslose Orte, die kein Echo in ihm hervorriefen. Er fand, was er suchte.

Papeete – Los Angeles.

Die Zwillinge kamen um neunzehn Uhr an, er würde da sein, um sie abzuholen. Und mit ihnen die letzte Lieferung. Im Gehen dachte er über die letzten vierundzwanzig Stunden nach. Das Klima wurde rauer. Wer hätte voraussahnen können, dass ein Bulle sich für diese Halbe interessieren würde? Hilda war es trotzdem lieber gewesen, dass er die Insel verließ. Sie konnte das Problem ohne ihn lösen. In dem Punkt hatte er seinen Stolz bezwungen. Aber warum schickte sie ihn nach Paris? Die Zwillinge hätten sich sehr gut allein durchschlagen können.

Er zog die Brauen in die Höhe. Vorerst gehorchte er, wie ein Soldat. Zu gegebener Zeit würde er schon eine Erklärung bekommen. Hilda wusste, was sie tat.

Er ging eilig zu den verglasten Wachhäuschen, in denen man den Luft- und Grenzschutz untergebracht hatte, Aquarien voller Piranhas, an denen man nicht vorbeikam. Heute Abend schienen die Beamten müde zu sein. Bleiche, abgespannte Züge, richtige Totenschädel. Er blieb vor der roten Linie stehen und ließ seinen Blick über die träge Kolonne wandern, die dort brav mit dem Pass in der Hand dastand und wartete.

Die anderen um einen Kopf überragend, folgten zwei dunkle Gesichter der Menge, zwei identische Gesichter, eckig, mit groben, von schwarzem Haar umrahmten Zügen. Der Mann streckte eine Hand nach oben. Im selben Augenblick zuckten die Zwillinge mit den Brauen.

Eine Viertelstunde später passierten sie die Grenze. Schnelle, unpersönliche Umarmungen, das Trio wechselte nicht ein Wort. Die Taschen über die Schulter geworfen, machten die drei sich auf den Weg Richtung Zollbüro.

In wenigen Minuten schien der Flughafen sich geleert zu haben. In den verwaisten Hallen schlenderten noch ein paar wenige Nachzügler herum, mit unschlüssigen Schritten und gebeugten Schultern. Die Ruhe nach dem Sturm.

Sie gingen an ihnen vorüber, ohne sie zu sehen.

Die Verwaltungsbehörden befanden sich am anderen Ende des Flughafens. Eine Flucht von Büros, die meisten von ihnen verglast, alle winzig klein. Sie klopften an eine Tür. Ein Rothaariger mittleren Alters winkte sie herein.

»Ich komme ein Päckchen abholen.«

Der Beamte musterte das seltsame Trio. Der Mann, der ihn angesprochen hatte, machte auf ihn den Eindruck, als trage er eine unterdrückte Wut mit sich herum. Die anderen hielten sich ein wenig abseits, eingemummelt in schwarze Lederparkas. Alle trugen sie komplizierte Tätowierungen im Gesicht. Drei Totschlägervisagen.

»Welcher Herkunftsort?«, fragte der Zollbeamte in schleppendem Tonfall.

»Französisch-Polynesien. Tahiti.«

»Auf welchen Namen?«

»Tetuanui, Hiro.«

Der Rothaarige konsultierte einen Bildschirm, der hinter seiner Theke verborgen war. Ein unmerklicher Fingerlauf über die Tastatur, dann nickte er.

»Ein Diplomatenkoffer?«

»Genau.«

»Warten Sie einen Augenblick.«

Er stand unwillig auf und verschwand hinter einer Tür. Hiro warf den Zwillingen einen undurchdringlichen Blick zu. Die beiden Wachhunde zeigten keinerlei Regung.

Nach ein paar Minuten tauchte der Beamte wieder auf und trug ein Polystyrolpaket, das mit marineblauen Klebestreifen hermetisch versiegelt war. Darauf war mit Tesa ein Umschlag geklebt, der verriet, welcher Natur das Paket war. Die Aufschrift in roten Lettern ließ keinen Zweifel: »Vertraulich – Nicht öffnen«.

Er stellte es auf die Theke und fragte: »Haben Sie die Abholunterlagen?«

Hiro händigte ihm ein Bündel Formulare aus. Der Zollbeamte warf einen misstrauischen Blick darauf, klimperte wieder auf seiner Tastatur herum und runzelte dabei die Brauen, als suche er etwas. Schließlich hob er den Kopf: »Ihren Pass, bitte.«

Hiro hielt ihm ein bordeauxrotes Büchlein hin. Der Rothaarige las die Angaben: Reisepass Europäische Union, Französische Republik.

Er schlug es auf.

Tetuanui. Hiro. Geboren am 7. März 1968 in Papeete, Tahiti, Französisch-Polynesien.

Er sah auf, um das Gesicht des Mannes vor ihm eingehend betrachten zu können. Das Foto stimmte. Unter der blauen Tinte der geometrischen Zeichnungen konnte man ein langes Gesicht erahnen, eine breite Nase, schwarze Augen. An diesem Abend hatte der Mann seine Haare zu einem langen Zopf geflochten.

Der Zollbeamte gab ihm den Pass zurück, behielt jeweils ein Exemplar der Formulare zurück und löste den Umschlag von dem Paket.

»Tahiti... Seltsam, dass man das alles von Ihnen verlangt. Ich dachte, das sei Frankreich.«

»Nicht wirklich«, antwortete Hiro.

»Eine Unterschrift. Da, da und da, bitte.«

Hiro tat, wie ihm geheißen. Dann steckte er das Paket in seine Tasche und machte auf dem Absatz kehrt. Unter dem argwöhnischen Blick des Rothaarigen folgten ihm die Zwillinge.

2

Paul schob seinen Tiefschutz zwischen Shorts und Genitalien. Dann ließ er den Helmverschluss zuschnappen. Aus einer Öffnung in Nackenhöhe quoll sein Pferdeschwanz heraus. Er tastete nach den Schienbeinschonern, die unter seinem Trainingsanzug verborgen waren, zog die Boxhandschuhe über und verließ die Umkleide.

Freitagabend. Der Saal schien gleich implodieren zu wollen. Ein Überschuss an Adrenalin schoss kontinuierlich durch Dutzende zum Zerreißen gespannter Arterien. Die Luft war mit Schweiß gesättigt. Von den Wänden, den Fensterscheiben liefen Rinnsale zu Boden, um dort tiefdunkle Serpentinen zu bilden. Riesige Ventilatoren wälzten den Dunst um, der nach Raubtierkäfig roch.

Er bahnte sich einen Weg zwischen den gewaltigen Trainingssäcken hindurch, leblosen Lederwürsten, die an verrosteten Haken hingen. Gestalten mit nacktem Oberkörper tanzten hechelnd um sie herum. Unter dem Hagel der Schläge knirschten die Säcke, und ihren Eingeweiden entfuhr ein böses Knurren. Und überall derselbe starre und entschlossene Blick, dieselbe Verbissenheit.

Paul hatte sich für sein Training nicht die Turnhallen der Brigade ausgesucht. Zu brav, zu konventionell. Was er suchte, überschritt die bloße Anwendung einer Kampftechnik. Der Krieg, den er führte, brauchte den direkten Kontakt mit der Realität, brauchte die Gewalt, die Verzweiflung.

Der Saal von Marius Fiori, versteckt im verdreckten Untergeschoss eines Wohnheims in La Capelette, entsprach seinen Vorstellungen. Dort ging man hin, um sein Leben aufs Spiel zu setzen, um eine Lösung für das Elend zu finden, eine Eintrittskarte zu einem besseren Leben.

Vielleicht …

Er ging auf den Ring zu. Ein junger Schwarzer, der sich am Sprungseil abrackerte, rief ihm beim Vorbeigehen etwas zu.

»He! Cabrera! Wie wär's mit 'ner Runde? Ich hab heut Fäuste aus Stahl. Ich mach dich alle, wenn du willst.«

Paul lächelte ihm ruhig zu. Wegen seiner Siegerliste, seinem Bullenstatus, wollten sich alle mit ihm messen. Die Boxhandschuhe gaben ihnen den Freifahrschein, völlig ungestraft einen Polypen zu vermöbeln. Zumindest glaubten sie das.

»Vergiss es, ich mach schon drei Runden.«

»Dann lass dich mal schön einseifen, du Schwuchtel.«

Der Polizist nickte und ging weiter. Er dachte an die kommenden Minuten. Fiori hatte einen Sparring-Partner für ihn gefunden, der ihm das Wasser reichen konnte, Kader Hassaoui, der Schrecken der fernen La-Mède-Siedlungen, einem Elendsghetto am äußersten Stadtrand von Marseille, am Ufer des Étang de Berre.

Als er beim Ring ankam, entdeckte er Tomasini. Der Korse schwatzte mit Fiori und paffte dabei eine Gitane. Paul dachte, er werde ihn erst später sehen, war aber nicht überrascht. Er kannte seinen Chef. Der Kommissar liebte das Boxen und kam oft im Saal vorbei. Offiziell, um ihm beim Training zuzuschauen. In Wahrheit, um den Geruch des Hasses einzuatmen.

Paul machte ihm ein Handzeichen und schlüpfte dann unter den Seilen hindurch. Sein Gegner wartete schon auf ihn, saß auf einem roten Holzschemel in seiner Ecke. Er stand sofort auf. Die beiden Männer nickten sich zu, lächelten verkrampft, maßen sich mit Blicken. Hassaoui war fast so groß wie Paul, behaarter Oberkörper, breite Schultern, muskulöse, unnatürlich lange Arme. Der Zahnschutz entstellte seinen Mund, gab ihm etwas Affenähnliches, Wildes.

Fiori folgte ihnen in den Ring, ein noch agiler Fünfzigjähriger. Breitgeschlagene Nase, buschige Brauen, ein einziger Brei, der ihm als Gesicht diente und den Stempel seiner Karriere trug. Mit der Stoppuhr in der Hand stellte er sich zwischen die beiden Boxkämpfer.

»Gut, sind wir uns einig? Drei Runden von einer Minute. Und keine krummen Touren. Wir sind hier, um Spaß zu haben.«

Nicken. Eisige Blicke.

»Hier, Paul, vergiss das nicht.«

Fiori steckte dem Bullen einen Zahnschutz in den Mund und trat einen Schritt zurück. Die Spannung in dem Seilkarree stieg.

Ein Gongschlag, die Raubtiere stürzten aufeinander los.

Wenige Minuten später kletterten die Wölfe aus dem Ring. Unentschieden, lautete Fioris Schiedsspruch. Eine Art, ihre empfindlichen Seelen nicht zu verletzen.

Von Schweiß triefend, mit schmerzenden Gliedern, aber mit Frieden in der Seele, spuckte Paul seinen Zahnschutz aus und trank einen Schluck Wasser. Tomasini näherte sich mit wutverzerrtem Gesicht.

»Zum Teufel, was ist heute Abend mit Ihnen los? Sie hatten ihn voll in der Flosse. Sie hätten ihn alle machen müssen.«

Der junge Leutnant wischte sich die Stirn.

»Das ist eine Runde, Kommissar. Dazu sind wir nicht hier ...«

Tomasini verzog hämisch das Gesicht. »Ich an Ihrer Stelle ...«

Da er die Vorlieben des Korsen kannte, schnitt Paul ihm

kurzerhand das Wort ab. Er ging zu den Umkleiden und warf ihm zu: »Sie sind nicht an meiner Stelle, Kommissar…«

Tomasini sah ihm kopfschüttelnd nach. Er zündete sich noch eine Gitane an.

Nach einer Viertelstunde kam Cabrera, mit nassen Haaren und geschulterter Sporttasche, wieder zu seinem Chef zurück. Der Korse schien sich beruhigt zu haben und schlug ihm vor, etwas essen zu gehen.

Die beiden Männer ließen die spannungsgeladene Atmosphäre der Turnhalle hinter sich und traten auf die Straße. Völlig verlassen um diese Zeit. Schäbige Einfamilienhäuschen standen neben heruntergekommenen Wohnblöcken, ein paar altmodische Läden verbarrikadierten sich hinter ihren Eisenrollos. Der traurige Schauplatz eines Viertels, mit dem es bergab ging. Sie gingen in eine Pizzeria zwei Straßen weiter, die Paul des Öfteren besuchte, und setzten sich.

»Ich hatte Recht, Kommissar.«

Tomasini fixierte seinen Bullen über den Brillenrand hinweg.

»Sprechen Sie sich aus.«

»Die Leiche ist seit gestern mehrmals an einen anderen Ort gebracht worden. Zunächst ins Gerichtsmedizinische von Toulon, dann in die Uniklinik La Timone.«

»Autopsie?«

»Ja.«

»Konnten Sie daran teilnehmen?«

Paul nickte.

Mit Grabesstimme stellte Tomasini die Frage, die ihm auf den Lippen brannte: »Was sagt der Gerichtsarzt?«

»Die Lungen voller Salzwasser. Tod durch Ertrinken…«

Stille machte sich breit. Der Kommissar schien ganz in

Gedanken versunken. Dann fragte er, als sei er gerade wieder zu sich gekommen: »Keine Tabletten, Schlafmittel?«

Er starrte Paul direkt in die Augen. Die Worte schienen in ihm nachzuhallen wie bei einer bronzenen Meeresschnecke. Aus dem Bauch heraus verstand der junge Leutnant das Leid des Korsen. Er hatte von Anfang an auf Selbstmord getippt, auf einen Tod aus einsamer Verzweiflung, dessen Gewicht auf ihm lastete.

Paul dachte schnell nach. Wie sollte er ihm erläutern, was er herausgefunden hatte? Die Fragen blieben ohne Antwort, warfen wieder neue Fragen auf, öffneten neue Abgründe. Er startete einen Versuch: »Ihre Tochter schien ein bisschen durcheinander zu sein, aus dem zu schließen, was ihre Schwester so erzählt hat. Reich, keine Aufgaben, keinen Halt. Außerdem wies ihre Leiche keinerlei Anzeichen von Misshandlungen auf. Auf den ersten Blick könnte man sagen, dass das alles zusammen auf Selbstmord hindeutet.«

Den Kopf gesenkt, spielte Tomasini mit einem Messer. Ohne die Augen zu heben, fragte er: »Auf den ersten Blick?«

Paul wusste, dass er jederzeit danebentreten konnte. Sein Chef hatte angebissen, er musste sich so kurz wie möglich fassen.

»Genau da weiß ich nicht weiter. Selbst wenn sie sich umgebracht hat, gibt es da bei der ganzen Sache ein paar Dinge, die nicht stimmen.«

»Genauer.«

»Es gelingt mir nicht herauszufinden, wer die Autopsie angeordnet hat. Ihre Schwester sagt, sie hätte damit nichts zu schaffen, sie hatte bereits die Unterlagen für die Überführung der Leiche unterschrieben.«

»Glauben Sie ihr?«

»Auf mich machte sie einen glaubwürdigen Eindruck …«

»Wer dann? Ihre Mutter?«

»Eher unwahrscheinlich.«

»Die Staatsanwaltschaft von Toulon?«

Paul wies die Idee zurück.

»Möglicherweise ist nicht einmal die Brigade, die die Tatbestandsaufnahme gemacht hat, davon unterrichtet worden.«

»Was?«

»Ich habe mich ganz schön reinhängen müssen, um Ihre Tochter zu finden, niemand wusste, wo sie ist, noch wer sie überführt hat.«

»Wahrscheinlich wurde die Akte verlegt. Céline besaß die kanadische Staatsangehörigkeit, vielleicht hat die Botschaft ihre Nase reingesteckt.«

»Das ist eine Möglichkeit, aber … Als ich sie dann ausfindig gemacht hatte, hat mich noch was anderes irritiert. Die Autopsie fand in der Anatomie statt, in einem Hörsaal …«

»Was erzählen Sie da?«

Paul spürte, dass der Ausbruch unmittelbar bevorstand. Manchmal rastete der Korse aus, einfach so, ohne Vorankündigung. Er sprach unbeirrt weiter: »Ein versteckter Ort. Es gab zwar einen Gendarmen, der den Eingang bewachte, aber das Ganze stank irgendwie nach abgekartetem Spiel.«

Diesmal regte Tomasini sich auf.

»Verflucht noch mal, Paul, rücken Sie jetzt endlich raus mit der Sprache oder was? Was ist mit meiner Tochter passiert?«

»Es ist noch zu früh, um etwas sagen zu können, Kommissar. Die Autopsie wurde unterbrochen, bevor sie zu Ende war. Als der Gerichtsarzt sich das Gehirn näher ansah, entdeckte er eine Art Tumor auf Stirnhöhe …«

»Krebs?«

Obwohl die Nachricht grausam war, wirkte der Korse erleichtert. Was den Selbstmord anging, würde das für ihn die Einstellung des Verfahrens bedeuten. Paul redete weiter.

»Ich weiß nicht. Er wirkte verwirrt. Er hat sein Skalpell niedergelegt und gefragt, ob man einen bestimmten Typen holen könnte…«

»Einen Typen? Was für einen Typen?«

»Keine Ahnung. Er hat bloß seinen Namen genannt. Chastel. Danach hat er die Lampen ausgeschaltet und den Saal verlassen.«

»Und?«

Paul wand sich auf seinem Stuhl.

»Das ist bislang alles. Mehr hab ich nicht herausfinden können.«

»Mist!«

Das Gesicht des Korsen verzog sich wieder. Seine Haut wirkte wie eine schlottrige Hülle. Paul rief eine Bedienung. Eine Ablenkung, um den Druck abzulassen.

»Bringen Sie uns eine halb und halb. Anchovis-Käse. Und einen Rosé, Réserve.«

Tomasini sah den Typen abschätzig von der Seite an. Er steckte in einem dreckigen Polohemd und kritzelte die Bestellung auf einen Notizblock. Als er verschwunden war, sagte der Kommissar in autoritärem Ton zu seinem Untergebenen:

»Ich will, dass Sie überall die Nase reinstecken, dass Sie herausfinden, wer die Autopsie angeordnet hat, wie und warum die Leiche überführt wurde und auf wessen Befehl. Ich will auch, dass Sie den Bericht auftreiben. Wie Sie das anstellen, ist mir völlig schnuppe, aber ich will wissen, wie meine Tochter gestorben ist.«

Das Leid des Korsen kippte in kalte Wut um, in einen vulkanischen Zorn. Paul versuchte, sich in diesen Schmerz hineinzufühlen, der ihm fremd vorkam. Er hatte doch eine Familie, einen festen Halt.

Was hätte er an seiner Stelle empfunden?

Er sah auf seinen Teller hinunter und nickte. Wie er seinem Chef bereits gesagt hatte, als er aus dem Ring geklettert war, er würde niemals an seiner Stelle sein.

Und das war auch besser so.

3

Paul fing wieder bei null an. Oder fast. Noch dazu fühlte er sich nicht besonders geeignet für diese Art von Job. Für eine geheime Ermittlung brauchte man besondere Fähigkeiten, eine spezielle Geisteshaltung, die er nie besessen hatte. Er dagegen liebte den Nahkampf, die Wahrheit des Mann gegen Mann. Strategien hatte er schon immer gehasst.

Er hatte beschlossen, der Uniklinik einen Besuch abzustatten, dem einzigen Ankerpunkt, an dem er seine Spur festmachen konnte. Rosie, die Barbiepuppe an der Telefonzentrale, hatte sich besonders kooperativ gezeigt. Aber er hatte sehr schnell seine Illusionen aufgeben müssen. Die Beschreibung des Gerichtsarztes sage ihr gar nichts; und was den Namen angehe, Chastel, der sei auf keiner Liste, weder als Arzt noch als Angestellter. Falls Paul im Personalregister nachschauen wolle, müsse er sich bis Montag gedulden.

Irgendwie hatte er das geahnt.

Ohne große Erwartungen machte er sich auf den Weg in

die Anatomie. Mit ein bisschen Glück befand sich die Leiche von Céline Larqué vielleicht immer noch dort. Dann könnte er, wenn er es geschickt anstellte, vor Ort selbst Ermittlungen anstellen.

Er verließ den Aufzug und ging durch neonerleuchtete Gänge, den penetranten Geruch von Bohnerwachs in der Nase. Junge Leute in weißen Kitteln schlichen an den Wänden entlang, die Blicke auf anatomische Bildtafeln geheftet. Paul sah es im Vorbeigehen rot und blau aufleuchten, erhaschte einen Blick auf eine längliche Masse. Ohne genau zu wissen, warum, dachte er an ein Herz.

Er ging in den Hörsaal. Heute Morgen fand die Vorstellung hinter geschlossenem Schalter statt. Hunderte von Zauberlehrlingen beobachteten durch die Plexiglaskugel eine Sektion, starrten wie gebannt auf einen Lichtkreis, in dem ein teilweise geöffneter Torso lag. Das kopf- und gliederlose Stück Fleisch hatte nichts Menschliches mehr.

Paul ging sofort wieder hinaus, er hatte ein unangenehmes Gefühl im Bauch, es drehte ihm schier den Magen um.

Er ging um den Hörsaal herum und gelangte zu einer großen Treppe. Dunkles Holz und Bohnerwachsgeruch; lackierte Holzbretter an den Wänden erinnerten an ein Chalet in der Schweiz. Der Polizist ging mit ruhigen Schritten die Treppe hinunter. Noch ein Gang. Verlassen, eisig kalt. Die Wärme der oberen Stockwerke war verschwunden, war einer metallischen, von Antiseptika und Formol gesättigten Atmosphäre gewichen.

Nach seinen Berechnungen befand er sich auf der vierten Ebene. Der Eingang zur Anatomie dürfte sich auf der anderen Seite befinden, am äußersten Ende des Betonbogens. Folglich dürfte es bis zum Kühlschrank nicht mehr sehr weit sein.

Er machte seine Lederjacke zu und ging schneller.

Nach etwa fünfzig Metern entdeckte er, was er suchte. Eine Edelstahltür, höher als üblich, die mit zwei Schieberiegeln abgesperrt wurde. Offen. Er zog den Eisenriegel auf und ging hinein.

Im Kühlschrank lag die Temperatur um die null Grad. Er ging zwischen den weiß gekachelten Wänden weiter. Auf halber Höhe in die Wand eingelassen, reihten sich quadratische Luken in einer langen geraden Reihe wie japanische Bettnischen.

Weiter hinten stand ein Mann, mit dem Rücken zu ihm, eine blaue Wollweste über dem Kittel. Paul machte ein paar Schritte auf ihn zu. Eine feine Dampfsäule stieg auf, als er den Mund öffnete, um auf sich aufmerksam zu machen.

»Entschuldigen Sie ...«

Der Mann fuhr herum. Nicht mehr sehr jung, wächserne Gesichtsfarbe, schwarze Haare. Dem Bullen fiel auf, dass er eine Perücke trug.

»Polizeileutnant Paul Cabrera. Sind Sie hier zuständig?«

»Ja. Warum?«

Als er auf seiner Höhe angekommen war, streckte Paul ihm seine Karte hin.

»Sind Sie gestern hier gewesen?«

»Nein. Ich hatte einen Tag Urlaub.«

Mit einem Mal war dem Bullen alles klar. Er fuhr fort: »Hat Sie jemand vertreten?«

»Nicht nötig. Freitags ist das Labor zu.«

Die Teile fügten sich zusammen. Man hatte sich wahrscheinlich genau aus diesem Grund für die Uniklinik entschieden. Ein ruhiger Ort, bestens ausgestattet, an dem ein Team von außerhalb arbeiten konnte, ohne Aufmerksamkeit zu erregen.

»Um vierzehn Uhr hat eine Autopsie stattgefunden. Ich würde gerne wissen ...«

Der Mann mit der Perücke fiel ihm höhnisch ins Wort: »Das würde mich wundern.«

»Wie bitte?«

»Das ist hier ein Studienlabor. Sie sollten sich besser informieren...« Nach einer kurzen Pause setzte er hinzu: »Bei den Polypen dürften Sie doch dafür genau an der rechten Quelle sitzen.«

Der Leutnant bebte. Der Typ sah ihn spöttisch an, absolut von sich überzeugt. Paul näherte sich seinem Gesicht auf wenige Zentimeter. Er starrte ihn böse an.

»Hör mal, Dickerchen, ich hab jetzt keine Zeit für Scherze. Du wischst dir jetzt schleunigst das Grinsen von deinem Eierkopf und beantwortest meine Fragen, mehr verlang ich nicht von dir.«

Der Laborant schaute plötzlich völlig überrascht aus der Wäsche. Und verängstigt. Der Bulle ließ ihm gar nicht erst die Zeit, sich wieder zu fangen.

»Zeig mir dein Register.«

Der Mann deutete mit dem Finger auf eine Fensterscheibe.

»Im Büro. Alles ist im Computer gespeichert.«

»Gehen wir.«

Sie durchquerten den Raum und gingen in den angrenzenden. Ein kleiner, nackter Raum, in dem es nichts als einen Kleiderständer, einen Stuhl und eine schwarze Plastikkiste gab. Darauf thronte ein PC, der über ein durch die Wand laufendes Kabel angeschlossen war.

»Die ganze Uniklinik ist vernetzt. Die Informationen laufen direkt in die Zentrale zurück«, sagte der Mann, während er die Tür schloss.

»Gut... Geh schon mal die Namen deiner Klienten durch.«

»Wie lautet der Name?«

»Larqué, Céline.«

Der Mann gab die Information ein und startete den Suchlauf. Im Depot gab es nur an die dreißig Leichen, er hob nach wenigen Sekunden den Kopf.

»Ich habe keinen Eintrag unter diesem Namen.«

Paul legte ihm eine Hand auf die Schulter.

»Bist du da ganz sicher?«

Der Angestellte rechtfertigte sich. Seine Stimme verlor alle Sicherheit.

»Hier, sehen Sie. Sie sind alle aufgeführt. Das Register wird sofort bei jeder Änderung aktualisiert. Die Leichen bleiben im Durchschnitt einen Monat, danach werden sie eingeäschert.«

Der Polizist überflog die Liste. Anonyme Namen, vergessene Existenzen, verloren im gedruckten Nichts eines künstlichen Gedächtnisses. Céline war nicht registriert worden. Oder aber unter einem anderen Namen. Die Leute, die sich für sie interessierten, setzten sich über die rechtlich vorgeschriebenen Prozeduren hinweg.

Paul biss die Zähne aufeinander. Er wusste, was als Nächstes zu tun war.

»Dann schauen wir mal nach.«

»Hä?«

»Du hast schon richtig verstanden. Los, mach mir das alles auf.«

Der Mann zögerte einen Moment. Seine wächserne Gesichtsfarbe spielte jetzt ins Gelbliche.

»Was Sie da machen wollen, ist gegen die Vorschriften. Sie brauchen eine Vollmacht, wenn ich Ihnen die Leichen zeigen soll.«

»Die Vollmacht gebe ich dir später. Und jetzt machst du, was ich dir sage, oder du wirst ernsthaft in Schwierigkeiten kommen.«

Ihre Blicke kreuzten sich. Dann schlug der Mann die Augen nieder.

»Wie Sie wollen. Letztlich …«

Er entriegelte die Klappen.

Das Schauspiel war alles andere als appetitlich. Leichen, nackte, fahle Leichen, einige noch intakt, viele verstümmelt. Manche waren wieder zugenäht worden, über den ganzen Bauch liefen endlos lange Nähte. Andere lagen mit geöffnetem Bauch da, komplett ausgenommen, wie Fische an einem Marktstand.

Keiner, ob von nah oder von fern, ähnelte dem polynesischen Halbblut. Ihre Leiche war fortgebracht worden. Man hatte erneut jede Spur von ihr verwischt.

Der Bulle war nicht überrascht. Er hatte nie wirklich an Wunder geglaubt. Das Verschwinden der Leiche bestätigte lediglich seine Vermutungen. Irgendjemand wollte nicht, dass man sich die Sache näher ansehen konnte.

Er blickte seinem Gegenüber fest in die Augen.

»Chastel, sagt dir das was?«

Der Mann antwortete etwas beunruhigt: »Nein …«

Der Leutnant rückte ihm noch näher auf die Pelle. Aus der Entfernung konnte er den Talg riechen, mit dem die Perücke parfümiert war.

»Denk gut nach. Ein wichtiger Typ, vielleicht ein Prof, oder ein hohes Tier aus der Krankenhausleitung.«

Diesmal bekam der Mann fast schon Panik.

»Ich schwöre Ihnen … Hohe Tiere kenn ich gar keine. Es gibt nur zwei Personen, die hierher kommen. Professor Sardi und Dr. Darcour.«

»Wer?«

»Der oberste Chef von der Chirurgie und sein Assistent.«

»Beschreib sie mir.«

»Sardi ist so um die fünfzig, klein, mit einer Platte, sieht ein bisschen aus wie ein Italiener. Falls Sie ihn sehen wollen, er führt gerade eine Sektion durch.«

Paul dachte an die Bohnenstange, die sich an Céline zu schaffen gemacht hatte. Das hatte mit der Beschreibung wenig zu tun.

»Und der andere?«

»Darcour… Etwa so jung wie Sie. Dunkelhaarig, eher ein hübscher Kerl, verdammt begabt, wie es scheint.«

Wieder nichts. Paul sah seine Ermittlung allmählich mit dem Strom davonschwimmen. Ohne große Hoffnung stellte er seine letzte Frage.

»Ein Gerichtsmediziner. Groß, hager, eine Brille mit Gläsern dick wie Butzenscheiben, ist dir der nie begegnet?«

»Sagt mir nichts. Hier gibt's keinen, der so aussieht.«

»Deine Chefs, wissen die vielleicht Bescheid?«

»Ja… Das ist möglich. Versuchen Sie doch, Darcour zu treffen. Er lebt fast schon hier. Der Alte ist nicht oft da. Er delegiert alles an ihn weiter.«

Paul nickte. Er klopfte dem Mann auf die Schulter und machte auf dem Absatz kehrt. Darcour dürfte etwa in seinem Alter sein. Falls er etwas wusste, würde er ihn noch am ehesten dazu bringen können, mit der Sprache rauszurücken.

Er kreuzte die Finger, als er wieder in den Aufzug stieg. Vorerst hatte er keine andere Spur.

4

Paul war mühelos an die Adresse herangekommen. Rosie hatte sie ihm gegeben, einfach so, wenn auch im Tausch gegen das Versprechen, dass sie sich nächsten Samstag treffen würden.

Darcour besaß eine Villa im Viertel Roucas Blanc, eine vornehme Adresse, eingebettet in die Hügel über der Corniche. Der Onkel Doktor hatte Recht gehabt: In diesem kleinen Paradies zu wohnen, in dem die Parkplätze zum Preis einer komfortablen Einzimmerwohnung gehandelt wurden, war ein Privileg.

Paul fuhr von der Corniche ab und stürzte sich in das Gewirr der Gässchen. Ein Labyrinth, versehen mit doppelt verriegelten Portalen, umschlossen von hohen Mauern, auf denen spitze Glassplitter glänzten wie Klingencolliers. Hinter den türlosen Festungswällen erstreckten sich Gärten voller Olivenbäume und Akazien; mit Mosaiken ausgekleidete Schwimmbäder und uneinnehmbar wirkende Häuser lagen darin.

Der Leutnant fuhr in den Nicolas-Weg. Er parkte vor einer einfachen, grün gestrichenen Tür, an die zu beiden Seiten verwitterte Steinmauern anschlossen. Er überprüfte die Hausnummer, klingelte. Fast im selben Moment schaltete sich eine Kamera über einer Sprechanlage ein.

»Docteur Darcour?«

»Ist nicht da.«

Der Polizist glaubte eine Frauenstimme zu hören. Verbraucht, rauchig.

»Polizei, Madame. Ich muss mit Dr. Darcour sprechen. Können Sie mir bitte aufmachen?«

Stille, ein Räuspern.

»Ich habe Ihnen doch gesagt, dass er nicht da ist. Es ist niemand da. Kommen Sie ein andermal wieder.«

Ein Klacken, das Lämpchen erlosch. Die Kamera wirkte jetzt wie ein totes Auge.

Paul dachte nach. Es war Samstag, Darcour war vielleicht noch mal einkaufen oder spazieren gegangen. Er brauchte bloß später wiederzukommen, dann würde man ihn empfangen. Er schwang sich auf sein Motorrad und drückte auf den Knopf des Anlassers.

In diesem Augenblick öffnete sich die Holztür, und ein jugendliches Gesicht kam zum Vorschein.

»Entschuldigen Sie. Ich war auf meinem Zimmer, meine Mutter leidet ein bisschen unter Verfolgungswahn, seit bei uns eingebrochen wurde.«

Der Motorradpolizist nahm das Gas weg.

»Docteur Darcour?«

»Bernard Darcour. Sie wollten mich sprechen?«

Im Gegensatz zu den Vorstellungen, an denen Paul hartnäckig festhielt, sah Darcour überhaupt nicht aus wie ein Uniprof. Er war ungewöhnlich jung, hatte dunkle, sorgfältig gekämmte Haare und trug eine verwaschene Jeans, über der ein himmelblaues Polohemd herunterhing.

»Paul Cabrera. BAC.«

Der Assistent zögerte kurz.

»Was ist los?«

»Ich brauche ein paar Auskünfte. Für eine Ermittlung.«

»Gut… Wollen Sie hereinkommen?«

Sie betraten einen Park der Stille. Paul hatte das Gefühl, sich in einem Zwischenreich zu befinden, in einem aus der Zeit herausgelösten Ort, der kurz davor stand zu verwildern. Zerrupfte Wiesen glitten sanft zum Meer hinab, ihre Lehmhaut gesättigt mit dem Geruch von Humus. So gut wie überall standen caramelfarbene große Tonkrüge herum, die von wilden Scheinreben und Plumbago überquollen. Sie gingen an einem Schwimmbecken vorüber, das wie ein Teich aussah und in dem Seerosen schwammen. Ein bisschen weiter oben reckte, wie ein Schnitt durch diese Komposition aus Grün, ein weißes Haus unter Zypressen seine imponierende Gestalt gen Himmel.

»Kümmern Sie sich nicht um den Garten?«, fragte Paul naiv.

Darcour lächelte genießerisch.

»Ganz im Gegenteil. Um diese Wirkung zu erzielen, müssen Sie unablässig daran arbeiten.«

»Aha …«

Der Bulle hatte keinen grünen Daumen. Er zuckte mit den Schultern und trat über die Schwelle.

Darcour empfing ihn in der Küche, einem einfachen Raum, in dem nur ein Bauerntisch und Holzbänke standen. Ockerfarbene Terracottafliesen bedeckten den Boden, unregelmäßige Fliesen, in deren Spalten sich Risse gebildet hatten.

»Ich habe mit zweiundzwanzig meine Assistenzarztprüfung abgelegt, seit 1998 bin ich Dozent an der Uni, und gleich im Anschluss daran habe ich begonnen, mit Sardi zusammenzuarbeiten. Wollen Sie Näheres über meinen Werdegang wissen?«

Paul beobachtete den Mann, der ihm gegenübersaß. Ein Hochbegabter in Turnschuhen, der noch bei seinen Eltern wohnte, in einem extrem behüteten Umfeld. Auf den ersten Blick keine Gemeinsamkeiten mit einem Bullen aus den Quartiers Nord. Trotzdem fühlte der Polizist sich wohl. Er wagte sich aus der Reserve.

»Ich ermittle im Falle des Todes einer jungen Frau polynesischen Ursprungs. Die Leiche wurde gestern in Ihrem Labor seziert.«

Darcour war wenig erstaunt.

»Aha, das war es also!«

Paul musterte das Engelsgesicht.

»Was wollen Sie damit sagen?«

»Freitags ist das Labor geschlossen. Es war ein Zufall, dass ich dort vorbeikam. Sardi operiert privat, ich habe im Hörsaal eine Vorlesung. Sardi hatte mich gebeten, nach meiner Vorlesung in der Leichenhalle vorbeizuschauen, um ihm ein … Subjekt zu präparieren.«

»Hm …«

»Ich bin gegen neunzehn Uhr fünfzehn runtergegangen, musste erst noch das Krankenhaus durchqueren. Seltsamerweise war die Treppe, die ins vierte Untergeschoss führt, abgesperrt. Auf einem Schild stand, es handle sich um Reparaturarbeiten, wenn ich mich recht entsinne … Ich bin wieder zurück, um unten durchzugehen. Es gibt einen Zugang über die Chemiesäle. Aber da war alles abgeriegelt.«

»Und …?«

Der Arzt öffnete eine Dose mit Sodawasser. Er goss die Hälfte davon in ein Bierglas.

»Und jetzt verstehe ich besser. Es handelte sich um eine gerichtliche Sache …«

Paul kramte seine Metallschachtel hervor. Er zündete sich einen Zigarillo an.

»Haben Sie nicht versucht reinzugehen? Sie dürften doch einen Schlüssel haben …«

»Einen Schlüssel? Ich glaube, Sie verstehen nicht ganz. Der Bereich war abgeriegelt … Nicht verschlossen, abgeriegelt. So gut wie überall standen Typen mit Maschinengewehren herum.«

»Was?«

»Gendarmen. Ich habe meinen Wehrdienst in dieser Truppe geleistet.«

»Beschreiben Sie mir die Leute.«

»Marineblaue Anzüge, kugelsichere Westen, Strumpfmasken, Helme, Funkgeräte, Maschinengewehre.«

Paul sah die Szene sofort plastisch vor sich. Darcour, mit seinem Notizblock bewaffnet, unmittelbar in einem militärischen Einsatz gelandet. Nach seinem Gesichtsausdruck zu schließen, glaubte der junge Doktor einer Halluzination erlegen zu sein.

Dann stürmten andere Bilder auf ihn ein. Ein bläulich verfärbtes, skalpiertes Gesicht, das von Männern in Drillichkleidung, die herumbrüllten, weggebracht wurde. Der Polizist begriff sofort. Das waren die Einheiten von Frankreichs Elitekommando, voll durchtrainierte Maschinen, ausgebildet für gefährliche Missionen. Was zum Teufel hatten sie da zu suchen?

Jetzt war mit Logik nicht mehr viel auszurichten.

»Was haben Sie gemacht?«

»Ein Gendarm ist auf mich zugekommen, hat sich entschuldigt und mich gebeten, später wieder vorbeizuschauen.«

»Mit welcher Begründung?«

»Er sagte mir, das Krankenhaus mache eine Sicherheitsübung ...«

»Erzählen Sie mir was über ihn.«

»Da gab es nichts Besonderes. Mittelgroß, sehr kurze Haare, in Uniform wie die anderen auch.«

»Ist Ihnen vielleicht irgendein Detail aufgefallen, ein Name auf seiner Uniform? Ein Dienstgrad?«

»Nein ...«

Der Leutnant biss die Zähne aufeinander. Die Indizien zierten sich noch etwas. Er schlug einen andern Kurs ein.

»Chastel, sagt Ihnen das was?«

Der Doktor schüttelte den Kopf. »Nein, nichts.«

»Ein langer Lulatsch von Chirurg, der eine Trifokalbrille trägt? Das sagt Ihnen wohl auch nichts, oder?«

»Auch nichts.«

Paul legte die Stirn in seine Hände. Dann stand er auf, ging um den Tisch herum und setzte sich neben Darcour.

»Doktor?«

Der Doktor wich instinktiv zurück. »Ja?«

»Es ist sehr wichtig... Versuchen Sie, sich zu erinnern... Sagen Sie mir alles, was Ihnen durch den Kopf geht... Alles.«

Darcour nickte und strengte sein Gedächtnis an. Man sah ihm an, dass er sich fleißig Mühe gab, zwei senkrechte Falten furchten jetzt seine Stirn und tauchten dann Richtung Nasenwurzel ab. Die Sekunden vergingen wie Minuten. Schließlich brach er sein Schweigen: »Ich weiß nicht, ob es wichtig ist... Na ja, womöglich ist es interessant für Sie...«

»Ich höre.«

»Es gab einen Arzt unter den Gendarmen. Ich will sagen, er war im Drillich, aber es war ein Arzt. Ich erkenne sie sofort... Eine bestimmte Körperhaltung, eine bestimmte Gangart... Ich weiß nicht recht...«

»Wie sah er aus?«

»Er war weit weg... Ich habe ihn nur kurz gesehen. Ich würde sagen... so um die sechzig, sportlich, sehr weiße Haare, eher groß.«

Paul frohlockte. Endlich hatte er etwas gefunden. Einen Hinweis, einen Schatten. Das Phantombild eines Gendarmen mit Stethoskop.

Die Lösung flackerte auf. Chastel war dieser Arzt. Er überwachte die Operation.

Die Leiche hat das Krankenhaus mit ihm verlassen.

Nachdem er sich bei Darcour bedankt hatte, ging er wieder zu seiner Maschine. Er fuhr mit langsamem Tempo die Corniche entlang, den Helm am Arm, die Gedanken woanders. In der Verlängerung der Insel Frioul zeichneten Dutzende von weißen Segeln ein gewaltiges Schachbrett aufs Meer.

Zunächst einmal versuchte der Bulle, eine Bestandsaufnahme zu machen. Céline war verschwunden, über die wahre Ursache ihres Todes tappte er im Dunkeln.

Trotzdem schälte sich aus dem ganzen Wust zusammenhangloser Ereignisse jetzt eine Tatsache, ein Beweis heraus, der die Art, wie sie ums Leben gekommen war, nicht mehr so wichtig erscheinen ließ.

Céline Larqué stellte eine Gefahr dar.

Man interessierte sich über den Tod hinaus für ihren Körper, und die Leute, die in ihrem Umfeld herumschnüffelten, verfügten über beträchtliche Mittel.

Was war der Zweck des Ganzen?

Vorerst hatte er nicht die geringste Vorstellung.

Um das herauszubekommen, musste er Chastel finden.

5

Tomasini hasste Samstage. Ein weicher, fader Tag, der sich zog wie Zuckerwatte, die man über dem Feuer vergessen hatte. Samstag. An einem Tag pro Woche, gerade mal einem Dutzend Stunden, gab er ein kurzes Zwischenspiel im Kreis der Familie, das seiner Leidenschaft abgerungen wurde, damit sein Zuhause nicht völlig kaputtging. Was davon noch übrig geblieben war.

Die Einrichtung passte nicht sonderlich zu ihm. Eine Vierzimmerwohnung mit Küche und Blick auf den Alten

Hafen. Altmodisch, ordentlich, fast zwanghaft sauber aufgeräumt. Das Werk seiner besseren Hälfte. Ein Ort der Ruhe, fast schon ein Schlafsaal.

Letztlich ohne Bedeutung.

Tomasini lebte für die Straße. Ihre Wildheit, ihre Schreie. Ihr undurchdringliches Universum. Für das Gefühl, das er hatte, wenn er mit hastig übergestreiftem Armschutz aus dem Auto stürmte, die Manurhin in der Faust, seine Jungs im Kielwasser, gespannt wie Klaviersaiten. Diese Gewalt hatte er vollkommen in sich aufgesogen. Seit zwanzig Jahren durchströmte sie seine Adern, wie eine harte Droge.

Er warf einen Blick auf die Fotos, die in einer Reihe auf dem Radio standen. Eine Frau, nicht mehr sehr jung, zwei Jugendliche, die ganz das Gegenteil waren, ein Hund, der alle zwei Stunden Gassi geführt werden musste, wenn nicht, durfte man zur Strafe Pissepfützen aufwischen. Nichts wirklich Aufregendes.

An diesem Abend war das Haus leer. Die Kinder im Kino – zumindest hatten sie das gesagt –, Christine im Krankenhaus wegen einer Darmspiegelung. Ein Routinetest laut Aussage des Arztes. Um sicherzugehen.

Er nahm die Flasche Whisky und goss sich ein Glas ein. Das dritte, seit seine Kinder gegangen waren. Seit vierundzwanzig Stunden versuchte er, seinen Dämonen zu entkommen. Ohne Erfolg. Eine Ratte nagte wütend an seinen Gedärmen.

Er zündete sich eine Gitane an. Draußen schwärmten die Apachen in die Stadt aus, ließen sie in einem Strudel aus Hass versinken. Heute Abend würde er bei ihnen sein. An einem Samstag. Ausnahmsweise.

Cabrera erwartete ihn im Stadion. Jean-Bouin-Tribüne, Aufgang B. Eine geheimnisvolle Verabredung nach einem einsilbigen Gespräch, das sie am Nachmittag geführt hatten. Kein Wort über seine Ermittlung. Tomasini hatte das Spiel mitgespielt, er wusste, wie der Hase lief. Wenn er jetzt daran dachte, schnürte ihm dieser Anruf die Kehle zu. Sein Inspektor hatte am Telefon nicht reden wollen, das Schweigen ließ nichts Gutes ahnen.

Eliot zeigte deutlich seine Ungeduld. Der Setter drehte sich seit fünf Minuten um sich selbst, versuchte, seinen eigenen Schwanz zu erwischen. Die Vorboten einer Harnkatastrophe. Tomasini griff nach der Hundeleine, die beim Eingang hing, und zog sich seinen Mantel an.

Neunzehn Uhr fünfzehn. Das Spiel begann um zwanzig Uhr dreißig, er würde mit der Metro ins Velodrom fahren. Zeit genug, um mit dem Hund Gassi zu gehen und beim Tabakhändler vorbeizuschauen, um seine Vorräte aufzufüllen. Er lief die Treppe hinunter, Eliot zwischen den Füßen.

Kommissar Tomasini leitete die Brigade seit 1992. Eine interne Beförderung nach zehn Jahren guter und loyaler Dienste. In dieser Brigade zu schuften war nichts, was einem Achtung einbrachte. Dafür musste man schon eine besondere Ader haben. Nachts Streife fahren, die Personalien verdächtiger Personen überprüfen, Verhandlungen mit den Nutten, Schlägereien, Dealer. Nichts als Kleinkriminalität. Extreme Gewalt. Wenig Anerkennung. Seine Jungs würden es nie auf die erste Seite von *La Provence* schaffen. Im besten Fall würde man sie unter der Rubrik Vermischtes erwähnen. Wie auch immer, Ehrungen waren Tomasini sowieso egal.

Er hatte Rechnungen zu begleichen, seine Arbeit gab ihm Gelegenheit dazu.

Er drückte die Tür auf und überblickte die Straße. Der Geruch der Stadt drang ihm in die Lungen, stark, nach Moschus duftend. Eine Mischung aus Jod und Asphalt. Und dann waren da die Geräusche. Ein diffuses Grollen, ein ununterscheidbares Getöse, dazwischen das Husten der Motoren.

Samstagabend.

Am Hafen schnurrte der Verkehr. Ein langes, bunt geschecktes Metallband, das in Zeitlupe dahinkroch. Die Bewohner der Außenviertel kamen in die Stadt hinunter, um eine Nacht lang die Sau rauszulassen. Sie nahmen die Innenstadt im Sturm, fuhren in Gruppen zu dritt oder zu viert in Autos herum, die viel zu teuer für sie waren.

Er ging Richtung Samaritaine. Das neonerleuchtete Treibhaus sprenkelte den Gehsteig mit Wellen aus Licht. Griechen, Libanesen, Italiener, ein paar Bouillabaisse-Spezialisten. Eine Gegend für Touristen.

Für Fremde.

Célines Gesicht tauchte aus den Sümpfen auf, aschfahl. Tomasini presste die Kiefer aufeinander. Der Whisky linderte den Schmerz, brachte ihn aber nicht zum Verschwinden. Céline konnte nicht ertrunken sein. Das stimmte vorne und hinten nicht. Nicht sie. Nicht so. Und die Autopsie? Cabrera hielt bestimmt einen Zipfel der Antwort in der Hand. Bestimmt. Ob er wohl bereit war, sie zu hören?

Er wandte sich nach links, verließ den Quai du Port, um in die Rue de la Loge einzubiegen. Eine schlecht beleuchtete Parallelstraße, gespickt mit schräg geparkten Autos. Eine Gruppe junger Frauen kreuzte seinen Weg. Drei oder vier. Keine zwanzig Jahre alt. Sie stießen kurze Vogelschreie aus. Dann verstummten die Schreie, verschluckt vom Straßenlärm.

Heute Abend spielte Olympique Marseille gegen Monaco. Die Stadt bekam ihren ersten Fieberschub. Würden sie gewinnen, wäre alles gut, wenn nicht, würde es heute Nacht heiß hergehen. Er betrat den Tabakladen. Ein kleines Lädchen, das immer geöffnet hatte, ein bunt gemischter Trödelladen, betrieben von einem Algerier, der nur Haut und Knochen war. Brahim El-Kaoui. Tomasini kannte ihn gut. Ein Haschdealer, mehrfach rückfällig, mehrfach verurteilt. Ein Halunke aus dem übelsten Milieu. Der Tabakladen, der auf den Namen seiner Frau lief, brachte ihm nicht genug ein, um in einem Z3 herumkutschieren zu können.

»Guten Abend, Kommissar.«

Tomasini grummelte etwas.

»Arbeitest du jetzt?«

»Seit vierzehn Tagen, Kommissar.«

Der Bulle zuckte mit den Schultern. Dieses Pack log, wie es atmete.

»Gib mir zwei Päckchen Gitanes.«

Der Tabakverkäufer blinzelte ihm verschwörerisch zu und legte zwei hellblaue Päckchen auf den Tresen.

»Hier, Kommissar. Zwei Gitanes.«

Tomasini ließ sie in seinem Mantel verschwinden.

»Wie viel macht das?«

»Geschenk, Kommissar.«

Tomasini zog die Augenbrauen hoch. Was fiel ihm ein, diesem Couscousfresser? Gingen ihm etwa die Nerven durch? Waren ihm die Sicherungen durchgeknallt? Alle hier wussten, in was für einem Ruf der Korse stand. Er machte den Arabern das Leben schwer. Mentalitätsfrage. Seit dreißig Jahren wandte er ihnen gegenüber unwandelbare Prinzipien an. Regel Nummer eins: Traue niemals einem Araber. Regel Nummer zwei: Zeige ihm klar und deutlich, wer hier der Chef ist.

»Hast du ein Problem, Brahim?«

El-Kaoui tat erstaunt: »Nein, Kommissar, alles bestens.«

»Willst du mir jetzt meine Zigaretten bezahlen?«

Der Algerier spürte, dass der Wind umschlug. Außerdem roch der Korse ziemlich nach Alkohol.

»Regen Sie sich nicht auf, Kommissar. Ich wollte Ihnen bloß ein kleines Geschenk machen.«

»Dein Geschenk kannst du dir in den Arsch stecken.«

Brahim versuchte zu lächeln. Ein dummer Gesichtsausdruck.

»Sechs Euro fünfzig, Kommissar.«

»So gefällt's mir schon besser.«

Tomasini zahlte und ging, dicht gefolgt von Eliot. Eine Feuerkugel brannte ihm in den Eingeweiden. Die Lust, auf etwas einzuschlagen, und zwar feste, mit Fußtritten. Ein Dealer hatte soeben eine Bresche geschlagen, jetzt stiegen tosend die Wassermassen. Eine Woge der Gewalttätigkeit ergoss sich unter seine Haut, um seine Nerven zu durchbohren. Die Lust, dreckige Couscousfresser zu klatschen. Auf die ganz fiese Art.

Er zog an der Leine. Der Setter, die Nase in einem riesigen Scheißhaufen, stieß einen jaulenden Klagelaut aus. Tomasini riss das Päckchen auf und zündete sich eine Zigarette an. Die Flamme leuchtete in der Dämmerung rötlich auf. Dann ging er weiter, mit krummem Rücken und eingezogenen Schultern.

Der Korse. In diesem Augenblick ein kleiner alter Mann, der seinen Köter Gassi führte, eingeschlossen in einen Sarg aus Rachsucht.

Er ging zurück zum Quai. Hinter ihm schlich sich ein Schatten unter den Arkaden hindurch. Völlig in seinem Hass gefangen, achtete Tomasini nicht darauf. Er war wütend auf die ganze Welt. Auf all diese Dunkelhäutigen, die Frankreich ausnutzten, von Marseille bis Barbès, von den Antillen bis in den Pazifik. Eine Armee von Parasiten.

Unter der Oberfläche ging ihm Célines Bild die ganze

Zeit nicht aus dem Kopf. Eine giftige Frucht, ein Paradox, seinem eigenen Fleisch entsprungen. Warum war er diese Zweckbindung eingegangen? Eine Jugendsünde? Wie dem auch sei, diese tahitianische Nutte hatte wirklich mit ihm gebumst. Ein Leben der Reue für eine Stunde des Träumens. Zu teuer bezahlt.

Er ging schneller. Auf den Gehsteigen versiegte der Strom allmählich. Die Leute gingen jetzt zum Essen, die Fans hatten sich in der Arena versammelt. Nicht nötig, sich zu beeilen, sonst wäre er nur zu früh dran. Er hasste Fußball, sein Reich, seine Akteure. Neger, die man in den alten Kolonien aufgelesen hatte und die hundertmal so viel verdienten wie er, nur dafür, dass sie einem Ball hinterherliefen. Ein idiotisches Spiel, gespielt von einem Haufen Halunken. Er spürte, wie die Galle in ihm hochkam. Cabrera hätte ihm dieses Martyrium ersparen und sich an einem anderen Ort mit ihm verabreden können. In Marseille fehlte es nicht an ruhigen Ecken. Er hatte die Menge gewählt, und zwar keine beliebige, für eine anonyme Begegnung.

Wovor hatte er Angst?

Vor seiner Haustür blieb er stehen. Eliot ließ eine Zunge so dick wie ein Steak aus dem Maul hängen. Er zitterte am ganzen Leib, sichtlich zufrieden. Tomasini steckte den Schlüssel ins Schloss und drückte die Tür auf.

Plötzlich stürzte sich eine gewaltige Masse auf ihn, schleuderte ihn vor in den dunklen Gang. Reflexartig fuhr sich der Kommissar mit der Hand an den Gürtel. Seine Finger griffen ins Leere.

Samstagabend.

Sein Zwangsruhetag. Die Manurhin ruhte friedlich in der Schublade seines Nachtkästchens.

Eine Lawine von Schlägen prasselte auf seinen Rücken nieder. Gemeine Schläge, mit etwas Hartem. Knüppel, Eisenstange, Wagenheber? Er wälzte sich auf dem Boden, die Hände über dem Kopf, zusammengekrümmt. Es hagelte weiter Schläge. Er unterdrückte einen Schrei. Der Schmerz schnürte ihm die Kehle zu. Er bekam keine Luft mehr.

Der Setter versuchte, nicht zu knurren. Das Tier hatte sich unter den Treppenabsatz geflüchtet und jaulte vor Angst.

Tomasini kroch zum Aufzug. Ein warmer Faden floss ihm über die Schläfe. Seine Augen gewöhnten sich an die Dunkelheit. Er konnte seinen Angreifer erkennen, der so dick war wie ein Sumo-Ringer. Mit erhobenen Armen fuhr er methodisch in seiner Arbeit fort. Die Masse schlug ohne Unterlass zu. Profiarbeit.

Blitzartig durchzuckte Tomasini die schreckliche Erkenntnis, dass er ihm das Leben nehmen wollte. Wer? Die Gauner, die er piesackte, fürchteten ihn zu sehr, um sich auf so ein Terrain vorzuwagen. Da würden sie sich nicht drauf einlassen. Einen Bullen zu töten, stellte ein sinnloses Risiko dar, das war ihnen eine Nummer zu groß. Nur im Milieu gab es derlei Abmachungen. Sehr selten. Und nicht, wenn Bullen im Spiel waren.

Wer also?

Ein wohlgesetzter Schlag machte seinen Fragen unversehens ein Ende. Der Kommissar stieß ein ersticktes Brüllen aus, während seine Augenbraue platzte. Ein Schwall von Blut ergoss sich in seine Augen. Sein Mund füllte sich mit dem Geschmack von Kupfer. Die Gestalt verschwand.

Alles schwarz. Ebenholzfarbenes Dämmerlicht, von kleinen Lichtblitzen durchzuckt. Flimmernde Pünktchen tanzten zu einem alten korsischen Klagelied, das auf der Gitarre gespielt wurde. Célines Gesicht, seine Céline, ein letztes Mal, ein trauriges Lächeln auf den Lippen. Tomasini verlor das Bewusstsein.

Die Gestalt kniete nieder, hob den Arm. Ein Sirren. Der Schädel des Korsen zerbrach unter der Wucht des Schlages.

Eliot unter dem Treppenabsatz war verstummt.

6

Velodrom-Stadion. Zwanzig Uhr.

Boulevard Michel blockiert, Prado vom Ersticken bedroht, Parallelstraßen verstopft. So gut wie überall Hunderte verlassener Autos. Gehsteige, Fußgängerüberwege, Ausfahrten, kein Quadratzentimeter verfügbarer Asphalt. Die Seitenalleen ächzten unter der Last der aberhundert Fans, die wie eine Heuschreckenwolke in die Nacht ausschwärmten.

Paul parkte sein Motorrad im Parkhaus am Square Michelet. Er kettete die Maschine an einen Laternenpfahl. Besser keine Begehrlichkeiten wecken. In Marseille machte man sich mit so einer Maschine viele Neider.

Er machte die Jacke auf und tauchte in der Menge unter. Bunt zusammengewürfelte Horden marschierten in kleinen Gruppen Richtung Stadion, vor allem junge Leute, aber auch weniger junge. Männer, Frauen, Kinder, eine namenlose Menge, aus der ganzen Stadt herbeigeströmt für zwei Stunden archaischer Kommunion. Und überall zwei Farben, auf den Schals, den Jacken, den Gesichtern.

Blau und weiß.

Die Fahne von Marseille.

Das Banner ihres Clubs.

Des Olympique Marseille.

Die Mannschaft trat gegen Monaco an, dritter Abend der Meisterschaft, und zwei Punkte aufzuholen, um wieder ins Rennen zu kommen. Nach den letzten Transfers stand ganz schön was auf dem Spiel. Die exorbitanten Summen gingen dem Club so sicher an die Substanz wie ein Knochenkrebs.

Paul war jetzt nah genug herangekommen, dass er die Esplanade sehen konnte. Zäune, Gitter, Ketten – ein Eisenwald leitete die Fans zum Trichter hin. Wie einem verrückten Traum entstiegen, ragte das Stadion vor ihm auf, ein monströses Raumschiff, das sich in die Stadt verirrt hatte. Tausende von Watt entströmten dem Metallpanzer, um den Himmel mit einem synthetischen Licht zu überfluten.

Cabrera war ein Fußballnarr. Sein Vater hatte ihn auf den Geschmack gebracht, seine Freunde hatten den Rest besorgt. In dieser Stadt war es unmöglich, nicht in den Sog dieses Spiels zu geraten. Die Namen der Spieler waren bekannter als die der Abgeordneten.

Er ging zu den Schaltern. Lastwagen der Republikanischen Sicherheitsgarde kreisten die Menge ein, schwarze Schaben, die nach Schweiß und Dreck stanken. Die Beamten gingen in Dreiergruppen umher, angespannt, ausstaffiert mit Schiffchen, Drillichzeug, Rangers, Schlagstock und Handfeuerwaffe. Bereit zum Einsatz warteten Helme und Schilde unter den Sitzen, in den Kisten. Nach dem Spiel konnte alles außer Kontrolle geraten.

Paul zeigte sein Ticket vor und ging durchs Drehkreuz. Männer mit kahl geschorenen Schädeln und weißen Tennisschuhen musterten jedes Gesicht. Eine Jacke in orangeroter Signalfarbe, darauf das Logo »Direkt zum Ziel«, der offzielle Fanshopartikel. Darunter in weißen Lettern, wie eine Herausforderung, acht aggressive Großbuchstaben: SECURITE, Sicherheitsdienst. Eine Privatarmee, die man aus den Randzonen der armen Außenviertel rekrutiert hatte, aus den Ghettos der nördlichen Vorstädte.

Paul lenkte seine Schritte Richtung Jean-Bouin-Tribüne. Zu seiner Linken döste reglos eine Lastwagenflotte im Halbdunkel vor sich hin. Feuerwehr, Notarztwagen, die mobilen Reanimationseinheiten. Unentbehrlich, wenn es Scherereien gab.

Er dachte an die junge Tahitianerin. Ihren gemarterten Körper, wie er auf dem Sektionstisch lag, ihre bläuliche, schwarz geriffelte Haut, angestrahlt von allzu grellen Neonlampen. Ertrunken. Der Schädel halb weggefressen. Ausgeweidet von einem amtlichen Metzger, auf Anfrage eines Dreckschweins mit monatlichen Gehaltsbezügen. Wieder tauchte die quälende Frage auf, wie eine angefangene Tonleiter auf dem Klavier.

Warum?

Begeistert versuchte die Menge, ihren Vorsprung zu halten. Entschlossene Ameisen auf dem Weg zu ihrem Ameisenhaufen. Vielleicht irrte Tomasini unter ihnen herum. Ein Tapir auf der Lauer, zitternde Nasenflügel, ausgerollte Zunge. Der junge Leutnant verkniff sich ein Lächeln. Eigentlich unwahrscheinlich. Wie auch immer, vorerst konnte er ihn unmöglich entdecken. Das Chaos riss ihn mit sich, ein blindes Teilchen, verschwunden im tosenden Fluss.

Er ging schneller. Das alte Gebäude vor ihm stellte seine altmodische Architektur zur Schau, ein graues, strassilluminiertes Rechteck. Blaue Pfeile, weiße Rampen, spitze Wimpel, immer die gleichen Farben. Der Duft von herzhaften heißen Würstchen stieg ihm in die Nase.

Er war bei der Treppe angelangt. Ein enger, gerader Gang, am Ende umgeben von einer Aureole strahlenden Lichts. Bewegliche Formen stiegen in dicht gedrängten Reihen zum Licht empor. Er nahm vier Stufen auf einmal, getrieben von der wachsenden Anspannung.

Der Lärm im Stadion schwoll allmählich an. Trompeten,

Nebelhörner, Lautsprecher, Schreie wie aus einer Kehle, das alles mischte sich zu einem ohrenbetäubenden Getöse. Er konnte die Rauchgranaten riechen.

Paul liebte diesen Augenblick kurz vor dem Einmarsch der Mannschaften, kurz vor der Kommunion. In diesem kollektiven Wahn verließ er seine persönlichen Gefängnisse, um wieder in eine gewaltige Gebärmutter zurückzukehren. Die archaische Kraft der Menge verschluckte ihn. Er vergaß seine Dämonen, seine Gewalttätigkeit. Er vergaß sich selbst.

Noch zwei Treppen ... Seine Neuronen feuerten. Nur noch eine Treppe ...

Er ging in die Arena.

Die Schüssel prallte ihm geradezu ins Gesicht. Siebzigtausend Plätze, zwei Tribünen, zwei Kurven. Frisch renoviert für die Weltmeisterschaft. Voll an diesem Abend. Eine lebendige, farbenprächtige Freske, die unter den Scheinwerfern wogte wie ein Meer aus Fleisch. Ein Bild, das aus voller Kehle brüllte, mit den Füßen stampfte, in die Hände klatschte, die Sterne anbrüllte, die dem Lärm gegenüber unempfindlich waren. Vom Wind getragen, kämmten rosa und weiße Streifen die Luft.

Er suchte Tomasini. In der allgemeinen Aufregung zeterten namenlose Gesichter herum, verzerrte Münder, glänzende Augen, geschwätzige Hände. Wie Paul schon erwartet hatte, war der Korse nicht gekommen. Ihn überhaupt hierher zu locken, kam sowieso schon einer Glanzleistung gleich. Eine Glanzleistung mit Namen Céline, aufgebahrt in einem Sarg, der dem Vergessen geweiht war, mit zusammengeflicktem Körper und geschlossenen Augen. Er würde bestimmt in letzter Minute kommen, vielleicht sogar erst nach dem Anpfiff.

Paul entdeckte einen verlassenen Platz, einen schmalen,

blau bespannten Schalensitz. Er setzte sich, sah auf die Uhr. Der Anpfiff rückte näher.

Ein ohrenbetäubendes Geschrei zog seine Aufmerksamkeit auf sich. Ein Lied stieg im Licht auf und übertönte den Lärm. Eine Hymne, intoniert von Tausenden von Stimmen. In der Nordkurve stießen die Yankees ihren Kriegsschrei aus. Fünftausend fanatische Anhänger, von einem muskelbepackten Schlägertypen mit dem Gehabe eines Zenturio ans Mikrofon geholt. Dann kam der Schall als Echo vom anderen Ende des Zirkus zurück. Die Südkurve erhob sich, die Winners stimmten ihre Strophe an. Das heißt, es waren die Ultras. Nackte Oberkörper, Tätowierungen, amerikanische Schirmmützen, die Mützenschirme nach hinten gedreht. Ihre Banner knatterten im Wind, bedruckt mit einem bedrohlichen Totenkopf.

Innerhalb weniger Sekunden sang das ganze Stadion. Riesige Fahnen wurden über den Zuschauerrängen ausgebreitet, eine wogende Menschenmenge, welche die Waffen der Tempelritter des Fußballs zur Schau stellte.

Im selben Augenblick traten die Spieler auf den Platz. Beide Mannschaften, Seite an Seite, im Gänsemarsch. Gladiatoren in schimmernden kurzen Hosen. Blau für Olympique Marseille, rot für Monaco. Sie tauchten in den smaragdfarbenen Ozean ein, umjubelt von Tausenden prall aufgeblähter Lungen.

Von allen vier Ecken ging eine Welle aus. La Ola. Das Stadion erhob sich, wurde erfasst von einer aus der Tiefe kommenden Woge, die es von einem zum anderen Ende der Zuschauerränge durchlief. Paul stand auf, die Arme in die Höhe gereckt, und brüllte mit dem einstimmigen Chor.

In diesem Moment brach sein Nebenmann zusammen. Sein weißes Trikot färbte sich purpurrot. Der Fleck breitete sich schnell aus, wie dicke Tinte auf Löschpapier.

Der Bulle begriff nicht sofort.

Eine Kugel pfiff nahe seinem Ohr vorbei, eine tödliche Stechmücke, von den Lampen magisch angezogen. Hinter ihm wälzte sich eine Frau am Boden, der Arm abgerissen. Ihr Kleid änderte seine Farbe.

Da begriff er.

Man schoss in die Menge. Eine anhaltende Feuersalve vom Kaliber 22, wie sich aus der Wucht der Einschläge schließen ließ.

Die Leute brüllten. Ihre Schreie übertönten den Lärm, Panikschreie, schrill, abgehackt. Sie drängten sich in einer anarchischen Bewegung, stiegen über die Sitze, versuchten zu fliehen.

Paul warf sich zu Boden. Eine Kugel bohrte sich in seinen Sitz, zeichnete einen Todesstern in das Plastik. Er versuchte mitten in dem Durcheinander ausfindig zu machen, woher die Schüsse kamen. Unmöglich. Die Ameisen rannten in alle Richtungen, in panischer Angst vor dem Feuer. Manche fielen hin, dann stapelten sie sich einer über dem anderen.

Er kroch zur Treppe. Füße quetschten ihm die Hände. Seine Gedanken gerieten völlig außer Kontrolle. Ein Attentat. Mitten im Velodrom. So was kann es geben. Kein Zweifel. Aber wer konnte so kaltblütig sein, es zu wagen, hier herumzuballern?

Auf dem Platz hatte der Schiedsrichter das Spiel angepfiffen. Aus den vier Ecken des Stadions stiegen die Rufe der Fans in die Nacht hinauf. Vom Spiel in seinen Bann geschlagen, schien keiner der Zuschauer gemerkt zu haben, was da geschah.

Paul stand auf. Eine Kugel landete wenige Zentimeter neben seinem Ohr im Beton. Er stürzte die Stufen hinauf, inmitten der ersten Davongekommenen.

In seinem Rücken verstummte das Gebrüll. Soeben hatte die Menge begriffen, was da geschah, das Zentrum des Interesses verlagerte sich. Tausende von Augen richteten sich jetzt auf die Jean-Bouin-Tribüne. Panik machte sich breit. Sie griff von Sitz zu Sitz um sich, sprang in den Köpfen bis in die letzten Hirnwindungen.

Die Leute wurden von einer fassungslosen Bestürzung gepackt. Einige Sekunden der Stille, bevor alles außer Kontrolle geriet, bevor eine kopflose Panik ausbrach.

Im Bruchteil einer Sekunde kippte alles.

Die schlimmste aller Situationen, eine kollektive Panik wie in Furiani, als die Tribünen über den verblüfften Zuschauern zusammengebrochen waren. Vor jeder Tür kam es zum Aderlass. Als würden die Leute in einen Siphon des Grauens gesogen, leerte sich der Kessel durch seine wenigen Öffnungen.

Paul stand wieder auf dem Vorplatz, auf dem kalte Lichter Sprenkel malten. Leute von der Bereitschaftspolizei rannten in seine Richtung, liefen gegen den Strom der verängstigten Tiere. Zivilbeamte, rote Armbinde, Waffe in der Faust, schwammen in deren Kielwasser mit. Die Gelblichter auf den Notarztwagen kreisten.

Das Notfallprogramm lief an.

Heute Abend war der Leutnant von der BAC nicht mit von der Partie. Ohne Waffe, ohne Armbinde war es besser, die Kollegen ihre Arbeit machen zu lassen. Er ging zu den Absperrgittern. Um ihn herum erreichte die Verwirrung ihren Höhepunkt. Er suchte Tomasini. Der Korse wartete vielleicht draußen, ein spöttisches Lächeln auf den Lippen.

Sein Blick tauchte ein in die Flut der angstverzerrten Gesichter. Die Panik griff weiter um sich, so rasch wie eine brennende Zündschnur. Er versuchte ruhig zu bleiben. Wer konnte so etwas fertig bringen? Wie konnte man mit einer

Waffe in dieses Heiligtum eindringen? Ein Anschlag der korsischen Unabhängigkeitsbewegung? Armata Corsa hätte niemals Fans abgeschlachtet. Das waren nicht ihre Methoden. Ein Verrückter? Vorerst hinderte die Panik ihn daran, klar zu sehen.

Er näherte sich dem Drehkreuz. In seinem Rücken toste die Flut, eine Tirade von Flüchen. Ein verpatztes Spiel. Die Angst schlug allmählich in Wut um.

In diesem Augenblick spürte Paul, wie etwas Kaltes ihn am rechten Arm packte, auf Höhe der Kobra. Als habe man ihm einen Eiswürfel auf die Haut gelegt. Er drehte sich um. Einer der Typen vom Sicherheitsdienst war ihm auf den Fersen.

Rasierter Schädel, dunkle Haut, plattes Fettwanstgesicht. Ein Nordafrikaner oder ein Mischling. Ein ungewöhnliches Funkeln in der Hand des Gorillas ließ ihn aufmerken.

Den Bruchteil einer Sekunde später hatte das Funkeln ihn schon angesprungen. Paul wich dem Hieb aus, drehte seinen Körper wie ein Torero. Die Klinge ritzte ihm durch die Jacke hindurch den Bauch. Er sprang rasch nach hinten und warf dabei zwei Jungs um, die brüllend auf dem Boden landeten. Sofort bildete sich ein Kreis um sie. Der Schläger stand vor ihm, beobachtete ihn mit glanzlosem Blick.

Die Gedanken des Bullen ratterten im Leerlauf. Warum dieser Angriff? Ein Typ vom Sicherheitsdienst?

Er griff sich an den Arm. Das aufgeschlitzte Leder öffnete sich wie ein gieriger Schlund. Innen floss das Blut in Strömen. Der Schmerz explodierte in seinen Schläfen. Heftig, brennend. Nach dem Eis das Feuer, ganz typisch für Stichwunden.

Der Gorilla kam näher, die Klinge gezückt. Paul starrte in einem fort auf das Messer. In seiner Lage war es am besten, Abstand zu halten, zu verhindern, dass man erwischt und aufgeschlitzt wurde. Er täuschte zwei Angriffe vor. Wie im Ring umkreiste er seinen Angreifer, tänzelte unaufhörlich herum.

»Bleib jetzt stehen!«

Die Stimme hatte den Lärm übertönt, eine näselnde, sich überschlagende Stimme. Eine junge Frau trat aus der Menschenmenge, kurze Haare, marineblaue Stoffjacke, Jeans und rote Armbinde. Sie hielt eine Knarre auf den Angreifer gerichtet, die größer wirkte als sie selbst. Der mächtige Wachhund rührte sich nicht mehr, blieb verunsichert stehen, sah die junge Frau an, dann Paul.

Der Leutnant nutzte diesen Augenblick der Unentschlossenheit. Sein Fuß schoss vor wie eine Rakete, präzise, genau zwischen die Beine. Der brutale Kerl nahm den Tritt entgegen und klappte zusammen, jedoch ohne dabei seine Klinge loszulassen.

Die junge Inspektorin brüllte wieder: »Auf den Boden! Hände hinter den Kopf!«

Die Schaulustigen ließen sich nicht das Geringste von der Darbietung entgehen. In Marseille waren solche improvisierten Auftritte sehr beliebt. Ganz egal, unter welchen Umständen. Es hagelte anfeuernde Zurufe: »Los doch… Leg ihn aufs Kreuz… Gib's ihm, dieser Arschgeige…«

Paul hielt sich den Arm und versuchte, das Loch zuzuhalten. Der Gorilla stürzte sich mit einem dumpfen Knurren auf ihn. Der Schuss hallte in der Nacht wider, ein kurzer, scharfer Knall. Die Schaulustigen warfen sich zu Boden. Die Kugel traf den Wachhund von hinten ins Knie, trennte die Sehnen durch. Der Mann sackte zusammen.

»Lass dein Messer fallen!«, schrie die junge Frau. Ihre Stimmbänder waren vor lauter Nervosität geschärft, ihre

Stimme bekam etwas Hysterisches, Unmenschliches. »Verflucht noch mal. Lass es fallen!«

Paul kam näher. Der Gorilla sah ihn mit irrem Blick an. In diesem Augenblick wirkten seine Augen wie Lavakugeln. Dann lächelte er. Ein breites, fast schon kindliches Lächeln, das nicht zu seinem Fettwanstgesicht passen wollte. Er reckte die Arme gen Himmel, die Handfläche, auf der das Messer lag, zeigte nach oben. Eine Klinge von zwanzig Zentimetern, scharf geschliffen, fast schon eine Ahle. Paul blieb verwirrt stehen.

Der viehische Kerl murmelte etwas, ein unverständliches Gebrabbel, schloss die Augen und richtete dann, immer noch lächelnd, die Klinge gegen sich selbst. Ein Zischen, sie glitt zwischen den Rippen hindurch, während er auf die Seite rollte.

Cabrera war wie vor den Kopf geschlagen. Die junge Inspektorin blieb hinten stehen, niedergeschmettert. Die Gaffer zogen einen Kreis aus Sensationsgier um die beiden. Den Leuten stieg das Blut in den Kopf, stachelte die Neugier an, reizte ihre Sinne. Paul berührte den reglosen Körper mit dem Stiefel. Der Gorilla lag auf dem Bauch, ein purpurroter Faden hing an den Lippen. Mit einem kurzen Ruck drehte er ihn um. Der Mann dürfte mehr als einen Doppelzentner wiegen. Unter dem Gewicht war die Klinge bis zum Heft eingedrungen, es schaute nur noch ein Perlmuttgriff mit bläulichem Schimmer heraus.

Dann tat der Himmel sich auf.

Zwei Zivilbeamte tauchten auf, die Waffe in der Hand, gefolgt von einem kleinen Dicken mit Stethoskop. Der Dickwanst kniete neben dem Angreifer nieder und nahm seinen Puls. Nach ein paar Sekunden hob er den Kopf und sah die Zivilbeamten an. Mit schmerzlich betrübter Miene. Einer der beiden Bullen rief über Funk einen Krankenwagen.

Paul sah zu, wie die Typen von der Notarzteinheit die Leiche auf eine Trage hievten. Als sie damit fertig waren, kam er näher. Er wollte sich das Gesicht dieses Scharfrichters mit der ockerfarbenen Haut anschauen. Sich seine Gesichtszüge einprägen, damit er sich an ihn erinnern konnte.

Ein Detail erregte seine Aufmerksamkeit.

Ein bislang vom Kragen der Jacke verborgenes schwarzes Motiv lief rund um den Hals. Paul legte die Finger auf die Zeichnung. Eine Tätowierung. Er hob den Pullover. Die Fangarme eines Kraken setzten auf der gewaltigen Brust an, genau dort, wo die Wunde ins Herz führte.

7

»Legen Sie sich bitte hin.«

Der Klang der Stimme schloss jede Widerrede aus. Freundlich, aber bestimmt. Paul legte den Kopf zurück, auf ein Kopfkissen aus zu weichem Schaumstoff, das in einem weißen Bezug steckte. Zwei Hände drückten ihn runter, zwei kräftige. Darüber sah ihn ein auf dem Kopf stehendes Gesicht an. Der Mund bewegte sich, verzog sich zu einer seltsamen Grimasse.

»Bleiben Sie ruhig, ich bitte Sie.«

Der Polizist ließ den Kopf zur Seite fallen. Man hatte ihm seine Jacke ausgezogen, eine Staubinde angelegt und eine Sauerstoffmaske aufs Gesicht gedrückt. Die ersten Maßnahmen, bevor es weiterging. Die Wunde blutete nicht mehr. Sie war lang und tief, sah aus wie ein versiegter Brunnen, umkränzt von schwärzlichen Krusten.

»Ich muss telefonieren … Es ist … wichtig.«

Seine durch die Maske verzerrte Stimme klang näselnd.

Donald Duck. Er hätte brüllen können vor Lachen, hätte er sich nicht so schwach gefühlt.

»Beruhigen Sie sich. Sie haben viel Blut verloren.«

Immer noch diese ruhige, nervige Stimme. Er betrachtete seinen Unterarm. Zwei Infusionsschläuche steckten darin, zwei rot gesprenkelte Schlangen, die sich zu Plastiksäckchen hinaufwanden, gefüllt mit einer farblosen Flüssigkeit. Was wurde ihm da verpasst? Ein Beruhigungsmittel? Damit er sich nicht mehr bewegen konnte? Warum ließ man ihn nicht in Ruhe? Da hatte er schon ganz anderes gesehen, ein bisschen Blut zu verlieren hat noch keinen umgebracht. Er musste Tomasini finden. Der Korse suchte ihn bestimmt schon.

»Mein Handy … in der Jacke. Ich muss …«

Ein Schwindel schnitt ihm das Wort ab, ein scharlachroter Flash, der sämtliche Empfindungen wie in eine Wattekugel packte.

Der Wagen der Rettung fuhr auf den Boulevard Dromel. Eine düstere, traurige Kreuzung seelenloser breiter Alleen. Der Zylinder der überirdischen Metro überspannte den Boulevard Schloesing, ein futuristischer, von gräulichen Kuben eingerahmter Stahlkäfig.

Der Wagen fuhr Richtung Boulevard du Cabot, kreischende Sirene, rotierendes Gelblicht. Zu beiden Seiten der Trottoirs eine Reihe müder grauer Häuser.

Zwei Wagen fuhren an den Rand, um den Kastenwagen vorbeizulassen. Der Fahrer fuhr langsamer, überquerte eine rote Ampel und raste dann weiter. Ziel: Sainte-Marguerite, das Ausweichkrankenhaus. An diesem Abend war La Timone voll belegt, die Notaufnahmen schickten die Leute weiter. Paul schloss die Augen. Wozu dagegen ankämpfen? Seine Muskeln entspannten sich, ihm drehte sich der Kopf, ihm war übel.

»Gut. Perfekt. Bleiben Sie ruhig. In fünf Minuten sind wir da.«

Unter der Maske verzog sich der Mund des Leutnants ein wenig zur Grimasse. Nur noch fünf Minuten. Fünf Minuten und dann was? Nach dem Vorfall im Stadion war er zusammengebrochen. Eine plötzliche Schwäche in den Beinen, ein Gefühl der Leere, das sich in seinem Bauch breit gemacht hatte, in seinen Armen und dann im ganzen Körper. In null Komma nichts hatte die Leere ihn verschluckt.

Als er ein paar Sekunden später wieder zu Bewusstsein kam, hatte man ihn schon in den Wagen gelegt, einen mobilen Notarztwagen, ausgestattet wie ein Operationsblock. Seither kämpfte er mit allen Kräften dagegen an, völlig wegzudämmern.

Plötzlich verstummte der Lärm. Der Wagen fuhr langsamer. Paul spürte, wie die Räder einen kleinen Hüpfer machten, als seien sie über einen Bremsbuckel gefahren. Kies knirschte unter den Reifen. Geradeaus, eine Linkskurve, wieder geradeaus, etwas kürzer, erneut eine Linkskurve. Rückwärtsgang, in verlangsamtem Tempo.

Der Wagen blieb stehen.

Paul öffnete die Augen. Die Flügeltüren wurden aufgerissen, ließen ein grelles Licht in den Kastenwagen eindringen. Er blinzelte. Ein altes Neonschild wies den Weg zur Notaufnahme. Das Bett rollte vor, unter metallischem Geschepper von der Öffnung angesogen. Zwei Männer in hellblauen Wolljacken nahmen zu beiden Seiten ihren Platz ein, während er einen Gang mit glasierten Keramikkacheln entlangsauste.

Paul versuchte herauszufinden, wo er war. Die Wahrnehmungen prallten aufeinander, scharf, bedrohlich, dann ferner, nebliger. Der Ort schwitzte Beklemmung aus, Leiden, Angst. So gut wie überall warteten Leute, sitzend, stehend, auf Betten liegend, auf und ab laufend. Eine bedrückende Atmosphäre voller Äthergeruch und Stahlgeklapper.

Der Polizist bewegte sich in einer wabernden Luftblase, verschwommene Formen kreuzten sein Gesichtsfeld. Er schwebte an der Schwelle zur Ohnmacht, verloren in einem milchigen Nebel.

Dann blieb das Bett stehen. Die Stimme erscholl zu seiner Linken, immer noch dieselbe, die ihn seit seinem Abtransport begleitet hatte.

»Männlicher Patient, neunundzwanzig Jahre, Stichwaffenverletzung, Schlagader am Oberarm getroffen. Ein Blutdruck von 70. Keine Arrhythmie.«

Eine andere Stimme antwortete ihr, jünger, distinguierter. Keinerlei Akzent, im Gegensatz zur ersten. Paul dachte an Darcour.

»Gut. Wie lange ist die Staubinde schon dran?«

»Siebzehn Minuten.«

»War er bewusstlos?«

»Ja. Etwa sechzig Sekunden. Er ist spontan wieder zu Bewusstsein gekommen.«

Paul fühlte, wie man ihm den Puls maß. Dann leuchtete ein Licht in sein rechtes Auge, sein linkes Auge, wie ein weiß glühendes Holzstück.

»Hat er viel Blut verloren?«

»Nicht übel. Schauen Sie sich seine Jacke an. Wir haben ihm ein Serum verpasst. Maximale Dosis.«

»Hm… Beruhigungsmittel?«

»Morphin. Fünfzehn Kubikzentimeter.«

»In Ordnung. Ich kümmere mich drum.«

»Äh… Doktor?«

»Ja?«

»Der Typ ist ein Bulle. Er ist im Velodrom in die Mangel genommen worden.«

»Verstehe.«

Das Bett fuhr weiter. Paul wurde speiübel. Er versuchte, den Arm zu heben, um die Maske abzunehmen. Seine Hand ließ sich nicht von der Matratze lösen. Er ließ sich fallen. Er glitt über die Fliesen, eine ganze Weile lang. Die Decke zog vorbei, eine Abfolge weißer Sperrholzplatten, ein Wabenmuster wie im Bienennest. Zwei Stahltüren quietschten, er blieb stehen. Ein Maschinengeräusch, das Bett wurde hochgefahren. Er nahm undeutlich eine lange Gestalt wahr, die sich über ihn beugte. Ein Männergesicht, jung, dunkel umrandete Augen, Bürstenhaarschnitt.

»Das wird schon wieder, keine Bange. Ihre Arterie ist ein bisschen ramponiert. Man wird Ihnen eine Transfusion legen und das Ganze wieder zunähen.«

Paul zuckte mit den Brauen zum Zeichen der Zustimmung. Seine Kräfte verließen ihn wieder. Er spürte, wie er wegsackte, fortgeschwemmt von einem Wirbel wattiger Süße.

»Halten Sie durch. Wir operieren Sie auf der Stelle.«

8

Paul öffnete erst ein Auge, dann das andere. Das Tageslicht sickerte durch die Metallrollos, dünne Nadeln aus Licht, die in die alabasterweiße Bettwäsche stachen. Er versuchte sich zu bewegen. Ein heftiger Schmerz fuhr in seine Schulter, strahlte scharf bis in die Brust aus.

Er beugte den Kopf vor. Eine riesige Binde verschluckte seinen rechten Arm, vom Ellbogen bis zur Schulter. Die Kobra war unter der Gaze gefangen. Er musste an eine Mumie denken, die man gerade aus dem Sarkophag geholt hat.

Wie spät mochte es wohl sein?

Wolken von Disoprivan waberten unter seiner Schädeldecke, dichte Wolken, die ihm das Gefühl gaben, eine ganze Packung Schlaftabletten geschluckt zu haben.

Er sah sich im Zimmer um. Klein, blitzsauber, vollkommen weiß, mit Ausnahme eines Farbkleckses, der auf dem Nachttisch stand. Blumen. Ein Strauß Veilchen in einer schrillgelben Vase. Wer hatte sie dort hingestellt?

Dann sah er alles nur noch ganz verschwommen, ein dichter Schleier dämpfte das Licht. Er dämmerte wieder weg.

Als er erneut zu Bewusstsein kam, war das Zimmer in ein warmes Licht getaucht. Eine weiße Gestalt saß am Fußende des Bettes, den Kopf über ein Plastikbrett gebeugt.

»Geht es besser?«

Der Polizist versuchte zu antworten. Ein kollerndes Gurgeln kam aus seinem Mund. Er blinzelte.

»Gut… Ich heiße Nancy. Ich bin die Krankenschwester und pass auf Sie auf. Haben Sie Hunger?«

Er zog die Brauen nach oben. Hunger? Er hatte ein hundeelendes Gefühl im Bauch. Ein unwiderstehliches Bedürfnis sich zu übergeben. Er schüttelte den Kopf. Die Krankenschwester setzte eine verstimmte Miene auf.

»Sie haben einen leeren Magen. Sie müssen sich anstrengen. Los, los! Sie haben lange genug geschlafen.«

Sie ging ums Bett herum und kam auf die linke Seite, zu seinem gesunden Arm. Sie war mittelgroß, rundlich, dreißig, fünfunddreißig Jahre alt, und auf ihrem nichts sagenden Gesicht strahlte ein großmütiges Lächeln.

Sie überprüfte die Infusion, eine mit Natriumchlorid gefüllte Tropfvorrichtung, und legte eine Blutdruckmanschette um den Bizeps ihres Patienten. Dann drückte sie wiederholt den Aufblasballon. Die Manschette füllte sich, drückte wie ein Schraubstock den Arm ab. Dann ließ sie Druck ab, ganz vorsichtig, und konsultierte das Zifferblatt auf dem Manometer.

»Der Blutdruck ist ausgezeichnet. Die Temperatur ist runtergegangen. Jetzt müssen Sie was essen.«

Sie ging aus dem Zimmer, ihre Holzpantinen klapperten mit entschlossenen Schritten über die Fliesen.

Paul tat einen Seufzer, einen tiefen Seufzer, presste den letzten Rest Kohlendioxid aus seiner Lunge. Sein Schädel tat ihm weh. Sein Arm tat ihm weh. Ihm war übel, er fühlte sich schwach und erschöpft.

Die Bilder vom Vortag zogen ungeordnet an ihm vorüber. Ein plattes, langes Gesicht, Glutaugen, eine leuchtend orangefarbene Jacke. Zerfetzte Körper, Blut, das über die Zuschauertribünen lief. Der Lärm im Stadion, die Menge, die einen Kreis um ihn bildete. Die lange, scharf geschliffene Klinge, die in sein Fleisch eindrang. Ein Knall. Ein kniender Mann mit einem irren Lächeln auf den Lippen, der sich ein Perlmuttstilett ins Herz trieb.

Dann das Weiß. Ein phosphoreszierendes, blendendes Weiß.

Die Tür ging auf. Nancy kam zurück, ein Tablett auf den Armen.

»Sie haben Glück. Sonntags werden die Patienten verwöhnt.«

Sie stellte das Tablett mit zufriedener Miene auf den Tisch. Paul versuchte sich aufzurichten. Die Bewegung entlockte ihm eine verzerrte Grimasse.

»Warten Sie, ich helfe Ihnen.«

Die Krankenschwester schob ihm eine Hand unter die Achseln, um ihm dabei zu helfen, sich aufzusetzen.

»So. Jetzt ist's besser.«

Sie rollte den Tisch herum, so dass das Tablett auf dem Bett zu stehen kam. Rohkost unter Zellophan, Hühnerbrustfleisch, Erbsen, ein Stück Brot und ein Stück Apfelkuchen. Nichts, weswegen man an die Decke springen würde. So wie sich sein Magen anfühlte, hätte Cabrera eine Suppe vorgezogen. Zu spät darum zu bitten, die Krankenschwester war schon verschwunden.

Er fing mit kleinen Bissen an. Die Tomaten rutschten leicht hinunter, kein Geschmack, kein Geruch, eine farbige, mehlige, mit Wasser voll gesogene Masse. Er wagte sich etwas weiter vor, biss ins Brot. Seltsamerweise verschwand die Übelkeit schon nach dem ersten Bissen. Binnen fünf Minuten war das Tablett leer geputzt.

Er trank ein großes Glas Wasser und legte den Kopf aufs Kissen. Vor ihm starrte ihn ein kleiner Fernseher mit schwarzem Auge an. Er sah sich nach der Fernbedienung um. Nichts. Der Sesam-öffne-dich lag wahrscheinlich in der Schublade. Er drückte auf den Knopf, der über dem Bett angebracht war.

Dreißig Sekunden später kam Nancy zur Tür herein.

»Appetit haben Sie ja wieder, wie's ausschaut.«

Sie räumte die Reste ab, stapelte die Teller nach einem genauen Ordnungssystem aufeinander.

»Nancy …«, sagte Paul.

»Ja?«

»Wie lange muss ich noch hier liegen?«

»Das weiß ich nicht. Der Doktor macht am Abend Visite, er kann Ihnen das besser sagen als ich.«

Paul konnte seine Enttäuschung nicht verhehlen. Nancy merkte das.

»Machen Sie sich keine Sorgen. Wenn ich recht verstanden habe, haben Sie viel Glück gehabt. Die Arterie ist nur geritzt worden.«

Er blickte skeptisch auf seinen rechten Arm. Der Verband knebelte den Muskel in voller Länge.

»Funktioniert der Fernseher?«

»Sicher. Sie müssen nur einen kleinen Zuschlag berappen.«

»Geht in Ordnung.«

»Ich bringe Ihnen gleich die Fernbedienung.«

Sie verschwand wieder in dem gedämpften Weiß, gefolgt vom Echo ihrer klappernden Holzpantinen. Paul sah zum Fenster. Der Wind hatte sich wieder erhoben. Sicher der Mistral. Die Blätter der Platanen begannen sich rot zu färben, zeichneten in den allzu blauen Himmel ein pointillistisches Bild. Der Herbst rückte näher, in ein paar Tagen würde er da sein.

Nancy tauchte wieder auf und schaltete den Fernseher ein. Die Fernbedienung drückte sie dem Leutnant zwischen die Finger.

Er murmelte: »Danke, Nancy. Für alles ...«

Die Wangen der Krankenschwester röteten sich. Paul hatte ihr sein einstudiertes Lächeln zugeworfen, bei dem er kaum die Zähne entblößte und ein wenig die Augen zukniff. Sie fuhr sich mit der Hand ins Haar, tänzelte von einem Fuß auf den anderen und wiegte sich in den Hüften.

»Wann immer Sie irgendetwas brauchen ...«

Er nickte und zeigte auf den Schalter. »Dann klingle ich ...«

»Genau. Dann klingeln Sie.«

Sie ging durch die Tür, etwas linkisch, mit einem verlegenen Zug um den Mund.

Paul hob den Blick zu dem farbigen Viereck. Ein debiles Spiel piepste allen, die es hören wollten, seine Sinnlosigkeit entgegen. Eine arme Alte rackerte sich damit ab, ein riesiges Rad zum Drehen zu bringen, unter dem üblichen Applaus eines Publikums aus Hornochsen.

Er zappte zum dritten Programm. Die Erkennungsmelodie von »12/14« tönte gerade aus den Lautsprechern. Schwein gehabt, die Regionalausgabe. Man würde sicher über die Ereignisse im Stadion sprechen. Über die Schießerei, seinen geheimnisvollen Angreifer. Der Oberkörper des Ansagers erschien im Rahmen des Bildschirms.

»Völlige Bestürzung herrschte gestern Abend im Velodrom-Stadion, während der Begegnung Olympique Marseille – Monaco. Wenige Minuten vor dem Startpfiff brach eine Schießerei aus, die unter den Zuschauern auf der Jean-Bouin-Tribüne fünfzehn Opfer forderte.

Die Gründe für das Attentat sind noch unbekannt, der mutmaßliche Täter hat sich wenige Minuten später das Leben genommen, nachdem er einen Polizeileutnant verletzt hatte, der nicht mehr in Lebensgefahr schwebt. Es ist kein Bekennerschreiben bei den Behörden eingegangen, die den Terroristen bislang nicht identifizieren konnten. Dem fünfundzwanzigjährigen Mann ist es gelungen, die Wachen des Sicherheitsdienstes zu täuschen und eine Stichwaffe ins Velodrom zu schmuggeln. Die Fahnder gehen von einem Anschlag der korsischen Autonomiebewegung aus. In Anbetracht der kaum verhüllten Drohungen, die letzte Woche von …«

So ein Quatsch, dachte Paul. Die Strumpfmaskenträger bedrohten den Staat, die Institutionen, sie hielten sich für eine Armee im Kriegszustand. Niemals würden sie auf Zivilisten schießen.

Plötzlich tauchte Tomasinis Gesicht auf dem Bildschirm auf. Cabreras Herz tat einen Sprung.

»… Mord an einem Polizisten. Gestern Abend wurde der leblose Körper von Kommissar Tomasini gefunden. Der

Chef der Brigade zur Kriminalitätsbekämpfung wurde gegen neunzehn Uhr dreißig im Erdgeschoss seines Wohnhauses erschlagen. Der Kommissar war für seine harten Methoden bekannt, Methoden, die ihm im Milieu, das er mit eiserner Faust überwachte, viele Feindschaften eingetragen hatten. Die Fahnder der Regionaleinheit der Kripo Marseille haben etliche Verdächtige festgenommen ...«

Paul schaltete benommen den Apparat ab. Tomasini ... Den Korsen hatte es erwischt. Erschlagen. Wie ein Hund, unten in seinem Haus.

Der Bulle presste den Kiefer zusammen. Er hatte einen Geschmack von Gips am Gaumen kleben. Der Alte hatte ihm viel gegeben. Auf seine Art. Die beiden Männer hatten eine Art gegenseitiger Zuneigung entwickelt, die Achtung der Söldner, die im Schlamm liegen, im Dreck.

Er schloss die Augen. Die Bilder des Stadions tauchten wieder auf, aus einer schmerzenden Wunde. Die Menschenmenge um ihn herum, die im Nebel der Neonlichter brüllte. Sein Angreifer. Dunkelhäutig, plattes Fettwanstgesicht, fleischiger Mund, Lavakugeln unter den Wimpern, ein Kinderlachen. Die Klinge hatte das Herz durchstochen. Eine kurze, genaue, ohne Zögern ausgeführte Bewegung.

Er betrachtete wieder den Verband, der seinen Arm umschloss. Der Film lief wieder anders ab. Die Schießerei, die Kugeln, die auf Höhe der Jean-Bouin-Tribüne in die Menge geschossen wurden, in seinem Umkreis ...

Plötzlich war die Gewissheit da. Auf die Distanz hatte der Typ ihn verfehlt. Also war er ihm gefolgt, um seine Arbeit zu Ende zu bringen, Mann gegen Mann.

Paul hatte den Eindruck, die Zimmerdecke senke sich auf das Bett nieder, um ihn zu erdrücken. Wer konnte so sehr seinen Tod wünschen, dass er in die Menge schoss? Das ergab keinen Sinn. Nicht mehr als der Mord an dem

Kommissar. Alle Welt hatte ihn gefürchtet. Niemand hätte es gewagt, die Hand gegen ihn zu erheben. Bei dem Ruf und den Freundschaften, die er hatte, war er unberührbar.

Ein stechender Schmerz gleißte unter seinen Lidern. Das Absurde wehte ihn an.

Und wenn der Mord an Tomasini mit den Ereignissen im Stadion, mit dem Angriff auf ihn selbst etwas zu tun hatte? Zwei Mörder, die man zur gleichen Zeit auf ihre Fährten angesetzt hatte, die ein und dasselbe Ziel verfolgten. Er dachte über die letzten achtundvierzig Stunden nach. Wie sah die Verkettung der Ereignisse aus? Einmal abgesehen von ihrer Arbeit hatten die beiden Männer wenig gemein.

Abgesehen von ihrer Arbeit…

Und genau hier lag die Wahrheit verborgen. Paul ermittelte für Tomasini, eine persönliche, geheime Ermittlung über die Leiche eines Kindes, das in den Ritzen der Zeit vergessen worden war. Eine Leiche mit einem verstümmelten Körper und einem kranken Gehirn.

Céline…

Der Polizist schloss wieder die Augen. Zwei Mörder. Er spürte undeutlich, dass es eine logische Verbindung gab. Eine Brücke, die beide Ufer miteinander verband. Und in der Mitte, wie eine Argos-Boje, funkelten zwei für immer erloschene Pupillen in der Dunkelheit.

9

Schon am nächsten Tag wurde Paul aus dem Krankenhaus entlassen. Er ging nach Hause und rief Atavian an. Der Armenier war auf dem Laufenden. Für ihn war die Sache glasklar. Tomasini hatte an einem Abend, an dem man dem

Hass Luft machte, das Zeitliche gesegnet. Man hatte ihm die Rechnung serviert.

Der Brigadier kam gegen Mittag vorbei, ziemlich aufgeregt. Paul empfing ihn auf der Terrasse, einer von der Sonne rissig gewordenen Steinplatte, auf der ein Sonnenschirm und ein Teakholztisch thronten. Der Bulle mit dem im Nacken zusammengebundenen Haar lebte in einem Landhaus auf dem Vauban-Hügel. Zwei Stockwerke eines alten, in vier Teile geteilten Anwesens, das versteckt in einem Hof lag, der wie ein Bauernhof wirkte. Die Höhle passte zu ihm, verschroben, sehr eigen und von Scheinreben umgeben.

»Das Schwein hat dich aber ganz schön erwischt«, bemerkte Atavian.

»Halb so schlimm… Also, gibt's was Neues?«

»Die Jungs vom Regionaldienst der Kripo haben die Eingangshalle des Mietshauses genau unter die Lupe genommen. Außer dem Blut des Kommissars haben sie nichts Interessantes gefunden.«

Paul fragte: »Keine Fingerabdrücke, keine Fußspuren?«

»Das ist ein Mietshaus. Fußspuren gab es überall. Unmöglich, was auch immer auseinander zu halten.«

»Mist… Und die Autopsie?«

Atavian spielte mit seinem Siegelring herum, der Ring blitzte im Sonnenlicht.

»Die Ergebnisse bekommen wir am Nachmittag. Würde mich wundern, wenn was dabei herauskäme. Der Typ muss einen stumpfen Gegenstand benutzt haben. Eine Eisenstange, wenn du mich fragst. Wenn man bedenkt, wie der Schädel zugerichtet war…«

Der Leutnant kochte vor Wut. Er musste an die Hinrichtungen im Mittelalter denken, darüber hatte er mal einen Dokumentarfilm gesehen. Der Körper wurde auf ein Rad gebunden, dann wurden dem Verurteilten alle Knochen gebrochen, einer nach dem anderen. Am Ende sah der Gefolterte aus wie eine Stoffpuppe.

»Und meiner?«

»Bisher nichts. Wir fahnden noch nach dem Krankenwagen, der ihn mitgenommen hat.«

»Was? Ihr wisst nicht, wo er ist?«

Der Armenier lächelte beruhigend. »Das ist jetzt nur noch eine Frage von Stunden. Offenbar hat es ein Durcheinander mit den Papieren gegeben. Wir werden ihn finden.«

Der Polizeileutnant sah allmählich rot. Schießerei, Mordversuch, öffentlicher Selbstmord, in derartigen Fällen passten die Bullen gut auf ihre Frachtpakete auf. Das Verschwinden seines Angreifers erinnerte zu stark an das von Céline.

»Scheiße ist das«, stieß er durch die zusammengebissenen Zähne hervor.

»Beruhige dich, Cabrera. Wir sind alle ein bisschen durcheinander, du noch mehr als jeder andere. Dein Typ wird sich in seinem Kühlschrank noch etwas gedulden müssen, bevor wir ihn in zwei Teile schneiden. Da musst du doch nicht …«

Paul hob die Hand, als wolle er die Worte packen, sie im Kopf seines Kollegen zurückhalten.

»Ich muss dir was sagen, Atavian …«

Der Brigadier zuckte überrascht zusammen. Paul legte die Füße auf den Tisch und drehte sich zur Sonne.

»Am Donnerstag hat Tomasini mich um einen Gefallen gebeten. Was Persönliches.«

»Ach echt?«

»In Porquerolles ist eine junge Frau ertrunken, er wollte Infos über sie haben. Ich bin hingefahren und hab mich ein bisschen umgeschaut.«

Atavian zog seine Lederweste aus. Auf der Terrasse war der Schatten der Avocadobäume auf ein Minimum geschrumpft.

»Eine Freundin von ihm?«, fragte er in einem Ton, der interessiert klingen sollte.

»Besser noch ... Es war die Leiche seiner Tochter.«

Der Armenier schluckte.

»Guter Gott ... Seine Tochter? Anne?«

»Nein, nicht Anne.«

Atavian verlor die Kontrolle über seine Mimik.

»Was faselst du da, Cabrera? Tomasini hatte ... noch eine Tochter?«

»Ja. Ein uneheliches Kind, ›versehentlich gezeugt‹, als er in Polynesien seinen Dienst leistete.«

»Tomasini hatte seinen Wehrdienst in Tahiti geleistet?«

»Das habe ich Donnerstag erfahren.«

»Dieser verfluchte Korse ...«

Paul ließ ihm ein paar Sekunden Zeit, um die Nachricht zu verdauen.

»Seine Tochter ist am Mittwoch ertrunken. Am Donnerstag haben wir mit den Nachforschungen begonnen. Am Freitag fand die Autopsie der Leiche statt, am Samstag wird der Korse zusammengeschlagen, und mich versucht man um die Ecke zu bringen. Kommt dir das nicht seltsam vor?«

Atavian presste eine Hand auf seinen kahlen Schädel. In der Pose sah er aus wie ein Scharfrichter aus den Karpaten.

»Seltsam, seltsam ... Ich hab keine Ahnung. Scheiße, Cabrera, ihr dreht da heimlich eure Mauscheleien, und dann fragst du mich, was ich davon halte ... Was soll ich dir dazu sagen?«

Paul betrachtete sein aufgeschwemmtes Gesicht. Die Wangen zitterten unter der fetten Haut. Die Bulldogge war außer sich. Er zögerte. Sollte er noch den Rest erzählen? Vom Ergebnis der Autopsie? Von dem Tumor? Von den Eliteeinheiten, die man in den Gängen der Uniklinik abgestellt hatte, um die Flucht einer zerlegten Leiche zu verhindern?

Er entschied sich dagegen. Vorerst müssten seine Eingebungen noch bewiesen werden. Atavian funktionierte gut, wenn man ihm wenige Angaben machte. Überstiegen sie aber eine bestimmte Zahl, verirrte sich sein Verstand in unvorhersehbaren Mäandern.

»Such mir den Typen aus dem Stadion«, bat er. »Das wird mir weiterhelfen. Und halte mich über das Ergebnis der Autopsie auf dem Laufenden. Im Andenken an den Korsen ...«

Paul hatte eine Idee. Oder eher eine Vorahnung. Eigentlich beides auf einmal. Er brachte die Bilder in eine logische Ordnung.

Zunächst seine Vorahnung. Die Leiche seines Angreifers war spurlos von der Bildfläche verschwunden. Laut Atavian waren die dreifachen Kohlepapierdurchschläge der Verwaltungsformulare daran schuld.

Miese Erklärung. Wenn eine Bombe explodierte, konnte man schlecht die Gasleitung verantwortlich machen. Vor allem nicht, wenn es um den Olympique Marseille ging. Atavian vergaß dieses Detail. Bevor er ihn mit seinem Eisen gepiekt hatte, hatte der Gorilla mit dem Plattgesicht genüsslich in die Menge geballert. Mindestens fünfzehn Opfer, darunter zwei kleine Kinder. Die Verrückten von der Terrorbekämpfung dürften im Großeinsatz sein. Ganz zu schweigen vom französischen Staatsschutz und natürlich dem Regionaldienst der Kripo.

Außerdem war dieses Verschwinden schon das zweite.

Die Wahrheit kommt immer verhüllt daher. Wenn man nun im vorliegenden Fall davon ausging, dass das Blutbad auf den Zuschauertribünen einen Kollateralschaden darstellte, bekam der Mordversuch einen anderen Sinn. Eine persönliche Bedeutung. Tatsächlich wurde die These, dass es eine Verbindung zum Mord an Tomasini gab, immer glaubwürdiger.

Dann seine Idee. Es war sinnlos abzuwarten, bis Atavian den Schützen vom Velodrom zu fassen bekäme. Cabrera ahnte, dass die Leiche bereits jetzt an einem sicheren Ort versteckt war. Von wem? Warum? Das Problem beschränkte sich auf diese beiden Fragen. Was die erste anging, dachte er an Chastel. Die zweite blieb unlösbar.

Wollte er weiterkommen, musste er seine Kontakte spielen lassen.

Er suchte in seinem Adressbuch nach einem Phantom aus der Vergangenheit. Toni Baldi, ein alter Bekannter des Korsen, tauchte in der Liste des Nachrichtendienstes der Polizei auf. Paul hatte ihn ein- oder zweimal gesehen, zu der Zeit, als Tomasini die Disziplinarbehörde der Polizei im Nacken saß. Der Kontakt war schon lange eingeschlafen.

Das Telefon klingelte dreimal ins Leere, dann posaunte eine Stimme vom Band, es gebe keinen Anschluss unter dieser Nummer. Paul schluckte seinen Ärger hinunter. Er nahm Kontakt zum Zentralregister der Polizei auf, indem er die Nummer seines Bullenausweises eingab. Darin waren alle Beamten in alphabetischer Reihenfolge verzeichnet.

Er wurde ganz nervös, als er die Antwort der Vermittlung vernahm. Baldi arbeitete seit zwei Jahren nicht mehr für den Geheimdienst. Er war ins Kommissariat von Vitrolles versetzt worden, jener Stadt, in der der Front National seine Machtträume in Lebensgröße testete. Er rief an.

»Guten Tag. Arbeitet bei Ihnen ein gewisser Toni Baldi?«

»Ja. Wer möchte das wissen?«

»Leutnant Paul Cabrera. BAC Marseille.«

Rufumleitung, synthetische Musik, eine Stimme mit singendem Akzent nahm ab.

»Baldi, ich höre.«

»Hallo, Baldi, hier spricht Cabrera.«

Der Hörer entflammte in aufrichtiger Freude.

»Paul! Wie geht's dir?«

Der Brigadeleutnant hatte das Gefühl, dass Baldi über den Korsen nicht unterrichtet war. Zwei Jahre. Ob er Tomasini immer noch sehe. Er schlug ein Treffen vor.

»Ich habe da ein Problem ... Könntest du auf einen Sprung nach Marseille kommen? Ich kann zurzeit nicht Auto fahren.«

Baldi witzelte: »Hat man dir den Führerschein entzogen?«

»Ich werd's dir erklären. Erinnerst du dich noch an das Paradise?«

»Place de l'Opéra?«

»Genau ... Vierzehn Uhr, passt dir das?«

»Ich werde da sein.«

»Danke, Toni.«

Cabrera legte auf. Die Sache sah nicht gut aus. Baldi hatte ihn nicht nach Neuigkeiten vom Korsen gefragt. Außerdem hatte er dem Nachrichtendienst den Rücken gekehrt. Da würde er sich ins Zeug legen müssen, um ihn für seine Sache zu begeistern.

Er starrte zum Fenster. Er hatte nur noch eine Idee im Kopf, wie eine Zwangsvorstellung: den Fanatiker mit dem Kinderlächeln finden. Dafür würde er seine ganze Kraft und Energie einsetzen. Die Fährten überschnitten sich, früher oder später würden sie zusammenlaufen. An irgendeinem Schnittpunkt würde er vielleicht den Mörder des Korsen finden.

Und mit ihm die Antworten.

10

Paul ging zu Fuß in die Stadt hinunter. Von Vaubin aus war das keine Viertelstunde. Er kam am Boulevard Notre-Dame vorbei. Breite Gehwege, Platanenpflanzungen, behauene Steine unter dem Dreck, die Schatten spendende Schneise führte in sanftem Gefälle bis hinunter zum Alten Hafen.

Er machte eine Abkürzung über die Place aux Huiles, um wieder zur Oper hinaufzugehen. In renoviertem Zustand wirkte das Viertel auf ihn wie eine italienische Stadt. Florenz oder Siena. Er fragte sich, warum. Sein Herz schlug für Sizilien, arm und steinig, das ganze Gegenteil der Blumenornamente der Renaissance. Und außerdem interessierte er sich sowieso nicht für Kunst.

Im Paradise war es sterbenslangweilig. Restaurant oder Nuttenbar, der Inhaber konnte sich nicht entscheiden. Folge: Die Kunden blieben aus. Paul tauchte in das Halbdunkel ein. Rechts die Bar. Drei Nutten mittleren Alters füllten die Aschenbecher mit lippenstiftverschmierten Kippen. Davor ein verräucherter Gang, von bläulichen Pfeilen zersägt. Hinten standen Tische, rot gedeckt und gelb beleuchtet.

Der Leutnant kniff die Augen zusammen. Er hatte das Gefühl, in ein Blockhaus einzudringen, in dem die Sicherungen rausgesprungen waren. Flüchtige Schatten streiften ihn. Er dachte an diese Nachtwesen, diese ungreifbaren

Gestalten, mit denen er so lange zu tun gehabt hatte, früher, zur Zeit seiner jugendlichen Zweifel, als er das schlafende Marseille abgegrast hatte, auf der drängenden Suche nach Eroberungen und Zoff. Was die Eroberungen anging, rannte er seinem Ideal immer noch hinterher. Den Zoff hatte er jetzt in seinem Beruf.

Hinten im Saal wurde eine Hand gehoben. Er ging direkt darauf zu, stieß an Rücken, streifte Westen. Niemand fühlte sich belästigt.

»Na? Wie in alten Zeiten, was?«

Der Mann, der ihn aufforderte, sich doch bitte zu setzen, war so um die fünfzig. Eckiges Gesicht, dichte, drahtige, nach vorn gekämmte Haare in der Art eines Steve Mac Queen. Von Kopf bis Fuß trug Baldi nur Jeans. Er kam von den siebziger Jahren nicht mehr runter.

Paul streckte ihm seine gesunde Hand hin.

»Wie in guten alten Zeiten.«

»Ist ja schon eine Ewigkeit her ... Am Telefon vorhin hab ich dich gar nicht erkannt. Hast dich nicht verändert, Cabrera. Immer noch so ein Playboy. Wie geht's Tomasini?«

Pauls Miene verdüsterte sich. Baldi und Tomasini hatten sich immer noch getroffen. Oder zumindest hatten sie noch Kontakt gehabt. Trotzdem wusste der Bulle von Vitrolles nicht, dass man ihn zu Tode geprügelt hatte.

»Tot.«

»Was?«

»Aus diesem Grund habe ich dich angerufen.«

Die dicke Schwarte des Italieners färbte sich aschgrau.

»Scheiße ... Wie ist das passiert?«

»Bei ihm zu Hause, im Treppenhaus. Irgend so ein Schweinehund hat ihn Samstagabend vermöbelt. Mit einer Eisenstange.«

Baldi verzog schmerzlich den Mund und zischte zwischen den Zähnen hindurch: »Diese Arschgeigen ... Diese Arschgeigen. Weiß man, wer es war?«

»Noch nicht. Die Jungs von der Spurensicherung haben vor Ort nichts gefunden. Keine besondere Spur. Wir warten die Autopsieergebnisse ab, dann wissen wir mehr ...« Nach einer Weile fügte Paul hinzu: »Da ist noch was ...«

Er zog den Reißverschluss seiner Jacke auf und zeigte ihm seinen verbundenen Arm. Baldi verstand sofort.

»Du auch?«

»Ja. Ungefähr zur gleichen Zeit. Ich wollte mich im Velodrom mit dem Korsen treffen. Mich hat's auf der Jean-Bouin-Tribüne erwischt.«

»Das Massaker im Stadion?«

»Eine hübsche Schießerei. Der Typ hat sich keinen Zwang angetan.«

»Scheiße«, wiederholte Baldi entsetzt. »Scheiße ... Das glaub ich nicht.«

Baldi hatte sicher noch die Abende in Erinnerung, an denen Bernard Tapie seinen Wahnsinn in Szene gesetzt hatte. Allein schon der Gedanke, im Stadion herumzuschießen, kam ihm absurd vor. Das Velodrom war ein Heiligtum, ein Ort der Kommunion. Selbst das Milieu wäre zu so einer Tat nicht in der Lage gewesen.

»Glaubst du, dass es da eine Verbindung gibt?«

Paul erzählte seine Geschichte. Von Céline Larqués Leiche, den Enthüllungen des Korsen, der Autopsie, der vom Himmel gefallenen Halbschwester. Er versuchte, sich kurz zu fassen. Falls es eine Verbindung zwischen Tomasinis Tod und ihm selbst gab, so war es dessen Tochter. Baldi hörte ohne einen Mucks zu, das Feuersteingesicht von scharfkantigen Falten durchzogen.

Eine weibische Stimme unterbrach ihre Unterhaltung: »Hallo, jetzt bin ich für euch da.«

Ein junger, verschwitzter Mann beugte sich mit verzerrtem Gesicht zu ihnen hinunter. Er zog einen Kuli hinterm Ohr hervor und hielt ihnen eine überdimensionierte Schiefertafel hin. Ohne auf die Karte zu blicken, bestellten die beiden Bullen Rinderkotelett und einen Krug Beaujolais. Der Wein kam sofort. Baldi schenkte ihnen gleich die Gläser voll. Er kippte seines in einem Zug hinunter. Paul wartete lieber noch etwas.

»Seltsam ist vor allem, dass der Gorilla in dem Moment, als man ihn festnehmen wollte, Harakiri machte.«

»Was?«

»Die Zivilbeamten vom Aufsichtsdienst wollten ihn in die Enge treiben, und da ... der Typ hat sich eine Klinge von zwanzig Zentimetern in den Wanst getrieben.«

Baldi kratzte sich am Kopf. »So was wie Kamikaze?«

»In etwa ... Und dann ... jetzt halt dich fest, dann ist seine Leiche verschwunden.«

»Was soll das heißen, verschwunden?«

»Davongeflogen. Seit Samstag suchen wir sie überall.«

Baldi warf einen Blick Richtung Bar, dann sah er über Cabreras Schulter. Seine Augen konnten nicht auf irgendetwas ruhen, sie gerieten immer wieder außer Kontrolle.

»Was denkst du?«

»Mehrere Dinge. Erstens: An Céline Larqués Leiche wurde, fern von indiskreten Blicken, eine Autopsie vorgenommen, bevor sie sich in nichts auflöste. Zweitens: Tomasinis Mörder hat keinerlei Hinweis auf seinen Aufenthalt hinterlassen, und mein Angreifer konnte sich mit einer Waffe ins Velodrom einschmuggeln. Drittens: Seine Leiche verschwindet, bevor sie im Leichenschauhaus eintrifft, obwohl er gerade fünfzehn Personen getötet hat ...«

Baldi versuchte herauszufinden, was Paul meinte.

»Und?«

»Diese Typen stehen unter Schutz.«

Der ehemalige Inspektor des Geheimdienstes sah auf den Tisch, der von dunklen Adern durchzogen war. Ein Paar hatte hinter ihnen Platz genommen. Der Mann warf verstohlene Blick von links nach rechts, die Frau streichelte seine Hand, pralles Dekolleté und Latexkleid.

»Das Milieu auch, Kumpel. Das ist nichts Neues.«

Paul starrte den Italiener an. Eine rubinrote Flamme tanzte in seinen schwarzen Augen.

»Jetzt sag bloß! Wann hast du je erlebt, dass man im Milieu die Opfer einer Autopsie unterzieht?«

Baldi hob den Kopf und zog die Brauen in die Höhe, mundtot gemacht von dieser offensichtlich treffenden Bemerkung. Er fragte: »Also, was sollen wir tun?«

Paul lächelte freundschaftlich. »Du arbeitest offenbar nicht mehr für den Geheimdienst?«

»Nicht mehr wirklich. Eine saublöde Geschichte. Ich wurde nach Vitrolles versetzt. Schönes Geschenk!«

Paul hörte ein heiseres Kratzen aus der sonst so klaren Stimme heraus. Baldi lebte für den Geheimdienst. Er war wie seine zweite Natur, fest verankert in den Genen.

»Was ist passiert?«

»Sprich nicht mehr davon. Ist besser so.«

Baldi strich sich die Haare glatt. Paul sagte nichts mehr dazu. Jeder lebte seine Geschichte.

»Du wirst dich deinen alten Liebschaften wieder zuwenden müssen. Der mit der Bronzehaut, der mir dieses hübsche Loch gemacht hat, gehört ein bisschen zu der Sorte, die man nicht wieder vergisst. Der müsste sich auffinden lassen.«

»Warum lässt du das nicht von einem deiner Jungs erledigen?«

»Die Suppe muss ich ganz alleine auslöffeln. Wenn es

das ist, was ich befürchte, dann wissen diese Spinner, die hinter mir her sind, was ich mache, indem sie über die offiziellen Kanäle gehen.«

Paul war sich sicher, dass er richtig lag. Diese Scheiße musste er im Alleingang regeln. Er gab ihm die Beschreibung, soweit er sich erinnern konnte.

»Einen Meter siebzig, dunkelhäutig, hundert, hundertzehn Kilo.«

»Dick?«

»Nein, untersetzt. Rasierter Schädel. Schwarze Augen.«

Baldi sah ihn schräg von unten an. »Ist das alles?«

»Er hatte eine Tätowierung. So was wie einen Kraken auf dem Brustkorb, der seine Fangarme um den Hals schlingt. Seine Leiche muss zwangsläufig irgendwohin gebracht worden sein. Es müsste dir doch möglich sein, ihre Spur wieder zu finden und sie heimlich zu identifizieren.«

Der Bulle von Vitrolles schenkte sich noch ein Glas ein.

»Ist dir klar, um was du mich da bittest?«

»Ich habe keine andere Wahl. Ich muss irgendwo einen Anfang machen, und ich habe keinen anderen Ausgangspunkt. Diese Typen haben mich einmal verfehlt, sie werden nicht aufhören. Vorläufig glauben sie, sie hätten eine Länge Vorsprung. Wenn ich das Steuer herumreiße, kann ich sie vielleicht in die Enge treiben.«

»Hör mal, Cabrera. Ich arbeite nicht mehr für den Geheimdienst. Ich bin Untersuchungsbeamter. Verstehst du? Ein bescheuerter kleiner Untersuchungsbeamter in einer bescheuerten Stadt.«

Paul wurde lauter: »Hör auf mit dem Quatsch, Baldi. Das ist nicht mein Problem. Tomasini wurde zu Tode geprügelt, mich wird man auch alle machen. Also tu was. Du hast Verbindungen. Stell dich auf die Hinterbeine und aktiviere sie.«

Der Italiener schluckte. In diesem Augenblick wurden die riesigen Koteletts auf den Tisch gestellt. Er schnitt sich ein Stück ab, rot und roh, und steckte es sich in den Mund. Nach zwei bedächtigen Kaubewegungen legte er seine Gabel nieder. Seine Augen blickten wieder starr geradeaus.

»Okay, Kumpel … Ist in Ordnung. Ich werde sehen, was ich tun kann.«

Paul hob sein Glas. Die beiden Männer stießen schweigend an. Nach ein paar Sekunden fügte Cabrera hinzu: »Noch was. Wenn du schon einmal dabei bist, versuche einen Typen für mich ausfindig zu machen, der sich Chastel nennt. Schau dich bei den Bullen oder den Gendarmen um. Er ist vielleicht Arzt.«

Baldi riss ein Stück vom Tischtuch ab und notierte sich den Namen.

»Chastel … wird gemacht.«

11

Paul drehte sich im Kreis. Zum ersten Mal konnte er nicht in Aktion treten. Er hatte das unangenehme Gefühl, auf die Ersatzbank verbannt worden zu sein, sich beim Anfeuern der Spieler heiser zu brüllen und die Punkte zu zählen. Sein Arm in der Schlinge, die Beurlaubung von der Arbeit, sein neues Leben als Fußgänger, all das zusammen war für ihn ein echtes Desaster.

Er beschloss, einen Spaziergang am Hafen zu machen. Atavian sollte ihn auf dem Handy anrufen, sobald er das Ergebnis der Autopsie hätte, und Baldi ebenso, wenn er etwas fände.

Der Alte Hafen trug ein salziges Lächeln nach Marseille.

Das Meer streckte seine grüne Wasserzunge bis in die Stadt hinein, bis zu den Ausläufern des Asphalts. Paul lief den Quai de Rive-Neuve entlang und schlenderte ein bisschen bei den Fährschiffen herum. Die Boote, schlafende Schiffsrümpfe, warteten geduldig in der Hoffnung, auf die Inseln zu fahren. Frioul, Château d'If, Planier, die Reede hielt für den Kunden ihr Kontingent an Wundern bereit.

Der Leutnant drehte sich zum offenen Meer hin, die Lungen bis zum Äußersten gebläht, die Lider über einem stillen Traum geschlossen. Ein Geruch aus der Vergangenheit drang in seine Schleimhäute. Der Geruch des offenen Meeres. Sein Vater trug ihn mit sich herum, er hing an seinen Stiefeln, in seinem Ölzeug, sein Fleisch war damit imprägniert.

Er überquerte den Quai auf Höhe der Samaritaine und ging zum Rathaus hinauf. Zahlreiche Müßiggänger bevölkerten die Terrassen, mit Sonne voll gepumpte Gewächse, die sich vor dem ersten Raureif fürchten. Paul fühlte sich neben der Spur. Er sah einen Film vor seinem inneren Auge ablaufen. Er nahm die Stadt gar nicht richtig wahr.

Dann platzte die Blase um ihn herum, und er blieb vor der Wohnung des Korsen stehen. Seine Schritte hatten ihn geleitet, er war wie ein Roboter gelaufen.

Er drückte die Tür auf. Überdeckt von einem starken Geruch nach Bohnerwachs, roch es in der Eingangshalle nach Feuchtigkeit und Alter. Er machte Licht. Ockerfarbene Wände, eine terrakottageflieste Treppe, im Hintergrund ein Aufzug aus der Zeit des Methusalem. Briefkästen hingen rechts in einer Reihe, aus dünnem Metall, auf Halshöhe. Der von Tomasini war versiegelt.

Der Leutnant sah sich genau um. Ließ sich ganz von seinem Instinkt leiten. Keinerlei Kampfspuren, das Blut war weggewischt worden. Die Beamten von der Spurensicherung arbeiteten schnell. Tatbestandsaufnahmen, Untersuchungen, Analysen. Die Vorhalle war für sie von keinerlei Interesse mehr.

Das Licht ging mit einem kurzen Klacken aus. Paul tastete sich zum Geländer vor. In völlige Dunkelheit gehüllt, hatte er das Gefühl, in die Fußstapfen eines Toten zu treten. Wie war Tomasini in die Falle gegangen? Hatte ihn der Mörder bereits erwartet, versteckt in der Nische unter der Treppe? War er in dem Moment aufgetaucht, als der Korse den Aufzug holte? In dem Moment, als er die Tür öffnete? Er schaltete das Treppenhauslicht wieder an und beugte sich zu der Nische vor. Zu eng. Nicht sehr praktisch, wenn man den Überraschungseffekt nutzen wollte. Der Mörder kannte sein Opfer, der ein durchtrainierter Bulle, erfahren und mit allen Wassern gewaschen war. Wollte man eine Rechnung mit ihm begleichen, musste man unbedingt auf Überraschung setzen.

Der Polizist bemerkte einen Knacks in der Glasscheibe des Aufzugs. An den Rändern war das Metall leicht nach innen verbogen. Er sah Richtung Hauseingang. Ja … von dort. Der Mörder war dahinter aufgetaucht. In dem Augenblick, als Tomasini die Tür aufmachte, oder kurz danach, bevor er das Licht anmachen konnte. Sein Angreifer hatte ihn nach vorn geschleudert. Ein brutaler Schlag. Der Korse war durch die Luft geflogen und dann gegen das Gehäuse des Aufzugs geknallt.

Paul dachte an einen kräftigen, starken Mann. Tomasini war zu Boden gegangen. Dann stellte er sich die Schläge vor. Wie ein Gewitter, ein Eisentornado. Warum hatte er nicht geschossen? Der Korse trug immer seine Waffe bei sich, sie war ihm fest auf die Brust geschraubt wie ein Flammen spuckender Auswuchs.

Erneut ein Klacken. Die Eingangshalle lag wieder im

Dunkeln. Paul streckte die Hand zum Lichtschalter aus. In diesem Moment vibrierte sein Handy in der Tasche.

Atavians Stimme brummte ihm ins Ohr: »Ich hab eben den Autopsiebericht bekommen. Wo bist du gerade? Können wir uns sehen?«

Paul ging auf die Straße. Von seinem Überraschungsbesuch wollte er lieber nichts sagen.

»Im Petit Pernod. Ich wollte gerade wieder nach Hause gehen.«

»Bleib, wo du bist. Ich hol dich. Sagen wir … in einer Viertelstunde, Place Charles-de-Gaulle, Ecke Canebière-Paradis.«

»Gibt's was Neues?«

»Gewissermaßen …«

Zwanzig Minuten später stand sich der Leutnant am vereinbarten Ort die Beine in den Bauch. Von einem Karussell, das das ganze Jahr über dort aufgestellt war, war Gelächter zu hören, billige Musik für affige Holzpferdchen. Ein R19 scherte aus der Canebière aus und parkte in zweiter Reihe. Eine Wagentür ging auf, eine dicke Hand wedelte, ein Goldring mit Silberfassung war zu sehen.

Cabrera quetschte sich in das Auto. Der Geruch nach billigem Parfüm hing in den Sitzen, er öffnete das Fenster.

»Also?«

Ohne jede Regung im Gesicht deutete Atavian mit dem Kinn auf den Rücksitz. Drei zusammengeheftete Blätter wirbelten im Luftzug herum. Paul fing sie im Flug auf.

Der Autopsiebericht von Kommissar Tomasini las sich wie der irgendeines beliebigen Gewaltverbrechens. Verwaltungstechnisch und schnörkellos. Cabrera musste sich fast übergeben, als er den Namen des Korsen las. Hier war die Realität seines Todes zu Papier gebracht.

Die Untersuchung der äußeren Verletzungen nahm die ersten beiden Drittel des Berichts ein. Ödeme, Hämatome, Brüche. Ein schmerzhafter Tod, an den Grenzen zur Barbarei. Die Knochen beider Beine waren auf Höhe des Schienbeins gebrochen, die der Oberarme völlig zerbröselt, so dass es unmöglich war, die Zahl der Schlagstellen anzugeben. Der Kommissar musste versucht haben, sich in Embryonalhaltung zu schützen. Der Brustkorb war an sechs Punkten auf der Seite buchstäblich eingeschlagen, die Knie ausgerenkt, eine Kniescheibe zertrümmert.

Der Mörder hatte zunächst aufs Geratewohl zugeschlagen, wo immer er konnte, mit unglaublicher Kraft. Ein besonders starker Mann, ohne jeden Skrupel.

Paul sah Atavian an. Die Wut zerfraß ihm die Eingeweide, schnürte ihm die Kehle zu. Er wollte sprechen, die Worte erstarben jedoch in einem unhörbaren Fauchen. Widerwillig las er weiter.

Die Untersuchung der inneren Organe ergab nur wenig. Milz und Leber zerquetscht, Lungen perforiert, Folgen der hartnäckigen Schläge. Das Gesicht war angeschwollen, die Brauen aufgeplatzt, die Lippen gespalten. Der tödliche Schlag war auf den Kopf erfolgt, von oben nach unten, hatte die Halswirbel gebrochen. Seltsamerweise hatte der Gerichtsmediziner am Schädel keinerlei Hautverletzung feststellen können.

Paul sah von dem Dokument auf.

»Da stimmt doch was nicht.«

Atavian nickte.

Paul hakte nach: »Denkst du dasselbe wie ich?«

»Jawoll … Und der Gerichtsmediziner auch.«

Der Bulle überflog den Text bis zur Schlussfolgerung.

»… daraus lässt sich folgern, dass der Körper zu keiner Zeit mit einem stumpfen Gegenstand geschlagen wurde …

Der Tod trat infolge des Halswirbelbruchs von C4 und C5 ein …«

Der R19 fuhr in Richtung Colline Perier. Die aufsteigende Straße schien Jagd auf den Himmel machen zu wollen. Endlos. Paul versuchte, aus Atavians Worten, aus den Schlussfolgerungen des Gerichtsmediziners und aus seinen eigenen Feststellungen einen Zusammenhang herzustellen. Kein stumpfer Gegenstand … Keine Wunde, nicht der geringste Kratzer, außer auf dem Gesicht. Der logische Schluss drängte sich auf.

»Er wurde mit Faustschlägen getötet …«

»Ein Koloss«, stimmte der Brigadier zu. »Um mit bloßen Händen so einen Schaden anzurichten … Andererseits …«

»Was?«

»Er hat uns eine Visitenkarte dagelassen. Seite zwei, unten, lies mal.«

Paul suchte. Seine Augen irrten umher, ein Schleier tanzte zwischen den Zeilen.

»Wo? Ich seh nichts …«

Der Armenier deutete mit dem Finger auf eine Zahlenreihe: »Da.«

Zwischen den Zähnen des Korsen hatte der Gerichtsmediziner ein Stück menschliches Gewebe entdeckt. Die DNA-Vergleichsanalyse dieses Gewebes mit dem von Tomasini ergab, dass es fremdes Gewebe war. Besser noch, seine Chromosomenkarte erwies, dass es sich um den Genotyp einer fernen Rasse handelte.

Das Urteil des Labors war eindeutig: ozeanischer Typus.

Der Leutnant spürte, wie sein Blut in Wallung geriet. Er stellte sich den Mörder vor. Ein primitiver Totschläger mit platten Gesichtszügen, Metallfäuste, groß, schwer, von übernatürlicher Kraft. Bei seiner Raserei war die Haut zwischen den Kiefern des Korsen hängen geblieben, wie eine Fährte.

Zu Hause angekommen, stürzte sich Paul auf den Atlas. Ein Geschenk seines Vaters. Ein symbolisches. Der Mann war nie weiter gekommen als bis zum Leuchtturm von Planier.

Er blätterte im Inhaltsverzeichnis, wo sich dicht gedrängt Namen aneinander reihten, die nach Abenteuern rochen. Die Seiten knisterten unter seinen Fingern. Er betrachtete seine Hände. Die Hände eines Boxers, eines gewöhnlichen Bullen mit knotigen Knöcheln und dicken Fingern. Wenig geeignet, zärtlich über Buchseiten zu streichen. Fotos, Zeichnungen, Landkarten und Kommentare, die dreibändige Ausgabe ging mächtig ins Detail.

Er überflog China, ging runter Richtung Thailand und Vietnam, vertiefte sich in Indonesien. Bali, Borneo, Java, Sumatra, die Namen schlugen ganz schön ein, weil sie so fremd klangen.

Dann tauchte sie auf.

Eine Sternenkonstellation in einem Junihimmel. Einmal abgesehen vom australischen Subkontinent, war die Geographie, bis auf wenige Ausnahmen, der des Pazifiks ähnlich. Der Polizist begann zu lesen:

»OZEANIEN: einer der fünf Erdteile, der den australischen Subkontinent sowie verschiedene, im Pazifik gelegene Inselgruppen umfasst, zwischen Asien im Westen und Amerika im Osten. Ozeanien teilt sich in drei große Teile: Melanesien, Mikronesien und …«

Er stieß ein triumphierendes Geheule aus: »… Polynesien.«

Die Dominos standen bereit. Wie eine Parade aufgereiht. Tomasini, seine Tochter, der Mörder. Sie alle waren, eng oder weniger eng, mit diesem Teil der Erde verbunden. Er blätterte mechanisch die Seiten um. Seine Fingerglieder suchten nach einem Index, nach dem Staubkorn einer

Fährte in der Flugasche all dieser über den Ozean verstreuten Felsen.

Der Atlas enthüllte ihm andere Mysterien. Vulkanische Inseln, jung, in einem Lavaschluckauf aus den Fluten emporgespritzt. Paul geriet in Begeisterung. Das Ergebnis überstieg fast sein Fassungsvermögen. Feine Goldstrände, jadegrüne Lagunen, smaragdfarbene Wälder; Polynesien schien aus dem Diamant der Erde geschliffen zu sein.

Dann entdeckte er es.

Ganzseitig, in traditioneller Tracht, Pferdeschwanz oben auf dem Kopf, Kampftätowierungen. Das Foto strahlte eine primitive Kraft aus. Paul las die Legende: »Polynesier in zeremonieller Tracht anlässlich der Tiruaï-Feiern. Papeete. Oktober 1992.«

Das Kinderlächeln knallte ihm voll auf die Netzhaut. Dieselbe Morphologie, breite Gesichtszüge, abwesender, fast leerer Blick. Im Velodrom-Stadion hatte er einen Inder zu sehen geglaubt. Letztlich näherte sich die Realität diesem Eindruck, wie eine Zwillingsschwester.

Er blätterte zurück, suchte die Textabschnitte, in denen die Bilder erklärt wurden. Er fand die Antwort im Faltblatt einer Seite. Indisch, Ozeanisch, Polynesisch… Alles derselbe Ursprung. Sie waren aus Südasien gekommen, hatten sich in ihre Pirogen gesetzt, um der Bedrohung durch die Mongolen zu entfliehen und die Inseln zu bevölkern, je nachdem, wohin der Sturm sie wehte. Der Ozean hatte sie zu seinen Kindern gemacht.

Paul reckte sich zufrieden. Das dritte Kettenglied war gefunden, das Licht strahlte. Céline Larqué verweste irgendwo, wer sich für ihre Leiche interessierte, brachte sein Leben in Gefahr.

Die Gewissheit, dass Céline ein Geheimnis mit ins Grab genommen hatte, klirrte wie Kristall. Ein Geheimnis, von dem man nicht wollte, dass es ausgegraben wurde, ein Mysterium, für das man nicht zögerte, ein paar Bullen aus dem Hinterhalt unter Beschuss zu nehmen.

Aber wer?

Er schloss den Atlas, war unentschlossen.

Für ihn selbst hatte sich das Blatt seit zwei Tagen gewendet. Er litt unter den Qualen der Jagd. Wie ein Stück Wild, wie eine Beute.

Und Beutetiere stellten sich keine Fragen, sie hatten eine einzige, unmittelbare Sorge.

Ihre Haut zu retten.

DRITTER TEIL

1

Hiro Tetuanui war fünfundzwanzig Jahre alt, sah aber aus wie fünfunddreißig. Dieses Missverhältnis war nicht verwunderlich, vielmehr das vorhersehbare Ergebnis einer komplexen Persönlichkeit, eines problematischen Lebenswegs. Von der Statur her ähnelte er seinem Vater. Kräftig gebaut, muskelbepackt, ozeanische Züge. In den Mäandern seiner Seele war eine noch schwerer wiegende Verwandtschaft die Wurzel seines Hasses.

Maohi. Seine Kultur bedeutete für ihn nicht bloß eine ethnische Zugehörigkeit, sondern Kampf. Der Kampf der unversöhnlichen Krieger, mit denen er sich identifizierte, wilde Kerle, die dem Ozean getrotzt hatten, um auf Segelpirogen Polynesien zu erreichen.

Hiro dachte selten an seine Kindheit. Ein paar Bilder, flüchtige Eindrücke, das Ganze gelöst in einem türkisfarbenen und weißen Magma. Sein Leben war an der Grenze zur Adoleszenz erst so richtig losgegangen, eine Blume des Zorns, die direkt auf der Straße wuchs, gedüngt mit heimischem Gras, voll gepumpt mit Bier im Sechserpack. Kleinkriminalität, ein bescheidener Schwarzhandel, Hausbesetzungen – sein Alltag, in dem es nur ums Überleben ging, bestand aus kleinen Idiotenjobs und verzweifelten Freundschaften.

Und einer unglaublichen Brutalität.

Jeden Tag, jeden Augenblick nahm der Wahnsinn ein kleines bisschen zu. Überfälle, kollektive Vergewaltigungen, Fäuste, die mit Gebrüll niedersausten, Nasen brachen oder Brauen zum Platzen brachten, das alles hatte Hiro kennen gelernt. Und er war stolz darauf. Wenn er sich die Jahre in Erinnerung rief, in denen er sich hatte treiben lassen, betrachtete er sie als eine Lehrzeit, als einen notwendigen Weg, der ihn härter gemacht hatte.

Heute, da er keine zukunftslosen krummen Dinger mehr drehte, hatte er eine Rechtfertigung für sein Umherirren gefunden, eine Lebensberechtigung.

Er arbeitete für Hilda. Noch besser, er diente ihr.

Er sprang über die Geleise und ging auf dem Schotter weiter. Die Zwillinge folgten ein paar Schritte hinter ihm, mit unstetem Blick und sorgenvoller Stirn lauerten sie auf jede noch so kleine Bewegung. Sie durchquerten einen verlassenen Hangar, in dem ein abgestandener Kupfergeruch hing. Überall auf dem Boden lagen rostzerfressene Eisenträger, vergessen inmitten eines Teppichs aus Glasbruch.

Sie gingen am Gleis entlang und standen wieder unter freiem Himmel. Ein fieser Sprühregen verschluckte das Licht und pikste ihnen in die Haut. Unter dem dichten Schleier reihten müde Waggons, so weit das Auge reichte, in einem Rosenkranz aus Grau ihren Verfall aneinander. Auf manchen versuchten die Spuren vergangenen Glanzes noch aus dem Dreck herauszulugen. Hiro hatte das Gefühl, einen Friedhof zu schänden, in dem Metallkarkassen verwesten.

Etwa hundert Meter weiter gingen sie wieder in einen Hangar. Hiro fand schnell den Zug. Ein Dutzend ausgeschlachteter, noch aneinander gekoppelter Wagen, auf denen das Logo der Schlafwagengesellschaft langsam verblasste. Ein Muskelklotz wartete am Ende des Konvois, Bürstenhaarschnitt über einer winzigen Stirn, eingemummt in einen schwarzen Wollmantel.

»Steigt ein ... Er erwartet euch.«

Mit einer Kopfbewegung bedeutete Hiro den Zwillingen, dass ihr Weg hier endete. Dann stieg er auf das Trittbrett und verschwand im Waggon. Das Abteil sah innen aus, als sei es geplündert worden. Aufgeschlitzte Ledersitze, aus der Halterung gerissene Tische, sogar die Tapeten hatte man heruntergerissen. Fast überall türmten sich Berge von Abfall.

Ein junger Mestize, der in die Lektüre eines Dokuments vertieft war, hob den Kopf. Braune Haare, kurz geschnitten, leicht gewellt, kleiner Schnurrbart. Ein rundes Gesicht, das Gutmütigkeit ausstrahlte. In kaltem Ton sagte er zu Hiro: »Setzen Sie sich, bitte. Ich komme sofort zu Ihnen.«

Hiro nahm auf einer kaputten Bank Platz. Er beobachtete den Mestizen, der vor ihm saß, einen Faustschlag von ihm entfernt. Was bedeutete dieses Treffen? An diesem Ort? Rorotui trat niemals in die erste Reihe. Er beschränkte sich darauf, Befehle zu erteilen, gut geschützt hinter seinen Aktenbergen.

Nach fünfzehn Sekunden fragte der Mann: »Gute Reise gehabt?«

Hiro zuckte zweimal mit den Brauen zum Zeichen der Zustimmung.

»Wunderbar ... Haben Sie die Presse gelesen?«

Der Maohi ergriff die Zeitung, die der Mestize ihm hinhielt. Ein Foto nahm die ganze erste Seite ein, eine Frau mit einem blutüberströmten Baby auf dem Arm. Ihre Augen blickten überrascht, ungläubig, ihr Mund öffnete sich zu einem stummen Schrei, wie ein Hilferuf. Darunter, in roten Lettern, drei Worte in Großbuchstaben: MASSAKER IM STADION.

»Was ist das?«

»Lesen Sie, dann sehen Sie's ...«

Der Krieger blätterte die Seite um und überflog die Buchstabenkolonnen. Nach ein paar Sekunden ließ er die Zeitung sinken.

»Hat er ihn verfehlt?«

Wenn Rorotuis Stimme zuvor kalt geklungen hatte, so wurde sie jetzt eisig.

»Er hat ihn nicht nur verfehlt, dieser Schwachkopf hat noch dazu fünfzehn Personen getötet … Fünfzehn Opfer, Tetuanui. Frauen, Kinder. Und zwar praktisch vor laufender Fernsehkamera. Was macht ihr da für einen Scheiß, Tetuanui?«

Hiro versuchte nicht, sich zu rechtfertigen. Er legte einfach die nackten Tatsachen offen.

»Das bin nicht ich gewesen.«

»Glauben Sie mir, das ist mir völlig egal. Sie … ein anderer … Ist das Ihre Aufgabe, ja oder nein?«

»Hilda hat mich hergeschickt. Sie wollte sich um die Bullen kümmern.«

»Aha? Und seit wann trifft Hilda diese Art von Entscheidungen?«

»Keine Ahnung … Wenn sie etwas sagt, gehorche ich.«

Rorotuis Antwort kam in einer Woge der Verachtung herangeschwappt.

»Und nachdenken? Tun Sie das auch ab und zu?«

Hiro spürte, wie seine Muskeln sich elektrisch aufluden. Mit einer Hand hätte er die Gurgel dieser Missgeburt zerquetschen können. Der junge Schnurrbärtige spürte, wie das Klima umschlug. Sein Leibwächter war zu weit weg, er legte einen anderen Gang ein.

»Okay … Sprechen wir nicht mehr davon. Euer Kerl hat Scheiße gebaut. Zum Glück hatte er die Eingebung, das Notwendige zu tun.«

Hiro nickte, die Spannung sank ein wenig. Monils Tod

ließ ihn kalt. In ihrem System wussten sie alle, welche Risiken sie eingingen.

Rorotui fuhr in neutralem Ton fort: »Wir konnten die bewegliche Habe retten und seine Leiche an uns bringen. Die offizielle Ermittlung dürfte schnell beendet sein ... Zumindest, was uns betrifft. Jetzt müssen wir wieder bei null anfangen. Und Sie müssen die Arbeit selbst überwachen.«

»Und der andere Bulle?«

»Den konnten wir kriegen. Aber ... sein Tod macht die Dinge in gewisser Weise noch komplizierter.«

Hiro zuckte mit den Augenbrauen. Von ausgeklügelten Strategien verstand er nichts. Er tötete auf Befehl, bestimmte, klar benannte Ziele. Was den Rest anging, verließ er sich vollkommen auf Hilda.

»Der Typ, den ihr euch da habt durch die Lappen gehen lassen, wird mit Sicherheit eins und eins zusammenzählen«, fuhr der Mestize fort. »Ich hab es euch gesagt, ihr solltet sie alle beide aus dem Weg räumen.«

»Wird schon noch kommen.«

»Das ist in euerem Interesse ... Wenn er etwas herausfindet, haben wir Probleme. Und die können dann weder Sie noch Hilda in den Griff bekommen.«

Hiro antwortete nicht. Jeder erfüllte seine Funktion. Doch eine Sache ging ihm ziemlich auf den Wecker. Dieser Rotzlöffel legte eine allzu große Überheblichkeit an den Tag. Eines Tages würde er sich seiner annehmen, höchstpersönlich.

Rorotui fuhr fort: »Wir haben noch eine Schwierigkeit.«

Misstrauen schnürte die Wahrnehmung des Kriegers ein.

»Ist Hilda unterrichtet?«

»Sicher. Sie war es, die mich gebeten hat, mit Ihnen Kontakt aufzunehmen.«

Hiro steckte den Schlag schweigend ein. Seine Reise nach

Paris bekam einen Sinn. Aber normalerweise gab Hilda ihre Anweisungen direkt. Hier hatte sie jemanden dazwischengeschaltet.

Warum?

»Es sieht so aus, als hätte euch jemand hintergangen«, fuhr der Mestize fort. »Wir fangen gerade an, das zu überprüfen, aber es ist besser, vorausschauend zu denken.«

»Was soll ich tun?«

»Zunächst einmal sollt ihr euch um die Amerikanerin kümmern. Wir beschleunigen die Sache. In spätestens einer Woche muss alles an seinem Platz sein. Ansonsten wird man euch Bescheid geben.«

Hiro warf einen Blick aus dem Fenster. Draußen lungerten die Zwillinge, gleich einem Todesversprechen, in der grauen Landschaft herum.

»Es wird keine Schwierigkeiten geben.«

»Wann?«

»Bald …«

Der Mestize konnte seinen Ärger kaum verhehlen.

»Hören Sie, Tetuanui. Schluss mit der Komödie. Sie wissen genauso gut wie ich, worum es geht. Sie wollen mir über Ihre Vorgehensweise nichts verraten, das ist Ihr gutes Recht. Aber sperren Sie Ihre Ohren weit auf. Wir haben noch eine Woche. Noch so ein Fehltritt, und alle werden untergehen.«

Der Krieger biss die Zähne zusammen. Seine Augen sprühten Funken. Er stand auf und ging grußlos hinaus. Rorotui hatte sich hinter seinem Rücken wieder in seine Dokumente vertieft.

Für ihn waren Tahitianer eine unerhebliche Größe.

2

Meredith betrachtete ihre Koffer. Das Flugzeug ging am nächsten Morgen, sie musste noch vierundzwanzig Stunden durchhalten. Sie schluckte die Tablette. Nach zwei Tagen der Angst waren ihre Gedanken nur noch ein einziger Brei aus Befürchtungen.

Der Film vom Wochenende wurde abgespult, ohne dass sie es wollte. Die Ankunft in Paris, Krystelles Begrüßung, warmherzig wie immer, der Transport ihres Gepäcks in die Wohnung im Marais. Ihre Kollegin fuhr in die Bretagne, sie hatte ihr die Schlüssel dagelassen.

Am Samstag hatte Meredith ihre innere Unruhe mit völlig sinnlosem Aktionismus im Zaum gehalten. Sie hatte alleine zwei Ausstellungen besucht, darunter eine sterbenslangweilige unter den Arkaden des Grand-Palais, sich ein paar Boutiquen voll aggressivem Luxus angeschaut, war in Saint-Germain vorbeigegangen, um die aufgeladene Atmosphäre des Deux-Magots einzusaugen. Am Abend hatte sie per Telefon eine Pizza bestellt und vor einer Fernsehserie hockend verdrückt. Dann kam nichts mehr. Eine bleierne Nacht unter einem Leichentuch aus Schlafmitteln.

Am Sonntag war die Angst mit ihr zusammen aufgewacht, stärker als zuvor. Sie hatte über sie nachdenken, klein beigeben, sie akzeptieren müssen.

Die Enthüllungen des Polizisten verfolgten sie. Blutige Bilder blitzten vor ihrem inneren Auge auf. Ein schmerzverzerrtes, blau verfärbtes Gesicht, ein von seiner Schädeldecke befreites krankes Gehirn. Céline hatte damit gelebt. Ein paar willkürlich wuchernde Zellen, die ihr das Lebenslicht ausgeblasen hatten.

Der Gedanke war ganz allmählich in ihr herangereift.

Ein immer stärker werdendes Bedürfnis, das einen beständig verfolgt wie ein stummer Befehl.

Am Spätnachmittag hatte sie im Hôpital Necker angerufen. Es gab da jemanden, der ihr vielleicht helfen konnte, den Schleier zu lüften. Die Zentrale hatte sie beruhigt. Zufällig hatte er montags Sprechstunde.

Sie war zu früh dran. Ein paar Kranke warteten schon, saßen mit bleichen, zerknirschten Mienen auf einer Reihe von Plastikstühlen. Professor Landier empfing ab vierzehn Uhr.

Die Amerikanerin bekam Zweifel. Die Gestalten, die man in öffentlichen Krankenhäusern zu behandeln gezwungen war, begeisterten die hohen Tiere nur wenig. Übte der Neurologe bei seinen Wohltätigkeitsveranstaltungen seine Pflicht persönlich aus, oder delegierte er seine Werke der Barmherzigkeit an andere?

Wie als Antwort kam eine einen Meter neunzig große Gestalt auf sie zugeschlendert. Weißer Kittel, graue Hose, königsblaues Hemd und gelbe Krawatte – Landier trug das Galagewand, die Mandarin-Aufmachung. Alles an ihm – die hohe Stirn, die lebhaften Augen, das Lächeln – verriet die Intelligenz des leidenschaftlichen Forschers. Des aufgeklärten Humanisten.

»Was machen Sie denn hier?«, fragte er erstaunt.

Meredith entschuldigte sich. Sie fühlte sich wie eine Studentin, die man bei einem Fehler ertappt hatte.

»Kann ich in Ihre Sprechstunde kommen? Es wird nicht lange dauern.«

Er nickte der Sekretärin zu und nahm sie sanft beim Arm. Die Schattengestalten auf den Plastikstühlen warfen ihr neidische Blicke zu.

Sie betraten ein geräumiges, lichtdurchflutetes Büro, das auf einen englischen Rasen hinausging. Ein Bild-Betrachter mit einer Reihe von Röntgenbildern hing in Landiers Rücken wie ein opalisierendes Fenster. Im durchscheinenden Licht erkannte Meredith die charakteristische Form der Parietallappen. Leicht gewölbt wie zwei Kinderpobacken. Es fröstelte sie. Im Zentrum zeigte eine graue Masse an, dass es einen Tumor gab. Landier wies ihr einen Stuhl und setzte sich vor sie. Er runzelte die Stirn.

»Gesundheitliche Probleme?«

»Nein …«

Die Runzeln glätteten sich, das Gesicht hellte sich auf. Seine Stimme vibrierte in Basstönen.

»Umso besser. Wie ist es Ihnen seit letzter Woche ergangen?«

Meredith erinnerte sich an den Kongress. Die ewige Debatte über die Entscheidung zwischen medikamentöser Behandlung und Verhaltenstherapie. Jeder verteidigte seine Pfründe. Die Psychoanalytiker schwebten im Abstrakten, die Neurologen klammerten sich an die Einflüsse der Neurotransmitter. Landier hielt sich diplomatisch aus diesen ideologischen Grabenkämpfen heraus. Für ihn war nur eines wichtig, das Wohlergehen des Patienten. Dafür nahm er sämtliche Kompromisse in Kauf.

»Ich habe letzte Woche meine Schwester verloren«, stieß sie hervor.

Landier sah sie voller Mitgefühl an. Er murmelte: »Das tut mir Leid …«

»Wir standen uns nicht sehr nah …«

Sie zögerte. Der Neurologe sondierte schweigend ihre Seele, er war unsäglichen Schmerz gewöhnt. Schließlich entschloss sie sich.

»Ich brauche Ihre Meinung. Eigentlich … eigentlich bin ich gekommen, um den Forscher um Rat zu fragen, nicht den Mediziner.«

Er lächelte, und auf seinen Wangen erschienen zwei verschmitzte Grübchen.

»Erzählen Sie mir, was Ihnen Sorgen bereitet.«

»Meine Schwester ist ertrunken. An ihrer Leiche wurde eine Autopsie durchgeführt. Die Sektion des Gehirns hat eine Wucherung zutage gebracht...«

»In welcher Region?«

»Frontalregion.«

»Hm... Ein Krebstumor?«

»Um Ihnen die Wahrheit zu sagen, ich habe keine Ahnung... Der Gerichtsmediziner hat hineingeschnitten und...«

Plötzlich brach sie ab.

»Und?«

Der Professor hatte die Stirn gerunzelt.

Meredith tat so, als hätte sie es nicht bemerkt. Sie fuhr fort: »Die Sektion wurde unterbrochen, als hätte er etwas Unnormales entdeckt.«

»Ein Tumor ist nun mal nichts Normales, Madame O'Brien.«

»Nein, sicher nicht. Aber das ist es nicht.«

»Ich kann Ihnen nicht folgen.«

Meredith senkte den Kopf. »Ich auch nicht, um ehrlich zu sein. Ich bin mir meiner Behauptungen nicht sicher. Es ist eher eine Ahnung. Oder...«

»Ein unbewusster Vorgang?«

»Wenn Sie so wollen.«

Landier sah sie mitfühlend an. Er hatte zwar eine klinische Ausbildung, respektierte aber den Empirismus der psychoanalytischen Theorien.

Er fragte mit sanfter Stimme: »Woran denken Sie?«

Die Psychiaterin schüttelte den Kopf, ein nervöses Lächeln auf den Lippen.

»Sie werden das lächerlich finden …«

»Sagen Sie es trotzdem.«

»Gut … Könnte es sich um eine angeborene Missbildung handeln?«

»Eine Missbildung?«

»Ja … Eine Art Auswuchs des Stirnlappens.«

»Was veranlasst Sie, so etwas zu denken?«

»Ich weiß nicht recht … Es ist gewiss absurd, aber …«

Der Neurologe rückte seine Brille gerade.

»Absurd nicht. Alles lässt sich erklären. Man muss sich nur die Mühe machen hinzuschauen.«

Seine Hände klimperten auf einer Tastatur herum, die etwas weiter unten, rechts auf seinem Schreibtisch stand. Er drehte den Bildschirm zu Meredith.

»Erinnern Sie sich noch an Ihre Kurse in Anatomie?«

»Das ist lange her …«

Er drückte eine Taste. Ein Gehirn erschien auf dem Bildschirm.

»Rechte Hemisphäre, Vorderansicht.«

Meredith fragte: »Ein synthetisches Bild?«

»Nein. Fotos. Ein in Scheiben geschnittenes Gehirn, Abschnitte von der Dichte weniger Mikronen. Ebene für Ebene fotografiert und vom Computer wieder zusammengesetzt. Sie dürften das kennen. Die Technik stammt aus Ihrem Land.«

Die Amerikanerin lächelte verlegen. Landier hackte auf der Tastatur herum.

»Halten Sie sich fest, wir tauchen unter.«

Der Bildschirm färbte sich rot. Sie sausten durch einen Gang aus Lava mit pochenden Wänden. Runde, längliche Formen, schillernd wie Schleimhäute aus Seide. Der Neurologe kommentierte: »Wir befinden uns im Chiasma des Sehnervs, über der Hypophyse. Das Herz des Gehirns.«

Meredith schaute und hörte fasziniert zu. Sie hatte das Gefühl, im Innern eines lebendigen Gewebes zu reisen. Das Bild sprang weg. Der Gang bog nach oben ab.

»Wir steigen den Sehnerv hinauf. Nächste Etappe, der Augapfel.«

Sie kamen in einen hellen Saal, in dem Wasserpakete herumzufliegen schienen. Feine, purpurrote Bächlein wanden sich durch die marineblaue Schwerelosigkeit. Im Hintergrund verhüllte eine blaue Sonne den Himmel, während im Zentrum ein schwarzer Mond das Licht schluckte.

»Das Subjekt hatte blaue Augen … und meiner Meinung nach eine beginnende Weitsichtigkeit«, scherzte Landier.

»Das ist großartig.«

»Ich bin ganz Ihrer Meinung. Mit dieser Technologie hat unser Wissen über die Hirnanatomie einen unglaublichen Sprung gemacht.«

Der Professor verließ seinen Schreibtisch und ging zum Fenster. Eine wundervolle Energie ging von ihm aus. Er sah Meredith fest in die Augen und sagte mit wohltönender Stimme: »Anatomisch gesehen sind die einzigen zerebralen Auswüchse, die das Gehirn duldet, die Augäpfel. Der Grund dafür ist einfach, das Auge ist ein integraler Bestandteil des Gehirns, eine Erweiterung, wie eine intelligente Vitrine. Und die Öffnungen sind vorgesehen. Ansonsten … Falls Ihre Schwester von Geburt an mit einem dysgenetischen Tumor gelebt hat, hätte sie logischerweise schon früher Klagen geäußert. Hatte sie Kopfschmerzen?«

»Nicht dass ich wüsste.«

»Schwindel, Ohnmachtsanfälle?«

»Nein …«

»Hat man neurologische Störungen bei ihr festgestellt?«

»Ich … Nein …«

»Dann liegen Sie falsch. Was Sie mir beschrieben haben,

hätte ihr Gehirn zusammengedrückt, und ein Druck auf das Gehirn bewirkt alle möglichen unangenehmen Symptome. Da wäre Ihre Schwester gar nicht drum herumgekommen.«

Meredith stimmte zu. Der Neurologe bot ihr eine medizinische Tatsache an, eine unabwendbare Feststellung. Doch irgendwo in ihr gab es etwas, das die wissenschaftliche Erklärung ablehnte. Sie fragte weiter nach.

»Stellen wir uns trotzdem einmal vor, es würde sich genau darum handeln. Meine Schwester hätte mit einer Missbildung gelebt. Sie wäre nicht groß genug gewesen, um neurologische Beschwerden nach sich zu ziehen.«

»Das ist wenig wahrscheinlich.«

»Ich bitte Sie, Professor… Wäre das der Fall gewesen, was hätte dann die Ursache sein können?«

»Schwer einzuschätzen. Zahlreiche Faktoren können zu diesem Ergebnis führen. Im Allgemeinen gibt es zwei Hauptursachen.«

»Welche?«

»Eine Krankheit der Mutter vom Typ Masern oder Röteln, oder die Einnahme pathogener Substanzen, auch in dem Fall seitens der Mutter. In der Regel Medikamente. Jedenfalls handelt es sich um eine Veränderung der Keimzellen, eine Beeinträchtigung des Fötus während der Schwangerschaft, wenn Sie so wollen. Indes…«

Landier unterbrach sich, er schien in seinem Gedächtnis zu kramen, auf der Suche nach einer Gewissheit.

»Ich kenne die Ontogenese Ihrer Schwester nicht, aber ich denke nicht, dass hier ein medikamentenbedingter Schaden oder eine Krankheit die Ursache sein könnte.«

Meredith sank auf ihrem Stuhl in sich zusammen.

»Warum?«

»Weil Sie keine weiteren Anzeichen genannt haben. Keine weiteren offensichtlichen oder verborgenen Missbildungen. Erinnern Sie sich an die Contergan-Kinder?«

Meredith nickte und dachte an diese Kinder, die ohne Arme und Beine zur Welt kamen, die manchmal anstelle von Händen zwei unmittelbar an der Schulter ansetzende Flossen aus Haut hatten.

Landier sah aus, als täte es ihm Leid. Er legte wie ein Buddha die Handflächen aufeinander.

»Diese Art von Diagnose ist leicht zu stellen. Das Ganze hat zahlreiche Auswirkungen auf den Fötus. Und zwar an mehreren Stellen. Hätte Ihre Schwester *in utero* eine molekulare Attacke erlitten, würde das noch andere und sicherlich offensichtlichere Spuren hinterlassen. Und wahrscheinlich hätte sie nicht lange gelebt.«

»Woran denken Sie also?«

Der Halbgott in Weiß äußerte sich zögerlich: »Vielleicht handelt es sich ja um ein genetisches Problem.«

Meredith empfand mit Schaudern eine bittere Freude. Die Worte des Neurologen bestätigten ihre eigenen Hypothesen, ihre weiblichen Intuitionen.

»Wenn es das wäre, Professor, wie würden Sie die Sache beurteilen?«

Landier sah aus, als würde er nachdenken. Hinter ihm versetzten Äste einer Platane der Scheibe kräftige Hiebe.

»Das ist nicht mein Spezialgebiet«, sagte er schließlich. »Dazu müssten Sie einen Genetiker aufsuchen.«

Die Psychiaterin blickte in die grauen Augen ihres Kollegen, Eisen gegen Asche. Sie wollte eine Erklärung, sie würde bis zum Ende gehen.

Ohne zu zögern fragte sie: »Kennen Sie einen?«

Wieder Stille. Wieder Warten. Der Arzt hämmerte mit kleinen kurzen Schlägen auf seinem Schreibtisch herum, wie ein Pianist, der auf einem stummen Klavier spielt.

Schließlich griff er zum Telefonhörer.

»Philippe Darrout, bitte.«

Meredith spürte, wie ihre fiebrige Anspannung zunahm. Landier fiel gleich mit der Tür ins Haus.

»Philippe? Hast du eine Sekunde Zeit? Bestens… Danke. Ich habe eine Person in meinem Büro sitzen, die in einem Fall ein oder zwei Erläuterungen bräuchte. Ja, eine Freundin von mir. Kann ich sie dir schicken?«

Meredith ließ den Forscher nicht aus den Augen. Sie sah ein Leuchten über seine Miene huschen und wie seine Lippen ein herzliches »Danke« formten.

Landier musterte sie. Er machte ein etwas verdutztes Gesicht.

»Ein Kollege… Er kann Ihnen vielleicht eine Erklärung geben. Möchten Sie das?«

Die Amerikanerin stand auf. Sie hatte ihre Selbstsicherheit wieder gefunden.

»Deswegen bin ich ja hergekommen.«

3

Meredith ging zu Fuß die Rue Vaugirard hinauf. Ein Regen wie kleine Nadelstiche überschwemmte Gehwege, eine beklemmende Menschenmenge, der ideale Cocktail, um sich immer angespannter zu fühlen und alles auf den Mond schießen zu wollen.

Genetisch.

Das Wort verfolgte sie, weil es so verhängnisvoll klang. Die Würfel des Schicksals, auf einen silbrig schimmernden Gebärtisch gefallen wie ein Urschrei. Céline hatte um nichts gebeten. Ihre Zellen waren ihr zusammen mit dem

Leben geschenkt worden, ein für alle Mal, ohne Garantie.

Bei diesem Gedanken spürte Meredith, wie eine Woge der Panik sie aufwühlte. Die junge Mestizin war ihre Schwester. Sie kamen beide aus demselben Bauch, ein und dasselbe Blut brodelte in ihren Adern.

Die Amerikanerin durchquerte im Laufschritt das Institut Pasteur. Die Verwaltung schloss ihre Türen, die Angestellten machten sich allmählich auf den Nachhauseweg, das Reinigungspersonal übernahm das Kommando. Es kam ihr so vor, als fege man Neuronenschlacke mit der Schaufel weg. Sie ging schneller. Die Genetikabteilung befand sich in Flügel A. Darrout würde bis fünf Uhr auf sie warten, Landier hatte ihr geraten, nicht zu spät zu kommen.

»Wollen Sie damit sagen, die Wucherung könnte auf eine genetische Mutation zurückzuführen sein?«, fragte Meredith noch einmal.

»Ja. Wenn Sie so wollen ... Jedenfalls ist das denkbar.«

Die Analytikerin betrachtete neugierig die kleine Person mit dem hochroten Gesicht, die da vor ihr rumzappelte und dabei auf einem Streichholz herumkaute. Landier hatte ihr Philippe Darrout als Genetiker vorgestellt. Sein spöttischer Tonfall und seine hohe Stimme ließen eher an einen Taxifahrer denken, der auf die Rente zuging. Er fragte sie übergangslos: »Wo ist sie geboren?«

»In Polynesien, auf einem Atoll.«

Darrouts Brauen zogen sich zusammen.

»In Französisch-Polynesien?«

»Ja.«

Meredith strengte ihr Gedächtnis an. Ein Name jagte den anderen, alle ähnelten einander.

»Ich erinnere mich nicht mehr genau ... Es liegt im Tuamoto-Archipel.«

»Das ist weitläufig ... Man bräuchte die Gewissheit, dass die Mutter starken radioaktiven Strahlungen ausgesetzt war, und das lange genug, dass sie ihr Erbmaterial verändern konnten. Mit anderen Worten, ob sie in der Nähe der betroffenen Orte gelebt hat.«

Die Amerikanerin nickte eifrig. Sie hätte lieber verschwiegen, welche Art von Beziehung sie mit dem Fall verband. Um den Genetiker nicht zu beeinflussen. Vor allem aber, um die Antworten besser von sich fern halten und ihre panische Angst verdrängen zu können.

Darrout sah sich suchend im Büro um. Er griff nach einem Schlüsselbund, der verloren inmitten eines Mahlstroms voll gekritzelter Papiere lag. Meredith glaubte, zwei bunte, in tödlicher Umarmung ineinander verschlungene Schlangen zu erkennen.

»Sie kennen das Prinzip«, sagte der Genetiker und schüttelte die Reptilien. »Zwei DNS-Ketten, die im Kern einer jeden Zelle schraubenförmig aneinander gekettet sind. Unser genetisches Material besteht aus konstanten Elementen, die der menschlichen Art eigen sind, und, sagen wir, zufälligen Elementen, die jedem Individuum eigen sind. Sobald Sie einige der konstanten Elemente verändern, erhalten Sie ein paar hübsche Monster.«

Das Wort Monster ließ Meredith erschauern. Sie spuckte ihre Frage aus: »Können diese genetischen Veränderungen von radioaktiver Strahlung verursacht werden?«

»Selbstverständlich«, juchzte Darrout. »Das sagte ich doch gerade. Radioaktive Strahlungen verursachen auf mehreren Ebenen Schäden. Unmittelbare: Verbrennungen, Hautablösungen und so weiter. Und kollaterale.«

»Kollaterale?«

Der kleine Mann strich sich über den Bart. Seine Pupillen verengten sich.

»Langzeitfolgen, wenn Sie so wollen. Uran ist ein ganz hundsgemeiner Stoff und greift die DNA direkt an. Es verändert ihre Struktur und ihre Zusammensetzung.«

»Was wollen Sie damit sagen?«

»Dass sich die Ausmaße der Schäden erst nach einer gewissen Zeit feststellen lassen. Manchmal erst nach mehreren Generationen. Hiroshima, Nagasaki. Vor nicht allzu langer Zeit Tschernobyl... Sagt Ihnen das was?«

Meredith spürte, wie ihr ein Schauer über den Rücken lief. Verkrüppelte Kinder, von der Natur verstümmelt, ohne Arme, ohne Beine, manchmal mit zwei Köpfen oder zwei Oberkörpern. Das gaumenlose Lächeln, die Grimassen der zahnlosen, direkt auf der Straße liegenden Gnome.

Der Genetiker spuckte sein Streichholz aus und fuhr im selben nüchternen Ton fort: »Kinder verstrahlter Eltern können damit auf die Welt kommen. Oder deren Enkel. Es ist eine Lotterie. Wir wissen nicht viel darüber... Und die betroffenen Länder halten die Informationen natürlich zurück. Frankreich genauso wie die anderen.«

Meredith nickte. Die Erklärung, die sie sich zusammengereimt hatte, war offensichtlich gar nicht so falsch. Ihre Mutter könnte verstrahlt worden sein. Ihre Angst wurde immer heftiger, ihre Zweifel hatten sich in eine unerträgliche Wahrscheinlichkeit verwandelt. Vielleicht hatte sie selbst irgendwelche Missbildungen, irgendwo versteckt, an einem vergessenen Ort.

Sie musste sich erinnern. An einen Namen, eine Insel. An das Atoll, auf dem ihre Mutter geboren war, wo sie gelebt hatte, bevor sie in Tahiti auf den Strich ging, bevor sie ihren Vater kennen lernte, Célines Vater, und all die anderen. Bevor sie Larqué heiratete.

Dafür musste sie ihre Vergangenheit durchforsten, diesen Lehm, der sich im Laufe der Zeit verfestigt hatte.

Mit einem seltsamen Geschmack im Mund verließ sie das Institut. Einem Metallgeschmack. Den Gedanken an ein Kind hatte sie immer auf später verschoben.

Plötzlich tauchte aus der Dunkelheit der Grund dafür auf, als sei alles ganz offensichtlich.

4

Meredith schlug in den Gelben Seiten nach und griff zum Telefon. Zweimal ein kurzes Klingeln, eine Rufumschaltung, dann noch zwei Klingeltöne. Eine näselnde Stimme plapperte los.

»Palais d'Asie, guten Abend.« Sie bestellte Nems, kantonesischen Reis, zögerte bei einer Portion *ha cao*, gedämpften Krabbentäschchen. Am Ende entschied sie sich für das Zitronenhuhn. Schlecht für die Linie, egal. Zum Trinken hatte sie noch eine Flasche roten Sancerre im Kühlschrank stehen, eingekeilt zwischen einem Moët et Chandon und Tomatensaft im Tetra-Pack.

Eine halbe Stunde.

In Los Angeles waren die Chinesen schneller. Der Hunger hielt sie wach. Sie teilte dem Lieferanten den Haustürcode mit und legte auf. Sie musste sich noch gedulden, zumindest bis acht Uhr. Sie streckte die Beine aus und massierte sich die Schläfen.

Krystelles Wohnung stand wie unter Narkose. Kein Geräusch, ein Nachtlicht über dem Sofa. Sie konnte die Stille fast hören, ihren Klang, wie ein dumpfes Pfeifen, ein Vibrieren. Von Zeit zu Zeit drang der ferne, erstickte Schrei einer Autohupe zum Balkon hinauf.

Sie entkorkte den Sancerre und schenkte sich ein Glas ein.

Die Worte des Genetikers flammten unter ihrer Stirn auf, radioaktive Verstrahlung, genetische Mutationen, Monster.

Monster…

Sie hatte plötzlich das Gefühl, eine unbekannte Welt strecke ihre beängstigenden Tentakel in ihr Leben hinein. Sie stand vom Sofa auf. Presste ihre Stirn an die Fensterscheibe. Der Wein nahm die Angst, dafür wurde sie jetzt traurig.

Sie dachte an Céline. Ihre so ferne Schwester, zwei Seiten einer Medaille, verbunden durch das Blut, getrennt durch das Fleisch, wie Zwillinge aus Jade. Um diese Stunde flog die Blume der Inseln in ein Land aus Eis. Wo sie doch für den Ozean gelebt hatte. Was hatte man ihr angetan? Wer hatte ihr das Leben gestohlen?

Meredith lenkte ihre Gedanken auf die Straße. Auf dem Vorplatz der Saint-Paul-Siedlung perlte der Regen in schillerndem Gefunkel. Gleich rußigen geöffneten Blumenkronen waren ein paar wenige Regenschirme unter dem orangefarbenen Licht auf der Flucht. Sie trat zurück. Von hinten erleuchtet, zeichneten durchsichtige Tropfen Tränenbäche auf die Scheibe. Genau wie sie weinte Paris jeden zweiten Tag.

Plötzlich weckte ein Knarren ihre Aufmerksamkeit. Sie drehte sich ein wenig verängstigt um. Das Knarren schien vom Gang zu kommen, von außerhalb der Wohnung. Eigentlich eher ein Kratzen.

Das Geräusch wurde lauter, ab und zu schepperte es metallisch. Sie näherte sich der Tür auf Zehenspitzen, spitzte die Ohren. Das Geräusch erstarb. Sie ging noch näher ran, während ihr das Herz bis zum Hals schlug, und blieb stehen. Gedämpfte Stimmen, Flüstern, das Geräusch war wieder da. Es lief ihr eiskalt den Rücken hinunter.

Jemand versuchte das Schloss zu knacken.

Im Bruchteil einer Sekunde leerte sich die Welt. In abgehackten Stößen schoss ihr das Adrenalin durch die Adern. Die Gedanken stürmten nur so auf sie ein, schnell, zu schnell. Krystelle lebte allein. Ein Freund, ein Liebhaber? Nein ... Lächerlich.

Die offensichtliche Wahrheit traf sie voll ins Gesicht. Einbrecher. Ihre Kollegin war übers Wochenende weggefahren, man hatte ihre Wohnung ausfindig gemacht.

Jemand, der nicht wusste, dass sie da war.

Sie atmete tief ein, blies die Luft langsam wieder aus. Bloß keine Panik. Ruhig bleiben. Allen Verstand beisammenhalten. Einbrechern graute es davor, dass man sie überraschte. In Los Angeles brachten sie einen wegen einer Videokassette, wegen einem Paar Nikes um.

Sie löschte das Nachtlicht und rannte ins Zimmer. Dann schloss sie die Tür zweimal ab und versuchte dabei, den Schlüssel nicht quietschen zu lassen. Sie änderte sofort ihre Meinung. Schlechte Idee. Dann könnten sie draufkommen, dass sie da war. Sie entriegelte den Schnäpper.

Die Tür im Wohnzimmer gab nach.

Die Amerikanerin kauerte sich im Dunkeln nieder. Sie kroch unters Bett. Der Sockel hatte nicht mehr als zwanzig Zentimeter Abstand zum Boden. Ihre Bluse blieb an der Spitze einer abgeschrägten Kante hängen, sie schürfte sich die Haut auf. Mit zusammengebissenen Zähnen ließ Meredith den Schmerz über sich ergehen. Sie schloss die Augen. Die Welle des Schmerzes nahm wieder ab.

Sie vernahm ein kurzes Klacken. Das Schloss der Eingangstür gab nach. Eine Reuse. Sie war in einer Reuse gefangen, mit Muränen darin.

Eine Stimme drang zu ihr. Eine Männerstimme. Sie verstand nicht, was sie sagte. Dann noch eine, die der ersten antwortete, auch eine Männerstimme, sehr ähnlich im

Klang, nur ein wenig durchdringender. Meredith biss sich auf die Lippen. Sie hatte die Nase in den Teppich gedrückt, der Bettrost quetschte ihr den Rücken.

Die Geräusche kamen aus dem Wohnzimmer. Es klapperte, raschelte, Gegenstände stießen aneinander. Die Wohnung wurde durchsucht. Die Einbruchshypothese bestätigte sich. Wenn sie sie bloß nicht entdeckten. Sie würden sich den Fernseher schnappen – einen Flachbildschirm –, damit abhauen und sie in Frieden lassen. Diebe schauen nicht unterm Bett nach, nicht, wenn sie glauben, dass sie allein sind.

Wenn sie glauben, dass sie allein sind…

Sie dachte an den Sancerre. Das Glas stand gut sichtbar auf einem Bistrotisch, neben dem Sofa. Sie würden es sehen, würden sofort kapieren, würden sie suchen, in Panik geraten.

Plötzlich ging das Licht im Zimmer an.

Zwei Arbeitsstiefel tauchten in ihrem Gesichtsfeld auf. Dicke Stiefel mit Schnürbändern, hochgeschlossen. Meredith nahm den Kopf zwischen die Hände. Die Füße des Eindringlings gingen um das Bett herum, dann blieben sie stehen. Sie senkte ein wenig den Kopf, versuchte zu verfolgen, wie es weiterging. Ein plötzliches Bedürfnis sich zu übergeben schnitt in ihre Eingeweide.

Die Lichterkette im Badezimmer wurde angeschaltet. Die Füße verschwanden ein paar Sekunden, dann stellten sie sich wieder vor dem Bettrost auf, wenige Zentimeter von ihrem Gesicht entfernt.

Sie hielt den Atem an.

Im Zimmer wurde eine Stimme laut.

»*Tauraa.*«

Die andere antwortete ihr mit einer Mischung aus Enttäuschung und Wut.

»*Ayaaa.*«

Meredith schluckte. Es fühlte sich an, als hätte sie eine Rasierklinge im Hals. Diese Sprache. Seit wie langer Zeit hatte sie sie nicht mehr gehört? Diese harte, schneidende Intonation, ein Amalgam aus Vokalen, das sich wie ein einziger Klangbrei anhörte.

Zwei weitere Füße tauchten im Zimmer auf. Die gleichen Arbeitsschuhe, groß, aus imprägniertem Leder. Dann wieder die Stimmen.

»Niemand.«

»Warten wir?«

Die Amerikanerin spürte, wie ihr Blut in Wallung geriet. Von wem sprachen sie? Krystelle? Daran glaubte sie keine drei Sekunden. Etwa von ihr? Aber warum? Mein Gott, warum?

Ein Knie erschien am Boden, dann eine massige Hand mit Wurstfingern.

Sie schloss die Augen.

In diesem Moment schellte es zweimal an der Eingangstür. Das bestellte Essen. Vor lauter Angst hatte sie es ganz vergessen. Die Hand verschwand, das Knie ebenso. Zwei Paar Füße standen sich vor ihren starr aufgerissenen Augen gegenüber. Sie machten kehrt und gingen aus dem Zimmer. Es schellte wieder, diesmal beharrlicher.

Sie hörte das Klicken eines Schlosses, Stimmen. Sie kroch aus ihrem Versteck, scheuerte mit dem Rücken an den Sprungfedern entlang und drückte sich an die Wand.

Zwei groß gewachsene Männer standen beim Eingang. Lange, dunkle, im Rücken zusammengebundene Haare, Khakihosen im Militärstil, Lederparkas. Sie dachte unwillkürlich an Zwillinge.

Die Amerikanerin musste ihnen nicht Auge in Auge gegenüberstehen, um zu wissen, woher sie kamen. Ihre Haltung genügte. Ein bisschen schwerfällig, linkisch, strahlten sie doch eine animalische Kraft aus.

Polynesier.

Sie bezahlten den Lieferanten und nahmen das Essen entgegen. Plötzlich war sie sich sicher. Diese Männer suchten sie. Céline war der Grund dafür. Was wollten sie? Sie töten, sie entführen, sie zum Reden bringen? Panik schnürte ihr den Hals zu. Aber worüber? Sie wusste fast gar nichts über ihre Schwester.

Eine Ahnung durchzuckte sie. Sie sollte sterben. Der Bulle aus Marseille hatte in Célines Fall einen Mord für möglich gehalten. Mörder, die dafür bezahlt wurden, Frauen zu ertränken oder zu ersticken, ohne Spuren zu hinterlassen.

Sie sah sich genau an, wo sie standen. Einer stand etwas seitlich vor der Tür, der andere etwas weiter hinten, im rechten Winkel dazu. Unmöglich vorbeizukommen. Sie drehte fast durch. Zwang sich zur Ruhe.

Dann huschte einer der beiden Männer hinter die Bar. Er stellte das chinesische Essen auf den Tresen. Sie sah, wie sich die magere Gestalt des Lieferanten im Licht der Eingangshalle abhob. Die Gelegenheit galt es zu nutzen. Jetzt. In drei Sekunden würde es zu spät sein.

Meredith ging in die Hocke, schlich an der Bar vorbei. Als sie nur noch wenige Zentimeter von der Tür entfernt war, sprang sie los und warf die Aluminiumbehälter um. Der Mann hatte keine Zeit zu reagieren. Sie rannte schreiend in den Treppenaufgang, während es im Flur hinter ihr ein großes Murren gab.

Sie raste die Treppe hinunter und stand plötzlich auf der Straße. Ihr Herz hämmerte unter den Rippen, dunkle Blitze verschleierten ihr die Sicht. Völlig panisch versuchte sie, in der Nacht etwas zu erkennen. Der Regen hatte aufgehört. Eine Gruppe von fünf oder sechs jungen Leuten betrat ein

Restaurant gegenüber. Meredith rannte hinüber und schloss sich ihnen an.

Drei Sekunden später schossen die wilden Kerle aus dem Wohnhaus, mit wutverzerrtem Gesicht. Sie hielten nach ihr Ausschau. Vergebens.

Die Rue Saint-Paul hatte sie verschluckt.

5

Das Vergers du Marais erinnerte an einen Wintergarten. Eine futuristische, manierierte, altmodische Version. Ringförmig angeordnete Metalltische, die einen Born von Grünpflanzen umschlossen, eine durchsichtige, himmelwärts gerichtete Plexiglaspyramide, eine Aluminiumbar, gräuliche Leuchtkörper, die von den Wänden troffen, in einem Wald quecksilbergrau bemalter Blätter.

Die kleine Gruppe ging durch den Saal und machte dabei einen Bogen um den Innenhof. Meredith folgte ihnen mit verängstigtem Gesicht. Ihre Augen fixierten den Eingang, dann suchten sie unaufhörlich den Saal ab.

Nur wenige Gäste so früh am Abend. Ein paar Pärchen hier und da, die sich leise im Licht bläulicher Windlichter unterhielten.

Ihr Hereinkommen blieb unbemerkt. Meredith fiel unter den Jugendlichen im Nachtfieber gar nicht weiter auf. Die gleiche weite Jeans, der gleiche unförmige Pulli, die gleichen hochgeschlossenen Turnschuhe. Sie hätte gut eine von ihnen sein können, die große Schwester. Nur ihr Blick verriet, was los war.

Sie machte sich von der Gruppe los und sprach einen Kellner an.

»Haben Sie ein Telefon?«

Der Mann schob sein Mikro zur Seite, eine Funkempfängerkombi in Form eines Headsets. Er machte große Augen. Im einundzwanzigsten Jahrhundert stellten nur wenige Gäste eine solche Frage. Sie waren alle mit ihrem Handy unterwegs. Als Profi behielt er seine Gedanken für sich und zeigte ihr freundlich den Eingang zur Toilette.

»Da unten gibt es einen Apparat. Funktioniert mit Münzgeld.«

Die Amerikanerin ließ eine Hand in ihre Hosentasche gleiten. Sie hatte Glück, sie konnte Münzen fühlen. Zunächst wählte sie die 17. Den Polizeinotruf. Die Nummer stand auf dem Gehäuse, neben anderen Notrufnummern. Besetzt. Sie hängte ein und fluchte.

Mit zitternden Händen zog sie ihren Geldbeutel aus der Gesäßtasche ihrer Jeans. Aus Gewohnheit oder Vorsicht ließ die Amerikanerin ihn niemals in ihrer Handtasche. Sie holte eine Visitenkarte heraus und steckte die Münze erneut in den Schlitz. Sie schickte ein stilles Gebet los.

Nach zwei Klingeltönen hob Leutnant Cabrera ab.

Meredith spürte, wie ihr die Tränen kamen. Sie stammelte: »Meredith O'Brien… Sie hatten mir Ihre Nummer gegeben, ich… Man hat gerade versucht mich umzubringen.«

Stille in der Leitung. Dann ertönte Paul Cabreras raue Stimme, er sprach ganz ruhig.

»Wo sind Sie?«

»In Paris… Ein Restaurant… Leutnant, ich flehe Sie an… Sie werden mich finden…«

Der Polizist wiederholte seine Frage: »Wo genau sind Sie, Madame O'Brien?«

»Rue Saint-Paul, Les Vergers du Marais.«

»Haben Sie die Polizei angerufen?«

»Ja … Es ist besetzt …«

»Ihre Angreifer, wie viele sind es?«

»Zwei.«

»Können Sie sie sehen?«

»Nein, ich bin auf der Toilette.«

»Gibt es dort Kabinen?«

»Ja.«

»Gehen die Türen bis zum Boden?«

»Unten ist ein Spalt frei …«

Wieder Stille. Die Stimme des Leutnants kanalisierte ihre Angst.

»Gut … Jetzt werden Sie Folgendes tun: Schließen Sie sich in einer Kabine ein, steigen Sie auf die Toilettenschüssel und warten Sie. Ich schicke Ihnen jemand, es dauert eine Viertelstunde.«

»Bullen?«

»Bullen, ja.«

Meredith war wie vor den Kopf geschlagen, sie presste den Hörer ans Ohr, mit offenem Mund. Paul beruhigte sie noch einmal.

»Haben Sie keine Angst. Und vor allem, steigen Sie auf die Kloschüssel. Ich versuche einen Flug zu bekommen.«

Sie hörte, wie er auflegte.

Eine Viertelstunde. Das war fast eine Ewigkeit. Sie schob den Kopf vorsichtig durch den Spalt, den sie offen gelassen hatte. Im Saal ging es allmählich lebhafter zu. Die Tische bevölkerten sich. Keine Zwillinge weit und breit. Vielleicht hatten sie aufgegeben.

Sie drückte zögernd zwei oder drei Türen auf. Es duftete nach Pfirsich in den Räumen, ein Duft nach Obstgarten. Sie war über ihr Bild im Spiegel überrascht. Bleich und mitgenommen.

In welchen Wahnsinn war sie da hineingeraten? Was hatte

sie mit dieser Geschichte zu tun? Wo sie doch in Malibu lebte, wo sie doch kaum etwas über Céline wusste, über ihr Leben, ihre Vorlieben, ihren Werdegang. Das hatte nichts mit ihr zu tun.

Als einzige Gewissheit tauchte die Vergangenheit wieder auf wie eine vom Wasser aufgetriebene Leiche, eine Vergangenheit, die sie willentlich und unter Mühen ausradiert hatte. Das Bild einer schillernden Lagune glänzte in ihren Augen. Ein türkisfarbenes Wasser, fast durchscheinend, so blass war es. Überall gab es Korallen, tausende Korallenknöllchen, die auf der Oberfläche erblühten wie lauter bizarre kleine Inseln.

Eine heftige Übelkeit krampfte ihren Magen zusammen. Sie beugte sich über ein Waschbecken und übergab sich dreimal, die Reste des kaum verdauten Sancerre. Dann ließen die Krämpfe nach, sie hatte das Gefühl, ihr Organismus beruhige sich, werde leer.

Ihr Herz auch.

Sie lebte in Kalifornien, in Los Angeles. Sie fühlte sich als Amerikanerin, sie war Amerikanerin. In Polynesien war sie ein- oder zweimal in Begleitung ihres Vaters gewesen, als Kind. Nichts verband sie mit dicser Welt. Die zinnoberrote Flüssigkeit, die in ihren Adern floss, konnte unmöglich eine Erklärung sein. Nur ein Zufall, eine falsche Weichenstellung. Das Leben wurde von der Realität bestimmt, nicht von der Geburtsurkunde.

Im Saal wurde es plötzlich laut. Das Herz im Hals, öffnete sie einen Spaltbreit die Tür. Vor der Bar hatten sich zwei Furcht einflößende Kerle aufgepflanzt und drohten lebhaft gestikulierend dem Kellner. Meredith erkannte sofort das Leder der Parkas wieder, und das hellere der Arbeitsschuhe.

Ihre Angreifer hatten die Partie nicht aufgegeben. Sie

durchsuchten das Viertel, die öffentlichen Orte, die Restaurants, eines nach dem anderen, gleichgültig, welchen Aufruhr sie verursachten, was die Folgen waren. Sie wirkten auf sie wie gefühllose Roboter.

Sie hatte Lust zu schreien, einfach so, um ihre Angst loszuwerden. Stattdessen zeichneten zwei schwarze Tränen auf ihren bleichen Wangen dunkle Bahnen. Sie rannte in die Kabine und schloss sich ein. Jetzt saß sie in der Falle. Wie eine Laborratte. Auf den Tod warten, spüren, wie er unausweichlich näher kommt. Und nichts dagegen tun können.

Unter der Tür drangen Schreie durch. Sie kletterte auf den Klodeckel, starr vor Schreck. Ihr Kopf kam ihr schwer vor, angefüllt mit einer gelatineartigen Melasse. Sie würde erwachen, ihre Augen auf der sonnenüberfluteten Terrasse aufmachen, den frischen Atem des Pazifiks über ihren Nacken wehen spüren. Sie würde aufstehen, ihr Auto nehmen, den Ocean Drive bis zu ihrem Büro fahren und arbeiten. Zuhören, sich kümmern, heilen, sie würde ihr Leben wieder weiterleben, ihr eigenes Leben.

Wieder Schreie, das Geräusch zersplitternder Gläser, umstürzender Möbel.

Mehrere Schüsse.

Dann nichts mehr.

Eine bedrückende, ohrenbetäubende Stille.

Die Tür der Toilette wurde gegen die Wand geschlagen. Meredith kauerte sich zusammen. Die Zwillinge kamen sie holen. Sie würden sie gewaltsam aus ihrem Loch zerren und sie hinrichten. Ohne Aufschub. Sie senkte die Lider.

Schritte klapperten auf den Fliesen, schwere, zögernde Schritte. Sie blieben stehen. Jetzt war der Augenblick gekommen. Sie öffnete wieder die Augen. Das Licht sehen, ein letztes Mal.

Hinter der Tür war eine Stimme zu hören: »Madame O'Brien, sind Sie da?«

Meredith glaubte in Ohnmacht zu fallen.

Wieder war die beruhigende Stimme zu vernehmen: »Alles in Ordnung... Haben Sie keine Angst. Ich bin Polizeileutnant Skali.«

6

Er war gescheitert. Die Halbe war ihm entwischt, sein Bruder tot, er verlor sein Blut. Ein Lebensfaden entrollte sich auf dem Asphalt, sein Leben, röter als ein Sonnenuntergang. Er tauchte ins Untergeschoss ab. Station Châtelet-Les-Halles, eine Stadt in der Stadt, ein riesiges, aus meergrünen Stollen gewebtes Spinnennetz. Eine Chance, davonzukommen, zu retten, was ihm von seiner Haut noch geblieben war.

Der lange Gang verschluckte ihn. Die mit Plakaten voll geklebten Wände deklinierten die Verdienste einer unverständlichen Welt. Eine Vorgaukelung beständigen Glücks, langgliedriger Traumwesen mit strahlendem Lächeln. Bilder von Epinal, irreal, anstößig in dem widerlichen Dreckgestank.

Er blieb stehen und lehnte sich gegen eine Wand. Seine Hand stützte sich auf die weiße Keramik, fünf Fingerglieder, die aussahen wie Knochen. Er blutete stark aus dem Bauch, die Kugel steckte wahrscheinlich noch irgendwo da drinnen zwischen den Eingeweiden.

Sein Bruder hatte weniger Glück gehabt. Das Blei hatte den Kopf durchschlagen, ein gewaltiges Loch am Haaransatz. Tihoti war gegen die Bar gefallen und zusammengebrochen, skalpiert. In einem Spiegel hatte Tauraa sich selbst gesehen, auf dem Boden liegend, mit weggesprengtem Schädeldach, im eigenen Blut schwimmend. Ein seltsamer Eindruck. Als betrachte er seinen eigenen Tod.

Er setzte seinen unsteten Lauf fort, gebeugt, kurzatmig. Ein paar eilige Passanten sprangen zur Seite, steckten in einem Panzerkleid aus Furcht.

Eine Kreuzung, mit Zeichen, Buchstaben und Zahlen bedeckte Metallschilder. Er zögerte. Tauraa konnte nicht Französisch lesen. Gerade mal ein bisschen *reo maohi*, seine Muttersprache, die er mit der Muttermilch eingesogen hatte.

Eine abstoßend schmutzige Frau schlief unter dem Schild, direkt auf dem Boden. Er berührte sie mit dem Fuß, stupste sie an. Ein Krächzton entwich dem Häufchen Elend.

Er fragte: »RER?«

Das Häufchen drehte sich um und brummte: »Mensch, was glaubst du, wo du bist, du Arsch? RER. Was weiß denn ich?«

Tauraa kniete wortlos nieder. Die Zeit drängte zu sehr, um höflich bleiben zu können. Der Typ in Schwarz würde es nicht dabei bewenden lassen. Nein, ganz bestimmt nicht. Er hatte eine blauweißrote Karte herausgezogen und wie am Spieß herumgebrüllt, bevor er losgeballert hatte. Ein Bulle. In der Panik hatte er sein Gesicht nicht sehen können.

Der Polynesier packte die Frau am Nacken und drückte zu. Seine Hand erreichte die Kehle. Ein Gurgeln, er wiederholte: »RER?«

Das menschliche Wrack streckte einen abgemagerten Arm nach rechts. Wenige Meter weiter tauchte ein Schacht in die eiskalten Eingeweide ein.

Tauraa sprang auf die Rolltreppe. Der Tunnel unter

seinen Füßen verlor sich in gelblichen Tiefen. Mindestens fünfhundert Meter lang, tiefe Decke, ein von Kakerlaken bevölkerter Maulwurfsgang.

Nach etwa der Hälfte des Weges sah er über die Schulter. Sein sechster Sinn signalisierte ihm etwas. Nein, doch nichts. Der Gang war leer.

Ihm war plötzlich heiß, sicher eine Folge der Verletzung. Bei jedem Schritt zerriss es ihm die Eingeweide. Er griff nach seinem Handy und drückte zweimal aufs Adressbuch. Die Nummer von Hilda wurde angezeigt. Nur die Nummer. In dieser Tiefe war das Netz nur mehr eine ferne Erinnerung.

Tauraa fluchte. Was zählte schon sein Schicksal, das seines Bruders, er musste Hiro benachrichtigen. Beunruhigt drehte er sich wieder um. Niemand. Keine Kakerlake auf der Rampe, als habe man die Metro plötzlich geschlossen, als sei dieser Zugang versperrt worden.

Als sei …

Er zog seine Waffe. Mit dem Schalldämpfer erinnerte der Lauf des Colts an ein Teleskop.

Er hatte nur noch ein paar Meter. Dahinter, gleich nach den Treppenstufen, bildete der Gang ein T, zwei Fünfundvierzig-Grad-Winkel, tote Winkel, ohne Rückzugsmöglichkeit, ohne Sicht.

Er dachte an Tihoti. Sie hätten einander Deckung geben können, dass sie Zwillinge waren, war auch dazu gut. Jetzt war er allein. Musste allein entscheiden, allein handeln. Am Ende der Rolltreppe blieb er stehen. Es stank geradezu nach Gefahr. Dutzende von Feinden standen ihm gegenüber, hinter den Mauern. Der Polynesier spürte diese Dinge. Wie in Ranguiroa, in den unterseeischen Grotten, wenn die Haie zu kreisen begannen, kreisen, kreisen, kreisen, in immer kleineren Kreisen, bis sie sich zuckend auf ihre Beute stürzten.

Er blickte zum Schacht hinauf. Eine Gestalt tauchte auf, dann eine andere, und noch eine.

Tauraa begriff. Sie waren ihm gefolgt, hatten die Treibjagd organisiert, ganz im Stillen, ohne sich zu zeigen. Die Jäger hatten abgewartet, bis er sich in ihren Fangnetzen verfing, hatten ihn an der langen Leine gelassen, ohne ihn aus den Augen zu verlieren. Mit einer herausfordernden Geste löste er den Zopf. Das seidige Haar fiel auf seine Schultern und unterstrich noch das Wilde in seinen Gesichtszügen.

Er machte einen Schritt nach vorn.

Die Gänge waren beiderseits von etwa zwanzig Uniformen der französischen Polizei versperrt. Die Polizei der *fraani*, diesem Volk, das er verabscheute, verachtete. Er hob seine Waffe. Sogleich wurde seine Brust von zwei Kugeln durchlöchert, zwei klare, präzise Einschüsse, wahrscheinlich aus einem Gewehr mit Zielfernrohr abgefeuert.

Tauraa hatte nicht mehr die Zeit, das festzustellen.

Er fiel schwer auf den Boden, diesen fremden, verabscheuten Boden, dessen scharfer Geruch die Atmosphäre ebenso verpestete wie sein Hass.

VIERTER TEIL

1

Am späten Abend diesen Tages breitete Marseille seinen Schleier aus Trägheit aus. Menschenleere, stille Avenuen, die Stadt schien sich selbst überlassen. Befreit von ihrem motorisierten Halseisen, von dem emsigen Treiben, offenbarte sie den wenigen Seelen, die in ihren Mäandern herumirrten, schamlos ihre Geheimnisse.

Paul war einer von ihnen. Die Nacht war seine Welt, die Straße sein Territorium. Im Herzen dieser finsteren Stunden spürte er, wie Marseille atmete, und atmete mit ihm.

Das Taxi fuhr durch die Porte d'Aix, einen niedrigen Triumphbogen, der die alte Stadtgrenze markierte. Seit damals hatte die Ortschaft an Bedeutung gewonnen, hatte sich ausgedehnt. Sie verschlang die Natur mit einer Reihe düsterer Vorstadtsiedlungen, wie Schandmale entlang der Autobahnen aneinander geklebt.

In weniger als dreißig Minuten war er beim Flughafen angelangt. Die Schalter mit der Trikolore, die in den hinteren Teil des Trabanten gezwängt waren, dösten benommen vor sich hin. Auf den dicken Teppichen der Halle, die wie eine Raumstation wirkte, schien die Zeit sich in die Länge zu ziehen.

Paul hatte keine Probleme, ein Flugticket zu bekommen. Ein Bullenausweis war oft ganz schön von Vorteil. Er lehnte sich mit dem Rücken an das Bullauge, streckte seine Beine über drei Sitze aus und schlief noch vor dem Start ein. Der Flug verging im Nu. Die Folgen der Narkose.

Als er in Orly ankam, wählte Paul die Nummer der Bereitschaftspolizei. Eine Polizeistreife sollte sich um das Problem kümmern, gegen Mitternacht werde man ihn benachrichtigen. Erleichterung, sie hatten das Päckchen an sich gebracht, es wartete im Hauptkommissariat im 18. Arrondissement auf ihn.

Der Polizist notierte sich die Nummer und rief gleich dort an. Die Beamten behandelten ihn nicht sonderlich korrekt. Marseiller mochten sie grundsätzlich nicht. Diese Abneigung kam aus dem Bauch, war stärker als der Gemeinschaftsgeist. Die erwartete Bestätigung erhielt er trotzdem. Meredith O'Brien saß bei ihnen in einem Büro und wartete.

Er sprang in ein Taxi, nannte die Adresse in der Rue de Clignancourt. Der Taxifahrer schenkte ihm ein breites Lächeln, eine fröhliche Miene voller Zähne. Paul warf einen Blick auf die Lizenz. Noël Martin. Stammte von den Antillen, war wie aus dem Ei gepellt, kurz geschorener Krauskopf, runde Intellektuellenbrille, langärmeliges himmelblaues Baumwollhemd.

»Möchten Sie einen bestimmten Weg nehmen?«, fragte der Mann von den Antillen.

Diese Wahl wollte der Marseiller lieber ihm überlassen. Er kannte sich in der Stadt sowieso nicht gut aus, in ihrem komplexen Geflecht, in ihren Lichtfallen. Mit Ausnahme der Quais sah für ihn alles gleich aus.

Das Taxi fuhr los. Paul zog sich in sich selbst zurück. Die aufgeregte Stimme der Analytikerin brummte ihm noch im Schädel. Man hatte versucht, sie zu töten. Auch sie. Das konnte kein Zufall sein. Polynesier? Dieselbe Mannschaft?

Er machte es sich im Sitz bequem. Citronelladuft durchzog das blitzsaubere Gefährt. Vor ihm, in Kordelnetzen, lagen die letzten *Geo*-Hefte in ihren smaragdgrünen Covern bereit.

Er versuchte die Einzelheiten in einen Zusammenhang zu bringen. Der Tod von Céline Larqué hatte eine Kettenreaktion ausgelöst. Tomasini, er, und jetzt die Analytikerin. Sie hatten sich alle drei für das Opfer interessiert. Hatten alle drei die Konsequenzen zu spüren bekommen.

Paul ließ den Nacken auf die Rückenlehne des Sitzes sinken. Noël fuhr seinen Schlitten sehr weich, eine viertürige Limousine mit allem Schnickschnack, riesengroß, japanische Marke. Hinter den mit hellen Tropfen übersprühten Scheiben rollte die Périphérique unter einem aschgrauen Sprühregen ihr trostloses Band aus.

Cabrera runzelte die Stirn. Er mochte Paris nicht. Eine Abartigkeit, eine monströse Kreuzung, die die Seelen verschlang und die Sinne marterte. Links die Stadt *intra muros*, eintönige, von einem Metallgürtel umschlossene Gebäude. Rechts die nahen Industrievororte, Gefängnisse, deren Namen er vergessen hatte. Vom sauren Nieselregen verschluckt, bedrängte eine Reihe gewaltiger Anzeigetafeln in regelmäßigen Abständen das Bewusstsein.

Der Fahrer schaltete den Blinker ein. Rechterhand durchstach die Porte de Clignantcourt das bleierne Grau und bildete eine Brücke der Verbitterung.

Sie fuhren auf einen großen, von schmutzigen Gebäuden gesäumten Boulevard. Paul kannte die Gegend. Von seiner letzten Spritzfahrt durch Barbès war ihm noch heute ganz flau im Magen. Eine Informantenschutzaktion, eine ziemlich jämmerliche Partitur, die er mit Atavian im Duo aufgeführt hatte. Der arme Kerl hatte nicht mehr die Zeit gehabt, zu ihrem Treffen zu kommen. Sie hatten ihn mit aufgeschlitztem Bauch in einem Parkhaus gefunden, eine Kugel im Kopf und die Hoden in den Mund gestopft. Die algerische Methode, nach Art der Geheimarmee.

Der Mann von den Antillen hielt vor dem Kommissariat.

Paul schälte sich mit verzerrtem Gesicht aus der Lederfalle heraus. Der Bunker des 18. Arrondissements war frisch renoviert worden. Der Glasturm kam ihm traurig vor, langweilig, eine Kaserne des Schmerzes. Er betrat das Außengebäude. Eine Metalltheke, Plastikbänke, die über und über mit unverständlichen Inschriften voll gekritzelt waren, Neonlampen, ein paar Plakate, auf denen der Polizeidienst verherrlicht wurde.

Kein Zeichen von Meredith.

Er ging zur Theke. Hinter ihrem Sichtschutz versteckt, schlug eine Brünette in Uniform ihre Zeit tot, indem sie Mühle spielte.

»Leutnant Cabrera. Ich habe vorhin angerufen.«

Sie blickte ihn durchtrieben an und sprach mit sanfter Stimme: »Warten Sie bitte einen Augenblick.«

Sie wies mit dem Kopf auf eine Bank.

Paul wurde von dem schier unwiderstehlichen Bedürfnis gepackt, dieser blöden Ziege eine Torte ins Gesicht zu klatschen. Diese Schlampe gingen seine Probleme einen feuchten Kehricht an. Er wollte gerade zum Angriff übergehen, als in seinem Rücken eine vertraute Stimme ertönte.

»Paul!«

Aus einem fahlen Gang tauchte die beleibte Gestalt von Leutnant Skali auf und wogte auf ihn zu.

2

Paul hatte Skali in der Ausbildung kennen gelernt.

Verschiedene Umstände hatten dazu geführt, dass sein Kollege, aus Mangel an freien Plätzen, nach Marseille verfrachtet wurde. Der Sepharde, der in einem Hinterhof des

Sentier aufgewachsen war, hatte sich in der Stadt sofort heimisch gefühlt. In manchen Ecken lag ein Duft von Orient in der Luft, der ihn an seine algerische Herkunft erinnerte.

Sie hatten zehn Monate lang gemeinsam in verfallenen Gegenden ihre Runden gedreht, hatten sich in heruntergekommenen Kommissariaten herumgetrieben und an den Realitäten des Lebens gerieben. Die Quartiers Nord, Marignane, La Mède. Eine geheime Welt an den Grenzen des Elends, völlig heruntergekommene Häuser aus der Zeit der städtischen Wohnungsbaumaßnahmen, lauter ausgeweidete Gebäude, stinkende Hausbesetzer. Und Wut. Überall. Wie eine dünne Haut aus Schwefel.

In diesem Universum der Gewalt hatten die angehenden Polizisten ihre gemeinsame Leidenschaft für Frauen entdeckt. Seit fünf Jahren gingen sie getrennte Wege.

»Na, mein Großer? Was treibst du so?«

Skali beobachtete Paul, ein Lächeln um die Mundwinkel. Er saß da mit der Körperfülle eines Seelöwen, eine abschreckende Masse. Diese Rolle kultivierte er ganz offensichtlich. Schwarze Augen, schwarze, sorgfältig an den Schädel angeklatschte Haare, das Ganze noch geschmückt mit einem ebenfalls schwarzen kleinen Spitzbart. In seine Kleidung brachte Skali nicht viel Abwechslung. Schwarz, und nichts anderes. Mit anderen Worten: ein Mephisto-Look.

Die angespannte Miene Cabreras verschwand im Nu. Dafür standen nun gemischte Gefühle auf seinem Gesicht zu lesen, teils Erleichterung, teils Verärgerung. Skali lächelte amüsiert. Er liebte Auftritte dieser Art.

»Entspann dich … Alles in Ordnung.«

»Was machst du denn hier?«, stammelte Paul.

Skali lächelte weiter.

»Nach deinem Anruf habe ich mir gedacht, es wäre besser, die Sache persönlich in die Hand zu nehmen.«

»Hast du sie rausgeholt?«

»Gepflückt wie eine Blume. Wir haben heute Nacht Bereitschaftsdienst.«

»Du Dämlack! Seit einer Stunde werde ich hier wie ein Arsch behandelt, und du warst es, der … Du hättest doch zurückrufen können.«

Skali mimte den Zerknirschten. Er zuckte mit den Brauen, lachte aber immer noch.

»Ach komm … Fang nicht wieder damit an, Cabrera. Du bist keine zwei Minuten da, und schon beklagst du dich.«

Paul spürte, wie der Funken übersprang. Sie hatten schon mehr als einen Plan zusammen ausgeheckt. Er ging auf ihn zu.

»Mensch, ich freu mich.«

»Ich auch.« Sie umarmten sich schamhaft.

Skali warf einen Blick auf den Arm in der Schlinge.

»Da haben sie dich ja ganz schön zugerichtet, wie's ausschaut.«

»Nein, das ist nichts. Das heißt … nicht allzu schlimm.«

Der Dicke zog die Brauen in die Höhe.

»Los komm, in meinem Büro haben wir's bequemer. Da ist jemand, der dich schon erwartet.«

»Keine Verletzten?«, fragte Paul besorgt.

»Ihr zumindest geht's ganz gut.«

»Was willst du damit sagen?«

Skalis Miene nahm urplötzlich einen düsteren Ausdruck an. Er sprach mit gereizter Stimme: »Ich habe einen von den beiden Typen im Restaurant abgeknallt. Den anderen haben wir etwas später in der Metro niedergeschossen. Du wirst mir diesen Schlamassel erklären müssen, Cabrera. Und in deinem eigenen Interesse möglichst klar. Eine Schießerei mitten in Paris, da werden wir Rechenschaft ablegen müssen.«

Er machte auf dem Absatz kehrt und verschwand in dem dunklen Gang, ein Sumo-Ringer, der über das abgenutzte Parkett hinwegschwebte. Paul lief hinterher.

Im Kommissariat roch es nach abgestandener Luft, Schweiß und Dreck. Eine strenge, deprimierende Kulisse. Ausgebleichte Trennwände, Lamellenfenster, Leichtbautüren. An den Wänden reihenweise Kleiderhaken, Stahlhaken, die ihre Klauen in die dicke Luft streckten. Nachts ging im Bau alles in Zeitlupe vor sich. Nur wenige Polizeibeamte, Freiwillige oder solche, die ihren vorgeschriebenen Dienst taten. In allen Fällen Stunden, die am Ende des Monats dreifach zählten.

Sie folgten einem langen engen Gang, einer hinter dem anderen, ohne ein Wort zu sprechen. Alle fünf Meter eine verschlossene Tür in der Wand. Wahrscheinlich zweimal abgeschlossen. Nachdem sie einige Zeit gegangen waren, stieß Skali eine Tür auf. Eigentlich eine Schiebetür, versteckt in einem Winkel des Labyrinths. Dahinter tauchte, von ziemlich schwachen Neonlampen erleuchtet, ein kleines Kabuff aus dem Nichts auf.

Der Raum stank nach kaltem Rauch. Über den Daumen gepeilt fünfzehn Quadratmeter, fensterlos, mit Ausnahme eines winzigen Oberlichts, das ein schwarzes Viereck in der Decke bildete. Spärlich möbliert mit zwei Metallschreibtischen, die einander gegenüberstanden, bestückt mit Karteikästen aus Eisen und einem Schrank mit Zahlenschloss. Wie viele seiner Kollegen musste auch Skali seine Höhle mit anderen teilen.

Meredith saß auf einem Plastikstuhl und wartete. Sie hatte den Kopf gesenkt, die Hände auf den Knien gefaltet und schien einen Schock zu haben.

Paul lächelte sie an und setzte sich neben sie. In ihrer Gegenwart hatte er immer ähnliche Gefühle. Eine Mischung aus Angst und leichter Aufgeregtheit. Er fragte sie ganz behutsam: »Was ist passiert? Möchten Sie mit mir darüber reden?«

Sie erzählte mit abgehackter Stimme, so aufgewühlt war sie.

»Zwei Männer … Polynesier, glaube ich … Sie suchten mich … Sie … Sie wollten mich töten, davon … davon bin ich überzeugt.«

Die Neuronen des Leutnants vibrierten im Gleichklang. Polynesier. Schon wieder. Immer das gleiche tödliche Szenarium. Wie eine schwarze Witwe spann Céline Larqué über das Grab hinaus ihr Netz. Er fragte: »Wo ist das gewesen?«

»In der Wohnung einer Freundin … Rue Saint-Paul.«

»Waren Sie allein?«

»Ja …«

»Waren sie bewaffnet?«

Skali schaltete sich ein, in einem Kreis aus bläulichem Dunst hockend.

»Colts. Schallgedämpfte Modelle. Wir …«

Paul unterbrach seinen Kollegen mit einer unmerklichen Kopfbewegung.

»Haben sie geschossen?«

»Nein«, antwortete Meredith. »Ich habe … Ich weiß nicht, wie ich es gemacht habe. Als der Lieferant geklingelt hat, bin ich aufgestanden … Danach … ist alles weiß … Bis zu meinem Anruf bei Ihnen.«

Der Bulle mit dem Pferdeschwanz runzelte plötzlich die Stirn. Ein Detail hatte seine Aufmerksamkeit geschärft.

»Sollten Sie nicht gestern schon fliegen?«

»Ich habe meinen Flug verschoben.«

Sie rieb ihre Hände aneinander. Skali, der sich in seine Ecke verdrückt hatte, beobachtete das Gespräch und massierte sich den Bauch.

»Was Sie mir über Céline erzählt haben«, fing sie wieder an. »Ich … ich wollte Bescheid wissen. Ich habe einen Spezialisten im Necker-Krankenhaus aufgesucht. Er denkt, es könnte sich um eine Veränderung des Erbguts handeln, eine Folge der Atomversuche.«

Ein Fernsehbild kam dem Polizisten plötzlich in den Sinn. Ein Staubpilz, der über dem Ozean schwebte.

»Die Atomversuche in Polynesien?«

»Ja …«

Paul konnte seine Aufregung nicht verbergen. Er hatte begonnen, zwischen dem Tod durch Ertrinken, dem Mord an Tomasini und dem Angriff im Velodrom einen Faden zu spinnen und diese Gewalttaten mit der Autopsie, dem Tumor und dem Verschwinden der Leiche in Verbindung zu bringen, aber diese Erklärung hatte ihm nie ganz eingeleuchtet. War zu weit von seiner Welt, seinen Sorgen entfernt. Die Amerikanerin brachte ihm eine mögliche Antwort.

Die Bombe.

»Sind Sie sich sicher?«

»Nein. Meine Mutter ist im Tuamotu-Archipel geboren, aber ich erinnere mich nicht, wo genau. Man müsste sicher sein, dass sie auch tatsächlich in der potenziellen Verstrahlungszone gelebt hat.«

Der Bulle verzog das Gesicht. Wie konnte man vergessen, wo die eigene Mutter geboren war? Einen Augenblick lang hatte er geglaubt, eine Erklärung zu haben. Sie löste sich in Wolken malvenfarbenen Rauchs wieder in nichts auf.

Skali wurde zusehends unruhig. Er fuhr sich mit der Hand über die Stirn und fragte in gereiztem Tonfall: »Würde es euch etwas ausmachen, mir etwas mehr Durchblick zu verschaffen?«

Paul drehte sich zu ihm um.

»Hat Madame O'Brien dir nichts gesagt?«

»Kein Wort.«

»Hast du nicht die Nachrichten gesehen?«

»Nein …«

Die Amerikanerin tat keinen Mucks. Sie hörte zu, den Blick ins Leere gerichtet, die Hände aufeinander gepresst.

Mit angespannter Stimme fing Paul an: »Tomasini wurde unten in seinem Haus der Schädel eingeschlagen. Er hat sich nicht einmal verteidigt.«

Skali fuhr sich mit der Hand über seine fetten Wangen. »Scheiße …«

»Sein Mörder muss ein Koloss gewesen sein. Er hat ihn mit Faustschlägen getötet. Und du kannst mir glauben, das Ergebnis war nicht schön anzusehen. Als hätte er sich einer Eisenstange bedient.«

»Hatte er seine Waffe nicht bei sich?«

»Diesmal nicht.«

»Weiß man, wer das gemacht hat?«

»Seine Identität ist unbekannt. Man weiß nur, dass er dem ozeanischen Typus angehört.«

Skali runzelte die Stirn und nickte bedächtig. Er wirkte auf Paul wie eine Plüschbulldogge, die auf der Hutablage einer Spießerkarre hockte.

»Das ist nicht alles, mein Alter. Samstagabend wäre ich im Stadion um ein Haar abgestochen worden. Zuerst hat der Typ auf mich geschossen, auf den Zuschauertribünen. Ein Durchgeknallter. Der hat voll in die Menge geballert. Danach hat er versucht, mich mit dem Messer kaltzumachen. Gott sie Dank waren da noch andere Leute.«

»Hast du ihn identifiziert?«

»Ich bin mir fast sicher, dass er Polynesier ist. Wie der vom Korsen. Als er sah, dass die Sache schief lief, hat der Typ Harakiri gemacht. Mitten ins Herz.«

Meredith wurde plötzlich blass. Paul stellte sich vor, dass sie gerade die Punkte verbunden und erkannt hatte, was für eine Zeichnung das ergab.

»Harakiri?«, fragte Skali verblüfft.

»Ja. Harakiri«, wiederholte Paul nachdenklich. »Ich hatte nicht die Zeit, der Sache weiter nachzugehen, man hat mich ins Bereitschaftskrankenhaus eingeliefert. Schau dir das mal an.«

Er zog seine Jacke aus. Sein rechter Arm hing leblos in Gaze. Eine rosa Wolke fleckte den Verband, auf Höhe der Wunde. In diesem Augenblick wandte ihm die Amerikanerin den Kopf zu. Ihre grauen Augen trafen die seinen, zwei Seen des Nordens an einem stürmischen Abend.

»Hat wieder geblutet. Haben Sie eine Erste-Hilfe-Tasche, Leutnant?«

Skali grummelte ein paar Flüche und griff zum Hörer.

»Pinson, bringen Sie mir die Verbandstasche. Ja, erste Hilfe, ins Büro von Martha. Und beeilen Sie sich, ich halte einen Verletzten in den Armen.«

Er legte mit verärgerter Miene auf.

»Hättest du nicht noch ein bisschen warten können? Zumindest, bis sie dich wieder ordentlich zusammengeflickt hätten. Da hätte ich nämlich ein ganz schönes Problem an der Backe, wenn du hier den Löffel abgeben würdest.«

»Keine Zeit, mein Dicker. Denn die Typen, die Tomasini auf dem Gewissen haben, dieselben Wahnsinnigen, die mich verfehlt hatten, wollten sich auch Madame O'Brien schnappen. Das ist klar. Schließlich haben nur wir drei herumgeschnüffelt...«

»Worin herumgeschnüffelt? Würdest du mir verflucht noch mal erklären...«

In diesem Augenblick wurde dreimal an die Tür geklopft. Ein schüchternes Klopfen.

Skali bellte los: »Herein!«

Polizeibeamter Pinson brachte die Erste-Hilfe-Tasche.

Meredith kramte darin herum. Binnen weniger als zehn Sekunden hatte sie gefunden, was sie gesucht hatte. Einen atmungsaktiven Verband, Baumwolle, Elastoplast, Alkohol. Sie nahm vorsichtig den Verband ab.

»Das war aber auch Zeit. Die Stiche über dem Bizeps geben bald nach.«

Sie reinigte die Wunde, entfernte die getrockneten Krusten, schnitt vier elastische Binden zu und machte ein paar behelfsmäßige Knoten. Dann legte sie einen neuen Verband an und wickelte eine Binde drum.

»Es wäre besser, Sie würden vorsichtshalber noch mal ins Krankenhaus gehen, Leutnant. Die inneren Nähte sind vielleicht nicht mehr in Ordnung.«

Paul registrierte es, ohne ein Wort zu sagen. Der Eingriff hatte den Schmerz wieder angeheizt. Er breitete sich aus, bohrte sich wie weiß glühende Nadeln in seine Nerven. Er deutete ein verkrampftes Lächeln an und fuhr übergangslos fort: »Die Halbschwester von Madame O'Brien war Polynesierin. Céline Larqué. Man hat sie ertrunken auf Porquerolles gefunden, letzten Mittwoch am Spätnachmittag. Tod durch Ertrinken, Fall abgeschlossen. Seltsamerweise hat jemand eine Autopsie beantragt.«

»Die Staatsanwaltschaft«, warf Skali ein.

»Nein. Da liegst du falsch. Fall abgeschlossen, wie ich dir gesagt habe. Nach ihrem Tod wollte ihr Vater wissen, wer aus der Ferne eine Autopsie angeordnet hat.«

»Ihr Vater? Kanntest du auch den Vater des Mädchens?«

Paul presste die Kiefer aufeinander.

»Es war Tomasini …«

»Tomasini?«

»Der Korse hatte eine Tochter in Tahiti zurückgelassen.

Eine Jugendsünde, nach seinen Worten. Er hat später wieder Kontakt zu ihr aufgenommen, man hat es ihm gedankt, indem man ihm den Schädel einschlug. Ich wollte ihm helfen, man hat versucht, mir das Fell abzuziehen. Die Letzte in der Reihe: Madame O'Brien. Zufällige Übereinstimmung: Alle Mörder sind Polynesier.«

Meredith hob den Kopf. Skali versuchte zu folgen.

»Und?«

»Ich habe bei der Autopsie ein überraschendes Detail entdeckt: Céline Larqué hatte eine Art Tumor unter der Schädeldecke.«

Der Dicke bemerkte ironisch: »Wahrscheinlich eine Folgewirkung der Atomversuche?«

»Warum nicht?«

»Jetzt hör mal, Paul... Jeder weiß, dass diese Experimente ungefährlich sind. Sie finden unterseeisch statt.«

Einmal mehr bemerkte Paul, bis zu welchem Grad sein Kumpel sich auf dem Laufenden hielt. Er verschlang die Tages- und Wochenzeitungen, hing an seinem Nachrichtenprogramm wie am Tropf.

»Jedenfalls«, fuhr Cabrera fort, »machten die Rambos von der Spezialeinheit, die ihre Leiche weggeschafft haben, nicht den Eindruck, als würden sie diesen Standpunkt teilen.«

Skali machte große Augen, versuchte sich noch an die letzten Reste von Logik zu klammern. Meredith nutzte den Moment, um das Wort zu ergreifen. Ihre Stimme hatte ihr kaltes Selbstbewusstsein wiedererlangt. Eine einzelgängerische, entschlossene Wölfin.

»Die Atomversuche sind nicht harmlos, Leutnant Skali. Ihre kurzfristige Harmlosigkeit wurde mit großem publizistischen Aufwand behauptet, aber die genetischen Folgen sind bei weitem noch nicht erfasst. Die Auswirkung der Strahlen auf die DNS ist viel komplexer. Sie kann Jahre dauern, eine Generation überspringen.«

Skali zeigte sich pikiert.

»Entschuldigen Sie, Madame. Was genau machen Sie eigentlich beruflich?«

»Ich bin Ärztin. Psychoanalytikerin.«

»Analytikerin? Die Nuklearmedizin ist also nicht Ihr Spezialgebiet, wenn ich Sie recht verstehe?«

Paul merkte, wie die Stimmung kippte. Der Dicke verlor den Faden. Es musste vermieden werden, dass er sie zum Teufel jagte.

»Lass gut sein, Serge ... Das ist nicht wichtig.«

»Nicht wichtig? Warte mal. Machst du dir klar, was für einen Humbug ihr mir da serviert?«

»Ich weiß ... Aber Scheiße, vertrau mir. Man hat versucht, mich kaltzumachen, zum Teufel ... Und sie werden sicher wieder anfangen. Du musst uns helfen, mein Dicker. Und zwar schnell ...«

Skali stand auf und ging im Büro herum. Er ging zum Schrank, machte sich an dem ins Metall eingelassenen Schloss zu schaffen und öffnete den Kasten. Dann holte er zwei riesige Havannas raus, Cohibas, Modell Churchill.

»Hier, mein Großer. Mit so einer im Schnabel kann man besser nachdenken.«

Paul zündete den dicken Prügel an. Er hatte seit vierundzwanzig Stunden nicht mehr geraucht. Der erste Zug war köstlich. Ein kräftiger, würziger Duft, ein herber Geschmack. Skali setzte sich wieder in seinen Sessel. Er drehte die Zigarre zwischen den Fingern.

»Fassen wir zusammen. Die Schwester von Madame ertrinkt, Tomasini beauftragt dich, ein bisschen im Umfeld der Leiche herumzuschnüffeln, und du findest heraus, dass mysteriöse Geheimpolizisten sie aufschnippeln, um zu wissen, was sie unter ihrem Schädel verbirgt. Bingo, man findet etwas. Tomasini wird kaltgemacht, dich verfehlt man ums Haar, und deine Freundin entkommt zwei stämmigen Kerlen. Beides offenbar Polynesier. Und diese hübsche Geschichte nur, weil ein paar Gene aufgrund radioaktiver Strahlen verrückt spielen. Aber da seid ihr euch noch nicht ganz sicher. Habe ich was vergessen?«

»Das stimmt so in etwa.«

»Und konkret, hast du da eine Fährte, irgendetwas?«

»Nichts, nada. Das heißt… Einer der Leute, die die Autopsie in Auftrag gegeben haben, könnte Chastel heißen. Wahrscheinlich ein Arzt. Ich habe seine Personenbeschreibung.«

»Das ist doch mal ein Anfang«, bemerkte Skali ironisch und strich sich über den Bauch.

»Na ja… Zurzeit führt mich das nirgendwohin.«

Der Bulle von Barbès griff zum Zigarrenabschneider. Mit einer kurzen Bewegung köpfte er die Havanna.

»Was erwartest du von mir?«

»Als Erstes brauche ich eine Knarre.«

»Kein Problem.«

Er öffnete eine Schublade des Schreibtischs. Eine CZ 85 Automatik glänzte in seiner Faust. Eine neun Millimeter, Paul hatte Besseres erwartet.

»Hast du keine größere?«

»Tut mir Leid. Die Waffenausgabe ist geschlossen. Da musst du bis morgen warten, mein Großer. Was noch?«

»Deine Bude. Zurzeit können wir nicht das Risiko eingehen, nach Marseille zurückzukehren. Wir brauchen einen ruhigen Ort zum Nachdenken.«

Skali verzog das Gesicht. Seine Wohnung in Saint-Germain. Da hätte er ihn gleich bitten können, sich einen Finger abzuschneiden.

»Paul, du arschst mich an.«

»Achtundvierzig Stunden. Nicht eine mehr.«

Der Dicke brummelte zwei oder drei Sekunden vor sich hin, dann warf er die Schlüssel über den Schreibtisch.

»Rue Jacob 26. Code A3467. Dritter Stock links. Sei so gut und stell nicht alles auf den Kopf.«

Meredith holte einen Stift aus ihrer Tasche.

»Warten Sie, ich schreibe das auf.«

Paul warf der Analytikerin versuchsweise ein kleines Lächeln zu. Sie blieb ungerührt. Mit schmerzverzerrter Miene zog er seine Jacke an. Bis auf weiteres waren sie in Sicherheit. Morgen würde die Jagd weitergehen.

Eines galt es noch herauszufinden.

Wer hatte es auf sie abgesehen?

3

Ein schriller Ton zerriss die Stille.

Paul fuhr aus dem Schlaf hoch. Das Zimmer lag im Dunkeln, ein rotes Glühwürmchen leuchtete keine Handbreit von ihm auf wie ein Blinklicht. Nachdem es dreimal geklingelt hatte, schaltete sich der Anrufbeantworter ein.

»Tut mir Leid, meine Häschen, ich bin nicht da. Wenn ihr wollt, dass ich euch zurückrufe, lasst mir eine Nummer da, am besten die Handynummer. Ich schau dann mal, was ich tun kann.«

Der Leutnant konnte sich ein Lächeln nicht verkneifen. Der Dicke war immer noch der Alte. Obwohl er so appetitlich war wie eine Seekuh, reihte er mit der Regelmäßigkeit eines Metronoms eine Eroberung an die andere. Beeindruckend.

Er knipste die Kupferlampe an und sah auf seine Uhr. Ein Uhr dreißig. Wer konnte so spät noch anrufen? Ein etwas längerer Piepston. Skalis Stimme schallte durchs Zimmer: »Paul, ich bin's. Bist du da? Paul …«

Cabrera hob ab.

»Was ist los?«

»Alles in Ordnung. Ich hab mich mal umgehört nach jemandem, der dir unter die Arme greifen könnte. Erinnerst du dich noch an die Rue de Puteaux, oder hast du alles schon komplett vergessen?«

»Puteaux?«

»Ja, mein Alter. Morgen Abend, hast du was zum Aufschreiben?«

»Warte … eine Sekunde.«

Paul suchte nach einem Stift. Der Tisch, auf dem das Telefon thronte, sah aus wie ein gefrorener See. Glatt, glänzend, leer. Unter der Glasplatte lagen kreuz und quer Ausschnitte aus Zeitschriften. Frauengesichter.

Er bemerkte eine kleine Schachtel an der Wand. Darin Papier, Stift, Notizbuch aus Leder. Skali verstaute seine wichtigen Sachen an einem sicheren Ort.

»Ich höre.«

»Der Typ heißt Saurat. Marc Saurat. Er bezieht sein Gehalt vom Verteidigungsministerium. Bei euren Problemen könnte euch das nützlich sein.«

»Ein Uniformträger?«

»Nein, ein ehemaliger Schüler der Nationalen Verwaltungshochschule. Das ist viel besser.«

»Perfekt. Wo?«

»Avenue du Roule in Neuilly 452. Einundzwanzig Uhr. Eine Wohnung auf den Namen Belmekanter. Geh hintenrum rein, es gibt einen Dienstboteneingang. Eingangscode 2865. Oberster Stock.«

»Ist das seine Bude?«

Skali lachte los.

»Gewissermaßen. Er will dich im Tempel sehen.«

»Im Tempel. Was soll das denn?«

»Neutrales Terrain, mein Alter. Der Bruder möchte nicht zusammen mit dir gesehen werden. Angesichts seiner Position ist das nicht verwunderlich. Kennst du das aktuelle Codewort?«

»Ja, was das angeht, kein Problem.«

»Dann geht das klar. Schau ins Schlafzimmer, da steht eine Kommode aus lackiertem Holz. Darin findest du meinen Schurz und die Handschuhe. Nimm sie.«

Paul dachte an seine Symbole, weltliche Zeichen, vergessen in einem bronzenen Verlies. Seit wie langer Zeit hatte er sie nicht mehr angelegt?

»Was ist das für ein Typ? Wie sieht er aus?«

»Mach dir keinen Kopf. Er weiß, wie du aussiehst, und Besucher sind bei ihnen selten. Er wird auf dich zukommen. So, und jetzt muss ich auflegen. Ich bin nicht allein. Falls du irgendwas brauchst, ruf an.«

»Okay, Serge. Danke. Bis dann.«

Der Dicke machte gute Arbeit. Genau, effizient. Ansonsten bestand zwischen ihnen beiden immer noch eine gewisse Rivalität. Er hatte es sich nicht nehmen lassen, ihm seine letzte Auszeichnung unter die Nase zu reiben, als sei es gar nichts.

Paul streckte sich. Skali hatte ihn im ersten Tiefschlaf geweckt, es würde eine Weile dauern, bis er wieder einschlafen konnte. Er tastete seinen Arm ab. Der Verband schien zu halten. Er ging zur Bar.

Die Höhle des Dicken sah wirklich aus wie eine Junggesellenwohnung. Klein, komfortabel, randvoll mit High-Tech-Kram. Stereoanlage, Home Cinema, iMac Fluo und das ganze Zeug. Ein ultramodernes Nest, zu dem Zweck konzipiert, Beute zu machen. Im einzigen Schlafzimmer ein einziges Bett, zwei auf zwei Meter. Heute Nacht schlief die Analytikerin dort. Während er sich die Glieder verrenkte, um den Sessel zu zähmen.

Die Tür öffnete sich einen Spalt. Meredith stand im Türrahmen. Ein Laken über die Schulter geworfen, sah ihr Körper aus, als stecke er in einer milchigweißen Rüstung.

»Ihr Freund?«

»Ja. Es gibt was Neues. Na ja, ich hoffe es. Morgen Abend weiß ich vielleicht mehr.«

»Vielleicht?«

Meredith seufzte. Sie ging zum Kühlschrank. Die Küche war nicht breiter als ein Gang. Paul machte ihr Platz. Der Schenkel der Amerikanerin streifte sein Bein. Zitronendüfte stiegen ihm in die Nase.

»Entschuldigung«, sagte sie kühl.

Während sie das Laken weiterhin mit einer Hand festhielt, schenkte sie sich ein Glas ein. Paul betrachtete sie unauffällig. In ihren zerzausten Haaren leuchteten blonde Strähnchen. Das Laken, das sich in der Rückenkuhle kräuselte, ließ zwei feste Pobacken erahnen.

Zwischen zwei Schluck Wasser fragte sie: »Kennen Sie ihn schon lange?«

»Eigentlich nicht wirklich. Sechs Jahre. Wir haben uns in der Ausbildung kennen gelernt.«

Sie zog die Augenbrauen hoch. »Ihr seid euch nicht ähnlich.«

Der Polizist dachte an ihre gemeinsame Leidenschaft, ihre Komplizenschaft als Räuber. Augenblickswahrheiten. Eine weitere Erklärung hatte er nicht gesucht.

»Wir sind beide Südländer, das muss es wohl sein, denke ich.«

Sie trank ihr Glas aus, bevor sie hervorstieß: »Glauben Sie?«

»Irgendeinen Grund muss es ja geben.«

»Ich glaube nicht, dass es das ist.«

Paul fühlte sich plötzlich sehr verletzlich.

»Was sonst?«

Sie antwortete nicht, setzte bloß ein amüsiertes Lächeln auf. Im bläulichen Licht der Bar schien sie wie auf einer Wolframwolke zu schweben.

»Wie geht es Ihrem Arm?«

»Scheint in Ordnung zu sein.«

»Versuchen Sie, sich nicht zu sehr drauf aufzustützen. Das Elastoplast könnte reißen.«

Cabrera setzte eine folgsame Miene auf. »Jawohl, Frau Doktor.«

Sie achtete nicht auf sein Theater und ging in die Höhle der Seekuh zurück.

»Gute Nacht, Leutnant.«

Er sah ihr verblüfft nach. Als sie vor der Tür angekommen war, rief er ihr nach: »Sagen Sie … Wie kommt es, dass Sie nicht wissen, wo Ihre Mutter geboren ist?«

Sie erstarrte für ein paar Sekunden. Dann, ohne sich umzudrehen, sagte sie mit tonloser Stimme: »Meine Mutter war Prostituierte, Leutnant. Nach meiner Geburt hat mein Vater mich mit sich genommen. Und dann haben wir in den Vereinigten Staaten gelebt. Ich habe sie nie kennen lernen wollen. Sie hat für mich nie existiert.«

Paul blieb stumm. Eine seltsame Frau, diese Analytikerin. Schön, anziehend. Auch kalt. Eine verstörende Kälte. Als trage sie eine Muschelschale direkt auf der Haut.

Sie schloss sanft die Tür. Der Gedanke, zu ihr zu gehen, schoss ihm durch den Kopf. Die heftige Sehnsucht, diese Schale aus Verachtung aufzubrechen. Sie an sich zu reißen.

Er setzte sich wieder in seinen Sessel und löschte das Licht. Schlafen. Der morgige Tag würde aus einer langen Reihe von Problemen bestehen, für die sie eine Lösung finden mussten. Und zwar sehr schnell.

Wieder stürmten Bilder auf ihn ein. Tomasinis Leiche, der auf einem kalten Boden liegende gespaltene Schädel. Eine aufgedunsene Leiche, aufgeschnitten, die Eingeweide in einer leuchtend roten Serpentine um den Torso geschlungen. Ein pochendes Gehirn, ein undeutlicher Komet, der aus einem Staubpilz emporschießt.

Dann nichts mehr.

Ein tiefe Grube, die Endlosigkeit eines traumlosen Schlafes, ein Vorgeschmack auf den Tod.

4

Die Avenue du Roule leerte sich. Verlassene Gehsteige, geschlossene Läden, die Straße erstarrte unter heftigen Windböen. Paul wischte sich das Wasser aus dem Gesicht. Seit zwanzig Minuten schüttete es wie aus Kübeln, dazwischen Hagelkörner groß wie Taubeneier.

Vor der 452 spähte Cabrera in die Nacht, auf der Suche nach einer feindlichen Person. Niemand. Einige aufgeschreckte Limousinen, die im weichen Nebel davonglitten, schlugen in das Nichts hinein Breschen aus grellem Licht.

Er tippte den Code ein und drückte das Tor auf. Eine aus vergoldeten Pfeilen bestehende schmiedeeiserne Arbeit. Das Gebäude erdrückte ihn mit seiner schweren und imposanten Hausmannschen Architektur. Er rannte zum Eingang. Keine Namensschilder, keine Gegensprechanlage. Nur zwei monumentale Glastüren, ein geglückter Anachronismus aus den fünfziger Jahren. Dahinter öffnete sich eine luxuriöse Eingangshalle.

Paul durchquerte sie mit schnellem Schritt, hinterließ den Nagelabdruck seiner Rangers auf dem bläulich glänzenden Marmor. Das Ganze hatte für ihn etwas Übertriebenes, etwas von neureichem Dünkel. Auch von unterdrückter Furcht. Der Ort hielt die Straße auf Distanz. Ein paar Blöcke aus poliertem Stein, um den Dschungel zu vergessen. Um sich dagegen zu verteidigen.

Er ging durch eine große Glasfront und gelangte in einen Hof. Ein großes, mit Kastanienbäumen bepflanztes Rechteck aus Steinplatten. Das Gebäude umschloss den Innenhof. Auf der anderen Seite noch eine Tür, etwas bescheidener, eine Gegensprechanlage. Er suchte nach dem Namen, den Skali ihm genannt hatte.

Belmekanter. Ein Deckname, bedeutungslos.

Er klingelte ohne zu zaudern. Fast augenblicklich ertönte eine affektierte Stimme im Lautsprecher.

Paul stellte sich vor und nannte das Kennwort. Die Stimme erteilte die üblichen Auskünfte: »Oberster Stock. Mit dem Aufzug. Klingeln Sie, man wird Sie nach oben bringen.«

Der Polizist hielt sich an die Anweisungen. Der Aufzug fuhr nach oben, während er im grünlichen Licht eines rechteckigen Spiegels sein Konterfei betrachtete. Die Haare troffen, das Wasser lief ihm in den Nacken, seine Jeans war patschnass. Das einzig Positive war, dass es seinem Arm besser ging. Die Wunde blutete nicht mehr, hin und wieder war nur noch ein diffuser Schmerz zu spüren.

Er tat sein Bestes, sich wieder präsentabler zu machen, sein Äußeres etwas aufzupolieren. Er kreuzte hier als Besucher in einer ihm unbekannten Loge auf, einem Kreis stinkreicher Leute, im hintersten Winkel von Neuilly versteckt, und als Passierschein hatte er nur die Empfehlungen des Dicken. Da brauchte er sich nichts vorzumachen, man empfing ihn nur notgedrungen.

Die Aufzugtüren gingen zur Seite auf. Paul zog eine Plastiktasche aus seiner Jacke. Schurz, Handschuhe, Schärpe waren darin eingewickelt. Die Insignien seines Bruders im Rang eines Meisters.

Vor ihm öffnete sich ein langer, mit blauem Stoff bespannter Gang. Er ging entschlossen weiter. Dreieckige Applikationen warfen alle zehn Meter ein gedämpftes Licht. Keine Tür. Der Gang machte einen Bogen, er begriff, dass er um das Gebäude herumlief und wieder zum Hauptgebäude zurückkehrte.

Der Bulle blieb vor einem schweren Holzpaneel stehen, das von Wachs glänzte. Es öffnete sich wie von Zauberhand. Ein älterer Herr musterte ihn lächelnd. Schwarze Hose, weißes Hemd, Krawatte, um die Taille hatte er einen mit Zeichen bedeckten Schurz gebunden.

»Tritt ein, mein Bruder.«

Sie küssten sich dreimal.

»Guten Abend. Paul Cabrera. Ich bin ein Freund von Serge Skali.«

»Ich weiß. Wir sind über deinen Besuch unterrichtet worden. Sei willkommen.«

Sie gingen in einen riesigen Raum mit hoher Decke und büchergeschmückten Wänden. Kleine Grüppchen sprachen leise miteinander, im Ganzen nicht mehr als dreißig Personen. Alle trugen sie die Insignien ihres Standes, ihrer Funktion und ihres Grades.

»Unser Feuchtraum. Ich lasse dich die Runde machen«, sagte der alte Mann immer noch freundlich.

Er entfernte sich hinkend.

Paul holte einmal tief Luft und fing dann an, sich vorzustellen. Er ging zu jeder einzelnen Gruppe, wiederholte jedes Mal seinen Namen, umarmte die Brüder, klopfte ihnen auf die Schulter. Ein Erkennungszeichen, ein Zeichen der Zugehörigkeit.

Die Gesellschaft, die er dort kennen lernte, unterschied sich in jeder Hinsicht von der seinen. In seiner Loge im Viertel l'Estaque roch es nach Einfachheit, nach weinseligen Festmahlen, nach gesundem Menschenverstand. In diesem holzgetäfelten Salon stank es nach Intrige. Distinguierte Herren, stechende Blicke, extrem geschliffene Manieren. Wie konnte Skali solche Verbindungen haben?

Drei Schläge auf den Boden brachen das Eis. Unter den Holztäfelungen ließ sich eine warmherzige Stimme vernehmen.

»Meine Brüder, ich lasse euch jetzt in den Tempel ein. Ich bitte um eine Schweigeminute.«

Das Getuschel erstarb. Paul zog hastig seine Jacke aus, ein Bruder half ihm, den Schurz zuzuhaken und die Handschuhe anzuziehen. Wie ein verschrumpelter Zerberus stand ein alter Mann vor einem Marmorbogen, hinter dem sich ein schwarzes Loch auftat.

»Tretet ein, meine Brüder.«

Einer nach dem anderen, stolz ihre Abzeichen zur Schau tragend und mit weißen Handschuhen bestückt, betraten die Freimaurer der Loge des Petits-Champs ihren Tempel.

Das Ritual dauerte zwei Stunden. Paul nahm ziemlich lustlos daran teil. Er beteiligte sich nur einmal an den Debatten, um die üblichen Höflichkeitsfloskeln und Grußworte abzuspulen, zu denen sein Besucherstatus ihn nötigte.

Der Sinn und Zweck seiner Anwesenheit ging ihm nicht aus dem Sinn. Wer von den Anwesenden war Marc Saurat? Er hatte gedacht, das werde er gleich zu Beginn des Rituals erfahren, beim namentlichen Aufruf. Pech gehabt, diese Loge hier machte aus allem ein ganz besonderes Geheimnis. Es gab keinen Aufruf. Er übte sich in Geduld, gewiegt von den rhetorischen Ergüssen der Redner. Brillant die meisten, eine Mischung aus philosophischer Abstraktion und etwas bodenständigeren Überlegungen.

Als sie den Tempel verließen, war Paul immer noch keinen Schritt weiter. In der Bibliothek legten die Brüder ihre Symbole ab und zogen ihre Jacketts wieder an. Es bildeten sich wieder kleine Grüppchen. Manche verabschiedeten sich bereits, andere diskutierten leise miteinander.

Wo war Marc Saurat?

Paul glaubte bereits, der ehemalige Schüler der Nationalen Verwaltungshochschule habe sich aus dem Staub gemacht. Was auch immer sein Status war, dieser Typ war letztlich ein Spitzel. Und die Vertrauenswürdigkeit von Spitzeln war ihm bekannt.

Er sprach den Meister vom Stuhl an.

»Entschuldige, kann ich dich kurz sprechen?«

Der Meister vom Stuhl der Loge des Petits-Champs zählte kaum vierzig Lenze. Hochwertiger Anzug, Schnallenschuhe, Hornbrille. Er drehte sich zu Paul um und lächelte ihn an. Ein Verkäuferlächeln, vollkommen losgelöst von dem starren kalten Blick seiner Augen.

»Aber sicher, mein Bruder.«

»Ich bin ein Freund von Serge.«

»Ich weiß. Er hat mich gestern angerufen, um mich über deinen Besuch zu unterrichten. Du bist aus Marseille, glaube ich.«

»Genau.«

Der Meister vom Stuhl sah auf den Arm in der Schlinge.

»Was ist dir passiert?«

»Ein Unfall. Berufsrisiko.«

»Schlimm?«

»Nein. Darüber brauche ich mir keine Sorgen zu machen.«

»Umso besser ... Hat es dir gefallen?«

Paul bejahte mit einer Kinnbewegung.

Der Verkäufer fuhr fort: »Unser Ritual ist ein bisschen speziell. Wir sind hier sehr wenige, wir kennen uns alle sehr gut und seit langer Zeit.«

Der Bulle sagte nichts dazu. Er bewegte sich wie auf Eiern. Der Meister vom Stuhl schien nicht über den wahren Zweck seines Besuches unterrichtet zu sein. Und es war schwierig, unmittelbar zur Sache zu kommen. Saurat beobachtete ihn vielleicht schon von Anfang an, wartete auf einen günstigen Augenblick, fürchtete seine eigenen Brüder. Paul fragte: »Macht ihr keinen Aufruf?«

»Niemals vor einem Besucher. Einigen von uns ist äußerst daran gelegen, dass ihre Mitgliedschaft ein Geheimnis bleibt. Ihre Ämter ...«

Paul sagte nichts dazu. Ringsum leerte sich der Saal. Die letzten noch verbliebenen Brüder waren gerade bei der zeremoniellen Umarmung angelangt. Bald würden sie alleine sein. Der Meister vom Stuhl löschte die Lampen, schloss den Tempel ab und ging zur Tür.

»Gehen wir?«

»Kein Festmahl?«

»Nicht heute Abend.«

Paul fühlte, wie der Frust ihn überkam. Das ganze Theater nur um an diesem Punkt anzulangen. Er schlüpfte in seine Jacke und stopfte Skalis Dekorum hinein. Knüllte es zur Kugel, als wolle er sich für die vergeudeten Stunden, die entschwundenen Hoffnungen an ihnen rächen. Dann setzte er alles auf eine Karte: »War Bruder Saurat heute Abend da? Serge hatte mich gebeten, ihn zu grüßen.«

Der Meister vom Stuhl sah ihn von unten an.

»Saurat? Du meinst wahrscheinlich Marc, oder?«

»Ja. Genau. Marc Saurat.«

»Keine Sorge. Er hat dich gesehen und kennt das Motiv deines Erscheinens.«

Der Meister vom Stuhl drückte den Aufzugsknopf. Dann drehte er sich zu Paul um, der Schalk stand ihm ins Gesicht geschrieben. »Marc Saurat… bin ich.«

5

Paul fühlte sich verarscht. Saurat hatte ihn den ganzen Abend beobachtet, während er ruhig auf seinem Sitz hockte, in einer Hand den Hammer, die Lippen zu einem zufriedenen Lächeln verzogen. Eine empfindungslose Miene, ein Ohrfeigengesicht. Auf die Art zeigte er ihm, wer das Spiel steuerte.

Mit anderen Worten: wer hier der Chef war.

Bis jetzt hatte Cabrera die Prügel stillschweigend eingesteckt.

Der Aufzug hielt in einem der Untergeschosse. Auf dem kaum beleuchteten Parkplatz standen zwei Porsche, ein Jaguar, drei oder vier Mercedes und ein Haufen Golf, alle mit Alarmanlagen. Dafür gab es keine einzige Box, was in Marseille undenkbar wäre.

Saurat steuerte einen nachtblauen Safrane an, zugelassen im Departement Hauts-de-Seine. Sie setzten sich hinein.

Paul fragte mit einer Spur Ironie: »Hast du keinen Chauffeur?«

»Abends nie. Und vor allem nicht, um hierher zu fahren.«

Die Limousine fuhr los. Die Reifen quietschten auf dem Belag aus weichem Kunststoff. In wenigen Sekunden waren sie auf der Straße.

Der Bulle mit dem Pferdeschwanz kochte innerlich, ein Kessel heißen Dampfes verbrannte ihm bei jedem Atemzug den Brustkorb. Er hatte gute Lust, auf seine Art dafür zu sorgen, dass dieser ehemalige Schüler der Nationalen Verwaltungshochschule endlich mit der Sprache rausrückte, mit der Tomasini-Methode, mit fetten Tritten gegen das Schienbein. Er nahm sich zusammen. Saurat war ein Bruder. Saurat war ein Freund des Dicken. Oder ein Verwandter, und im Übrigen war das ziemlich egal. Unberührbar jedenfalls. Er ballte stumm die Fäuste.

Das hohe Tier bemerkte die Spannung. Der ganze Fahrgastraum war voll davon. Da er die Lage vollkommen beherrschte, schickte er einen Bauern vor.

»Serge ist ein sehr guter Freund von mir. Viel mehr als ein Bruder. Ich habe vollkommenes Vertrauen zu ihm.«

Der Leutnant bejahte mit einem Kopfnicken. Er beruhigte sich wieder und versuchte, die Person einzukreisen.

»Wie hast du ihn kennen gelernt?«

Saurat wich aus. »Lass es gut sein. Wir kennen uns, das ist alles.«

Paul fragte sich wieder, was der Dicke mit diesen stinkreichen Leuten für faule Geschäfte machte. Das war nicht sein Milieu, nicht sein Stil. Ein absolutes Rätsel. Er dachte an die Spielhöllen in Barbès, an die Nutten, die in Garagen wie am Fließband schufteten. Skali konnte Saurat unmöglich während der Arbeit über den Weg gelaufen sein.

Er versuchte nicht länger, der Sache auf den Grund zu gehen. Der Typ war auf alle Fälle zu vorsichtig, zu ruhig. Er würde nichts über ihn erfahren, und im Grunde war das auch gar nicht sonderlich wichtig.

»Die Freunde meiner Freunde sind meine Freunde, da dürften wir uns doch verstehen«, stieß er plötzlich hervor.

Der ehemalige Schüler der Nationalen Verwaltungshochschule warf ihm ein mitleidiges Lächeln zu. Der Safrane fuhr auf die Périphérique.

»Jetzt, da wir Ruhe haben, lass uns zu dem Thema kommen, das dich hergeführt hat. Aber zunächst einmal eine Sache. Ich habe mich bereit erklärt, mit dir zu reden, weil Serge mich darum gebeten hat. Nur aus diesem Grund. Ich weiß nicht, was du willst, Serge wollte mir nichts davon verraten. Wenn ich dir helfen kann, werde ich das tun, aber ich werde vielleicht nicht all deine Fragen beantworten, und du solltest dann auch nicht weiterbohren. Einverstanden?«

»Einverstanden.«

»Dann mal los.«

Cabrera erzählte seine Geschichte.

»Ich bin da an einem, sagen wir … besonderen Fall. Eine Familienangelegenheit, in gewissem Sinne. Die Tochter eines Freundes ist letzte Woche in Porquerolles ertrunken. Das jedenfalls hat die Ermittlung ergeben. Der Fall ist abgeschlossen, der Sarg wird bestellt. So weit ist alles in Ordnung.«

Saurat hörte aufmerksam zu, achtete nebenbei auf den Verkehr.

Paul fuhr fort: »Aus persönlichen Gründen bittet mich dieser Freund, ein bisschen im Umfeld der Leiche rumzuschnüffeln. Außerdienstlich, versteht sich. Zwei Tage später erfahre ich, dass die Leiche in Marseille einer Autopsie unterzogen wird. Auf Antrag von wem? Warum? Keine Ahnung. Ich weiß nur, dass sie nicht auf Anfrage der Staatsanwaltschaft überführt wurde. Ich forsche weiter und finde heraus, dass die Autopsie nicht unter vorschriftsmäßigen Umständen stattgefunden hat. Sie fand in einem Vorlesungssaal der Uniklinik statt, in aller Verschwiegenheit.«

»Ergebnisse?«

»Tod durch Ertrinken. Aber das ist nicht alles. Der Gerichtsmediziner hat auch die Gehirnmasse untersucht. Die junge Frau hatte einen Tumor hinter der Stirn stecken.«

Saurat wechselte die Spur und überholte einen Sattelschlepper. Er fragte: »Siehst du einen Zusammenhang mit dem Autopsieantrag?«

Der Polizist dachte an Merediths Worte. Uraniumschlacken, die in Gumpen und Wasserbecken gespült werden, in denen die Mädchen und jungen Frauen baden. Er blieb vorsichtig, es war nicht nötig, die Amerikanerin da mit reinzuziehen.

»Der ist mehr als wahrscheinlich. Vor allem, wenn man weiß, wie es weitergeht. Gleich im Anschluss: Die Leiche wird von einer Spezialeinheit weggeschafft, der Vater des Opfers, mein Freund, wird ermordet, und noch am gleichen Abend entkomme ich gerade noch rechtzeitig einem Verrückten. Einem Typen, der keine Skrupel hatte, in eine Menschenmenge zu ballern.«

Saurat ließ einen Augenblick von seinem Weg ab, um sich zu Paul umzudrehen. Sein Gesicht drückte nichts als stetige Aufmerksamkeit aus.

»Daher dein Arm …«

»Eine Ahle. Von hinten. Als er sah, dass mit seinem Coup was schief lief, hat der Typ offenbar seine Knarre niedergelegt und ist mir ins Stadion gefolgt. Zu meinem Glück haben ein paar Kollegen ihn eingekeilt.«

»Ein Profi, nehme ich an.«

»Eher ein Fanatiker. Als die Polizei ihn überprüfen wollte, hat er sich in seine Klinge geworfen.«

»Ist er registriert?«

»Nein. Man weiß nur, dass er Polynesier ist.«

Die Miene von Saurat wurde etwas ernster. Zum ersten

Mal seit ihrer Begegnung spürte Paul bei ihm so etwas wie Betretenheit. Er wandte den Blick ab. Von der Nacht verschluckt, war zu ihrer Rechten gerade die Porte d'Auteuil vorbeigezogen.

Saurat fragte: »Was willst du wissen?«

»Erzähl mir von den Versuchen.«

Der Logenmeister lächelte hochmütig. »Hast du schon mal was von der CEP gehört?«

Der Bulle nickte. Das Versuchszentrum im Pazifik. Die Zeitungen hatten vor ein paar Jahren ein ziemlich gutes Geschäft damit gemacht, als Frankreich allen Widerständen zum Trotz wieder mit seinen Versuchsreihen weitergemacht hatte. Aufstände, Besetzung des Flughafens, die Insel Tahiti hatte zwei Tage lang den reinsten Irrsinn erlebt. Eine Orgie primitiver Gewalt, angefacht von den Unabhängigkeitsbewegungen. Zumindest hatte er das so gelesen.

Saurat lieferte ihm nun in einem unbeteiligten, akademischen Tonfall die Texterläuterung.

»Das CEP existiert seit 1962, zum großen Missfallen seiner Gegner, aus welchem Lager auch immer. Internationaler Druck, Umweltschutzbewegungen, Greenpeace und der ganze Kram. Frankreich hat von Anfang an getan, was es wollte. Eine menschenverachtende Haltung, wie einige sagen, ganz in der Tradition de Gaulles.« Nach einer kurzen Pause fuhr Saurat jedoch in gleichförmigem Ton fort: »Ab 1966 gab es viele Versuchsreihen. Die ersten Bomben waren experimentelle Raketen zur Plutoniumkernschmelze und A-Bomben bis zweihundert Kilotonnen, falls mein Gedächtnis mich nicht trügt. 1968 schaltete man einen Gang höher. Zwei Thermonuklearraketen von einer und zwei Megatonnen. Um die Bewaffnung der französischen Atom-U-Boote weiterzuentwickeln.«

»Die Zündung von Bomben in der Atmosphäre, nicht wahr?«

»Zunächst an der Oberfläche, dann in der Höhe. Die Militärs haben erst später mit den unterirdischen Zündungen angefangen, so gegen 1974. Atomversuche in großer Tiefe, mit Bohrungen in den Lagunen. Unter diesen Versuchsanordnungen hat Frankreich die Neutronenbombe getestet.«

Paul hörte schon gar nicht mehr recht zu. Tomasinis Bekenntnis überlagerte die hohlen Worte Saurats. Céline war 1972 gezeugt worden. Lange vor den Bohrungen. Hatte ihre Mutter in der Nähe der Gefahrenzone gelebt? Wie lange war sie wohl den Strahlungen ausgesetzt gewesen? Auf welcher Höhe?

»Hörst du mir überhaupt zu?«

Der Polizist reagierte im letzten Moment: »Sicher ... Ich frage mich bloß, ob die Atomversuche nicht vielleicht Folgen für die Bevölkerung gehabt haben könnten.«

»Das hat keiner nachweisen können ... zumindest nicht bis heute. Internationale wissenschaftliche Expeditionen sind zu den Orten gefahren und haben Proben entnommen. Alle negativ. Der Präsident des Hoheitsgebiets hat sogar vor der internationalen Presse in der Lagune von Moruroa gebadet. Nichts. Sie haben nicht die kleinste Spur radioaktiver Strahlung gefunden.«

Die Limousine fuhr unbeirrt weiter, mit dem Kilometerzähler konstant auf neunzig. Unter den Tentakeln der Zubringerstraßen der Porte de Versailles ragte das Stahlgerippe des Parc des Expositions empor. Sie fuhren gen Süden, eingetaucht in den anonymen Fluss der Nachtschwärmer auf Spritztour.

Der hohe Beamte fuhr fort: »In Wirklichkeit sind die Dinge nicht so klar.«

Paul hob die Augenbrauen. Saurat warf ihm einen Knochen hin.

»Die entnommenen Proben stammten nur von den Atollen Moruroa und Fangatufa, dort hatten die unterseeischen Atomversuche stattgefunden. Dass es an diesen Orten keine Verstrahlungen gab, lässt sich leicht durch die Tiefe der Bohrungen und die geringfügige Größe der Ladung erklären.«

»Und was noch?«

»Die Militärs haben Schächte von tausend Metern Tiefe gegraben, mit Hilfe von Plattformen auf offenem Meer, ein bisschen wie die Ölplattformen, wenn du so willst. Sie haben zahlreiche Ladungen zum Explodieren gebracht, eingeschlossen in Behälter mit Messgeräten, mit dicken Betonwänden versiegelt. In der Praxis hat man sie als Atomlabors bezeichnet.«

»Also keine Gefahr?«

»Nein, überhaupt keine, zumal die betroffenen Atolle evakuiert worden sind und es dort nur noch die Armee gab. Diese Orte stellten also keinerlei Problem dar.«

Der Bulle blieb weiter am Ball.

»Diese Orte? Gab es denn noch andere?«

»Nein. Darum geht es nicht. Letztlich ist es ein bisschen vielschichtig, und wir haben keinerlei Gewissheit. Um das Ganze auf einen Nenner zu bringen: Die Risikozone ist bedingt durch die Art des Vorgehens, die bei den einzelnen Versuchen angewandt wurde. Bei den Atomversuchen in der Atmosphäre gibt es keine wirkliche geographische Begrenzung. Alles hängt vom Wind ab. Das Atoll, das den Strahlungen am stärksten ausgesetzt war, ist das Tureia-Atoll, ein von etwa fünfzig Einwohnern bevölkertes Stück Konfetti, ungefähr hundert Kilometer von Moruroa entfernt gelegen.«

Tureia. Dieser Name sagte Paul gar nichts.

Sie kamen an der Porte d'Orléans an. Im Licht der Scheinwerfer glitzerte ein Schild, das auf die Autobahn A6a nach Orly hinwies. Darunter, als schäme sie sich für die Nähe, die A7 nach Marseille. Die Zeichen verschwanden, von der Kurve geschluckt. Sie fuhren Richtung Osten.

Cabrera ging zum Angriff über: »Auf dem Atoll wehte wahrscheinlich ein Wind, nicht wahr?«

»Möglich.«

»Jedenfalls beweist nichts das Gegenteil?«

»Nein, nichts.«

Der Leutnant spürte den Widerstand. Sie kamen in den sensiblen Bereich.

»Hat man die Bewohner untersucht?«

»Indirekt.«

»Was soll das heißen, indirekt?«

»Es wurde eine Studie zum Thema Krebs in Polynesien gemacht, von der Einheit 521 des Französischen Instituts für Gesundheitswesen und medizinische Forschung sowie vom Amt zum Schutz vor radioaktiver Strahlung, und diese Studie ergab, dass es rund um die gefährdeten Gebiete zu einer unverhältnismäßigen Häufung von Krebserkrankungen kam. Aber das will gar nichts heißen. Gegenwärtig sind die Statistiken noch zu ungenau.«

»Zu ungenau?«

»Hier spielen zahlreiche Daten eine Rolle: Nahrung, Übergewicht, familiäre Vorgeschichte.«

»Keine Fälle von Missbildungen?«

»Nicht dass ich wüsste.«

Paul spürte, dass sein Gesprächspartner etwas verheimlichte. Er hakte noch mal nach: »Hör zu, Marc. Serge hat mir gesagt, du würdest mir helfen. Es hat schon zwei Tote gegeben, und ich hab stark das Gefühl, bei mir handelt es sich nur um eine Gnadenfrist. Wenn du etwas weißt, sag es. Jetzt.«

Der hohe Beamte schluckte. Seine Stimme bekam einen anderen Tonfall, jedes Zeichen von Zuneigung war daraus getilgt.

»Ich weiß nichts darüber, ganz bestimmt nicht. Und wüsste ich etwas, könnte ich es dir nicht sagen. Geheimsache. Ich hatte dich gewarnt.«

Der Polizist schlug mit der Faust gegen die Tür.

»Geheimsache. Klar doch, nur zu ...«

In dem Wagen herrschten jetzt ein lastendes Schweigen und eine geballte Ladung Aggression. Rechter Hand zeichneten sich in einem nebligen Schein die ersten Ausläufer des Bois de Vincennes ab. Zauberbäume streckten unter den Windböen ihre Krallen aus.

Saurat fuhr schneller. Nach ein paar Minuten stieß er mit feierlicher Stimme aus: »Pass auf, mein Bruder. Such nicht nach Dingen, die du nicht finden kannst ...«

Der Bulle erwiderte eiskalt: »Die Geheimpolizei ist mir auf den Fersen, verehrter Meister. Hab sie nicht drum gebeten.«

Stille.

Saurat setzte Paul an der Place de la Nation ab. Cabrera wollte das Gespräch nicht weiter in die Länge ziehen. Er kannte sich zu gut, seine Nerven drohten ihm einen üblen Streich zu spielen.

Und das war jetzt nicht der richtige Moment.

6

Nach all den getäfelten Salons und Ledersesseln war Paul froh, wieder auf der Straße zu sein. Ihre Pflastersteine, ihr Teer, ihre seltsamen Typen, dieser Geruch von schlummernder Gewalt, die jederzeit in irgendeiner harmlosen Situation lautstark hervorbrechen, Körper zerfetzen konnte. Dort fühlte er sich mehr zu Hause als irgendwo sonst.

Ein paar Bordsteinschwalben gingen lässig die Avenuen rauf und runter, die Blicke leer, die Beine unter dem Latex aufreizender Röckchen feilgeboten. Die Kunden schlichen ihnen lautlos hinterher, in gebotenem Abstand, Familienväter, beschwipste Jugendliche, Pärchen auf der Suche nach etwas Aufregendem, alle geschützt durch die Anonymität der dunklen Scheiben, der geschlossenen Wagentüren.

Paul schaltete sein Handy wieder an, das er bei seiner Ankunft in der Loge ausgeschaltet hatte. Der Apparat vibrierte sofort nervös los, als sei er verärgert über eine so lange Untätigkeit. Zwei Nachrichten warteten auf ihn.

Nachricht Nummer eins: Atavian. Der Armenier wollte sich erkundigen, was es denn Neues gab. »Hallo Cabrera, hier ist Maurice. Ich war gerade bei dir. Was treibst du, zum Teufel? Hast du dich völlig ausgeklinkt oder was? Ruf mich an, ab zwanzig Uhr bin ich im Büro. Und dein Arm, alles in Ordnung? Na dann, ciao.«

Der Leutnant löschte die Worte, die sich leer und fern anhörten, als habe die große Distanz sie erschöpft. Er würde später zurückrufen.

Nachricht Nummer zwei: Baldi. Er schien außer sich zu sein. »Paul, alter Drecksack. Du hast ja vielleicht ein Schwein! Ich hab deinen Typen gefunden. Hast Recht gehabt. Seine Leiche hat den französischen Boden verlassen.

Tja, wenn du mit mir drüber reden willst, du weißt ja, wo du mich erreichen kannst.«

Paul rief auf der Stelle zurück.

»Cabrera. Also, du hast Neuigkeiten?«

»Ich muss dich wohl sehr lieben. Das ist nicht einfach gewesen.«

Die Stimme im Apparat kam als Echo zurück. Der Polizist dachte an eine miese Verbindung, an ein schlecht getarntes Abhörmanöver, an fruchtlose Verhöre mit sinnlosen Drohgebärden.

Baldi rückte gleich mit dem Wesentlichen heraus: »Ich habe deinen Typen wiedergefunden.«

Cabrera packte eine unbändige Freude. Er fing gleich zu raten an: »Ein Polynesier?«

»Woher weißt du das?«

»Ich werd's dir erklären. Hast du seinen Namen?«

»Warte eine Sekunde, ich hab ihn mir irgendwo notiert.«

Stille, raschelnde Blätter.

»… Monil Vahitihaa«, fuhr Baldi fort.

»Wie schreibt man das?«

»V A H I T I H A A«

Paul schrieb den Nachnamen auf ein Stück Papier. Der Regen nässte die Zellulose. Seine Finger zitterten vor Aufregung.

»Was noch?«

»Er stammt von den Tuamoto. Ich glaube, das sind Inseln.«

In dem Thema kannte Paul sich mittlerweile bestens aus. Er gab an damit.

»Ein Archipel.«

»Genau. Ein Archipel.«

»Hast du den Namen der Insel?«

»Nein. Ich habe nicht viel darüber herausgefunden.«

Die letzten Worte hallten in der Leitung wider. Sie schienen Jojo zu spielen. Cabrera brüllte in den Apparat: »Baldi?«

Baldi tauchte wieder auf, singender Akzent, ernste Stimme. »Seine Leiche wurde mit einem Cargo-Flugzeug nach Tahiti gebracht.«

»Sind deine Quellen sicher?«

»Ja. Zumindest bei den Informationen, die ich bisher ausgegraben habe. Es ist nicht einfach gewesen, aber ein, zwei Sachen habe ich schon herausfinden können.«

»Erzähl weiter...«

»Dein Angreifer war Mitglied einer Art paramilitärischen Gruppe.«

Der Leutnant erschauderte. Er kannte die Sorte von Drecksäcken, die sich nur groß fühlen, wenn sie Krieg spielen. In Frankreich gab es sie in bestimmten Grüppchen bei den Rechtsextremen. Durchgeknallte Typen, impulsiv und unkontrollierbar. Gefährlicher als die Profis.

Baldi fuhr fort: »Ich nehme mal an, SOP sagt dir gar nichts.«

»Nein.«

»Operationsabteilungen des Präsidiums. Hier habe ich mich auch inoffiziell informieren müssen. Das ist eine Miliz, lauter kräftige Kerle, die für die Lokalregierung Aufträge von öffentlichem Interesse erfüllen.«

»Genauer...«

»Müllabfuhr, Bauarbeiten, Reinigungsarbeiten, alles Knochenarbeit. Sie sind ständig in Bereitschaft, stehen der Bevölkerung zur Verfügung. Zumindest offiziell.«

»Weil sie in Wirklichkeit was sind?«

»Ein Haufen von Tontons Macoutes, über hundert, alle aus den Gefängnissen herausgeholt oder mit einem Fuß wieder drin. Eine Prätorianergarde.«

Cabrera sah wieder das Bild des Kolosses vor sich, wie er ihn im Stadion angegriffen hatte. Der Mann mit der Ahle sah nicht aus wie ein Erstkommunikant.

»Das riecht nach einer faulen Sache«, entfuhr es Baldi besorgt.

Nach einer faulen war nicht das rechte Wort. Nach einer tödlichen passte besser. Paul spannte seine Bauchmuskeln an, um den Krebs zu erwürgen, der ihm seine Eingeweide fraß.

»Weißt du noch was?«

»Nein... Was deinen Chastel angeht – völlige Ebbe.«

»Da kann man nichts machen...« Er hielt kurz inne. »Da hast du saubere Arbeit geleistet, Baldi. Ich werd mich revanchieren.«

»Vergiss es, Cabrera. Tu mir den Gefallen und finde die Arschlöcher, die Tomasini kaltgemacht haben. Dann sind wir quitt.«

Der Leutnant dachte an die Kräfte, die ihm feindlich gegenüberstanden. Professionelle Killer, eine paramilitärische Miliz. Ein ungleiches Verhältnis. Dann zeichnete sich eine Negativform auf seiner Netzhaut ab. Ein schwarzer Kraken, der den Hals eines Kämpfers mit dunkler Haut umschlang.

»Die Tätowierung. Was denkst du darüber?«

»Nicht viel, mein Alter. Da unten scheinen sie alle welche zu haben.«

Paul legte auf. Die Analytikerin wartete mit Skali im Bretzel auf ihn, und der Dicke hatte ihm Neuigkeiten über die Angreifer der Amerikanerin versprochen. Für ihn war die polynesische Fährte so offensichtlich, dass sie jede andere Eventualität ausschloss.

Er rief ein Taxi und nannte die Adresse. Hinter ihm kletterte ein Transvestit in einer hautengen Ledermontur aus einem BMW und malte sich die Lippen nach.

7

Le Bretzel sah aus wie das, was es war. Ein jüdisches Restaurant mit osteuropäischer Note, purpurrot ausgekleidet, mit cremefarbenen Fransen verziert. Ein stattlicher Rahmen, so komfortabel, dass es schon widerlich war. Ein bisschen wie die alten Citroëns, deren Stoßdämpfer so weich waren, dass Paul das unwiderstehliche Verlangen überkam, sich zu übergeben.

Trotzdem, wenn man aufmerksam war, gab es eine Sache, die sofort ins Auge sprang. Die Besitzerin hatte nichts von einer Frau aus dem Osten, weder im Aussehen noch in ihrer Art.

Ein kleines, rundliches Ding, schwarze, zu einem gewaltigen Dutt zusammengebundene Haare, flinke Hände und einen Blick, der sich unter einer riesigen, vergoldeten Multifokalbrille versteckte. Der Leutnant kam mit einem Lächeln auf den Lippen auf sie zu. Das kleine Ding öffnete die Arme.

»Komm her, mein Sohn. Lass mich sehen, wie schön du bist.«

Paul drückte sie an sich, eine zärtliche, spontane Geste.

»Wie geht es denn, Rachel?«

Sie stieß einen tiefen Seufzer aus, als werde sie von einem unsichtbaren Gewicht erdrückt.

»Gut… läuft schon irgendwie.«

Sie machte sich los und sah sich Cabrera genau an. Hinter dem dicken Glas registrierten zwei Scanner die Information bis ins kleinste Detail. Nach drei oder vier Sekunden sprach sie mit sanfter Stimme weiter: »Lass mich dich anschauen. Du siehst schlecht aus. Mein Gott, und dein Arm! Was ist dir passiert?«

»Ist nicht schlimm, Rachel.« Über ihre Schulter hinweg suchte er den Saal ab. »Serge hat mir gesagt, er wäre hier.«

Sie setzte eine verärgerte Miene auf.

»Ja, ja … Er ist da, dein Kumpel. Endlich lässt er sich sehen. Weißt du, dass er seit zwei Wochen nicht mehr ans Telefon geht. Vierzehn Tage, ist dir klar, was das heißt? Ich hätte zehnmal sterben können, und er hätte es nicht erfahren. Zur Beerdigung vielleicht, oder nicht mal das, die hätten Zeit genug gehabt, den Sarg zuzuschrauben. Was habe ich ihm getan? Hm? Sag's mir! Du bist doch sein Freund, oder nicht?«

Der Leutnant verkniff sich ein Lächeln. Rachel rief ihren Sohn zweimal täglich an, ein unabänderliches Ritual, das Bestand hatte, seit der Dicke alt genug war, um alleine zu leben. Die Cabreras hatten Skali in Marseille aufgenommen; für sie gehörte Paul seither zur Familie.

Sie fasste ihn am Arm.

»Komm mit. Er ist da hinten, der Undankbare. Sag mal, wer ist denn die junge Frau? Er hat mir nichts verraten wollen.«

»Eine Freundin von mir. Ich habe Serge gebeten, sich um sie zu kümmern, bis ich wieder da bin.«

Sie sah ihn fest an, dann nickte sie beruhigt.

»Eine Freundin von dir … Aha …«

Sie durchquerten den Saal. Über einen Stapel von Tellern mit geometrischen Mustern gebeugt, deckte ein alter Mann die Tische für den nächsten Tag. Der sich ewig drehende Kreislauf, eine endlose Schraube, die sich im Leeren verlor.

Rachel schob eine Holztäfelung beiseite. In einem Privatgemach saßen Skali und Meredith bei Tisch und beendeten gerade ihr Abendessen. Paul setzte sich neben die Amerikanerin, während Rachel davonhuschte. Vor ihm saß, über die ganze Bank verteilt, der Dicke und zog an einer Havanna, bis er hohle Wangen bekam.

Cabrera ließ die Gelenke knacken und fragte: »Und? Wie weit bist du mit den Typen von gestern Abend?«

Skali blinzelte und brachte das Braun des Zylinders zum Glühen. Dann fing er an zu erzählen, umnebelt von einer weißlichen Rauchspirale.

»Polynesier, du hattest Recht. Von Kopf bis Fuß im Stil von Maohi-Kriegern tatöwiert.« Er zog die Brauen in die Höhe. »Und ich hab geglaubt, dieses Volk sei pazifistisch. Hundsgemeine Kerle, das sind sie, operieren klammheimlich mit Kommando-Methoden. Der, den ich getroffen hatte, ist tot, den anderen haben meine Jungs liquidiert.«

Paul warf Meredith einen Blick zu. Abwesend aß sie ein Sorbet zu Ende, ein Gebilde aus grünen und gelben Zebrastreifen.

Skali fuhr fort: »Außerdem sind es Zwillinge.«

»Was?«

»Wir haben die Ergebnisse vom Labor bekommen. Eineiige. Gleiche Visage, gleiche Proportionen, gleiche Klamotten, zwei Zwillingsbrüder. Falls du Einzelheiten brauchst, die sind in der Bichat-Universität.«

Paul drehte sich zu Meredith um. »Haben Sie sie nie zuvor gesehen?«

Die Amerikanerin ließ von ihrem Sorbet ab. Eine dumpfe Angst zitterte irgendwo in ihr.

»Niemals.«

Der Polizeileutnant konnte die bittere Enttäuschung fast schmecken, direkt unter der Zunge. Die Analytikerin machte nicht die geringsten Anstalten, ihm zu helfen. Er schlug einen härteren Ton an.

»Sie sind doch Tahitianerin, oder?«

Sie antwortete mit eisigem Tonfall: »Nein.«

»Moment mal… Hatten Sie mir nicht gesagt, Ihre Mutter sei Tahitianerin?«

»Meine Mutter schon. Ich nicht.« Die Psychoanalytikerin wartete, bis es vollkommen still war. Der übel zugerichtete, in seinem Blut schwimmende Schädel des Polynesiers, an den sie sich gerade erinnert hatte, setzte ihr ganz schön zu. Wie aus weiter Ferne warf sie hin: »Jedenfalls glaube ich nicht, dass es etwas hilft, wenn wir sie uns anschauen gehen.«

»Ach ja? Und warum?«

»Sie stammen… sie stammen aus einer Welt, von der Sie nicht die geringste Ahnung haben. Und sie sind in keiner Kartei erfasst, nicht von Ihren Leuten… Sie leben in einer anderen Welt als der Ihren. Außerhalb Ihrer Systeme.«

Der Polizist schluckte. Graue Schatten tanzten unter seinen Lidern.

»Was wollen Sie damit sagen?«

»Nicht mehr als das, was ich sage. Diese Leute sind zu Sachen fähig, die wir uns gar nicht vorstellen können. Es bringt gar nichts, wenn wir zu ihnen fahren.«

Paul machte den Mund auf, um etwas zu sagen, dann besann er sich anders. Diese Killer gehörten sicher zu den SOP, zu der paramilitärischen Organisation, die Baldi entdeckt hatte. Anonyme Freischärler, die Schutz genossen und eine Ausbildung durchlaufen hatten. Vielleicht waren sie schon längst wieder ins eigene Land zurückgebracht worden, wie der aus dem Stadion. Auch er war sich dessen gewiss. Sie schwiegen lange.

»Also? Was war mit dir?«, fragte Skali, um die Spannung zu lockern. »Saurat?«

Cabrera erläuterte die Situation. Seine Schläfen pochten noch vor Wut beim Gedanken an das hohe Tier.

»Ich hab deinen Kumpel getroffen. Ein verfluchter Affenarsch, dieser Typ. Hat praktisch nichts Interessantes rausgelassen!«

»Geheimsache?«

»Den Begriff hat er verwandt. Ein gerissener Hund, dein Kumpel. Ein ganz gerissener Hund...«

Der Dicke zog an seiner Zigarre. Eine Aura von Mysterium hüllte ihn ein, ebenso sicher wie die dicken Schwaden, die ihn umgaben.

Paul fuhr fort: »Ihm zufolge stellten die Versuche keine bleibende Gefahr dar. Keine Verstrahlungen, keine Bodenverseuchung, nichts.«

»Nichts?«

Meredith hatte diese Frage mit müder, resignierter Stimme gestellt.

»Na ja, fast nichts... Über die Versuche in der Atmosphäre hat er sich nicht sehr deutlich ausgelassen. Ein Atoll sei damals Strahlungen ausgesetzt gewesen, aber die Analysen hätten nichts Auffälliges ergeben.«

Diesmal gab sie ihre stumme Haltung auf.

»Hat er Ihnen gesagt, wie das Atoll hieß?«

»Tureia.«

Der Mund der Amerikanerin kräuselte sich nach innen. Ihre Haut wurde fast durchscheinend. In einem Atemzug stieß sie aus: »Jetzt erinnere ich mich. Das ist das Atoll meiner Mutter. Dort ist meine Schwester geboren.«

Paul nickte. Das fehlende Verbindungsglied. Atomversuche über einer Lagune, ein missgebildetes Baby, vielleicht noch weitere. Eine verschleierte, schändliche, beschämende Wahrheit. Beweise müssen vernichtet werden, Zeugen aus dem Weg geräumt, um jeden Preis. Ohne es zu wissen, hatte Saurat ihm eine entscheidende Information geliefert.

Céline hatte in der kontaminierten Zone das Licht der Welt erblickt.

Sogleich trat im Schatten der Milizen der SOP das Gespenst der französischen Armee zutage. Der Polizist versuchte sich vorzustellen, wie einfache Soldaten auf dem Riff herumliefen, Drillich und Gurthelm, Maske auf dem Gesicht, Radiometer in der Faust.

Er presste krampfhaft die Kiefer aufeinander. In diesem Wirbelsturm der Gewalt war ein wichtiges Detail seiner Aufmerksamkeit entgangen. Gendarmen waren keine Bullen, sondern Militärs. Sie wurden benutzt, dienstverpflichtet, auf Befehl der Armee. Chastel war sicherlich einer der ihren. Ein Militärarzt oder etwas Ähnliches. Paul dachte an Saurat. Seine Verlegenheit bekam einen Sinn. Geheimsache hatte er gesagt. Die einzelnen Silben dieses Wortes klangen so, als würde ein Skalpell in lebendiges Fleisch schneiden.

»Was wirst du tun?«, fragte der Dicke.

Der junge Leutnant antwortete nicht. Er wurde von der Woge überrollt. Die Armee schickte ihm Handlanger, um ein giftiges Geheimnis zu schützen. Andere würden kommen, und wieder andere, was er auch tun würde, bis zum Schluss.

Er versuchte sich zu beruhigen. Den Gegner zu verstehen. Ihn zu überraschen. Nicht die Arme sinken zu lassen. Niemals. Diese Maximen, die er in der Ausbildung gelernt hatte, blinkten wie Karnevalslampions auf.

Die Lösung erschien inmitten einer ganzen Garbe von Offensichtlichkeiten. Er musste dafür sorgen, dass die Sache aufflog. Mit anderen Worten: das Steuer herumreißen. Angreifen. Auf einem Terrain, auf dem man es nicht erwarten würde.

Sich einmischen, auf die eine oder die andere Weise.

»Die Armee zieht die Fäden. Die Killer, die man uns geschickt hat, sind Teil einer örtlichen Miliz. Wir müssen Beweise finden. Verbindungen zwischen den beiden.«

Skali machte ein skeptisches Gesicht.

»Und wie willst du das anstellen, mein Großer?«

»Ich hab vielleicht jemanden, der mir helfen kann. Aber zuerst müssen wir nach Marseille zurück.«

Meredith richtete sich auf. In ihren Augen blinkte wieder die Wut.

»Wir? An wen denken Sie, wenn Sie ›wir‹ sagen?«

»Sie kommen mit mir. Allein sind Sie in zu großer Gefahr.«

»Moment mal… Hab ich vielleicht auch was dazu zu sagen? Wollen Sie etwa für meinen Schutz sorgen? Was bilden Sie sich eigentlich ein? Dass ich mit Ihnen Detektiv spielen und Ihnen brav überallhin folgen werde? Und was wollen Sie tun, wenn wir erst einmal dort sind? Hä? Was wollen Sie tun?«

Urplötzlich verstummte sie, als wäre sie von ihren eigenen Worten aufgesaugt worden. Ihre Haut war weiß geworden wie Porzellan. In diesem Augenblick hatte Paul Lust auf sie. Dann sprach sie sanft weiter, mit einer Kleinmädchenstimme: »Nein… Das kann ich nicht…« Wie eine kleine Göre, die nicht in die Schule gehen will, sagte sie immer wieder, und heulte fast dabei: »Ich kann das nicht… Das geht über meine Kräfte…«

Paul blieb stumm. Sie starrte ihn mit ihren blassen Augen an, zwei stürmische Seen unter einem Gazeschleier aus Tränen. Er nahm ihre Hand, drückte sie, ein ganz sanfter Druck mit dem Daumen, beruhigend und verschämt zugleich. Dann sprach er freundlich zu ihr, ohne sie anzusehen: »Wir haben keine andere Wahl. Wenn wir nichts tun, dann sind wir morgen, vielleicht übermorgen tot.«

Skali, der auf der Sitzbank lehnte und still zugehört hatte, nickte bedächtig und zündete sich die Zigarre wieder an.

8

Nach seiner Unterredung mit Rorotui war Hiro wieder ins Versteck zurückgekehrt. Ein schäbiges Appartement inmitten der beruhigenden Anonymität eines angeknacksten Wohnturms. Les Mureaux oder Trappes, er konnte sich nicht mehr recht entsinnen. Es kam nur auf den Zweck des Ganzen an: Unsichtbar bleiben und auf Befehle warten. Was das anging, so war das Ziel erreicht. In diesen Käfigen der Langeweile, in denen die Kulturen aufeinander prallten, war er überhaupt nicht durch sein Äußeres aufgefallen.

Er öffnete den Kühlschrank und schnappte sich noch ein Bier. An der Dose rannen durchsichtige Perlen herunter, das versprach Erfrischung und einen Rausch. Seit zwei Tagen wartete er nun schon, und immer noch kein Zeichen. Hilda schwieg beharrlich. Die Zwillinge waren wahrscheinlich schon wieder bei ihr auf der Insel, das Päckchen in einem Koffer versteckt oder in eine Decke gewickelt.

Warum also dieses Schweigen?

Hiro, den das Warten zermürbte und der nur diesen alten, verrückten Aïto zur Gesellschaft hatte, stand schon am Rande des Wahnsinns.

Er ließ seine Muskeln spielen und ging wieder ins Wohnzimmer. Ein auf die Schnelle möbliertes Zimmer mit zerlegbaren, funktionalen Möbeln und schweren Vorhängen, die das einzige Fenster verstopften, um den Nachbarn den Schock ihres Anblicks zu ersparen. Typen mit lauter Tätowierungen, die mit nacktem Oberkörper in einem Appartement herumliefen, das voll gestopft war mit elektronischen Messgeräten – bei dem Anblick dürfte man skeptisch werden. Und vielleicht was unternehmen.

Er fläzte sich in einen Sessel. Neben ihm stand ein Funkgerät und schien auf ein Zeichen zu warten.

In einem dunklen Winkel lag Aïto auf einem mit gelbem Stoff bezogenen Sofa und rauchte eine Pfeife. Der kleine Pfeifenkopf verbreitete in der Wohnung einen Geruch nach Laubfeuer.

Hiro raunzte ihn an: »Da ist was faul.«

Aïto nahm einen Zug von seiner Pfeife und zog die Augenbrauen hoch. Weiße Rauchspiralen schienen von seinem silbrigen Skalp aufzusteigen, sehr kurz geschnitten, fast an der Grenze zur Tonsur.

»Magst du rauchen?«

Hiro schüttelte den Kopf. Er kannte dieses Kraut, eine heimische Pflanze, die auf den feuchten Hügeln des Ahorai angepflanzt wurde. Wie all ihre tropischen Cousinen wuchs sie in der Sonne rasend schnell, voll gepumpt mit Alkaloiden, dass es einem den Schädel wegblies.

»Ich habe, was ich brauche«, sagte er und hob sein Bier.

»Wie du willst.«

Der Krieger nickte. Die beiden Männer saßen lange schweigend da, jeder nuckelte an seinem Fläschchen, den Blick ins Leere gerichtet. Diese Augenblicke waren sie gewohnt, keiner fühlte sich unwohl dabei.

Nach etwa zehn Minuten fasste Aïto sich ein Herz.

»Warum hast du Angst?«

Hiro musterte den Alten. Angst? Dieses Gefühl hatte er seit seiner Kindheit nicht mehr gehabt.

»Ich habe keine Angst …«

»Doch. Ich spüre das. Du weißt es noch nicht, das ist alles.«

»Geh mir nicht auf die Eier mit deinem Gesülze. Hilda ruft nicht an. Wir haben keine Nachrichten von den Zwillingen. Es ist etwas passiert.«

»Sei nicht zu ungeduldig, sie weiß genau, was sie tut. Wenn sie sich nicht meldet, heißt das, dass alles läuft wie geplant.«

Hiro ballte die Faust. Die Dose platzte auf und machte dabei ein Geräusch wie splitternde Knochen. Zwischen zusammengebissenen Zähnen stieß er hervor: »Ich habe kein Vertrauen in diese Halben… Sie hätte auf mich hören sollen…«

Dann sprach er wie zu sich selbst, abgehackte, zusammenhanglose Worte.

Der Alte spürte seinen Wahnsinn. Er pumpte seine Muskeln auf, ließ seine Sehnen zum Vorschein kommen, die hervortraten wie Stahlrahen, und sprach ein paar beschwichtigende Worte.

»Wir brauchen sie. Es gibt keine andere Lösung. Du musst das akzeptieren. Es akzeptieren und abwarten.«

»Warten… Zehn Jahre warten wir schon…«

»Deine Stunde wird kommen, Hiro. Deine Stunde wird kommen… Du besitzt das *Mana*, deshalb hat sie dich ausgewählt.«

Der Maohi schloss die Augen. Das Mana. Ein wütender Sturm, Bäche von Blut, das aus gespaltenen Schädeln spritzt, verstümmelte Körper, die inmitten von Haien im Strom treiben. Der Geist der Ahnen durchströmte ihn.

Er richtete sich auf, saß im Schneidersitz auf dem Sessel, hielt den Oberkörper sehr gerade.

»Wir brauchen niemanden… Hörst du mich? Niemanden…«

»Gewiss, Hiro, gewiss… Rauch was so lange«, schlug ihm der Alte noch mal vor.

Der Tätowierte streckte die Hand nach dem glühenden Krater aus. Rauchen. Rauchen und vergessen. Die gereizten Nerven entspannen, die seinen Körper quälten. Loslassen…

Sein Blick kreuzte den des Alten, zwei schwarze Brunnen, in denen die Glut herumwirbelte. Dann führte er die Mischung an seine Lippen, schloss die Augen. In diesem Augenblick war ein Knistern im Raum zu vernehmen.

Er legte seine Pfeife hin und stürzte zur Funkanlage.

»Hiro, ich höre …«

Ein Schwarm Wespen eroberte die Lautsprecher. Er spitzte die Ohren, die Augen halb geschlossen. Die knisternde Welle stieg und fiel in den hohen Tönen, zum Verzweifeln leer.

Er warf Aïto einen bösen Blick zu. Der Alte ließ alles fallen, war viel zu zugedröhnt, um reagieren zu können. Den Daumen ums Mikro gelegt, startete Hiro noch einen Aufruf: »Hilda, ich höre … Hilda … Bist du es?«

Ein Ton war aus dem Sturm herauszuhören, ein unhörbares Murmeln, das von jenseits des Grabes kam. Dann schwoll das Murmeln an, die Welle näherte sich. Eine krächzende Stimme versuchte, den elektrischen Aufruhr zu übertönen.

»… Hiro … Du … hör …«

»Ich höre, Hilda …«

Knistern.

»Hiro, ich bin's …«

»In Ordnung, ich kann dich hören …«

»Hast du das Paket abgeholt?«

»Ja. Gestern beim Zoll. Haben die Zwillinge dir nichts erzählt?«

»Es hat da ein Problem gegeben …«

»Was?«

»Die Zwillinge …«

Wieder ein Knistern, diesmal länger.

»Sie sind niedergeschossen worden.«

Der Krieger spürte, wie ihm ein Schauder die Wirbelsäule entlanglief. Ein Schweigen lag in der Leitung. Dann wieder die krächzende Stimme.

»Wir werden unsere Pläne ändern müssen... Du wirst das Mädchen selbst zurückholen. Aber zunächst...«

Der Maohi konzentrierte sich auf Hildas Worte. Sein Gesicht war verzerrt, seine Muskeln angespannt, sein Hals schien seinen Umfang verdoppelt zu haben.

»... Als Erstes musst du bei jemandem vorbeigehen. Wir haben die Bestätigung erhalten, du musst ihn treffen.«

Hiro kniff die Augen zusammen. Er wusste, was diese Art von Begegnung bedeutete. Für ihn eine Art, seine Kunst auszuüben. Für den anderen eine Lösung für seine Probleme. Eine endgültige.

»Wer?«

»Morgen werden wir seinen Namen haben. Du wirst seine Akte auf dem üblichen Weg erhalten. Ab heute kein Handy mehr. Wir bleiben über Funk in Verbindung. Aïto wird die Botschaften übermitteln.«

»Gut...«

»Hiro... Noch etwas. Die junge Frau ist jetzt wahrscheinlich bei dem Polizisten. Nimm dich vor ihm in Acht...«

»Es wird keine Schwierigkeiten geben.«

»Sei trotzdem vorsichtig«, beharrte Hilda. »Monil ist überrascht worden.«

»Ich bin nicht Monil.«

Im Kopfhörer rauschte es, in der Leitung brach ein magnetischer Sturm los. Hiro legte das Mikro beiseite. Hildas Stimme war nicht mehr zu hören.

Er ging wieder zum Kühlschrank und machte noch eine Dose auf. Das Bier überzog seinen Bauch innerlich mit Raureif. Dumpf ertönte seine Stimme, abgewürgt von den spitzen Spänen der Wut.

»Ich hatte es ja gesagt...«

Der Alte im Wohnzimmer rührte sich nicht. Er ähnelte einem verdorrten Baumstamm, dem die Brandung seine Form gegeben hatte. Er hatte die Augen geschlossen, und seine Lippen flüsterten: »Was gesagt?«

»Die Zwillinge sind tot. Sie haben die junge Frau nicht erwischt. Jetzt scheint alles schief gehen zu wollen.«

Diesmal richtete Aïto sich auf. Seine Stirn runzelte sich.

»Da ist noch was anderes, Hiro. Ich spüre es... Was ist los?«

Das darauf folgende Schweigen gab der Leere eine Form. Hiro sah aus wie ein Totem des Hasses.

»Einer hat uns verraten. Ich muss mich sehr bald um ihn kümmern. Du wirst hier bleiben, um den Kontakt zu halten.« Aïto fuhr sich mit der Hand über seine rauen Gesichtszüge. In dem überheizten Zimmer war gerade ein unsichtbarer Kohlenofen angegangen. Er wirbelte in den Pupillen des Alten und warf dabei goldbraune Flammen.

»Und die junge Frau?«

»Danach. Ich werde selbst gehen.«

FÜNFTER TEIL

1

Paul und Meredith gingen am späten Vormittag in Orly an Bord. Eine kurze Flugstunde, eingezwängt in eine überfüllte Kabine, inmitten einer Horde von Rentnern mit Dauerermäßigung. Jeder war dieser Prüfung schließlich auf seine Art begegnet. Die Amerikanerin schien völlig apathisch geworden zu sein, Cabrera überspielte seine Nervosität, indem er in Zeitschriften blätterte.

Tomasinis Gesicht ging ihm nicht aus dem Sinn. In welches Wespennest hatte der Korse ihn da geschickt? Dieser Verrückte hatte ihm ein seltsames Andenken hinterlassen, ein blutiges Testament.

Als sie in Marseille ankamen, schnappten sie sich ein Taxi und fuhren unverzüglich in den Stadtteil Vallon des Auffes. Paul hatte beschlossen, Meredith bei seinen Eltern zu verstecken. Diese Lösung bot zwei Vorteile. Zum einen die Sicherheit: Der Vallon hatte einen Zugang zum Meer, sie könnten sich aus dem Staub machen, wenn es hart auf hart käme. Zum anderen, und damit rechnete der Leutnant, hätte er die Hände frei und könnte versuchen, der Lösung etwas näher zu kommen.

Wie er es erwartet hatte, nahmen die beiden Alten sie herzlich auf, ohne Fragen zu stellen. Paul führte Meredith gleich in sein Zimmer. Es roch nach Vergessen, nach Naphtalin, nach zweifach abgeschlossenen Schränken. Er verkniff sich ein Lächeln. Dasselbe Gefühl, dieselbe Aufregung wie damals, fünfzehn Jahre früher, als er die ersten

Eroberungen seiner Jugendjahre in seinen Bau geschleppt hatte.

Ohne ein Wort zog er sein T-Shirt aus. Das Haus war fast ein wenig überheizt, alte Leute fürchten immer die ersten Kältestürme.

»Machen Sie es sich bequem. Hier herrscht ja eine Affenhitze.«

Meredith antwortete nicht. Durchs Fenster beobachtete sie den Hafen. In der hermetisch abgeschlossenen kleinen Bucht standen geschützt kleine Häuschen, dicht an dicht, rund um eine Schüssel voller Meerwasser. Rundum lagen flache Boote vertäut und zeichneten eine Holzborte in das zarte Licht. Weiter in der Ferne, als wollten sie die kleine Bucht abschotten, schlugen drei monumentale Bögen Bullaugen aus Stein in den Horizont.

Nach ein paar Sekunden fragte sie: »Haben Sie einen Plan?«

Paul reckte sich.

»Noch nicht …«

»Sie machen wohl Witze?«

»Nein … Aber ich habe eine Spur. Der Typ vom Stadion hieß Vahitahaa. Er ist auf den Tuamoto-Inseln geboren und arbeitet mit einer Art paramilitärischer Bewegung zusammen. Den SOP.«

Meredith drehte sich um und zischte: »Und was wollen Sie machen? Sie um ihre Adresse bitten? Seine Familie befragen?«

»Ich werde zunächst versuchen, mehr über diese Miliz herauszufinden. Dann sehen wir weiter …«

»Ist das alles?«

Der Polizist wollte eine Konfrontation lieber vermeiden und wich aus: »Wollen Sie sich nicht ein wenig hinlegen? Ich werde unterdessen eine Dusche nehmen.«

»Sie haben mir nicht geantwortet.«

Er steuerte das Badezimmer an und ging der Frage erneut aus dem Weg.

»Versuchen Sie, sich auszuruhen. Das werden wir nötig haben.«

»Leutnant, ich muss vor allem wissen, wo es langgeht.«

Paul drehte sich um. Er nahm sich zusammen und deutete ein Lächeln an.

»Vertrauen Sie mir. Ich versichere Ihnen, dass wir da wieder rauskommen.«

Meredith streckte sich auf dem Bett aus und fiel sofort in einen unruhigen Schlaf. Zwei Beruhigungsmittel, ein Whisky – der Mix, der sie im Flugzeug betäubt hatte, präsentierte ihr nun die Rechnung.

Sieben Jahre.

In ihrem Traum war sie sieben Jahre alt. Ein kleines Mädchen, blond, in einen Pareo gewickelt, Blumen ins Haar gesteckt, geschmückt mit lachsschimmernden Muscheln. Sie rannte über einen blau gesäumten Strand, ihre Füße berührten ihn kaum, sie lachte. Um sie herum, wie eine erstarrte Weihnachtskrippe, freundlich blickende Gesichter. Freundlich blickende, aber unbekannte Gesichter. Von der Gischt gemeißelte Antlitze, von Lachfalten durchfurchte, vergilbte Pergamente.

Dann verwandelte sich der Strand in Erde. Übergangslos. Ein Platz aus gestampfter Erde, inmitten eines Dorfes aus Wellblechhäusern. Sie blinzelte. Das rostzerfressene Metall warf das Sonnenlicht wie helle Nadelstiche zurück.

Plötzlich wurde ihr eng ums Herz. Auf jeder Seite des Platzes bildeten sich Gruppen, zwei Gruppen, in denen Männer und Frauen sich gegenseitig beschimpften. Urplötzlich wurde es Nacht, Schreie erschollen wie Hyänengelächter.

Und mit ihnen wuchs ihre Angst.

Sie näherte sich, schwebte ein paar Schritt weit über dem Boden, als werde sie von einem Dunst aus Tau emporgehoben. Die Welt zerstob in Hitzewellen, sie konnte nur noch Formen erkennen, undeutliche, unwirkliche, ungreifbare Formen.

Ihre Beklemmung wuchs immer mehr.

Inmitten des Dunstes war ganz deutlich eine Anhäufung von Hölzern zu erkennen. Ein riesiger Haufen Baumstämme, übereinander gestapelte Kokospalmen, die ein dichtes Kreuzmaschengewebe ergaben.

Eine Frau löste sich aus dem verschwommenen Dunst und trat ins Helle. Sie erkannte ihre Mutter, sie war ganz seltsam gekleidet. Bunter Pareo, Blumenhalsbänder, barfuß.

»Mama!«

Die Frau lief neben ihr, ihre Hand in der ihren. Aber … Was hatte sie da auf dem Gesicht? Lange schwarze Striche liefen ihr quer übers Gesicht und ergaben eine beängstigende Zeichnung.

»Mama, was hast du?«

Als Antwort hielt die Hand sie fester im Griff. Ihre Mutter zerrte sie nun ohne große Umschweife zu dem Haufen toter Hölzer.

»Mama …«

Im Nu flammten die Baumstämme auf, ein gigantischer Scheiterhaufen, der knisternd die Wolken leckte. Sie riss die Augen weit auf, fasziniert von dem Schauspiel. Im Umkreis mehrerer Meter färbten die Flammen mit einem ohrenbetäubenden, dumpfen Knacken die Nacht glutrot. Dann roch sie es. Ein köstlicher Duft nach gebratenem Fleisch. Ein Grill. Das war ein Fest. All diese versammelten Leute, sie machten sich bereit, um irgendetwas zu feiern. Und ihre Mutter lud sie ein, stellte sie vor.

Sie näherten sich den Flammen, die Hitze war unerträglich. Wieder sah sie ihre Mutter an. Die Striche auf ihrem Gesicht waren breiter geworden. Es war nun schwarz geworden, vollkommen schwarz, bedeckt mit einer Schicht aus dickem Ruß, in deren Mitte zwei Glaskugeln rollten. Sie wollte fliehen, sich von dieser Hand losreißen, die sie gepackt hielt. Ihre Kehle schnürte sich zu einem Schreckensgebrüll zusammen, als sie begriff.

Inmitten der Flammen, die Haut bereits aufgeplatzt, wanden sich zischend Dutzende gemarterter Körper. In sich trug sie die unerschütterliche Gewissheit, dass sie ihnen folgen würde, dass man sie auf den Scheiterhaufen werfen würde, dass die Frau, die diese Unseligen in die Glut warf, auch sie hineinwerfen würde.

Ihre Mutter, ihre eigene Mutter, die sie mit irren Augen anstarrte und dabei psamoldierte: »Meredith ... Meredith ...«

»Neeeeein!«

»Meredith! Meredith, wachen Sie auf!«

Die Amerikanerin ächzte leise, ein unterdrückter Schrei, wie eine Angst, zu der man sich nicht bekennen kann.

Paul nahm sie in den Arm.

»So ... Es ist vorbei. Es ist nichts.«

Sie riss sich von ihm los, noch ganz benommen, in Schweiß gebadet.

»Ein Scheiterhaufen ... Ich habe von einem Scheiterhaufen geträumt. Man ... man wollte mich hineinwerfen. Es war ... es war ...«

Sie unterbrach sich und stand mit einem Ruck auf.

»Entschuldigen Sie«, sagte sie und verschwand im Badezimmer.

Der Leutnant zog die Augenbrauen hoch. Was für ein Floh hatte die denn gebissen?

Nach fünf Minuten kam sie wieder, hatte ihre blonden Strähnen nass gemacht und lose nach hinten gekämmt.

»Tut mir Leid.«

»Keine Ursache.«

»Es ist nicht meine Art, mich vor einem Unbekannten so gehen zu lassen, also ich bitte Sie, nehmen Sie meine Entschuldigung an, das macht es mir leichter.«

»Keine Panik. Ich nehme sie an.«

Sie zog sich nervös einen Pulli über.

»Ich glaube, ich gehe ein bisschen zur Mole spazieren ... Ich muss mal allein sein.«

Sie knallte die Tür, und weg war sie.

Paul trat ans Fenster. Diese Frau brachte ihn immer mehr durcheinander. Sie war zerbrechlich, und dann wieder so hart, so unnahbar. Ein Rätsel, dessen Geheimnisse sein Verlangen noch weiter anfachten.

Er sah, wie sie auf den Quai hinaustrat und zum Meer ging. In einem Anflug von Besorgnis runzelte er die Stirn, nahm sich dann aber zusammen. Unten, im Vallon, kannten alle die Cabreras. Hier riskierte sie gar nichts.

2

Als sie aus dem Haus trat, wurde Meredith geblendet. Die Sonne besprühte die Kreidefelsen mit goldbraunem Gefunkel, Lichtraketen schossen dicht an den offenen Balustraden entlang, die an den Anlegestellen angebracht waren. Sie lachte los. Ein nervöses, angespanntes Gelächter, das in Kaskaden heranwogte und ihre Brust hob.

Dann fühlte sie, wie sie ganz allmählich immer leichter wurde.

Die Geranien in den Blumenkästen öffneten in der lauen Oktoberluft ihre Blüten, ein Märchen in Rot, Weiß und Orange, hie und da mit rosa Punkten durchsetzt. Weiter vorne, in einer Umarmung fest mit der See verschmolzen, ergoss der Hafen, der aussah wie eine kleine Bucht, seine überbordende Sehnsucht ins Meer.

Sie ging zum Quai. Die Bilder aus ihrem Traum verfolgten sie, gingen ihr nicht mehr aus dem Sinn.

Meredith kannte ihre Mutter kaum. Eine sporadische, nicht sehr intensive Beziehung, Ergebnis eines dummen Missverständnisses. Die Frau wollte kein Kind. Ein Luxus, der mit ihrer Tätigkeit schlecht in Einklang zu bringen war. Darüber hinaus hatte eine weitere Tatsache die Lage schwierig gemacht. Ihre Mutter war Polynesierin, ihr Vater Amerikaner. Als der Ethnologe Tahiti verlassen und seine Tochter mitgenommen hatte, war Meredith sieben Jahre alt.

Sieben Jahre.

Das war das Alter, das sie sich in ihrem Albtraum gab.

Machte sie Jahre später das ganze Elend noch einmal durch? Immerhin hatte sie stundenlang darüber gesprochen, ausgestreckt auf dem quietschenden Sofa von Dr. Bronstein, mit feuchten Augen vor lauter Wut und vor Angst zitterndem Körper.

Sie setzte sich auf einen Felsen, tauchte die Hand ins Wasser, ließ die Gedanken frei umherschweifen. Andere Bilder prallten auf die ersten. Ein atomares Feuer, verbrannte Körper, entstellte, von Flammensäulen umschlossene Kinder. Ein Neugeborenes, gefangen in einem für immer verschlossenen Uterus.

Sie schwankte angesichts des Offensichtlichen. Ihr Traum erzählte ihr etwas anderes. Von dieser monströsen, inakzeptablen Verwandtschaft, von dieser Furcht, die ihr Leben beherrschte.

Sie dachte wieder an ihre Schwester. Eine junge, blumengeschmückte Frau, so anders, so fern. Und jetzt doch so nah. Sie kamen beide aus demselben Bauch, einer verdorbenen Blase, in der Uranstaub herumwirbelte.

Ihre Mutter war verstrahlt worden. Aber schlimmer noch: Diese Entdeckung hatte eine Bedrohung dargestellt, die Verkörperung eines wissenschaftlichen Fehlschlags. Ein ganzes Projekt war schief gelaufen, jetzt galt es, die Beweise zu vernichten.

Céline war einer davon.

Und sie vielleicht auch.

Sie dachte schnell nach. Was konnte sie tun? Wer konnte ihr helfen? Sie kramte in ihrem Gedächtnis, versuchte, ihre Erinnerungen aufzuspießen. Aber die Bilder entglitten ihr. Es war so lange her.

Diese Vergangenheit lag unter dem Leichentuch des Vergessens, sie hatte es selbst ausgebreitet, um sich zu schützen, um sich zu schonen. Ein paar Reisen mit ihrem Vater, kurze, ermüdende Trips, das urplötzliche Eintauchen in eine unbekannte Welt, in der es mächtige Frauen und mit Zeichen bemalte Männer gab, die laut sprachen.

Plötzlich rannte ihr lachend ein kleiner Junge zwischen die Beine. Er entschuldigte sich ungeschickt und verschwand in einem Gässchen. Meredith sandte ihm einen traurigen Blick nach.

Sie stand mit einem Ruck auf und ging zum Haus. Sie war von neuer Energie erfüllt. Wenn sie schon diesen Makel trug, dann konnte sie genauso gut bei dem Spiel mitmischen. Bislang hatte der Bulle ihr keine Gelegenheit dazu gelassen.

Jetzt reichte es.

3

Meredith ging ins Esszimmer. Ein aufdringlicher Geruch nach ranzigem Fett lag in der Luft, wie man ihn bei einfachen Leute findet, bei denen es oft Pommes und Grillhähnchen gibt. Zum ersten Mal seit ihrer Ankunft sah sie sich das Zimmer genau an. Wenige Möbel, blitzblank, Fischernetze an den Wänden, ein paar naive Ölbilder, die Fische in schreienden Farben darstellten. An einem glänzend lackierten Tisch saß Leutnant Cabrera und sprach leise mit seinem Vater.

Sie schloss die Tür und kam näher. Die beiden Männer warfen einen verstohlenen Blick in ihre Richtung und verstummten.

»Geht es Ihnen besser?«, fragte Paul lächelnd.

Meredith schwieg einen Moment. Ihre Anwesenheit störte die beiden ganz offensichtlich. Sie beschloss, den Bogen noch weiter zu spannen, und setzte sich neben sie.

»Besser, ja. Die Luft hat mir gut getan.«

»Bestens. Ich werde ein paar Stunden wegmüssen. Meinen Sie, Sie kommen klar?«

Sie antwortete ohne Zögern, einen Hauch von Ironie in der Stimme.

»Ich werd's schon aushalten … Wo gehen Sie hin?«

»Einen Freund besuchen. Er kennt sich gut aus in jenem Teil der Welt und könnte uns vielleicht helfen.«

»Ihre Spur?«

»Genau …«

»Sie gehen dort alleine hin, wenn ich recht verstehe?«

Paul sah sie prüfend an.

»Warum? Wollen Sie mitkommen?«

Meredith sah ihm in die Augen. Nein, sie wollte ihm nicht

folgen wie eine zerbrechliche Sträflingskugel. Sie hatte andere Pläne. Sie wollte ihm lediglich zeigen, dass sie selbst auch Entscheidungen traf.

»Auf die Idee hätte ich kommen können, aber ich denke, eigentlich nicht. Ich brauche ein wenig Ruhe, um über all das nachzudenken.«

Der junge Bulle nickte und erhob sich vom Tisch. Er griff nach der Manurhin und steckte sie wieder in das Holster, das er unter der Achsel trug.

»Bleiben Sie vor allem im Vallon. Hier haben Sie nichts zu befürchten. Falls Sie irgendetwas brauchen, fragen Sie meine Mutter, sie wird es Ihnen besorgen.«

Dann drehte er sich zu seinem Vater um.

»Ich vertraue sie dir an.«

Ohne ein Wort nickte der Alte. Kaum merklich zog sich eine Sorgenfalte über seine Stirn.

Sie nahm eine heiße Dusche und wickelte sich in einen alten bordeauxfarbenen Bademantel. Ein Überbleibsel aus der Vergangenheit, eine Reliquie, die in irgendeiner Ritze der Kindheit vergessen wurde. Cabrera hatte ihn ihr angeboten, weil er wollte, dass sie sich wohl fühlte, dass sie sich bei ihm wie zu Hause fühlte.

Sie hatte angenommen.

Sie streckte sich auf dem Bett aus und ließ ihren Blick durchs Zimmer wandern. In schrillen Blitzlichtaufnahmen betrachtete sie die Jugend eines Bullen. Gewalttätig, schnell. Jede Wand schien einen Kult, eine Besessenheit widerzuspiegeln. Auf der einen Poster zu Ehren des Fußballs, Silberpokale, blauweiße Banderolen, ein paar Sportmedaillen. Auf der anderen im Flug geschossene Fotos, flach auf den Erdboden gedrückte Motorräder, so flach, dass sie zu Bruch zu gehen drohten. Und schließlich rund ums Fenster ein paar Großaufnahmen, deren Anblick kaum zu ertragen war, zerschlagene, in Schweiß gebadete Gesichter, aufgeplatzte Augenbrauen, geschwollene Münder.

Über eine Sache war sie völlig baff. Sie konnte kein einziges Buch entdecken. Nicht einmal ein Wörterbuch. Alles schien sich um Aktion, Kampf, körperliche Auseinandersetzung zu drehen. Ihr war, als könne sie die Schreie im Stadion hören, das Hecheln im Ring, das Röhren der voll aufgedrehten Motoren. Das Adrenalin war geradezu mit Händen zu greifen.

Ihr Herz ballte sich zusammen. Das war Cabrera als Kind gewesen, diese Revolte, dieser von Anfang an verlorene Kampf. Der Erwachsene hatte noch mit den Nachwirkungen zu kämpfen, sie waren ihm auf die Seele geschraubt wie eine Eisenmaske. Sein Bullenschicksal folgte einer offensichtlichen Logik.

Aber sie?

Was hatte sie in dieser Welt verloren, inmitten dieser Gewalt, diesem Alltag, der dem ihren so fern war. Hätte sie die Kraft, sich zu stellen?

Sie sprang auf und öffnete die Fensterläden. Die Pizzeria Jeannot ließ gerade das Eisengitter herunter. Etwas weiter, von Windstößen gebeutelt, wankten ein paar wenige Kunden zu ihren Autos zurück.

Die Seeluft drang in ihre Lungen, frisch, befreiend. Vom Westwind getrieben, war sie von fernen Schaumkronen herangeweht worden.

Meredith stellte ihren Koffer aufs Bett und machte sich an die Arbeit. Wieder zum Ausgangspunkt zurückkehren, einen Hinweis finden, irgendetwas. Sich an die reinen Tatsachen halten. Die Gendarmen von Toulon hatten ihr Célines persönliche Wertgegenstände ausgehändigt, fremde Dinge, die bei der Beschlagnahmung gefunden wurden.

Sie hatte bisher nicht den Mut besessen, die Sachen durchzugehen.

Jetzt drängte es.

Sie saß im Schneidersitz auf der Bettdecke, öffnete die Plastiktüte und schüttete alles zwischen ihren Beinen aus. Ein wildes Durcheinander. Papiere, ein Notizbuch, ein Flugticket, Kreditkarten. Auch eine riesige schwarze Perle, die, auf ein geflochtenes Goldband gesetzt, zu einem Ring verarbeitet war. Laut Angaben der Gendarmen hatte das Opfer ihn getragen, als die Leiche gefunden wurde.

Sie legte das Schmuckstück beiseite und betrachtete das Flugticket. Hin- und Rückflug, Paris – Los Angeles – Paris, ein Flug erster Klasse für den 15. Oktober. Was wollte Céline in Los Angeles? Freunde sehen? Ihr einen Besuch abstatten?

Diese Erklärung kam ihr nicht sehr plausibel vor. Céline mochte diese Stadt nicht, im Grunde hasste sie sie. Zu groß, zu unpersönlich, und für ihren Geschmack vor allem zu gewalttätig. Die wenigen Male, die sie sich noch gesehen hatten, hatte ihre Schwester es immer so hingedreht, dass sie sich in Frankreich trafen, an der Küste.

Und in jedem Fall hätte sie ihre Ankunft angekündigt.

Meredith legte das Flugticket wieder hin und nahm das Notizbuch. Sie hatte plötzlich das Gefühl, eine Indiskretion zu begehen, zu der sie nicht berechtigt war. Bruchstücke eines Lebens schwärzten das Papier, ritzten die zarte Oberfläche und hinterließen am Ende nur den üblen Beigeschmack von Bitternis und Schuld.

Was hatte sie für Céline getan? Wo diese doch für die anderen lebte, immer für sie da war, was hatte sie von ihren Zweifeln begriffen, von ihrem Leid?

Ihr kamen die Tränen, sie rieb sich die Lider und verbannte diese Gedanken. Dann begann sie zu lesen, versuchte, Célines Zeitplan der letzten Wochen zu rekonstruieren.

Auf dem Papier schien sich ihre Schwester beständig in einem Märchen zu bewegen. Grandhotels, Abendgesellschaften, Frühstücksveranstaltungen, zweitürige Wagen vor der Haustür, und täglich zum Friseur. Die Tage flossen ohne Zwischenfälle dahin, in einer losgelösten, heiteren Schrift.

Ein Detail zog jedoch die Aufmerksamkeit von Meredith auf sich. Kein einziger Name, kein einziger Vorname, keinerlei Unebenheit gab der erschreckenden Leere dieser gesellschaftlichen Veranstaltungen eine persönlichere Note.

Als sie beim Sonntag, dem 15. Oktober angekommen war, blätterte Meredith um. Nichts. Das Notizbuch zeigte ihr nur das leere Bild einer weißen Wüste.

Nur eines stand da.

Mit rotem Filzstift geschrieben, zerbrachen zwei Worte die Hülle aus Nichts. Zwei bedeutungslose Worte, die ihre Absurdität wütend herausbrüllten.

Sie las sie mehrmals, wie in einem innigen Gebet. Dann formten sich unwillkürlich Töne, und mit einer Stimme wie aus weiter Ferne murmelte sie: »*Grand Pacifique*, Pazifischer Ozean.«

4

Paul war überrascht, als er den Ort entdeckte. Er hatte sich etwas anderes vorgestellt.

Das technische Zentrum der COMEX erinnerte an die Bude eines Schrotthändlers. Ein Schuppen aus grünlichem Wellblech, in die hintersten Winkel einer tot geborenen

Industriezone gequetscht. Ein paar Lastwagen, müde Gabelstapler, und überall Tauchzubehör und Tauchgeräte. Verrostet, zerbrochen, verbraucht. Ein Programm jagte das andere, und das Zentrum für Unterwasserforschung entwickelte sich weiter, ohne etwas wegzuwerfen, saß auf mehreren Schichten obsolet gewordener Maschinenteile.

Der Polizist ging durch einen Wald aus Wellblech und kam schließlich bei einer Art verwildertem Garten heraus. Eine untersetzte Gestalt trat ihm in den Weg, im Gegenlicht nicht zu erkennen.

»Was suchen Sie?«

Paul betrachtete den kleinen Mann, ein Energiebündel, das in einer zusammengestauchten Jeans steckte. Er streckte ihm seine gesunde Hand hin.

Der Gnom musterte ihn misstrauisch durch seine Brillengläser mit Verlaufstönung. Schließlich ergriff er seine Hand. Der Leutnant war überrascht über die Kraft seines Händedrucks. Ein Eichenhobel.

»Ich suche Stavros Kitanides. Mir wurde gesagt, er werde heute Nachmittag hier arbeiten.«

Ein Blick und klick.

»Ja ... Vielleicht.«

»Paul Cabrera. Ich bin ein Freund von Stavros.«

Der Gnom entspannte sich kaum.

»Was wollen Sie von Stavros?«

»Ihn sehen, das ist alles.«

»Hm ... Er hat mir nicht Bescheid gegeben.«

Der Bulle spürte seinen Widerstand. Trotzdem zwang er sich, höflich zu bleiben.

»Das wundert mich nicht. Er weiß nichts von meinem Besuch.«

Ohne ihm Zeit zu lassen, sich zu erklären, unterbrach ihn der Zwerg.

»Warten Sie eine Sekunde.«

Der Mann zog ein Handy von seinem Gürtel ab und drückte auf einen Knopf.

»Da ist einer für Stavros. Paul Cabrera, ein Kumpel von ihm, behauptet er wenigstens. Was mach ich mit dem?«

Stille. Die Zwergenstirn sah aus wie eine vom Wind geriffelte Düne.

»Ja ... Frag ihn ...«

Paul spürte, dass er sich würde durchsetzen müssen. Er wollte gerade seinen Bullenausweis rausholen und den Kerl zum Teufel jagen, als der Zwerg ihm hinrotzte: »Folgen Sie mir.«

Sie gingen um eine Art mit Brackwasser gefülltes Bassin herum, über dem ein geborstener Flaschenzug seinen Rostfinger ausstreckte. Der Leutnant war gut einen Kopf größer als sein Führer, nahm den ganzen Raum ein. Über der glänzenden Schüssel, über den breiten Schultern, entdeckte er eine Folge gleichartiger, dunkler, beunruhigender Gräben. Er dachte an Nester, an unterseeische Fruchtblasen, gefüllt mit Pelagiallarven.

»Stavros ist in der Überdruckkammer. Wir müssen warten.«

Paul versuchte einen warmherzigen Ton anzuschlagen. Dieser vierschrötige Zwerg missfiel ihm immer mehr.

»Kein Problem. Ich habe alle Zeit der Welt.«

Sie bogen nach rechts ab. Noch eine Reihe von Gräben. Der Zwerg, der ihm zwei Schritte vorausging, lief schnell und war sichtlich aufgeregt. Schließlich gelangten sie in einen weiteren Schuppen, stiegen eine Reihe von Stufen hinauf, eine einfache Metallleiter, die sich als Wendeltreppe um eine verrostete Achse drehte. Oben auf der Arbeitsbühne versperrte ihnen eine Panzertür den Weg. Der Zwerg tippte einen Code ein, ein grünes Licht blinkte.

»Treten Sie ein.«

Der Polizist betrat einen riesigen Raum, der von oben bis unten weiß gekachelt war, Boden, Wände, Decke, und übersät mit biegsamen Röhren und elektrischen Kabeln. Vergitterte Fenster ließen in regelmäßigen Abständen ein fahles Licht hereinfallen. Im Hintergrund sah man einige Überdruckkammern unter mehreren Reihen von Spotlights.

Ein Mann im Blaumann mit COMEX-Abzeichen schlenderte ziemlich lasch auf sie zu. Er zeigte auf eine der Kammern ganz rechts, sah auf seine Uhr.

»Stavros kommt in vierzehn Minuten raus. Sie kommen also gerade im rechten Moment.«

Er deutete auf einen schmutzigen Stoffsessel.

Cabrera ging nicht auf das Angebot ein und näherte sich der Kammer. Er drückte die Nase an das Bullauge, sah hinein. Zwei Dunstglocken nahmen ihm teilweise die Sicht, trotzdem konnte er drei winzig kleine übereinander gestapelte Betten erkennen, und eine Batterie von Monitoren, über die grüne Schlangen huschten. Er klopfte dreimal kurz an das Metall.

Fast gleichzeitig erschien ein struppiger Kopf im Rahmen der Glasscheibe. Platte Nase, wulstige Lippen, Haare so blond wie nasses Stroh – Kitanides lachte ihn so breit an, dass er sämtliche Zähne sehen konnte.

»Na? Du lässt dir also immer noch deine Neuronen mit Heliox kaputtmachen?«

Kitanides lächelte Paul begeistert an. Seine groben Gesichtszüge schienen eine beständige Freude auszudrücken.

»Was soll ich deiner Meinung nach denn sonst machen? Nicht allzu viele Stunden, gut bezahlt, und keiner da, der mir auf den Senkel gehen könnte. Kennst du etwa viele solcher Jobs?«

Der Leutnant lächelte zurück. Er kannte Stavros gerade mal sechs Monate – sie hatten ihre Bekanntschaft gemacht, als man aus den Räumen der COMEX Flaschen mit reinem Sauerstoff gestohlen hatte –, aber seine Offenheit, seine Freundlichkeit gaben ihm das Gefühl, dass sie sich schon viel länger kannten.

»Wie viel?«

»Dreihundertzehn Meter.«

»Seit wann?«

Der Taucher ließ seine Fingergelenke knacken.

»Seit drei Tagen. Plus eine Woche auf verschiedenen Stufen. Zum Glück hatte ich ein gutes Buch dabei.«

Paul lächelte im Stillen. Nur wenige Organismen waren in der Lage, den Druck auszuhalten, dem man in dieser Tiefe ausgesetzt war. Und der Mensch schon gar nicht. Die inneren Organe konnten ab vierzig Metern schwere Verletzungen davontragen. Oder einfach platzen.

Für Stavros schienen diese Einschränkungen nicht zu gelten.

Er tauchte, seit er laufen konnte. Nach der mittleren Reife hatte er sich auf Erdölplattformen für unterseeische Arbeiten im Nordmeer anheuern lassen. Zehn Jahre später, als die Mannschaft von Jacques Cousteau gerade einen Film über die Migrationsbewegungen der Wale drehte, hatte er das Glück gehabt, an Bord der *Calypso* zu gelangen.

Manchmal beneidete Paul ihn um sein Schicksal.

»Ich brauche deine Hilfe.«

Kitanides zog die Augenbrauen hoch.

»Bist du sicher, dass du dich nicht in der Person geirrt hast?«

»Ganz sicher. Hilf mir mal, mein Gedächtnis aufzufrischen. Wie lange bist du mit Cousteau getaucht?«

»Ich weiß nicht… Vier oder fünf Jahre. Unter Wasser merkt man das nicht mehr so recht.«

Wieder ein strahlendes Lächeln des Tauchers.

»Warum fragst du mich?«

»Kennst du Polynesien?«

»Ja, recht gut. Ich habe dort drei Monate lang eine Forschungsreihe durchgezogen, bevor ich hier gelandet bin. Brauchst du Infos über eine bestimmte Gegend?«

»Nicht ganz. Ich stelle Nachforschungen über einen Typen aus der Ecke an.«

Kitanides wischte sich den Schweiß weg, der ihm auf der Stirn perlte. Eine Folge des Druckabfalls.

»Was willst du wissen?«

Paul versuchte seine Gedanken zu bündeln. »Das ist noch nicht ganz klar…«

»Aha…«

Der Taucher stand auf und ging mit langsamen Schritten in eine Ecke des Raums. In dem schonungslosen Licht der Halogenlampen sah er aus wie ein Mutant.

»Willst du ein Bier?«

Paul nickte. Kitanides öffnete einen kleinen, in die Wand eingelassenen Kühlschrank. Zwei braune Flaschen wurden sichtbar. Er reichte ihm eine davon und setzte sich wieder.

Der Bulle traf seine Wahl.

»SOP, sagt dir das was?«

»Ich bin ihnen ein- oder zweimal begegnet, auf den Inseln. ein paar von ihnen sind an Bord gekommen.«

»Genauer.«

»Es gab Taucher unter ihnen, sie wollten sich unsere Anlagen anschauen. Ich weiß nicht genau Bescheid, aber das sind üble Typen. Um das zu wissen, braucht man sie sich nur anzuschauen.«

Ein primitives Gesicht drängte sich ins Gedächtnis des

Polizisten. Dann eine massige Gestalt, geballte Fäuste, ein Taifun aus Marmor, der pausenlos auf Tomasinis Knochen einschlug.

»Wie viele sind es?«

»Hundertfünfzig, zweihundert, glaube ich. Niemand weiß das so genau, sie rekrutieren täglich neue.«

Paul stellte sich eine wilde, unkontrollierbare Horde vor. Ihm drohte die Stimme zu versagen, als er fragte: »Organisiert?«

»Mehr oder weniger. Sie werden von einem Typen angeführt.«

»Haben sie eine Kaserne, etwas in der Art?«

»Nein. Einen Raum für ihr Material, das ist alles. Der Rest …«

Plötzlich wurde die Stimme des Tauchers von einem metallischen Donner überdeckt. Der Gnom nagelte die Öffnungen des Labors mit Metallplatten zu. Kitanides machte ihm ein Zeichen mit der Hand und sah ihn hinter einer Tür verschwinden. Sie waren allein.

»Was hatte ich dir gerade erzählt?«

»Ihr Raum …«

»Ach ja … Ich glaube, dass er sich im neuen Präsidentenpalast befindet. Man hält sie in Bereitschaft, für den Fall, dass …«

Paul riss leicht die Augen auf, stellte die Frage wortlos.

Kitanides sagte verwundert: »Hast du nichts von den Unruhen gehört?«

»Doch … da dämmert mir irgendwas.«

Cabrera rief sich den Gewaltausbruch ins Gedächtnis, der über seinen Bildschirm geflimmert war. Brennende Gebäude, Horden von Apachen, die auf den Straßen herumbrüllten und aussahen, als würden sie gleich wild um sich ballern. Und vor allem das Bild eines Mannes auf dem Boden, einer von der Republikanischen Sicherheitsgarde, auf den sich bei der Gangway eines belagerten Flugzeugs ein paar Strumpfmützenträger gestürzt hatten.

Die Bilder verschwammen. Er sah auf seine Uhr. Die Zeit verging, die Geschichte dieses Landes begeisterte ihn nur mäßig.

Verbindungen finden, Beweise. Zum Ausgangspunkt zurückkehren.

»Arbeiten die SOP für die Armee?«

Der Taucher machte ein verdutztes Gesicht.

»Wie kommst du denn darauf? Wer hat dir denn die Idee eingeblasen? Da unten ist die Armee ein einziger geschlossener Kreislauf. Die lässt sich mit niemandem auf irgendwas ein. Vor allem nicht mit der örtlichen Bevölkerung.«

»Gibt es überhaupt keine Sonderkommandos oder Missionen?«

»Nein. Die SOP, das ist was Internes. Eine Privatmiliz, wenn du so willst. Nicht wirklich offiziell, meiner Meinung nach. Die Militärs ignorieren sie. Sie ignorieren die Militärs.«

Der Polizist seufzte. Das passte alles nicht zusammen. Die Verbindung glitt ihm durch die Finger, als habe man sie mit Öl eingeschmiert. Trotzdem war sie da, dessen war er sich sicher.

Ein Detail entdecken, einen Hinweis, um die Sache wieder in Gang zu bringen. Er suchte einen anderen Weg.

»Man hat mir erzählt, die Typen von der SOP würden Straßenreinigungsarbeiten übernehmen.«

»Dazu sind sie im Prinzip da.«

»Auf Tahiti?«

»Nicht nur. Letztlich sind sie so gut wie überall zu finden. So sind wir ja auch auf sie gestoßen. Sanierungsarbeiten auf den Inseln, Entwaldung, Straßenbau. Falls es einen Zyklon gibt, sind sie an vorderster Front. Eine gute Methode, die anderen die bittere Pille schlucken zu lassen und sich beliebt zu machen.«

Diesmal hatte Paul das Gefühl, einen kleinen Durchbruch geschafft zu haben. Die Söldner waren mobil. Sind sie in die Nähe der fraglichen Gebiete gekommen? Um den Dreck einer in die Flucht geschlagenen Armee zu beseitigen? Falls das der Fall war, wer wäre auf die Idee gekommen, hier einen Zusammenhang herzustellen? Wer hätte das vermocht?

Er machte mit seiner Befragung weiter.

»Hätten sie zu den Orten gelangen können, an denen die Atomversuche durchgeführt wurden?«

»Nein. Unmöglich. Die Zonen sind bewacht, echte Bunker. Um Genehmigungen zu bekommen, musste unsere Stiftung zwei Jahre lang verhandeln.«

Saurats Worte hallten in seinem Schädel wie Nebelhörner wider. Atomversuche in der Atmosphäre. Radioaktive Wolken, die in großer Höhe abdriften, um den Ozean zu verseuchen. Vergessene Atolle. Die Frage platzte aus ihm heraus: »Hast du eine Karte?«

Kitanides kratzte sich am Kopf. »Vielleicht... Warte mal.«

Er kramte in einer Art Metallschrank herum und kam mit einer zerknitterten Karte zurück. Er entfaltete sie auf dem Boden. Mit schwarzem Filzstift umrandet, war Polynesien mit seiner stacheligen Gruppe von Atollen zu sehen.

»Was suchst du?«

»Tureia.«

»Tureia? Warum? Da gibt es nichts...«

»Zeig mir einfach, wo es ist.«

Kitanides deutete auf ein blaues Gebiet.

»Ost-Tuamotu.«

Paul versenkte sich in den Archipel. Moruoa, Fangataufa, mittlerweile vertraute Namen. Tematangui, Tenararo, Maturei, Vavao, Tenarunga, Vahanga, die kannte er noch nicht.

Tureia.

Etwas pikste ihn unter den Achseln. Tureia, am weitesten nördlich gelegen, am stärksten exponiert. Das Atoll lag keine Taulänge von Moruoa entfernt. Er fragte: »Könnten die SOP sich auf die Atolle in unmittelbarer Nachbarschaft der Atomversuchsstätten begeben haben? Nach Tureia zum Beispiel?«

Schulterzucken des Tauchers.

»Ja … Das ist möglich. Es gibt dort keine militärischen Einrichtungen außer einem alten Atomschutzbunker, den niemand jemals benutzt hat. Die Armee hätte kein Interesse, den Zugang zu verbieten.«

Jetzt schien Cabrera klar zu sein, wie alles zusammenhing. Die Armee würde es nicht riskiert haben, die angrenzenden Zonen zu umstellen. In den offiziellen Verlautbarungen gab es keine Verseuchung. Es wurden nur die militärischen Zonen geschützt.

Aber die Uniformträger hatten Zweifel. Um den Dreck zu beseitigen, schickten sie die örtlichen Milizen vor.

In aller Diskretion.

Er erhob sich. Sein Herz schlug schneller, kleine Hoffnungsfünkchen wirbelten unter seiner Stirn herum. Er schloss die Augen und versuchte, wieder ruhiger zu werden. Sofort trat ein bisher verdrängtes Bild in sein Bewusstsein. Ein schwammiger Körper, ein riesiger, lang gezogener Kopf, Todesserpentinen. Er fragte: »Eine Tätowierung in Form eines Kraken, ist dir so was schon mal begegnet?«

Kitanides griff nach einer Jacke aus Goretex, die hinter ihm lag. Er dachte nach, eine tiefe Falte auf der Stirn.

»Um den Hals?«

»Um den Hals, ja.«

Der Taucher zögerte, dann sagte er: »Einer der Typen von den SOP hatte eine, ich hab sie gesehen, als er an Bord kam. Es sah aus wie ein Anhänger.«

»Weißt du, was das zu bedeuten hat?«

»Ich nicht. Aber ich kenne jemanden, der das vielleicht weiß …« Er lächelte abwesend. »… falls er noch lebt.«

5

Dreiundzwanzig Uhr.

Die Nationalversammlung beendete ihre traditionelle Mittwochs-Fragestunde. Eine Medienshow, die man unter keinen Umständen verpassen durfte. Der Abgeordnete Jacques Ferraut, groß, dünn, Bürstenschnitt, Hornbrille, verließ als einer der Ersten das Halbrund des Parlamentssaals.

Er warf einen nervösen Blick auf seine Uhr und stürmte die Treppen hinunter. Erlesene Teppiche, Goldverzierungen, Ölgemälde großer Meister, die nationalen Kulturschätze stellten im Haus des Volkes einen abgehobenen Luxus zur Schau.

Er durchquerte die Büstengalerie, Alabasterbildnisse mit erstarrten Zügen und sorgenvollen Stirnen, und begab sich schnellen Schrittes in sein Büro. Da man ihn zum Vorstand der parlamentarischen Kommission berufen hatte, die damit beauftragt war, die Folgen der Atomversuche im Pazifik zu analysieren, genoss er seit sechs Monaten den Luxus eines geräumigen Büros, einer zusätzlichen Sekretärin und zweier kompetenter Assistenten.

Aber dieser Kinderkram ließ ihn gleichgültig.

Er spielte ein gefährliches Spiel, das all seine Aufmerksamkeit fraß, und man konnte förmlich zusehen, wie er immer magerer wurde.

»Guten Abend. Entschuldigen Sie, ich konnte nicht früher weg.«

»Ist nicht so wichtig.«

Der Mann, der auf dem Sofa saß, erhob sich und streckte ihm die Hand entgegen. Er war groß und kräftig, und auf seinem Kopf wellte sich eine schneeweiße Mähne. Er trug einen gut geschnittenen Anzug mit einer aufgenähten roten Rosette.

Der Abgeordnete brachte kurz ein verkrampftes Lächeln zustande. Er war müde, er hatte Hunger, und im Grunde hatte er seine Gefühle immer weniger im Griff.

»Sie müssen für meinen Schutz bürgen, Chastel.«

»Beruhigen Sie sich, mein Lieber. Wir haben noch eine gute Länge Vorsprung.«

»Das sieht man, dass hier nicht Sie es sind, der seine Haut riskiert…«

»Sie riskieren gar nichts. Noch wissen sie nicht, wer Sie sind.«

»Das ist eine Frage von Stunden.«

Chastel seufzte. Er steckte beide Hände tief in die Taschen und lief ein paar Schritte. Er blieb vor einem offiziellen Foto von Präsident Mitterand stehen, ein einfacher Rahmen mit schwarzem Trauerband. Seit dem Tod der Sphinx wurde das Spiel immer komplizierter.

»Nehmen Sie sich zusammen, Ferraut. Das ist nicht der Moment, um in die Knie zu gehen. Bis jetzt haben Sie sich perfekt verhalten. Bringen Sie uns nicht so weit, dass wir es bedauern, Ihnen diese Aufgabe anvertraut zu haben.«

»Hören Sie auf mit dem Quatsch, Herr General. Sie wissen sehr wohl, dass ich in der Scheiße stecke.«

»Noch nicht. Aber wenn Sie so weitermachen, dann könnten Sie sich schneller darin wiederfinden, als Sie denken.«

»Drohungen?«

»Nein ... Aber nehmen Sie sich in Acht. Es wäre bedauerlich, wenn Sie alles hinschmeißen würden.«

»Wenn Sie nicht für meinen Schutz sorgen, dann gehe ich drauf. Ich habe nichts damit zu schaffen, was dann mit Ihnen geschieht, verstehen Sie?«

Chastel blieb stehen. Er starrte das Bild des Präsidenten mit seinen graublauen Augen an.

»Sie werden ihn bekommen, Ihren vermaledeiten Schutz. Aber frühestens in vierundzwanzig Stunden.«

»Was?«

»Es läuft gerade eine Untersuchung. Unsere neuen Freunde versuchen, Sie ausfindig zu machen. Wenn wir zwei Jungs für Sie abstellen, dann können wir ihnen Ihren Namen auch gleich geben.«

»Ich ... Ich verstehe nicht ...«

Chastel presste seine Handflächen aufeinander. Er sprach leise, aber bestimmt: »Das ist doch ganz einfach. Die Leute, die Sie eingeschleust haben, besitzen Verbindungen zum höchsten Gipfel des Staates. Sie werden sofort benachrichtigt, wenn wir auch nur eine Bewegung machen. Wenn wir nichts tun ... Glauben Sie mir, dann ist das die beste Garantie.«

Über seine Hornbrille hinweg warf der Abgeordnete des Departements Hauts-de-Seine ihm einen fiebrigen Blick zu.

»Ist es nicht ein bisschen spät für diese Art von Strategie? Was hat Sie dazu bewogen, diese Autopsie durchzuführen?

Niemand hat etwas geahnt. Sie haben ihnen den Floh selbst ins Ohr gesetzt.«

»Sie irren sich. Ich bin nicht verantwortlich.«

Ferraut lächelte verzerrt.

»Wer dann? Sie haben diese Operation von Anfang an geleitet.«

»Die Entscheidung wurde vom gesamten Kollegium getroffen. Alle Leiter der betroffenen Dienste haben zugestimmt. Die Dinge vor Ort haben sich schneller entwickelt als erwartet. Wir konnten es uns nicht erlauben, noch länger zu warten.«

»Was wollen Sie damit sagen?«

»Die nächsten Territorialwahlen rücken näher, da werden die Karten neu gemischt. Dort unten ändert sich alles sehr schnell, Sie wissen das. Die Unabhängigkeitskämpfer werden von Paris um Unterstützung gebeten, sie könnten umfallen. Die Clique vor Ort macht ihnen schöne Augen und stärkt ihre Positionen. Genau hier. In diesem Augenblick. Und noch dazu mit Unterstützung des Elyséepalastes. Wenn wir sie weitermachen lassen, vergehen weitere sechs Jahre, bis wir sie rausgejagt haben.«

Ferraut schluckte.

»Man kann nicht gerade behaupten, das Ganze sei eine gelungene Sache ... Sie haben nichts beweisen können mit Ihren Mauscheleien. Und jetzt werden wir von ihnen in die Enge getrieben.«

Chastel klopfte ihm auf die Schulter.

»Nun mal halblang, Jacques ... Entspannen Sie sich. Bald ist alles vorbei. Durch diese Autopsie haben wir Zeit gewonnen.«

»Sie vielleicht ... Ich bin erledigt.«

»Entscheidend ist, dass Sie bis morgen Abend durchhalten. Danach können Sie sich ausruhen.«

Der Parlamentarier lockerte seine Krawatte, ihm war nicht wohl.

»Sie brauchen mich nicht mehr, nicht wahr?«

»Noch vierundzwanzig Stunden, Jacques. Wenn Sie tun, was nötig ist, werden wir uns um Sie kümmern. Wenn nicht…«

Der alte Löwe setzte eine Miene des Bedauerns auf. Ferraut spürte, wie die Schlinge sich zuzog.

Als er kontaktiert wurde, hatte der Abgeordnete das alles zuerst für einen Scherz gehalten. Er hatte sich trotzdem bereit erklärt, Chastel zu treffen, einen Armeegeneral mit dem Doktor in Medizin, und seinen Ausführungen zu lauschen. Als Präsident einer Atomversuchskommission war das das Geringste, was er tun musste.

Dann war die Angelegenheit komplizierter geworden. Chastel arbeitete für die DST, den polizeilichen Inlandsnachrichtendienst, er hatte ihm vorgeschlagen, mit seinen Diensten zusammenzuarbeiten. Über die Gründe, die ihn dazu bewogen hatten, bei der Sache mitzumachen, war sich Ferraut noch immer nicht im Klaren. Der Schraubstock wurde immer fester zugedreht. Drei Monate später spielte er schon den Spion, inmitten einer Horde ausgerasteter Polynesier.

Mittlerweile hatte der Politiker gar nichts mehr im Griff.

»Was soll ich tun?«

»Bleiben Sie spontan. Falls man Kontakt mit Ihnen aufnimmt, spielen Sie das Spiel einfach weiter. Noch innerhalb der nächsten vierzehn Tage wird eine Versammlung stattfinden. Versprechen Sie, dass Sie hingehen werden.«

»Wissen die anderen, was Sie über die Leiche herausgefunden haben?«

»Nicht dass ich wüsste. Ich habe die nötigen Vorkehrungen getroffen, dass nichts durchsickert. Céline Larqué wurde gestern auf einem Friedhof in Montréal beerdigt. Niemand konnte in ihre Nähe gelangen, bis sie in den Sarg gelegt wurde.«

»Aber Sie haben doch einen Bericht verfasst?«

»Der ist noch in meinen Händen. Wir werden ihn erst veröffentlichen, wenn wir aus der Sache raus sind.«

Ferraut senkte den Kopf. Seine Synapsen barsten, er stellte Hypothesen auf, die er sofort wieder verwarf, versuchte, den Riss zu finden, in dem er versinken würde. Seine Stimme zitterte: »Gut … Ich werde tun, was ich kann.«

Chastel warf ihm ein beruhigendes Lächeln zu.

»Das wird schon werden, mein Guter. Ich bin sicher, Sie werden es schaffen.«

6

Meredith ging lange spazieren, lief menschenleere Gehsteige entlang, schlenderte über Fußgängerwege, die mit Stahlnägeln gesäumt waren. In diesem Stadtteil gab es billige Restaurants neben Café-Theatern, Buchhandlungen und Kulturzentren. Topaktuelle Schaufensterauslagen für zurückgebliebene Studenten.

Sie gelangte auf den Cours Julien, einen Platz aus grauem Stein, umgeben von Straßenlaternen und gespickt mit öffentlichen Parkbänken. Gruppen von Jugendlichen zogen im Dämmerlicht herum, hockten in Trauben auf ihren Motorrollern, verständigten sich durch Handzeichen und Kopfnicken. Es kam ihr so vor, als überschreite sie eine unsichtbare Grenze, als betrete sie ein verbotenes Gelände, auf dem es lauter Geheimcodes gab, lauter ungeschriebene Gesetze – und Angst.

Sie ging schneller und gelangte auf die andere Seite. Ihre Nachforschungen hatten ihr einen Namen und eine Adresse beschert.

Hier war's.

Sie betrat eine Bar. Proppenvoll. Laut. Ein dumpfer Bierdunst wogte ihr entgegen, vermengt mit dem etwas schwereren Geruch menschlicher Ausdünstungen. Sie fühlte sich nicht wohl an dem Ort, aber bei dem, was sie vorhatte, blieb ihr keine andere Wahl. Was den neuesten Stand der Technik anging, war der Rückzugsort der Cabreras etwa zehn Jahre im Rückstand.

Sie brüllte in ein mit Piercings gespicktes Ohr: »Wo sind die Computer?«

Das Ohr drehte sich zur Seite und machte Platz für ein Gesicht, das fast nur aus Augenringen bestand.

»Was?«

Meredith tat so, als würde sie mit den Fingern auf einer Tastatur herumtippen.

»Internet …«

Kopfnicken, ein angekauter Nagel wies ihr den Weg.

»Über uns …«

Meredith hob den Blick. Zwanzig Meter weiter oben ging das blinde Fenster einer Glaskuppel hinaus in die Nacht. Der Saal bildete einen riesigen Schacht, mindestens vier Stockwerke hoch. Auf einer Außengalerie war eine ganze Batterie leuchtender Bildschirme gleich einem Smaragdcollier aufgereiht.

Sie bahnte sich einen Weg, stieg die Treppe hinauf. Oben war die Luft deutlich angenehmer, und es war leiser. Meredith setzte sich vor ein unbenutztes Gerät und zog sich die Weste aus.

Sie schaltete den Computer an. Ein großer Mund füllte den Bildschirm und hieß sie willkommen. In der folgenden

Sekunde flüsterten die Lippen ihr zu, sie solle ihre Kreditkarte einführen. Was sie denn auch tat.

Drei Suchmaschinen boten ihre Dienste an, idiotische Logos, umgeben von Werbebannern. Die Amerikanerin zögerte. Schließlich trafen ihre Finger eine Entscheidung. Yahoo. Die vollständigste. In Malibu benutzte sie diese.

Es wurde die potenzielle Trefferzahl angegeben. Viel zu viele. Die Platinen reagierten auf zwei besonders häufige Wörter: »Grand« und »Pacifique«. Da konnte man stundenlang surfen, ohne zu einem Ergebnis zu kommen. Sie musste die Suchanfrage verfeinern, die Suche eingrenzen. Als Erstes musste die geographische Zone bestimmt werden.

Musste sie herausfinden, wo Céline hinwollte.

Sie wandte das Ausschlussverfahren an.

Céline hasste Kalifornien, sie wäre dort niemals länger als eine Nacht geblieben. Los Angeles war also nur ein Zwischenstopp. In jede andere amerikanische Stadt hätte ihre Schwester einen Direktflug genommen. Kanada? Lateinamerika? Die Antwort war die gleiche. Folglich handelte es sich nicht um den amerikanischen Kontinent, sondern ein ferneres Ziel, das diese Route unumgänglich machte.

Sie dachte weiter nach, zermarterte sich das Hirn. Was kam nach der Westküste? Nichts, bis Australien. Eine Wasserwüste, in der hie und da verstreut ein paar Inseln lagen.

Die Antwort traf sie wie ein Peitschenhieb: Tahiti.

Sie wählte den Icon aus. Der Bereich der Möglichkeiten wurde immer kleiner. Reiseagenturen, Bars, Restaurants, ein paar Gesellschaften. Alle trugen sie die Vokabel Pazifik. Aber keine von ihnen wies zugleich auch das Adjektiv auf.

Sie rieb sich die Hände an der Jeans und scrollte noch einmal die Liste durch, diesmal langsamer.

Plötzlich sah sie es.

Drei Zeilen. Eine Website. *Grand Pacifique* entpuppte sich als eine wirtschaftspolitische Informationszeitschrift.

Die Amerikanerin spürte, wie ihre Schultern sich strafften. Sie drückte den Rücken durch, um ihre Lenden zu entspannen und drehte den Kopf, wieder in der Realität angekommen. Zwischen den Bildschirmen liefen Nachtschwärmer herum, die Leute an der Bar machten mit ihrem sinnlosen Reigen weiter.

Mit einem Lächeln auf den Lippen vertiefte sie sich wieder in ihre Pixel.

Die Website des *Grand Pacifique* tat sich nicht durch seine Ergonomie hervor. Ein eilig zusammengebasteltes Ding ohne graphische Feinheiten. Auf der Startseite waren die letzten Ausgaben, eine Link-Liste und eine Großaufnahme des Chefredakteurs: Bob Vantel. Ein angelsächsischer Name.

Meredith blätterte die letzte Ausgabe durch, die man ins Netz gestellt hatte. Die Zeitschrift behandelte in ein paar zugespitzten Artikeln das aktuelle Geschehen vor Ort. Polynesien, Frankreich, alle bekamen sie gehörig eins auf den Deckel. Aber das Wesentliche fand sich an anderer Stelle. Im Mittelteil berichtete ein Dossier vom letzten Besuch einer parlamentarischen Kommission, die Untersuchungen über die Reinigung der Atomversuchsgebiete anstellte.

Die Amerikanerin überflog es, ohne etwas zu erfahren. Dann ging sie zeitlich zurück. Nummer für Nummer. Der Aufbau der Monatszeitschrift bestand jedes Mal im Wesentlichen aus einem Dossier, einer Reportage und einem Interview. Immer wieder ging es um dasselbe Thema. Die Essays schienen den Journalisten zu begeistern. Er wühlte nach Hypothesen, ackerte Berichte durch, klopfte bei den Akteuren auf den Busch. Der Tonfall ließ an einen Krieg denken, einen Krieg der Worte.

Meredith verstand, warum Céline sich an ihn gewandt hatte. Sie suchte nach Antworten. Vantel war ein Verfechter der Sache. Außerdem hatte er einen Vorteil gegenüber seinen Mitstreitern: Er kannte sich in dem Mikrokosmos aus wie in seiner Westentasche und führte selbst die Ermittlungen durch.

Sie klickte seinen Namen an. Ein Foto erschien, auf dem ein Mondgesicht zu sehen war. Strohblonde Haare, weiße Augenbrauen, eine rosige Haut. Ein Albino. Oder …

Ein anderes Bild legte sich über das erste. Das eines Verstrahlten, Verbrennungen dritten Grades durch ein Atomfeuer.

Sie ließ es wieder verschwinden und ging zu den Links. Eine Reihe von Webadressen erschien. Vorwiegend australische und neuseeländische Websites. Sie erkannte die von Greenpeace. Ein paar Bilder. Eine kleine Flotte von Zodiacs, die mit Kohlenwasserstoff voll gepumpte Maschinenkolosse angriffen, an Zäune gekettete Bärtige, verkleidet wie für ein Halloweenfest.

Der Puls der Amerikanerin beschleunigte sich. Bei all ihrer Unwissenheit wusste sie doch eines. Etwas, das alle Welt wusste. Die Kreuzritter der Ökobewegung hatten die Waffen gegen die Atomwirtschaft erhoben. Falls Vantel mit ihnen marschierte, ging sein Engagement über das eines gewöhnlichen Journalisten hinaus.

Wenn sie ihn hatte treffen wollen, so hatte ihre Schwester etwas anderes als Informationen gesucht. Sie kannte ihr Schicksal und brachte etwas zu Ende. Sie schloss sich einer Armee an.

Céline, das hilflose kleine Mädchen, das verwöhnte Kind. Plötzlich zeigte sie ein anderes Gesicht. Das einer entschlossenen Amazone, die ihr Fleisch hingab für ein Morgen, das sie nie kennen lernen würde.

Meredith sah auf ihre Uhr. Dreiundzwanzig Uhr sechs. Sie surfte seit einer Stunde und würde nichts Neues mehr erfahren. Es war an der Zeit, einen neuen Gang einzulegen.

Sie notierte sich die Telefonnummer der Zeitschrift und verließ die Bar. Die Schatten hatten den Ort verlassen, ein Pärchen ging Hand in Hand zum Parkplatz zurück.

Ohne zu warten, wählte sie die Nummer.

Am anderen Ende der Welt war es, wie sie sich erinnerte, gerade mitten am Vormittag.

7

Die Docks von La Joliette. Eine lange Zeile aus Stein, Metall und Glas, ehemalige Hafenlagerhäuser, die man dem Zeitgeschmack entsprechend für die neuen Eliten etwas aufgemotzt hatte. Wirtschaftsprüfungsbüros, Net Economy, Kommunikationsgesellschaften, hier hatten sich die Akteure einer aufstrebenden Stadt versammelt, eine Taulänge von den Problemvierteln entfernt. Im Schutz ihrer stolzen Festung beobachteten sie mit zerstreutem Blick den Reigen der Betonblumentröge, die Tausende von Lastwagen, die die Frachtgeldzonen verließen, bevor sie sich über die Stadt verteilten.

Paul ließ das letzte Gebäude hinter sich und kam an den Überführungen vorbei. Es war noch ziemlich früh am Abend, und die schmalen Bänder der Autobahnzubringer pumpten noch immer einen nicht abreißenden Verkehrsstrom in Stadt. Die Stadt erstickte. Doch das war allen egal. Im Innersten seiner Seele ertrug Cabrera diese Vorstellung nicht.

Er ging hoch zum Boulevard de Paris. Die Angaben, die

Stavros ihm gemacht hatte, waren wie Bruchstücke von Erinnerungen. Ein heruntergekommener Laden hinter den Docks. *L' Oiseau des Iles*. Oder *La Fleur du Pacifique*. Zwei Jahre später hatte der Taucher das vergessen. Jedenfalls ein altmodisches Klischee, das den Kunden anlocken und ihm das Geld aus der Tasche ziehen sollte. Der Typ, dem der Laden gehörte, hieß Patrice, zumindest war das der Name, unter dem er ihn damals kennen gelernt hatte.

Paul klapperte eine Reihe von Bars ab, alle zum Brechen voll, lauter hochrote Gesichter und kahl geschorene Schädel. Gläser wurden gehoben, es wurde angestoßen, hin und wieder ließ eine offene Tür nach Anisschnaps stinkende Ausdünstungen auf die Straße hinauswehen. Der Polizist dachte an den Korsen, wie er sich in diese Höhlen begeben hatte, um an Infos ranzukommen. Jedes Mal hatten sich die Gesichter verkrampft, hatte Hass in den Augen gefunkelt. Jedes Mal war Tomasini weniger als eine Minute geblieben. Wenn er herausgekommen war, hatte er erreicht, was er wollte.

Heute Abend hatte Paul das Gefühl, in seine Fußstapfen zu treten.

Er ging um einen Häuserblock herum, bog in eine kleine Gasse mit lauter Stundenhotels ein. Cabrera war überzeugt, auf der richtigen Spur zu sein. Billig aufgemotzte Nutten bildeten eine Art Ehrenspalier, er befragte sie eine nach der anderen. Nach zwei oder drei Schlägen ins Wasser – sehr junge Mädchen, die kaum Französisch sprachen – hatte er ins Schwarze getroffen. Eine Frau von etwa dreißig Jahren, die sich in einen rosa Lederrock gezwängt hatte.

»*L'Oiseau des Iles*… Kenn ich. Da hab ich mir das hier machen lassen.«

Sie hob den Rock. Ein riesiger Panther wogte mit aufgerissenem Maul auf ihrem Hintern.

»Na, Süßer, magst du Bagheera einen Kuss geben?«

»Heute Abend nicht, meine Gute. Sag mir lieber, wo ich den Laden finde.«

Die Prostituierte zog den Rock wieder runter.

»Da hinten. Noch zwanzig Meter, gar nicht zu verfehlen.«

Paul nickte und verließ die Gruppe. Hinter seinem Rücken wurde hämisch gelacht, als er die angezeigte Richtung einschlug. Er ging weiter, mit starrem Blick, sprang über umgekippte Mülltonnen. Mitten in der Stadt sah es hier aus wie in der Dritten Welt.

Er blieb vor einem Schaufenster stehen, das der Länge nach geborsten und mit Isolierband wieder geklebt worden war. Die auf die Scheibe gemalten Buchstaben sahen aus wie das Gefieder eines Papageis. *L'Oiseau des Iles*. Der Spatz war eher etwas mottenzerfressen. Neonlicht flackerte auf den Gehsteig.

Paul warf einen Blick nach drinnen. Niemand. Ein abgewetzter Sessel stand vor einer Art Operationstisch, über den ein weißes Tuch geworfen war. Dazwischen Farbfläschchen, Nadeln, Elektrogeräte, die auf einem zweifelhaften Labortisch aus Keramik ausgebreitet lagen. Die Wände voll von grauenhaften Fotos, Rücken, Büsten, ein Prospekt aus menschlicher Haut, bedeckt mit barocken Motiven.

Er musste an eine Folterkammer denken.

Er drückte die Tür auf. Kleine Bronzestäbe klingelten über seinem Kopf. Noch in derselben Sekunde kam ein Mann aus dem Hinterzimmer geschossen und pflanzte sich vor ihm auf.

»Ich schließe.«

Der Polizist sah sich den Springteufel genau an. Sehniger Körperbau, böse Augen, eckiger Haarschnitt. Keiner von denen, die sich leicht beeindrucken lassen. Er beschloss, mit keinem Wort zu erwähnen, dass er Bulle war.

»Bist du Patrice?«

Der Mann machte einen Schritt auf Paul zu. Er sah den Polizisten durchdringend an. Dann antwortete er ganz mechanisch, als sage er eine Lektion auf.

»Könnte sein …«

»Stavros schickt mich.«

In seinen Augen glomm ein Funke auf.

»Stavros Kitanides?«

Paul bejahte mit einer Kinnbewegung. Der Typ deutete mit dem Zeigefinger auf den Polizisten. Er hatte die sieben Flammen der Fremdenlegion auf seinen Unterarm tätowiert.

»Und du, wer bist du?«

»Paul. Ein Kumpel von Stavros. Er hat mir deine Adresse gegeben.«

Der Legionär entspannte sich. Er starrte den Leutnant immer noch unverwandt an.

»Scheiße … Stavros Kitanides … Ist er zurzeit in der Gegend?«

»Er geht bei der COMEX in die Kammer.«

»Ich hab ihn seither nicht mehr gesehen … Boah! … Das ist mindestens drei Jahre her.«

Paul deutete ein Lächeln an. Die Stimmung veränderte sich zum Positiven, das war ihm lieber so. Bei Legionären war er auf der Hut. Wahnsinnige Kerle, denen Schläge oder Schmerz nichts ausmachten. Wenn man die kriegen wollte, musste man sie töten.

»Willst du eine Tätowierung?«

»Aus dem Grund bin ich nicht hier.«

Der Legionär verschränkte die Arme. »Willst du ein Mädchen?«

»Nein ...«

»Vor mir brauchst du dich nicht so zu haben. Wenn du ein Kumpel von Stavros bist ... Da ist nichts dabei.«

Paul zog ein Blatt Papier aus seiner Jacke. Er hatte versucht, den Kraken aus dem Gedächtnis zu zeichnen.

»Hast du diese Tätowierung schon mal gesehen?«

Der Legionär schnappte sich das Papier. Er drehte es in alle Richtungen, als wolle er hinter ein darin verborgenes Geheimnis kommen.

»Kann sein ... Kann sogar gut sein ...«

»Willst du mir was darüber erzählen?«

Der Mann musterte Paul eingehend. »Was suchst du eigentlich?«

»Sagen wir mal, ich interessiere mich für Tätowierungen.«

»Du bist nicht vielleicht ein Bulle?«

Dem Legionär war die Miene entgleist. Er blickte jetzt böse. Dann glättete sich sein Gesicht, urplötzlich, wie ein Bild, das wegspringt.

»Ist auch wurscht, was geht's mich an. Kannst schließlich machen, was du willst. Ich hab mir nix vorzuwerfen.«

Instinktiv wusste der Polizist, dass der andere schon mal mit dem Gesetz in Konflikt gekommen war. Er wusste, wie Knast riecht, hier wie andernorts.

»Reg dich nicht auf. Hier gibt's keinen Bullen. Nur mich. Ich mag das Motiv. Bevor ich mich piksen lasse, wollte ich Bescheid wissen.«

»Das ist ein altes Ding. Das machen sie auf den Inseln. Ich hab seit der Zeit woanders keine mehr gesehen.«

Paul spielte weiter den Begriffsstutzigen: »Auf den Inseln? Welchen Inseln?«

»Den Pazifischen, Mensch. Da bin ich vier Jahre lang gewesen. Hat Stavros dir das nicht erzählt?«

»Nein.«

Der Legionär setzte sich in den Sessel. Er nahm eine Nadel und pulte sich den Dreck unter den Fingernägeln weg.

»Wir haben uns auf Tahiti kennen gelernt. Eine Wahnsinnsfete, was erzähl ich dir. Da unten hab ich das Tätowieren gelernt. Und dass du's nur weißt, mein Lieber, ich habe auf die Traditionelle angefangen. Haizähne und so weiter.«

Paul spürte die Aufregung. Er brachte ihn sanft wieder auf die richtige Schiene.

»Und dann hast du plötzlich den Kraken gesehen …«

»Ja … den Kraken … Gehört zu dem ganzen Quatsch, den die Wilden da machen. Es heißt, die ersten Krieger hätten bei ihrer Fahrt über den Ozean gegen Riesenkraken gekämpft. Monster, die sich an die Pirogen klammerten und ihre Kinder fraßen.«

Cabrera sah wieder seinen Angreifer vor sich. Ein Rotznasenlächeln auf einem Catchergesicht, eine primitive Gewalt, irrationale Glaubensvorstellungen. Gegen seinen Willen und trotz der Umstände weckte dieses Volk seine Neugier. Völlig unerwartet stieß er an diesen Ufern auf ein Echo seiner eigenen Ängste.

Der Legionär schwelgte weiter in seinen Erinnerungen: »Nach dem, was ich gehört habe, warfen sie sich auf die Balge und warteten darauf, dass der Krake sich um sie schlang. Dann stachen sie ihn mit der Klinge ab. Kannst du dir das vorstellen?«

»Heiße Sache …«

»Echt bescheuert … Wie kannst du bloß so eine Geschichte glauben?«

Paul zuckte mit den Schultern. Dass die Sache unwahrscheinlich war, fiel kaum ins Gewicht.

»Na, und die Tätowierung?«

»Die haben sie sich auf die Schwarte kleistern lassen, um zeigen zu können, wie stark sie sind. Wenn du damals so eine hattest, dann warst du der Obermacker.«

»Und heute?«

»Genauso. Aber es gibt nicht mehr viele ... Das war ein kriegerisches Zeichen, das läuft nicht mehr. Wenn du dir das erst mal hast eintätowieren lassen, dann musst du auch die Folgen tragen.«

»Was willst du damit sagen?«

»Dass du nicht zum System gehörst. Dass du dich für einen Reinen hältst. Wie die Alten ... Rückkehr zum Meer. Fischerei und Tradition. Das Gesetz des Stärkeren halt ...«

Paul lehnte sich mit dem Rücken an die Wand. Die letzten Worte von Patrice hatten ihn durcheinander gebracht. Der Krake brachte eine geheime Welt zum Vorschein. Er dachte an die Yakusas, diese japanischen Mafiosi mit dem Ehrencode der Samurai. Der Typ von den SOP hatte sich ein Stilett ins Herz gerammt. Weil er in seiner Aufgabe versagt hatte. Wer waren diese Leute? Wie hatte ihr Weg sich mit dem einer Berufsarmee kreuzen können?

Der Legionär stand wieder auf und klopfte ihm auf die Schulter.

»Hast du das Gefühl, dass in dir die Seele eines Kriegers wohnt?«

Der Bulle war sprachlos. Diese Frage hatte er sich noch nicht gestellt. Er lebte und handelte wie ein Krieger. Was dahinter vor sich ging, zappte er weg.

»Die Tätowierungen, die muss man in sich spüren«, fing der Legionär wieder an. »Wenn du sie nicht spürst, dann lass es sein.«

8

»Bin ich hier richtig bei der Zeitschrift *Grand Pacifique*?«

»Ja.«

Meredith war ein wenig gelaufen, um einen perfekten Empfang zu bekommen. Sie hatte sich in eine Toreinfahrt gestellt und sprach mit leiser Stimme.

»Monsieur Vantel?«

»Der bin ich.«

»Sie kennen mich nicht. Ich heiße Meredith O'Brien. Ich bin Amerikanerin und …«

Vantel unterbrach sie, die Stimme klang scharf, hatte einen leichten, undefinierbaren Akzent.

»Amerikanerin?«

Eine Pause. Meredith spürte das Misstrauen des Journalisten. Für ihn standen sie wahrscheinlich nicht im selben Lager.

»Was wollen Sie?«

Der Tonfall war abweisend und schroff.

»Das lässt sich nicht so schnell erklären … Ich rufe aus Marseille an, ich weiß nicht, ob mein Akku noch voll genug ist, um …«

»Ich höre.«

Die Analytikerin kam sofort zur Sache. Ihr Instinkt befahl ihr, mit offenen Karten zu spielen. Sofort.

»Ich bin die Schwester von Céline …«

Ein leichtes Schwanken, eine kaum wahrnehmbare Verschiebung, wie bei einer schlechten Kopie einer brasilianischen Sitcom.

»Tut mir Leid, Madame, ich kenne keine Céline.«

»Was?«

Er wiederholte: »Es tut mir Leid …«

Die Amerikanerin stand da wie vom Pfeil durchbohrt. Sie hatte geglaubt, im Internet das Richtige gefunden zu haben. Wie von allein hatte eins das andere ergeben. Ihre Schlussfolgerungen, ihre Entdeckungen, eine bruchlose Logik. Sollte sie sich geirrt haben? Sollte Vantel gar nichts mit ihrer Schwester zu tun gehabt haben? Sie präzisierte, fast wie eine flehentliche Bitte: »Céline, Monsieur Vantel… Céline Larqué.«

»Nein, wirklich. Ich versichere Ihnen.«

»Aber …«

»Entschuldigen Sie, ich habe noch einen anderen Anruf in der Leitung. Ich muss auflegen.«

Ein Klicken, die Verbindung wurde von der Leere geschluckt.

Meredith biss sich auf die Lippen. Drei Antworten, und die Welt hatte sich wieder verschlossen. Sie kehrte zum Ausgangsfeld zurück.

Schließlich schleppte sie sich zu einem Taxistand. Erschöpfung zehrte an ihren Muskeln, nagte an ihrem Willen. Der ganze Einsatz umsonst. Sie musste nun auf den Bullen und seine wenig überzeugenden Pläne bauen. Dann kam ihr eine andere Idee. Eine einleuchtendere. Vantel schützte sich… Sie hätte das bedenken müssen. In seiner Situation… Sie hatte sich vorgestellt, dieser Mensch würde sich ihr öffnen, ihr sein Leben erzählen, ohne große Umschweife. Wie dumm von ihr! Eine Unbekannte, die vom anderen Ende der Welt von einem Handy aus anrief. Warum hätte er ein solches Risiko eingehen sollen?

Sie versuchte, Beweise für ihre Gewissheit zu finden, als das Telefon in ihrer Hand krächzte.

»Madame O'Brien?«

»Ja …«

»Bob Vantel.«

Ein paar Sekunden lang konnte sie kein Wort sagen.

»Hören Sie mich?«

»Ja, ja …«

»Sehen Sie eine Telefonzelle?«

Kurzer Blick in die Runde, das Handy fest aufs Ohr gedrückt. Eine infernalische Polka polterte in ihrer Brust.

»Gegenüber, ja.«

»Gehen Sie hin.«

Meredith rannte zu dem Häuschen. Ihre Beine berührten kaum den Asphalt.

»Sind Sie da?«

»Ja, bin ich.«

»Geben Sie mir die Nummer.«

Sie suchte die nächtliche Finsternis ab. Die Kabine stank nach Urin, seltsame Zeichnungen verunstalteten eine verbogene Metallplatte. Ein im Leeren hängendes Metallkabel verriet, dass hier einmal ein Telefonkasten angebracht gewesen war.

»Es gibt keinen Apparat mehr. Er wurde rausgerissen …«

»Finden Sie eine andere. Beeilen Sie sich.«

Die Analytikerin lief wieder los. Sie fühlte sich wie eine Heldin in einer Fernsehspielshow. Die Jagd nach dem Schatz oder so etwas Ähnliches. Aber hier konnte sie nicht einfach den Joker einsetzen und ihre Mitspieler um Hilfe bitten. Sie bog aufs Geratewohl nach rechts ein, in eine beleuchtete Avenue.

Hundert Meter weiter, neue Hoffnung.

»Ich sehe eine …«

»Bestens. Ich warte.«

Sie lief an Zäunen entlang, an einem Sex-Shop vorbei, schlüpfte in die Kabine. Diesmal schien alles in Ordnung. Vorsorglich nahm sie den Hörer ab und führte ihre Kreditkarte ein. Ein Tonzeichen, der Apparat funktionierte. Sie nahm wieder ihr Handy und gab Vantel die Nummer.

»Okay… Ich rufe Sie gleich zurück.«

Meredith lehnte sich mit dem Rücken an das Plexiglas. Sie bekam beinahe keine Luft mehr, ihr Herz machte Bocksprünge. Sie brachte ihre Atmung unter Kontrolle, den Blick verloren auf die Straße gerichtet. Draußen herrschte jetzt eine ganz andere Stimmung. Ganz aufs Laufen konzentriert, hatte sie davon nichts gemerkt. Imbissbuden, die direkt auf den Gehsteig hinausgingen, erfüllten die Luft mit dem Geruch nach Frittiertem. So gut wie überall blinkten Leuchtreklamen. Leute schlenderten herum, ohne erkennbares Ziel. Vor allem Männer. Sie hatte das Gefühl, von ihnen gemustert zu werden.

Plötzlich schrillte es in der Kabine.

»Bitte verzeihen Sie mir das Versteckspiel.«

»Macht nichts.«

»Sie sind die Schwester von Céline?«

In seinem Tonfall lag noch eine Spur Misstrauen. Meredith versuchte, den Mann zu beruhigen.

»Ihre Halbschwester. Mein Vater war Amerikaner, aber ich bin in Polynesien geboren. Unsere Mutter hieß Mareva Benett, bevor sie ihren Namen änderte. Ich…«

Der Journalist unterbrach sie.

»Was ist los? Ich habe sie gestern auf Tahiti erwartet…«

»Sie ist tot.«

Die Satellitenverbindung schien ein paar Sekunden unterbrochen zu sein. Meredith wurde sich der Distanz bewusst. Sie war eine halbe Weltreise von Vantel entfernt. Dann kam die Stimme wieder durch.

»Tut mir Leid…«

»Ich brauche Ihre Hilfe, Monsieur Vantel. Wussten Sie, warum Céline Sie sehen wollte?«

»Nicht genau. Sie hatte mir Enthüllungen zu machen, das ist alles, was sie mir gesagt hat.«

Diese Information beruhigte Meredith. Sie war auf der richtigen Spur. Sie bog die Sache gar nicht erst zurecht, um sich lange Erklärungen zu ersparen.

»Ich habe Ihren Namen in ihrem Notizbuch gefunden. Meine Schwester hatte einen Hirntumor. Ich glaube, Sie interessieren sich für diese Art von Fällen.«

»Ganz genau.«

Die Analytikerin glaubte, einen gewissen Stolz aus seinem Tonfall herauszuhören, Stolz über eine zu erfüllende Mission, einen Glaubensakt.

Der Journalist fragte weiter: »Hat dieser Tumor den Tod verursacht?«

»Nein ... Céline ist ertrunken. Der Tumor wurde im Lauf der Autopsie festgestellt.«

»Warten Sie ... Ich kann Ihnen nicht mehr folgen. Warum eine Autopsie?«

»Sie wurde von Militärs durchgeführt.«

Der Journalist begriff sofort. »Ist Céline auf den Tuamoto geboren?«

»Ja. Und unsere Mutter auch. Sie stammt aus Tureia.«

»Verstehe ...«

Wieder eine Verbindungsunterbrechung. Meredith wartete. In seinem klimatisierten Büro dürfte Vantel jetzt gerade dabei sein, die Gleichung aufzustellen. Nach etwa fünfzehn Sekunden kam eine Feuerwalze über Funk herangerollt.

»Wie hat die Armee davon Wind gekriegt?«

»Ich weiß nicht.«

»Haben Sie den Autopsiebericht gesehen?«

»Nein.«

»Wie haben Sie die Information erhalten?«

»Nicht ich war es, die …«

»Nicht Sie?«

Meredith legte die Stirn an die Scheibe, seufzte. Dann fuhr sie bestimmt fort: »Hören Sie mir eine Sekunde zu, Monsieur Vantel. Seit einer Woche habe ich das Gefühl, ich werde verrückt. Man hat Célines Vater ermordet. Man hat versucht, mich umzubringen. Ich bin davon überzeugt, dass diese Geschichte eine Nummer zu groß für mich ist und dass ich gerade drauf und dran bin, den Preis dafür zu zahlen.«

Vantel brachte sie wieder auf den Teppich.

»Sie müssen mir mehr über diesen Tumor erzählen. Wo genau er sich befindet, welcher Art er ist, wie alt er ist.«

»Er hing am Stirnlappen. Ich bin sicher, dass es kein Krebsgeschwür war, es handelte sich eher um eine angeborene Missbildung.«

»Wie kommen Sie zu der Behauptung?«

»Der Gerichtsmediziner hat die Autopsie plötzlich abgebrochen, als habe er etwas Unnormales entdeckt.«

Meredith atmete tief ein. Sie erinnerte sich an die Unterredung mit dem pummeligen Genetiker, an seine schrecklichen Worte, die ihre Angst geweckt hatten.

Sie fuhr fort: »Meiner Meinung nach handelt es sich um einen Fehler im genetischen Code. Ihre DNA wurde gewiss lange vor der Schwangerschaft verändert. Ich sehe nur eine Erklärung.«

Der Journalist stimmte grummelnd zu. Auch für ihn war die Sache klar.

Die Analytikerin beteuerte: »Wir müssen die Sache aufklären. Céline wollte aus diesem Grund Kontakt mit Ihnen aufnehmen. Ich … Ich bin in Gefahr.«

»Das ist nicht so einfach … Ich arbeite schon lange an der Sache, und es ist mir bisher niemals gelungen, irgendetwas zu beweisen. Wenn doch bloß …«

Die Amerikanerin bebte vor Wut.

»Wenn doch bloß Céline noch da wäre?«

»Ja…«

»Muss wohl ohne sie gehen.«

Ein letztes Zögern des Journalisten. Vor dem Telefonhäuschen standen zwei Männer, musterten Meredith und klopften sich auf die Schulter. Sie schlug die Augen nieder und hörte kaum Vantels Stimme, der sich einverstanden erklärte.

»In Ordnung… Und jetzt machen Sie Folgendes…«

9

Paul kehrte gegen Mitternacht ins Vallon zurück. Das Haus der Familie war in Dunkelheit gehüllt, er knipste den Lichtschalter an.

Im Erdgeschoss war alles mucksmäuschenstill, bestimmt schliefen alle schon eine ganze Weile. Die Stühle waren gerade gerückt, die Kissen wieder aufgeklopft, jeder Quadratzentimeter schien einer genauen Logik zu gehorchen. Er kämpfte gegen eine Welle der Traurigkeit an. Seine Eltern wurden alt. Sie errichteten ein lächerliches Bollwerk gegen den Tod, eine Festung aus kleinen Schrullen.

Ein weißes, unter eine Vase geschobenes Rechteck machte ihn stutzig. Er ging hin, faltete das Papier auseinander. In einer eilig hingekritzelten Nachricht wurde ihm ohne Umschweife mitgeteilt, dass Meredith geflohen war.

Paul zerknüllte das Papier und rief sie sofort an. Ohne Erfolg. Sie hatte ihr Handy abgeschaltet. Eine Welle der Wut lief Cabrera über die Haut, als er sein Handy zuklappte.

Wohin war diese Nervensäge verschwunden? Was sollte das jetzt wieder für ein Spiel sein?

Dann kippte die Wut schnell in Sorge um. Der lakonische Satz, mit dem sie angekündigt hatte, sie wolle rausgehen, um einen Spaziergang zu machen, ihre Stimmungsschwankungen, ihr plötzliches Verschwinden, diese Folge von Ereignissen führte zu allen möglichen denkbaren Hypothesen.

Unmöglich, jeder einzelnen nachzugehen.

Einzige Gewissheit: Die Analytikerin hatte sich aus dem Staub gemacht, ohne die Risiken abzuwägen. Eine leichtfertige Person. Eine Verrückte. Sie beide würden keine zweite Chance bekommen. Nur andere Killer mit anderen Methoden, und die würden nicht aufgeben. Nicht, bevor sie ihr Ziel erreicht hätten.

Er schlich in die Küche und machte den Kühlschrank auf. Eine Art, sich zu beruhigen. Ein Braten schwamm noch in seinem Saft, er setzte sich an den Tisch und aß das Fleisch kalt. Ein altvertrauter Geschmack in jedem Bissen, ein leichter Hauch von Knoblauch, wie ein Kindheitskonzentrat.

Dieses Geschmackserlebnis hob seine Stimmung, er sah der Zukunft jetzt anders entgegen. Momentan waren sie im Vorteil. Die durchgeknallten Typen, die ihnen auf den Fersen waren, suchten sie wahrscheinlich in Paris. Sie würden eine Weile brauchen, bis sie begriffen, dass sie den Heimweg angetreten hatten. Dieses Ablenkungsmanöver ließ ihnen etwas Zeit.

Im Schloss wurde ein Schlüssel umgedreht. Paul spürte, wie sein Herz einen Sprung machte.

»Ich bin's …«

Meredith schloss die Tür hinter sich. Sie ging auf Zehenspitzen und bemühte sich, die Ruhe nicht zu stören.

»Sind Sie schon lange zurück?«

Der Bulle saß ruhig auf seinem Stuhl und rührte sich nicht.

»Seit einer halben Stunde …«

»Schlafen Ihre Eltern?«

»Ja.«

»Haben Sie schon gegessen? Ich sterbe vor Hunger …«

Der Leutnant ging nicht auf die Frage ein. Er fragte schroff: »Wo sind Sie gewesen?«

»Ich brauchte einen Computer.«

»Sie hätten wenigstens …«

Die Amerikanerin ließ ihm nicht die Zeit, weiter auszuholen. Sie unterbrach ihn mit müder Stimme: »Hören Sie, Leutnant, ich bin nicht Ihre Tochter. Also lassen Sie mich in Ruhe. Ich habe Ihnen Dinge zu erzählen, die unsere Nachforschungen vielleicht in eine ganz andere Richtung lenken werden.«

Paul maß sie mit Blicken. Zum ersten Mal schätzte er das Ausmaß des Schadens ab. Drei Tage Stress ließen sie aussehen wie ein Gespenst. Sie war immer noch ansprechend und gut gebaut, aber außergewöhnlich durchscheinend und fahl.

»Räumen Sie nicht ab«, warf sie schroff hin, »ich werde eine Dusche nehmen, und dann komm ich wieder runter.«

Sie drehte sich um und verschwand auf der Treppe.

Cabrera tobte innerlich. Für wen hielt sie sich? Sie kam, sie ging, sie lebte ihr Leben, während er sich vor Sorgen verzehrte. Und noch dazu ließ sie ihn zappeln.

Dann hörte er das Prasseln des Wassers in den Leitungen. Er musste unwillkürlich lächeln. Es war nicht der rechte Moment, aber er stellte sich vor, wie ihr das Wasser über den Körper lief und er bei ihr wäre. Eine pikante Vorstellung.

Sie tauchte nach etwa zehn Minuten wieder auf, eingemummt in den bordeauxfarbenen Morgenrock, um den Kopf ein Handtuch zum Turban gewickelt. Da sie kaum geschminkt war, hatten ihre Gesichtszüge wieder etwas Leben bekommen.

»Und?«, fragte Paul. »Ihre taufrischen Neuigkeiten?«

»Sind Sie sicher, dass Sie sie hören wollen?«

»Man weiß ja nie…«

Meredith fasste ihre Unterredung Punkt für Punkt zusammen. Die Entdeckung des Notizbuchs, die *Grand Pacifique*, die Suche im Internet, der Anruf bei Vantel. Sie erzählte von seinen Nachforschungen, seiner Verbindung zu den Umweltschützern. Ihre Gewissheiten, ihre Zweifel.

Paul hörte zu, ohne ein Wort zu sagen, völlig geplättet. In wenigen Stunden hatte die Psychoanalytikerin ihre Selbstsicherheit wiedergewonnen. Weggeflogen das kleine ängstliche Mädchen, das sich hinter ihm versteckte. Er sah wieder die unabhängige und kühle Frau vor sich, der er eine Woche zuvor in den Weinbergen begegnet war.

Einerseits verlor der Polizist nichts bei diesem Tausch. Eine Partnerin war mehr wert als ein totes Gewicht. Andererseits bekam der *macho* dabei einen ganz schönen Dämpfer verpasst.

Jetzt musste sich nur noch herausstellen, ob sein Stolz nicht zu sehr verletzt war.

»Was hat er Ihnen vorgeschlagen?«

»Seine Tochter studiert Journalismus in Aix-en-Provence. Sie kennt die ganze Geschichte gut. Ich habe ihre Nummer, er wird ihr sagen, dass wir uns melden.«

»Eine Studentin?«

Die Amerikanerin zuckte mit den Schultern.

»Haben Sie was Besseres?«

Paul legte die Hände in den Nacken.

»Ich bin noch nicht sicher… Schauen wir mal.«

Meredith stemmte die Fäuste in die Hüften und wiederholte mit tiefer Stimme: »›Ich bin noch nicht sicher. Schauen wir mal!‹ Sagen Sie mal, haben Sie nicht langsam genug davon, den Lonesome Cowboy zu spielen? Könnten Sie nicht mal die Karten offen auf den Tisch legen, einmal nur, um zu sehen, was dabei herauskommt?«

Mit einem verlegenen Lächeln schraubte der Leutnant seinen Argwohn wieder runter.

»Ich habe herausgefunden, dass Milizionäre der SOP auf den Inseln verschiedene Außendienste versehen haben. Reinigungs- und Straßenarbeiten. Sie gehen nicht in die eigentlichen betroffenen Gebiete, können sich aber in der Umgebung bewegen. Nichts spricht dagegen, dass sie vielleicht einen Sprung nach Tureia gemacht haben.«

»Auf Befehl der Armee?«

»Gut möglich. Die Uniformträger haben keinerlei Grund, ihre offizielle These zu ändern. Falls es dort übel aussieht, wird es ihnen lieber sein, die Sache klammheimlich zu bereinigen. Dafür wären die SOP das perfekte Mittel.«

Die Amerikanerin warf ihm einen zweifelnden Blick zu.

»Die Armee vergibt Zulieferaufträge an die SOP«, fuhr Paul fort. »Wenn sich das beweisen ließe, hätte man was Solides vorzuweisen.«

»Woran denken Sie?«

»Ich weiß nicht genau. Dokumente, vielleicht interne Aufzeichnungen oder Einsatzbesprechungen.«

»In denen drinsteht, dass sie nach Tureia gegangen sind?«

»Oder was sie dort tun sollten.«

Meredith' Nasenflügel weiteten sich, sie zitterten ganz leicht. »Glauben Sie etwa wirklich, dass die ihre Schweinereien schwarz auf weiß festhalten?«

»Bei den Militärs ist alles irgendwo vermerkt.«

»Zugegeben. Wie wollen Sie es anstellen, da heranzukommen?«

Der Polizist kratzte sich am Kopf und fluchte: »Was das angeht, hab ich momentan nicht die Bohne einer Ahnung.«

Meredith ließ es still werden im Zimmer. Sie zog den Teller zu sich heran.

»Darf ich?«

»Klar.«

Sie schnitt vorsichtig ein Stück Fleisch ab und sah Paul eindringlich an.

»Vergessen Sie eine Sekunde, dass ich eine Frau bin, Leutnant. Sagen Sie sich einfach, dass Sie dasselbe wollen wie ich. Es kommt nicht darauf an, wer es findet. Wir haben keine Zeit mehr für einen Wettlauf.«

Cabrera grinste hämisch. In seinem tiefsten Inneren wusste er, dass sie Recht hatte. Aber deshalb würde er ihr noch lange keine Blankovollmacht ausstellen.

10

Hiro brauchte fünfzehn Minuten, um die Place de la Concorde zu Fuß zu überqueren. Unter den Bindfäden des Regens kreuzten sich Tausende von Autos in einer sinnlosen Sarabande. Da Mitternacht vorbei war, waren die Ampeln auf Orange geschaltet und blinkten pausenlos.

Er ließ den Obelisken hinter sich und ging weiter zu den Tuilerien. Hinter den Zäunen kauerten sich die Gärten im Schatten zusammen. Auf dem Pflaster flanierten noch Hunderte von Touristen in der kalten Nacht, eine Truppe festlich gekleideter Müßiggänger machte sich daran, ins Hotel zurückzukehren.

Der Krieger dachte an seine staubigen Inseln. Wasser, Sand, ein paar Wellblechhütten, in denen sich das Elend stapelte. Das Atoll seiner Kindheit war nur eine weiße Lücke, versunken im ozeanischen Plasma. Eine andere Welt.

Und trotzdem.

Sein Pass ließ keinen Zweifel. Französische Republik. Zwei Wörter, die er unter Zwang hinuntergeschluckt hatte, die über seiner Schande geschrieben standen. Er ging schneller, eingeschlossen in einen Kokon aus Hass.

Etwas weiter weg entdeckte er seine Kontaktperson, die sich in der Menge treiben ließ. Ein schmaler Schatten mit Kapuze, der in der Nähe der Metrostation auf und ab ging. Mit wenigen Schritten war er bei ihr.

Unter der Kapuze verbarg sich eine junge, gerade mal volljährige Frau mit heller, von einer Masse schwarzer Haare eingerahmter Gesichtshaut.

Sie gingen in paar Meter, Hiro hatte sich bei ihr untergehakt.

»Hast du etwas für mich?«

Ein Briefumschlag wurde ihm zugeschoben.

»Sonst nichts? Keine Nachricht?«

»Nein. Rorotui hat mich bloß gebeten, dir das zu übergeben.«

Der Hals des Maohi spannte sich unter dem Parka.

»Bist du nicht von Hilda geschickt worden?«

»Sie hat anderes zu tun. Außerdem hat nicht sie die Information bekommen. Mach dir keine Sorgen. Es ist alles okay.«

Der Krieger grummelte einen Fluch. Seit einiger Zeit änderten sich die Dinge zu schnell. Und Veränderungen traute er nicht.

Er rief ein Taxi. Die junge Frau entfernte sich, während sich das Auto in den Strom einfädelte.

Hiro nannte ihm die Adresse. Place de l'Etoile. Dort würde er die RER nehmen, um zurück in sein Versteck zu gelangen.

Sie fuhren die Champs-Elysées hinauf. In zweiter Reihe geparkte Autos warteten geduldig vor den Cabarets, vor den Kinos bildeten sich noch Warteschlangen. Hiro wandte den Kopf ab. Dieses emsige Treiben interessierte ihn nicht. Betraf ihn nicht.

In seinen Sitz gefläzt, riss er den Umschlag auf.

Ein Dokument fiel ihm in die Finger. Ein Foto, etwas unscharf, eine mit dem Teleobjektiv geschossene Ganzkörperaufnahme. Der Mund des Kriegers verzog sich zu einem Lächeln. In der spindeldürren Gestalt mit Bürstenschnitt und Hornbrille erkannte er Ferraut.

Er sah ihn sich eine ganze Weile an, als betrachte er ein altes Familienfoto. Einen entfernten, seit Jahren vergessenen Cousin, dessen Züge er sich wieder einprägen wollte. Auf dem Bild wirkte der Abgeordnete beunruhigt. Er sah zur Seite, auf der Suche nach einer unbestimmten Bedrohung.

Hiro kam die Galle hoch. Er hatte Hilda gewarnt. Diesen Lügnern, diesen Dieben konnte man nicht vertrauen. Sie schlugen aus allem Profit.

Er ließ ein Knurren hören. Im Rückspiegel starrten ihn die Augen des Fahrers an. Hiro warf ihm einen wütenden Blick zu. Der Typ ließ es dabei bewenden, er fragte sich wahrscheinlich, ob er da einen Psychopathen aufgegabelt hatte.

Der Maohi drehte das Foto um. Eine Adresse war angegeben, außerdem eine Codenummer, ein Datum, eine Uhrzeit.

Er legte das Ganze wieder hin. Hilda hatte ihren Job getan. Sie sicherte ihm eine bestimmte Frist zu, innerhalb derer er in aller Ruhe ans Werk gehen konnte.

Sein ganzer Körper wurde von einer Woge der Erregung zum Glühen gebracht. Hiro genoss diese Augenblicke. Nach all den Jahren begann er an diesen Aufträgen Gefallen zu finden. Töten gab ihm ein Gefühl der Macht, der Herrschaft. Auch der Fülle. In diesen allzu seltenen Momenten spürte er, wie die Kraft des Mana seiner Vorväter ihn durchflutete.

Noch vierundzwanzig Stunden.

In der folgenden Nacht würde er freie Hand haben.

Und bei diesem Schweinehund würde er sein ganzes Talent zum Einsatz bringen.

SECHSTER TEIL

1

Jamie Vantel war keine gewöhnliche Studentin. Nach den Unterrichtsstunden gab sie ihrer Ausbildung den letzten Schliff, abgetaucht in das wilde Durcheinander der Redaktion einer Lokalzeitung, die für jede Überraschung gut war.

Ihr Vater hatte ihr Bescheid gegeben. Sie erwartete Meredith am späten Vormittag.

Im Redaktionsbüro von *Aix Hebdo* ging es zu wie in einem Bienenstock. Es war winzig klein, versank fast in einem Meer von Papier und stank gewaltig nach Tipp-Ex und Kunststoffkleber. Es versteckte sich in einem renovierten Altbau, nur ein paar Schritte vom Markt entfernt, am Ende eines Treppenhauses aus Stein, in dem Staubgeruch hing.

In der Mitte des Raums bildeten zusammengestellte Schreibtische ein Chromkreuz, als wolle man das Denken in Richtung auf eine sprudelnde Quelle kanalisieren. Dahinter saßen vier eher junge Personen und hackten auf ihren Computern herum. Ausschließlich Notebooks.

Meredith erkannte die junge Frau sofort. Vantel hatte sie sehr treffend beschrieben. Blonde Locken, Pfirsichhaut, so um die zwanzig. Die Amerikanerin ging durch das Geklapper der Tasten auf sie zu.

»Guten Tag. Ich bin Meredith O'Brien.«

Jamie hob die Augen. Wie zwei scharfe, lebhafte Klingen aus Granit.

»Ja… Entschuldigen Sie, ich bin gleich fertig.«

Sie tippte eifrig weiter, während Meredith sich setzte. Die Analytikerin wusste wenig über Vantel. Ein nichts sagendes Foto, eine ausdruckslose Stimme. Doch als sie so seine Tochter beobachtete, glaubte sie einen grundlegenden Teil seines Wesens zu erfassen.

Nach etwa dreißig Sekunden hob Jamie lächelnd den Kopf. Eine Vielzahl elfenbeinfarbener Kristalle glänzte hinter ihren Lippen.

»So ... jetzt ist es im Kasten.«

Meredith lächelte zurück und sagte in verschwörerischem Tonfall: »Ganz der Papa ...«

Die Augenbrauen der jungen Journalistin bogen sich zu Halbmonden.

»Finden Sie?«

»Sie haben Ähnlichkeit mit ihm. Ich weiß nicht genau, was es ist, vielleicht die obere Gesichtspartie.«

Goldlöckchen durchfuhr ein leichtes Beben. Wie von einem zurückgehaltenen Gefühl des Stolzes. Sie streckte ihr die rechte Hand hin. An jedem Finger trug sie einen kleinen Silberring, der ein spitzes Motiv in ihre Haut drückte.

»Jamie. Bob hat mich heute Morgen angerufen.«

»Können wir miteinander reden, Jamie?«

Die junge Frau nickte komplizenhaft. Da sie schon lange auf eine gute Schule ging, wusste sie, wie der Hase läuft. Die in ihre Arbeit versunkenen Redakteure hoben nicht einmal den Kopf, als sie hinausgingen.

Draußen stellte Meredith Paul vor. Jamie drückte ihm lächelnd die Hand. Sie besaß eine natürliche, unwillkürliche, fast schon aristokratische Eleganz.

»Ein Freund«, erklärte Meredith. »Wir arbeiten zusammen.«

Sie gingen auf die Straße. Die Stadt war quicklebendig, die Gehsteige wurden von der Menschenmenge verschluckt, der Asphalt blitzte vor lauter Chrom und Metall.

»Wir gehen zum Cours Mirabeau«, schlug Jamie vor. »Da ist es netter.«

Sie bogen in ein Labyrinth von Straßen ein. Schmale Fassaden, Fabelwesen aus Stein, wurmstichige Türen – auf jedem Stückchen Mauer erzählte die Innenstadt ihre Geschichte. Beim Justizpalast bogen sie in einen engen Gang ein, in dem die Bouquinisten und Antiquare ihre Geschäfte aneinander reihten. Gleich darauf, hinter einem Sandsteinbogen, gelangten sie unter das Blätterdach einer Platanenpflanzung. Eine blitzende Avenue aus rosa Pflastersteinen schlug plötzlich eine helle Bresche. Auf den Terrassen vergeudete eine lässige Jugend ihre Gegenwart in einem Traum von Ewigkeit.

Das Trio setzte sich zum Kaffeetrinken um einen Tisch.

»Hat Ihr Vater Ihnen die Sache erklärt?«

»Nein. Er hat mir gesagt, Sie würden das tun.«

Meredith erzählte ihre Geschichte. Ein weiteres Mal. Sie hatte den Eindruck, eine Therapie zu machen, immer wieder aufs Neue ihre Angst in Worte zu fassen, um sie desto besser auszutreiben. Paul schaltete sich kaum ein. Der Klang ihrer Stimme bezauberte ihn, dieser leichte Akzent, wie der Geschmack von Abenteuer, wie ein sinnliches Versprechen.

Jamie dagegen registrierte, analysierte, zerpflückte die Elemente einer These, der ihr Vater sein Leben gewidmet hatte.

»Und da stehen wir jetzt«, schloss die Analytikerin.

Jamie fuhr sich mit einem Finger in ihre Locken. Auf ihrem kindlichen Gesicht zeigten sich Sorgenfalten. Sie warf einen Blick auf den Verband, in dem der Arm des Bullen steckte. Dann musterte sie Meredith. Eine aufgebrachte Armada schien unter ihrer Schädeldecke zu wüten.

»Bob… mein Vater arbeitet seit zehn Jahren an diesem Dossier. Er ist überzeugt von der Existenz einer latenten Radioaktivität. Aufgrund der Versuche in der Atmosphäre.«

»Sie arbeiten mit ihm zusammen, nehme ich an…«

»Ja, teilweise zumindest. Er fühlt sich seit langem bedroht. Falls ihm etwas geschehen würde, sollte ich ihm als Gedächtnis dienen. Für die zukünftigen Generationen…«

Meredith dachte an die Vorsichtsmaßnahmen, die Vantel getroffen hatte, als er sie angerufen hatte. Bei dem Gespräch mit ihr war der Journalist wahrscheinlich große Risiken eingegangen.

Jamie fuhr fort: »Er hat ein Dossier zusammengestellt. Berichte, Analysen, medizinische Daten, Zeugenaussagen und Hunderte von Notizen. Alles wurde festgehalten. Eine Obsession… Die Neuseeländer und die Australier sind im Übrigen nicht traurig darüber.«

»Greenpeace?«

Die junge Frau setzte ein geheimnisvolles, fast schon abgeklärtes Lächeln auf.

»Unter anderem… Bob besitzt die doppelte Staatsangehörigkeit, die französische und die australische, was ihm gewisse Arrangements gestattet. Aber aus Gründen, die auf der Hand liegen, sind wir allein auf dem Gebiet.«

»Wie kommt es, dass Sie die Daten, die Sie da in der Hand haben, bisher noch nicht eingesetzt haben?«, fragte Paul.

»Nicht genug Beweise oder… sagen wir lieber, sie sind nicht handfest genug. Wir haben eine ganze Lawine von Prozessen losgetreten, alle verloren. Bob wollte ein für alle Mal ein Ende machen, die Wahrheit ans Licht bringen…«

Sie unterbrach sich. Ein paar Schritte weiter ließ ein Roller seinen Motor aufheulen. Ein Jugendlicher in viel zu langen Hosen fuhr in einer Wolke aus Auspuffgasen los.

»Diese ganzen Sachen, die da aufgedeckt wurden, führen alle in dieselbe Richtung. Es fehlt ihm nicht mehr viel…«

»Ein schlagender Beweis«, ergänzte Meredith.

»Schlagend genug, um die Presse in Bewegung zu setzen. Was Sie mir da erzählen, ist beunruhigend. Ihre Schwester ist wie ein… wie ein Missing Link.«

Jamie hatte einen abwesenden Blick. Unter der Schale der verblassenden Kindheit ließ eine vorzeitige Reife ihr Gesicht hart erscheinen. Sie sagte ganz ernst: »Aber ich fürchte, ohne die Leiche können wir nicht viel ausrichten.«

Es lastete wie ein Zementsack auf Meredith' Schultern. Die Beweise waren zerstört worden, sie waren die Einzigen, die davon wussten. Die Quadratur des Kreises. Sie biss die Kiefer aufeinander. Es musste noch eine andere Lösung geben.

»Erzählen Sie uns von dem, was Sie herausgefunden haben.«

»1971«, antwortete Jamie, »hat es bei einer Bombenzündung, die ›Encelade‹ genannt wurde, einen Unfall gegeben. Wind war aufgekommen und hatte die Wolke nach Tureia getrieben. Auf der Lagune ist ein schwarzer Regen niedergegangen. Das Versuchszentrum im Pazifik hat es immer geleugnet, aber die radioaktive Strahlung hatte den maximalen Grenzwert um das Siebenfache überstiegen. Bob denkt, dass es auf dem Atoll Fälle von Missbildungen gegeben hat. Er ist mehrere Male hingefahren. Ohne Erfolg. Alles schien vollkommen normal. Keine Spur, die bewies, dass da genetisch etwas außer Kontrolle geraten war.«

»Keine sichtbare Spur«, korrigierte Meredith.

»Sie haben Recht. Nichts Handfestes jedenfalls… Letztlich sind auch die Militärs im Ungewissen. Wie es die Autopsie beweist, die an Ihrer Schwester vorgenommen wurde. Aber seit einiger Zeit hat Bob das Gefühl, dass die Dinge in Bewegung geraten. Vorher führten sie vereinzelte Stichproben durch. Jetzt gehen sie planmäßig vor.«

»Wie meinen Sie das?«

»Unsere Kontaktperson in der Zone hat uns wissen lassen, dass die Personen, die auf Tureia und den angrenzenden Atollen geboren wurden, momentan zahlenmäßig erfasst werden. Eine Mannschaft vor Ort, eine weitere in der Hauptstadt. Die Nachforschung ist systematisch und erstreckt sich über die letzten dreißig Jahre.«

Das Gesicht der Psychoanalytikerin wurde starr vor Entsetzen, als sei eine Falltür heruntergegangen.

»Glauben Sie, dass sie in Erwägung ziehen, sie verschwinden zu lassen?«

»Ich kenne ihre Pläne nicht. Was Ihrer Schwester passiert ist, könnte in die Richtung gehen.«

»Nichts beweist, dass sie ermordet wurde.«

»Mir scheint, das Gegenteil wird auch durch nichts bewiesen …«

Meredith war sprachlos. Andere Bilder gewannen die Oberhand. Bilder in Schwarz-Weiß. Züge, voll gepfropft mit Entsetzen, glattwandige Räume voller leerer Blicke, Gruben, in denen sich der Tod stapelte.

Paul ergriff das Wort. Obwohl er den Schlussfolgerungen der Analytikerin aufmerksam gefolgt war, machte er mit seiner Idee weiter.

»Könnten die SOP diese Arbeit übernehmen?«

»Bob ist überzeugt davon«, antwortete Jamie. »Die dortige Regierung ist zu sehr auf Frankreich angewiesen, um ihre Machenschaften geheim zu halten. Hier wäscht gewissermaßen eine Hand die andere.«

»Lässt sich das beweisen?«

»Es lässt sich nur eines beweisen. Dass die SOP bei der

Volkszählung mitwirken. Aber das ist völlig bedeutungslos. Man wird uns erwidern, es handle sich um eine interne politische Angelegenheit, die logischerweise einem lokalen Dienst übertragen wird.«

»Selbst wenn dieser außerhalb des Herrschaftsgebiets tätig wird?«

»Sie meinen in der Hauptstadt?«

»Ja.«

»Das macht keinen Unterschied. Polynesien ist Frankreich.«

Der Polizist speicherte die Info. Sie deckte sich mit den Daten, die Baldi zusammengetragen hatte, mit denen, die Atavian ihm geliefert hatte, und mit seinen eigenen Feststellungen. In Frankreich beschränkten sich die SOP nicht auf die Aufgabe einer friedlichen Volkszählung.

Darüber hinaus exekutierten sie jene, die sich für ihre Machenschaften interessierten.

»Und vor Ort? Wenn man die Volkszählung einmal beiseite lässt?«

»Sie begeben sich regelmäßig in die östlichen Regionen der Tuamotu-Inseln. Aber dort ist es das gleiche Problem. Die Milizen des Präsidenten plündern in aller Seelenruhe die Atolle. Was sie dort tun, nachdem sie angekommen sind, muss erst noch herausgefunden werden.«

»Falls sie dort aufräumen, ist die Bevölkerung zwangsläufig auf dem Laufenden …«

Jamie zuckte mit den Schultern. »Die Bevölkerung ist mundtot gemacht. Terrorisiert …«

Paul kehrte wieder zum Anfang zurück. Methodisch. »Sie haben von einer Kontaktperson gesprochen.«

»In Tureia gibt es eine Lehrerin. Nicole Lequerrec. Sie arbeitet seit zwei Jahren für uns.«

»Und sie hat nichts gesehen? Nichts gehört?«

Jamies Brust blähte sich plötzlich. Unter dem schwarzen Pullunder richteten zwei zarte Brüstchen ihre Stacheln auf.

»Nichts. Frauen werden entbunden, das weiß sie. Wir wissen es. Dann verschwinden ihre Kinder, schlicht und ergreifend.«

»Verschwinden?«

»Als hätte es sie nie gegeben.«

»Keine Geburtsanzeige?«

»Nein. Nichts. Weder eine Geburts- noch eine Todesanzeige.«

Cabrera reagierte wie ein Bulle: »Und die Leichen? Was macht man mit denen?«

»Unmöglich zu sagen. Sie verschwinden, das ist alles. Es geht um zu wichtige Dinge. Um die Legitimität der Anwesenheit der Franzosen in diesem Teil der Welt.«

Plötzlich tat sich eine Leere auf. Die Worte hallten wider wie ein militärischer Marsch, schroff, kalt, wie das Klicken von Schlagbolzen.

»Warum kann man die Zeugenaussage Ihrer Informantin nicht benutzen?«, fragte der Polizist. »In der Hauptstadt würde die Presse sich darum reißen.«

»Ohne vorzeigbares Material würde man uns nicht ernst nehmen.«

Paul versuchte, wieder analytisch vorzugehen, einer grausamen Logik zu folgen. Ein schmaler Weg öffnete sich vor seinen Füßen. Er nahm Jamies Hände in die seinen und fragte: »Haben Sie eine Kopie von diesem Dossier?«

Die junge Frau tastete mit dem Blick sein dunkles Gesicht, die hohen Wangenknochen ab. Paul lächelte nicht mehr. Sein Gesicht erinnerte an eine Axt aus Stein.

»Ich habe eine bei mir zu Hause«, sagte sie und stand auf.

2

Am Schalter der Air Moorea wurden die letzten Passagiere des Tages abgefertigt. Vantel zeigte sein Flugticket vor und ging an Bord einer Cessna, die aussah wie ein schlafender Albatros. An diesem Abend verließ er Papeete ohne Bedauern. Völlig erschöpft.

Gegen Mittag hatte er erst einmal Jamie kontaktiert. Er hatte sich am Telefon nicht klar geäußert und sie nur über den Besuch einer Bekannten informiert. Dann hatte er ihr komprimierte Daten ins Netz gestellt. Eine Videoaufnahme für diese Amerikanerin, und dazu in einer Übersicht noch die letzten Informationen. Anschließend hatte er sich auf seine E-Mails gestürzt und die Organisationen, mit denen er zusammenarbeitete, mit Nachrichten bombardiert.

Seit zehn Jahren versuchte er nun schon, die losen Fäden zu verbinden. Diese Spur kam ihm fragwürdig vor. War viel zu sehr vom Zufall geprägt. Aber sie bestätigte seine Annahmen. Und jetzt würde er einen zusätzlichen Bauern bekommen. Eine motivierte Frau, die zu allem bereit war, um ihre Haut zu retten.

Sie wird sich einverstanden erklären.

Sie hatte keine andere Wahl.

Das Flugzeug hob unter ohrenbetäubendem Dröhnen ab. Es klang, als ob eine Armee von Kobolden unermüdlich mit Eisenstangen auf den Rumpf der Maschine einhämmerte.

Die Cessna beschrieb eine lange Kurve und stabilisierte sich dann in tausend Fuß Höhe. Der Journalist blickte hinunter auf die Fluten. In großem Galopp wälzten schwarze Wasserberge ihre Massen wie eine große Maschine gen Norden, wie ein Regenbogen blau, grau und gold schimmernd. Der Ozean knisterte vor Schaum, spannte Lichtbögen, als wolle er sogleich explodieren und die Erde verschlingen.

Zwanzig Minuten später saß Vantel wieder in seinem Auto und bog in die Ringstraße ein. Er fuhr etliche Kilometer, bis er in einen schmalen Weg einbog, den er wegen der Schlaglöcher ganz langsam fuhr. Einsam am Rande einer Kokosplantage gelegen, hob sich sein Haus, sein *fare*, wie ein Scherenschnitt von der Lagune ab.

Er parkte den Twingo neben dem Nissan. Keine Lichter, kein Geräusch, nur das undeutliche Säuseln des Windes, der die Kokosbäume bog. Er kletterte an Deck, knipste den Lichtschalter an. Grelles Licht verjagte schlagartig die Nacht und ließ eine Garteneinrichtung erkennen.

Vantel zog seine Schuhe aus und legte sich auf das Sofa. Er schloss die Augen und dachte an all die Jahre, in denen er sich engagiert hatte, an diese nicht greifbare Spur, mit der er seine Gesundheit ruiniert hatte. Die einzige Belohnung war, dass er jetzt als Paria leben musste, gejagt von Feinden, die nur auf einen Fehltritt lauerten, um das Halali zu blasen. Er lächelte den Sternen zu. Bislang hatte der alte Affe die Stellung halten können.

Im selben Augenblick ließ ein Krachen sein Trommelfell erzittern. Vantel richtete sich mühsam auf. Er spitzte die Ohren. Das Geräusch der Brandung drang in Stößen von den Klippen herauf, eine vertraute Musik. Schließlich ging er durchs Wohnzimmer, sah sich die Schlafzimmer an. Die Tüllvorhänge wogten im hellen Mondenschein wie durchscheinende Ballerinen.

Als er wieder an Deck kam, erstarrte er.

Ein halb nackter Mann versperrte ihm die Tür, das Gesicht durch einen Nylonstrumpf entstellt. In der Hand hielt er eine Machete.

Vantel versuchte nicht zu diskutieren. Diesen Moment fürchtete er zu sehr, um nicht zu wissen, wie es enden würde. Er hatte sich darauf vorbereitet.

Er stürzte ins Büro, den Mann im Rücken. Panik hatte sich in seinem ganzen Körper ausgebreitet, er konnte nicht einen klaren Gedanken fassen. Vantel griff nach dem Schlagholz, das gegen die Wand gelehnt stand, drehte sich um und sah dem Angreifer ins Gesicht.

Der erste Hieb mit der Machete wurde vom Holz abgewehrt. Vantel schwitzte stark, er spürte, wie der Griff durch seine Finger glitschte. Der Mann kam näher. Sein vom Strumpfgewebe platt gedrücktes Gesicht sah aus wie das einer Kaulquappe. Ab dem Halsansatz zeichnete eine komplizierte Tätowierung malvenfarbene Arabesken auf seine breite Brust.

Der Journalist glaubte einen Kraken zu erkennen.

Der Mann hob den Arm zum Schlag. Vantel versuchte das Unmögliche. Er machte einen Schritt nach vorn und schlug ihm die Beine weg. Ein Krachen, der Mann brach vor seinen Füßen zusammen.

Dann setzte ein rasender Schmerz ein.

Bei dem Gefecht hatte die Klinge seinen Arm gespalten, war mit Leichtigkeit durchs Fleisch gedrungen. Die Welt verdoppelte sich. Blutüberströmt taumelte er aufs Deck und stürzte die Stufen hinunter.

Im Salon brachten ungelenke Schritte bereits die Dielen zum Knarren.

Der Albino rannte zum Strand. Er fühlte sich seltsam. Wie ein verletzter Keiler, den gerade ein Pikör aufgespießt hatte. Er würde sich verstecken. Er würde warten. Er würde es schaffen. Mit glühenden Schläfen versuchte er, die Dunkelheit zu durchdringen. Der Mond erhellte die Felsen, die Kokosbäume wogten sanft hin und her.

Er kletterte über einen Felsvorsprung, zerklüftete Korallenfelsrücken, die ihm die Sicht nahmen. Seine Hoffnungen fielen in sich zusammen. Auf der anderen Seite wieder Strand, so weit das Auge reichte.

Vantel drehte sich keuchend um. Der Kaulquappenkopf humpelte in seine Richtung, einen stählernen Pfeil am ausgestreckten Arm.

Der Journalist schlug einen Haken nach rechts und verschwand in der Kokospflanzung. Nüsse lagen auf dem Boden herum, überall, wie Sauriereier kurz vorm Aufplatzen.

Sein Verfolger lief ihm hinterher. Durch das Geflecht von Baumstämmen sah der Journalist von Zeit zu Zeit einen Schatten. Der Mann holte jetzt auf. Die vorletzte Runde vor der Stunde der Wahrheit.

Sie gelangten zum Weg. Vantel stürzte sich auf den Twingo. In dem Moment, in dem der Motor aufheulte, prallte etwas mit ungeheurer Macht gegen seine Schläfe. Die Faust seines Verfolgers hatte zugeschlagen, eine wohlgezielte Gerade durchs Fenster.

Vantel wurde von seinem Sitz gezogen und auf den Asphalt geschleift. Bevor es weiterging, bekam er zwei Fußtritte in die Seite versetzt.

Dann sauste die Klinge nieder, schnitt ins lebendige Fleisch.

In weniger als einer Minute hatte Vantel sein ganzes Blut vergossen.

3

Jamie hielt eine vollkommen unbeschriftete CD in der Hand.

»Hier ist alles drauf. Die Notizen, die Zeugenaussagen, die Fotos, die Berichte.«

Blicketausch. Ernste Gesichter.

Paul fragte: »Haben Sie sie sich angesehen?«

»Nein. Das ist eine Sicherungskopie. Er übermittelt mir die Daten via Internet, in einem geschützten Bereich.«

»Wie geschützt?«

»Durch einen militärischen Geheimcode.«

Paul hatte das Gefühl, die Wände würden noch ein wenig näher rücken. Vorsichtig nahm er die CD, mit dem Gefühl im Bauch, eine Granate in die Hand zu nehmen.

»Gibt es noch eine Kopie davon?«

»Das *ist* bereits eine Kopie … Mein Vater verwahrt das Original.«

»Gut … Haben Sie einen Computer?«

»In meinem Zimmer.«

Sie gingen in ein blassblaues Schlafzimmer. Überall lagen aufgeschlagene Bücher herum, ein zerwühltes Bett enthüllte schamlos sein Innenleben. Jamie breitete hastig die Tagesdecke darüber.

»Über die Unordnung müsst ihr hinwegsehen … Ich wusste ja nicht, dass ich Besuch bekommen würde.«

Paul musste unwillkürlich lächeln, als er auf dem Kopfkissen das vergessene Kuscheltier sah.

»Ist das die Kiste?«, sagte er und deutete auf den Computer.

Jamie nahm die CD wieder an sich und schob sie ein.

»Lassen Sie mich mal ran.«

Eine fiepsige Musik quiekte im Lautsprecher. Der Leutnant beugte sich vor, die Analytikerin kam näher.

»Es sieht so aus, als hätte Bob die Daten heute Nacht geschickt«, bemerkte Jamie. »Es gibt auch ein Video.«

Meredith war sich sicher, dass es für sie bestimmt war. Vantel wurde verfolgt. Er misstraute allen. Als er sie zu seiner Tochter schickte, wusste der Journalist, dass sie die CD in die Hand nehmen würde. In aller Sicherheit.

»Spielen Sie uns zuerst das Video vor.«

Das Bild hüpfte. Dann tauchte Vantels Gesicht auf. Fahlweiße Haare, schwarze Brille, der Journalist wirkte extrem angespannt.

Das Video war in seinem Büro, in der Redaktion der Zeitschrift, aufgenommen worden. Es war auf den 11. Oktober datiert. Den Vortag. Vantel hatte eine Webcam benutzt und sprach englisch, mit einer dem Chaos abgerungenen Stimme.

Der Polizist mit dem Pferdeschwanz runzelte die Stirn. Er beherrschte ein wenig Italienisch und hatte vage Vorstellungen vom Arabischen, Wörter, die er hier und da bei den Einsätzen der Brigade aufgeschnappt hatte. Aber diese Sprache hatte nie auf dem Programm gestanden. Weder zu Hause noch auf der Polizeischule.

Meredith spürte seine Verlegenheit.

»Jamie, können Sie das noch einmal zurücklaufen lassen?«

Die junge Frau kam ihrer Bitte nach, ohne Fragen zu stellen. Die Amerikanerin machte sich daran, simultan zu übersetzen. Sie hing an den Lippen des Journalisten, anscheinend völlig mühelos.

»Hallo, meine Liebe. Letzte Nachrichten von der Front. Du wirst jetzt neben Madame O'Brien stehen, und zur Stunde dürfte sie dir die Situation bereits geschildert haben. Wir werden Zeit gewinnen…«

Das Bild sprang. Neue Einstellung. Bambussessel, aufgeschlagene Bücher, von Kippen überquellender Aschenbecher.

Dann tauchte Vantel wieder auf, eine Zigarette in der Hand.

»Ihr werdet im Anschluss an diese Aufnahme die letzten Bruchstücke finden, die ich zusammentragen konnte. Sie betreffen das Verschwinden der auf Tureia geborenen Kinder. Was Madame O'Brien mir berichtet hat, scheint in dieselbe Richtung zu laufen wie meine Schlussfolgerungen, aber, und das ist bedauerlich, Célines Leiche ist nicht mehr da, um das beweisen zu können.«

Diese Formulierung ließ die Analytikerin erstarren. Sie hatte gemerkt, dass sie diesen Satz mit einer leichten Verzögerung übersetzt hatte. Auf dem Bildschirm das abwesende Lächeln Vantels, als sei er in einem schrecklichen Traum gefangen.

Die Stimme sprach weiter: »Aber ich habe euch etwas anderes vorzuschlagen. Kürzlich wurde mir von der neuseeländischen Militärverwaltung eine wichtige Einzelheit mitgeteilt, eine Einzelheit, die meine Hypothesen – und die Ihren! – bestätigen könnte.«

Vantel unterbrach sich. Er streckte den Arm aus. Sein Mondgesicht erschien im Profil. Er griff nach einer Akte, blätterte darin, zog ein Satellitenfoto heraus, das er direkt vor die Kamera hielt.

»Die letzten Aufnahmen der Lagune von Tureia. Ihr könnt den eingekreisten Punkt erkennen, unten rechts. Auf den ersten Blick handelt es sich um ein normales Wasserloch. Bis auf einen Unterschied. Eine Messung mit dem Laser hat es ermöglicht, die Tiefe zu bestimmen. Zweiundfünfzig Meter. Tiefer als der Lagunensockel. Aber seht euch das folgende Bild an…«

Der Albino hielt ein neues Bild vors Objektiv. Paul riss die Augen weit auf. Er glaubte, auf der Koralle etwas glänzen zu sehen.

»Dieses Loch wird zu seiner Basis hin breiter, wie ein umgekehrter Trichter. Nach etwa zehn Metern zeigt uns der Laser eine riesige unterseeische Grotte an.«

Das rosige Gesicht tauchte wieder auf dem Bildschirm auf, mit einem Lächeln auf den Lippen.

»Wissen Sie, worauf ich hinauswill? Heute glaube ich zu wissen, warum Nicole niemals etwas über diese verschwundenen Kinder herausfinden konnte...«

Stille. Vantel ließ eine Zigarette rot aufglühen. In dem winzigen Kabuff war der Luftdruck so hoch, dass seine Poren sich weiteten.

»Jetzt muss nur noch alles vor Ort überprüft werden. Falls mein Verdacht begründet ist, werden wir dort den fehlenden Beweis finden. Ich werde zu stark überwacht, um an einer solchen Operation teilnehmen zu können. Sie müssen das machen, Madame O'Brien. Ich werde Ihnen die Kontaktpersonen nennen, das ist alles, was ich tun kann.«

Er nahm seine Brille ab und ließ zwei quecksilbergraue Kugeln zum Vorschein kommen.

»Das wär's. Sollte das Ganze Sie reizen, wissen Sie, wo Sie mich finden können.«

Er verschwand. Eine Tabelle erschien. Die Informationen waren nach Betreff, Jahreszahl und Quelle geordnet. Man brauchte nur noch darin zu stöbern.

Paul sah Meredith an. Dann Jamie. Dann wieder Meredith. Dieselbe Verdutztheit, dieselbe Beunruhigung. Er reagierte als Erster.

»Was soll das heißen?«

Die Analytikerin sah dem Bullen fest in die Augen. Sie sprach ganz ruhig: »Wir müssen da hin.«

»Sie ticken wohl nicht recht?«

»Das ist unsere einzige ernst zu nehmende Spur. Sie haben es selbst gesagt. Wenn wir nichts machen, sind wir tot…«

Der Leutnant erinnerte sich an seine Worte. Er hatte sie fallen gelassen, als er das Spiel im Griff hatte. Bei diesen Worten gab er nach und lockerte den Griff.

»Wir wissen nichts über diesen Typen. Der schickt uns in den Krieg.«

»Vantel hat lange an diesen Hypothesen gebastelt. Mit der logistischen Unterstützung von Wissenschaftlern, von Militärs. Ich habe seine Website gesehen, der blufft nicht.«

Paul drehte sich im Kreis.

»Das ist Wahnsinn… Völliger Quatsch… Sie sind völlig übergeschnappt.«

Meredith ging nicht darauf ein. Sie dachte an die Worte des Genetikers. Die Wissenschaftler hatten nur Zweifel aufgeworfen, keine klaren Antworten, keinerlei Gewissheit gegeben. Vantel nahm diese Zweifel als Arbeitsgrundlage, um einen sichtbaren, materiellen Beweis auszugraben, der nichts zu tun hatte mit diesen nutzlosen Formeln und widersprüchlichen Analysen. Er lief stromabwärts. Er suchte nach der Folge, dem Ergebnis. Dem erschreckenden, ungeklärten.

Realen.

Die Umstände hatten dafür gesorgt, dass er ihnen über den Weg gelaufen war. Sie konnten unmöglich zögern.

»Wie spät ist es?«

»Mittag«, sagte Jamie mit einem Blick auf ihre Uhr.

»Nein, da unten.«

»Zwölf Stunden weniger… Mitternacht.«

»Geht Ihr Vater spät zu Bett?«

Die junge Frau zuckte die Achseln. »Wir können's versuchen.«

Sie nahm ihr Handy und drückte eine Taste. Die Sekunden verstrichen, die Spannung war groß. Dann runzelte die junge Frau die Stirn. »Er ist nicht zu Hause. Ich versuch es in der Zeitung.«

Meredith nickte. Mit dem Rücken zu ihnen betrachtete Paul die Bäume im Park, die sanft unter den Fenstern wogten. Nach einer kurzen Wartezeit sprach Jamie laut.

»Ja ... Hier ist Jamie. Ist Bob da?«

Schweigen. Die junge Frau hatte eine Hand auf ihr Ohr gelegt. Sie brüllte.

»Was?«

Die Journalistin hörte die Antwort, dann legte sie auf. Sie sah plötzlich aus wie eine zerschlissene Puppe. Sie brachte ihre Stimme unter Kontrolle und sagte: »Mein Vater ist tot ...«

Die Herzen setzten für einen Moment aus. Alles im Zimmer bewegte sich in Zeitlupe, verschluckt von einer Woge des Schmerzes. Meredith legte Jamie ihren Arm um die Schulter.

Etwas weiter im Hintergrund trat Paul von einem Fuß auf den anderen. Nach ein paar Sekunden fragte er: »Wann ist das passiert?«

»Heute Nacht ... Bei ihm in Moorea. Sie haben ihn mit einer Machete erschlagen.«

»Diese Arschlöcher ...«

Jamie lehnte sich mit dem Rücken an die Wand. Ein stummer Schrei lag auf ihren Lippen. Meredith hörte ihn. In wenigen Sekunden würde er die Dämme einreißen, die Mauer aus Willensstärke zum Explodieren bringen, ihre Seele davontragen. Sie machte Paul ein Zeichen, den Mund zu halten. In diesem Stadium des Schmerzes konnten Worte wie Handgranaten wirken.

»Jamie ...«, sagte sie und nahm ihre Hand. »Ihr Vater

verfolgte dasselbe Ziel wie Sie. Wir werden tun, was er erwartete… Und wir werden etwas finden. Das verspreche ich Ihnen.«

4

Kitanides blickte starr auf den Druckmesser. An die zehn Pressluftgeräte waren auf dem Ponton aufgereiht, in Erwartung ihrer soundsovielten Wiederauferstehung.

»Willst du da hinfahren?«

»Ich hab keine große Wahl.«

Pauls Stimme hatte leicht verärgert geklungen. Besorgt fragte Stavros: »Hast du eine Bleibe?«

»Einen Namen, Tureia, das ist alles.«

»Niemanden in Papeete, wenn ich recht verstehe.«

Cabrera bejahte mit einem Nicken. Vantel hätte dieser Brückenkopf sein sollen, aber andere hatten das anders entschieden. Mit der Machete abgeschlachtet, hatte er sich schneller zu Céline gesellt als vorgesehen.

»Einer meiner Freunde hat eine Farm in der Gegend«, sagte Kitanides und drückte einen Bolzen herunter.

»Gibt es Farmen auf den kleinen Inseln?«

»Perlenfarmen… Sie züchten unter Wasser ganze Batterien von Austern. Eine echte Industrie.«

Der Bulle machte große Augen. Er hatte sich gerade einen der Gesundheit nicht sehr zuträglichen Hühnerhof vorgestellt. Stattdessen zeigte Stavros ihm hoch entwickelte Unterwasserkulturen.

Der Taucher rollte einen Block zum Kompressor. Ein Dieselgeräusch, ein Zischen, die Maschine setzte sich in Gang. Er brüllte, um den Lärm zu übertönen.

»Da bist du platt, was?«

Paul schüttelte den Kopf und schrie zurück: »Wo ist sie, seine Farm?«

»Auf dem Tenenaro-Atoll. Das liegt nicht sehr weit von Tureia entfernt. Mein Kumpel befördert seine Arbeiter und sein Material mit dem Wasserflugzeug. Er kann bestimmt einen Abstecher machen.«

In Cabreras Augen sah man es vor Erregung blitzen. Die Vorstellung, eine Fahrt mit dem Wasserflugzeug zu machen, weckte in ihm eine schlummernde glühende Leidenschaft.

»Genial«, erwiderte er. »Wie lange wird es dauern, bis du eine Antwort von ihm hast?«

»Das können wir gleich abmachen«, antwortete der Taucher. »Warte hier auf mich.«

Er verließ den Ponton und verschwand im Schiffsinnern. Paul lehnte sich an die Reling und zündete sich einen Zigarillo an. Das Prunkstück der COMEX, das in der Hafeneinfahrt vertäut lag, lockte Neugierige an. Ein riesiger Trawler, der aussah wie ein Fabrikschiff und auf dem sich andauernd Gestalten in Neopren zu schaffen machten. Die in seinen Eingeweiden nistenden Forschungsgeräte spuckten in einem beständigen Rhythmus Grafiken aus.

Der Bulle von der Brigade zog die Augenbrauen hoch. Er fragte sich, wo seine Ermittlung ihn hinführen würde. Eine Ermittlung, bei der er letztlich nicht mehr die Oberhand hatte. Seine eigenen Fährten hatten ihn in eine Sackgasse manövriert. Chastel, die brutalen Kerle von den SOP, die altüberlieferte Tätowierung, die Armee, er trug nur Fakten zusammen, die jedoch unbrauchbar waren, wollte man endlich an einem Ziel anlangen.

Noch frustrierender war, dass seine Arbeit als Ausgangspunkt, als Trampolin für die Schlussfolgerungen von Meredith gedient hatten. Die seltsame Beschaffenheit des Tumors ihrer Schwester, die Verbindung mit den Atomversuchen, die Verstrickungen dieses Öko-Fanatikers, der angeblich unwiderlegbare Beweise in Händen hielt. Sie hatte alles allein herausgefunden, die losen Fäden miteinander verbunden, ihre eigenen Feststellungen optimiert.

Das Eingeständnis fiel ihm schwer, aber die Analytikerin hatte hier wesentlich mehr Effizienz bewiesen als er selbst. Außerdem quälte ihn ein unbestimmtes Gefühl. Für sein südländisches Gemüt ein Widerspruch. Zum ersten Mal in seinem ganzen Leben hatte er sich auf die Intuition einer Frau verlassen. Und er hatte, ebenfalls zum ersten Mal, diese Wahlmöglichkeit für eine Selbstverständlichkeit erachtet.

Stavros tauchte wieder auf, auf seinem Gesicht leuchtete ein beständiges Lächeln.

»Ist gebongt. Er wird auf dem Flughafen von Papeete auf dich warten und dich nach Tureia bringen.«

Paul setzte seinen Fuß auf eine Reuse aus Tauwerk.

»Und wie erkenne ich deinen Kumpel?«

»Mach dir mal keinen Kopf, mein Lieber… Ich habe ihm beschrieben, wie du ausschaust.«

»Hat er wenigstens einen Namen?«

»Kevin Lou.«

»Lou… Ist er Chinese?«

»Vollblut. Und eine Menge Kohle. Denen gehört der Perlenhandel.«

»Gibt es Tauchgeräte?«

Kitanides' Lippen rundeten sich ganz unwillkürlich.

»Hast du die Absicht, einen Erkundungstauchgang zu machen?«

»Eine Unterwassergrotte. Sie geht mindestens bis auf zwanzig Meter unter der Lagune runter.«

Stavros verzog argwöhnisch den Mund.

»Was die Geräte angeht, keine Sorge. Auf einer Perlenfarm gehört das zur Grundausstattung. Was den Rest betrifft ...«

»Den Rest?«

Der Taucher schloss ein weiteres Gerät an den Kompressor an. Er schraubte mit seinen Riesenpranken das Gummikabel an, während er Paul fragte: »Wann hast du deinen letzten Tauchgang gemacht?«

»Letzten Sommer. Warum?«

»Im Mittelmeer?«

»Ja ... Wo sollte ich denn sonst hingehen?«

»Bist du schon einmal in warmen Gewässern getaucht?«

Der Bulle wurde fast ärgerlich.

»Was ist das Problem? Ein Tauchgang ist ein Tauchgang.«

Das Exmannschaftsmitglied der *Calypso* schwieg eine Weile. Seine Augen strahlten nicht mehr.

»Die Haie. Die machen die Atolle unsicher. Wenn du ihnen noch nie begegnet bist, könntest du dein blaues Wunder erleben.«

5

Ferraut fand keinen Schlaf. Auf dem Bett ausgestreckt, betrachtete er eingehend die Decke und rechnete sich seine Chancen aus. Die waren gering. Um nicht zu sagen nicht vorhanden, falls Chastel ihn fallen ließ.

Seitdem man ihn bei diesen Verrückten eingeschleust hatte, sah der Abgeordnete des Departements Hauts-de-Seine bestimmte Grundbegriffe mit anderen Augen. Leben,

Freiheit, Respekt – diese Selbstverständlichkeiten kamen ihm plötzlich absurd vor. Ein Ideal von Wohlhabenden, versteckt im Schutz eines Atompanzers. Hinter diesem Schild gewann die Natur die Oberhand. Er hatte den Finger in ein System gehalten, in dem nur Gewalt zählte. Eine barbarische Welt, deren Kampfgetöse unter seiner Schädeldecke widerhallte.

Er sprang auf, da diese Feststellung bei ihm Beklemmung auslöste. Vierundzwanzig Stunden. Chastel hatte ihm gesagt: vierundzwanzig Stunden. Danach sollte der General ihm dabei helfen zu verschwinden. Im Militärjargon nannte man das eine Exfiltration. Eine andere Existenz, ein anderes Land vielleicht. Und genug Geld, um sich ein schönes Leben zu machen. Wenn er bloß keine Panik bekam.

Zum hundertsten Mal sah er auf seine Uhr.

In einer Stunde würde die Frist abgelaufen sein.

Er schlüpfte in einen Morgenrock und ging in den Salon. In dem Appartement, das Chastel ihm geliehen hatte, sah es aus wie in einem Bordell. Da es sich mitten in Pigalle befand, war das nicht weiter erstaunlich. Rote Stofftapeten, die Decke ein Lackspiegel, ein violetter Teppich, auf dem zweifelhafte Fleckenränder zu erkennen waren. Und überall Kissen, eine Ton in Ton gehaltene Sammlung indischer Stoffe, über der eine schrille Mischung aus Nippessachen prangte.

Laut Aussage des Generals ein sicherer Ort. Niemand werde hier seine Nase reinstecken. In wenigen Tagen könne er in völliger Gelassenheit seiner Zukunft ins Auge sehen.

Aber obwohl er sich Mühe gab, glaubte Jacques Ferraut nicht mehr an eine Zukunft. Er hatte seine Rolle gespielt, ein Bauer, den man bis zum Letzten ausgequetscht hatte und der jetzt nutzlos war. Seine Kommanditisten hielten eine Bombe in Händen. Der Beweis war klar genug, um auf seine Dienste zu verzichten. Auf die eine oder andere Weise bedeutete die Autopsie dieser armen jungen Frau das Ende ihrer Zusammenarbeit.

Tränen quollen ihm unter den Lidern hervor. Warum war er darauf eingegangen? Chastel hatte die patriotische Saite gezupft. Er hatte ihm plumpe Plattitüden über das Interesse der Nation, den Dienst am Staat und all den Käse aufgetischt. Aber das war nicht sein Ding. Der Parlamentarier glaubte nicht an den ganzen Kram. Nicht mehr.

In dieser zwangsweisen Abgeschiedenheit, in die Tiefen seiner Ängste verbannt, trat die Wahrheit plötzlich völlig ungeschminkt zutage, erwies sich als sehr viel einfacher. Man hatte ihm Gelegenheit gegeben, ein Mann zu sein. Gemäß dem ureigenen Bild, das er sich davon machte. Eine Art Held, der in der Lage war, sich an der Gefahr zu reiben, Risiken auf sich zu nehmen. Er hatte seine Karriere, sein Leben für diese dumme Idee aufs Spiel gesetzt. Die Stunde der Abrechnung nahte. Er machte sich Vorwürfe.

Er brütete immer noch über diesen Gedanken, als es an der Tür klopfte.

Drei Schläge, ein Schlag, zwei Schläge.

Der Code.

Eine plötzliche Hoffnung ließ ihn auffahren. Chastel hatte Wort gehalten. Es ging los.

Ferraut presste sich gegen die Tür.

»Chastel?«

Wieder ließen die Schläge das Holz erzittern.

Drei … eins … zwei …

Ferraut zögerte.

»Chastel? Sind Sie es?«

Als Antwort ertönte ein dumpfes Grollen. Panik überkam ihn, ihm wurde schwindlig. Ferraut trat einen Schritt zurück.

Dann barst der Festungswall. Im zerfetzten Türrahmen stand eine stämmige Gestalt mit breiten Schultern. Sie kam näher. Der Parlamentarier startete ein letztes Ablenkungsmanöver.

»Hiro? Was machst du denn hier?«

Der Krieger löste seine Haare. Er lächelte breit und öffnete seinen Parka. Ferraut starrte verdutzt auf den Mann. Als sei er unfähig, das, was er da sah, zu begreifen.

Das Unfassbare.

Ein Blitz. Ferraut hob die Hände, um sein Gesicht zu schützen. Er hatte das Gefühl, man breche ihm mit einer Eisenstange die Knochen. Ein Aufschrei, er betrachtete seinen Arm. Die Klinge hatte das Fleisch zermalmt, spitze Knochenstücke traten unter der Haut hervor, in abgeschrägte Kanten zersplittert.

Das Zimmer drehte sich. Ferraut fiel auf die Knie, wie betäubt.

Hiro pflanzte sich vor ihm auf. Der Abgeordnete senkte den Kopf, als habe er resigniert. Diesmal benutzte der Maohi die flache Axtklinge.

Mit einem kräftigen Hieb schlug er zu.

6

Ein kurzer Knall. Es duftete nach heißem Kaffee.

Paul öffnete die Augen. Das Fahrgestell rastete in der Verriegelung ein, irgendwo unter dem Rumpf. Er warf einen Blick aus dem Fenster. Im gebrochenen Licht der Glasscheibe legte die Nacht ihren Schleier aus Rosatönen an. Weiter oben, mit dem Ozean verbunden, umschlangen violette Bänder die Wolken.

Der Polizist nutzte die Gelegenheit. Er hatte alle Fakten einbezogen und ging jetzt mit Entschlossenheit zu Werk. Vantel besaß eine vollständige Akte, hatte aber keine Beweise. Céline hätte dieser Beweis sein können. Ihr durch die Strahlung geschädigtes Gehirn, die Einsätze der SOP, die Anwesenheit der Armee bei der Durchführung der Autopsie, diese neuen Elemente hatten es dem Journalisten gestattet, die letzten Vergleiche anzustellen.

Tureia war die Drehscheibe.

Auf der Insel, die der radioaktiven Verstrahlung der Atmosphäre ausgesetzt gewesen war, verschwanden Kinder. Die zweifellos Missbildungen aufwiesen. Gleich im Anschluss tauchte eine Grotte aus den Tiefen des Meeres auf. Indem er diese Teile miteinander verband, hatte Vantel ihnen weit mehr als eine Akte an die Hand gegeben.

Er bot ihnen eine Chance, das Steuer herumzureißen.

Auf etwas persönlicherer Ebene erwies sich die Zusammenarbeit mit der Analytikerin als bereichernd, und das Leben an ihrer Seite verwirrte ihm die Sinne.

Alles in allem sah Paul sich auf der Gewinnerseite.

Plötzlich zog eine dunklere Masse unter dem linken Flügel vorbei. Cabrera stellte sich eine riesige Eidechse vor, versteinerte Schuppen, eingeschlummert im flüssigen Nichts. Er klopfte Meredith auf die Schulter.

Die Amerikanerin stöhnte leise, während sie ihre Maske abnahm.

»Sind wir da?«

»Ich glaube schon.«

Sie stiegen erleichtert aus dem Airbus. Vierundzwanzig Flugstunden. Eine halbe Weltreise in fünfzehntausend Fuß Höhe, eingezwängt in eine Schuhschachtel. Zum Verrücktwerden. Das einzig Positive: Sie waren im Herbst eingeschlafen, um im Sommer aufzuwachen.

Ein Chinese quatschte sie auf der Landebahn an, die Arme voller Blumenkränze.

»Sind Sie Paul Cabrera?«

Der Bulle sah sich die eigenartige Person genau an. Ein blatternarbiges Gesicht, an den Schädel angeklatschte kohlschwarze drahtige Haare, fragwürdige Shorts, das Ganze abgerundet durch ein mit Fettflecken übersätes ärmelloses Shirt. Er fragte zögerlich: »Kevin Lou?«

Sie tauschten ein Lächeln, Hände wurden geschüttelt. Dann türmten sich die Blumen in Schichten um ihre abgespannten Gesichter. Bis zum Ersticken.

»Eine Tradition auf Tahiti«, sagte der Chinese. »Niemand entkommt ihr. Haben Sie Gepäck aufgegeben?«

»Eine Tasche«, sagte Meredith.

»Sehr gut. Wir holen sie, und dann fliegen wir los.«

Paul zog die falschen Pässe, die Skali ihnen besorgt hatte, aus der Jeans. Der Dicke hatte sie ihm in Paris ausgehändigt, in der Abfertigungshalle. In ihrer Situation war diese Vorsichtsmaßnahme ihnen unentbehrlich erschienen.

»Müssen wir nicht den Zoll passieren?«

Die Schlitzaugen funkelten.

»Ich hab das geregelt. Diese Woche ist der Brigadier ein Cousin.«

Das Wasserflugzeug näherte sich Tureia am Spätnachmittag.

In einen skelettartigen Sitz gezwängt, ließ sich Paul von dem Schauspiel nicht das Geringste entgehen. Der Ozean schien eine Luftblase geboren zu haben. Farbschattierungen in Blau, Grün und allen Arten von Türkis überlagerten sich bis zu dem blendenden Weiß eines Sandstreifens. Er dachte an ein Auge. Eine reine Iris, eine versengte Pupille, ständig geöffnet, um das Universum anzustarren.

Hinten saß Meredith zwischen Pressluftgeräten und

drückte eine Rettungsweste fest gegen die Brust. Sie schien innerlich zu brüllen.

Der Doppeldecker flog dicht über dem Wasser, um eine Passage ausfindig zu machen. Korallenanhäufungen tüpfelten die durchscheinende Fläche mit einer Vielzahl dunkler Hügelchen. Wie Termitenhügel.

Sie stiegen wieder höher, überflogen einen Strand und Wellblechdächer, die hier und da zwischen Kokospalmen zu erkennen waren. Paul bemerkte mehrere auf Sand gelaufene Motorboote.

Noch eine Kurve, schärfer diesmal, die Flügel in der Vertikalen. Die Kopfhörer knisterten.

»Haltet euch fest, wir setzen auf.«

Lou zog die Maschine hoch. Ein schwieriges Manöver. Hier gab es keine markierte Piste, keinen Fluglotsen. Alles lief nach Instinkt.

Die Schwimmer befühlten die Oberfläche mit dem Geräusch aneinander reibender Stoffe. Dann berührten sie das Wasser. Die Körper wurden nach vorn geworfen, die Plastikgurte schnitten in den Brustkorb. Ein Schaben. Sie glaubten, der Rumpf werde zerfetzt. Die Stimme des Piloten brüllte in den Kopfhörern.

»Wir haben einen Korallenbuckel gestreift ... Das müsste gehen ...«

Der Polizist nickte. Er hatte keine Angst. Im Gegenteil, er frohlockte. Er drückte seine Nase ans Fenster. Zu seiner Linken schleuderte die Schiffsschraube einen sprühenden Regenbogen in die Luft. Dann drehte er sich zu Meredith um und hielt den Daumen nach oben. Als Antwort versuchte die Amerikanerin bloß, trotz ihrer Übelkeit ein Lächeln zustande zu bringen.

Das Wasserflugzeug glitt eine Weile auf der Oberfläche dahin, dann drehte Lou das Gas ab.

»Wir können nicht weiterfahren. Ich muss in der Fahrrinne bleiben.«

Sie ließen das Boot ins Wasser, machten den Außenbordmotor fest und fuhren Richtung Strand. Die Luft wehte fremde, berauschende Düfte herbei. Am Horizont breitete die Sonne bereits ihren Feuermantel aus.

Paul dachte, dass sie wahrscheinlich nachts tauchen müssten. Eine nicht sehr erfreuliche Vorstellung. Aber zunächst mussten sie die Lehrerin aufsuchen. Nicole Lequerrec. Diese Frau, die sich auf diese Korallenbuckel verirrt hatte, stellte den letzten Außenposten des Vantel-Systems dar.

Das Boot setzte sanft auf. Am Uferstreifen herrschte normale Betriebsamkeit. Fünf Zodiaks waren auf den Sand gezogen worden, motorisierte Maschinen, schwarz, auf der Seite mit aberwitzigen Nummern versehen. Männer mit Bürstenhaarschnitt schlichen um sie herum. Gebügelte Shorts, kurzärmelige Sporthemden, das Ganze in einem makellosen Weiß. Eine schwarze Linie teilte die Körper in zwei Hälften, die Dienstwaffe, die in einem Lederetui am Gürtel befestigt war.

Paul begriff sofort.

Die Armee. Die Marine.

Warum Militärs? Das Atoll lag nicht in der verbotenen Zone. Eine Falle? Der Polizist versuchte, seine sich überstürzenden Gedanken in den Griff zu bekommen. Ein Staatskomplott, kolossale Maßnahmen, drei gewaltsame Tode und zwei Mordversuche innerhalb einer Woche. Die Uniformträger scherzten nicht. Da Paul und Meredith sich sicher waren, dass man sie ausfindig machen würde, hatten sie ein Maximum an Vorsichtsmaßnahmen getroffen.

Was jetzt? War Lou auch in die Sache verwickelt? Warum hatte er ihnen gestattet, den Zoll zu umgehen? Die Idee, dass man sie vorsätzlich hierher gelockt hatte, wurde zu einer unumstößlichen Gewissheit. Man hatte sie in einen Hinterhalt gelockt. Um sie klammheimlich verschwinden zu lassen.

Gleichgültig gegenüber diesen Fragen zog Lou den Dinghi auf den Sand. Ein Mann kam auf sie zu. Jung, blond, rosig, ein mit Babybrei genährtes Puppengesicht. Paul erkannte den Dienstgrad. Zwei asymmetrische Schulterstreifen, ein Hauptmann. Das pausbäckige Baby grüßte sie auf die lässige Art.

»Hauptmann Berthier. Die Insel wurde vor einer Stunde unter militärische Kontrolle gestellt. Ich möchte Sie bitten, mir zu folgen.«

Cabrera schluckte seine Wut herunter. Die Vorstellung, sich so leicht abfangen zu lassen, kam ihm unerträglich vor. Er sah sich um. Zu spät zum Fliehen. Und außerdem, wo sollten sie hin? Er musste etwas anderes finden, ein anderes Register ziehen. Die Worte kamen ganz ohne Nachdenken, gleichgültig, neutral, wie aus einem Reflex heraus gesprochen.

»Gibt's Probleme?«

»Wir werden es Ihnen erklären.«

Lou schaltete sich ein. Im rauen Tonfall eines Menschen, der nicht versteht, dass man ihn in seiner Arbeit behindert: »Ich muss morgen früh nach Tenanaro zurück. Ich hoffe, man wird nicht ...«

Der Militär kehrte ihnen den Rücken zu.

»Folgen Sie mir bitte. Es dürfte nicht lange dauern.«

Sie verließen den Strand, machtlos. Ein paar Tahitianer beobachteten sie, Dickschädelstirnen unter einer Masse schwarzer Haare. Das Stabsquartier war im Rathaus eingerichtet worden. Eine Hütte aus grob bearbeitetem Wellblech, auf der eine Trikolore schlummerte. Drei Soldaten machten sich darin zu schaffen, einer an einem Radio, zwei andere an Dokumenten, die in wüstem Durcheinander auf einem wackligen Küchentisch lagen. Hunde schlabberten irgendwelche Reste auf, angekettet an völlig durchgerostete Eisenplatten. Ein Ekel erregender Kochfleischgeruch hing in der Luft.

Ein Mann in mittleren Jahren hob den Blick und sah sie an. Seine hohe Stirn wellte sich zu Schwindel erregenden Furchen.

»Ja?«

Berthier spannte sich wie eine Schleuder.

»Ein Wasserflugzeug, Kapitän. Es ist gerade mit diesen drei Zivilisten gewassert.«

Der Kapitän musterte sie mit unbeteiligter Miene. Er fuhr sich mit der Hand über seine Falten, als wolle er sich versichern, dass sie noch da waren. Dann wurde sein Gesicht offener, ließ eine alte Müdigkeit sichtbar werden. Er sprach in höflichem Ton.

»Meine Herren, Madame... Ich bin Korvettenkapitän Pontillac, Kommandant der *La Déferlante*. Darf ich Sie fragen, was Sie hier tun?«

Paul versuchte zu verstehen. Der Militärkopp sprach nicht wie ein Typ, der auf dem besten Wege war, ihm eine Kugel in den Nacken zu ballern. Was für ein Spiel wurde hier gespielt?

Meredith trat aus der Deckung. Selbstsicher ergriff sie das Wort.

»Meredith O'Brien. Wir besuchen die Perlenfarmen von Monsieur Lou.«

Der Chinese salutierte, um zu zeigen, dass von ihm die Rede war. Der Kapitän salutierte ebenfalls.

»Entschuldigen Sie. Aber... Unterbrechen Sie mich, wenn ich mich irre... Es gibt auf Tureia keine Farm. Die nächste ist auf Tenanaro.«

Paul verschränkte die Arme vor der Brust. Die Haltung der Militärs brachte ihn immer mehr aus der Fassung. Misstrauisch, skeptisch, aber nicht feindselig. Er hatte den Eindruck, dass die Männer von der Marine sich noch unwohler fühlten als er.

Meredith improvisierte.

»Wir wollten Madame Lequerrec sehen. Die Gelegenheit…«

»Wen?«

Berthier zischte durch die Zähne hindurch: »Die Lehrerin, Kapitän.«

»Ah… ja.«

Die Schutzschicht aus Argwohn wurde immer dünner. Meredith nutzte das aus, um die Rollen zu vertauschen.

»Was geht hier vor, Kapitän?«

Pontillac zog die Augenbrauen weit nach oben. Seine Stirn wurde noch ein wenig stärker durchfurcht, bis sie eine Art zusammengefalteten Fächer bildete.

»Ein Manöver. Unsere Vorgesetzten müssen denken, wir machen uns hier in Polynesien ein schönes Leben. Tut mir Leid, aber ich muss Sie leider bitten, gleich morgen früh die Insel zu verlassen.«

Der Blutkreislauf Cabreras normalisierte sich wieder. Die Uniformträger hatten nichts gegen sie. Zumindest nicht die hier. Sie kannten sie nicht einmal. Er fragte: »Können wir wenigstens unsere Freundin sehen, bevor wir wieder fahren?«

Der Kapitän legte eine Hand in seinen Nacken. In diesem erbärmlichen Raum war seine glänzende Uniform eine herausfordernde Beleidigung.

»Gewiss…«

Der Militär beugte sich über seine Papiere. Der Rausch seiner Funktion hatte ihn bereits wieder verschlungen.

Sie verließen das Rathaus. Das Dorf Tureia bestand aus an die zwanzig Häusern, die man in einer wunderlichen Geometrie aufs Geratewohl erbaut hatte, als hätten die Wirbelstürme sie dort fallen lassen. Klein, offen, ohne jede Besonderheit. Welches dieser baufälligen Häuser beherbergte Nicole Lequerrec?

Innerhalb weniger Sekunden bekam Lou die Information. Ein Finger zeigte auf den Dorfausgang, eine fahlgelbe Bruchbude, umgeben von einem eingezäunten Garten.

»Da hinten.«

Paul deutete ein Lächeln an. Er gab dem Chinesen zu verstehen, dass seine Anwesenheit nicht erwünscht war.

Er werde das Gespräch in jedem Fall kurz halten.

7

Nicole Lequerrec ging auf die fünfzig zu. Eine große Frau mit klarem Blick, wohlgenährt, silberweiße Haare, zum Bubikopf geschnitten. Sie trug ein traditionelles Gewand mit Stehkragen, weiß, und marineblaue Latschen, die vorne offen waren. Ihr Lächeln erinnerte an eine Blume in voller Blüte.

Meredith dachte an diese New-Age-Ikonen, von denen die Magazine der Westküste voll waren. So etwas wie Gurus, die mit Pflanzen ihre Messen zelebrierten, die an Chakren und Entkörperungserfahrungen denken ließen. In ihrer Praxis bemühte sie sich gelegentlich, den Opfern dieser Verrückten wieder zu einer psychischen Integrität zu verhelfen.

»Wir sind Freunde von Bob Vantel …«

Das Gesicht hellte sich noch mehr auf.

»Kommen Sie bitte herein.«

Das Innere des *fare* glich der Besitzerin. Spartanisch, blitzsauber, heiter. Ein runder Tisch, bedeckt mit einem Wachstuch und umgeben von niedrigen Hockern, der Boden aus geflochtenen Matten, ein weiches Bett, geschmückt mit einem türkisfarbenen Leintuch. Im Hintergrund eine Kochnische, in der noch das Geschirr vom Tage trocknete, ordentlich aufgereiht in einem orangefarbenen Abtropfständer.

Ein Detail zerstörte jedoch die Harmonie des Ortes. Eine Reihe mit Kohle gezeichneter Seestücke, die an die Wände geheftet waren. Die Striche fingen den Blick ein, waren scharf, lebhaft, trugen eine eiskalte Folter in sich. Meredith spürte das unausgesprochene Unbehagen. Die Schattenzone, in der die allzu zenmäßige Fassade bröckelte.

»Gefallen sie Ihnen?«, fragte die Lehrerin und drehte sich zu Paul um.

Der Polizist war kein großer Kunstliebhaber. Er antwortete mit einer ausweichenden Plattitüde: »Ich bin kein Spezialist …«

»Ich zeichne in meinen Mußestunden. Daran fehlt es hier nicht gerade …« Ein kurzes schrilles Lachen unterstrich diese Worte. Sie setzte sich auf einen Hocker und fragte: »Hat Bob Sie geschickt? Wie geht es ihm? Wir haben uns nicht mehr gesehen, seit … Seit wann eigentlich?«

»Es geht ihm gut«, log Meredith.

Die Stimme von Nicole Lequerrec klang jetzt fern. Ihre Gesichtszüge verschwanden hinter einer glatten Maske.

»Bestens … bestens …«

Ein Blinzeln. Dann klang sie wieder warmherzig und bezaubernd.

»Was kann ich für Sie tun?«

Die Analytikerin schilderte die Situation in wenigen Sätzen. Die Hetzjagd auf sie, Vantels Hypothesen, ihre sich ähnelnden, sich ergänzenden Schlussfolgerungen. Sie erzählte auch von Jamie, benutzte sie als eine Art Erkennungsmarke, um ihre Glaubwürdigkeit zu unterstreichen. Als sie damit fertig war, starrte die Lehrerin sie befremdet an.

»Eine unterirdische Grotte? Bob hat mir nie davon erzählt.«

»Er hat sie erst kürzlich entdeckt. Hierdurch.«

Meredith streckte ihr die durch eine Plastikhülle geschützten Fotos hin. Nicole Lequerrec setzte eine Brille auf und betrachtete die Abzüge genau. In diesem Augenblick sah sie tatsächlich aus wie eine Lehrerin. Aufmerksam, ernst, ein bisschen altmodisch.

Paul deutete mit dem Finger auf den schwarzen Kreis, den Vantel eingezeichnet hatte. Die Frau nickte.

»Mich erstaunt vor allem, wie anders die Dinge sind, wenn man sie von oben betrachtet. Ich habe oft in diesem Teil der Lagune gebadet und … vielleicht habe ich nicht darauf geachtet.«

Der Polizist spürte, dass da was nicht stimmte.

»Was wollen Sie damit sagen?«

»Einfach nur, dass ich dieses Loch im Wasser nie gesehen habe. Den Korallenbuckel daneben, den schon, ich hab daran schon öfter mein Boot festgemacht, aber das Loch …«

Paul presste die Kiefer aufeinander. Eine Wahrheit keimte in seinem Bullenschädel auf. Die Lehrerin kannte die Lagune gewiss so gut wie ihre Hosentasche. Sie zog hier schon seit Jahren ihre Kreise. Wenn sie diesen Schacht nicht bemerkt hatte, dann war das nur durch eine einzige Tatsache zu erklären.

Es gab ihn nicht.

Oder … jemand hatte dafür gesorgt, ihn zu verbergen.

Das Satellitenfoto hatte den Schlund im rechten Moment abgelichtet. Als man ihn geöffnet hatte. Ein Zusammenspiel günstiger Umstände. So was kam vor.

Dann hallte eine weitere Wahrheit wider, wie ein Sonarecho. Die Fotos stammten von letzter Woche. Das Loch war also gerade geöffnet worden. Warum?

Er fragte: »Hat in den letzten Tagen eine Frau ein Kind bekommen?«

Nicole Lequerrec schien zu zögern. Ihre allzu hellen Augen verrieten eine dumpfe Angst.

»Ich … Ich bin mir nicht sicher.«

Der Polizeileutnant schlug einen strengeren Ton an: »Hat eine Frau ein Kind bekommen? Ja oder nein?«

»Ja … Ja, ich glaube.«

»Und das Kind?«

Die Lehrerin senkte den Kopf. Ihr grauer Schädel schimmerte wie Aluminium.

»Ich weiß nicht …«

»Wo ist die Mutter?«

»Sie hat die Insel verlassen, gestern …«

Paul hatte die Erklärung. Ein weiteres Kind war vor kurzem den Tiefen des Wassers dargeboten worden. Wie viele davon hatte es gegeben? Wie viele würden es noch sein? Er blickte durch das offene Fenster. Die Sonne war nur noch ein feiner, auf dem Horizont liegender Goldstaub.

Es wurde langsam Zeit, ins Wasser zu gehen. Es war dringend notwendig, es befahl sich von selbst. Die Antwort lag keine paar Schwimmzüge weit entfernt, ein unwiderlegbarer Beweis, versteckt in einem Sarg aus Felsgestein und Wasser. Er legte seinen Finger auf die Karte.

»Das Wasserflugzeug dürfte sich etwa dort befinden. Wie findet man da hin?«

»Das ist rechts vom Strand, in Richtung Riff. Sie werden

keine Mühe haben, den Buckel zu finden. Sieht aus wie ein gestrandetes U-Boot. Eine *Nautilus* aus Stein. Das Wasser ist nicht sehr tief an der Stelle. Bei Ihrer Größe dürften Sie noch stehen können.«

»Und das Wasserloch?«

»Wenn ich Ihrem Abzug glauben kann, muss es gleich daneben sein.«

Der Bulle schätzte die Entfernung ab. Wenn man im Dunkeln ruderte, würde man eine gute Viertelstunde brauchen, bis man das Ziel erreicht hätte.

Sie verabschiedeten sich. Die Lehrerin begleitete sie bis zu der kleinen Holztür. Als sie ihr die Hand schüttelte, spürte Meredith, dass ihr ein schweres Gewicht aufs Gewissen drückte. Vantel war exekutiert worden. Die Lehrerin würde vielleicht die Nächste sein. Aber die Amerikanerin hatte beschlossen zu schweigen.

Sie sah ihr fest in die Augen.

»Passen Sie auf sich auf.«

Nicole Lequerrec musste die leise Besorgnis gespürt haben, die in den Worten der Analytikerin mitschwang.

»Machen Sie sich keine Sorgen … Für die gehöre ich zur Einrichtung.«

Sie machten dem Chinesen ein Zeichen.

Jetzt war das Dorf in Nacht gehüllt. Ein paar Lämpchen leuchteten bereits hinter den Wellblechfassaden. Grelle Sturmlampenbeleuchtung, flackernde Kerzenflammen. Paul hatte den Eindruck, im Innern einer Krippe herumzulaufen. Er löste seine Haare.

In weniger als einer Stunde würden sich Vantels Prophezeiungen vielleicht bewahrheiten.

8

Das Trio ging zum Wasserflugzeug und tat so, als wolle es morgens in aller Frühe abfliegen. Sie schliefen an Bord, eingekeilt zwischen Gerätekisten und Pressluftflaschen. Der Rumpf bot wenig Komfort, ein stickiger Raum, der aber ausreichte, um ein paar Stunden darin auszuharren.

Die Soldaten, die auf dem Strand postiert waren, stellten keine Fragen. Sie schienen andere Probleme zu haben. Was den Perlenzüchter anging, so folgte er kommentarlos. Sie hatten Tauchgerät an Bord gebracht, also würden sie es wohl auch früher oder später benutzen.

Daran war nichts Ungewöhnliches.

Die Einzige, die die Dinge kompliziert machte, war Meredith. Vantel habe ihr den Auftrag gegeben, sie bestehe darauf, selbst in die Grotte hinunterzutauchen. Die Höhle breite ihre Tentakel zwischen zehn und zwanzig Metern unter der Oberfläche aus, da sei doch nun wirklich nichts dabei. Sie besaß irgend so ein amerikanisches Tauchabzeichen, in ihrer Vorstellung genügte das.

Paul versuchte, sie davon abzubringen. Er erinnerte sich an Stavros' Worte und kannte die Risiken. Ein nächtlicher Tauchgang an einem unbekannten Ort, im Innern eines felsigen Schlauches, den die Brandung ausgehöhlt und den die Strömungen noch tiefer gebohrt hatten. Fast schon Höhlentaucherei. Und es kam nicht in Frage, die Stablampen einzuschalten. Jedenfalls nicht, bevor man nicht unten angelangt war. Das hieß im Klartext: Zehn oder zwanzig Meter runtertauchen, Kopf nach unten, sich im Dunkeln vorantasten, wobei man sich ausschließlich von den zerklüfteten Wänden leiten lassen konnte.

Ganz zu schweigen von den Haien.

Meredith verzog den Mund zu einem bockigen Flunsch.

»Haben Sie keine Angst. Ich werde sehr gut damit klarkommen. Und außerdem … wenn es Schwierigkeiten gibt, sind Sie dann nicht allein.«

In dem Punkt hatte sie Recht. Paul hatte einen Tauchschein für das autonome Tauchen, aber das Tauchen als Buddypaar stellte eine unschätzbare Sicherheit dar. Sogar mit einer Anfängerin. Am Ende kapitulierte er.

Sie wiederholten die wichtigsten Zeichen. Meredith war eifrig bei der Sache, ihre Stirn in Falten gelegt.

Als sie fertig waren, machte Paul seine Stablampe an und wedelte damit vor ihrem Gesicht herum. Er sprach mit ruhiger Stimme: »Wenn wir uns voneinander entfernen, wenn wir keinen Sichtkontakt mehr haben, vergessen Sie vor allem das nicht.«

Er deutete auf die Taschenlampe. Dann beschrieb er mit dem Lichtkegel einen Kreis und sagte:

»Ich stelle die Frage: ›Ist alles in Ordnung?‹ Wenn ja, dann antworten Sie, indem Sie dasselbe Zeichen machen. Wenn nicht, wenn irgendetwas ist …«

Er leuchtete mit der Lampe mehrmals nach unten und wieder nach oben, ganz langsam, und sagte, indem er die einzelnen Silben klar hervorhob: »Etwas stimmt nicht.«

Die Amerikanerin nickte zum Zeichen der Zustimmung. Über Pauls Gesicht huschte ein Lächeln.

»Bestens … Das ist ja ein guter Anfang.«

Sie ließen die Pressluftgeräte in das Boot gleiten, das an Stahltrossen befestigt war. Ein warmer Windstoß warf winzige Wellenkämme auf, die die Lagune in allen Regenbogenfarben schillern ließen, und spritzte hin und wieder salziges Wasser auf ihre Arme. Dann setzten sie sich auf die Metallschwimmer, im Gleichgewicht. Die Welle verschlang ihre Waden.

Lou reichte ihnen ihr restliches Equipment. Schwimmflossen, Tauchermasken, Stablampen, Stab-Jacket und Drosselventile. Fast neue Geräte, der letzte Schrei. Es fehlten nur die Neoprenanzüge. Nicht notwendig in diesen tropischen Gewässern.

Paul zog sich als Erster sein Stab-Jacket an. Eine schwarze Weste, abgesteppt, versehen mit einem Schnellablassventil, seitlichen Blasebalgtaschen und einem Fenstop-Ventil. Er ließ eine wasserdichte Instamatic-Kamera hineingleiten. Wenn der Augenblick gekommen war, würde er das Pressluftgerät in die Klettbänder einpassen und den Atemregler befestigen.

Dann brachte er einen Tauchcomputer an seinem Handgelenk an. Klein, kompakt, kaum größer als eine Armbanduhr. Er überprüfte die Funktionen: Algorithmen mit dem Abstand zu Decke und Boden, Sicherheitsstopps, dem messbaren Luftvorrat, dem Flaschendruck und der verbleibenden Tauchzeit. Ein Hightech-Konzentrat mit Digitalanzeige.

Dann half er Meredith, ihr Stab-Jacket einzustellen. Seine Finger packten die Gurte, hakten die Karabinerhaken ein. Mechanische Gesten, präzise, tausendfach wiederholte Bewegungen. Er streifte das Oval ihrer Brust, eine unbeabsichtigte Berührung.

Die Analytikerin sah ihn verlegen an.

Paul lächelte.

Sie machten es sich im Boot bequem. Nacht umgab sie ringsumher, wie ein Abgrund des Schreckens. Der Strand, die Kokospalmen, das Dorf, alles schien verschwunden. Und es kam nicht in Frage, die Stablampen zu benutzen. Noch nicht. Vom Strand aus könnte man sie in dem glühenden Licht noch besser erkennen als am helllichten Tag.

Der Bulle spitzte die Ohren. Brausen auf der rechten Seite,

ein dumpfes Geräusch vermittelte eine ungefähre Vorstellung von der Lage des Riffs. Er pfiff ein Mal. Ein metallisches Klacken, ein Klicken, ein Knirschen. Das Boot tauchte ins Wasser, während eine imposante Masse an ihnen vorbeiglitt. Lous Flüsterstimme war in der Dunkelheit zu vernehmen.

»Kein Mond heute. Und Wolken. Wisst ihr, wo ihr hinwollt?«

Paul nahm ein Ruder, hielt es dem Chinesen hin.

»Wir paddeln. Zum Riff. Und zwar in aller Stille.«

Die Plastikschaufeln platschten ins dunkle Wasser. Präzise Körperhaltungen, nervöse Bewegungen, die Schatten tanzten ein synchrones Ballett. Bei jedem Anstoß gaben sie so etwas wie ein sirupartiges Zischen, einen erstickten Schrei von sich.

Hin und wieder stießen die weichen Scheuerleisten gegen einen unsichtbaren Pilz, verformten sich und ließen das Boot in eine andere Richtung weiterschnellen, blindlings, wie eine paranoide Flipperkugel. Blitzartig taten die Herzen einen Sprung, verkrampften sich die Kiefer.

Paul hielt den Kurs an die zehn Minuten lang, geleitet vom Schnarchen der Gischt. Er konnte sie vor dem Boot wahrnehmen, mal rechts, mal links. Wie er nun seine Geisteskraft auf nichts anderes als den Gehörsinn konzentrierte, musste er an seinen Vater denken. Wasserdampf, Geistermeer. Die Reede von Marseille im Nebeldunst. Das mit Meerjunkern beladene spitze Schiff, das er einzig und allein über das Tuten der Hörner zum Alten Hafen geleitete.

Plötzlich schoss eine noch dunklere Masse durch die Nacht. Ein dichter Schatten, der die letzten Teilchen eines grauen Lichtschimmers einsog. Zwei Hügelchen, Seite an Seite, obenauf ein steinerner Kamm. Die *Nautilus*. Der Felsen schien mit der Strömung dahinzutreiben.

Der Leutnant flüsterte: »Wir sind da.«

Sie ließen sich ein paar Meter treiben und legten dann bei der Koralleninsel an. Paul kletterte auf den Felsen, machte ein Tauende an einer der Dornen fest. Er warf einen Blick auf seinen in Okklusivverbände gewickelten Arm und ließ sich ins Wasser gleiten.

Seine Füße berührten fast sofort den Sand. Ein Streicheln, ein Hauch, unmittelbar unter dem Fußgewölbe. Wie von Engelsflügeln. Die Lehrerin hatte die Wahrheit gesprochen. An dieser Stelle war die Lagune nicht tiefer als einen Meter.

Lou half ihm dabei, seine Pressluftflasche einzusetzen. Paul zog die Klettbänder fest, biss in den Atemregler und rückte seine Maske zurecht. Er presste zweimal das Ventil, um sicherzugehen, dass es auch funktionierte. Dann zog er seine Schwimmflossen an und verschwand.

Es kollerten nur noch ein paar Luftblasen an die Oberfläche, ab und zu, ein zerbrechliches Collier des Lebens, das in der Dunkelheit zerplatzte.

9

Nach einer Zeit, die ihr endlos vorkam, sah Meredith Paul wieder auftauchen.

Ganz allmählich.

Seine Umrisse bildeten einen seltsamen Schatten auf der wächsernen Fläche, er war eine Art hybrides Wesen, ein seltsames Gemisch aus Metall, Plastik und Haut. Der Schlauch schien wie ein Kehlkopfauswuchs direkt aus dem Rachen zu kommen und führte zu einem Buckel auf dem Rücken, der mit der Wirbelsäule verwachsen war. An den Seiten bildeten schwarze, unmittelbar auf der Haut sitzende Taschen unbekannte, geheimnisvolle Organe, deren granulöse Oberfläche im Rhythmus der regelmäßigen Atmung auf und nieder wogte. Sein von der Maske platt gedrücktes Gesicht ließ ihn wie ein monströses Insekt wirken, wie eine Libelle aus der Tiefsee, die aus den Spalten emporsteigt, um die Erde zu verschlingen.

Die Libelle lüpfte ihr Glasgesicht.

»Ich hab's gefunden ... Machen Sie sich bereit, wir gehen runter.«

Meredith tauchte ins Wasser. Trotz der warmen Temperatur erschauerte sie. Eine Anwandlung von Furcht. Ein aufgeregtes Zittern. Sie hatte Angst, aber gleichzeitig bebte sie vor Erwartung. Bevor sie in ihren Atemregler biss, packte sie Cabreras Arm, drückte ihn. Aus ihren Augen war alle Selbstsicherheit verschwunden.

»Sie lassen mich doch nicht alleine?«

»Keine Sekunde.«

Wenn sie seinen Blick hätte sehen können, hätte sie begriffen, wie ernst es ihm mit diesen Worten war.

Sie seilten sich an. Fünf Meter Abstand. Ein Schwimmzug mit den Armen, ein Schlag mit den Schwimmflossen. Der Polizist verschwand unter der Oberfläche, das Seil spannte sich.

Meredith tauchte den Abgrund hinunter.

Völlige Schwärze.

Die ersten Empfindungen waren angenehm. Wasser überall, als treibe sie schwerelos in einer lauwarmen Blase dahin. Ihr Körper erinnerte sich noch dunkel daran. An eine Zeit, in der sie in einer geheimen Nische aus Gewebe verborgen gewesen war. Der ätherische Traum der Zellen, die Erinnerung an die Leere.

Sie packte das Seil. Die Hände fest um die Nabelschnur

gelegt, begann sie zu paddeln. Weit ausgreifende Bewegungen, ein Gefühl von Leichtigkeit. Ihre Pressluftflasche scheuerte an irgendetwas entlang. Sie spürte, dass es nach unten ging.

Sie verlor schon recht bald jegliches Raumgefühl. Sie hatte keine Ahnung, wohin sie schwamm. Geradeaus, nach oben, nach unten? Das Blut pochte ihr in den Schläfen, sie hörte ihr Herz, das klang wie ein Holzgong, der die Stille zerriss. Ihr Atem ging schneller. Sie hatte das Gefühl, in das Innerste ihrer selbst hinabzusteigen.

Im Dunkel des Wassers wurde ihre Netzhaut von Bildern aus einer anderen Zeit überschwemmt. Bilder aus der Vergangenheit blitzten auf, ganz nach innen gerichtet wie für eine Privatvorführung. Sie sah wieder das kleine ängstliche Mädchen, das unter seiner Bettdecke weinte, allein, das, ohne es zu wollen, nach dieser hochmütigen, unerreichbaren, feindseligen Mutter rief, deren steife Liebkosungen sein Entsetzen nur größer werden ließen.

Ein Schraubstock drückte ihr die Kehle zu. Sie wollte sich am liebsten übergeben, den Atemregler herausreißen, dem Albtraum entkommen. Sie versuchte, ihren Speichel runterzuschlucken. Die Panik hinderte sie daran. Warum war sie runtergetaucht? Was wollte sie beweisen? Was begreifen?

Sie zog an dem Seil, ein kurzer Ruck, wie ein stiller Schrei. Das Tau gab sofort nach. Sie legte die Hand auf das Gedärm des Steines. Kalkdornen schrappten über ihre Handflächen. Sie bewegte sich nicht mehr.

Fast unmittelbar darauf tauchten Finger aus dem Nichts auf und ergriffen die ihren. Fünf Sekunden, vielleicht zehn. Geklammert an diese Boje aus Fleisch und Blut, überkamen sie widersprüchliche Empfindungen. In ihrem Brustkorb hämmerte es, die an ihren Wangen aufsteigenden Luftblasen streichelten sie. Entsetzen. Zärtlichkeit.

Allmählich beruhigte sie sich. Ihr Atemrhythmus verlangsamte sich. Bruchstückhaft kehrte ihr Bewusstsein zurück, ihre Gedanken ordneten sich. Sie suchte eine Wahrheit, dafür war sie getaucht. Ihr Verstand gewann wieder die Oberhand.

Sie schloss Daumen und Zeigefinger zu einem Kreis, ergriff Pauls Hand und ließ im Dunkeln seine Finger über das unsichtbare Zeichen gleiten. Tasten, Zögern. Sie spürte, wie die Finger Cabreras sich ebenfalls bewegten. Sie antworteten ihr in derselben Weise.

Sie begannen wieder hinabzutauchen. Meredith schlug nur wenig mit den Flossen. Sie ließ sich vertrauensvoll in die Tiefe treiben.

Plötzlich flammte das Licht auf. Sie nahm Cabreras Schattenbild wahr. Nicht viel mehr als ein bleicher, lang gezogener Schatten, der am Rande eines Neonschleiers wogte.

Sie befanden sich in einer Grotte. Riesig, mit winzigen Kratern durchsetzt, wie die geöffneten Poren einer mineralischen Haut. An manchen Stellen fransiges Moos, das wie grünliche Serpentinen wirkte. Auf die Seite gelegt, passten sich die Fransen den launischen Windungen der Strömung an.

Meredith schaltete ihre Taschenlampe ein. Neuer Austausch von Zeichen. Kopfnicken. Die Kammern der Stab-Jackets füllten sich mit Pressluft. Die Körper kamen ins Gleichgewicht. Die Hände fanden wieder zueinander.

Sie flogen gemeinsam dahin.

Die Amerikanerin spürte, wie ihr Körper sich entspannte. Sie bewegte sich jetzt mit Leichtigkeit in dieser stillen und stummen Umgebung, ging sparsam mit ihrer Luft um, atmete in kurzen, tiefen Zügen. Vor ihnen wies der Lichtkegel der Lampen einen riskanten Weg. Zehn Meter Sichtweite, ein strassfunkelnder Stollen. Darüber hinaus verlor sich die Höhlung in der Nacht, im Unbekannten.

Sie gab sich dem Augenblick hin. War ein Teil von ihm. Mit ihrem Lichtkegel malte sie ein Gemälde, das einer ständigen Wandlung unterworfen war. Auf ihren Impuls hin nahmen die Korallen eine ins Violette spielende Färbung an, schossen schillernde Lichtpfeile in Blau und Grün ab, als würden sie erleuchtet von Tausenden mikroskopisch kleiner Glühbirnchen. In ihrer Intimsphäre überrascht, boten die mineralischen Wände ihre trotzigen Wülste dar, ihre schamhaften Mulden.

Von Zeit zu Zeit tauchten Fischschwärme aus dem Nichts auf. Gelb, blau, türkis, getüpfelte Gewänder, schillernde Schuppen, wie Wellen aus Plexiglas. Sie machten eine Rolle um sich selbst, zeichneten zappelnde Sinuskurven und verschwanden dann im Bruchteil einer Sekunde aus dem Sichtfeld der Lampen.

Wie eine verirrte Blinde spürte Meredith die Anwesenheit dieser Wesen, von denen es um sie herum wimmelte, die ihre Haut streiften. Eine ganze Welt für sich, flüchtig, still.

In diesem Augenblick durchschwamm der erste Hai ihr Gesichtsfeld. Über einen Meter, milchige Flanke, graublauer Rücken, obenauf eine Flosse mit weißer Spitze. Er schwamm mittendrin, völlig unbekümmert, selbstsicher.

Sie deutete mit dem Zeigefinger auf ihn und schrie in den Atemregler hinein. Luft quoll heraus, das Wasser erstickte den Ton und brachte bloß ein Kollern hervor.

Der Haifisch verschmolz mit der Nacht.

In derselben Sekunde tauchte ein weiterer auf. Ein noch schwereres Tier, mit lang gezogener Schnauze, das in abgehackten Stößen schwamm. Es verfolgte einen Fisch mit silbrigem Bauch. Meredith dachte an ein Totenballett, eine grausame Partitur.

Instinktiv schwammen die beiden Taucher jetzt Rücken an Rücken. Die Stablampen gruben einen hellen Kreis in die Dunkelheit.

Das Schauspiel, das sich ihnen bot, erstaunte sie wie kaum etwas in ihrem bisherigen Leben.

Die Grotte glich einem Nest, in dem es von riesigen Larven nur so wimmelte. Dutzende von Haien jagten darin. Eine Bande, eine Meute. Meredith konnte fast die Schreie der verängstigten Fische hören, die vor dieser Schattenarmee flüchteten.

Sie versuchte, ihr Entsetzen niederzukämpfen. Vergebens. Die Haifische schwammen in weiten Kreisen um sie herum, eine nervöse, impulsive Sarabande. Das Wasser knirschte vom Aneinanderreiben der Schwarten. Wie Unheil bringende Maschinen zerfetzten die Räuber das Fleisch mit ihren Stahlkiefern.

Paul zog das Messer, das an seinem Oberschenkel festgemacht war, und ließ Luft aus seinem Stab-Jacket ab. Meredith tat es ihm gleich. Sie ließen sich hinuntersinken. Nach wenigen Sekunden setzten ihre Taucherflossen im Sand auf. Paul drückte auf seinem Computer herum. Das bläuliche Licht ordnete sich in einer Reihe befremdlicher Zahlen an. Die Tiefe? Ihre Überlebenszeit? Meredith versuchte nicht, sie zu verstehen.

Sie wurde zur Wand gezogen. Ein paar Schwimmzüge weiter drehte der Zirkus völlig durch. Eine entfesselte Fressgier. Durch das Blut blind geworden, griffen einige Haie jetzt ihre Artgenossen an. Dabei taten sie sich zu zweit, zu dritt, zu zehnt zusammen.

Die Grotte versank in Purpurrot.

Cabrera ließ den Lichtkegel über die Korallenstruktur wandern. Meredith verfolgte wie hypnotisiert den feinen Lichtstrahl. Alles erschien ihr feindlich, wild, maßlos. Die violetten Ablagerungen waren verblichen, die Magie verwandelte sich in Hexerei.

Plötzlich streifte die Lampe einen Schatten. Eine Höhlung, ein paar Meter entfernt. Die Taucher, immer noch an die Wand gedrückt, schrammten an der Wand entlang darauf zu.

Als sie in ihre Nähe kamen, stellten sie fest, dass eine Spalte die Ausbuchtung der Länge nach in zwei Hälften teilte. Ohne zu wissen warum, dachte die Analytikerin an einen verzerrten Steinmund.

Ihre hinter den Masken verschleierten Blicke trafen sich. Dann wölbten sich beider Augenbrauen zu einer Frage. Ihre Schwimmflossen trafen für sie die Entscheidung, sie verschwanden im Innern.

Der Durchgang führte in einen kleineren Saal mit vollkommen glatten Wänden. Als seien die Korallen abgeschliffen worden, um sie wie malvenfarbene Kreide aussehen zu lassen. Die Stablampen begannen wieder ihren funkelnden Reigen. Ein verirrter Hai machte sich bei ihrem Anblick davon und wirbelte bei seiner Flucht eine mächtige Sandwolke auf.

In dem Saal versank sofort wieder alles in Reglosigkeit.

Ein seltsames Gefühl überkam Meredith. In dieser unerwarteten Ruhe, in dieser Oase der Stille, spürte sie dunkel, dass da etwas war.

Paul klopfte ihr auf die Schulter und deutete auf die aschfahlen Wände. In die Korallen waren Zeichen eingraviert worden. Striche und Kreise, die geheimnisvolle geometrische Figuren bildeten.

Sie schwammen näher. Ein Blitz erhellte die Nacht. Der Bulle begann Fotos zu machen.

Meredith, die hinter ihm schwebte, untersuchte die Hieroglyphen. Die Analytikerin versuchte herauszufinden, nach welchem Ordnungsprinzip die Botschaft in den Stein gekratzt worden war. Ein Fries, peinlich genau, gewissenhaft. Wer hatte diese wiederkehrenden Symbole gezeichnet? In welcher Epoche? Zu welchem Zweck? Falls es die Kindermörder wirklich gab, hätten sie sich nicht die Mühe gemacht, die Korallen zu polieren, um ihnen Stelen einzugravieren.

Die Mäander dieser Phantasmen ließen verrückte Hypothesen aufkommen. Sie stellte sich eine versunkene Gruft vor, einen Opfersaal, eine Grotte, die aus unvordenklichen Zeiten, in denen sie vom Anstieg des Wassers überrascht wurde, wieder aufgetaucht war.

Das Seil straffte sich und brachte sie in die Realität zurück. Der Polizist zeigte ihr etwas, ein Symbol ganz anderer Natur, das sich unter den gleichförmigen Friesen befand. Ein winziger Körper, im Vergleich dazu riesengroße Tentakel. Für ihn sah es aus wie ein Krake.

Das Blitzlicht erfasste die Darstellung. Wieder mussten sie an eine Gruft denken, die ihre Spalten, ihre Ritzen, ihre intimen Geheimnisse preisgab.

Und dann begriffen sie.

In einer Ecke der Grotte wogten winzig kleine Formen rhythmisch hin und her, mit Metallkabeln, die in den Fels geschraubt waren, am Boden befestigt. Zerstückeltes Fleisch, Fetzen bleicher Haut, halb abgefressene Gesichter, einige waren nur noch gebleichte Skelette, die Schienbeine aufgestellt, in einer absurden und vergeblichen Pantomime.

Kinder. Die Amerikanerin zählte etwa zwanzig.

Neben seinen Brüdern angebunden, schien ein noch intakter Körper einem traumlosen Schlaf hingegeben.

Die Zeit blieb stehen. Unfähig sich zu rühren, erstarrten die beiden Taucher angesichts des Unsäglichen.

Dann schwamm Cabrera näher, und wieder brandete das Blitzlicht auf. In diesem Blitzgewitter machte ein Detail den Horror noch größer. Die Schädeldecken der Opfer waren bis zur Stirn abgetrennt worden, augenscheinlich mit der Säge, als hätten die Henker das Gehirn herausnehmen und sich einverleiben wollen.

Meredith konnte am eigenen Leib das Martyrium dieser Neugeborenen spüren. Gefangen in dieser Kathedrale der Stille, brüllten ihre verstümmelten Überreste noch immer.

Sie wandte den Kopf ab. Ihre Stablampe folgte ihr, indem sie einen kreisförmigen Bogen beschrieb. Am anderen Ende der Kette, ebenfalls im Sand fixiert, schien eine Steinstatue Wache zu stehen. Ohne zu wissen warum, spürte sie intuitiv, dass es ein heidnisches Idol war.

SIEBTER TEIL

1

Sechsunddreißig Stunden später waren Paul und Meredith zurück in Marseille. Sie hatten Tureia im Morgengrauen verlassen, im Lauf des Tages den Flughafen von Tahiti-Faaa erreicht und sofort einen Nachtflug nach Frankreich genommen. Durch den Stress, das Tauchen, die enormen Luftdruckveränderungen und die Zeitverschiebung waren sie hundemüde und mit den Nerven völlig am Ende.

Cabrera legte die Croissants auf den Tisch und goss sich einen Orangensaft ein. Die Expedition zum Tuamoto-Archipel hinterließ einen Beigeschmack von Unvollendetem. Ein halber Erfolg. Oder ein halber Misserfolg. Man hatte Säuglinge getötet, verstümmelt, verschwinden lassen. Die Leichen, die sie in der Korallengrotte gefunden hatten, stellten unwiderlegbare Beweise dar.

Das Wasser, die Haie, die Zeit – diese Aasgeier hatten ihnen nur noch Reste übrig gelassen. Auf alle Fälle waren sie nicht verwertbar. Außerdem gab es immer mehr Dinge, die keinen Zusammenhang ergaben, darüber konnte sein Gewissen als Bulle nicht hinwegsehen.

»Das passt nicht zusammen.«

Das Kinn in die Handflächen gestützt, stieß Meredith einen mutlosen Seufzer aus.

»Was ist? Was passt nicht zusammen?«

»Alles. Wir drehen uns im Kreis.«

Die Analytikerin schwenkte den Wegwerffotoapparat.

Hinter der Mutlosigkeit blitzte Erstaunen in ihrem Gesicht auf. »Und das? Was wollen Sie mehr?«

Der Polizist zuckte mit den Schultern. »Was beweist das schon? Diese Fotos berichten von einer Mordserie, die sich über mehrere Jahre erstreckt.«

»Morde an Säuglingen. Und der letzte geschah vor wenigen Tagen.«

»Na und? Es gibt keinerlei Spur einer Missbildung.«

Die Analytikerin rieb sich die Augen. Sie schien nachzudenken. Am Ende kam sie mit einer sachlichen Antwort.

»Die Leichen sind zu stark beschädigt.«

»Genau das ist unser Problem. Wir haben Monster gesucht und haben Fleischfetzen gefunden.«

»Und die Schädel? Man hat ihnen ganz eindeutig das Gehirn herausgenommen, diesen Babys.«

»Vielleicht ... Aber das wird nicht genügen. Die Gehirne müssten wir haben. Und da ...«

Der Leutnant war sprachlos über seine eigenen entsetzlichen Worte. Er fuhr sich mit der Hand übers Gesicht und zog es dabei in die Länge.

»Wir können nichts beweisen ... Nicht mit dem, was wir in der Hand haben.«

Die Küchentür wurde aufgedrückt. Pauls Mutter brachte ein Tablett herein, auf dem zwei Porzellantassen dampften. Er warf ihr einen gleichgültigen Blick zu. Mit völlig verschlossenem Gesicht stellte die alte Dame den Kaffee auf den Tisch und verschwand.

Cabrera biss in ein Croissant.

Meredith beobachtete ihn ein paar Sekunden, dann fragte sie: »Ihre Mutter ... Behandeln Sie sie immer so? Sagen Sie niemals danke zu ihr?«

Paul zog die Brauen hoch. Die Frage schien ihn zutiefst zu überraschen. Er hatte seine Mutter schon immer in einer

Schürze statt in einem Kleid herumlaufen sehen. Sein Vater, sein Onkel, seine eigenen Brüder, sie hatte sie alle ihr Leben lang bedient. Bei den Cabreras aßen Männer und Frauen getrennt. Niemand regte sich darüber auf. Er antwortete ohne Umschweife: »Sie weiß, dass ich es würdige.«

Meredith schüttelte den Kopf, griff nach einem Marmeladenglas und tauchte den Löffel ein. Paul kaute weiter. Einen Augenblick lang schien alles zur Normalität zurückzukehren. Das Leben hatte sie wieder im Griff.

Als er satt war, zündete der Polizist sich einen Zigarillo an. Die einzelnen Facetten der Ermittlung bildeten in seinem Geist einen Satz zerbrochener Spiegel. Seit ihrer Abreise hatte er sich dem Postulat der Analytikerin angeschlossen. Ihrer Ansicht nach hatte die Armee einen Fehler gemacht, als sie ihre Bomben in die Atmosphäre gejagt hatte. Infolgedessen versuchten die Kerle in Uniform jetzt, die Sache wieder rückgängig zu machen.

Wenn man von dieser Hypothese ausginge, und da hatte er nur zustimmen können, passe alles lückenlos zusammen. Célines Tod, die Autopsie, der Mord an Tomasini, die Killer der SOP, und sogar die Berserker von der Spezialeinheit GIGN. Alles hatte irgendwie mit den Atomversuchen zu tun. Ein Zusammenhang, den Vantel ihnen bestätigt hatte.

Aber nach den letzten Erkenntnissen passte das alles nicht mehr ganz so perfekt zusammen.

Zunächst einmal ihre Ankunft auf Tureia. Die Militärs hatten nicht den kleinen Finger gerührt, um sie abzufangen. Sie hätten sie immerhin in aller Stille kaltstellen können, ihren Tod vertuschen und das Wasserflugzeug hinter dem Riff versenken. Die Idee war ihm gekommen, als er die Zodiaks gesehen hatte.

Aber nichts davon.

Die Militärs gingen ihren eigenen Angelegenheiten nach.

Paul hatte sogar das Gefühl, dass sie nicht einmal etwas von der Unterwassergrotte wussten.

Und dann hatte Vantel zwar die Sache mit dem Verschwinden der Säuglinge richtig gesehen, bei den Ursachen aber vollkommen danebengelegen. Auf den ersten Blick wiesen die Leichen keinerlei Missbildungen auf, keine monströsen Folgeschäden, nichts, das die Behauptung rechtfertigen würde, das Ganze habe mit Atomversuchen zu tun. Und ohne die Gehirne waren die Schlüsse auf radioaktive Verstrahlungen rein spekulativ.

Also was sonst?

Der Bulle dachte an einen Organschmuggel. Ausschließlich Gehirne. Eine Geheimorganisation, die im Westen Netze aufbauen sollte. Die SOP waren vielleicht nur die Zulieferer, steckten mit der örtlichen Mafia unter einer Decke. Eine doppelte Zugehörigkeit, wie man sie oft in Entwicklungsländern fand.

Die Idee löste sich in nichts auf. Wer konnte ein Interesse daran haben, sich Gehirne zu beschaffen? Auf dem Gebiet war noch niemandem eine Transplantation gelungen.

Und Céline? Warum wurde ihr Schädel geöffnet? Um was herauszufinden? Und der GIGN, was hatte der in dieser Geschichte zu suchen?

Die Antwort glitt ihm durch die Finger.

»Kann ich Ihnen ein Croissant klauen?«

Meredith sah ihn verschmitzt von unten an. Er lächelte und reichte ihr das Gebäck.

»Die Atomversuche haben nichts damit zu tun. Keinerlei Konsequenzen. Weder für Ihre Schwester noch für wen auch immer.«

Sie legte das Croissant beiseite.

»Wie meinen Sie das?«

Der Polizist erzählte ihr, zu welchen Schlüssen, zu welchen Mutmaßungen er gekommen war. Sie waren vielleicht zu schnell gewesen, waren in die falsche Richtung gelaufen. Die Missbildung ließ sich sehr wohl auch anders erklären als durch hypothetische radioaktive Niederschläge. Was die Organentnahme anging, so war nicht geklärt, zu welchem Zweck man sie vorgenommen hatte.

Als er geendet hatte, sagte sie bloß: »Spinnen Sie?«

Die Augen Cabreras verengten sich. Die Antwort knallte wie ein Peitschenhieb.

»Nein. Es ist mein Job, Indizien miteinander zu vergleichen. Und hier sind wir auf dem Holzweg. Da bin ich mir sicher.«

Meredith spürte den Bruch in ihrer Beziehung. Durch ein ungeschicktes Wort hatte sie dem Stolz des jungen Leutnants einen Schmiss beigebracht. Als Zeichen der Wiedergutmachung nahm sie seine Hand: »Entschuldigen Sie. Das wollte ich nicht sagen …«

Paul machte sich los. Sein Apachengesicht trat deutlich hervor.

»Lassen Sie's gut sein …«

Sie drängte ihn nicht weiter. Nach ein paar Sekunden schien Cabrera sich zu entspannen.

»Wir haben uns für nichts ins Zeug gelegt … Wir müssen wieder bei null anfangen. Auf meine Art.«

»Die klassische Methode?«, fragte Meredith ironisch.

»So in etwa, ja. Indizien, Bericht, Phantombild. Das ganze dumme Prozedere. Wir haben genug Zeit mit Ihren Plänen vertan.«

»Sie vergessen eines, Leutnant Cabrera.«

Meredith hielt mit zufriedener Miene die Instamatic hoch.

»Was sollen wir Ihrer Meinung nach damit anfangen?«

»Wir nichts. Aber Vantels Tochter weiß bestimmt, wem

wir sie schicken können. Die Umweltschützer sind organisiert, sie benutzen Militärtechnologie, haben Laboratorien. Sie könnten die Details untersuchen, die Abzüge zum Sprechen bringen. Einen Versuch ist es wert.«

Paul nickte ohne Überzeugung. »Warum nicht? Wo wir schon an dem Punkt angelangt sind…«

Meredith stand vom Tisch auf und stieß den Stuhl zurück. Sie hatte ihn wieder einmal dahin gebracht, wo sie hinwollte.

»Ich nehme das Auto. Wenn Ihr Vater es braucht, erklären Sie es ihm.«

»Warten Sie… Sagen Sie bloß nicht, dass Sie…«

»Ich brauche keinen Schutzengel. Am Spätnachmittag bin ich wieder hier. Nutzen Sie die Zeit, sich ein wenig auszuruhen, Sie sind leichenblass.«

Bevor Paul etwas hätte einwenden können, hatte sie bereits die Tür hinter sich zugeschlagen.

Er schloss die Augen. Ein Bild stieg aus der Tiefe nach oben. Vergessen, ausradiert, verdrängt. Eine dunkle Kugel, Tentakel, in Serpentinen um einen Stiernacken geschlungen.

Ein Krake.

Auf der polierten Koralle war das gleiche Bild zu sehen, wie eine Urmatrix, eingraviert in das Innere des Ozeans.

2

Die Tür war zu. Meredith sah auf ihre Uhr. Zwölf Uhr dreißig.

Die Büros der *Aix Hebdo* hatten mittags geschlossen. Sie packte den kleinen Bronzeklopfer und schlug mehrmals schüchtern gegen die Tür. Nichts. Sie presste ihr Ohr an die Tür. Stille.

Sie wollte gerade gehen, als sie hörte, wie hinter ihrem Rücken der Schlüssel im Schloss umgedreht wurde. Jamies Gesicht erschien im Türrahmen.

»Entschuldigen Sie, ich hab Sie nicht gehört. Wenn ich allein bin, schließe ich ab. Kommen Sie herein …«

Meredith lächelte wohlwollend. Sobald sie drinnen war, fragte sie: »Haben Sie Neuigkeiten?«

»Er wurde gestern beerdigt. In Moorea.«

Die Analytikerin blinzelte. Die junge Frau war nicht hingereist, um ihren Vater zu beerdigen. Welche Gründe auch immer hier ausschlaggebend gewesen sein mochten, Meredith respektierte sie.

»Und Sie?«

Die Journalistin starrte die Frau mit den kurzen Haaren an. Eine Frage flammte in ihren Augen auf. Meredith legte die Instamatic auf den Schreibtisch.

»Das haben wir in Tureia gefunden.«

»Sind Sie hingefahren?«

Die Amerikanerin machte ein versöhnliches Gesicht. Jamie weckte Muttergefühle bei ihr, was gleichzeitig bedeutete, dass sie eine natürliche Verwandtschaft zwischen ihnen beiden erkannte.

»Ich hatte es Ihnen versprochen.«

»Danke … Und?«

»Wir müssten diese Negative entwickeln. Können Sie das besorgen?«

»Wir haben eine Maschine, aber … Ich kenne mich nicht damit aus.«

»Versuchen Sie's. Ich werd Ihnen dabei helfen.«

Die beiden Frauen gingen ins angrenzende Zimmer. Klein, rechteckig, fensterlos. So gut wie überall stapelten sich Berge von alten Akten. Sie schienen die Wände abzustützen. Eingezwängt in diesen Wust aus Zellulose bildete ein Profi-Entwickler einen Kontrapunkt aus klaren Linien.

Sie bahnten sich einen Weg zu ihm. Zur Sicherheit schaltete Jamie die Beleuchtung um. Rotlicht, die Luft lud sich wie mit Blut auf. Sie öffnete den Apparat, betrachtete sich die Rolle. Nach ein paar Sekunden rief sie überzeugt: »Das dürfte gehen.«

Meredith spürte, wie ihre Schultern sich strafften, wie ihr Nacken steif wurde. Was auch immer Cabrera sagte, sie war überzeugt, dass diese Negative sprechen konnten. Der Zustand der Opfer gestattete nur schwerlich eine gründliche Analyse? Die Forscher würden diese Schwierigkeit schon beheben. Sie würden die Bilder analysieren, sie auseinander nehmen, die kleinsten Einzelheiten deuten, um die Wahrheit ans Licht zu bringen. Eine Wahrheit, die für sie selbst auf ein und dasselbe hinauslief.

Ihre Mutter hatte mit der Atomstrahlung Bekanntschaft gemacht.

In der engen Kammer ertönte das Geräusch der Rotationsmaschine. Sie fuhr zusammen. Balken weißen Lichts huschten in regelmäßigen Abständen über ihren Brustkorb. Die ersten Fotos erschienen. Ein Horrorkabinett. Jamies Haut überzog sich mit hellen Pünktchen.

»Was ist... Was ist denn das?«

»Kinder... Was davon übrig ist.«

Meredith griff nach einem der Beweise und wies auf die Öffnung im Schädeldach hin.

»Trepanation. Man hat ihnen den Schädel aufgebohrt und das Gehirn entnommen, bevor man sie unter Wasser brachte. Ihr Vater war auf der richtigen Spur.«

Jamie setzte eine Brille mit runden Gläsern auf und blätterte in diesem Wahnsinn. Die Aufnahmen waren scharf, die Barbarei explodierte in grün schimmernden Blitzen. Sie flüsterte: »Wie konnten sie nur?«

Die Analytikerin antwortete nicht. Die beiden Frauen verharrten still, ein paar Sekunden lang, wie bei einer stummen Ehrung. Jede von ihnen hatte sich vorgestellt, eines Tages Leben hervorzubringen.

Schließlich ergriff die junge Journalistin wieder das Wort: »Haben Sie Deformationen entdecken können? Ich sehe keine.«

Meredith schluckte. Dieselbe Bemerkung wie die von Paul, konkret, reell.

»Nein… Man müsste die Beweisfotos wahrscheinlich etwas aufbereiten. Bei dem, was wir bereits haben, habe ich mir gedacht, Sie werden schon wissen, wer dafür in Frage kommt.«

Jamie verschanzte sich hinter einer zweifelnden Miene. »Das dürfte schwierig sein… Seit Bobs Tod besteht kein Kontakt mehr.«

Meredith konnte ihre Enttäuschung nur schwer verhehlen. Das Schicksal schien es darauf angelegt zu haben, sie in den Abgrund zu stürzen.

Eine weitere Fotoserie fiel in den Kasten. Jamie nahm sie an sich, betrachtete sie genau. Mit ihrer Brille und in dieser Haltung sah sie aus wie eine Kunststudentin, die ihre Arbeit betrachtet. An einem Foto blieb sie hängen.

»An welchem Ort befand sich diese Statue?«

»Ich weiß nicht mehr. In der Nähe des Eingangs, glaube ich.«

»Das ist seltsam.«

»Warum?«

Jamies Miene verdüsterte sich, und sie runzelte die Stirn, als wolle sie ihre Gedanken zurückhalten.

»Sind Sie gläubig?«

»Was?«

»Glauben Sie an Gott, an Jehova, an Jesus, an irgendwas halt?«

Meredith betrachtete sie zwei oder drei Sekunden lang aufmerksam, bevor sie unter großer Überwindung hervorstieß: »Ich bin getauft.«

»Gut«, erwiderte die junge Frau. »Dann werden Sie es besser verstehen. Aber jetzt schauen Sie erst mal her.«

Die Analytikerin betrachtete eingehend das Foto, auf dem die Umrisse des Steintotems zu erkennen waren. Ein großer Mund öffnete sich mitten in einem lang gezogenen Gesicht. Sie hatte den Eindruck, das Idol rufe sie.

»Ein Tiki«, erläuterte die Journalistin. »Man findet sie auch auf den Osterinseln und in Peru. In der ozeanischen Tradition soll er die Tür der Seelen bewachen.«

Meredith war verblüfft. »Woher wissen Sie das?«

»Ich habe den Magister in Ethnologie gemacht, bevor ich mich in den Journalismus gestürzt habe. Bob war der Ansicht, man müsse die Völker verstehen, wenn man ihren Alltag beschreiben wolle.«

Die Amerikanerin überlief ein Schauer. Ihr Vater hatte sein Leben dem Herumstöbern in versunkenen Erinnerungen gewidmet. Blitzartig wurde ihr die offensichtliche Bedeutung ihrer Komplizenschaft mit der Journalistin klar.

Jamie fuhr fort: »Die Darstellung ist dem Saalinneren zugewandt. Es ist nicht ihre Funktion, den Ort vor Eindringlingen von draußen zu schützen, sondern vielmehr die Seelen daran zu hindern, in die Welt der Lebenden zurückzukehren.«

Meredith rief sich ihren Eindruck beim Tauchen ins Gedächtnis. Eine Kapelle aus Koralle, eine makabere Krypta. Sie sagte: »Sie haben die Leichen in einem Grab versenkt.«

»Genau.«

Sie spürte, wie ihr Verstand zerfaserte. Dieses neue Indiz lenkte sie in eine andere Richtung. Es gab ihren Überlegungen eine neue Bedeutung. Eine rituelle.

»Wie kommt es, dass es sich unter Wasser befindet?«

»Der Wasserpegel hat über die Jahrhunderte hinweg stark geschwankt. Die tiefsten Stellen des Riffs wurden allmählich überflutet. Aber«, Jamie lächelte flüchtig, »hier ist das nicht der Fall.«

»Wie meinen Sie das?«

»In der Epoche, in der diese Totems üblich waren, wurden keine Leichen in Gräber gelegt. Sie wurden verbrannt.«

»Ist das Grab zu diesem Zweck geschaffen worden?«

»Wahrscheinlich.«

»Das ist verrückt…«

Jamie rückte ihre Brille zurecht. Sie fuhr fort, in den Fotos zu blättern.

»Was? Die Grotte oder das, was sie damit gemacht haben?«

»Beides. Warum sich die Mühe einer solchen Inszenierung machen?«

»Ich denke, die Mörder haben die Leichen aus zwei Gründen an diesem Ort versenkt. Zum einen, und das ist ganz offensichtlich, um sie vor den Behörden zu verstecken. Die Grotte ist verborgen, niemand hätte ihre Existenz erahnen können. Zumindest niemand von außerhalb.«

»Was nicht für die Dorfbewohner gilt.«

»Sie waren bestimmt auf dem Laufenden. Und hier kommt der zweite Grund ins Spiel. Dieser Ort musste ihnen Angst machen, und damit waren sie von aller Neugierde geheilt.«

»Aberglaube?«

»Ja. Die Polynesier berufen sich auf eine starke heidnische Tradition. Vor der Ankunft der protestantischen

Missionare verehrten sie alle möglichen Idole, symbolische Darstellungen insbesondere der Natur, der Elemente.« Sie kratzte sich an der Wange, dann fuhr sie fort: »Eines ist gewiss, die alten Glaubensvorstellungen brennen immer noch in ihren Seelen.«

Die Maschine spuckte eine neue Fotoserie aus. Meredith nahm sie an sich.

»Und das?«

Die junge Frau betrachtete eingehend die Bilder, auf denen dunkle Arabesken zu sehen waren.

»Ein Krake?«

»Ich glaube schon.«

»Haben Sie das in der Grotte gefunden?«

»Am gleichen Ort.«

Die junge Frau spielte mit ihrer Brille. Sie sagte: »Das geht in dieselbe Richtung wie der Tiki.«

»Wie das, in dieselbe Richtung?«

»Das ist ein Tabu. Ein Verbot. Es bedeutet, dass der Ort nicht geschändet werden kann.«

Sie zog die Augenbrauen noch stärker zusammen, als sie zum nächsten Bild wechselte.

»Haben Sie diese Friese auf der Decke bemerkt?«

»Ja, sicher.«

Die Journalistin erstarrte. »Ich kenne diese Symbole.«

Meredith blinzelte. Sie sah nur Kreise und Striche, sibyllinische geometrische Figuren. Sie war erstaunt.

»Können Sie sie lesen?«

»Nein. So weit geht es nicht bei mir. Aber ich kann Ihnen sagen, wo ich sie schon mal gesehen habe.«

3

Ganz allmählich kam die verborgene Seite zum Vorschein. Eine unerwartete Wahrheit mit sich ständig verschiebenden Grenzen, gewürzt mit altüberlieferten Glaubensvorstellungen, mit irrationalen Ängsten. Die Bewohner des Atolls lebten in Angst und Schrecken, aber ganz im Gegensatz zu dem, was Meredith sich vorgestellt hatte, wurden ihre Ängste von Mystizismus genährt. Die Macht der Armeen, die Brutalität der Gorillas der SOP, diese Realitäten lösten sich auf angesichts der ungreifbaren Bedrohungen durch die Dämonen der Vorfahren. Die Bestien, die die Kinder dem Meer opferten, benutzten die verborgensten Ängste einer Bevölkerung, um dieser ihr Fleisch und Blut zu entreißen.

Jamie hatte Pauls Entdeckungen vervollständigt. Der Krake war die Inkarnation eines Tabus. Jene, die ihn trugen, besaßen das Mana, das Symbol der Energie, der Macht im spirituellen Sinne. Sie lebten am Rand der Gesellschaft, umgeben von der Aura der Unberührbaren. Die mit ihrem Siegel markierten Orte waren geheiligt.

Indem die Kindsmörder so vorgingen, riskierten sie rein gar nichts. Der psychische Druck allein reichte aus.

Aber die wesentlichen Fragen waren immer noch ungelöst. Warum diese Morde? Und welche Rolle spielten die SOP?

Cabrera hatte Recht gehabt. Sie waren in die falsche Richtung gerannt. Nichts passte zusammen. Das nukleare Motiv verlor seine Luft wie ein angestochener Luftballon.

Meredith spürte, wie ihr das Blut immer schneller durch die Adern pulste. Sie kreuzte die Beine und lehnte sich zurück.

»Das ist eine alte Geschichte«, begann Jamie. »Ursprünglich eine lokale Angelegenheit. Dann begriff man, dass es sich um etwas anderes handelte. Alles begann mit der Ankunft zweier Frauen in Maturei, einem Atoll in der Nähe von Tureia. Sie behaupteten, sie hätten eine Botschaft zu verkünden, eine biblische Botschaft.«

Die Journalistin sah Meredith fest an. Sie schien zu zögern. Schließlich fuhr sie fort: »Anfangs organisierten sie bloß kollektive Gebetssitzungen. Offiziell sind auf diesem Atoll alle katholisch.«

»Offiziell?«

»Die Verbreitung des Evangeliums ist auch hier an ihre Grenzen gestoßen. Die Religion hat sich mit den alten Glaubensvorstellungen vermischt, um eine Art Synkretismus hervorzubringen.«

»Ein bisschen wie Voodoo?«

»Ein bisschen … Dann verliehen die Frauen den Bewohnern Gaben, um ihnen bei der Vertreibung des Bösen zu helfen. Na ja … so glaubten sie.«

Der Begriff versetzte die Amerikanerin in Staunen.

»Gaben?«

»Die Gabe der Sprache, die Gabe der Vision, der Prophetie oder die Gabe der Heilkraft. Sie nennen sie auch Gnaden, ähnlich wie die Pfingstgemeinden. Die Seelen sollten gereinigt, rein gewaschen werden. Jeder hatte seine Rolle zu erfüllen.«

»Da sind wir weit vom Evangelium entfernt«, wagte Meredith einzuwenden.

»Nicht wirklich. Noch nicht jedenfalls. Das mag seltsam erscheinen, wenn man sich nicht auskennt, aber das ist auf den Inseln ziemlich üblich. Weniger üblich waren dagegen ihre Reden.«

Meredith spitzte die Ohren. »Ihre Reden?«

»Eine Art Kauderwelsch, eine Mischung aus den Worten Christi, prophetischen Ankündigungen der Ankunft des Dämons und Anklängen an den Stammeskult. Das Ganze mit rituellen Trancen in Szene gesetzt.«

Sie unterbrach sich, stand vom Stuhl auf.

»Warten Sie. Ich zeige Ihnen was.«

Sie öffnete einen Metallschrank, der bis zum Rand mit alten Papieren voll gestopft war. Sie wühlte in einem Stapel, zog eine Sammelmappe aus blauer Pappe heraus und reichte sie Meredith.

Der Titel war eindeutig: »Die tribalen Glaubensvorstellungen im zeitgenössischen Polynesien«. Jamie Vantel. Eine Magisterarbeit. Ethnologische Fakultät.

»Ich habe die wissenschaftliche Untersuchung meines Vaters benutzt.«

Meredith war erstaunt.

»Interessierte er sich auch für diese Art von Thema?«

Jamie lächelte.

»Anfangs interessiert man sich für alles. Man nimmt, was kommt. Lesen Sie das Unterstrichene. Aktenzeichen D 325, Aussage von Temanava Hitio vor dem Untersuchungsrichter. Sechzehn Jahre alt zum Zeitpunkt des Geschehens, einer der wenigen, die sich geweigert haben, bei dem Spiel mitzuspielen.«

Die Amerikanerin nahm das Blatt entgegen. Das Papier wellte sich, die Buchstaben verblassten schon. Sie überflog die in der Zellulose gefangenen, mit Tinte geschriebenen Buchstaben.

»›Angela sagte ihnen, wenn sie nicht beteten, würde Christus Maturei bestrafen. Ein Zyklon, eine Flutwelle, eine Krankheit, irgendwas … Sie sagte, sie spreche mit dem Herrn, sie rufe ihn an, und die anderen wälzten sich am Boden … Sie sagte, der Teufel treibe sein Unwesen in Maturei, sie werde ihn vertreiben, sie werde uns reinigen … Sie waren wie besessen.‹«

Meredith legte die Erklärung hin, völlig verdutzt.

»Die sind ja übergeschnappt.«

»Das haben einige gesagt. Vor allem nach dem, was danach geschah.«

»Warum? Hat es noch andere Verrücktheiten gegeben?«

Die junge Frau lehnte sich auf ihrem Stuhl zurück.

»Die Predigerinnen sind nur kurz dort geblieben. Drei Wochen. Als sie gegangen sind, waren die Bewohner wieder sich selbst überlassen. Sie können sich vorstellen, welche Schäden sie angerichtet hatten … Eine Gemeinschaft, die in Autarkie lebt, kaum dem Heidentum entronnen. Sie sahen den Teufel überall. Wilde Exorzismen wurden vorgenommen. Die Opfer wurden geschlagen, erdolcht, mit Petroleum übergossen und …«

In Meredith' Bewusstsein flackerte eine Erkenntnis auf. Sie stammelte: »Verbrannt?«

Jamie nickte.

»Innerhalb von drei Tagen hatten sie zwölf von ihnen als Opfer dargebracht. Mitten im Dorf wurde ein Scheiterhaufen errichtet, von dem acht Meter hohe Flammen aufstiegen.«

Meredith war sprachlos.

Ihr Traum holte sie wieder ein. Wie eine schlechte Farce. Eine dämonische Posse. Sie suchte nach einer Erklärung. Sie war Medizinerin, Psychoanalytikerin, war in der Theorie C. G. Jungs ausgebildet. Ihre Lehrer hatten sie mit dem Symbolismus vertraut gemacht, dem Studium der Archetypen, den Theorien des kollektiven Unbewussten. Sie wusste rein gar nichts von den Ereignissen auf Maturei. Und dennoch hatte ihr Unbewusstes diese Ereignisse verbunden, zu einem zusammenhängenden Albtraum geordnet.

Eine Gewissheit drängte sich auf. Trotz aller Bemühungen konnte sie das tiefere Wesen des Blutes, das in ihren Adern floss, nicht ändern. Ihre Mutter war Polynesierin, sie trug diese Feuerbilder in sich, ob sie es nun wollte oder nicht.

»Hat man die Schuldigen verhaftet?«

»Zum Teil. Es kam nur zu einer einzigen Verurteilung. Angela Tahorei. Was die andere angeht … sie ist verschwunden.«

»Verschwunden?«

»Hat sich in Luft aufgelöst. Die Gendarmen haben sie nie finden können.«

Meredith hatte das Gefühl, als glitte ihr eine Stange Eis den Rücken hinunter. Die Vorstellung, diese Frau könne nach Belieben kommen und gehen, war ihr unerträglich. Mit tonloser Stimme fragte sie: »Jamie … Sind Sie gerade dabei, mir zu sagen, dass es eine Verbindung gibt zwischen dieser Geschichte und dem, was wir in der Grotte entdeckt haben?«

Die Journalistin nahm ihre Brille ab. Sie sprach mit tiefer Stimme, als enthielten ihre Worte einen Fluch.

»Als der Erzbischof von Papeete nach Maturei kam, wollte er die Kirche segnen. Die Wände waren mit Blut beschmiert. In ihrem Wahn hatten die Einwohner Symbole auf den Kalk gemalt. Zum Malen hatten sie ihre Finger genommen und in die Eingeweide ihrer Brüder getaucht.«

Meredith begriff sofort.

»Die gleichen Symbole?«

Jamie blinzelte.

»Genau die gleichen.«

4

Eine Frau. Alt, allein. So alt, dass die Haut auf ihren Wangen völlig verschrumpelt ist, unter ihren Augen tiefe Schluchten gräbt. Im Halbdunkel sieht ihr Gesicht aus wie das einer alten Squaw.

Trotzdem ist sie schön. Sehr schön, immer noch.

Sie ist schwarz gekleidet, eine Farbe, die sie verabscheut. Ihre Haare sind nach hinten gekämmt, zu einem schneeweißen Schweif gebunden, der ihre Hüften streichelt.

Sie geht zum Fenster. Der Mond wird gleich aufgehen, sie kann schon seine bleiche Scheibe erahnen. Ein Pinienwald steht vor ihren Augen. Eine einsame Landschaft, eine wogende Wüste, die unter einem wütenden Himmel ächzt.

Und überall Weinberge, so weit das Auge blicken kann.

In der Ferne erkennt sie das Meer. Dunkel. Schwarz. Böse. Bei ihr zu Hause gibt es auch Wasser. Aber die Farben sind anders. Warm, lebhaft, leuchtend. Zehn Jahre hat sie sie jetzt schon nicht mehr gesehen. Zehn lange Jahre des Exils. Ein Fegefeuer. Danach, wenn alles läuft wie vorgesehen, wird sie nach Hause zurückkehren können. Man wird sie beschützen.

Wieder bläst der Wind, fegt in anarchischen Wirbeln über den Hof. Die Blätter stieben auf, tanzen eine Weile in der Luft, dann fallen sie wieder zu Boden. Sie blickt hinauf. Der Himmel schmückt sich mit kupfernen Pfeilen. Morgen wird der Regen da sein. Sie spürt diese Dinge. Ihr Gesicht verzerrt sich, als sie an den Sommer denkt, der sich dem Ende zuneigt. Wie er weiß sie, dass sie allmählich dahinschwindet.

Sie setzt sich in einen Schaukelstuhl, ein großes, bequemes Möbelstück. Sie fühlt sich müde. Die Anspannung der letzten Tage, die Vorbereitungen, all das Kommen und Gehen.

Ihre Feinde haben den Spion ausgeliefert und den Autopsiebericht verbreitet. Damit gaben sie ihnen zu verstehen, dass sie jetzt alles beherrschten. Dass sie sie nicht mehr fürchteten.

Es ist an der Zeit, dem Ganzen ein Ende zu machen. Dieses Spiel erschöpft sie. Sie begreift rein gar nichts mehr davon. Sie wünscht sich nur eines: nach Hause zurückkehren, das Leben im Kreise der ihren zu Ende leben.

Sie greift nach dem Päckchen mit hellem Tabak, das auf dem blanken Boden liegt, zieht das Papierchen aus ihrer Tasche und dreht sich eine Zigarette. Die Bewegungen sind präzise, mechanisch. Dann zündet sie sie an. Die Blätter knistern, sie inhaliert, entspannt sich.

Hiro kommt. Mit Aïto. Ihrem alten Komplizen. Ihrem Gefährten in der Zeit der Bitternis, mit dem Gesicht einer Korallenegge, den schneeweißen Haaren.

Bald wird er da sein.

Bald wird sie ihn in die Arme schließen.

Diesmal hatte Hiro sich für die Menge entschieden. Vielmehr für das, was davon noch übrig war.

Mitte Oktober, die Naturliebhaber verkrochen sich schon wieder in ihren städtischen Kokon. Porquerolles hatte einen anderen Rhythmus angenommen.

Er schubste Aïto auf die Gangway und ging an Bord. Über den Himmel rollten gewaltige Wolken heran. Ein fieser Sprühregen spannte einen dichten Schleier über das Wasser. In der Ferne, hinter dem Damm, erstarrte das verängstigte Meer zu einer grauen Masse.

Sie setzten sich nach drinnen, ins Unterdeck. Roter Pulli und dunkle Stoffhose bei Hiro, Jeans und Kapuzenmantel bei Aïto. Unter der Rüstung aus Wolle bescherte ihnen das kalte Klima winzige Krater auf ihrer Haut.

Sie waren in Hyères gelandet, am Vorabend, und hatten in einem anonymen Hotel in Flughafennähe übernachtet. Obgleich die Lage sich beruhigt zu haben schien, war es Hiro trotzdem lieber, wenn sie weiterhin vorsichtig blieben.

Das Schiff legte eine chaotische Überfahrt hin. Meeresbrecher erstürmten den Schiffsrumpf gleich wütenden Tornados. Hiro presste seine Tasche an die Brust. Die Nase an die Fensterscheibe gedrückt, ließ sich Aïto nicht das Geringste von dem Schauspiel entgehen.

Sie gingen bei Regen an Land. Auf dem Parkplatz wartete ein Jeep. Sie kletterten schnell hinein. Hiro griff unter den Sitz, spürte die Rauheit des Metalls. Wie geplant, war der Schlüssel mit Tesa zwischen den Stäben festgeklebt.

Er fuhr los. Das Dorf troff vor Langeweile, heruntergelassene Eisenrollos, dem Wind überlassene Terrassen. Er durchquerte es in Zeitlupe und bog dann in den Weg Richtung Langoustiers ein. Ein schmaler, gewundener Pfad, der sich zwischen den Pinien verlor. Nach fünf Minuten Teerweg ging es in ausgewaschenen Schlammfurchen weiter. Er schaltete den Geländegang ein, vier Antriebsräder, gezahnt wie ein Reißverschluss. Der Jeep machte einen kleinen Sprung. An seinen Sitz geklammert, steckte Aïto schweigend die Stöße ein.

Sie gelangten schnell in Sichtweite des Anwesens. Das Haus verkroch sich hinter Grautönen, ein riesiger, von toten Zweigen geäderter Steinblock. Ein milchiger Nebel hüllte die Natur in einen Mantel der Stille.

Die beiden Männer betätigten den Türklopfer. Viermal. Die verhutzelten Umrisse von Hilda traten aus dem Halbdunkel hervor.

»Kommt herein.«

Hiro ging voran. Aïto schlüpfte hinter ihm hinein. Das

große Wiedersehen fiel verschämt aus. Umarmungen, Blicke, und schon war alles gesagt. Sie setzten sich in den Salon. Hilda brachte ein paar Bier. Sie tranken, ohne ein Wort zu sagen. Dann zeigte Hilda mit dem Kinn auf die Tasche, die neben Hiros Füßen stand.

»Ist das das Letzte?«

»Ja.«

»Das mit dem Diplomatenkoffer hat gut funktioniert?«

»Wie immer.«

Hiro zog aus der Tasche eine kleine mit Heftpflaster zugeklebte Metallbüchse. Ihre Augen funkelten wild. Die Alte nahm die Fracht vorsichtig entgegen und verschwand hinter einer Tür. Nach ein paar Sekunden tauchte sie wieder auf und sah Aïto an.

»Ich bin zufrieden.«

»Ich auch«, murmelte der Alte.

Erneutes Schweigen, wie ein zärtliches Streicheln der Zeit. Hilda stand mühsam vom Sofa auf und ging zum Kamin. Das Feuer war schon vorbereitet. Sie zündete es an.

»Hast du das Nötige für unseren Freund getan?«

Hiro bejahte mit einem Nicken.

Hilda fragte: »Diskret?«

Lebhafte Farben tanzten unter den Wimpern des Kriegers. Ein silbriger Schein: die Schneide einer Axt, die dabei war, ein entsetztes Gesicht zu behauen.

»Niemand wird ihn wiedererkennen.« Er spuckte aus, um seine Verachtung deutlich zu machen. Dann stellte er seinerseits Hilda eine Frage: »Wann ist es so weit?«

»Übermorgen. Die Anweisungen sind eindeutig. Der Wind beginnt zu drehen, alle sind beunruhigt.«

Der Maohi knirschte mit den Zähnen. Er hatte Hilda sein Leben geschenkt. Nicht diesen Halben, diesen Profiteuren, die das Land regelmäßig schröpften. Die Vorstellung, für sie zu arbeiten, ließ eine Woge des Hasses in ihm hochschwappen. Er fragte mit kalter Stimme: »Ist Rorotui derjenige, der die Befehle gibt?«

Aïto blinzelte Hilda zu, ein kaum wahrnehmbares Zeichen.

Die Squaw kanzelte Hiro ab: »Hör auf damit. Er macht das, was ihm aufgetragen wurde. Wie wir.«

»Und ich? Bist du es, der ich immer gehorche?«

»Du hörst auf mich. Du vertraust mir. Ich verspreche es dir. Wir werden bald auf ihre Dienste verzichten können.«

Der Krieger nickte widerwillig. Hilda ließ ihn nicht aus den Augen.

»Du hast vierundzwanzig Stunden, um die junge Frau zurückzuholen.«

»Ist der Bulle bei ihr?«

»Wahrscheinlich.«

Der Hass gewann die Oberhand. Augenblicklich verzerrte er das Gesicht des Maohi. Monil, die Zwillinge, sie alle waren wegen dieses Hurensohns gestorben. Er hoffte nur eines: Der Zufall möge dafür sorgen, dass er ihm über den Weg lief.

»Haben die da unten etwas entdeckt?«, fragte er weiter.

Hilda strich zärtlich über ihre langen kreideweißen Haare. Im Widerschein der Flammen schillerten sie purpurrot.

»Die Grotte. Der Journalist hatte gerade noch Zeit gehabt, ihnen die Geländeaufnahme zukommen zu lassen. Aber das ist jetzt ohne Bedeutung. Alles ist bereit. Und wenn es vorüber ist, wird nichts mehr von Bedeutung sein.«

5

Die These vom Staatskomplott war vom Tisch. Stattdessen zeichnete sich unerwartet ein neuer Weg ab. Paul besann sich wieder auf die Grundlagen der Ermittlungsarbeit. Die Ausgangslage neu formulieren, die Protokolle miteinander vergleichen, keine Hypothese außer Acht lassen. Selbst die verrücktesten nicht.

Meredith hatte ihm eine erstaunliche Geschichte erzählt. Rituelle Morde, ein Massenwahn, wie die Psychiater das nennen. Trotzdem, niemand hatte bei den Vorfällen in Maturei den Opfern die Schädel aufgemeißelt. Und die Toten waren allesamt Erwachsene. Die einzige Gemeinsamkeit bestand in den mysteriösen Symbolen, die man auf den Korallen angebracht hatte, es waren die gleichen wie in der Kirche.

Was mochten sie wohl bedeuten? Waren die SOP schon beim ersten Mal beteiligt?

Laut Jamie hatte der Vatikan nach dem Prozess eine geheime Ermittlung eingeleitet. Zu viele Fragen ohne Antworten, zu viele Phantasmen, die Katholiken hatten selbst die Schrauben fester andrehen müssen. Eine Interessensfrage.

Paul schöpfte neue Hoffnung. Wenn sie ihre Arbeit korrekt gemacht hatten, dann wussten die Pfaffen zu dem Thema vielleicht erhellende Dinge zu erzählen.

Er parkte sein Motorrad vor dem Eisenportal. Es war groß, wuchtig, riegelte die Festung hermetisch ab. Er dachte an ein Gefängnis. Ein Fenster ging zur Straße hinaus, der Concierge bemerkte ihn. Mit lebhafter Gestik deutete er auf eine in den Beton eingelassene Gegensprechanlage. Paul klingelte. Ohne ein Wort wurde das Fallgitter geöffnet.

»Paul Cabrera. Ich möchte Pater Mendès sehen.«

Misstrauischer Blick des kleinen, rundlichen Mannes.

Der Leutnant fügte hinzu: »Ich bin ein ehemaliger Schüler.«

»Haben Sie einen Termin bei unserem Geistlichen?«

»Nein.«

»Warten Sie, ich werde auf seinem Zimmer anrufen.«

Paul trat aus dem Wachhäuschen. Kies, Platanenhecken, Sportplätze, dem Hof seiner Kindheit entströmte der Duft von Erinnerungen. Auch von Frustrationen. Sein Vater hatte große finanzielle Opfer gebracht, um ihm diesen Aufenthalt bei den Jesuiten zu ermöglichen.

Ihm fiel sofort auf, dass das Kolleg sich mit einem weiteren Flügel geschmückt hatte, einem Gewächshaus aus Plexiglas, das an die Steinfassaden gepfropft worden war. Vergangenheit, Gegenwart, der Jesuitenorden wusste die Gegensätze zu vereinen. Seit Jahrhunderten passte er sich unermüdlich an. Von ihrer Lehre hatte der Polizist nur eine Lektion behalten.

Überleben.

In seinem Rücken krächzte die Stimme des Concierge.

»Er kommt runter.«

Paul bedankte sich mit einem Nicken. Er ging ein paar Schritte in Richtung Turnhalle, ein Ort, an dem er geglänzt hatte. In der Nähe des überdachten Teils des Schulhofs schippte ein Mann dürres Laub in ein Kohlenbecken. Die Borken sprühten Glutkonfettis in den Himmel und verbreiteten einen beißenden Qualm. Der Leutnant musste an einen Scheiterhaufen denken. An die Asche von Leichen, die darüber umherwirbelte.

»Cabrera?«

Paul drehte sich um. Ein kleiner Greis stand vor ihm, hohe Stirn, rechteckige Brille, hinter der seine Augen beinahe verschwanden. Das niedliche Gesichtchen einer weißen Maus.

»Ich freue mich sehr, Sie wieder zu sehen, Pater Mendès.«

Der Mann betrachtete ihn. Seine Augen schienen die Vergangenheit zu durchforsten, auf der Suche nach einem Anhaltspunkt. Nach ein paar Sekunden verhärtete sich sein Gesicht.

»Da schau her, man könnte sagen, dass man dich hier in der Gegend nicht sehr oft zu Gesicht bekommt. Trägst du jetzt die Haare lang?«

Der ehemalige Schüler versuchte nicht, sich zu verteidigen. Die Jahre vergingen, aus Kindern wurden Männer. Doch in diesem Augenblick, an diesem Ort, hatte er das Gefühl, gleich werde die Glocke schrillen, um die Pause anzukündigen.

Und sie schrillte tatsächlich.

Weniger als eine Minute später rannte eine ganze Horde ausgelassener Jugendlicher um sie herum. Unter den Platanen wurde der Lärm immer ohrenbetäubender. Der überdachte Schulhof, die Plätze, jede Ecke des Kollegs füllte sich mit eigenem Leben.

»Da ändert sich nichts«, bemerkte Pater Mendès mit schalkhaftem Blick.

Paul antwortete mit einem Lächeln. Der Geistliche nahm ihn beim Arm.

»Komm. Wir gehen besser ins Pfarramt.«

Sie bahnten sich einen Weg durch das Geschnatter und betraten das alte Gebäude. Ein Geruch nach Bohnerwachs lag in der Luft. Darüber, kaum überdeckt, kündigten Küchengerüche das Mittagessen an.

Pater Mendès führte ihn in einen winzigen, nüchternen Raum in blassen Farben. Zwei Stühle und ein Holztisch bildeten an diesem Ort des Gebetes das einzige und läppische Mobiliar. An der Wand ein Holzkreuz, wie ein Dorn vor das Gesicht des Sünders gepflanzt.

»Du bist bei der Polizei, nicht wahr?«, fragte der Geistliche.

Paul dachte daran, welche Beständigkeit diesen Orden auszeichnete. Über ihre Ehemaligen wussten sie alles. Was auf ihrer gezielten Bemühung, ihrer Beharrlichkeit beruhte. Nachdem die Frucht einmal zur Reife gebracht war, interessierten sie sich weiterhin für sie.

»Ja. Brigade zur Kriminalitätsbekämpfung.«

Der Ordensgeistliche sah ihn ungläubig an. Er kreuzte die Arme über der Brust.

Der Leutnant kam ohne Umschweife zum Thema: »Ich bin mit einer recht speziellen Ermittlung befasst. Einer Ermittlung, bei der es in manchen Punkten um Religion geht.«

»Um Religion? Was willst du damit sagen, Cabrera?«

Paul hatte nicht die Absicht, in die Details zu gehen. Er zeigte ihm die Fotos.

»Diese Symbole wurden in eine unterseeische Grotte in Polynesien geritzt.«

Der Geistliche sah sich die Fotos genau an, während Paul weitererzählte.

»Neben diesen Zeichen hat man Leichen gefunden. Kinderleichen. Diejenigen, die sie massakriert haben, haben das auf ihre Leichentücher geschrieben.«

»In Polynesien … Inwiefern betrifft das unsere Kirche?«

»Vor zehn Jahren gab es in der Gegend eine erste Mordserie. Ausgeführt von Leuten, die im Bann eines religiösen Wahns standen. Die gleichen Symbole waren auf die Wände einer Kapelle gemalt worden.«

»Und weiter?«

»Zur damaligen Zeit war man im Prozess zu dem Schluss

gekommen, es handle sich um eine kollektive Hysterie. Ich weiß, dass einige diese Erklärung angefochten und der Vatikan eine geheime Ermittlung angeordnet hatte.«

Pater Mendès legte die Hände aufeinander und presste sie an die Lippen.

»Ich habe von deiner Geschichte noch nie etwas gehört, Cabrera. Ich habe solche Darstellungen noch nie gesehen. Aber eines kann ich dir sagen: Misstraue deinen Ängsten.«

Diesmal war es der Bulle, der völlig von den Socken war.

»Warum sagen Sie mir das?«

»Alle Tage, die Gott gibt, arbeiten Dutzende von Klerikern in den Bibliotheken des Vatikans. Sie untersuchen Fälle so genannter Besessenheit, die der Kirche gemeldet werden, falsche Wunder, Kreuzigungsmale, den Rest lasse ich mal beiseite. Es war nie etwas Solides dabei.«

Der Leutnant legte die Handflächen auf den Tisch.

»Das ist alles, was ich habe, mein Vater. Und genau deshalb bin ich zu Ihnen gekommen.«

»Und wie könnte ich dir helfen?«

»Indem Sie mir einen Namen nennen.«

»Einen Namen?«

»Jemanden im Vatikan, der kooperieren könnte.«

Die Zeit zog sich in die Länge. Paul starrte das Kreuz an. Pater Mendès war völlig in ein unergründliches Nachdenken versunken. Die Maus spielte Katze.

»Wie kommst du auf den Gedanken, ich könnte eine solche Person kennen?«

»Sie sind Jesuit. Die Jesuiten haben sich schon immer mit diesen Angelegenheiten befasst. Sie selbst haben mir das damals erklärt. Ich bin sicher, dass Sie jemanden in Rom kennen, einen Priester Ihres Ordens, und dass dieser Mensch Bescheid weiß.«

»Ich bin ein alter Mann, Cabrera… Meine Weggefährten sind fast alle zu Gott gerufen worden.«

»Sie müssten doch wenigstens einen kennen…«

Der Geistliche antwortete nicht. Er hatte den Kopf gesenkt und schien zu beten. Paul wurde wütend. Der Bulle in ihm gewann die Oberhand, er kehrte zu seinen Methoden zurück, zu seiner Art, die Leute zu behandeln.

»Pater Mendès… ich muss da weiterkommen. Bei dieser Ermittlung laufe ich Gefahr, das nächste Opfer zu sein. Ich brauche einen Kontakt. Nur einen Kontakt. Ich habe fünf Jahre in diesem Knast hier verbracht, da können Sie mir schon mal einen kleinen Gefallen tun. Das ist doch nicht die Welt.«

Der Jesuit zögerte kurz, kaum einen Augenaufschlag lang.

»Kardinal Trapani kannte ich gut. Damals war er die Sammelzentrale für alle Akten, die einen… fragwürdigen Charakter hatten. Aber da hast du Pech, Cabrera. Er ist im letzten Jahr gestorben…«

»Er muss doch Mitarbeiter gehabt haben, einen Nachfolger.«

»Ja… Gewiss…«

»Mein Vater…«

Die Stirn des alten Mannes sah aus wie ein Grabtuch. Er öffnete eine Schublade, legte ein Heft auf den Tisch, riss ein Blatt heraus und kritzelte etwas darauf.

»Versuche, zu Pater Torelli zu gelangen. Das war sein Sekretär. Ich weiß nicht, was seit dem Tod von Trapani aus ihm geworden ist. Falls er noch in Rom ist, wird er dir vielleicht etwas sagen können.«

»Danke, mein Vater.«

Paul stand von seinem Stuhl auf. Als er durch die Tür ging, ermahnte ihn die Stimme des Geistlichen ein letztes Mal.

»Vergiss nicht, was ich dir gesagt habe, Cabrera. Die Welt geht dem Wahnsinn entgegen... Misstraue deinen Ängsten.«

6

Paul bekam den Dreizehn-Uhr-Flug nach Rom. Ein Telefonanruf hatte genügt, um sicherzustellen, dass Pater Torelli sich in der päpstlichen Stadt aufhielt.

Endlich einmal hatte er das Glück auf seiner Seite.

Nach dem Tod seines Vorgesetzten war der Sekretär befördert worden. Torelli war zwar viel zu jung, um Anspruch auf den scharlachroten Schulterkragen erheben zu können, leitete aber seit zwei Jahren die Kongregation für okkulte Angelegenheiten. Eine Art Staatssekretariat, das mit strittigen Glaubensfragen befasst war. Aus Tradition wurde ein Jesuit mit dieser Aufgabe betraut.

Paul durchquerte Rom, ohne die Stadt zu sehen. Er dachte an die vom Wasser aufgeschwemmten, an die mit den Füßen in blauen Tiefen angeketteten Leichen. Wer könnte diese Kinder hingerichtet haben? Warum diese Zeichen auf den Wänden? Und was hatte Céline in dem ganzen Wahnwitz verloren? Die Fragen häuften sich, wurden immer zahlreicher, webten mit ihren Maschen ein Gitter des Schreckens.

Nachdem das Auto über eine Stunde lang im Stau gesteckt hatte, bog es in die Via della Conciliazione ein. Das Taxi, das er beim Flughafen von Campino vorbestellt hatte, war den kürzesten Weg gefahren, ohne zu versuchen, die Strecke in die Länge zu ziehen. Pauls sizilianische Herkunft hatte den Fahrer wahrscheinlich überzeugt.

»*Vaticano, Signore.*«

Der Polizist bezahlte und ging den restlichen Weg zu Fuß.

Zu den Toren des Vatikans gelangte man über ein Ehrenspalier, eine gerade Verkehrsader, gesäumt von Straßenlaternen in Habtachtstellung. Aus dieser Perspektive betrachtet, schien der Dom der Peterskirche in Aquarellwolken zu schweben.

Cabrera ging durch die heilige Festungsmauer. Er fühlte sich wie in einem antiken, von Säulen zerhackten und mit Statuen gespickten Zirkus. Über den Petersplatz hatte sich eine bunte Flut ergossen, die aus dicht gedrängten Pilgerhorden bestand. Der Geruch nach Sonnencreme lag in der Luft. Plötzlich sah er, was er suchte. Über einem verglasten Häuschen hingen zwei Worte in roten Lettern. *Ufficio Informazioni.* Torelli dürfte seine Ankunft wohl angekündigt haben, er ging sich vorstellen. Eine Frau mit welker Gesichtsfarbe bat ihn zu warten und griff zum Telefonhörer.

Nach fünf Minuten teilte ein schwarzes Gewand die Menge und pflanzte sich vor ihm auf. Der junge Mann war vermutlich keine zwanzig Jahre alt, Aknespuren auf der Stirn, steif wie ein Messbuch. Paul hielt ihn für einen Seminaristen.

»Signor Cabrera? Pater Torelli erwartet Sie. Wenn Sie mir bitte folgen wollen.«

Ohne ein weiteres Wort drehte die Soutane sich um und schoss Richtung Basilika davon.

Sie stiegen quer die gewaltigen Treppenstufen hinauf und gelangten unter den Portalvorbau. Der junge Priester huschte über den Boden, den er kaum zu berühren schien, Paul rannte fast. Sie bogen nach rechts ab. Im Hintergrund paradierte eine Schweizer Garde im Harlekinskostüm vor einer Bronzetür. Der Seminarist präsentierte einen Passierschein. Der Operettensoldat trat einen Schritt zur Seite.

Sie betraten ein Vestibül. Zweite Treppe. Leere. Stille. Zu diesem Teil des Palastes hatten Besucher keinen Zutritt. Als sie oben auf der Treppe angekommen waren, blieben sie stehen. Zwei Metalltafeln waren in den Stein eingelassen. Der Mann in der Soutane zückte einen Hauptschlüssel, öffnete.

Paul blickte nach oben.

Ein grellbunter Himmel öffnete sich über ihm. Blutorangenrot, Fuchsienrosa, zarte Grüntöne, strahlende Gelbtöne, Türkisblau, eine Palette lebhafter Farben tauchte die märchenhaft bemalten Gewölbe in rote Glut. Füllige, meist halb nackte Gestalten bevölkerten diese Ton in Ton gehaltene biblische Freske.

Der Seminarist wandte sich um. Sein Gesicht wirkte verklärt.

»Michelangelo …«

Es waren seine einzigen Worte.

Um den Touristen aus dem Weg zu gehen, verließen sie die Sixtinische Kapelle über den Altar. Seltsamerweise empfand Paul rein gar nichts. Die Wunder der Renaissance breiteten ihren Zauber für andere aus. Er ging entschlossen weiter, den Kopf voll mit blutigen Bildern.

Die Quartiere von Pater Torelli befanden sich hinter der apostolischen Bibliothek. Ein Flügel des Vatikans, welcher der Kurie vorbehalten war, den administrativen Aufgaben, den die Lehre betreffenden Angelegenheiten oder der politischen Arbeit. Der Seminarist führte ihn in ein riesiges Vorzimmer, bat ihn, sich zu setzen, und verschwand.

Der Polizist wollte lieber stehen bleiben. Er mochte sich gar nicht vorstellen, wie seine Jeans den purpurfarbenen Samt des Sofas blank scheuerte. Er fühlte sich unwohl an diesem Ort. Zu viel Gold, zu viele Lüster. Ein Geruch nach Kostbarkeit, nach seltenen Lacken, nach dickem Leder. Die

Kirche ist arm, so lautete die ewige Leier der Pfarrer. Die päpstliche Behausung war diesem Schicksal offensichtlich entronnen.

Hinter seinem Rücken knarrte es. Er fuhr herum, reflexartig, aus Gewohnheit. Ein schlanker Mann stand in dem Türstock aus Mahagoni.

»*Buon giorno.* Fabio Torelli.«

Der Mann kam näher, die Hand ausgestreckt, ein Lächeln auf den Lippen. Paul schätzte ihn auf fünfunddreißig, kaum älter als er selbst in jedem Fall. Weißes Hemd, perlgrauer Anzug. Er sah aus wie ein Schauspieler.

»*Parla italiano*?«

Cabrera zögerte. Mit seinem Italienisch haperte es etwas. Dennoch antwortete er mit einem Anflug von Stolz: »*Si*...«

Torelli lächelte diskret.

»Wir können auch Französisch reden, wenn Ihnen das lieber ist. In Rom benutzen wir diese Sprache oft.«

Keinerlei Akzent. Paul stimmte zu.

Mit einer höflichen Geste deutete der Jesuit zum angrenzenden Raum.

»Bitteschön.«

Torellis Büro war ähnlich eingerichtet wie sein Vorzimmer. Edel, schwülstig, überladen. Das einzige Zugeständnis an die Moderne war ein Notebook, das auf einer Schreibunterlage stand wie ein Gebetsbuch. Torelli ließ einen Schiebespiegel zur Seite gleiten. Eine Bar tauchte in der Wand auf. Kristallgläser, Karaffen mit Goldrand, alle Arten alkoholischer Getränke, mit denen man wochenlang biblische Lobgesänge singen könnte. Er goss sich einen Whisky ein.

»Trinken Sie etwas?«

»Nein, danke.«

Eiswürfel klirrten im Kristallglas. Der Geistliche stellte sein Glas vor sich ab, ohne es anzurühren.

»Ich habe Sie erwartet, Leutnant.«

Der Polizist war nicht wirklich erstaunt. Mendès hatte wahrscheinlich seine Leute zusammengetrommelt. Ihm war daran gelegen, sein Beziehungsnetzwerk unter Kontrolle zu halten.

»Sie wissen, was ich will?«

»Dasselbe wie ich«, antwortete Torelli und entblößte eine Reihe ebenmäßiger Zähne.

Damit war der Umgangston festgelegt. Direkt, einfach, vom Sprachgebrauch in den Evangelien meilenweit entfernt. Zum ersten Mal hatte Paul den Eindruck, einen Verbündeten zu haben. Und zwar einen mächtigen Verbündeten.

»Hier«, sagte Torelli und hielt ihm ein Bündel Dokumente hin. »Er wurde auf mein Ersuchen hin verfasst.«

Der Leutnant las das Deckblatt: »Bericht des Erzbistums Papeete über die Ereignisse in Maturei, erstellt für Seine Eminenz Kardinal Trapani. August 1992.«

Er lächelte dem Geistlichen zu und verstand überhaupt nichts mehr.

Die Kirche hatte vor Ort gute Arbeit geleistet. Besser als die Bullen oder die Richter und Staatsanwälte. Sie hatte alle Akteure des Dramas, deren Familienangehörige und Freunde verhört. Bei ganzen Pfarreien wurde auf den Busch geklopft, man hatte Stammbäume zurückverfolgt, um in Erfahrung zu bringen, ob es Präzedenzfälle gab. Nichts war dem Zufall überlassen, das geringste Detail war festgehalten worden. Nachdem man zwei Jahre lang Nachforschungen betrieben hatte, hatte man die Besessenheitshypothese verworfen. Die örtliche Kurie war zu dem Schluss gekommen, dass es sich um Manipulation handelte und schloss sich der Diagnose der psychiatrischen Experten an: Kollektivwahn mit Umsetzung in die Tat.

Paul dachte an die verdrehte Leiche des Korsen, an den Blick des Killers im Stadion. Kollektivwahn mit Umsetzung in die Tat. Kluge Worte für eine barbarische Offensichtlichkeit: Amoklaufen.

Merkwürdigerweise hielt sich der Text in diesem Punkt bedeckt. Die blutigen, von den Henkern eigenhändig gemalten Hieroglyphen wurden nur der Information halber zitiert.

Er sah den Priester fest an.

»Und das Blut an den Wänden? Hat niemand nach einer Erklärung gesucht?«

Die Andeutung eines Lächelns bei Torelli.

»Doch, sicher. Ich habe mich darum gekümmert. Damals war ich noch im Seminar. Ich habe Kardinal Trapani assistiert. Habe gewissermaßen mein Metier gelernt …«

Wieder dachte Paul an den Korsen. Immer das gleiche Schema, die gleichen Hoffnungen. Und die gleichen Schmerzen. Als hätte sich ein Eisenring um ihn gelegt, presste es ihm die Seiten zusammen.

»Anfangs kamen uns die Schlussfolgerungen des Bistums logisch und zusammenhängend vor«, sprach Torelli weiter. »Wir führten trotzdem eine Routineuntersuchung durch. Der Kardinal war Fieberwahn, falsche Hexerei und andere prophetische Visionen gewöhnt. In den Tropen wimmelte es nur so von Messiassen, die Leute dort waren durchgeknallt, nichts weiter.«

»Haben Sie oft mit so was zu tun?«

Der Jesuit machte ein amüsiertes Gesicht. Er steckte die Hände in die Hosentaschen.

»Öfter als Sie denken …«

Paul hatte plötzlich das Gefühl, dass ihm diese Welt vollkommen fremd war. Eine verbotene Zone, in der der Alltag sich wie ein Hexensabbat ausnahm. Er lenkte das Gespräch in eine andere Richtung.

»Erzählen Sie mir von den Symbolen.«

»In einem Fall wie diesem muss die Kirche auf eine bestimmte Art vorgehen, sie muss die irrationalen Hypothesen ausschließen. Wir haben schnell begriffen, dass das hier nichts mit den polynesischen rituellen Zeichnungen zu tun hatte. Diese Feststellung fanden wir beunruhigend, also haben wir die Nachforschungen noch weitergetrieben. Wir haben sämtliche toten Sprachen genau unter die Lupe genommen. Die Linguisten des Vatikans sind verrückt geworden, nichts passte zusammen. Ich muss sagen, wir haben uns wirklich gefragt, ob es sich nicht tatsächlich …«

»Um Besessenheit handelte?«

»Nennen Sie es, wie Sie wollen … Am Ende hatte jemand eine Idee. Eine einfache Idee.« Er lachte. »Es gab nur zwei Arten von Symbolen. Striche, Kreise. Man musste sie bloß als Binärcode lesen, dann ergaben sie einen Sinn.«

»Die Sprache der Informatik?«

»Genau. Über diesen Umweg waren wir wieder bei Konkretem angelangt.«

Der Polizeileutnant vermutete, dass niemand anderes als Torelli diesen Einfall gehabt hatte. In Anbetracht seines Alters war seine Position nicht durch eine einfache Hintertreppenintrige zu erklären.

»Wie kamen sie zu dieser Art von Sprache?«

»Das ist eine Basissprache. Sie wird schon seit unvordenklichen Zeiten benutzt. Ja-nein, eins-zwei, weiß-schwarz. Unsere Zivilisation hat sie nur adaptiert.«

Paul spürte, welch ungeheure Intelligenz diese Person ausstrahlte. Der Typ beeindruckte ihn, ob er es nun wollte oder nicht.

»Worum handelt es sich?«

»Um einen Mondkalender. Er verweist auf Zyklen. Monate und Jahre. Der Tageskalender gab den Zeitraum an, in dem die Ereignisse stattfanden, aber auch noch andere Perioden, zwei, um genau zu sein, über einen Zeitraum von fünf Jahren.«

Der Polizist glaubte eine Verbindung zu erkennen.

»Wann? Welche Daten?«

»Januar 1993, Juli 1995.«

Diese Daten waren abgelaufen, begraben unter der Flugasche der Vergangenheit. Er fragte trotzdem: »Was ist in diesen Zeiträumen geschehen?«

Torelli setzte sich an seinen Schreibtisch, einen Kardinalsschreibtisch. Paul nahm ihm gegenüber Platz. Durch die halb geöffneten Fenster bekam er einen Vorgeschmack auf die prächtigen Gärten des Vatikans. In Form geschnittene Gehölzgruppen zeichneten ein Labyrinth geometrischer Figuren in das Gold des Sonnenuntergangs. Striche, Kreise, auch hier.

»Nichts«, antwortete der Jesuit mit Bedauern. »Wir haben das Atoll überwacht, dem Erzbistum Anweisungen erteilt. Es ist nichts vorgefallen.«

»Auch nicht auf einem anderen Erdteil?«

»Nein ...«

Die beiden Männer schwiegen, es kehrte Stille ein. Paul hatte den Eindruck, dass sie beide an dasselbe dachten. Torelli zündete sich eine Zigarette an. Blaue Schwaden kräuselten sich in der Luft.

»Ich glaube, Sie wollten mir Fotos zeigen?«, sagte er schließlich.

Der Polizist reichte ihm einen Umschlag, der die Unterwasseraufnahmen enthielt. Der Jesuit breitete die Abzüge auf der Bar aus, nahm eine Lupe, betrachtete sie lange.

Im Lichtkreis der Lampen sah er aus wie eine Gestalt aus einem Visconti-Film.

»Wo genau haben Sie die Fotos gemacht?«

»Tureia. Im Westen des Tuamoto-Archipels.«

»Sind das Unterwasseraufnahmen?«

»Ja. Eine Grotte inmitten einer Lagune, zwanzig Meter unter Wasser.«

Ohne den Blick zu heben, griff Torelli nach seinem Glas und trank es in einem Zug aus.

»Das ist verblüffend...«

Paul gab keinen Kommentar dazu. Er selbst hätte ein anderes Wort verwendet. Ein brutaleres.

»Woran denken Sie?«

Der Geistliche setzte eine skeptische Miene auf, betrachtete wieder die Fotos.

»Einmal abgesehen von den Symbolen, ist die Anordnung eine ganz andere als in Maturei.«

»Inwiefern?«

»Sie sind nicht auf dieselbe Art zu Tode gekommen. Das Ganze scheint organisiert, geplant worden zu sein.«

»Opferungen?«

»Ich weiß nicht...«

»Und der Fries?«

»Den schauen wir uns gleich an.«

Er klimperte auf der Tastatur herum. Ein Laserdrucker spuckte ein mit Fliegenbeinen geschwärztes Papier aus. Torelli nahm es an sich.

»Die Tabelle...«

Er nahm wieder seine Lupe und machte sich an die Arbeit. Paul stand auf und ging zur Bar. Er hatte Ameisen in den Beinen.

»Bedienen Sie sich«, forderte ihn der Jesuit von seinem Schreibtisch aus auf.

Cabrera ließ sich nicht lange bitten. Er entschied sich für einen Bourbon, führte das kalte, bernsteinfarbene Getränk an seine Lippen. Der Vatikan hatte einen Kalender entdeckt, Daten, die auf die Zukunft verwiesen. Warum war nichts geschehen? Aufgrund des Prozesses? Weil man alle verhaftet und verurteilt hatte?

Meredith hatte ihm erzählt, eine der Priesterinnen laufe immer noch frei herum. Er stellte sich eine Erleuchtete vor, allein, entschlossen, die sich versteckt hielt, um der menschlichen Justiz zu entgehen. Es überkam ihn wie ein Geistesblitz. Die Gewissheit, dass diese Frau hinter allem steckte. Ein weiteres Mal.

Die Stimme des Jesuiten drang an sein Ohr.

»Das ist wunderbar. Sie haben einen anderen Kalender zu fassen gekriegt. Diesmal steht da nur ein Datum, das dutzende Male wiederholt wird. Man könnte fast sagen ein Refrain.«

»Welches Datum?«

»Oktober 2002. Jetzt…«

»Wo?«

»Ich habe nicht die geringste Ahnung.«

Paul hatte das Gefühl, er klammere sich an die Leere. Ein neuer Mond war aufgegangen, neue Morde würden geschehen, Ritualmorde, da war er sich sicher. Zehn Jahre später deckte diese Verrückte wieder den Tisch. Sie hatte den Boden bereitet, einen möglichst günstigen Augenblick abgewartet.

Jetzt schritt sie zur Tat.

Der Leutnant spürte, wie er sich innerlich zum Sprung bereitmachte. Leichen streckten flehend ihre Hände aus. Tomasini, Céline, all diese Säuglinge mit den anonymen Gesichtern.

Der Hexensabbat ging los.

Wie viel Zeit blieb ihm noch, um den Ort zu finden, an dem das Theater stattfand?

Falls es nicht schon zu spät war.

7

Schach und matt. In der Abgeschiedenheit und Stille seines Büros kostete Chastel diese Gewissheit aus, indem er eine Zigarre rauchte. Als Anhänger des Go-Spiels liebte der General undurchsichtige Strategien, verzwickte Pläne, bei denen man seine Bauern auf intelligente Weise verrückte, um den Gegner zu umzingeln, ihn zu lähmen, bevor man ihn verschlang. Er sah sich selbst oft als einen Marionettenspieler, geschickt, schnell, der das Schicksal eines Kasperltheaters in seinen Händen hielt.

Dieses Mal, bei dieser Schattenschlacht, gewann er aus einem anderen Grund. Ein unvorhergesehenes Element hatte dafür gesorgt, dass die Karten falsch gegeben wurden.

Er nahm den Autopsiebericht und las ihn erneut, zum soundsovielten Mal. Dabei kannte er schon jedes Wort auswendig, jedes Komma, hatte die Beschreibungen, die Schlussfolgerungen genüsslich ausgekostet, hatte sie in sich aufgesogen, bis ihm ganz schwindlig davon wurde. Er hatte gewissermaßen das Gefühl, Céline persönlich gekannt zu haben.

»Am Stirnlappen zeigt sich eine kleine Ausbuchtung im Abstand von 3 cm von der Sylvischen Furche. An der entsprechenden Stelle des Schädels fällt ein konkav geformtes Knochendefizit auf. Diese Ausbuchtung lässt an eine kongenitale Fehlbildung denken, die vor Abschluss der Ossifikation entstanden ist.«

Chastel betrachtete verträumt die Decke. Der Tumor hatte während des fötalen Wachstums die Hirnschale ausgehöhlt. Ein Alkoven, der das Gehirn vor einer lebensgefährlichen Kompression schützen sollte.

Im Laufe seiner Jahre als Mediziner hatte der junge Assistenzarzt alle Arten von Theorien über die immensen Möglichkeiten aufgestellt, die der menschliche Körper bereithielt. Anpassung, Evolution, die Maschine aus Fleisch und Blut schuf sich unablässig Bedingungen, die ihr eigenes Überleben sicherten. Nun hatte sie ihn wieder überrascht.

Ein Lächeln huschte über sein Gesicht, dann las er weiter.

»Die Exzisionsstelle dieses Knötchens blutet nicht. Nach seiner Entfernung kommt ein inertes kugelförmiges Gewebe zum Vorschein, das mit dem Gehirn über einen Kanal von 0,2 Millimeter Durchmesser verbunden ist.«

Der General schloss die Augen. Diese Entdeckung hatte ihn zunächst völlig verwirrt. Er hatte eine ganze Batterie von Tests erstellen lassen, hatte alle üblichen Nachweisverfahren zum Einsatz gebracht.

Das Labor war nicht von seinem Ergebnis abgewichen.

Auch wenn sie völlig neu war, ließ sich die Hypothese ohne Schwierigkeiten durch eine unkontrollierte Zellentwicklung des äußeren Keimblattes erklären, wahrscheinlich im Laufe des ersten Schwangerschaftsmonats. Bloß eine Hirnanomalie. Nach Ansicht der Experten, und aufgrund seiner Beschaffenheit, war dieser Tippfehler über das genetische Erbe der Mutter weitergegeben worden.

Chastel setzte zufrieden die Brille ab. Céline hatte eine Genmutation. Die Autopsie hatte eine Bresche geschlagen, eine unverhoffte Lücke in die feindliche Abwehr. Danach hatte nur noch die Frage bestanden, wie man das für die anderen hübsch verpackt.

Zunächst hatte er Célines Leiche unter militärischen Schutz gestellt, eine verschwenderische Fülle von Mitteln aufgewendet, die dazu gedacht waren, die Leute zu beeindrucken. Und Fragen aufzuwerfen. Anschließend hatte er die medizinischen Daten so lange durchgeknetet, bis er eine unwiderlegbare wissenschaftliche Wahrheit zutage gefördert hatte. Der Bericht, der am Nachmittag dem Ministerium übermittelt wurde, bewies unzweideutig die Existenz genetischer Veränderungen bei den Bevölkerungen der Atolle, die den Atomversuchen ausgesetzt gewesen waren.

Die Behauptung, es gebe saubere Atomversuche, wurde jetzt zur Farce.

Er nahm den Telefonhörer ab.

»Pierre, wie weit ist es gediehen?«

Eine näselnde Stimme war im Apparat zu hören. Daroi war völlig überreizt.

»Da tut sich was. Das Elysée hat einen Krisenrat zusammengetrommelt. Sie wissen nicht mehr, wie sie da wieder herauskommen sollen.«

»Gut... du rufst mich an, wenn du was Neues hast.«

Chastel legte auf. Sein Helfershelfer hatte seine Anweisungen auf den Buchstaben genau befolgt. Er machte sich einen Spaß daraus, sich vorzustellen, welche lächerlichen Manöver seine Feinde, die bereits auf der Lauer lagen, gegen ihn anstrengen würden. Sie schlugen wahrscheinlich jetzt schon Krach, versuchten, die Ergebnisse anzuzweifeln, sie zu entkräften.

Aber in einer Sache waren sie zu spät dran. Célines sterbliche Überreste waren bereits in einem verplombten Sarg nach Montréal zurückgeschickt worden, was alle Bestrebungen, ein Gegengutachten zu erstellen, im Keim erstickte. Außerdem waren diese Erkenntnisse durch seinen eigenen

Status gegen alle Polemiken gefeit. Die Armee hatte keinerlei Interesse, eine solche Geschichte zu erfinden.

Alles lief, wie er es erwartet hatte. Hier in Paris würden sich am Ende andere politische Allianzen bilden. Dort, in diesem vergessenen Frankreich, würden die braun gebrannten Krawattenträger, die sich mit dem Geld, das die Bombe einbrachte, herausputzten und wichtig taten, dafür bezahlen müssen. Pech für die Armee. Sie nahm es ihm übel, dass er diesen Skandal ausgelöst hatte, dass er sie verraten hatte, indem er enthüllte, dass da jahrelang gelogen worden war. Die Verantwortung nahm er auf sich. Mit dem Ende der Atomversuche sollte eine neue Seite aufgeschlagen werden, er half der Geschichte lediglich dabei, schneller geschrieben zu werden.

Er griff nach seinem Überzieher und ging aus dem Büro. Sein Dienstfahrzeug wartete unten vor dem Gebäude auf ihn, mit einem privaten Nummernschild und getönten Scheiben. Sofort stieg ein Mann aus, breitschultrig und im dunklen Anzug. Er ging um die Limousine herum und öffnete die Tür des Rücksitzes. Chastel schüttelte den Kopf.

»Ich möchte ein bisschen laufen. Passen Sie mich auf der Madeleine ab. In dreißig Minuten.«

Er schlug den Mantelkragen hoch und tauchte in der Menge unter. Horden von Angestellten verließen ihre Arbeitsgefängnisse, hatten es eilig, wieder in ihre Illusion von Freiheit zurückzukehren. Ihr Leben war uninteressant. Bedeutungslos. Das Weltgeschehen wurde ohne sie entschieden, in holzgetäfelten Salons, in Vier-Sterne-Hotels, einem geheimen Universum, das sich an der Grenze zur Verachtung bewegte.

Der General atmete die Stadtluft tief ein. Er schätzte die Abwechslung, die diese spontanen Spaziergänge ihm bescherten. Sie gaben ihm das Gefühl, sich inmitten einer

Herde zu bewegen, deren Hirte er war. Die Schafe wussten rein gar nichts über die Wölfe. Um gegen sie zu kämpfen, brauchte es Kerle wie ihn. Die bereit waren, die Drecksarbeit zu erledigen, sich die Hände schmutzig zu machen.

Sein Handy vibrierte. Daroi brüllte ihm ins Ohr.

»Ich glaube, wir haben es bald geschafft. Die Presse wird schon langsam neugierig. Es wird eine Kommission ernannt werden.«

»Hast du die Namen?«

»Noch nicht. Aber Sie sind schon im Gespräch.«

Chastel straffte seinen Rücken. Seine hohe Gestalt entsprach der Arroganz, mit der er sich inmitten dieser Legionen anonymer Menschen bewegte.

»Halte mich auf dem Laufenden.«

Er überquerte die Rue Royale und stieg zur Eglise de la Madeleine hinauf. Lichtbilder wogten über die ziselierten Säulen, flüchtige, vom Wind gepeitschte Schemen. Chastel dachte an die römischen Tempel, an die Pyramiden, an all die Kriegsepochen, die er nicht erlebt hatte. Er führte seine Gefechte im Anzug, in den Wandelgängen der Lügen und den Alkoven der Macht.

Obwohl er diesen Zeiten nachtrauerte, ging der General mit der Zeit. Wieder einmal gewann er die Partie. Nichts würde den Prozess anhalten können. Nicht einmal die Bande von Tätowierten im Sold der lokalen Macht, die im Geheimen operierte, um zu versuchen, das Steuer herumzureißen. Der Militär hatte geglaubt, sie mit der Anordnung der Autopsie neutralisieren, ihnen eine Mordaffäre anhängen zu können. Doch seine Pläne hatten ein Eigenleben entwickelt, und das Ergebnis überstieg seine Erwartungen.

Mehr noch, Chastel hatte zwei Fliegen mit einer Klappe geschlagen. Ferraut war ihnen zu nichts mehr nutze, er hatte ihn ihnen ausgeliefert. Ohne jeden Skrupel. Diese Zivilistenschwuchtel machte sich in den Frack. Er konnte jeden Augenblick abspringen, den Kopf verlieren, sein ganzes Vorhaben kippen.

Ihn mit hineinziehen.

Der Tod des Abgeordneten zerschnitt das einzige Band, das ihn mit dieser Geschichte verknüpfte. Armeegeneral Chastel blieb auf seinem Posten, behielt seine Rolle bei, Spezialist in Sachen Nuklearmedizin. Niemand würde ihm die Manipulation nachweisen können, bei der er die Fäden gezogen hatte.

Er sah sich nach seinem Auto um. Der Spaziergang war lange genug gewesen. Ein Handzeichen. Die riesige Limousine glitt am Gehsteig entlang.

Er ließ den Nacken aufs Leder sinken und lockerte seine Krawatte. Irgendwo im Hinterkopf lächelte ihm das Gesicht seiner Frau zärtlich zu. Ihre Welten waren so verschieden. Wie lange hätte sie in der seinen bestehen können?

Er dachte auch an diese Amerikanerin. Dann an den Polizeileutnant. Diese beiden waren in den falschen Zug gestiegen, hatten sich auf einen Krieg eingelassen, der nicht der ihre war. Einen Augenblick hatte Chastel befürchtet, sie könnten ihm auf die Schliche kommen. Der Bulle kannte seinen Namen, man hatte ihm sein Gesicht beschrieben. Die Analytikerin hatte Vantel in der Mangel gehabt und ein Stück des Schleiers gelüftet.

Aber sie hatten zu wenige Anhaltspunkte, unvereinbare noch dazu. Es war ihnen nicht gelungen, ihre Entdeckungen miteinander zu verknüpfen, sich die Synthese vorzustellen, in deren Zentrum er selbst stand.

Die Tätowierten vernichteten die Beweise, verwischten die Spuren. Der Mord an dem Kommissar in Marseille, der Mord an Vantel – sie hatten an seiner Stelle die Arbeit getan. Und sie würden weitermachen. Sie konnten sich den

Luxus nicht leisten, zwei Zeugen weiter in ihrem Mist herumschnüffeln zu lassen. Es lag in ihrem Interesse.

Er für sein Teil würde darüber wachen, dass alles geschah wie geplant.

Wie immer.

8

Dreiundzwanzig Uhr. Meredith hatte sich auf dem Bett zusammengerollt und versuchte zu schlafen. Sie nahm das Kissen und stopfte es sich unter den Bauch. Cabrera hatte behauptet, eine ernsthafte Spur zu verfolgen. Ein Jesuit habe die Akte erweitert, besitze neue Erkenntnisse, die die anderen ergänzten. Er könne ihm helfen. Der Bulle hatte ihr befohlen, dazubleiben und sich auszuruhen. Er werde den Hin- und Rückflug nehmen und in der Nacht wieder zurück sein.

Warum hatte sie auf ihn gehört? Wieder einmal wartete sie. Auf was? Auf ein Wunder? Auf eine plötzliche Eingebung Cabreras? Oder darauf, dass eine Stahlklinge ihrer Irrfahrt ein Ende machte?

Plötzlich durchbrachen laute Stimmen die Stille. Sie sprang aus dem Bett und lehnte sich aus dem Fenster. Im hellen Mondschein waren zwei Jugendliche auf der Motorhaube eines Autos aneinander geraten. Sie rollten vor den verängstigten Blicken eines jungen Mädchens, das zusammenhanglose Sätze brüllte, auf dem Boden.

Meredith betrachtete verträumt die Szene, musste an zwei Straßenkatzen denken, bei denen die Hormone verrückt spielten. Sie wurden schnell von einem Mann getrennt, der aus einer schattigen Nische aufgetaucht war.

Alles lief wieder in geordneten Bahnen.

Sie ging sich wieder hinlegen, irgendwie beunruhigt. Ihre Haut brannte, als habe man sie mit Brennnesseln abgerieben. In diesem Punkt hatte der Polizist Recht gehabt. Wenn sie weiter so auf vollen Touren lief, würde ihr Körper nicht lange durchhalten.

Aber konnte man den Schlaf erzwingen?

Sie schloss die Augen und versuchte, ihren Atem zu verlangsamen. Vom fernen Hafen wehte ein Wiegenlied heran, das Knarzen der ausgetrockneten Schiffsrümpfe, die aneinander rieben. Sie fühlte sich sicher an diesem Ort. Hier herrschte eine deutlich sichtbare Harmonie, eine Authentizität, die eingebunden war in einen Alltag aus Sonne und Salz.

Während dieser Verschnaufpause entdeckte Meredith eine neue Wahrheit über Cabrera. Die des instinktiv handelnden, kräftigen Südländers, der fest verwurzelt war mit einem trockenen Land, in dem die alten Werte die Gegenwart prägten. Seine Familie kam aus dem Süden. Sie lebte gemäß ihrer Herkunft und Tradition. Da sie zutiefst frei waren, ignorierten die Cabreras in ihrer Einfachheit die Trugbilder der Freiheit einer Zivilisation, mit der es bergab ging.

Meredith fühlte, wie eine Welle der Traurigkeit sie überkam. Ihr eigenes Leben entglitt ihr.

Schon sehr früh hatte das kleine zerrissene Mädchen sich in der Einsamkeit eingerichtet. Ihre Mutter gab es nicht mehr, ihr Vater verzettelte sein Leben mit seinen unaufhörlichen Reisen. Für ihre Erziehung waren viel zu junge Frauen an deren Stelle getreten. Wenn sie heute daran dachte, erinnerte sie sich nicht einmal mehr an ihre Namen.

Als Jugendliche hatte sie eine Therapie begonnen und

geglaubt, es tue sich eine Welt vor ihr auf. Eine Chance auf Heilung, eine Hoffnung auf Glück. Aber die Psychoanalyse hatte den Gartenkürbis nicht in eine Kutsche verwandelt. Sie hatte es ihr lediglich ermöglicht, mit den Rissen in ihrer Seele zu leben. Hier und jetzt. Sie waren zu bitteren Gefährten geworden.

Dann hatte ihr Beruf diese Leere nach und nach verschlungen. Sie hatte ihre Geschichte ausradiert, indem sie sich die der anderen anhörte. Meistenteils Frauen, die mit ihrem zerstörten Leben auf den Scherben des Schicksals saßen. Sie hatte sich in diesen eisigen Schmerzen wieder erkannt, diesem allzu schwer lastenden Schweigen, und sie bis zum Ende begleitet, indem sie ihre Leiden stillschweigend teilte.

Seit ihrer Kindheit hütete Meredith sich vor Männern, vor ihrer aussichtslosen Zukunft. Ihre seltenen Begegnungen mit ihnen hatten ihr die Flügel gebrochen.

Tränen rollten ihr über die Wangen. Sie hatte Paul begehrt. Vom ersten Tag an. Ein wirres Gefühl, das mit den plötzlichen Kapriolen des Körpers nichts zu tun hatte. Daher war sie misstrauisch gewesen. Sich selbst gegenüber. Der junge Bulle hatte ihr Herz berührt. Mit seiner Natürlichkeit, seiner etwas schrägen Macho-Art, denn hinter der Maske des Ungeschickten hatte die Analytikerin seine Feinfühligkeit, seine Großherzigkeit wahrgenommen.

Jetzt wusste sie: Unter anderen Umständen hätte sie ihn lieben können.

Eine Tür knallte. Sie spitzte die Ohren. Die Stufen knarrten zwei- oder dreimal. Ein Lichtstrahl drang unter der Tür hindurch.

Nach einer schier endlosen Zeit schnorchelte eine Wasserleitung unter der Treppe. Pauls Vater. In seinem Alter trieb die Prostata allmählich immer mehr ihre Possen.

Sie wollte gerade die Augen schließen, als ein dumpfer Schlag unter ihrer Schädeldecke ertönte. Gleich darauf folgte ein erstickter Ton, als würde ein Zementsack zu Boden fallen. Hatte den Alten eine Unpässlichkeit befallen?

Sie stürzte die Treppe hinunter. Das Licht stach ihr in die Netzhaut, schwarze Sternchen schwebten durch ihr Bewusstsein. Sie sah sich im Salon um, rannte in die Küche.

»Monsieur Cabrera?«

Die Worte vibrierten im Leeren. Sie ging um das Sofa herum. Der Fischer lag bewusstlos auf dem Bauch.

Sie kauerte sich nieder, drehte ihn um, legte ein Ohr auf seine Brust. Der regelmäßige Atem beruhigte sie. Der Alte lebte noch. Sie tastete ihn schnell ab, ein Riss in der Kopfhaut. Ihre Hand wurde ganz blutig.

Plötzlich spürte sie einen heftigen Schmerz an der Nackenbasis. Ein eherner Schraubstock quetschte ihre Schlüsselbeine. Sie wurde vom Boden hochgehoben und gegen den Tisch geworfen. Schockiert drehte sie sich um.

Ein Mann musterte sie durch eine Maske von Tätowierungen hindurch.

»Aufstehen.«

Sie gehorchte, unfähig, die Angst zu bändigen, die ihr die Halsschlagader in Stücke zu reißen drohte.

Ein Polynesier.

Sie hatten sie gefunden.

Ein schwaches Stimmchen ertönte oben an der Treppe.

»Meredith? Sind Sie das? Ist mein Mann da unten?«

Der Mann drehte den Kopf, zögerte den Bruchteil einer Sekunde. Ein verchromter Lauf tauchte urplötzlich aus seinem Parka auf. Er zielte auf Meredith, legte sich den Finger auf die Lippen, um ihr zu befehlen, den Mund zu halten. Dann ging er zur Treppe und machte der alten Dame ein Zeichen herunterzukommen.

Als sie die leblose Gestalt ihres Gatten entdeckte, brüllte sie aus Leibeskräften.

»Toni!«

Hiro versetzte ihr eine gewaltige Ohrfeige. Sie ging zu Boden.

Meredith spannte ihre Muskeln an, um ihr Zittern in den Griff zu bekommen. Sie half ihr sich aufzurichten und flüsterte ihr dabei ins Ohr: »Er ist nur bewusstlos. Machen Sie sich keine Sorgen.«

»Du da, hol mir Isolierband!«, bellte der Maohi.

Pauls Mutter humpelte in die Küche. Sie kam mit einer gerade angebrochenen Rolle zurück. Hiro reichte sie Meredith.

»Auf den Mund. Allen beiden.«

Meredith wollte protestieren.

»Sie sind alt. Sie werden ersticken.«

»Mach! Und halt's Maul!«

Die Pupillen zogen sich zusammen. Die Welt schien stillzustehen. Ihre innere Warnglocke schrillte. Die Analytikerin hatte in der Stimme ein besonderes Vibrato wahrgenommen, den Tonfall eines Übergeschnappten.

Mechanisch schnitt sie Streifen ab und klebte sie auf die Gesichter. Die Alte rollte ihre angstgeweiteten Augen. Der Fischer rührte sich immer noch nicht.

»Bind sie fest.«

»Wie?«

»Zusammen.«

Meredith packte den Alten unter den Achseln und versuchte, ihn ranzuziehen. Schon sehr bald gab sie auf.

»Ich schaff das nicht. Er ist sehr schwer.«

Wutentbrannt packte Hiro den weißen Haarschopf mit beiden Händen. Er fing an zu ziehen. Meredith ging entsetzt dazwischen.

»Warten Sie … Zu zweit dürften wir es schaffen.«

Sie vereinten ihre Bemühungen, jede zog an einem Arm. Das Vorhaben zog sich ewig hin, Pauls Mutter musste oft innehalten, damit ihr nicht die Puste ausging. Schließlich gelang es ihnen, den Körper zu verrücken und ihn gegen eine Wand zu lehnen. Die alte Dame befolgte einen ausdrücklichen Befehl des Tätowierten und setzte sich neben den Mann, mit dem sie ihr Leben geteilt hatte.

In guten wie in schlechten Zeiten, dachte Meredith, als sie ihre Handgelenke zusammenband. Sie hatte das seltsame Gefühl, sie auf diesem improvisierten Altar ein zweites Mal zu vereinen.

Hiro versicherte sich, dass die Fesseln auch fest saßen. Wortlos zog er einen Dolch. Meredith erstarrte.

»Nein … Tun Sie das nicht … Das müssen Sie nicht tun.«

Der Blick des Maohi zeigte, dass er völlig im Wahn war.

»Das stimmt …«

»Warum also?«

»Der Bulle. Er soll sich an mich erinnern.«

Er packte die Handgelenke und schnitt in die Venen, schnitt tief ins Fleisch. Die Alte rollte ihre Augen. Dann griff er zu dem Isolierband und band ihnen die Hände auf den Rücken. Ein krampfhaftes Lachen zerriss sein dunkles Gesicht.

»Ich möchte, dass sie ihren Tod kommen sehen.«

Entsetzt sagte Meredith nichts mehr. Sie betrachtete machtlos die dunkle Pfütze, die sich auf den Terrakottafliesen ausbreitete.

Mit einer geschmeidigen Bewegung griff Hiro nach einem Mantel, der im Eingang hing, und warf ihn ihr ins Gesicht.

»Du kommst mit mir.«

9

Paul ging gegen Mitternacht am Flughafen Marseille-Marignane von Bord. Die fast leere Halle sah aus wie ein Kongresssaal nach dem Fest. Zum Geschnurr von Elektromotoren führten Angestellte in orangeroten Latzhosen ein monotones Ballett auf einer Schlittschuhbahn aus Linoleum auf.

Der Bulle lief wie ferngesteuert, war völlig am Ende. Zwei Tage Wahnsinn. Er konnte die Stunden, in denen er geschlafen hatte, an einer Hand abzählen. Zunächst rief er Meredith an. Das Handy leitete ihn auf den Anrufbeantworter um. Dann wählte er die Nummer seiner Eltern, ließ es an die zwanzigmal klingeln, legte wieder auf.

Er zündete sich einen Zigarillo an und ging zum Ausgang. Sein Herz raste, sein Verstand arbeitete in Zeitlupe. Was war da wieder los? Er hatte darauf bestanden, dass die Analytikerin die Leitung freiließ und dass sein Vater im Wohnzimmer wartete, neben dem Telefon. Alle sollten erreichbar bleiben.

Ein heftiger Windstoß spritzte ihn nass. Ihn fröstelte. Hinter den Neonlichtstreifen butterte die Nacht Teer und Einsamkeit aus. Er lief schnell zum Parkplatz. Ein paar vergessene Autos, keine Menschenseele. Die Betonkästen spuckten ein leichenblasses Licht aus, Kerosingestank hing in der Luft.

Er schwang sich auf seine Maschine und brauste los. Um diese Zeit hatte die nächtliche Autobahn etwas von einer Rennstrecke. Er liebte das. Das einzige Problem war der Regen, der in Böen gegen sein Visier prasselte.

Er fuhr langsamer. Hinter dem Plexiglas suchte sein Verstand nach einer beruhigenden Erklärung. Meredith konnte einfach nicht mehr. Sie hatte zu lange Widerstand geleistet und bewegte sich an der Grenze zum Koma. Vielleicht hatte er selbst das Vibrieren des Handys nicht bemerkt. Was seinen Vater anging, so war es bloßer Zufall, ob er aufwachte oder nicht, wenn er erst einmal eingeschlafen war. Da konnte man ihm sogar eine schrille Klingel ans Ohr halten.

Ein Korridor aus Licht brachte die Dunkelheit zum Funkeln. Der Regen hörte mit einem Mal auf, zurückgehalten von einem Regenschirm aus Beton. Paul gab Gas. In fünf Sekunden war er durch den Rove-Tunnel gefahren. Der Hafen tauchte auf. Vor ihm breitete die Bucht von Marseille ihren silbrigen Halbmond aus.

Den Oberkörper auf den Tank gelegt, blickte Cabrera einer anderen Realität ins Auge. Einer noch beängstigenderen. Man hatte ihn zu töten versucht, Meredith war dem Tod ums Haar entronnen. Es türmten sich immer mehr Tote auf, nach ihnen selbst wurde immer noch gesucht.

Ein Dolch aus Eis stieß ihm in die Schläfen. Seine Eltern. Er hatte sie in diese hirnrissige Geschichte mit hineingezogen.

Er presste die Kiefer aufeinander und gab Vollgas.

Paul umrundete den Alten Hafen und fuhr zum Pharo-Palast hinauf. Das Dröhnen des Motors entlockte den dunklen Fassaden ein hysterisches Gedröhn. Er raste über große wie kleine Straßen, den Körper untrennbar mit der Maschine verbunden.

Der Vallon schien sich im Belagerungszustand zu befinden. Polizeiautos blockierten an beiden Ende den Quai, ein Paternosterwerk von Uniformen machte sich eifrig auf dem Bürgersteig zu schaffen. Zwei Wagen vom Rettungsdienst warteten, die Türen über dem blinkenden Stahl geöffnet. Wie Zirkuslaser pulsten die Drehscheinwerfer ihre blutfarbenen Blitze auf die Gesichter.

Der Leutnant ging durch die Absperrungen und tauchte in der Menge unter. An dem ganzen Schlamassel war er schuld. In seinem Innern brüllte ein stummer Schrei diese Offensichtlichkeit hinaus. Das Haus seiner Eltern leuchtete wie ein Lampion. Vor der Tür stellte sich ihm ein Typ im beigen Mantel in den Weg.

»Tut mir Leid. Sie können hier nicht…«

Paul stieß ihn mit der Schulter beiseite und stürzte hinein. Bullen, auch hier, überall. Er bahnte sich einen Weg, geleitet von den hellblauen Kitteln der Ärzte vom Rettungsdienst. Sein Gesicht drückte nichts als wilde Entschlossenheit aus.

Sehr schnell bemerkte er zwei nackte Beine auf dem Boden. Sein Puls schnellte hoch, als er die schwarze Pfütze sah, die sich auf dem Teppich gebildet hatte.

Ein Mann brüllte: »Scheiße, wo bleibt diese Transfusion.«

»Da kommt sie.«

»Beeilt euch, zum Teufel, die gibt uns noch den Löffel ab.«

Eine andere Stimme fiel ein: »Geschafft, ich hab einen Puls. Den da nehmen wir zuerst mit.«

Der Wald teilte sich. Paul erkannte seinen Vater, das Gesicht von einer Sauerstoffmaske verschluckt. Zwei Männer ließen ihn auf eine Trage gleiten, während ein Dritter Schläuche an einem durchsichtigen Plastikbeutel anschloss.

»Bitte gehen Sie da weg.«

Ganz benommen trat Paul einen Schritt zur Seite. Er sah zu, wie sich der Zug mitten durch ein Spalier von Polizisten langsam entfernte. Eine junge Notärztin, die mit ausgestreckten Armen eine kleine Kühlbox hochhielt, kreuzte ihren Weg.

»AB positiv. Drei Einliterbeutel.«

»Das war jetzt nicht gerade zu früh. Los, gehen wir.«

Der junge Leutnant trat näher. Hinter der Tonsur des Arztes entdeckte er das Gesicht seiner Mutter. Ihre Haut sah ganz wächsern aus. Ein Tubus steckte in ihrem Kehlkopf. Aus einem Nebel aus Lauten vernahm er eine Stimme, die Befehle erteilte.

»Scheiße, langsam mit der Pumpe. Sonst platzen ihr noch die Adern.«

Er fuhr schockiert zurück. Eine Hand packte ihn beim Arm.

»Gehören Sie zur Familie?«

Paul drehte den Kopf. Einer der Typen vom Rettungsdienst sah ihn ernst an.

»Das sind meine Eltern.«

»Gut…«

Der Mann in Blau kratzte sich an der Wange. Sein zerknittertes Gesicht verriet, dass er chronisch übermüdet war.

»Man hat ihnen die Adern aufgeschnitten, auf Höhe der Handgelenke. Sie haben viel Blut verloren.«

»Werden sie durchkommen?«

»Wir konnten sie rechtzeitig reanimieren und ihnen eine Transfusion geben. Die Überlebenschancen sind gut.«

Auf dem Gesicht Cabreras war Erleichterung zu lesen.

Der Mediziner merkte das. Er senkte den Kopf und sagte in einem Flüstern: »Noch sind sie nicht über den Berg. Ihr Organismus hat sehr gelitten. Während einer Zeitspanne, die wir noch bestimmen müssen, ist das Gehirn hypoxisch gewesen.«

»Reden Sie nicht so ein Kauderwelsch.«

»Es ist nicht mehr in genügendem Maße durchblutet worden... Das könnte Folgen haben.«

»Welche?«

Der Mediziner steckte die Hände in die Taschen seiner Weste.

»Das wissen wir noch nicht. Dazu braucht es das komplette neurologische Ergebnis. Ihre Eltern sind alt, sie hatten schon Schwein gehabt, dass sie das überhaupt überlebt haben.«

Alles stürzte zusammen. Paul fragte mit tonloser Stimme: »Wann werden Sie das wissen?«

»Wir bringen sie ins La Timone. Haben Sie Geduld, in ein paar Tagen wissen wir, was Sache ist.«

Der Leutnant warf einen Blick auf seine Mutter. Die Wangen röteten sich langsam infolge der Transfusion, unter ihrer Haut schlug wieder das Leben. Für wie lange?

Er verfluchte sich, dass er so blauäugig hatte sein können. Der Vallon war immer ein Heiligtum gewesen. Heute Nacht verwandelte es sich in ein Leichentuch des Schmerzes.

»Leutnant Cabrera?«

Der Typ, den er beim Kommen beiseite gestoßen hatte, ließ nicht locker. Er musste sich in der Zwischenzeit kundig gemacht haben und wusste jetzt, wer er war.

Paul nickte abwesend.

»Gismondo. Regionalkommando der Kripo. Tut mir Leid für Ihre Eltern...«

»Sie können ja nichts dafür.«

»Könnten wir uns mal fünf Minuten unterhalten?«

»Was wollen Sie?«

Der Bulle vom Regionalkommando griff sich einen Stuhl und setzte sich vor Paul hin. Die geplatzten Äderchen im Gesicht ließen darauf schließen, dass er eine langjährige Beziehung zum Alkohol pflegte.

»Es ist seltsam… Das sieht nicht nach einer Plünderung aus. Das Haus ist nicht einmal durchsucht worden.«

Das Ganze begann heikel zu werden. Paul war nicht scharf darauf, diesem Barheini Auskunft zu geben. Er tat so, als wüsste er von nichts.

»Was schließen Sie daraus?«

»Der Typ wollte offensichtlich, dass die beiden mitbekommen, wie sie das Zeitliche segnen. Er hat sie zuerst niedergeschlagen, wahrscheinlich um sie zu fesseln, dann hat er gewartet, bis sie wieder bei sich waren, um sie zu knebeln, und dann hat er ihnen die Handgelenke aufgeschnitten. Ein langsamer Tod. Schmerzlos, aber beängstigend. Was für ein Glück, dass ein Nachbar uns benachrichtigt hat. Eine Viertelstunde später…«

Cabrera nickte stumm. Er dachte daran, wie er selbst im Stadion angegriffen worden war. Dieselbe Methode. Mit einer Stichwaffe. Er behielt seine Überlegungen für sich und wartete ab, um zu sehen, was für ein Spiel der Alkoholiker da spielte.

Gismondo tastete sich vorsichtig voran.

»Entschuldigen Sie nochmals meine Fragen, Leutnant. Ich weiß, Sie haben da einen schweren Schlag erhalten. Aber Sie kennen ja das Prinzip. Man muss das Eisen schmieden, solange es heiß ist.«

»Keine Sorge.«

»Sehr gut. Das macht es mir gleich leichter. Hatten Ihre Eltern Schulden?«

»Ich denke nicht. Mein Vater hätte mir davon erzählt.«

»Keine Pokerspiele, Pferderennen?«

»Nicht dass ich wüsste.«

Der Bulle von der Brigade hörte nur mit halbem Ohr zu. Seine Erfahrung sagte ihm, dass ausweichende Antworten hier die beste Taktik waren, das hatte er im Kontakt mit der Kriminalität gelernt. Auf diese Weise ging dem Gegner früher oder später die Luft aus.

Der Tanz der Uniformen um sie herum beruhigte sich allmählich. Plötzlich unterbrach Paul den Ermittler: »Als Sie eingeschritten sind, haben Sie da nur meine Eltern vorgefunden?«

Stirnrunzeln. Das Gesicht mit den blauen Äderchen verfinsterte sich. »Hätte denn jemand bei ihnen sein sollen?«

»Eine Cousine, sie ist seit gestern hier.«

Der Ermittler schüttelte den Kopf. »Nein, es war sonst niemand da.«

10

Paul wählte die Nummer der Brigade. Er stellte sich vor, fasste sich kurz mit seinen Erklärungen und fragte nach Atavian. Der Brigadechef war nicht im Dienst. Er rief ihn zu Hause an.

»Atavian … hier ist Cabrera.«

Am anderen Ende der Leitung tauchte eine belegte Stimme aus dem Nebel auf.

»Cabrera? Scheiße … Hast du gesehen, wie spät es ist?«

»Tut mir Leid. Schwing dich in eine Hose und komm zu mir rüber.«

»Bist du in Marseille?«

»Seit gestern.«

»Du hättest mir ja was sagen können. Seit einer Woche bist du schon verschwunden …«

»Schieb los. Ich erklär dir alles.«

Atavian brummte einen unhörbaren Fluch und legte wieder auf. Paul ging sich einen Kaffee machen.

Eine halbe Stunde später tauchte der Armenier auf, eine Gitane zwischen den Lippen, das Gesicht vom Schlaf noch ganz verquollen.

»Also?«

Paul bot ihm ein Bier an, das dieser brummend annahm, und begann mit seiner Geschichte. Er versuchte genau zu sein, objektiv. Der Bericht eines Bullen für einen anderen Bullen.

Atavian hörte zu, während seine Augen das Flaschenetikett anstarrten. Als Paul geendet hatte, fragte er: »Möchtest du, dass wir ein paar Leute vor deinem Zimmer abstellen?«

»Ist nicht nötig, einen totalen Aufstand zu machen. Falls sie glauben, einen Coup gelandet zu haben, machen wir sie damit nur misstrauisch.«

»Bist du dir dessen gewiss?«

Seit einiger Zeit sahen die Gewissheiten des Leutnants eher aus wie ein Sieb. Trotzdem bekräftigte er: »Mach dir mal deswegen keinen Kopf.«

Atavian kratzte sich im Nacken. »Diese Arschlöcher. Sich an alten Leutchen vergreifen. Was sind das für Verrückte?«

»Keine Ahnung... Eine Sekte, Erleuchtete... Was ich nicht kapiere, ist, warum sie die Gehirne rausgenommen haben...«

Der Armenier kippte sein Bier hinunter. Sein viel zu weißer Schädel sah aus wie ein Straußenei.

»Organschmuggel?«

»Daran hab ich auch schon gedacht«, antwortete Paul. »Aber bis zum Beweis des Gegenteils werden bisher noch keine Gehirne verpflanzt. Und durch den religiösen Kontext lässt sich eine so niederträchtige Geschichte auch nicht erklären. Das passt nicht zum Rest.«

Atavian spielte mit seinem Siegelring. Er schüttelte den Kopf. »Also da, Alter, bist du völlig auf dem Holzweg. Bei den Ganoven gibt's keine Regeln. Deine Geschichte stinkt total nach einem großen Gemauschel.«

Paul bestand nicht drauf, dass er Recht hatte. Er glaubte schon lange nicht mehr an diese Theorie. Nach seiner Reise nach Rom und der Begegnung mit Torelli wusste der Polizist, dass er vermintes Gelände betreten hatte. Zu dem Atavian keinen Zugang hatte. Jedenfalls hatte er ihn nicht kommen lassen, um mit ihm zusammen nach einer Erklärung zu suchen. Ihn interessierte etwas anderes. Und das befand sich vor Ort.

»Du hast vielleicht Recht. Aber was unsere konkreten Schritte angeht, kann uns das völlig egal sein. Wir müssen zuerst meine Amerikanerin wiederfinden. Nach den Motiven werden wir später suchen. Jetzt brauche ich Konkretes. Und du wirst mir helfen, es zu bekommen.«

Der Armenier runzelte die Stirn.

»Du bist der Chef. Was willst du?«

Paul erteilte ihm Anweisungen. Er wollte keine einzige Spur, kein einziges Detail außer Acht lassen. Noch einmal ganz von vorne beginnen, die Indizien genau überprüfen.

»Zunächst einmal gehst du bis aufs letzte Komma alle Berichte durch. Verkehrspolizei, Gendarmerie, alles, was die Einsätze betrifft, die seit gestern Abend zweiundzwanzig Uhr im Departement gefahren wurden. Dann machst du mit den Leichenschauhäusern weiter. Ich möchte die Identität aller Leichen haben, die seit dieser Uhrzeit gebracht wurden. Außerdem machst du mir eine Liste der Diebstahlanzeigen. Autos, Lastwagen, Lieferwagen, alles, was du kriegen kannst. Überprüfe die Bahnhöfe, die Flughäfen, die Schifffahrtsgesellschaften. Meredith ist seit mehr als drei Stunden verschwunden. Es gibt nur eine Erklärung:

Entweder sie ist schon tot, oder sie wurde entführt. Diese Mistkerle haben vielleicht Spuren hinterlassen.«

Atavian nickte. Der Schlachtplan schien ihn zu überzeugen.

»Das Übliche halt …«

»Genau. Nur dass ich diesmal darauf baue, dass dir eine überzeugende Erklärung einfällt. Irgendwas. Ein Sittendelikt, ein davongelaufener Jugendlicher. Niemand darf wissen, wonach oder wen wir suchen.«

»Aha! Und warum?«

Paul hielt kurz inne. Er konnte diese Frage nicht genau beantworten. Er hatte so eine Ahnung, ein Vorgefühl, das aber durch keinen konkreten Beweis bestätigt wurde, außer vielleicht durch den Mord an Vantel. Aber sein Bauch sagte ihm, dass es stimmte. Von Anfang an hatte es jemanden gegeben, der sie beobachtete, der ihre Schritte belauerte, der haargenau darüber Bescheid wusste, was sie gerade taten. Falls es noch eine Chance gab, Meredith wiederzufinden, wollte er sie nicht zunichte machen, indem er ihr Spiel aufdeckte.

»Wir müssen sie überraschen. Diese Typen wissen zu viel. Sie haben Informanten, ganze Netzwerke. Immer wenn wir irgendeinen Schritt gemacht haben, wussten sie darüber Bescheid.«

Atavian stand auf und ging zur Tür.

»Was wirst du unterdessen tun?«

Paul legte ihm eine Hand auf die Schulter und drückte sie freundschaftlich.

»Ich gehe ins Krankenhaus. Du kannst mich auf meinem Handy erreichen, wenn du was Neues hast.«

11

Paul saß zwischen den Betten und versuchte, die Bruchstücke eines vergessenen Gebets zusammenzubringen. Zum ersten Mal in seinem Leben rief er diesen Gott an, dessen Wort ihm in seiner Kindheit eingehämmert worden war. Nicht, weil er daran glaubte. Die Aktion, die Gegenwart, das Reale, diese Wahrheiten des Augenblicks stellten in seiner Vorstellung die einzigen akzeptablen Dogmen dar.

Er betete, weil seine Eltern diese Wahl getroffen hatten. Seine Mutter hatte es ihm immer wieder gesagt. Denen, die an IHN glaubten, half Gott immer.

Und zwar zuerst.

Er betrachtete die Monitore. Gezackte Kurven wurden ruckartig lebendig, dann verschwanden sie.

Das Leben seiner Eltern, wie eine Kinderzeichnung.

Er drückte ein wenig fester ihre Hände.

Hinter seinem Rücken wurde eine Tür geöffnet. Er wandte den Kopf.

»Wollen Sie nicht ein wenig schlafen?«

»Ich bin nicht müde.«

Die Krankenschwester warf ihm einen vorwurfsvollen Blick zu. »Ihr Organismus denkt da anders, wenn Sie mich fragen.«

Paul lächelte flüchtig. Er fühlte sich jenseits aller Müdigkeit. In einem Zustand der Schwerelosigkeit, als schwebe er in seinem eigenen Körper.

Die Krankenschwester ging hinter jedes Bett, überprüfte die Infusion und stellte einen Minutenschalter ein.

»In einer halben Stunde komme ich wieder. Soll ich Ihnen einen Kaffee bringen?«

»Gerne.«

Sie verschwand.

Der Leutnant warf einen Blick auf seine Uhr. Seit drei Stunden war er da. Bald würde die Sonne aufgehen. Er ging aus dem Zimmer und rief Atavian an.

»Hast du was Neues?«

»Das ist nicht so einfach … Die schlafen alle.«

Pauls Stimme wurde härter. »Verdammt, Atavian, weißt du, wie egal mir das ist?«

»Reg dich nicht auf, ich tu, was ich kann. Was den PC der Verkehrspolizei angeht, so herrscht dort gerade Funkstille. Mir wurde gesagt, ich solle es gegen sieben Uhr noch mal versuchen. In den Leichenschauhäusern gibt es keine, auf die die Beschreibung passt.«

»Bist du sie alle durch?«

»Zwölf muss ich noch kontrollieren.«

»Dann kontrolliere sie. Ich ruf dich in einer Stunde wieder an.«

Paul wollte gerade sein Handy zuklappen, als er die Stimme des Brigadiers etwas murmeln hörte. Er presste sich das Teil ans Ohr.

»Was sagst du?«

»Ich hab vielleicht was Interessantes.«

Der Polizist kauerte sich nieder und lehnte sich mit dem Rücken gegen die Wand. Müdigkeit überkam ihn, und seine Augen röteten sich.

»Worum geht es?«

»Man hat eine Leiche im Abfall gefunden, in der Nähe einer Vorstadtsiedlung im dreiundneunzigsten.«

»Und?«

»Halt dich fest. Der Typ wurde mit der Axt attackiert, dann hat man ihn skalpiert. Wie im Wilden Westen.«

Paul sprang mit einem Satz auf.

»Wie skalpiert?«

»Komplett. Kein Hirn mehr, nichts.«

Diese Vorgehensweise war zu spezifisch, als dass sie unbemerkt hätte bleiben können.

»Hast du seine Identität?«

»Ich habe mit der Kripo von Bobigny gesprochen. Sie suchen noch. Das Gesicht ist nicht wiederzuerkennen, und das Opfer hatte keine Papiere bei sich. Ihm wurden auch alle Zähne herausgerissen. Die Typen, die dafür gesorgt haben, dass er sein blaues Wunder erlebt, wollten nicht, dass man einen Namen auf seine Fresse schreibt.«

»Typen? Waren es mehrere?«

Atavian zögerte.

»Keine Ahnung. Für so ein Massaker ...«

Cabrera gab keinen Kommentar dazu. Er kannte die Methoden der SOP.

»Kennt man seine Rasse?«

»Seine Rasse? Wieso das?«

»Geht dich nichts an.«

»Hundert Prozent kaukasisch.«

Paul versuchte, den Ansturm der Bilder aufzuhalten, die durch seinen Kopf strömten. Die Mörder nahmen Kindergehirne heraus. Von polynesischen Kindern. Warum ein Mann im besten Alter, vom europäischen Typus? Und warum hatte man so viele Maßnahmen ergriffen, seine Identität zu zerstören?

Er fragte Atavian: »Weißt du, wo sich die Leiche befindet?«

»Äh, nein ... Danach hab ich nicht gefragt. Ich habe ihnen meine Nummer gegeben, damit man mich benachrichtigen kann, sobald es etwas Neues gibt.«

»Ruf noch mal an.«

»Scheiße, Cabrera! Wozu willst du das wissen? Ich hab dir doch gesagt, er ist nicht zu identifizieren.«

Der Leutnant überhörte die Frage. Er antwortete in einem vollkommen beherrschten Ton: »Mach schon, ich warte.«

Das Handy wurde auf eine harte Oberfläche geknallt. Paul glaubte einen Fluch zu hören. Er konnte sich die Szene genau vorstellen. Atavian mit der Brille auf der Nase wartete unter einem Hagel von Beschimpfungen, dass die Verbindung hergestellt wurde.

Zwei Minuten genügten. Die Stimme seines Kollegen raunzte in den Apparat: »Hôspital Saint-Cyr. Avenue de la Libération in Bobigny. Willst du die Nummer?«

»Gib sie mir.«

Er schrieb sich die Daten in sein Notizbuch.

»Du bist ein Ass. Mach weiter mit deinen Ermittlungen. Ich ruf dich wieder an.«

12

Wieder war Paul in Paris. Unter einem Sprühregenvorhang und in schmutziges Licht getaucht, igelte sich die Champs-Elysées ein wie eine Friedhofspflanze. In großen Abständen tauchten verschwommene Formen aus dem Grauschleier auf, gespenstische Schatten, die sich verstohlen unter dem Himmel duckten.

Er entdeckte Skali, der sich auf der Rotunde die Beine in den Bauch stand. Er parkte in zweiter Reihe. Der Dicke zwängte sich ins Auto, einen Smart, den er am Flughafen gemietet hatte.

»Hallo, mein Großer. Super, deine Kiste. Hast du nichts Kleineres gefunden?«

Paul setzte ein müdes Lächeln auf. Sie umarmten sich.

Cabrera spürte bei diesem Schulterklopfen eine eigentümliche Wärme, wie ein geteiltes Leid.

»Und deine Eltern?«, fragte Skali.

»Sie schlagen sich wacker. Vorerst kann man noch nichts sagen.«

Die beiden Männer schwiegen eine Weile. Der Regen legte einen trüben Tropfenschleier über die Windschutzscheibe. Tränen, die Paul niemals würde fließen lassen. Seit seinen ersten Schritten verkroch sich sein Schmerz, wenn er eigentlich schreien wollte.

Hinter ihnen wurde laut gehupt. Er bog gleich ab und fragte: »Fahren wir ins Krankenhaus?«

Skali schüttelte den Kopf. »Nicht nötig, da komme ich gerade her. Der Typ heißt Jacques Ferraut. Abgeordneter im Hauts-de-Seine. Und jetzt halt dich gut fest… Er war Vorsitzender der Parlamentarischen Kommission, die mit der Untersuchung der Folgen der Atomversuche in Polynesien betraut war.«

Cabrera überkam eine Hitzewallung. Ein Politiker. Und nicht nur irgendeiner. Ein Typ, der dafür bezahlt wurde, in der Scheiße herumzurühren, welche die Militärs hinterlassen hatten. Er war schon wieder in die Flugbahn der Bombe geraten.

»Wie hat man ihn identifiziert?«

»Durch die Fingerabdrücke. Ganz einfach.«

»War der Typ denn registriert?«

Der Dicke lächelte genüsslich.

»Die Protestbewegung vom 6. Mai.«

»Was ist das jetzt wieder für ein Quatsch?«

»Eine kleine Gruppe studentischer Aktivisten. Die hatten achtundsechzig ein paar fahrbare Untersätze angezündet. Die Revolution auf dem Vormarsch oder irgend so ein Quatsch in der Art. Am Ende hat man sie erwischt. Lauter

Söhne und Töchter aus gutem Hause. Der Staatsanwalt hat das nicht weiter verfolgt, sondern die ganze hübsche Wäsche den Eltern zurückgeschickt.«

Paul nickte. Der Hintergrund der Geschichte war eher unwichtig. Das Opfer hatte kein Gesicht, aber man kannte seinen Namen.

Und wusste, womit es sich beschäftigt hatte.

Der Leutnant hatte das Gefühl, das Rad drehe sich im Leerlauf. Er hatte die Hypothese, dass die Atomversuche eine Rolle spielten, aufgegeben, um die eines Organschmuggels ins Auge zu fassen. Ohne wirklich daran zu glauben. Zu viele Fragen waren ohne Antwort geblieben.

Dann hatten Meredith' Entdeckungen sie ins Kielwasser einer Bande von Erleuchteten gezogen. Aber auch hier blieben einige Tatsachen unerklärlich.

Und jetzt wurde die Atmosphäre am Ende wieder von einer Atomwolke vernebelt.

Er ging zurück zum Ausgangsfeld.

Er dachte nach. Drei Richtungen. Drei Möglichkeiten. Ein einziger gemeinsamer Nenner: die SOP.

Eine Lösung stieg allmählich in ihm hoch wie eine Luftblase. Sein Fehler war es gewesen, dass er die Hypothesen parallel verfolgt hatte. Dass er sie getrennt hatte. War er in einer Sackgasse gelandet, hatte er aus einem Reflex heraus den Rückwärtsgang eingelegt.

Jetzt überlagerten sich die Wege. Und in jedem einzelnen steckte ein Teil der Lösung.

Aber er konnte kein Gesamtbild erkennen.

Der Smart fuhr auf den Boulevard Malesherbes. Paul hatte das Gefühl, in einem Labyrinth herumzuirren. Außerdem quälte ihn ein Bild. Kein Gesicht mehr, keine Zähne mehr. Er hatte zunächst geglaubt, das sei Absicht gewesen, um das Opfer auszulöschen, um jeden Vergleich von

Zeugenaussagen unmöglich zu machen. Warum hatte man dann nicht in diesem Sinne weitergemacht? Warum hatte man ihm nicht die Fingerkuppen abgeschnitten und die Fingerabdrücke zerstört?

Dieses Versäumnis passte nicht zum Rest des Ganzen.

»Hast du die Leiche gesehen?«

Die Wange des Dicken zuckte.

»Ja... Die Vorgehensweise ist absolut neu. Das Gesicht wurde... Ich würde sagen, man hat ihm die Birne skalpiert. Als wollte man, dass er irgendwas ähnlich sieht. Der Mund war riesig, die Backenknochen weggeschlagen, und keine Stirn mehr.«

Ein merkwürdiges Gesicht kam dem Polizisten in den Sinn. Die gleichen ausradierten Gesichtszüge, die gleiche betonte Rundung des Mundes. Die Statue, welche die ins Wasser versenkten Kinder bewachte, ähnelte dieser Beschreibung.

Er krampfte die Hände ums Steuer.

Man hatte Ferraut das Aussehen eines Tiki gegeben.

Er behauptete entschieden: »Die Killer hatten es nie darauf abgesehen, die Identität des Opfers zu verschleiern. Sie haben ein Ritual ausgeführt.«

Skali runzelte die Stirn. »Wovon sprichst du?«

»Von seinem Gesicht. Sie haben es transfiguriert. Sein Gesicht ist nicht mehr sein Gesicht. Es ist das eines Tiki.«

»Eines was?«

»Das ist eine Gottheit, die man im Südpazifik antrifft. Sie soll die Pforte der Seelen bewachen.« Er presste die Kiefer aufeinander. »Aber warum haben sie das getan? Warum, zum Teufel?«

Paul kochte. Die Motive dieser Schlächter waren ihm immer noch nicht klar. Er wurde plötzlich von einer wilden Wut gepackt. Skali brachte ihn wieder zur Vernunft.

»Fahr rechts ab. Ich muss ins Büro.«

Cabrera scherte brüsk aus. Es hagelte eine Hupkanonade. Er streckte den Arm aus dem Fenster und hielt den Mittelfinger nach oben. Skali lächelte amüsiert und lehnte den Kopf gegen die Nackenstütze.

»Laut Aussage des Gerichtsmediziners lebte das Opfer noch, als an ihm herumgeschnipselt wurde. Sie haben rund um die Wunden Spuren von geronnenem Blut gefunden. Die Öffnung der Schädeldecke erfolgte erst als Letztes.«

Paul erschauderte. Er hatte noch die kleinen, an das Korallengestein gefesselten Gestalten im Kopf. Hatte man ihnen etwa auch lebend den Schädel aufgesägt? Auch ihnen?

»Er wurde gefoltert«, fuhr Skali fort. »Wie auch immer das Endergebnis aussehen wird, er hat mit Sicherheit eine üble Viertelstunde durchgemacht.«

»Worauf willst du hinaus?«

»Es kann sich um Rache handeln. Man wollte ihn bestrafen.«

»Hä?«

»Warum nicht? Sie haben ihn lebend skalpiert. Sie wussten, was der Typ durchmachen würde. Nach allem, was du mir erzählt hast, und wenn der Mord mit deiner Geschichte in Zusammenhang steht, dann waren diese Typen sehr wohl zu so etwas fähig.«

Paul antwortete nicht. Der Dicke hatte da gerade einen Samen gepflanzt, der in Windeseile keimte.

Eine Abrechnung.

Aus irgendeinem Grund, den er nicht kannte, hatte der Politiker ein doppeltes Spiel gespielt. Und er hatte sich erwischen lassen. Die Grausamkeit der Tötung könnte eine brauchbare Erklärung liefern. Im Milieu kam so was oft vor.

Aber was machte dieser Typ inmitten dieser Horde von Irrsinnigen?

Der Bulle hielt sich an seine Intuition. Alles hing zusammen. Notgedrungen.

Und Ferraut stellte das fehlende Verbindungsglied dar.

Er hielt plötzlich an.

»Was machst du denn jetzt für einen Quatsch?«, fragte der Dicke erstaunt.

»Hast du seine Adresse?«

Skali starrte seinen Kumpel an.

»Pass auf, Cabrera. Alles ist versiegelt. Ich habe das Gefühl, du begibst dich wieder tief in die Scheiße.«

»Gibst du sie mir jetzt, ja oder nein?«

Der Dicke holte ein elektronisches Notizbuch hervor, das kaum größer war als eine Streichholzschachtel.

»Boulevard Maillot 26. In Neuilly.«

»Gib mir auch seine Telefonnummer. Und sag mir nicht, dass du sie nicht hast.«

13

Der Boulevard Maillot lief wie ein Schieferband den Bois entlang. Strenge Fassaden richteten ihre toten Augen auf die Oase aus Blattgrün, Metallkarossen schlummerten an den breiten, zaungesäumten Gehwegen. Eine wohlhabende, großbürgerliche Gegend.

Noch eine Auskunft über Ferraut.

Der Smart parkte hinter einem Mercedes. Paul machte sich über sein Sandwich her. Mit seiner Ermittlung ging es voran, er kam weiter. Aber der Countdown lief mit unfehlbarer Logik weiter. Wenn er bei dem Parlamentarier nichts fand, müsste er sich wieder auf Atavians Arbeit verlassen. Mit all den Risiken, die damit verbunden waren.

Als er satt war, wählte er die Nummer, die ihm der Dicke gegeben hatte. Nach dreimaligem Klingeln schaltete sich ein Anrufbeantworter ein. Eine bedächtige, etwas metallische Männerstimme. Jacques Ferraut stellte sich mit übertriebener Nüchternheit vor, einem gewissen Hochmut, einer gewissen Teilnahmslosigkeit. Der Leutnant fühlte sich plötzlich unwohl. Er war seltsam berührt, als ihm klar wurde, dass er die Stimme eines Toten hörte, eine Stimme, die für immer verstummt war.

Aber ein Detail war ihm aufgefallen. Die Ansage war in der ersten Person gehalten. Er witterte eine Einzelgängerexistenz, eine Junggesellenwohnung mit gebohnertem Parkett, Pyjamas und Tiefkühlgerichten.

Der Polizist stieg aus dem Auto und rannte über die Straße.

Es begegnete ihm niemand.

Das Gebäude zählte sechs Stockwerke, war völlig neu und wurde von zwei Wachhunden aus Granit beschützt. Er öffnete das eiserne Gartentor und ging mit ruhigen Schritten zum Eingang. Gegensprechanlage, Digicodes – Ferraut wohnte im dritten Stock links. In weniger als zwei Sekunden hatte er die Tür mit Hilfe einer Scheckkarte geknackt.

In der Halle hing ein intensiver Rosenduft. Paul bemerkte einen großen Strauß, der in einer Vase am Fuß der Treppe stand. Er dachte sofort an ein Trauergebinde.

Er suchte die Briefkästen ab. Der des Parlamentariers quoll über von Prospekten, Briefumschlägen und Zeitschriften. Der Leutnant drehte sich um und nahm den Aufzug.

Zwanzig Sekunden. Ein Hallen. Der Eisenkäfig öffnete sein Maul und gab einen winzigen Flur frei, der mit gelbem Stoff bespannt und mit einem dickflauschigen Teppich ausgelegt war. In ein Schlafzimmerlicht getaucht, lagen zwei massive Türen einander gegenüber. Helles Holz, diskrete Verzierungen.

Kein Name, keine Nummer.

Paul presste das Ohr an die linke Tür. Kein Laut. Er klingelte. Keine Antwort. Er klingelte wieder. Adrenalin schoss ihm ins Blut, er hatte das Gefühl, eine Polizeiaktion durchzuführen. Diese Momente im Morgengrauen, wenn er vor dem Angriff, vor der Festnahme ein Ziel umzingelte. Diese Stille, dieses steife Flüstern, diese Wahrheit des Augenblicks, in die er sich mit fiebernden Eingeweiden stürzte.

Er wartete eine Minute. Dann kniete er nieder und sah sich das Schloss an. Fichet, ein Ein-Punkt-Schloss. Zum Glück keinerlei Blende. Er holte das Werkzeug heraus. Eine elektrische Bohrmaschine, nicht größer als eine Taschenlampe, Bohraufsatz aus Wolfram und zwanzigtausend Umdrehungen in der Minute. Ein Profigerät, das er einmal bei einer Festnahme heimlich beiseite geschafft hatte.

Ein Pfeifton schrillte durch den Flur. Das Schloss leistete noch ein wenig Widerstand, bevor es seine Seele aushauchte. Paul drehte den Knauf, drang in die Wohnung ein.

Alles vollkommen schwarz.

Er tastete die Wand ab. Eine aggressive Beleuchtung knallte ihm auf die Netzhaut. Er befand sich in einer kleinen Halle, einem geschlossenen Eingangsbereich mit gedämpfter Atmosphäre, darin ein einziges Möbelstück, auf dem sich Hochglanzmagazine, Briefe und Schlüssel stapelten und Dutzende von Post-it-Zetteln direkt aufs Holz gepappt waren. Der Anrufbeantworter zeigte siebenundzwanzig Nachrichten an.

Der Bulle bemerkte eine zweiflügelige Tür, direkt vor ihm. Er öffnete sie, schaltete das Licht an.

Sein Puls schnellte hoch.

Sämtliche Möbel waren aus dem Raum entfernt worden. Schwärzliche Streifen auf dem Teppich zeigten an, wo einmal etwas gestanden hatte. In einer Ecke reihten sich einige noch offene Umzugskartons. Modergeruch hing in der Luft. Er dachte an einen Einbruch, besann sich dann aber eines Besseren. Bis zu seiner Ankunft waren an dem Schloss keinerlei Spuren von Gewaltanwendung zu sehen gewesen.

Er ging durch die ganze Wohnung. Die Metalljalousien hatte man verriegelt, die Vorhänge abgenommen. Die Zimmer ähnelten einander, leer, traurig, verwaist. Er fuhr mit dem Finger über die Wand. Eine feine Staubschicht blieb an seiner Haut haften. Seit wann war Ferraut nicht mehr hier gewesen? Zwei Wochen? Einen Monat? Länger?

Für Paul sah es so aus, als sei er geflüchtet, einfach abgehauen. Hatte der Abgeordnete sich bereits bedroht gefühlt? Warum?

Die Antwort kannten diejenigen, die ihn in Stücke gehauen hatten. Eine Antwort, die in flammenden Zeichen auf Steinbrocken geschrieben stand, wie ein Verfallsdatum.

Er kehrte in den Salon zurück, leerte den Inhalt der Kartons auf den Boden. Urlaubsfotos, Rechnungen, persönliche Notizen. Er untersuchte jedes Dokument, sah sich jedes Foto genau an, auf der Suche nach einem Zeichen, einem Hinweis. Nichts. Was zutage trat, war die Banalität des Alltags, dumm und stumm.

Ferraut schien alleine zu leben, keine Familie zu haben, keine ihm nahe stehenden Personen mit Ausnahme seiner Schwester, die in Nizza wohnte. Über das, was er so machte, seine Beziehungen, seinen Beruf konnte Paul nicht das Geringste herausfinden.

Er ging zurück in die Eingangshalle, hörte die Nachrichten ab. Unbekannte Stimmen, Frauen, Männer, manche klangen verängstigt, andere besorgt, einige baten um Rückruf. Er öffnete die Post, las jeden einzelnen der hingepappten Merkzettel. Daten, Namen, Telefonnummern. Wut schnürte ihm die Kehle zu. Er bräuchte drei ganze Tage, wenn er jeder Spur nachgehen wollte.

Wie viel Zeit blieb ihm noch?

Er setzte sich auf den Teppich, versuchte, eine Strategie zu entwerfen. Der Parlamentarier hatte den Schlüssel unter der Tür durchgeschoben, seine Existenz hinter sich abgesperrt. Er hatte sicher noch eine andere Wohnung, oder ein Haus, anderswo, irgendwo, wahrscheinlich unter einem Decknamen. Es war keine Zeit mehr, alle Möglichkeiten durchzuscannen. Er musste etwas anderes finden, sofort, eine Verbindung zu dem Toten herstellen, eine Brücke zum Jenseits schlagen.

Ferraut wusste Bescheid. Er war Teil des Systems gewesen, kannte das Datum, den Ort und wusste, wie's ausgehen sollte. Paul war überzeugt davon.

Er streckte sich aus, betrachtete die Decke. Zierleisten warfen im rechten Winkel ihre Schatten, eine pyramidenförmige Deckenleuchte zielte mit einem Glaspfeil auf ihn. Aus diesem Winkel konnte er den Tisch von unten sehen. Er bemerkte eine Schublade, vielmehr eine Platte. Er richtete sich auf, ließ sie herausgleiten. Weitere Papiere lagen dort durcheinander, weitere Fotos.

Ein Flugticket ließ ihn aufmerken. Ein Inlandsflug, nur der Hinflug, nach Hyères. Er sah sich das Datum an.

Mittwoch, 18. Oktober, vierzehn Uhr.

Heute.

Was zum Teufel hatte Ferraut mitten in der Woche in Hyères zu suchen, einem Ort außerhalb seines Wahlkreises? Und warum bloß ein Hinflugticket?

Blitzartig kam ihm die Erkenntnis. Der Auszug, das Datum, der Flug, Ferraut wollte zu seinen Mördern fliegen. Als er sich das Flugticket gekauft, seine Abreise vorbereitet hatte, wusste er überhaupt noch nicht, welches Schicksal ihn dort erwartete.

Paul legte hastig das Ticket zurück. Auf der Rückseite fiel ihm eine eilig hingekritzelte Telefonnummer auf. Er nahm sein Handy und rief an.

Das Hafenamt von Porquerolles meldete sich, im Hintergrund Lärm wie in einem Bienenschwarm.

ACHTER TEIL

1

In der Wetterstation von Toulon herrschte große Aufregung. Dutzende von Leuten rannten in alle Richtungen, Thermopapiere in der Hand, Handy am Ohr. Monitore zeigten im fahlen Licht des Morgengrauens eine Arabeske gequälter Sinuskurven an. Auf einer riesigen Tafel rollten Satellitenfotos beständig eine dunstverschleierte Woge heran.

»Julia! Julia, komm her und schau dir das an!«

Die Augen hinter seiner Brille auf den Bildschirm gerichtet, hatte ein Mann mit dem Körperbau eines Möbelpackers soeben einen Schrei ausgestoßen. Die Frau rannte durch den Saal. Jung, klein, die Haare streng nach hinten gekämmt, das Gesicht einer slawischen Puppe.

»Jetzt guck dir das mal an«, sagte der Möbelpacker völlig aus dem Häuschen. »Da kommt es diesmal aber ganz dicke.«

Die Puppe legte eine nervöse Hand auf die muskulöse Schulter und reckte den Hals vor.

»Scheiße ...«

»Du sagst es. Und meiner Ansicht nach ist das erst der Anfang. Der Sturm kommt von Südsüdost. Durchschnittsgeschwindigkeit fünfzig Knoten.«

»Wann wird er da sein?«

»Spätnachmittag, früher Abend. Vorerst schickt er uns nur seine Kundschafter voraus.«

»Gut... Überprüfe noch einmal die Parameter. Ich will sicher sein, bevor ich die Befehlsstelle anrufe.«

»Geht klar.«

Julia Bonifay ging wieder durch den Raum. Die Abteilungsleiterin der Außenstelle der Französischen Wettervorhersage in Toulon tobte. Sie war fünfunddreißig, hatte ihren Doktor in Strömungslehre gemacht und sich für diesen gemütlichen Job entschieden, der weit unter ihren Fähigkeiten lag, damit sie sich ihren Kindern widmen konnte. Eine persönliche Wahl. Und jetzt die ganze Zeit dieser Mist. Das Wetter spielte ihr einen verflucht üblen Streich, drehte durch, war widersetzlich.

Sie trat an die großen Glasfenster heran. In der Ferne, weiter unten, verschwand der Deich der Werft teilweise unter Gischtvorhängen. Hin und wieder zerschellte eine Woge am Stein, explodierte zu Kristallspänen und ging im Regen unter. Wie ein abflugbereiter Torpedo durchstach die Hafenboje das Grau-in-Grau mit roten und grünen Blitzen.

Die Meteorologin versuchte, das Ganze zu verstehen. Im Oktober jagte ein Tief das andere, und das seit einigen Jahren. Ihre Gewalt überraschte zwar die Observatoren, aber die Ursachen lagen auf der Hand. Treibhauseffekt, Erwärmung des Planeten, Julia kannte die Liste nur allzu gut.

Diesmal ergaben die Daten keinen Zusammenhang.

Die Masse kam aus dem Süden herangerollt, eine seltene Situation in dieser Jahreszeit. Sie hatte sie am Vortag nördlich der tunesischen Küste ausgemacht, eine Anhäufung von Wolken, die sich in einer sirupartigen Spirale zusammengezogen hatten. Dann hatte sich das ganze Paket in Bewegung gesetzt. In der unmittelbaren Umgebung von Sardinien hatte es an Dichte zugenommen und schoss jetzt, das Meer in sich einsaugend, Richtung Frankreich.

In wenigen Stunden würde der Sturm über ihnen sein.

Sie drehte sich zu dem Möbelpacker um. Die Bildschirme

spuckten ihre Grafiken aus, so gut wie überall knarzten Faxgeräte. Die Atmosphäre lud sich immer stärker auf.

»Und?«

»Ich habe alles noch einmal kontrolliert. Bastia hat mich angerufen. Er wird gegen Mittag bei Ajaccio vorbeikommen und entlang der korsischen Küste noch an Stärke zunehmen. Ab siebzehn Uhr dürften wir ihn mit voller Wucht in die Fresse kriegen.«

»Windgeschwindigkeit?«

»Zweihundert, mit Spitzen um die zweihundertzwanzig. Konstant.«

»Das Meer?«

»Kreuzender Seegang. Zehn Meter tiefe Wellentäler. Das wird abgehen wie im Nordatlantik.«

»Irgendeine Chance, dass er sich wieder legt?«

»Keine.«

Julia zog die Augenbrauen zusammen. Ihre Schläfen schmerzten, der Schlafmangel quälte sie. Sie traf ihre Entscheidung.

»Rémie, ruf beim Hafenamt an. Der Verkehr muss gestoppt werden. Schick ihnen die Zusammenfassung per Fax. Ich rufe in Paris an.«

2

Paul fuhr im peitschenden Regen durch Toulon. Die Stadt entfaltete ihre Tristesse in allen Abstufungen von Eisengrau. An manchen Stellen dampfte der Asphalt, Schmutzwasser strömte durch die Straßen. Erstarrt in einer düsteren Prozession, reihten die Häuser ihren Weltverdruss aneinander.

Cabrera hatte Toulon nie gemocht. Ein Garnisonsstädtchen, streng, verklemmt, gefährlich. Immer, wenn er dort hinkam, musste er an eine Kaserne denken.

Er ließ das Stadtzentrum links liegen und fuhr schnell nach Hyères. Atavians Kiste litt Marterqualen, jaulte, pfiff, würgte bei jeder roten Ampel den Motor ab. Paul nahm sie seit Marseille in die Mangel, pausenlos, erbarmungslos.

Der Armenier hatte sich ganz schön angestellt, bis er sie ihm endlich ausgeliehen hatte. Als Paul ihm seinen Plan vorgestellt hatte, war ihm fast der Kragen geplatzt. Der Leutnant hatte diese Reaktion erwartet. Hausfriedensbruch bei einem Parlamentarier, noch dazu einem ermordeten, die Methode lasse doch wohl zu wünschen übrig. Er sei jetzt als Einzelkämpfer unterwegs, und das wisse er auch.

Zudem schienen die Indizien, die er in Paris erbeutet hatte, doch allzu dürftig, als dass er auf logistische Unterstützung hoffen könnte. Aus diesen Gründen sei ein Einsatz von Polizeibeamten einfach undenkbar. Paul hatte noch mehr Druck gemacht, Atavian hatte sich gesträubt.

Am Ende hatten die beiden einen Handel geschlossen.

Cabrera würde alleine an die Geschützfront ziehen. Sollte er etwas herausfinden, würde die motorisierte Truppe landen. Falls nicht, würde er ganz alleine in der Scheiße stecken. In der Zwischenzeit wollte Atavian mit seinen Ermittlungen fortfahren.

Paul zündete sich einen Zigarillo an. Er warf einen Blick auf die in Zeitungspapier gewickelte Pumpgun. Eine 12-Kaliber, brutal, radikal. In seinem Holster steckte eine Smith and Wesson, 44er-Spezialkaliber, die im Kreuz befestigte Manurhin drückte ihm gegen die Wirbelsäule. Ein in seinen Stiefel geklebtes Tauchermesser vervollständigte das Waffenarsenal.

In Hyères angekommen, steuerte er den Renault in Richtung Hafenanlagen. Auf einer von dürren Pappeln gesäumten abschüssigen Straße entdeckte Paul das Meer. Schwarz und aggressiv brütete es unter Bergen von Schaum seine Wut aus. Als vereine sie eine mörderische Blutsbrüderschaft, verdunkelte sich der Himmel, um den Tag zu ersticken.

Cabrera parkte das Schrottauto am Quai, griff nach dem Gewehr und knallte die Tür zu. Heftige, salzgesättigte Windstöße brachten ihn aus dem Gleichgewicht. Er lief zum Schuppen, der Oberkörper wankte unter den aus dem Nichts kommenden Hieben.

Hinter den Streifen eines Plastikfensters beobachtete ihn ein struppiger Kopf dabei, wie er sich vorwärts kämpfte. Er betrat den Blechverschlag. Der Wind fegte mit ihm hinein, brüllte seinen Hass heraus.

»Hallo, Robert.«

Der Mann streckte dem Polizisten die Hand hin. Sein Gorgonenschopf reichte ihm bis zum Bart, so dass das Ganze eine gräuliche, emsig wuchernde Mähne bildete. Er sah aus wie ein Schiffbrüchiger oder wie ein abgedrehter Philosoph und brummte ein heiseres »Guten Morgen«. Die Stimmbänder schienen mit Stahlwolle bearbeitet worden zu sein.

»Das ist Quatsch, was du da vorhast. Das Wetter wird sich noch weiter verschlechtern, hör dir die Nachrichten an. Sie kündigen einen …«

»Ich weiß Bescheid. Ist es im Wasser?«

»Am Ende der Anlegestelle H. Hinter der Werkstatt.«

»Gehen wir.«

Der Mann zuckte mit den Schultern und stapfte in einen Wald aus Kautschuk. Paul folgte ihm. Atemregler, Tauchanzüge, Taucherflossen, Tauchermasken und Pressluftflaschen – das Lager von Robert Cabrera sah aus wie eine wilde Müllkippe. Über dem Ganzen lag ein Geruch von Feuchtigkeit, verrottetem Plastik, einem Leben im Brackwasser.

»Kennst du dich noch aus in diesem Chaos?«

Die Antwort kam wie mit dem Hackmesser, kurz, bissig.

»Du brauchst dir nicht meinen Kopf zu zerbrechen, mein Kleiner. Kümmre dich besser um deine eigene Scheiße, da hast du genug zu tun.«

Paul lächelte innerlich. Sein Onkel änderte sich nicht. Einzelgängerisch, verbittert, paranoisch. Ein ehemaliger Korallenfischer, querschnittsgelähmt nach einer zu schnellen Dekompression. Durch sein Tauchzentrum bekam er auf dem Umweg über die anderen ein Gefühl von Tiefe, von Freiheit vermittelt. Paul hatte mit ihm zusammen in seinen ersten Atemregler gebissen.

Sie gelangten über die Rückseite des Schuppens zum Quai. Paul blieb verblüfft stehen. Die aufgewühlte See wütete gegen den Deich, Wogen überfluteten die sternförmigen Wellenbrecher aus Beton. Im Innern des Hafens hob sich das Holz der Anlegestege unter dem tödlichen Kuss. Ächzende Masten, knarzende Schiffsrümpfe, knirschende Scheuerleisten, die sich am Schanzkleid rieben, die Segelboote knallten in rhythmischen Abständen aneinander. Wie ein verrückt gewordener Orchesterchef schlug der Wind von Minute zu Minute einen schnelleren Takt.

»Da hinten!«, schrie der Korallenfischer.

Sein Arm deutete auf eine Rakete aus Plastik, die am Ende des Quais vertäut lag. Sie rannten zu der Maschine. Ein fünfundzwanzig Fuß langes Schlauchboot vom Typ Zodiak, zwei feste Scheuerleisten, Zentralkonsole, bestückt mit einem 300-PS-Motor. Robert Cabrera hatte alles Material, das zum Tauchen benutzt wurde, rausgeschmissen. Es enthielt nur noch die lebenswichtigen Organe: Rumpf und Motor.

»Wo ist das Funkgerät?«, fragte Paul.

»Unter der Konsole, geschützt.«

»Wir bleiben während der Überfahrt in Kontakt.«

Er schlüpfte in eine orangefarbene Weste und kletterte an Bord. Sein Onkel warf ihm einen besorgten Blick zu.

»Kleiner ... pass auf das Boot auf.«

Paul gab es einen Stich ins Herz. Im Klartext hieß das, dass der alte Knurrhahn sich um ihn sorgte.

»Mach dir keinen Kopf. Ich bring es dir zurück, dein Stück Plastik.«

Handzeichen, verkrampftes Lächeln auf beiden Seiten, der Bulle drehte den Zündschlüssel um. Eisenpferde wieherten im grauen Wasser.

Sobald er aus dem Hafen heraus war, schoss das Boot davon. Gefährlich hohe Wellen entstellten das Meer. Die See blähte ihren Bauch, drückte das Kreuz durch, schüttelte die Schultern in einer Teufelspolka. Eine Hand am Steuer, die andere am Gashebel, manövrierte Paul das Boot durch ein unaufhörlich wogendes Gewebe.

Ab und zu schoss das Motorboot in voller Geschwindigkeit dahin, von einer Brandungswelle mitgerissen. Er drosselte den Motor. Dann türmte sich ein Berg auf, eine dicke, schwarz geränderte Zunge. Er gab Gas. Cabrera behielt bei der Ausführung all dieser Manöver einen ruhigen Kopf. Es waren schwierige, heikle, gefährliche Entscheidungen. Auf dem Wogenkamm schienen schneeweiße Strahlen aus dem Wasser zu schießen.

Es trat ihm mit schrecklicher Klarheit vor Augen, wie es um ihn stand. Er war allein auf einem Korken aus Pressluft inmitten der Hölle. Das Ganze kam ihm vor wie ein abgekartetes Spiel, eine im Voraus entschiedene Schlacht. Bei der siebten Runde würde er untergehen.

Er biss die Zähne zusammen, versuchte, vernünftig zu bleiben. Der angekündigte Sturm würde am Spätnachmittag auf der Insel ankommen. Momentan hatte er es mit einer kleinen Bö zu tun. Kein Grund zur Beunruhigung. Er ließ seine Reflexe das Ruder übernehmen, automatische Gesten, der Verstand in den Leerlauf geschaltet.

Wie ein Lotsenfisch schoss das Boot zwischen den Kieferknochen eines Monsters gen Porquerolles.

3

Paul ließ das Boot an der Plage d'Argent zurück.

Streitwütige Wellen bearbeiteten den Sand, zerfurchten das Ufer, ließen die Erde bis zum Fels zur Ader. Undeutliche Schatten trieben so gut wie überall, leblos, ausgespuckt von den wogenden Eingeweiden. Treibholz, abgerissene Algen, Plastikkram, die Fluten entleerten ihren Überschuss an Galle in einem gewaltigen Rülpser. Als wolle er den restlichen Dreck wegwaschen, sättigte ein mit Gischt vermischter Regen die Luft mit Jodpartikeln.

Er kroch den Pfad hinauf und suchte den Schutz des Hochwaldes auf. Die heftigen Windstöße zausten die Nadelbäume, bogen die Stämme, schlugen Schneisen der Verwüstung in die Vegetation. Der Polizist schützte sein Gesicht. Überall um ihn herum wirbelten bräunliche Nadeln im Sturmwind. Ein schwerer, zu Kopf steigender Harzgeruch stach ihm in die Nase. Der Saft der vom Sturm geknickten Bäume sickerte unablässig.

Er fand mehr recht als schlecht auf die unbefestigte Straße zurück, den Rücken gebeugt, die Stirn in Falten. Eine kleine, gewundene, glitschige Schlucht aus Schlamm. Völlig unverhofft tauchten rücksichtslos ans Tageslicht gezerrte Wurzeln in der Landschaft auf und streckten ihre gebrochenen Knochen ins Licht.

Im Gehen ging Paul im Geiste noch einmal seine Schlussfolgerungen durch.

Eine Bande von Verrückten, von Kindsmördern, nahm nach zehn Jahren Abwesenheit den Dienst wieder auf. Angeführt von einer Erleuchteten, die einer seltsamen Affäre entronnen war. Aus einem noch nicht bekannten Grunde war Meredith' Schwester in diese Geschichte verwickelt. Tomasinis Tod war nichts weiter als ein Randphänomen, ebenso der Angriff, bei dem er selbst zu Schaden gekommen war.

Ihr Ziel hatte lediglich darin bestanden, die Störenfriede auszumerzen.

Dagegen bewies gar nichts, dass man es darauf angelegt hatte, die Analytikerin zum Schweigen zu bringen. Sonst hätte sie dasselbe Schicksal erleiden müssen wie seine Eltern.

Sie interessierten sich für die Amerikanerin, deshalb war sie verschwunden. Warum?

Dass ein Typ wie Ferraut in diesem Durcheinander herumspukte, machte die Sache noch komplizierter. Er stellte eine Brücke zu der Atomgeschichte dar. Aber warum hatte man auch ihn ermordet?

Aus all diesen Fragen ergab sich eine Gewissheit, die dem Bullen übelste Bauchschmerzen verursachte. Irgendetwas würde hier, auf der Insel, innerhalb der nächsten Stunden vor sich gehen. Eine niederträchtige, barbarische Sache. Die Kindsmorde, der Diebstahl der Gehirne, die Kalender aus Blut, ja selbst dieser Sturm schienen dieses Ereignis anzukündigen.

Er schlug sich in die Weinberge. Herausgerissene Reben schillerten auf rostigen Stängeln, das verwüstete Erdreich drängte Richtung Meer. Ihm schien, die Natur müsse für etwas büßen. Eine alte, unsagbare Schuld, die nach Sintflut roch.

Seit seinem Besuch bei Ferraut suchte der Polizist nach einem Hinweis, nach einem Detail, das ihm den genauen Ort enthüllen würde, an dem man Meredith versteckt hielt. Porquerolles erstreckte sich über mehr als tausend Hektar, ein Becken aus Grün und Felsgestein, gespickt mit Steilklippen, von Wanderwegen durchzogen.

Mit anderen Worten: ein Heuhaufen.

Er war die Diskussionen mit der Analytikerin im Geiste noch einmal durchgegangen, ihre gemeinsamen Entdeckungen, die Erklärungen von Jamie, von Torelli.

Nichts war dabei herausgekommen.

Und als er dann wieder an Céline dachte, an ihre Geschichte, an die Stelle, an der man ihre Leiche gefunden hatte, war er plötzlich überzeugt, dass das Landhaus etwas anderes barg als bloß den Schiffbruch einer Erbin. Die Idee nahm Gestalt an, war nicht mehr von der Hand zu weisen.

Meredith' Schwester hatte mit den Verrückten unter einer Decke gesteckt. Von Anfang an.

Sie hatte ihnen ihr Haus zur Verfügung gestellt.

Dort würde er sie auch finden.

Paul blieb am Rand des Pinienwaldes stehen. Das Anwesen machte einen verlassenen Eindruck. Der Kies war mit abgerissenen, geknickten, verstümmelten Weinreben übersät. Die Fenster des Gartenpavillons waren geborsten.

Er packte das Gewehr aus, schob die Patronen ein, ließ eine in die Kammer gleiten. In weniger als drei Sekunden hatte der Polizist seinen Plan entworfen. Es stand außer Frage, den Eingang zu benutzen. Allein, ohne Unterstützung, war Überraschung sein wesentlicher Trumpf.

Er ging um das Haus herum, eine Schattengestalt in Leder, vom Sturm gebeugt. Unter einem Wetterdach aus Ziegeln warteten zwei Autos, unter verdreckten Planen versteckt. Er lief bis zur Wand, presste die Schultern an den Stein. Eine Schiebetür war zugezogen und verschlossen.

Er knackte das Schloss und ließ sich hineingleiten. Der Raum sah aus wie eine Waschküche. Handtücher, Packen schmutziger Wäsche, zwei Maschinen, ein steinernes Ausgussbecken. Waschmittelgeruch hing in der Luft.

Er wagte sich in einen Gang vor, mit angehaltenem Atem. Weiter hinten tauchte die Halle auf, dunkel, bedrohlich. Die gelben und blauen Sonnen auf den zeitgenössischen Ölbildern kamen ihm jetzt zarter vor als beim ersten Mal, als Meredith ihn empfangen hatte, als sein Leben noch nicht aus dem Lot geraten war.

Plötzlich streifte ein heftiger Luftzug seine Wange. Er drehte den Kopf. Das Holz eines Pfeilers zersplitterte. Seine Finger umklammerten das Gewehr etwas fester. Er warf sich zu Boden, rollte sich zur Seite. Hinter ihm zerbarst eine Lampe. Pfeile aus Glas warfen wie Todessterne das schwache Licht zurück. Paul schoss zweimal in die Richtung, aus der der Schuss gekommen war, aufs Geratewohl. Ein Tisch wurde vom Boden gehoben, ein Stück Wand bröckelte ab.

Dann herrschte wieder Stille.

Er kroch bis zum Salon. In dem Raum roch es nach Schießpulver, nach Krieg. Sein Herz schlug ihm wie wild in der Brust. Er hatte das Gefühl, dass man ihn erwartete. Da sein Denken ganz auf die Aktion, aufs Überleben gerichtet gewesen war, hatte er ein paar Sekunden lang vergessen, warum man ihn attackierte. Im Bruchteil einer Sekunde stand es ihm wieder vor Augen.

Er war am rechten Ort. Zur rechten Zeit. Seine Überlegungen nahmen Gestalt an. Sprenkelten die weißen Wände mit Pailletten aus Eisen.

Er versteckte sich hinter dem Sofa, riskierte einen Blick in die Halle. Eine untersetzte Gestalt huschte in den Raum. Es schimmerte und glänzte bernsteinfarben, Paul hatte den Eindruck, dass die Gestalt nackt war.

Er feuerte noch einmal zwei Bleisalven ab. Die Halogenlichterkette rauschte mit einem metallischen Krachen runter. Eine Rauchwolke nahm ihm die Sicht. Er versuchte, etwas zu erkennen. Der Schatten war verschwunden.

Im selben Augenblick ließ die Berührung mit etwas Kaltem seinen Hals erstarren. Ein vertrauter Biss, den er instinktiv erkannte.

»Keine Bewegung.«

Er erkannte den Akzent, den so eigentümlichen Singsang, schleppend und lethargisch. Ein kurzes Klicken ließ ihn bis ins Mark erstarren. Der Hund entsicherte seine Waffe. Er war überzeugt davon, dass er sterben würde.

Plötzlich brüllte eine andere Stimme im Halbschatten, ein hasserfülltes Krächzen.

»Hast du ihn erwischt?«

»*Ayaa.*«

Eine Gestalt tauchte vor ihm auf. Vollkommen nackt bis auf einen lächerlichen Lendenschurz, unter dem die Geschlechtsteile in einen Stoffbeutel gepackt waren. Im Dämmerlicht sah es für Paul so aus, als würden zwei kleine kurze Hörner seinen Schädel zieren.

»Überlass ihn mir.«

Der Bulle spürte die Gewaltbereitschaft, eine böse, wilde Energie, den Tonfall eines Verrückten. Die Kanone an seinem Hals löste ihren Biss. Paul atmete durch. Die erste Stimme grummelte etwas Unverständliches. Eine kräftige

Hand packte ihn beim Arm, richtete ihn auf. Schnelles, präzises Abtasten. Die 44er und die Manurhin wurden in Rekordzeit entdeckt.

»Komm.«

Man stieß ihn nach vorn, ohne Umschweife. Als sie vor den Stufen angelangt waren, betätigte einer der beiden Männer eine in den Beton eingelassene Metallvorrichtung. Der untere Teil der Treppe wurde unter höllischem Getöse zurückgezogen. Der durchdringende Geruch nach Feuchtigkeit stieg ihm in die Nase. Es roch nach Keller, nach Tannin, nach Staub. Unter der Treppe öffnete sich ein schwarzer Abgrund.

Er bekam einen schmerzhaften Fußtritt ins Kreuz und wurde nach vorn geschleudert. Die Finsternis verschluckte ihn. In seiner Vorstellung stürzte er Steinstufen hinunter.

4

Ein Feuersturm. Goldbraune Blitze.

Der ganze Raum waberte, verformte sich, die Winkel verbogen sich zu Schwindel erregenden Asymptoten. Paul schloss die Augen, legte sich die Hand auf die Stirn. Unter seiner Schädeldecke schlug eine große Trommel den Takt.

Er versuchte, sich aufzurichten. Jede Parzelle seines Organismus marterte ihn mit schmerzhaften Peitschenhieben. Er stöhnte, biss die Zähne aufeinander, lehnte sich gegen die Wand. Eine feuchte und kalte Zunge leckte über seinen Rücken.

In diesem Augenblick merkte er, dass er nackt war. Lederjacke, T-Shirt, Stiefel, Jeans, alles war verschwunden. Er trug nichts weiter als ein raues Stück Stoff, das man ihm zwischen die Beine geschoben und in der Taille befestigt hatte.

Er machte die Lider auf. Die Kerzenflamme flackerte immer noch. In ihrem Lichtkreis erkannte er eine dunkle Wand, an der stellenweise funkelnde Gerstenkörner wucherten. Eine schwammige Wand, an der ein heller Saft herunterlief.

Er sah sich in dem Raum um. Zwei weitere Wände, silbrig glänzende Eisenstäbe, ein nagelneues Gitter pfählte die Erde. Das Ganze sah sehr nach einer Zelle aus. Oder vielmehr nach einem Verlies. Winzig klein, eng, ohne jede Öffnung, in die Kellerräume des Landhauses gebaut.

Plötzlich erinnerte er sich vage an seinen Fall in die Tiefe. An Granitkanten, gegen die er geprallt war. An heftige Wogen aufbrandender Schmerzen. An einen endlosen Strudel.

Dann war alles leer.

Er tastete seine Glieder ab. Er hatte ein paar Schürfwunden, Ellbogen und Knie taten ihm fürchterlich weh, aber das geschundene Skelett schien noch heil zu sein. Er nahm seine Kräfte zusammen und befahl seinen Beinen, ihn bis zum Gitter zu tragen. Dahinter ein dunkler Schlund. Die Finsternis sog jedes Lichtteilchen auf.

Er wandte den Blick vom Abgrund weg, starrte wieder die Kerze an. Die Flamme hypnotisierte ihn, betäubte ihn, in seinen Pupillen tanzte ein Derwisch in Trance.

Wie lange war er bewusstlos gewesen? Er wollte einen Blick auf seine Uhr werfen. Das Stahlarmband hatte sich in Luft aufgelöst. An seiner Stelle zierte ein etwas hellerer Streifen die Haut.

Verwirrt, im Körper überall schmerzhafte Stiche, setzte sich der Leutnant mit dem Rücken zur Wand. Diffuse Empfindungen überkamen ihn. Der Angriff, der Waffenlärm, der Kugelhagel, in dem der Gips zerschossen wurde. Dann das kalte Auge in seinem Nacken, wie bei einer Exekution im Schnellverfahren.

Doch man hatte ihn am Leben gelassen.

Warum?

Er fasste sich mit der Hand ans Bein. Das Messer war verschwunden. Ohne nachzudenken, stürzte er sich auf das Gitter. Seine Arme fielen wieder herunter. An den silbrigen Gitterstäben legten zwei Kiefer aus Vollmetall seine Fluchtpläne in Ketten.

Paul wich zurück, wie vor den Kopf geschlagen. Seine Expedition hatte ein schnelles Ende gefunden. Keine Möglichkeit, Atavian zu benachrichtigen. Der Sturm dürfte die Hafenausfahrt jetzt sowieso unpassierbar machen. Da platzten ferne Geräusche in die Nacht. Das Platschen einer Pfütze. Ein Scharren auf dem Boden. Er begriff, dass sich jemand näherte. Ein zittriges Licht warf breite Schatten bis zu seinen Füßen. Adrenalin schoss ihm wieder ins Blut, seine Wahrnehmung wurde schärfer.

Zwei Männer erschienen, unwirkliche Phantome, deren bleiche Konturen zerflossen. Er erkannte den mit dem Lendenschurz wieder. Er war von Kopf bis Fuß tätowiert, untersetzt, der Wahnsinn stand ihm ins Gesicht geschrieben. Auf dem sonst völlig kahl geschorenen Schädel streckten zwei einfache Zöpfe ihre Hörner aus schwarzem Haar zur Decke. Ein Teufel.

Der andere kam ihm normaler vor. Das lange Haar reichte bis über die Schultern, er war ebenfalls tätowiert und trug eine Art weißen Lendenschurz, ähnlich dem seinen. Ein Detail zeichnete ihn dennoch aus. Er war mindestens zwei Meter groß.

Paul dachte an einen Scharfrichter, wahrscheinlich von den SOP. Hatte er etwa Tomasini getötet? Möglich, wenn man sich ansah, wie groß seine Fäuste waren.

Der Riese hielt ihm das ausdruckslose Gesicht eines Stummen hin, während der Verrückte eine Fernbedienung auf das Gitter richtete. Ein Klicken des Eisens, das Schloss war offen.

»Folge mir.«

Der Befehl hatte geknallt wie ein Peitschenhieb. Kalt, ohne den leisesten Anflug von Zweifel. Paul versuchte, die Lage abzuschätzen. Der Mann, der den Stummen mimte, ließ ihn nicht aus den Augen. Auf diese Entfernung kamen ihm seine Chancen minimal vor. Außerdem glaubte er auf seinen Lippen ein provozierendes Lächeln zu erkennen, wie eine Einladung.

Er gehorchte. Wortlos verschwanden sie im Gang.

Sie gelangten in einen runden Gewölbesaal aus ockerfarbenem Stein. Mit Petroleum voll gesogene Stofffetzen brannten an der Spitze dünner, in die Erde gerammter Spieße. Die Nischen in den Wänden zuckten im flackernden Schein der Flammen. In der Mitte stapelte eine Pyramide ihre Sporen aus Treibholz übereinander.

Paul wurde nach vorn auf den Boden geworfen. Seine Nase landete im Dreck, sein Mund füllte sich mit dem Geschmack von Erde. Gleichzeitig vernahm er Stimmen, die im Dämmerlicht leise, wie gedämpft flüsterten.

Als er den Kopf hob, sah er eine Prozession in andächtigem Schweigen den Raum betreten.

Er zählte etwa ein Dutzend Schattengestalten. Sie waren nackt oder fast nackt, bis auf einen Lendenschurz, hatten eine glatte Haut von intensivem Weiß, einen schmächtigen Körperbau. Sie stellten sich in einem Halbbogen um die Pyramide auf, jede vor einer Nische. Paul hatte das seltsame Gefühl, dass es nur Männer waren. Eine Bande als Säuglinge verkleideter Verrückter.

Zwei Hände packten ihn und zogen ihn auf die Seite. Der Verrückte mit den Bockshörnern band ihm die Handgelenke zusammen und drückte ihn mit dem Fuß zu Boden. Der Polizist hatte wieder das Gefühl, er steckte in einem ehernen Schraubstock fest.

Dann trat der Riese vor. Er trug einen Schneidbrenner am ausgestreckten Arm vor sich her. Metallener Gasbrenner, biegsamer Schlauch, verbunden mit einer Acetylenflasche. Ideal zum Schweißen. Der Bulle wusste nur zu gut, was man mit der Art von Werkzeug alles anstellen konnte. Er bekam Panik, schlug um sich. Vergebens.

Er wurde mit schonungsloser Gewalt fest auf die Erde gedrückt.

Ein Bullern. Das Pressgas verschlang den Sauerstoff, schoss einen quecksilbrig schillernden Lichtpfeil ab. Sein Körper verkrampfte sich. Ein unwillkürlicher Spasmus, das letzte Sichaufbäumen der Zellen angesichts des Unabwendbaren.

Pauls Augen quollen hervor. Verrückt vor Angst wartete er.

Aber nichts geschah.

Die bläuliche Spitze streifte seine Wange, ohne zu verweilen. Sie neigte sich zu den übereinander gestapelten Ästen hin, fauchte leise. Das Feuer loderte aus dem Nichts auf. Ein gigantischer Scheiterhaufen, mitten im Saal, der Abzug verlief über einen senkrechten Stollen über ihnen, zehn Meter höher. Die Temperatur stieg deutlich an, eine neue Helligkeit überflutete die Gewölbe.

Gesichter traten aus dem Schatten heraus. Ernst, feierlich, beunruhigend. Sie starrten in die Flammen, die kupferfarbene Bahnen auf ihre Haut malten. Paul biss die Kiefer fest aufeinander. Die um den Hals geschlungenen Tentakel eines schwarzen Kraken brachten ihm die letzte Gewissheit.

5

Ein Erschauern ging durch die Versammelten. Plötzlich tauchten drei weiße Gestalten auf und huschten zu den Flammen hin. An der Spitze, die Haare mit Blumen umkränzt, erkannte Paul Meredith. Dahinter, wie wandelnde Tote, zwei Greise mit starrem, runzeligem Gesicht.

Er dankte dem Himmel. Die Perversen brauchten sie, und ihn wahrscheinlich auch. Seine Mutmaßungen hatten sich als richtig erwiesen. Zumindest in diesem Punkt.

Dann verdüsterten sich seine Gedanken. Wie viel Zeit würde man ihnen lassen? Die Inszenierung dieser Wahnsinnigen bot ihnen lediglich einen Aufschub. Der Tod würde auf sich warten lassen. Er würde einen Umweg nehmen, einen Weg der Schmerzen, des Wahns, würde der Endpunkt einer Geschichte sein, von der er allzu viele Elemente immer noch nicht kannte.

Ohne ihn eines Blickes zu würdigen, ging Meredith um das Feuer herum und trat vor die Versammelten. In dieser Entfernung konnte Paul das Beben ihrer Nasenflügel erkennen, die festen Kurven, die ihr Kleid modellierten, ein weißes, eng anliegendes Kleid, das an den Handgelenken mit feiner Spitze besetzt war.

Sie wirkte abwesend. Ihre großen grünen Augen fixierten einen imaginären Punkt, einen Traum aus dunklem Samt, der sie verzehrte. Er bemerkte einen roten Streifen auf ihrer Stirn, am Haaransatz, ein leuchtend rotes Diadem, das die Blondheit ihres Haares noch unterstrich.

Sie wirkte auf ihn wie eine unwirkliche, unerreichbare Prinzessin.

Die beiden Hutzelmännchen, die ihr folgten, blieben hinter ihr stehen. Die Alte nahm Meredith bei der Hand, ganz sanft, wie man ein Kind anfasst. Sie führte sie in die Nähe des Teufels und kehrte gemessenen Schrittes an ihren Platz zurück.

Stille trat ein, eine lastende, beißende Stille, unterstrichen vom Bersten der weiß glühenden Flugasche. Die Köpfe wurden gesenkt, die Hände auf den Oberkörper gelegt, mit gekreuzten Armen und gespreizten Fingern. Paul riss die Augen auf. Er hatte den Eindruck, dass diese Irren beteten. Dann durchbrach eine krächzende Stimme diese innere Andacht.

»Ich bin das Gedächtnis. Das Buch. Der Fährmann. Ihr seid der Weg, das Licht. Empfangt Seinen Willen.«

Der Alte hatte mit geschlossenen Augen gesprochen. Auf seinem ausgemergelten Gesicht stand Schweiß, so sehr konzentrierte er sich.

»Seit Maturei leben wir in der Erwartung dieses Tages. Zweimal schon sind wir nicht zur Verabredung erschienen. Heute Nacht, endlich, sind wir bereit.«

Eine Woge ging durch die Versammelten, und ein Murmeln erhob sich.

»Ja… Bereit…«

»Lasset uns beten«, befahl der alte Mann.

Paul dachte an den Sonnentempel, an die unzähligen Sekten, an all die Durchgeknallten auf der Suche nach einem besseren Leben. Lauter Psychopathen, die zu den schlimmsten Grausamkeiten bereit waren, solange sich ihr Wahn nur austoben konnte.

Sein Blick wandte sich Meredith zu. Schön, schöner denn je, auch ferner. Welche Rolle hatte man ihr in dieser Farce zugedacht? Und er, was hielt man für ihn bereit?

»Gott hat Seinen Finger auf euch gelegt«, fuhr der Alte fort. »Er hat euch die Gaben verliehen. Sein Mana fließt in euren Adern, erleuchtet euren Geist. Dank sei Ihm dafür.«

Das Mana. Cabrera hörte dieses Wort zum zweiten Mal. Eine archaische spirituelle Kraft. Geschöpft aus den Quellen eines vergessenen heidnischen Glaubens. Meredith hatte vom kollektiven Unbewussten gesprochen.

Die Litanei ging weiter: »Er hat Seine Arme geöffnet. Für uns. Für uns. Sein Odem facht die Flamme an. Ich spüre Ihn. Wir alle spüren Ihn.«

Gemurmel unter den Versammelten. Das Feuer brachte jetzt den Raum mit dem Sturmfeuer reiner Energie zum Glühen.

»Die Zeit der Kommunion ist gekommen«, fing der Alte wieder an. »Arii, bring uns den Kelch.«

Der Riese mit den Stahlfäusten trug eine rundum versiegelte Metallkiste herbei. Er entriegelte und öffnete sie. Weißer Rauch stieg auf. Paul hatte das Gefühl, man öffne ein mit pharmazeutischen Produkten gefülltes Gefriergerät. Ein vertrauter Geruch reizte seine Nase.

Die Gläubigen verließen ihre Plätze und stellten sich hintereinander auf. Der Alte öffnete seine wässrigen Augen und blickte die Squaw an.

»Hilda?«

»Ich bin bereit, Aïto.«

Die Frau beugte sich vor. Sie packte etwas, das in der Kiste lag. Paul reckte den Hals vor, bis er sich fast die Wirbel verrenkte. Er erspähte gelatineartige, ins Violette spielende, schlaffe Massen, kaum größer als die Kugeln eines Kugelfangspiels. Er dachte an Lammhirne.

Dann, nachdem der Widerstand gebrochen war, lief der Film rückwärts ab. Die Schädel, denen man das Schädeldach entfernt hatte, die versenkten Leichen, gebleichte Skelette, gemartertes Fleisch.

Im Nu hatte der Horror ihn gepackt.

Diese Frau, die alle Hilda nannten, schwenkte auf ihren

Handflächen menschliche Gehirne, die Gehirne der ermordeten Säuglinge.

Augenblicklich war dem Polizisten klar geworden, was diese perversen Verrückten vorhatten. Über mehrere Jahre hinweg hatten sie sich methodisch einen Vorrat angelegt. Ein langfristiges Vorhaben. Der geplante Horror.

Der Geruch bestätigte seine Annahme. Sie hatten die Opfergaben in Formol konserviert.

Hilda streckte die blutleeren Gehirne Richtung Feuer.

»Das Lamm Gottes, rein, unschuldig. Kommet zu mir, meine Kinder.«

In einer anderen Situation hätte Paul sich ausgeschüttet vor Lachen. Jetzt hörte er wie versteinert zu. Diese beschwörende, im Lauf der Jahre brüchig gewordene Stimme drang in seine Seele wie ein starkes Gift. Er suchte Meredith' Blick. Die Amerikanerin schien ihn nicht zu sehen.

Die Squaw breitete die Arme aus.

»Kommt ...«

Das Gesicht zu einem ekstatischen Lächeln erstarrt, ging der Mann, der ganz auf der rechten Seite stand, auf sie zu. Er umarmte sie, bekreuzigte sich.

Paul wollte brüllen, doch der Schrei erstarb in seiner Kehle.

Mit einer langsamen Bewegung hatte der Verrückte sich die gräuliche Masse an die Lippen geführt.

Und diese Geisteskranken taten es ihm nach, einer nach dem anderen. In dieser Lehmkapelle, mit dem Segen dieser Irren, feierten sie die Kommunion.

Die Zähne zerfetzten gierig das rohe Hirn, die Kiefer zermalmten zähen Schleim. Die Teilnehmer des Gastmahls verschlangen ihre Portion, indem sie sich den Mund voll stopften wie wilde Tiere. Ein kannibalisches Festmahl, monströs, unerträglich.

Paul dachte an Ferraut, an die letzte Leiche, die man unter den Fluten versteckt hatte, am Vorabend ihrer Ankunft in Tureia. Ihm wurde schlecht. Trotzdem starrte er, wie magisch angezogen, weiter auf das makabre Bankett. Er sah einen Mann in die Gehirnmasse beißen. Sein Blick schien verloren in verseuchten Albtraumsümpfen. Er hatte eine imaginäre Grenze überschritten, einen Punkt, an dem es kein Zurück mehr gibt.

Als sie geendet hatte, sprach Hilda mit sanfter Stimme zu ihnen: »Wir werden jetzt das Ritual vollbringen.«

Jeder ging wieder an seinen Platz. Eine andachtsvolle Stille lag über den Gläubigen.

Gegen die Felswand gepresst, konnte Paul sein Zittern nicht beherrschen. Abgehackte Bilder rauschten ihm durch den Kopf, aufblitzende Gewalt, ein beängstigendes Knistern. Meredith' Traum. Ein Scheiterhaufen, verkohlte Leichen, ihre Mutter, die sie zu den Flammen zog. Jamies Geschichte, die Akte, die Vantel geheim gehalten hatte, die rituellen Morde auf einem verlorenen Atoll. Wieder, immer wieder das Feuer, das seine zerstörerische Kraft in einem Kegel des Leidens entfaltete.

Wie konnte man es so weit kommen lassen? Im Namen welchen Glaubens? Welcher Schwäche? Auf Maturei erklärten die alten Kulte teilweise diese extremen Verhaltensformen. Aber hier?

Was erhofften sie sich? Gott zu begegnen? Ewig zu leben? Das hatte die Alte sie wahrscheinlich glauben gemacht. Eine Irre, die aussah wie eine Oma und die der Justiz aus Nachlässigkeit durch die Lappen gegangen war. Paul hatte in ihrer Stimme eine tiefe Überzeugung wahrgenommen, eine behexende Energie, den Funken der Erleuchteten.

Sie stand aufrecht bei dem Alten und betrachtete das

Flammenmeer. Sie schien sich davon zu nähren, seine Ausdünstungen einzuatmen, ihre welke Schwarte an diesem Grillofen des Wahns zu wärmen.

Plötzlich spürte der Leutnant, wie ihm die Handgelenke losgebunden wurden. Der Riese stand hinter seinem Rücken, ein Messer zwischen den Fingern, dessen Griff mit Perlmuttbeschlägen verziert war. Er erkannte die Waffe wieder. Ihre Klinge hatte ihm nachts in Marseille den Arm aufgeschlitzt.

Mit ihrem rauen Timbre und schleppender Stimme sprach Hilda ihn zum ersten Mal an.

»Du wirst kämpfen …«

Die Gedanken des Bullen überschlugen sich. Ein Kampf. Warum gab man ihm diese Chance? Er war ihnen völlig ausgeliefert, von Anfang an.

»… bis zum Tode«, endete sie.

Sie machte dem Mann mit den Hörnern ein Zeichen. Meredith ließ ihre leeren Augen rollen.

»Hiro …«

Der Tätowierte ließ die Schultern kreisen. Ein irres Lächeln verzerrte sein hasserfülltes Gesicht.

Der Riese warf Paul sein Tauchermesser hin. Er fing die Klinge im Flug. Blitzartig war seine Angst verschwunden, sein Verstand ruhig. Da war wieder die Leere der letzten Sekunden vor dem Ring, dem Läuten der Glocke, dem Kampf. Der Saal tobte, drehte sich, bog sich unter einer Woge von Adrenalin. Er hörte nichts mehr. Nur einen stummen, tonlosen Schrei.

Die Gegner stellten sich Auge in Auge auf. Nackte Haut, rötlich braun, glatt und seidenweich bei Paul, dick und tätowiert bei Hiro. Sie beugten den Rücken mit fast der gleichen Bewegung, nahmen eine kauernde Haltung ein, bereit, auf den anderen loszuspringen. Zwei Faustkämpfer aus einer längst vergangenen, rohen Zeit mit Eisengetöse und Schlachtengebrüll.

Der Tahitianer spielte mit dem Messer, warf es geschickt von einer Hand in die andere. Cabrera ließ das Funkeln in seinen Augen nicht aus dem Blick. Von einer Sekunde auf die andere würde er losstechen, ein präziser, tödlicher Hieb.

Er konnte dem Angriff gerade noch ausweichen, indem er den Oberkörper im letzten Augenblick wegkrümmte. Sein Bauch färbte sich rot. Er fuhr sich mit den Fingern über die Haut und spürte einen tiefen Schmiss in seinem Bauch. Der Teufel leckte die Klinge ab und lächelte dabei. Paul wusste, dass er keine zweite Chance bekommen würde. Er musste das Handgelenk des Verrückten zu fassen kriegen, den Dolch unschädlich machen.

Die zweite Attacke erfolgte blitzschnell. Paul machte einen Sprung nach hinten. Die Flammen leckten seinen Rücken. Hiro packte eine der Fackeln und ließ sie kreisen. Ein Ring aus Feuer kam auf Cabrera zu. Er machte eine Rolle und riss dem Krieger die Beine weg. Beide Männer landeten auf dem Boden. Sie hatten immer noch ihre Messer.

Hiro war der Schnellere. Paul blockte die Klinge in dem Augenblick ab, als sie ihm die Kehle zerfetzen wollte. Mit der anderen Hand versuchte er, einen Gegenstoß zu führen. Ein eiserner Griff quetschte sein Handgelenk. Die Arme spannten sich aufs Äußerste an, sie starrten einander in die Augen.

Der Schlag mit dem Kopf kam völlig überraschend. Pauls Augenbraue platzte. Er ließ los, ließ die Waffe fallen und brach halb bewusstlos auf dem Boden zusammen.

Hiro stieg ruhig über ihn hinweg. Der Sieg schien gewiss. Er drehte sich zu Meredith um, dann zu Hilda, als erwarte er ein Zeichen.

Die Alte zuckte zweimal mit den Brauen. Im Rest des Gesichts rührte sich nichts. Hiro bäumte sich auf, brüllte.

Aber sein Gesichtsausdruck hatte sich verändert. Eine stumme Bestürzung, eine ungläubige Maske. Er wankte, tat ein paar unsichere Schritte und sank in die Flammen.

Paul ließ den geröteten Spieß los, den er dem Krieger soeben in die Eingeweide gerammt hatte. Er hatte diese eine Sekunde der Unaufmerksamkeit ausgenutzt, in der Hiro Hildas Blick gesucht hatte. Seine Hand hatte den Spieß gepackt, auf dem noch die Fackel brannte. In seiner Verzweiflung hatte er aufs Geratewohl zugestochen.

Die beiden Hexenmeister sahen sich ungläubig an. Schon näherte sich der Riese mit bedrohlich aussehender Visage. Paul erinnerte sich an Tomasini. An seine mit nackten Händen zermalmten Knochen, an die Schläge von übernatürlicher Kraft. Er wich zurück.

»Töte ihn!«, brüllte die Alte.

Erstarrt wie Salzsäulen ließen sich die anderen Irren nichts von dem Schauspiel entgehen.

Ohne Waffe, verletzt und erschöpft, hatte Paul keine Chance. Er wich dem Angriff aus, einmal, zweimal. Beim dritten Mal wurde er hochgehoben und flog fünf Meter weit. Ein weicher Schleier senkte sich über ihn, vernebelte ihm die Sicht. Er konnte kaum die gewaltige Masse erkennen, die sich über ihn beugte. Bevor er wegsackte, blieb eine letzte Einzelheit auf seiner Netzhaut haften. Ein roter, auf eine breite Stirn gezeichneter Punkt, wie das Mal eines Hindu.

Oder ein Laserstrahl.

Er sah nicht, wie der Schädel des Riesen zerplatzte.

Atavians Männer stürmten den Raum in wenigen Sekunden. Die gesamte Brigade, ausgerüstet mit schweren Waffen, kugelsicheren Westen, elektrischen Taschenlampen und Lichtverstärkern.

Beim Anblick des Scheiterhaufens erstarrten die Bullen. Die Flammen hatten ihre Arbeit getan. Man konnte die Überreste einer verkohlten Leiche erahnen, ein schwarzer Schatten, der entfernt an eine menschliche Gestalt erinnerte. Der beißende Geruch sorgte für eine unerträgliche Luft.

Alle bekamen Handschellen angelegt. Meredith saß in der Hocke und weinte leise. Atavian stürzte zu Paul.

»Cabrera ...«

Der Leutnant blinzelte. Sein Bauch war blutüberströmt, seine Nase bildete einen ungewöhnlichen Winkel.

»Gut gespielt, mein Alter ... Man kann sagen, du kommst gerade im rechten Moment.«

Der Armenier deutete auf Cabreras Wunde. »Wird das gehen?«

»Ich komm schon wieder auf die Beine ... Wie geht es Meredith?«

Atavian war der Amerikanerin noch nie begegnet. Er deutete fragend mit dem Kinn auf sie. Paul nickte zur Bestätigung.

»Sie steht unter Schock, ist aber körperlich nicht verletzt.«

Wieder ein Nicken. Paul fühlte seine Kräfte wiederkehren.

»Die stämmigen Kerle sind tot, die anderen haben wir unschädlich gemacht«, fuhr Atavian fort. »Als ich sah, dass du auf dich warten lässt, habe ich das Signal zum Sammeln gegeben. Deine Jungs haben dich gern. Sie sind das Risiko eingegangen. Am frühen Abend haben wir in Hyères eines der Boote aufgegabelt. Wir mussten warten, bis sich der Sturm wieder etwas gelegt hatte, um die Hafeneinfahrt passieren zu können. Gegen Mitternacht haben wir uns entschlossen. Als wir ankamen, sahen wir dein Boot. Danach sind wir deinen Anordnungen gefolgt. Könntest du mir das jetzt vielleicht mal erklären?«

»Später. Mach deinen Job und hol die Spezialisten. Das dürfte eine Weile dauern, bis die angetanzt kommen.«

»Wie du willst.«

Der junge Leutnant erhob sich mit schmerzverzerrtem Gesicht. Hilda ging an ihm vorbei, geführt von einem Bullen in Fliegerjacke. Paul musterte sie. Eine Frage galt es noch zu klären, jene Frage, die von Anfang an hinter allen anderen steckte. Er nahm sie beim Arm und fragte: »Warum?«

Die Priesterin lächelte hochmütig. »Wer bist du, dass du es wagst, mich zu berühren? Mich anzusprechen?«

Hinter ihr bebte eine zittrige Stimme.

»Und ich? Wirst du mir antworten?«

Die Zeit schien für einen Moment stillzustehen. Mit Tränen in den Augen bot Meredith der Hexe die Stirn.

6

Meredith schwebte noch wie auf Watte. Sie hatte alles miterlebt, als sehe sie sich einen Film an, gefangen in einer Hülle, die ihr fremd war. Ganz allmählich regte sich ihr Verstand wieder, so als ließe die Wirkung eines starken Schmerzmittels, das ihn hatte starr werden lassen, langsam nach.

»Sprich. Ich habe ein Recht darauf, alles zu erfahren.«

Hilda machte sich steif. Ihr Mund fing an zu zittern. Sie schien einem Befehl aus dem Jenseits zu lauschen.

»Nein … Ich kann nicht …«

»Sprich!«, schrie die Analytikerin.

Der Schrei hallte in dem Saal wie eine Befreiung wider, eine Katharsis. Die Köpfe drehten sich zu ihr um, die Gesichter sahen einander fragend an. Atavian wollte schon zu ihr gehen. Mit einer diskreten Geste hielt Paul ihn zurück.

»Gut … Wenn das dein Wille ist«, murmelte die Alte.

Sie fing an zu erzählen, als stünde sie unter einem Bann.

»Es geschah vor langer Zeit. Damals wurde Europa vom Krieg heimgesucht, im Pazifik bereitete man sich ebenfalls darauf vor. Im Schutz meines Paradieses führte ich ein einfaches und glückliches Leben. In meinem sechzehnten Lebensjahr begegnete ich einem Mann. Mit seinen grauen Augen und seinen geschmeidigen Muskeln besaß er eine Anmut, die mir fremd war. Unsere Leidenschaft dauerte drei Monate. Gewiss die schönsten in meinem ganzen Leben. Eines Morgens war der Traum aus. Ohne eine Erklärung war er verschwunden.«

Die letzten Worte hallten etwas lauter wider. Sie drehte sich zu Aïto um. Eine alte Verletzung flackerte in ihren Augen auf.

»Eines Abends im Juni brachte ich ein Kind zur Welt. Ein kleines Mädchen. Ich fühlte mich nicht in der Lage, es großzuziehen. Deshalb übergab ich es der Gemeinde und flüchtete mich auf meine Insel. In der Nacht meiner Rückkehr raubte mir eine Vision den Schlaf. Die Jungfrau erschien mir, sie trug einen Säugling im Arm. Der kleine Körper lag an ihrer Brust, leblos wie eine weiche, gliederlose Puppe. Ich wusste sofort, dass es mein Kind war. In den folgenden Wochen hat mich der Albtraum verfolgt. Die Jungfrau kam und hielt mir meine Feigheit vor. Sie starrte mich wortlos an, die Augen voller Mitleid. Dann, eines Nachts, sprach sie zu mir.«

Hilda unterbrach sich, als verzehre sie der Schmerz einer Erinnerung. Aïto, der wie ein Flammenschwert neben ihr stand, ließ sie nicht aus den Augen.

»Ich sollte ihr dienen«, fuhr die Alte fort. »Meinen Fehler wieder gutmachen. Sie befahl, ich konnte nicht anders, als ihr zu gehorchen.«

Meredith hörte aufmerksam zu. Sie stellte sich einen Weg der Reue vor, ein Fegefeuer, das schließlich in ein aberwitziges Martyrium mündete. Sie sagte: »Maturei … Geschah das für sie?«

Hilda lächelte wie in Ekstase.

»Niemand hat jemals begriffen, was auf Maturei geschehen ist. Die Kirche noch am allerwenigsten.« Sie klammerte sich an Aïtos Hand. »Die Träume hatten mir schon vor langer Zeit die Daten gesandt.«

»Die Daten?«

In den Augen der Priesterin spiegelte sich Seligkeit.

»Die ihrer Ankunft.«

Das Wort ließ die Amerikanerin erstarren. Ein vergessener Klang. Sie stammelte: »Ihrer Ankunft?«

»Verstehst du denn nicht? Ihr Geist sollte Fleisch werden … Sollte uns den Weg weisen.«

Die Analytikerin war sprachlos. In wenigen Sätzen hatte sie soeben erfahren, wie die abscheulichen Dinge sich abgespielt hatten, wie die Psychose seit ihren Anfängen fortgeschritten war. Eine Irre mit paranoidem Einschlag, ein Schuldgefühl, das die allzu neuen religiösen Praktiken noch verstärkt hatten. Ein Stammessynkretismus, laut Jamie. Hildas Jungfrau stellte eine völlig reale Wesenheit dar, die in der Lage war, etwas zu wollen, Befehle zu erteilen, zu strafen und, um dem Ganzen noch die Krone aufzusetzen, wiedergeboren zu werden.

Sie versuchte, ihrer Verwirrung Herr zu werden.

»Bei dem Prozess war aber von keiner Jungfrau die Rede. Und von Wiedergeburt auch nicht.«

»Die Bewohner von Maturei waren in Trance. Wir hatten sie gesteuert.«

Die Analytikerin dachte an ihren eigenen Zustand ein paar Minuten zuvor. Eine Art Katalepsie, eine hypnotische Ekstase. In der Medizin benutzte man manchmal diese Methoden eines anderen Zeitalters. Sie fragte weiter: »Warum habt ihr diese Symbole auf die Wände geschrieben?«

»Damit man sich erinnert. Sie hatte ihre Ankunft ein erstes Mal angekündigt, sie würde wiederkommen, an einem anderen Tag.«

»Aber... auf Maturei ist nichts passiert. Hat euch das nicht nachdenklich gemacht?«

Hilda lächelte verhalten, als wolle sie sich aufrichtig entschuldigen.

»Das war nicht ihr Fehler... Wir waren nicht bereit.«

Meredith's und Pauls Blicke kreuzten sich. Was sollte man da noch sagen? Ganz im Bann ihrer eigenen Logik stehend, hatte diese Verrückte die Bibel auf ihre Art umgeschrieben. Eine monströse Version, gespickt mit ausgeweideten Körpern und verkohltem Fleisch. Blut und Asche. Rot und schwarz.

Das Ende der Geschichte war nicht schwer zu erraten. Die Flucht der Priesterin, ihr Exil, das Werben neuer Anhänger. Hilda hatte sich Zeit gelassen, war komplizierte Wege gegangen. Zehn Jahre später hatte sie am anderen Ende der Welt wieder zugeschlagen.

Meredith' Atmung beschleunigte sich. Célines Gesicht drückte dieser makabren Geschichte ihre bleichen Züge auf. Was hatte sie in diesem Ozean des Irrsinns zu suchen?

Ohne dass sie es wollte, setzten sich die Bruchstücke einer Antwort zusammen. Die Zeremonie wurde in den

Untergeschossen des Anwesens abgehalten, einem Keller, den man als Opfersaal hergerichtet hatte. Alles war von langer Hand vorbereitet.

»Céline … Sie glaubte diesen Quatsch …«

»Sie hat immer gewusst, wo die Wahrheit lag. Sie hat uns ihren Reichtum gebracht, wir haben uns um ihre Seele gekümmert.«

Blitzartig begriff die Analytikerin, warum ihre Schwester so ruhelos gewesen war. Sie hatte das Landhaus gekauft, um Hilda einen diskreten Rückzugsort zu bieten. Die entwurzelte Erbin in dieser Familie von Auserwählten hatte geglaubt, damit ihren Ängsten einen Sinn geben zu können.

Eine Welle der Reue krampfte ihr das Herz zusammen. Meredith hatte nie das Gefühl gehabt, Céline ginge sie etwas an. Sie hatte sie zu sehr an ihre Mutter erinnert, an dieses Land der Sehnsucht, diesen ganzen Teil ihrer selbst, den auszuradieren sie Jahre gebraucht hatte. In ihrer Vorstellung war sie in das Landhaus gefahren, weil sie in Frankreich war, weil man sich um die Formalitäten kümmern musste. Aus keinem anderen Grund.

Plötzlich erinnerte sie sich an ein Detail.

Germaine. Sie hatte sie benachrichtigt, hatte sie gebeten zu kommen. Die Haushälterin lebte bei Céline. Sie musste von der Existenz dieser Verrückten gewusst haben.

Die logische Folgerung daraus ließ sie erstarren.

»Ihr habt mich hierher geholt … Und ihr seid da gewesen … Zur gleichen Zeit wie ich …«

»Wir haben dich erwartet. Aber die Ankunft dieses Polizisten hat unsere Pläne durchkreuzt. Es war zu viel los. Wir wollten dich lieber später zurückholen.«

Jetzt passte alles zusammen. Sie hatten sie in ihre Pläne eingebaut, von Anfang an. Sie hatten sich um die Neugierigen gekümmert, Tomasini, Cabrera, aber sie selbst hatten sie nie töten wollen, zu keiner Zeit. Dieser Irrtum in ihrer Einschätzung hatte sie zu Unrecht in ihrer These bestärkt, das Militär habe einen Schönheitsfehler auszumerzen, die Mauern des Schweigens um die Atomversuche hätten einen Riss bekommen, man habe alles reinfegen wollen.

Sie sah ihr Kleid an, als sei sie überrascht über ihre Aufmachung.

»Warum ich?«

»Du bist ihre Schwester. Du trägst dieselben Versprechen in dir.«

Sie zögerte, die Frage zu formulieren.

»Welche … Welche denn?«

»Du wärest sein Kelch gewesen.«

Es traf sie wie ein Blitz. Mit dem Ritual sollte eine Empfängnis vorbereitet werden. Um ein Idol in sie zu pflanzen. Was hätte ihr bevorgestanden? Eine Vergewaltigung, eine Einäscherung, beides?

Céline hatte man genug indoktriniert, damit sie sich für dieses Spiel hergab. Ihr Tod hatte das Vorhaben blockiert, dann hatten sie den idealen Ersatz für sie gefunden. Aus einem Fleisch und Blut.

Ein und dieselben Versprechen.

Ihr kam sofort ein weiterer Gedanke. Céline stellte eines der wesentlichen Rädchen im Getriebe ihres Wahns dar. Sie konnten sie nicht ermordet haben. Für Meredith ließen die Umstände ihres Endes keinen Zweifel mehr.

»Warum hat sie sich umgebracht? Weil sie von ihrer erblichen Belastung erfahren hatte?«

Hilda warf ihr einen leeren Blick zu.

»Nein … Sie wusste nichts davon. Niemand wusste davon.«

Meredith war sprachlos. Das bisschen Gewissheit, das

ihr noch geblieben war, zerstob zu nichts. Céline hatte nicht Bescheid gewusst. Ihre Spekulationen über das Selbstmordmotiv erwiesen sich angesichts dieser Enthüllung als nichtig.

Was dann?

Was war passiert?

Die Analytikerin ahnte eine späte Reue, das Bedürfnis, sich wieder der Realität anzunähern. Zu diesem Zweck hatte Céline zunächst Vantel kontaktiert. Bevor er seinem Ökowahn verfiel, hatte der Journalist die Affäre von Maturei gedeckt. Ein Detail, das Jamie ihr später enthüllt hatte. Da Meredith aufgrund ihrer eigenen Ängste wie versteinert war, hatte sie nicht einen Augenblick lang einen Zusammenhang zwischen diesen Dingen hergestellt.

Dann hatte Céline ihre Meinung geändert. Ihre Motive waren nach wie vor unerklärlich. Die Analytikerin besaß nur eine Gewissheit: Am Ende hatte ihre Schwester sich anders besonnen. Man hatte ihr das Leben gestohlen, sie hatte den Tod gewählt.

»Warum habt ihr diese Autopsie angefordert, wenn ihr gar nichts wusstet?«

Hilda schüttelte den Kopf. Die Sache schien ihr nahe zu gehen. Als habe sie liebevolle Erinnerungen an Céline.

»Du irrst dich schon wieder. Wir haben nichts angefordert.«

Die Amerikanerin schrie: »Wer dann?«

Da öffnete Aïto die Augen, zwei hellgraue Schlitze im Dämmerlicht. Mit bedächtiger Stimme sagte er: »Du siehst nur den Kamm der Wellen. Die Wahrheit ist verwickelter.«

7

Der Alte hielt Hildas Hand.

Mit vorgerecktem Kinn war er näher gekommen, als wolle er sie beschützen. Sein ausgedörrter Körper wirkte im Halbdunkel wie eine Festung aus Licht. Im Herzen dieses Mannes schien eine innere Wunde seine Seele zu zerreißen.

»Sie … sie ist nicht verantwortlich für das alles.«

Meredith fuhr herum. Paul legte seine Hand besänftigend auf ihre Schulter. Er spürte undeutlich, dass die letzte Erklärung nahte. Jene, die alle Punkte miteinander verbinden und das Gesamtbild offenbaren würde.

Aïto sprach mit ruhiger, tiefer Stimme.

»Wir waren jung. Für Hilda war es das erste Mal. Sie hat mir dieses unschätzbare Geschenk gemacht. Eine Gabe vielmehr. Die ich nicht zu schätzen wusste. Als ich ging, wusste ich nicht, dass sie ein Kind erwartete.«

Der Alte ließ die Schultern sinken. Eine bleischwere Bürde schien auf ihm zu lasten.

»Ich habe es erst später erfahren … Als das Gerede von den Scheiterhaufen die Runde machte. Man suchte eine Priesterin. Die Gendarmen kämmten die Inseln durch, befragten alle Leute. Ich weiß nicht mehr genau, wie, aber eines Abends war sie da. Sie war gehetzt und abgemagert und hat mir ihre Geschichte erzählt. Von Anfang an …«

Paul beendete ungeduldig die Geschichte: »Und Sie haben sie versteckt …«

»Ich habe mehr als das getan. Ich habe ihr erlaubt, Polynesien zu verlassen, einen Ort in Frankreich zu finden, wo sie abwarten konnte, bis man sie vergessen würde …«

Aïto ließ seine Gedanken schweifen. Die Flammen ließen

seine Augen wie Feuerstein glänzen. Dann senkte er den Kopf. »Denn ohne mich, ohne meine Unbedachtheit, wäre nichts geschehen.«

Der Leutnant wischte einen Blutstropfen weg, der ihm aus der Nase lief. Die Reue des Alten ließ ihn gleichgültig. Sein Benehmen dagegen machte den Bullen vollkommen ratlos. Allen Erwartungen zum Trotz, schien Aïto nicht vom Kurs abzukommen.

Eine Frage kam ihm in den Sinn.

»Wie haben Sie es angestellt, dass sie gehen konnte?«

»Das war leicht. Ich arbeitete für die Territorialregierung. Sie haben mir ihre Netzwerke, ihre Mittel zur Verfügung gestellt. Ich musste mich nur an die richtigen Leute wenden.«

Ein Teil der Geschichte klärte sich. Der Alte schuftete für die örtliche Regierung. Er hatte seine Kontakte, vielleicht auch seinen Einfluss eingesetzt, um die Flucht dieser Wahnsinnigen zu decken.

»Und dann?«, fragte Paul mit kaum verhohlener Wut.

»Hilda hat fünf Jahre lang so gut wie überall gelebt. Ich fuhr sie besuchen, sooft ich konnte, versuchte, ihr Vernunft beizubringen.«

»Ich würde sagen, das ist gründlich schief gegangen.«

Aïto seufzte müde. »Mit der Zeit hätte mir das gelingen können. Aber die hat man mir nicht gelassen.«

»Was wollen Sie damit sagen?«

»Die Territorialmacht hat die Rechnung präsentiert.«

Jetzt kam's. Paul begriff nicht alle Feinheiten dieses komplizierten Spiels, aber eines verstand er wohl: Die verrückten Naivlinge waren manipuliert. Zu welchem Zweck?

Ferrauts verstümmeltes Gesicht trat hervor wie eine Lehmmaske. In seinem Schatten schlängelte sich eine uranverseuchte Lache heran.

Er stieß hervor: »Was hat man von Ihnen verlangt?«

»Sie schlugen mir einen Handel vor. Hilda sollte für sie arbeiten, im Gegenzug garantierte man ihr, dass sie unter guten Bedingungen in ihr Land zurückkehren könnte.«

Paul warf einen Blick auf die Squaw. Sie hatte sich nach vorn gebeugt und rieb unermüdlich mit beiden Händen im Kreis über ihr Kleid.

Er starrte wieder Aïto an.

»Das ist absurd. Falls man sie suchte, wer hätte dafür garantieren können, dass sie straffrei zurückkehren konnte?«

Der Alte lächelte maliziös.

»Sie wissen überhaupt nicht, was bei uns so alles läuft.«

»Erklären Sie's mir.«

»Unser politisches System gründet auf der Klientelwirtschaft. Wer zahlt, regiert. Und die Macht ist grenzenlos. Seit einiger Zeit haben unsere Machthaber Probleme, die Leute der Unabhängigkeitsbewegung in Schach zu halten. Die letzten Atomversuche haben noch mehr Öl ins Feuer gekippt. Sie spüren, dass ihnen die Macht aus den Händen gleitet.«

»Ich verstehe nicht.«

»Um dieses Spiel beherrschen zu können, braucht man die nötigen Mittel. Frankreich hat sie geliefert. Bis jetzt. Aber Frankreich sträubt sich immer mehr, und die üblichen Druckmittel funktionieren nicht mehr. Es mussten also neue Argumente gefunden werden, um die Hauptstadt dazu zu bringen, die Gelder weiter fließen zu lassen. Und da sind wir auf den Plan getreten.«

Paul bemühte sich, genau hinzuhören. Er versuchte, die Rede dieses Alten zu verstehen, die wirkte, als sei sie einem Historienschinken über die Antike entstiegen.

»Was hatte sie ihnen denn zu bieten? Sie ist durchgeknallt…«

»Eben genau ihren Wahnsinn. Der so rein war, dass sie eine Waffe daraus gemacht haben.«

Er streckte den Arm in Richtung der bleichen Gestalten aus.

»Schauen Sie. Ihre Kinder … Alles wichtige Männer, Entscheidungsträger, Machthaber. Alle bereit, sich ihrem Willen zu beugen. Neue Gesetze zu verabschieden, Fonds lockerzumachen.«

Dem Bullen wurde auf einmal speiübel. Im Bruchteil einer Sekunde hatte er das Unvorstellbare begriffen. Diese Puppen aus laschem Fleisch waren ihre Instrumente. Lauter Dr. Jekylls in Krawatte, im Namen eines heidnischen Glaubens zu Kannibalen gemacht.

Was war mit ihnen geschehen?

»Eurer Welt gehen die Kräfte aus«, fuhr Aïto fort. »Hilda hat ihnen neuen Schwung gegeben, hat es ihnen ermöglicht zu glauben. Zu glauben … Verstehen Sie? Es ist nicht wichtig, was Sie davon halten, oder ich. Es ist so.«

Paul wurde unwillkürlich ganz flau. Er musterte den Greis.

»Und Sie? Welche Rolle hat man Ihnen zugewiesen?«

»Ich … Ich sollte sie in die richtigen Bahnen lenken, dafür sorgen, dass sie nicht völlig von der Rolle kommt.«

»Aber Sie glauben das alles gar nicht, wenn ich Sie recht verstanden habe?«

Aïto zerfloss plötzlich vor Reue.

»Nein … Natürlich nicht.«

Der Leutnant sah sich die Adepten noch einmal genau an. Ein armseliger Haufen. Er dachte an Ferraut. Als Präsident einer parlamentarischen Kommission ein hervorragender Bauer in diesem abgekarteten Spiel. Aber er langte wieder bei derselben Frage an. Hatten die Atomversuche mit dieser Geschichte etwas zu tun?

Er fragte noch einmal: »Ferraut stellte Nachforschungen über die Bombe an. Was hat er für euch getan?«

»Dieser Mann konnte uns nützlich sein. Es liegt ganz im Interesse der Territorialregierung, die Auswirkungen der Strahlenbelastungen zu verharmlosen.«

»Zu welchem Zweck?«

»Um zu verhindern, dass das Wellen schlägt. Das Ganze ist ein Kräfteverhältnis. Die Territorialregierung hat die Atomversuche aus finanziellen Gründen stets unterstützt. Die Anhänger der Unabhängigkeitsbewegung haben sie aus ideologischen Gründen bekämpft. Frankreich sieht sich internationalem Druck ausgesetzt. Es wird denjenigen folgen, die es ihnen ermöglichen, die Gemüter zu besänftigen. Man will ja weiterhin zu den Guten gehören und Einfluss nehmen.«

Diesmal konnte Meredith mit ihrem Ärger nicht hinterm Berg halten.

»Und Gelder dafür kassieren … Ein Bande von Schweinehunden seid ihr. Von Anfang an habt ihr das verheimlicht.«

»Sie irren sich. Niemand ist sich wirklich sicher, dass die Atomversuche schädlich waren.«

»Hört auf zu lügen. Ihr habt in den Gegenden Volkszählungen machen lassen. Ihr kanntet die Risiken.«

»Die Volkszählungen waren präventiv. Und die Territorialregierung hat sie im Auftrag des Kommissariats für Atomenergie durchgeführt. Damit haben wir rein gar nichts zu tun, auch wenn wir die Sache mit Interesse verfolgt haben.«

Paul lauschte aufmerksam den Erläuterungen dieses seltsamen Mannes. Er dachte an seine Unterredung mit Saurat. Der hohe Beamte hatte ihm einen Teil der Wahrheit verschwiegen. Die Folgen der Atomversuche waren nicht völlig unerheblich, und Frankreich kannte die Risiken. Zumindest die wahrscheinlichen. Ferraut dürfte das auch gewusst haben. Und es wäre ihm ein Leichtes gewesen, die Berichte zu fälschen.

»Warum habt ihr Ferraut getötet?«

»Dieser Mann hat uns unterwandert. Er arbeitete für unsere Feinde.«

»Ihre Feinde?«

»In Frankreich würden einige gerne sehen, dass die Dinge in Bewegung kommen. Sie bilden eine Art Gruppe, die in aller Verschwiegenheit vorgeht. Sie manipulieren die Unabhängigkeitsbewegungen, sie informieren die Umweltschützer, sie biegen die Realität ein bisschen zurecht, damit Frankreich sich zurückzieht.«

Schatten zogen vorüber wie bei einer Parade. Vantel, Chastel, dunkle Gestalten, die sich im Wasser treiben ließen. Ihre Motive waren noch unklar.

»Aber warum?«

Aïto blickte ins Leere.

»Das ist wie bei einer Schachpartie. Wird die Königin einkassiert, übernehmen die Irren die Macht. Das liegt in der Natur des Menschen.«

Der Polizist fügte die Informationen zusammen. Sie ergaben ein blutiges Gewebe aus Intrigen, Geld und Politik. Mit jedem Pinselstrich begriff er die letzte Wahrheit besser.

Die Sekte war nur noch von zweitrangiger Bedeutung. Ein Mittel unter anderen, gewiss. Ihre Funktion bestand lediglich darin, einige Männer zu beeinflussen. Und ihr letzter Zweck war es, Druckmittel bereitzustellen.

Hilda, Hiro, die alabasterfarbenen Gespenster, sie waren alle benutzt worden. Ein langfristiger Plan, bei dem die Architekten dabei zusahen, wie die Sache sich entwickelte, ohne sich selbst nass zu machen.

Paul schickte seinen letzten Bauern vor, der auf den Anfang der Ermittlung verwies.

»Bei der Autopsie wurde entdeckt, dass Céline eine Missbildung hatte. Dadurch wurde die Zündschnur in Brand gesetzt.«

Über Aïtos Gesicht huschte ein eisiges Lächeln.

»Die anderen hatten die Autopsie angefordert. Sie wussten alles über uns und dachten, wir hätten Céline ermordet. Sie glaubten, uns auf diese Art stoppen zu können, die Kontrolle wieder zu übernehmen. Was sie entdeckt haben, hat ihre Pläne umgestoßen. Endlich hatten sie, was sie wollten. Eine genetische Abweichung, die eindeutig bestimmt werden konnte und die an einem Bewohner der Gegend festgestellt worden war. Was gibt es Besseres, um Frankreich zu zwingen, uns fallen zu lassen? Unsere kleinen Zeremonien beunruhigten sie nicht mehr.«

Pauls Muskeln spannten sich an. Er musste an die ängstliche Miene des Gerichtsmediziners bei der Sektion denken.

»Eine Abweichung? Welche Abweichung?«

Der Greis lächelte traurig. »Was hat das jetzt noch für eine Bedeutung? Der Bericht wurde abgefasst und verteilt. Niemand wird darauf zurückkommen.«

Meredith schaltete sich wieder ein. Tränen des Entsetzens benetzten ihre Wangen.

»Eure Kungeleien sind mir völlig schnuppe. Für mich selbst möchte ich alles erfahren. Für mich selbst! Weil wir aus demselben Mutterleib kommen. Weil auch ich ...«

Ihr blieben die Worte im Hals stecken.

»Sind Sie sicher, dass Sie die Wahrheit erfahren wollen?«, murmelte Aïto.

»Ich flehe Sie an ...«

Der Alte zuckte die Achseln und sagte: »Céline war ein drittes Auge gewachsen.«

Epilog

Die letzten Sterne des Oktobers warfen laszive Blicke auf die Fluten. Metallisches Glitzern, Strasssterne, wie ein funkelnder, den Tiefen entstiegener Regen. Wie ein träger Ausguckposten streckte die Insel Maïre ihre ariden Flanken vor der Affenbucht aus.

Paul liebte diesen Schottervorsprung, diese Kalksteinschuppen mit dem Flair vom Ende der Welt. Dunkle Felstrauben trotzten der Brandung, glatte Kreidefelsen hüllten ihre durchscheinende Haut voller Stolz in eine Salzschicht. Die Arme weit geöffnet, die Lungen gebläht, umarmte er die Luft der Goudes. Eine trockene Seeluft, gesättigt mit Jod und Träumen. Ein Duft von Absolutheit.

Dieses Mal umarmte er nichts als Leere.

Eine Stunde zuvor hatte ein Flugzeug ihm Meredith geraubt. Sie hatte sich auf Zehenspitzen davongeschlichen, mit leerem Blick, abgetaucht in den Abgrund ihrer Zweifel. Er hatte sie nicht zurückzuhalten versucht, denn er wusste, wann eine Geschichte zu Ende war. Während er darauf wartete, sie zu vergessen, wollte er sich um seine Eltern kümmern. Sie waren auf gutem Wege, die Mediziner zeigten sich in ihrer Diagnose zuversichtlich.

Auf juristischer Ebene kündigte sich für Hilda und Aïto ein langer Prozess an. Ihre Anwälte plädierten bereits auf Schuldunfähigkeit, mit anderen Worten auf Wahnsinn, zahlreiche Vereinigungen zum Kampf gegen Sekten bezogen in ihren Schießscharten Stellung.

Die politischen Verstrickungen wurden nicht weiter untersucht, obgleich es unter den Anhängern der Sekte eine ungewöhnlich hohe Zahl hochrangiger Funktionäre gab. Der Untersuchungsrichter hatte sich Aïtos Aussagen mit großem Interesse angehört, konnte die Mittelspersonen aber nicht ausmachen. Der Name Chastel tauchte nirgendwo auf. Auch nicht der von Rorotui, dem Mestizen.

Letzten Endes hatte der Alte auf ganzer Linie verloren.

Die Presse stürzte sich auf alles Sensationelle. Sie schlachtete die Ader bis zum Gehtnichtmehr aus und vergrößerte ihre Auflagen mit schockierenden Bildern.

Und daran herrschte kein Mangel.

Seit Maturei hatte das Ritual sich weiterentwickelt. Eine groteske Neuinszenierung, bei der die Stammessymbolik voll beim Wort genommen wurde. Durch den Verzehr der Gehirne von Neugeborenen sollten sich die Verrückten die Unschuld der Opfer aneignen. Um wieder ganz von vorn anfangen zu können. Um ihre Sünden ausmerzen zu können.

Der tödliche Entscheidungskampf mit dem Tätowierten hatte eine andere Vorgeschichte. Hiro hatte Hilda gebeten, Rache üben zu dürfen. Die Priesterin hatte sich das zunutze gemacht, um dem Ritual eine zusätzliche kriegerische Dimension zu verleihen.

Paul hatte Glück gehabt, dass er unversehrt davongekommen war.

Pater Torelli hatte ihn gleich am nächsten Tag aus Rom angerufen. Er wollte Einzelheiten, bat darum, Meredith befragen zu dürfen. Trotz offizieller Verlautbarungen führte die Kirche ihre Ermittlung unter der Hand weiter. Ein weiteres Mal.

Der Bulle hatte sich höflich aus der Affäre gezogen. Er respektierte den Geistlichen und seine direkte Art. Aber vor allem wollte er Meredith schützen. Sie hatte den Kreis geschlossen, war um den Globus gereist und in die Vergangenheit eingetaucht, um ihre Wahrheit zu finden. Eine Wahrheit, die aus Aberglaube und grausamen Ritualen bestand, bei denen der Lack ihrer mageren Abwehrversuche abblätterte. Heute kannte sie ihre dunkle Seite.

Ob sie sie akzeptieren würde?

Sie hatte ihm geantwortet, sie wisse es nicht.

Sie habe das Gefühl, sie könne das Vergangene jetzt hinter sich lassen. War Célines Missbildung eine Folge der radioaktiven Verstrahlung oder einfach nur das Ergebnis eines kolossalen Zufalls?

Niemand würde jemals die Antwort erfahren.

Daher hatte Meredith beschlossen, ihre Ängste zu vergessen und ein Kind zu bekommen. Jetzt musste sie nur noch einen Vater finden.

Was ihn anging, so erholte er sich allmählich wieder und wurde innerlich ruhiger. Die Gewalt, die Revolte, all diese eisigen Fesseln lösten sich angesichts der großen Weite des Meeres in nichts auf wie wabernde Nebelschwaden. Er fühlte sich plötzlich freier, als habe er die Eroberungen, die Schnelligkeit, die Hoffnungen satt. Meredith hatte ihm, ohne es zu wissen, gezeigt, was Lieben heißt, Teilen, Geben, all diese weiblichen Werte, denen er zukünftig in seinem Leben einen Platz geben wollte. Sie hatte ihn zu einem besseren Menschen gemacht, indem sie sein Herz angerührt hatte.

Ein unerklärlicher Drang riss ihn von der Gischt los. Er schwang sich auf sein Motorrad und fuhr vom Kap weg. Ein schwarzer Mantel legte sich nach und nach über die Reliefs. Die Straße schlängelte sich im schwankenden Licht der Scheinwerfer nach oben. Er fuhr den Strand entlang, nahm die Küstenstraße und fuhr den Hügel im Roucas-Blanc-Viertel hinauf.

Nach einer Kurve tauchte sie auf. Heiter, majestätisch, in Gold gekleidet, erinnerte sie an eine Königin. Paul hielt an. Seine Augen füllten sich mit Tränen.

Mit einem hellen Glorienschein geschmückt, empfing ihn *seine* Stadt – Marseille.